KB187390

JANE AUSTEN

Pride and Prejudice

옮긴이 이신

영미권 도서 번역가. 연세대학교에서 국어국문학과 심리학을 전공하였다. 원저자의 문체와 의도를 최대한 살리면서 한국 독자들이 편하게 읽을 수 있는 번역을 추구한다. 『두 사람 다 죽는다』 외 다수의 역서가 있다.

JANE AUSTEN

AWC

Pride
and
Prejudice

오만과 편견

제인 오스틴 | 이신 옮김

앤의
서재

이 시대에는 왜 영웅적인 지도자가 나오지 않을까. 사회가 민주화되었기 때문이다. 한 명의 영웅이 탄생하기 위해서는 그가 비인간적으로 대했던 아랫사람들, 함부로 대했던 여성들의 이름이 지워져야 하는데, 이제 이 세상에는 그렇게 '지워버려도 되는' 이름이 없기 때문이다. 이제야 인류는 한 명의 영웅을 세우기 위해 많은 이들의 존재를 지워버리기보다 살아 숨 쉬는 모든 인간의 존엄성을 지키는 데에 심혈을 기울이게 되었다.

이는 이 시대에 더 이상 거대 서사가 범람하지 않는 이유이기도 하다. 나라를 구하기 위해 비범한 영웅이 종횡무진 활약하는 이야기보다 소시민 한 사람 한 사람이 매일 무엇을 하며 하루를 살아내는지를 핍진하게 그려내는 이야기가 공감을 받고 베스트셀러 자리에 오르는 것은, '가치'가 소수의 힘 있는 이들에게서 인간의 얼굴을 한 모든 이들에게로 고르게 배분되었기 때문이다.

이러한 시대 상황에서, 사람을 낳고, 기르고, 보살피고, 사랑하는 여성들의 서사가 각광받는 것은 너무나 자연스러운 일이다. 『오만과 편견』은 그러한 서사를 대표하는 작품이다. 이제 우리 인류는 천문학적인 돈을 놓고 벌이는 금융가의 쟁탈전이나 핵무기를 놓고 벌이는 소수 열강의 기싸움이 아닌, 김이 모락모락 피어오르는 내 앞의 밥 한 공기, 내 곁에 살아 숨 쉬고 있는 한 명의 사람, 볕 좋은 베란다에 가지런히 널린 빨래의 중요성을 인지하고 살아낼 수 있는 수준에 이르렀다. 작은 사물, 작은 관계가 '인간'이라는 우주를 이루는 가장 치명적인 입자라는 사실을 알게 된 것이다. 『오만과 편견』은 그것을 가치관이 섞인 장황한 설교를 늘어놓는 대신 평범한 이들의 삶을 그려내는 것으로 탁월하게 보여주었고, 그렇기에 시대와 장소를 뛰어넘는 고전으로 남았다.

소설가 정아은
(『잠실동 사람들』, 『당신이 집에서 논다는 거짓말』 저자)

CONTENTS

Pride and Prejudice

1장

상당한 재운을 지닌 독신남이 아내 될 사람을 찾기 마련이라는 것은 공공연히 사실로 통한다.

이러한 고정관념은 워낙 확고해서, 사람들은 그런 남자가 동네로 갓 이사 오면 그의 감정이나 의사를 잘 알지도 못하면서 그를 자기네 딸과 마땅히 맺어져야 할 재산으로 여긴다.

어느 날 베넷 부인이 남편에게 말했다.

"여보, 드디어 네더필드 저택에 세입자가 나타났다는 소식 들었어요?"

베넷 씨는 못 들었다고 답했다.

"나타났대요. 방금 롱 부인이 와서 자세히 얘기해주고 갔어요."

베넷 씨는 대꾸하지 않았다.

베넷 부인은 안달하며 목소리를 높였다.

"그 세입자가 누군지 알고 싶지 않아요?"

"당신 입이 근질거리는 모양이니 내 군말 없이 들으리다."

얘기해도 좋다는 허락이 떨어진 셈이었다.

"글쎄 여보, 롱 부인 말로는 잉글랜드 북부의 아주 부유한 청년이 네더필드로 들어온다지 뭐예요. 월요일에

JANE AUSTEN

사두마차를 타고 집을 보러 와서는, 마음에 쏙 든다며 그 자리에서 모리스 씨랑 계약을 해버렸대요. 이사는 미카엘 축일(9월 29일, 기독교의 3대 대천사 중 하나인 미카엘을 기념하는 날 – 옮긴이) 전이고, 하인 몇몇은 다음 주말쯤 미리 들어온다네요."

"그 청년 이름이?"

"빙리요."

"결혼은 했답디까?"

"아유, 여보! 미혼이지요, 당연히! 미혼에다, 1년 수입이 4~5천 파운드나 되는 재력가라잖아요. 우리 딸아이들한테 얼마나 잘된 일인지!"

"무슨 소리요? 그게 우리 애들하고 무슨 상관이기에?"

"아이참, 이 양반이 진짜 속 터지게! 그 청년이야말로 딱 우리 사윗감이라는 걸 알면서 이러시네."

"그럴 속셈으로 이 동네에 이사를 온다는 거요?"

"속셈이라니! 말도 안 돼, 무슨 말을 그렇게 해요? 하지만 빙리 씨가 우리 딸 중 하나한테 푹 빠질 가망이 꽤 높잖아요. 그러니 그이가 이사를 오거든 당신이 곧장 가서 안면을 터요."

"그럴 일은 없을 것 같소. 당신이랑 애들이 가든가, 애들만 보내든가. 뭐, 애들만 보내는 게 낫겠구려. 우리 딸애들 못지않은 당신 매력에 빙리 씨가 홀딱 반할지도 모르니."

"어머나, 과찬을 다 하시네. 물론 내가 지금껏 미모로 한몫한 건 분명하지만, 이제 뭐가 됐든 빼어나다고는 못 하겠네요. 다 자란 딸을 다섯이나 둔 어미라면 자기 미모 는 그만 신경 쓸 때도 됐지요."

"그런 경우라면 대개 신경 쓸 만큼 미모가 대단치도 않지."

"그래도 여보, 빙리 씨가 오면 당신이 꼭 가서 만나봐 야 한다니까요."

"정말이지 장담은 못 하오."

"당신 딸들 일이잖아요. 걔들 중 하나가 평생 잘 먹고 잘살 것만 생각하시라고요. 윌리엄 경이랑 루카스 여사 도 가기로 했다던데, 어디 딴 이유겠어요? 보통은 누가 이사 왔다고 해서 굳이 찾아가 인사하는 부부가 아닌 거 알잖아요. 아무튼 당신도 무조건 가요. 당신이 안 가는데 우리끼리만 찾아갈 순 없는 노릇이니까."

"참으로 걱정도 팔자로구려. 내 장담하는데 빙리 씨는 당신과 우리 딸들을 반갑게 맞아줄 거요. 나 대신 내 편 지를 가져가시오. 걔들 중 누구를 택하건 나는 기꺼이 결 혼을 승낙한다고 몇 줄 적어주리다. 물론 우리 리지 칭찬 을 슬쩍 끼워 넣기야 하겠지만."

"제발 참아줘요. 도대체 리지가 다른 애들보다 어디가

나아요? 미모라면 제인이 곱절은 예쁘고, 성격은 또 리디아가 배로 낫구먼. 그런데도 당신은 항상 리지만 편애하고."

"나머지 애들은 딱히 내세울 게 없는걸. 하나같이 철없고 무지한 게 여느 여자애들하고 다를 게 없지. 걔들에 비하면 리지는 확실히 영리하단 말이야."

"이봐요 베넷 씨, 당신 자식들 얘기를 어찌 그리 함부로 해요? 당신은 날 약 올리는 게 재밌지요? 신경과민인 사람을 가엾게 여기지도 않고."

"부인, 그건 오해요. 난 당신의 과민한 신경들을 매우 존중한다오. 이제는 오랜 벗이나 다름없지. 근 20년간 당신이 신경과민이라며 하는 얘기들을 경청하다 보니 말이오."

"하! 내가 얼마나 괴로운지 알지도 못하면서."

"그래도 이겨내길 바라오. 연 수입 4천 파운드인 청년들 여럿을 동네 이웃으로 맞아들일 만큼은 오래 살아야지 않겠소."

"그런 청년 스무 명이 이사 온들 당신이 가서 만나지 않을 테니 아무 소용없네요."

"아이고, 스무 명쯤 되면 내가 틀림없이 모두 만나볼 테니 걱정은 붙들어 매시구려."

영민하고 비꼬길 잘하는 데다 내성적이며 충동적인

기질이 묘하게 뒤섞인 베넷 씨의 성격을 아내가 파악하기엔 함께한 23년의 세월도 부족했다. 한편 베넷 부인의 머릿속을 파악하는 건 그리 어렵지 않았다. 그녀는 미련하고 무식하며 걸핏하면 기분이 오락가락하는 여자였다. 뭔가 불만스러울 때면 자신이 신경과민에 시달린다고 여겼다. 그녀에겐 딸들 결혼시키기가 평생의 업이요, 이웃집들을 들락거리며 소문을 듣거나 전하는 것이 평생의 낙이었다.

02

베넷 씨는 빙리 씨를 맨 먼저 만난 사람에 속했다. 아내에게는 끝까지 가지 않겠다고 단언했지만, 사실 처음부터 그를 만나러 갈 셈이었다. 베넷 씨가 빙리 씨를 만나고 온 날 저녁까지도 아내는 그 사실을 전혀 알지 못했다. 그 일이 알려진 경위는 다음과 같다. 모자 장식에 여념이 없는 둘째 딸을 물끄러미 바라보다가, 그가 불쑥 말을 걸었다.

"그게 빙리 씨 마음에 들면 좋겠구나, 리지야."

베넷 부인이 버럭 통을 놓았다.

"우리야 뭐가 빙리 씨 마음에 들지 알 길이 없지. 어차피 만나지도 않을 건데."

엘리자베스가 말했다.

"어머니, 잊으신 거예요? 회관 무도회에서 만날 수 있잖아요. 롱 부인이 소개해주기로 약속하셨고요."

"롱 부인이 과연 그렇게 해줄지 의문이구나. 자기 조카가 둘이야. 이기적이고 위선적인 여자고. 난 그 여자, 미덥지 않아."

베넷 씨가 말했다.

"내 생각도 같소. 당신이 그 여자 도움에 의지하지 않는다니 다행이구려."

베넷 부인은 애써 대꾸하지 않았지만, 분을 참지 못하고 결국 애꿎은 딸 하나를 나무라기 시작했다.

"그만 좀 콜록대라, 키티, 원 세상에! 엄마 신경과민인 거 좀 헤아려주면 안 되니? 네 기침 소리에 엄마 신경이 아주 갈기갈기 찢긴다."

베넷 씨가 말했다.

"키티가 기침에 신중하지 못하구나. 때를 가려야지."

키티는 짜증을 냈다.

"내가 뭐, 좋아서 기침을 하나요?"

"다음번 무도회가 언제지, 리지?"

"보름 남았어요."

베넷 부인이 기세등등하게 외쳤다.

"그래, 그렇지. 롱 부인은 그 전날에나 돌아오고. 그런 주제에 소개는 무슨, 자기도 빙리 씨랑 모르는 사이일 텐데."

"그렇다면 부인, 당신이 친분을 이용해 빙리 씨를 롱 부인한테 소개해줄 수도 있겠구려."

"말이 되는 소리를 하세요, 베넷 씨, 말이 되는 소리를! 나야말로 친분이 없는데 소개라뇨. 어쩜 당신은 이리도 사람 신경을 긁어댄대요?"

"당신의 신중함에 경의를 표하오. 보름간 쌓은 친분은 확실히 두텁다고 하긴 어렵지. 그만큼 알고 지냈다고 해서 상대방이 진짜 어떤 사람인지 알 수는 없는 법이니까. 하지만 우리가 아니어도 다른 누군가는 하겠지. 어쨌거나 롱 부인과 그 조카들은 운에 기대야 하는 형편인가 본데, 당신이 소개의 역을 마다한다면 내가 직접 나서서 공치사를 받겠소이다."

딸들이 일제히 아버지를 쳐다보았다. 베넷 부인은 "말도 안 돼, 말도 안 돼!"라고 되뇔 뿐이었다.

"그리도 단호히 말도 안 된다니, 무슨 뜻으로 하는 소리요? 소개의 형식이, 그렇게 형식을 강조하는 게 말도 안 된다는 거요? 그 점에는 동의할 수 없구려. 네 생각은 어떠냐, 메리? 넌 생각이 깊고 훌륭한 책도 많이 읽고 좋은 구절은 따로 적어두기도 하는 아가씨잖니."

JANE AUSTEN

메리는 알맞은 대답을 하고 싶었지만 어떤 말이 좋을지 알지 못했다.

"메리가 생각을 정리하는 동안 우린 빙리 씨 얘기로 돌아갈까."

베넷 씨의 말에 아내가 진저리를 쳤다.

"빙리 씨 얘기라면 아주 신물이 나요."

"이런, 그거 안타깝군. 왜 진작 말하지 않았소? 오늘 오전에만 알았어도 내가 빙리 씨를 찾아가는 일은 없었을 것을. 이거 일이 난처하게 됐소이다. 이미 만나서 생겨버린 친분을 이제 와 없던 일로 할 수도 없고 말이오."

베넷 씨가 바랐던 그대로, 딸들은 모두 깜짝 놀랐다. 그리고 딸들보다 더 놀란 사람은 아마 베넷 부인이었을 것이다. 하지만 기쁨에 들떠 한바탕 법석을 떨고 나자, 그녀는 내내 그럴 줄 알았다고 우기기 시작했다.

"정말 잘하셨어요, 여보! 물론 당신이 결국 내 말대로 하실 줄은 알고 있었지만요. 딸들을 워낙 사랑하시니 그런 친분의 기회를 모른 체할 리 없다고 믿었지요. 아유, 기분이 날아갈 듯하네요! 그나저나 오전에 다녀왔으면서 지금껏 한마디 내색도 안 하다니, 정말 짓궂으셔."

"자, 키티야. 이제 마음껏 기침해도 되겠구나."

아내의 호들갑에 지친 베넷 씨는 이렇게 말하며 자리를 떴다.

방문이 닫히자 베넷 부인이 딸들에게 말했다.

"얼마나 훌륭한 아버지시니! 너희가 아버지 은혜를 어찌 갚을 수 있을지 모르겠구나. 하기야 어머니의 은혜도 그렇고. 우리 나이가 되면, 매일 새로운 사람을 사귀는 일이 그리 즐겁지는 않단다. 하지만 너희를 위한 일이라면 우린 뭐든지 감수할 거다. 우리 리디아, 넌 가장 어리지만, 엄마 생각엔 다음번 무도회에서 틀림없이 빙리 씨가 너랑 춤을 출 거야."

리디아는 당차게 대답했다.

"아! 괜찮아요. 난 제일 어리지만 키는 제일 크니까요."

그 후 저녁 시간 내내 베넷가의 여인들은 빙리 씨가 언제쯤 답례 방문을 올지 추측하고, 언제쯤 그를 정찬에 초대하면 좋을지 상의했다.

03

베넷 부인이 다섯 딸의 도움까지 받아가며 빙리 씨에 대해 캐물었지만, 남편에게선 좀처럼 속 시원한 답을 얻을 수 없었다. 노골적인 질문, 교묘한 가설, 근거 없는 추측 등 다양한 전략도 베넷 씨에겐 전혀 먹혀들지 않았다.

결국 베넷가 여인들은 동네 이웃인 루카스 여사에게 전해 들은 정보에 만족하는 수밖에 없었다. 그래도 상당히 고무적인 소식이었다. 윌리엄 경은 빙리 씨가 아주 마음에 든 모양이었다. 빙리 씨는 매우 잘생긴 데다 굉장히 쾌활한 청년이라는 것이었다. 금상첨화로, 다음번 사교 모임에 일행을 왕창 데리고 올 작정이라고 했다. 이보다 더 기쁜 일이 있을까! 춤추기를 좋아한다면 사랑에 빠지는 것은 시간문제였다. 이로써 빙리 씨의 마음을 사로잡을 수 있다는 희망이 힘차게 샘솟았다.

베넷 부인이 남편에게 말했다.

"우리 딸 중 하나가 네더필드의 안주인이 되고 나머지 애들도 그만큼 결혼을 잘해서 다들 행복하게 잘 사는 모습을 볼 수만 있다면, 난 더 바랄 게 없겠어요."

며칠 뒤 빙리 씨가 답방을 와서는 서재에서 베넷 씨와 10분쯤 앉아 있다 돌아갔다. 빙리 씨는 예쁘기로 소문이 자자한 이 집 아가씨들을 보게 될 기대를 안고 왔지만 그 아가씨들의 아버지만 만나고 돌아가야 했다. 한편 아가씨들은 좀 더 운이 좋았다. 위층 창문을 통해 그가 푸른색 외투를 걸쳤고 검은 말을 몬다는 사실을 확인할 수 있었으니 말이다.

얼마 지나지 않아 빙리 씨 앞으로 정찬 초대장이 날아갔다. 베넷 부인은 자신의 살림 솜씨를 뽐낼 만한 정찬

코스를 다 짜두었는데, 답장이 오면서 계획이 미뤄지고 말았다. 답장의 요지는 빙리 씨가 다음 날 런던에 가야 하므로 초대에 응할 수 없다는 것이었다. 베넷 부인은 심히 당황했다. 하트퍼드셔에 온 지 얼마나 됐다고 벌써 무슨 볼일로 런던에 간다는 것인지 짐작도 할 수 없었다. 어쩌면 그는 항상 여기저기 떠돌아다니는 사람이라 그녀의 기대와 달리 네더필드에 정착하지 않을지도 모른다는 생각에 불안해지기 시작했다. 루카스 여사가 빙리 씨의 런던행은 그저 무도회에 함께 갈 사람들을 모으기 위해서일 거라는 말로 베넷 부인의 불안을 조금이나마 달래주었고, 곧 그가 열두 명의 숙녀와 일곱 명의 신사를 모임에 데려올 거란 소식도 들려왔다. 베넷가의 딸들은 아가씨가 그렇게나 많이 온다는 소식에 크게 낙담했지만, 무도회 전날 떠돈 소문에 의하면 빙리 씨가 런던에서 데려온 여자는 열둘이 아닌 여섯, 즉 누이 다섯 명과 친척 한 명이라고 하기에 비로소 안심했다. 그리고 막상 무도회장에 들어선 빙리 씨 일행은 누나와 매형, 여동생, 그리고 다른 청년 하나까지 총 다섯 명뿐이었다.

빙리 씨는 과연 신사다웠다. 보기 좋은 외모에 예의 바른 표정과 편하고 자연스러운 태도를 지닌 청년이었다. 그의 누이들은 누가 봐도 상류층 분위기를 풍기는 세련된 여인들이었다. 그의 매형인 허스트 씨는 별 특징 없는, 그냥 신사였다. 하지만 빙리 씨의 친구인 다아시 씨는 훤칠한 체격과 준수한 용모, 고상한 거동으로 금세 사람들의 이목을 끌었다. 게다가 그가 등장한 지 5분도 안 되어 그의 연 수입이 무려 1만 파운드라는 소문까지 쫙 퍼졌다. 남자들은 그가 위풍당당한 남자라고 입을 모았고, 여자들은 빙리 씨보다 훨씬 잘생겼다며 그를 치켜세웠다. 그는 무도회 중반까지 찬탄의 시선을 한 몸에 받았으나, 그의 태도가 사람들에게 거부감을 주면서 인기도 식어버렸다. 알고 보니 그는 거만하고 사교성도 없으며 시종일관 불쾌한 기색만 역력히 내뿜는 사람이었다. 더비셔의 대지주라는 사실도 그의 험상궂고 무례한 표정을 상쇄할 수는 없었고, 친구인 빙리 씨와는 비교할 가치조차 없는 인물이라는 평가를 지울 수도 없었다.

빙리 씨는 무도회에 참석한 주요 인사들 모두와 곧잘 어울렸다. 그는 활달하고 스스럼없었고, 춤곡이 나올 때마다 어김없이 춤을 췄으며, 무도회가 너무 짧다고 불평하며 네더필드에서 직접 무도회를 열겠다고 했다. 그런 붙임성은 구구절절 설명을 덧붙일 필요가 없는 법이다. 함께 온 친구와 어찌나 대조적인지! 다아시 씨는 빙리 씨의 누이들과 딱 한 번씩 춤을 췄을 뿐 누가 아가씨를 소개해주겠다 해도 일절 거절했고, 무도회장 안을 서성이다 가끔 자기 일행 중 한 사람과 대화를 나누며 시간을 보냈다. 그의 성격은 더 알아볼 것도 없었다. 그는 세상에서 가장 오만하고 불쾌한 사람이었고, 모두가 이런 곳에서 두 번 다시 그를 볼 일이 없기를 바랐다. 개중에서도 그를 가장 격하게 싫어한 사람은 베넷 부인이었다. 안 그래도 행동거지가 대체로 마음에 들지 않았는데, 그가 그녀의 딸 중 하나를 무시하는 바람에 감정의 골이 깊어져 특히나 격분했다.

남자 수가 적은 탓에 엘리자베스 베넷은 두 번의 춤을 쉬어야 했다. 어쩔 수 없이 자리에 앉아 있는 동안, 그녀는 마침 근처에 서 있던 다아시 씨와 춤곡이 쉬는 틈을 타 잠시 온 빙리 씨의 대화를 엿듣게 되었다. 빙리 씨는 친구에게도 함께 춤을 추자고 권했다.

"어서요, 형님. 형님을 꼭 데려가야겠어요. 이렇게 형님 혼자 멀뚱히 서 있는 모습이 보기 싫어서 그래요. 춤추는 모습이 훨씬 낫지."

"전혀 생각이 없네. 잘 아는 상대가 아니면 춤추길 싫어하는 거, 자네도 알잖나. 이런 사교모임에서의 춤은 그야말로 질색할 일이지. 자네 누이들은 이미 춤 상대가 있으니 여기서 내가 벌 받는 기분을 느끼지 않고 함께 춤출 여인은 없다네."

"나라면 형님처럼 그리 까다롭게 굴지 않을 거예요. 여긴 천국이잖아요! 맹세코 내 평생 오늘 저녁만큼 예쁜 여인들을 많이 만난 적이 없어요. 보면 알겠지만 흔치 않은 미인도 여럿이라고요."

"자네가 여기서 유일하게 예쁜 여인과 춤추고 있잖나."

이렇게 말하며 다아시 씨는 베넷가의 맏딸에게로 눈길을 던졌다.

"오! 물론 저 아가씨는 지금껏 내가 본 가장 아름다운 생명체예요! 하지만 형님 바로 뒤에 저 아가씨 동생이 앉아 있는데 제법 예뻐요. 아마 성격도 좋을걸요? 내가 춤 상대한테 소개를 부탁해볼게요."

"누구 말인가?"

다아시 씨는 뒤돌아 엘리자베스를 잠깐 보다가, 눈이 마주치자 얼른 외면하고는 차갑게 말했다.

"그럭저럭 봐줄 만은 하지만 내가 끌릴 만큼 매력적이진 않군. 그리고 지금 난 다른 남자들이 관심을 주지 않는 아가씨를 예우해줄 기분이 아니야. 자네야말로 나랑 시간 낭비하지 말고 자네 상대한테로 돌아가 그녀의 미소를 즐기게나."

빙리 씨는 친구의 조언을 따랐다. 다아시 씨는 다른 데로 갔고, 엘리자베스는 그에게 썩 좋지 않은 감정을 느끼게 되었다. 그래도 그녀는 어처구니없는 일을 오히려 즐기는 쾌활하고 장난기 많은 아가씨였기에, 친구들에게 그 이야기를 아주 신나게 들려주었다.

베넷가 사람들 모두에게 그날 저녁은 대체로 유쾌하게 흘러갔다. 베넷 부인은 맏딸 제인이 네더필드 일행의 호감을 제대로 산 것을 두 눈으로 확인했다. 빙리 씨가 제인과 두 번이나 춤을 추었고 그의 누이들도 제인을 특별히 대해주었던 것이다. 제인도 어머니 못지않게 기뻤지만, 야단스럽게 내색하진 않았다. 그래도 엘리자베스에게는 언니의 기분이 전해졌다. 메리는 동네에서 가장 교양 있는 아가씨라는 얘기를 빙리 양에게서 직접 들었고, 캐서린과 리디아는 춤 상대가 끊긴 적이 없었다. 이것이 무도회에서 신경 써야 한다고 배운 전부였으니, 이 정도면 두 딸은 운이 좋은 셈이었다. 그리하여 베넷가의 여인들은 그들이 영향력 있는 주민으로 사는 마을인 롱본으로 기분 좋게 돌아왔다. 와서 보니 베넷 씨가 아직 깨어 있었다. 원체 책을 들면 시간 가는 줄 모르는 사람이기도 하거니와, 그날은 모두의 기대감이 높았던 저녁 행사가 과연 어땠는지 궁금한 마음도 컸다. 사실 그 낯선 청년을 향한 아내의 기대가 모조리 무너지길 내심 바랐지만, 정작 그가 들은 이야기는 정반대였다.

베넷 부인은 방문을 열기 무섭게 수다를 늘어놓았다.

"오, 여보! 더없이 즐거운 저녁, 최고의 무도회였어요! 당신도 갔더라면 좋았을 것을. 제인의 인기가 하늘을 찔렸어요, 그보다 더 좋은 일은 있을 수 없죠. 다들 제인이 예쁘다고 난리였어요. 빙리 씨 눈에도 그 애가 꽤 예뻤던지, 두 번이나 같이 춤을 췄다니까요. 생각해봐요, 여보, 정말로 제인이랑 두 번이나 춤을 췄다고요. 빙리 씨가 한 번 더 춤을 청한 사람은 무도회장을 통틀어 우리 제인뿐이었죠. 맨 처음으로는 루카스 양한테 손을 내밀었어요. 둘이서 마주 보며 서 있는 걸 보자니 속이 바짝바짝 타더라고요. 하지만 말이에요, 빙리 씨는 그 애한테 조금도 반하지 않았어요. 하기야 누군들 그렇겠어요? 그러다 제인이 춤에 응하는 모습을 보고 그 양반이 한눈에 반한 모양이에요. 저 아가씨가 누구냐고 물어보고 소개를 받더니 다음번 춤을 같이 추자고 청하더라고요. 세 번째는 킹 양이랑 췄고, 네 번째는 머라이아 루카스랑, 다섯 번째는 다시 우리 제인이랑, 여섯 번째는 리지랑 췄고, 그리고 불랑제(프랑스에서 유래한 경쾌한 춤으로, 특히 18~19세기 유럽 무도회에서 마지막 춤은 대부분 불랑제였다 – 옮긴이)가……."

더는 못 듣겠다는 듯 남편이 끼어들었다.

"그 양반이 조금이라도 나를 측은히 여겼다면 그토록 줄기차게 춤만 춰대진 않았을 텐데! 내 간곡히 부탁하오, 빙리 씨와 함께 춤춘 여자들 얘기는 제발 그만둬요. 이거야 원, 첫 번째 곡에서 발목이 삐지 않은 게 유감이로군!"

남편이 뭐라건 베넷 부인은 말을 이어갔다.

"어머나 여보, 난 빙리 씨가 정말 마음에 드는걸요. 진짜 너무너무 잘생겼지 뭐예요! 누이들도 매력이 넘치고요. 그 여자들 드레스처럼 멋들어진 물건은 내 평생 처음 보았다니까요. 특히 허스트 부인 드레스에 달린 레이스는 아마……."

베넷 씨가 또다시 아내의 말문을 막으며 옷 얘기는 듣기 싫다고 잘라 말했다. 베넷 부인은 하는 수 없이 화제를 돌려 경악할 수준인 다아시 씨의 무례함을 다분히 억하심정으로 얼마간 과장도 섞어가며 이야기했다.

그리고 덧붙였다.

"하지만 장담할 수 있어요. 리지가 그치의 이상형에 들어맞지 않는다 해서 손해 볼 건 없답니다. 불쾌하고 고약하기 짝이 없는 인간이에요. 잘 보일 가치도 없지요. 어찌나 고고한 척 잘난 척을 하던지, 그야말로 꼴불견이 따로 없더라니까요! 자기가 대단한 뭐라도 되는 줄 알고 여기저기 어슬렁대기나 하고! 같이 춤추고 싶을 만큼 잘생긴 것도 아니면서! 당신이 거기 가서 그 인간 콧대를 납작하게 눌러줬어야 하는데. 하여간 난 그 인간, 참 마음에 안 들어요."

JANE AUSTEN

줄곧 빙리 씨 칭찬하길 조심스러워했던 제인은 엘리자베스와 단둘이 있게 되자 그가 얼마나 마음에 들었는지 실컷 털어놓았다.

"젊은 남자가 갖춰야 할 모든 걸 갖춘 사람이야. 합리적이고 유쾌하고 활기 넘치고. 그렇게 매너가 좋은 사람은 처음 봤어! 뭘 하든 편안하고 자연스러운 게, 완벽하게 잘 자란 티가 난다니까!"

엘리자베스가 맞장구쳤다.

"게다가 잘생겼지. 그 또한 젊은 남자가 갖춰야 할 미덕이고. 그게 가능하다면 말이야. 아무튼 결국 그 남자는 다 갖췄다는 거네."

"그분이 두 번째로 춤을 청했을 때는 황송한 기분까지 들더라. 그렇게까지 예우해줄 줄은 몰랐거든."

"몰랐다고? 난 알았는데. 하지만 바로 그런 게 언니와 나의 크나큰 차이점이지. 누가 언니한테 호감을 표하면, 언니는 의외라고 여기지만 난 당연하다고 보거든. 빙리 씨가 언니한테 또 춤을 청한 것은 지극히 당연한 일이야. 무도회장에 있었던 여자들 중 누굴 갖다 대도 언니가 다섯 배는 더 예쁜걸, 그 사람도 눈이 있으니 모르려야 모를 수가 없잖아. 그러니까 당연한 관심에 고마워할 필요는 없단 얘기야. 뭐, 어쨌든 썩 괜찮은 남자인 건 확실하니 언니가 좋다면 나도 말리지 않겠어. 언니는 더 못난 남자들도 여럿 좋아했으니까."

"어머 리지!"

"왜? 언니는 말이야, 워낙에 사람을 두루두루 좋게 보잖아. 누구한테서도 흠을 잡는 법이 없어. 언니 눈에는 온 세상이 선하고 상냥하지. 난 살면서 언니가 누굴 흉보는 걸 들어본 적이 없어."

"누구든 섣불리 비난하고 싶진 않아. 하지만 그렇다고 내 생각과 다른 말을 하는 건 아닌데."

"알지, 그래서 신기하다니까? 언니처럼 사리에 밝은 사람이 남의 어리석고 황당한 면엔 그리도 깜깜하다니! 순수한 척하는 사람은 세상에 널렸어. 어딜 가나 있다고. 하지만 어떠한 가식이나 의도도 없이 순수한 사람, 모든 사람을 좋게 받아들이고 실제보다 더 좋게 말하면 말하지 절대 나쁘게 말하지 않는 사람은 언니밖에 없어. 그래, 언니는 그 남자의 누이들도 마음에 들잖아, 그렇지? 매너는 그 남자만 못하던데."

"확실히 별로였지, 처음에는. 하지만 막상 대화를 해보면 아주 유쾌한 사람들이야. 빙리 양은 오빠랑 같이 살면서 집안 살림을 맡기로 했대. 내가 잘못 본 게 아니라면 우린 아주 좋은 이웃이 될 거야."

JANE AUSTEN

엘리자베스는 군말 없이 들었지만, 언니 말을 수긍하는 건 아니었다. 무도회에서 보인 빙리 자매의 태도는 대체로 유쾌함과는 거리가 멀었다. 언니보다 눈치가 빠르고 호락호락하지 않은 데다 자신을 향한 호의 따위로 판단력이 흐려지는 법이 없었던 엘리자베스는 그녀들을 좋게 받아들일 마음이 거의 없었다. 빙리 자매는 실로 대단한 숙녀들이었다. 기분이 좋을 땐 충분히 유쾌했고 마음만 먹으면 얼마든지 살갑게 굴 수도 있었지만, 오만하고 도도했다. 둘 다 상당한 미인이었고, 런던의 일류 사립 기숙학교에서 교육을 받았으며, 재산이 2만 파운드나 되어 분수 넘치게 돈을 펑펑 쓰고 상류층 사람들과 어울리는 게 일상이었으므로, 모든 면에서 자신을 높이고 남들을 업신여길 자격이 있었다. 그녀들의 머릿속엔 오라비와 자신들이 누리는 부의 원천이 장사였다는 사실보다 빙리가가 잉글랜드 북부의 명망 높은 가문이라는 사실이 더 깊이 새겨져 있었다.

빙리 씨의 아버지는 아들에게 10만 파운드에 육박하는 재산을 물려주었는데, 살아생전 토지를 매입하고자 했으나 뜻을 이루지 못하고 세상을 떠났다. 빙리 씨도 마찬가지로 지주가 될 생각이 있었고 가끔 살 만한 땅을 찾아다니기도 했지만, 이제는 좋은 집에 수렵권까지 얻었으니, 그의 태평한 성정을 잘 아는 사람들은 그가 네더필드에서 여생을 보내고 땅 사는 일은 다음 세대로 넘기는 게 아닐까 하고 생각했다.

빙리 자매는 오라비가 제 소유의 땅을 갖길 간절히 바랐다. 하지만 그가 고작 세입자로서 자리를 잡았을 뿐임에도, 빙리 양은 기꺼이 그의 식탁을 책임지려 했고, 재산보다 지위를 보고 결혼한 허스트 부인도 형편에 따라 그의 집이 제집인 양 아무렇지 않게 얹혀살았다. 빙리 씨는 성년이 된 지 채 2년이 지나지 않았을 때 우연히 네더필드 저택을 한번 둘러보라는 권유를 받았다. 그도 마음이 동해서 실제로 찾아와 안팎으로 30분을 살펴보았는데, 저택의 위치와 실내의 주요 공간들이 마음에 든 데다 이곳을 칭찬하는 소유주의 말이 만족스러워 곧바로 임대 계약을 해버렸다.

그와 다아시는 성격이 극과 극임에도 한결같은 우정을 유지했다. 다아시는 빙리의 느긋하고 솔직하며 양순한 성품을 높이 샀다. 그렇다고 그와 정반대인 자신의 성격에 결코 불만이 있는 것 같지는 않았지만 말이다. 다아시의 평가가 지닌 힘을 빙리는 굳게 신뢰했고, 그의 판단을 가장 중요시했다. 이해력은 다아시가 우월했다. 빙리도 절대 머리가 나쁘지 않았지만, 다아시는 비상했다. 그는 거만하고 내성적이며 까다로운 사람으로, 본데 있게 자랐음에도 사람들에게 좋은 인상을 주지는 못했다. 그런 면에서는 빙리가 훨씬 유리했다. 그는 어딜 가나 어김없이 호감을 샀지만, 다아시는 언제나 불쾌감을 안겼다.

메리턴 무도회를 두고 나눈 대화에서도 두 남자의 대조적인 성격이 여실히 드러났다. 빙리는 그렇게 유쾌한 사람들과 예쁜 여자들을 만난 건 평생 처음이고, 모두가 친절과 배려를 아끼지 않았으며, 격식을 따지지 않는 화기애애한 분위기였고, 금세 거기 있던 사람들 모두와 원래 알고 지낸 사이처럼 느껴졌다고 했다. 베넷 양에 대해서는, 천사도 그녀보다 아름다울 순 없을 거라며 황홀해했다. 반면 다아시는 별 볼 일 없는 외모에 촌스러운 사람들이 잔뜩 모여 있더라면서, 누구한테서도 일말의 흥미조차 느낄 수 없었고, 그에게 관심을 주거나 즐거움을 안긴 사람도 전혀 없었다고 했다. 그리고 베넷 양이 예쁜 건 인정하지만, 미소가 헤프다고 평했다.

허스트 부인과 빙리 양은 다아시의 평을 수긍하면서도, 그래도 베넷 양은 참 사랑스러운 아가씨이며 마음에 든다고 칭찬했고, 좀 더 친해지기를 마다할 이유가 없다고 했다. 그렇게 베넷 양은 사랑스러운 아가씨로 결론이 났고, 이러한 누이들의 찬사를 허락으로 느낀 빙리는 자신이 선택한 그녀에 대한 생각을 그대로 고수하기로 마음먹었다.

　롱본에서 조금만 걸어가면 도착할 수 있는 곳에 베넷 가와 친분이 두터운 가문이 살았다. 윌리엄 루카스 경은 과거에 상인이었는데, 메리턴에서 장사로 웬만큼 재산을 모은 뒤 시장이 되었고, 임기 중에 국왕에게 청을 올려 기사 작위를 받았다. 신분 상승의 효과가 너무나 강력했던 모양이다. 그는 장사 일도 싫어지고 장이 서는 소도시에 사는 것에도 넌더리가 나서, 다 접고 가족과 함께 메리턴에서 약 1마일 거리에 있는 집으로 이사했다. 그때부터 그 집은 '루카스 별장'으로 불리게 되었는데 그곳은 그에게 자신의 권위를 기쁘게 되새길 구실을 제공했다. 덕분에 그는 장사의 굴레를 벗고 온 세상에 호의를 베푸는 일에 전념할 수 있었다. 자신의 지위를 몹시 자랑스러워했지만, 거만하게 굴기는커녕 오히려 모두를 살뜰히 배려했다. 원체 악의 없고 다정하며 친절한 성품을 타고난 데다, 세인트 제임스 궁에서 국왕을 알현하고서는 공손함까지 갖추게 되었다.

　루카스 여사는 매우 선량한 여인으로, 베넷 부인이 경계할 만큼 영리하지는 않은 소중한 이웃이었다. 자녀는 여럿이었다. 첫째는 분별 있고 총명한 스물일곱 살 아가씨로, 엘리자베스와 절친한 사이였다.

루카스가와 베넷가의 딸들은 반드시 만나서 무도회를 주제로 이야기꽃을 피워야만 했다. 메리턴 무도회 다음 날 아침에도, 루카스가의 딸들이 롱본을 찾았다.

"어젠 네가 시작이 좋더구나, 샬럿. 빙리 씨의 첫 번째 상대였잖니."

베넷 부인은 자제심을 발휘해 예의상 하는 말로 넌지시 운을 뗐다.

"네. 하지만 그분은 두 번째 상대를 더 좋아하시는 것 같았어요."

"오! 제인 말이니? 빙리 씨가 얘랑 두 번이나 춤을 췄잖니. 확실히 얘한테 반한 것 같긴 하더라. 아무래도 사실인 것 같은데…… 내가 들은 얘기도 있고…… 하지만 정확히 아는 건 아니야…… 로빈슨 씨 어쩌고 하던데……."

"제가 들었던 빙리 씨와 로빈슨 씨의 대화를 말씀하시는 건가 봐요. 제가 말씀 안 드렸던가요? 로빈슨 씨가 저희 메리턴 무도회가 마음에 드느냐, 예쁜 아가씨가 정말 많은 것 같지 않으냐, 개중 누가 가장 예쁜 것 같으냐, 하고 물으니 빙리 씨가 대뜸 마지막 질문에 답하더라고요. '오! 당연히 베넷가의 큰 따님이지요, 거기엔 이견이 있을 수 없습니다.'라고요."

"어머나 세상에! 정말 확신에 찬 대답이었네. 그렇다

면 역시……. 하지만 이러다 그냥 흐지부지될지도 모르지."

샬럿이 말했다.

"역시 네가 엿들은 얘기보다 내가 엿들은 얘기가 더 유익했어, 일라이자. 빙리 씨면 모를까 다아시 씨가 하는 말 따위, 귀담아들을 가치가 없잖아? 불쌍한 우리 일라이자! 고작 '그럭저럭 봐줄 만하다'라니!"

"아서라 얘, 그 사람한테 그런 소릴 들었다고 리지가 속 끓일 일은 아니잖니. 그렇게 고약한 인간 마음에 든다면 그거야말로 불행이지. 롱 부인이 그러는데 어젯밤 그 인간이 30분 동안 지척에 앉아 있으면서 입도 뻥끗하지 않더란다."

제인이 끼어들었다.

"확실해요, 어머니? 잘못 들으신 거 아니에요? 다아시 씨가 롱 부인한테 말하는 걸 제가 분명히 봤거든요."

"그거야…… 참다못한 롱 부인이 네더필드에서 지내는 게 어떠냐고 먼저 물었다더라. 그러니 답을 안 하고 배기나. 하지만 말을 시켜서 아주 기분 나쁜 티를 내더래."

"빙리 씨 말로는, 그분은 친한 사람이 아니면 좀처럼 입을 열지 않는대요. 하지만 친한 사람과 함께 있을 때면 놀랍도록 친절하다던데요."

제인의 말에도 베넷 부인의 태도는 달라지지 않았다.

"전혀 못 믿을 말이구나, 애야. 그렇게 친절한 양반이라면 롱 부인한테 말을 걸었겠지. 하긴, 어찌 된 일인지 알 만해. 아주 오만에 사로잡힌 인간이라고 다들 입을 모으더라. 보나 마나, 롱 부인한테 마차가 없어서 전세 마차를 타고 무도회에 왔단 얘길 들은 게지."

다시 샬럿이 말했다.

"그분이 롱 부인께 말을 걸지 않은 거야 상관없지만, 일라이자와 함께 춤추지 않은 건 못내 아쉽네요."

"나라면 말이다, 리지. 언젠가 기회가 있대도 그 인간이랑은 춤추지 않을 거다."

"그럼요, 여부가 있겠어요? 그 인간이랑은 절대로 춤추지 않겠다고 약속할 테니 안심하세요, 어머니."

"사람이 오만하면 대개 꼴불견이지만, 제가 보기에 그분의 오만은 그다지 거슬리지 않아요. 이유가 있으니까요. 인물 훤하겠다, 집안 좋겠다, 재산 많겠다, 그야말로 빠지는 게 하나 없는 상류층 젊은이가 스스로 잘났다고 여기는 게 이상한 일은 아니잖아요? 이런 표현을 해도 되는지 모르겠지만, 그분은 오만할 권리가 있어요."

샬럿의 말에 엘리자베스가 호응했다.

"맞는 말이야. 그 사람이 하필 내 자존심을 짓밟은 게 아니었다면 나도 그 오만을 쉽사리 용서했을걸?"

그러자 탄탄한 사고력을 자부하는 메리가 끼어들었다.

　"난 말이야, 오만은 아주 흔한 결점이라고 생각해. 지금까지 읽은 책들이 하나같이 다 그렇게 말하더라고. 실은 누구나 오만해질 수 있다, 유독 오만에 빠지기 쉬운 게 인간의 본성이다, 실제건 상상이건 자기한테 있는 어떤 특성을 이유로 자만심을 품지 않은 사람은 거의 없다고 말이야. 허영과 오만은 달라. 같은 뜻으로 쓰일 때가 많지만. 허영이 없어도 오만할 수는 있거든. 오만이 내가 나를 어떻게 평가하느냐의 문제라면, 허영은 남들 눈에 나를 어떻게 보이게 할 것인가의 문제야."

　누이들과 함께 온 루카스가의 아들이 외쳤다.

　"내가 다아시 씨처럼 부자라면 오만이고 뭐고 신경 쓰지 않겠어. 여우 사냥개도 잔뜩 키우고, 매일매일 포도주를 병째로 마실 거야."

　베넷 부인이 대꾸했다.

　"그럼 주정뱅이가 될걸? 어디 내 눈에 띄기만 해봐라, 술병을 뺏어버릴 테니."

　아이는 그러면 안 된다고 항의했고, 베넷 부인은 그럴 거라고 을러댔다. 둘의 말씨름은 루카스가 사람들이 귀갓길에 나서면서 겨우 끝이 났다.

06

롱본의 여인들은 곧 네더필드를 방문했다. 예에 따라 답방도 이루어졌다. 허스트 부인과 빙리 양은 사근사근한 베넷 양이 볼수록 마음에 들었다. 베넷 부인은 도무지 좋게 봐줄 수 없었고 나머지 딸들은 말 섞을 가치도 없어 보여서, 첫째와 둘째 딸에게 더 친하게 지내고 싶다는 의사를 표했다. 제인은 이러한 관심을 더없이 기쁘게 받아들였지만, 엘리자베스는 여전히 그녀들이 모든 사람을, 심지어 자신의 언니까지 하찮게 대한다고 보았기에 속없이 좋아할 수가 없었다. 그래도 빙리가의 여인들이 제인을 그나마 친절히 대하는 건 오라비가 늘어놓은 찬사의 영향을 받았을 가능성이 크다는 점에서 의미가 있었다. 빙리 씨가 제인을 연모한다는 건 두 사람이 만날 때마다 표가 났으니 누가 봐도 명백했고, 제인 역시 처음엔 그의 마음에 들기 위해 가졌던 좋은 감정에 스스로 사로잡혀 어느 정도 사랑에 빠졌다는 것 또한 엘리자베스의 눈에는 명백했다. 엘리자베스는 제인이 워낙 다정다감하고 침착하며 한결같이 쾌활한 사람이라, 빙리 씨에 대한 언니의 마음이 만천하에 드러나지 않는 게 다행이라 여겼다. 남 일에 참견하기 좋아하는 사람들의 호기심을 피할 수 있으니. 그리고 그런 생각을 친구인 루카스 양에게 말했다.

샬럿이 대답했다.

"이런 경우라면 사람들을 속일 수 있는 게 다행인지도 모르겠다. 하지만 너무 조심스러워하는 게 때로는 독이 될 수도 있어. 같은 식으로 여자가 자기 감정을 그 대상한테까지 숨기면 그 남자를 붙잡을 기회를 놓칠 수도 있잖아. 그러면 그 남자뿐 아니라 온 세상이 까맣게 모를 거라고 믿어본들 별로 위로가 되진 않을걸? 거의 모든 애정은 고마운 마음이나 자기만족이 높은 비중을 차지하기 때문에, 그대로 내버려 두면 사라져버리기 십상이야. 누구나 시작은 자유롭게 할 수 있지. 약간의 호감 정도야 충분히 자연스러운 현상이니까. 하지만 자극제가 없는데도 진짜 사랑에 빠질 만큼 강심장인 사람은 극히 드물어. 십중팔구, 여자는 애정을 스스로 느끼는 정도보다 더 많이 표현하는 게 좋아. 빙리가 너희 언니를 좋아한다는 건 의심할 여지가 없지만, 언니가 북돋워주지 않으면 그 사람의 마음도 그저 좋아하는 선에서 그치고 말거야."

"언니도 천성에 거스르지 않는 한 힘껏 거들고 있는걸. 나도 언니 마음을 눈치챘는데 바보가 아니고서야 그 사람이 모를 리는 없어."

"일라이자, 그 남자는 너만큼 언니의 성격을 잘 알지

JANE AUSTEN

못한다는 사실을 기억하렴."

"하지만 여자가 좋아하는 마음을 애써 숨기지 않으면 남자 쪽에서도 알아차리는 게 당연하잖아."

"두 사람이 충분히 함께 시간을 보냈다면 아마 그렇겠지. 빙리와 제인은 꽤 자주 만나는 편이긴 하지만, 몇 시간이고 함께한 적은 없잖아. 항상 많은 사람과 섞여서 만나는 탓에 매 순간 둘만의 대화에 집중하는 것도 불가능하고. 그러니 제인은 그의 관심을 붙잡을 수 있는 단 30분의 시간이라도 매번 최대한 활용해야 해. 일단 그의 마음을 휘어잡은 뒤에는 본인이 원하는 대로 사랑할 여유가 있을 거야."

"괜찮은 작전이네. 오로지 결혼을 잘하고 싶은 마음뿐이라면 말이야. 부자 남편, 아니 어떠한 남편이라도 구하기로 마음먹는다면 나라도 그렇게 하겠어. 하지만 언니의 감정은 그런 게 아니야. 계획대로 행동하는 게 아니거든. 아직은 자기가 그 남자를 얼마나 좋아하는지, 그런 감정이 과연 온당한지도 확신하지 못하는걸. 서로 알게 된 지 겨우 보름이야. 메리턴에서 네 곡을 함께 추었고, 오전에 그 사람 집에서 만난 게 한 번, 이후로 함께 정찬을 든 게 네 번. 언니가 빙리 씨를 제대로 파악할 기회가 충분했다고 볼 수는 없지."

"꼭 그렇지만은 않아. 물론 단순히 식사만 같이 했다

면 그 남자가 잘 먹는지 아닌지를 파악하는 데 그쳤을지도 모르지. 하지만 식사를 포함해 네 번의 저녁 시간을 함께 보냈다는 걸 명심하라고. 네 번의 저녁이면 아주 많은 일이 일어날 수 있어."

"응, 그 네 번의 저녁 시간으로 두 사람 다 코머스보다 벵룅(둘 다 카드놀이의 일종인데, 여기서 두 카드놀이를 비교한 것은 상업(코머스)을 천시했던 당대 세태를 반영한 언어유희라고 볼 수 있다 - 옮긴이)을 더 좋아한다는 사실을 알게 됐지. 하지만 그 외에 두 사람이 가진 중요한 특징에 관해선 그다지 밝혀진 게 없는 것 같아."

"어쨌든 난 진심으로 제인을 응원해. 그 애가 당장 내일 빙리 씨와 결혼하건 열두 달 동안 그의 성격을 알아본 다음에 결혼하건, 행복할 확률은 어차피 같아. 결혼생활의 행복은 어디까지나 운에 달린 문제거든. 결혼 전에 서로를 아주 잘 알았거나 성격이 아주 비슷하다고 해서 좀 더 행복해지는 건 아니야. 부부가 되고 나면 점점 달라져서 결국엔 서로가 짜증 난다는 사실만 공유하게 되지. 평생을 함께하기로 한 이상, 상대방의 결점은 가능한 한 모르는 편이 나아."

"나 웃으라고 하는 얘기지? 웃기기는 하지만 틀렸어. 말하는 사람도 알 거야. 정작 본인은 절대로 그렇게 하지 않을 거고."

빙리 씨가 언니를 어떻게 생각하는지 관찰하는 데 정신이 팔린 나머지, 엘리자베스는 그의 친구의 흥미 어린 눈길이 자신에게로 향하기 시작했다는 사실을 전혀 눈치채지 못했다. 처음에 다아시 씨는 그녀가 별로 예쁘지 않다고 여겼다. 무도회에서 그녀를 보았을 때는 아무런 감흥이 없었고, 다음에 만났을 때 그녀를 본 것도 오로지 흠을 찾기 위해서였다. 그러나 그녀의 얼굴에 좋게 평할 만한 특징이 거의 없다는 결론을 자신과 친구들에게 언명하자마자, 감정을 아름답게 표현하는 검은 눈동자가 그녀의 얼굴에서 남다른 지성미를 풍기게 한다는 사실을 발견했다. 그러자 뒤이어 눈동자 못지않게 그를 당황케 하는 다른 특징들도 보이기 시작했다. 그녀의 몸에서 완벽한 균형을 이루지 못하는 부분을 하나 이상 찾아냈음에도 몸짓이 경쾌하다는 것을 인정할 수밖에 없었고, 상류 사회의 예의범절이라곤 전혀 모른다고 단언할 수 있음에도 그녀의 편안한 장난기에 끌렸다. 이런 사실을 그녀는 꿈에도 몰랐다. 그녀에게 그는 그저 어디서도 유쾌하지 못한 사람, 그녀를 춤 상대로 삼기엔 미모가 달린다고 생각하는 사람에 지나지 않았다.

그는 그녀를 더 알고 싶어졌다. 그래서 직접 그녀와 대화하기에 앞서 그녀가 다른 사람들과 나누는 대화에 귀를 기울였는데, 그 행동이 그녀의 주의를 끌었다. 윌리엄 루카스 경의 집에서 대규모 사교 모임이 열린 날이었다.

엘리자베스가 샬럿에게 말했다.

"내가 포스터 대령님이랑 대화하는 걸 다아시 씨가 유심히 듣던데, 대체 무슨 속셈일까?"

"그건 오직 다아시 씨만 답해줄 수 있는 질문인데."

"하지만 한 번만 더 그러면, 무슨 수작인지 다 안다고 확실히 일러줄 거야. 눈빛이 너무 신랄해. 내가 먼저 세게 나가지 않으면 곧 그 인간한테 주눅이 들겠어."

잠시 후 그가 다가왔다. 두 아가씨에게 말을 걸 생각은 없어 보였지만 말이다. 루카스 양은 과연 저 사람 앞에서 그 얘길 꺼낼 수 있겠느냐며 친구를 도발했고, 이에 자극을 받은 엘리자베스는 냉큼 그를 향해 돌아서서는 대뜸 물었다.

JANE AUSTEN

"어떻게 들으셨어요, 다아시 씨? 방금 제가 포스터 대령님께 메리턴에서 무도회를 열어달라고 졸랐잖아요. 제 의사를 아주 잘 전달했다고 생각하시지 않나요?"

"열의가 대단하더군요. 하기야 무도회란 여인들이 항상 열을 올리는 주제죠."

"저희한테 너무하신데요."

이때 루카스 양이 끼어들었다.

"이제 이 여인을 조를 차례네요. 난 피아노 뚜껑을 열 거야, 일라이자. 다음 순서는 잘 알지?"

"진짜 악취미야! 친구랍시고 꼭 이런 식이라니까! 꼭 사람들 앞에서 내가 연주하고 노래해야 직성이 풀리지? 내 허영심이 음악 쪽으로 기울었다면 언니는 참 귀중한 조력자였겠지만, 현실의 나는 최고의 연주에만 귀가 익은 사람들 앞에 앉기가 정말이지 싫다고."

그래도 엘리자베스는 친구의 고집을 당해낼 수 없었다.

"좋아, 정 그래야 한다면 어쩔 수 없지."

그러고는 다아시 씨를 흘낏 쳐다보며 사뭇 근엄하게 말했다.

"여기 계신 모두가 익히 아시는 오래된 명언이 있지요. '숨은 참았다가 죽이나 식히는 데 써라.' 저는 숨을 참았다가 노래나 크게 부르는 데 써야겠네요."

그녀의 연주와 노래는 최고로 훌륭하진 않았지만 제법 듣기 좋았다. 한두 곡이 끝나자 또 들려달라는 요청이 여기저기서 들렸다. 그러나 그녀가 응할 새도 없이 동생인 메리가 잽싸게 피아노를 차지했다. 베넷가에서 유일하게 평범한 외모를 타고났기에 지식과 교양을 열심히 쌓아온 메리는 언제고 자신의 재주를 과시하고 싶어 안달이었다.

메리는 재능도 감각도 없었다. 허영심이 그녀를 전심전력하게 했지만, 바로 그 허영심 때문에 그녀는 지나치게 아는 척하고 자만하는 태도를 보이기도 했는데, 그것은 그녀가 지금보다 더 탁월한 재주를 가졌대도 그 실력조차 깎아내릴 흠이었다. 비록 실력은 동생의 절반에도 못 미쳤지만 편하고 꾸밈없는 엘리자베스의 공연이 훨씬 더 즐겁게 들을 만했다. 메리의 기나긴 협주곡 연주가 끝날 무렵, 동생들이 스코틀랜드 가곡과 아일랜드 가곡을 신청하고는 한쪽 구석에서 춤추는 사람들 틈으로 루카스가의 딸들과 두세 명의 장교들과 함께 들어가 열심히 춤을 추었고, 그 두 곡을 마치고서야 메리는 다행히도 청중의 칭찬과 감사를 얻어낼 수 있었다.

다아시 씨는 근처에 있었다. 모든 대화의 기회를 차단하고 춤으로 시간을 흘려보내는 듯한 그날 저녁의 분위기가 못마땅해 불쾌한 얼굴로 묵묵히 서 있었는데, 자기 생각에 골몰한 나머지 윌리엄 루카스 경이 바로 옆에 있는 것조차 알아채지 못했다. 하여 윌리엄 경이 먼저 말을 걸었다.

"젊은이들한테 참으로 매력적인 오락거리 아닙니까, 다아시 씨! 결국엔 춤만 한 게 없어요. 개인적으로는, 점잖은 사교계에서 즐길 만한 가장 세련된 오락이 아닌가 합니다."

"그러네요. 게다가 세상의 온갖 덜 점잖은 모임에서도 성행한다는 장점이 있지요. 아무리 미개해도 춤은 출 수 있으니 말입니다."

윌리엄 경은 별다른 대꾸 없이 미소만 짓다가, 잠시 후 빙리가 춤 대열에 합류하는 것을 보고는 다시 입을 열었다.

"친구분 춤추는 모습이 무척 보기 좋군요. 다아시 씨도 필시 저 분야에 일가견이 있으시겠지요."

"메리턴에서 제가 춤추는 걸 보셨을 텐데요."

"예, 봤습니다. 덕분에 제 눈이 적잖이 즐거웠답니다. 세인트 제임스 궁에서도 종종 춤을 추시는지요?"

"전혀요."

"춤이 궁에 경의를 표하는 적절한 예라고 생각지 않으십니까?"

"가능하면 어떠한 장소에도 그런 식으로 경의를 표하지 않습니다만."

"런던에 집이 있다고 들었습니다."

다아시 씨는 대답 대신 고개를 끄덕했다.

"저도 한때 런던에 자리를 잡을까 생각한 적이 있습니다. 상류층 사교계가 좋아서 말이지요. 하지만 런던의 공기가 루카스 여사의 건강에 이로울 성싶지 않더군요."

윌리엄 경은 대답을 기다렸지만 상대방은 대답할 기미를 보이지 않았다. 때마침 그들 방향으로 걸어오는 엘리자베스가 눈에 띄었고, 불현듯 매우 신사다운 행동을 할 기회라는 생각이 들어 그녀를 불렀다.

"우리 일라이자 양, 왜 춤추지 않고? 다아시 씨, 더할 나위 없는 춤 상대로 이 아가씨를 소개해드리니 반드시 받아주셔야 합니다. 이런 미인이 눈앞에 있는데도 춤추길 거절하실 순 없을 테지요."

그러고는 그녀의 손을 잡아 다아시 씨에게 넘기려 했다. 다아시 씨는 소스라치게 놀랐지만 거절하지 않을 셈이었는데, 그녀 쪽에서 황급히 손을 빼더니 당황한 기색으로 윌리엄 경에게 말했다.

"제발요, 전 춤출 생각이 결단코 없어요. 제가 춤 상대를 구하고 싶어서 이쪽으로 왔다고 오해하셨다면 부디 접어주세요."

다아시 씨가 정중하게 예를 갖춰 그녀의 손을 잡는 영광을 청했지만 헛수고였다. 엘리자베스는 단호했다. 윌리엄 경의 설득에도 그녀는 전혀 흔들리지 않았다.

"춤 솜씨가 그리도 뛰어난데, 일라이자 양, 춤추는 자넬 보는 행복을 내게 안겨주지 않겠다니 잔인하구먼그래. 더구나 이 신사분은 평소 이 오락거리를 싫어하시는데도 이번만은 흔쾌히 우리에게 30분을 내어주실 텐데."

"다아시 씨는 예의의 화신이시니까요."

엘리자베스는 빙긋 웃으며 말했다.

"그럼, 그럼. 하지만 일라이자 양, 이분이 특별히 아량을 베푸시는 것도 사실 그 계기를 고려하면 지극히 당연한 일이라네. 아닌 말로, 누가 이런 춤 상대를 거부하겠나?"

엘리자베스는 능청스러운 표정을 짓고서 돌아섰다. 그녀의 거절에도 이 신사분은 기분이 상하지 않았다. 그가 너그러운 마음으로 그녀를 생각하고 있을 때, 빙리 양이 다가와 말을 걸었다.

"무슨 상념에 젖어 계신지 알 것 같네요."

"모르실 텐데요."

"수많은 저녁을 이런 식으로, 이런 사람들하고 보내다니 도무지 견딜 수 없다, 이 생각이잖아요. 정말이지 저도 동감이에요. 이렇게 짜증스러웠던 적이 없다니까요! 따분한데 시끄럽고, 다들 아무것도 아닌 주제에 거드름만 피우고! 저들을 맹비난하는 다아시 씨의 고견을 꼭 듣고 싶네요!"

"완전히 잘못 짚으셨군요. 전 기분이 나쁘지 않습니다. 아름다운 여인의 맑은 눈빛이 주는 굉장한 즐거움을 사색하던 중이었거든요."

그 즉시 빙리 양은 그의 얼굴을 빤히 쳐다보면서, 대체 어떤 아가씨가 그런 생각을 불러일으켰느냐고 물었다. 다아시 씨는 아주 대담하게 답했다.

"엘리자베스 베넷 양입니다."

"엘리자베스 베넷 양? 정말 놀랄 노 자네요. 언제부터 그 아가씨를 마음에 두셨어요? 그럼 축하 인사는 언제쯤 드리게 될까요?"

"제가 예상한 그대로 질문하시는군요. 역시 여인의 상상엔 날개가 달렸어요. 호감에서 사랑으로, 사랑에서 혼인으로 순식간에 날아가지요. 축하까지 하실 줄 알았습니다."

"아뇨, 그렇게 진지하게 나오시면 그 문제는 기정사실로 봐야겠네요. 참으로 매력적인 장모님을 두시게 됐습니다. 물론 그분은 펨벌리에서 언제나 당신과 함께하시겠죠."

그녀가 이런 식으로 비꼬며 혼자 즐거워하는 동안, 그는 무심코 흘려들을 뿐이었다. 그의 태연한 모습에 안심한 그녀는 이후로도 한참이나 빈정대는 재담을 늘어놓았다.

JANE AUSTEN

07

베넷 씨의 재산은 연 수입 2천 파운드의 토지가 거의 전부였는데, 그의 딸들에겐 안됐지만 아들이 없는 탓에 그마저도 먼 친척이 상속받게 돼 있었다. 베넷 부인의 재산은 그녀 자신이 평생 돈 걱정 없이 살기에는 충분했으나 남편의 부족분을 채우기엔 모자랐다. 메리턴에서 변호사로 일했던 아버지가 물려준 재산, 4천 파운드였다.

베넷 부인의 여동생은 아버지 밑에서 일하던 필립스 씨와 결혼하여 그 남편이 장인의 사무소를 이어받았고, 남동생은 런던에 살면서 꽤 괜찮은 상인으로 자리 잡았다.

롱본은 메리턴에서 고작 1마일밖에 떨어지지 않아 아가씨들이 걸어서 오가기에 딱 좋았다. 일주일에 서너 번은 이모 댁을 방문하여 도리를 다하고, 간 김에 바로 길 건너에 있는 모자 상점에도 들를 수 있었다. 베넷가의 넷째 캐서린과 막내 리디아가 특히 자주 나들잇길에 나섰다. 이 두 딸은 언니들보다 정신세계가 단순했고, 더 나은 일이 없으면 메리턴에라도 가야 아침 나절을 즐겁게 보내면서 저녁 시간을 위한 이야깃거리를 마련할 수 있었다. 시골 마을이라 어지간해서는 새로운 소식이랄 게 생기지도 않는데, 그녀들은 항상 이모한테서 용케 어떤 소식이든 건져냈다. 심지어 얼마 전 민병대 한 부대가 이 지역에 도착하였으므로 지금은 이야깃거리뿐 아니라 기쁨도 넘쳐났다. 군부대는 겨우내 주둔할 예정이며 메리턴에 본부가 있었다.

이제 두 아가씨는 이모를 찾아갈 때마다 흥미진진한 정보를 잔뜩 들을 수 있었다. 날이면 날마다 그녀들 머릿속에 장교들의 이름과 인맥에 관한 정보가 차곡차곡 쌓여갔다. 오래지 않아 장교들의 숙소가 어디인지도 알았고, 급기야 그들을 직접 만나기 시작했다. 필립스 씨는 그들을 모두 방문하여 처조카들에게 일찍이 알지 못했던 행복의 문을 열어주었다. 그녀들은 오로지 장교들 얘기만 했다. 어머니를 생기 돌게 하는 빙리 씨의 막대한 재산도, 그녀들 기준에선 소위의 군복에 비하면 얘깃거리가 못 되었다.

어느 날 아침, 이 주제에서 벗어나지 않는 두 딸의 열띤 장광설을 듣던 베넷 씨가 이윽고 냉랭하게 말했다.

"너희들 말하는 걸 듣자 하니, 이 나라에서 둘째가라면 서러울 바보들이 틀림없구나. 그동안 설마 했는데 이제 확실해졌어."

캐서린은 당황해서 아무 말도 못 했지만, 리디아는 전혀 아랑곳하지 않고 카터 대위가 멋있다는 둥 그가 내일 아침에 런던으로 간다니까 오늘 중으로 꼭 볼 수 있으면 좋겠다는 둥 계속 떠들어댔다.

베넷 부인이 남편을 나무랐다.

"기가 막혀서, 원. 대체 어떤 아버지가 자기 딸들을 그리도 아무렇지 않게 바보 취급한답디까? 남의 자식이면 모를까 내 자식을 흉보는 건 안 돼요."

"내 자식들이 바보라면 내가 알고는 있어야지 않겠소."

"그래요, 하지만 공교롭게도 우리 애들은 하나같이 아주 영리하지요."

"그래도 뿌듯하구려. 우리 의견이 엇갈리는 문제가 이것 하나뿐이니 말이오. 부부의 마음이 완벽하게 일치하길 바라 마지않았소만, 우리 넷째와 막내가 보기 드문 바보라는 내 생각만은 당신 생각과 전혀 다른 모양이오."

"아이고 베넷 씨, 저런 어린애들한테 부모와 같은 분별력을 기대하면 안 되죠. 쟤들도 나이가 들면 장교 생각에만 빠져 있진 않을 거라고요. 나도 한때 붉은 제복을 얼마나 좋아했는데…… 사실, 그 마음은 아직도 여전해요. 연 수입이 5~6천 파운드쯤 되는 젊고 똑똑한 대령이 우리 딸을 원한다고 하면 난 반대하지 않을 거예요. 요전번 밤에 윌리엄 경 댁에서 보니까 포스터 대령이 제복이 참 잘 어울리던데요?"

리디아가 반갑게 소리쳤다.

"엄마, 이모님이 그러시는데요, 포스터 대령님이랑 카터 대위님이 이제는 처음 오셨을 때만큼 왓슨 양네로 자주 가시지 않는대요. 요즘은 클라크 도서관에서 자주 눈에 띄신다네?"

베넷 부인이 뭐라 호응할 새도 없이 하인이 편지를 가지고 들어왔다. 네더필드에서 베넷 양에게 보낸 편지였다. 하인은 답을 기다렸다. 딸이 편지를 읽는 내내 베넷 부인은 넘치는 기쁨에 눈을 반짝이며 쉴 새 없이 딸아이를 들볶았다.

"그래 제인, 누가 보낸 거니? 무슨 일로? 그 남자가 뭐래? 아유 제인, 빨리 읽고 얘기해줘. 얘, 어서."

"빙리 양이 보냈어요."

마침내 제인이 대답하고는 소리 내어 편지를 읽었다.

친애하는 벗에게.

오늘 저희 자매와 정찬을 함께하는 인정을 베푸시지 않으면 루이자 언니와 난 평생 서로를 미워하게 될지도 몰라요. 여자 둘이 온종일 마주치며 말을 주고받다 보면 싸우지 않고 좋게 끝날 수는 없는 법이니까요. 이 편지를 받거든 최대한 빨리 와주세요. 우리 오라비랑 신사분들은 장교들과 정찬 약속이 있답니다.

당신의 벗, 캐롤라인 빙리.

리디아가 득달같이 외쳤다.

"장교들과 정찬이라니! 이모님이 왜 그 얘기를 빼먹으셨지?"

베넷 부인은 실망한 기색이었다.

"따로 약속이 있다니. 운이 참 안 따라주는구나."

"마차를 타고 가도 될까요?"

제인의 물음에 어머니는 의외의 대답을 했다.

"안 돼, 얘. 비가 올 듯하니 말을 타고 가렴. 거기서 하룻밤 묵을 수밖에 없게."

엘리자베스가 끼어들었다.

"그거 좋은 작전인데요? 그 집 숙녀분들이 언니를 집에 데려다주겠다고 하지 않을 거라 확신하신다면요."

"오! 하지만 그 집 남자들이 빙리 씨 마차로 메리턴에 가지 않겠니? 허스트 부부한테는 말이 없고 말이야."

"아무래도 전 가족 마차로 가는 편이 좋겠어요."

"그렇지만 얘, 네 아버지께서 마차 끌 말들을 내어주실 수 없을 거야. 농장에서 필요하거든. 그렇죠, 여보?"

"농장에서 쓰느라 나도 못 쓰는 판이지."

또다시 엘리자베스가 나섰다.

"하지만 아버지가 오늘 그 말들을 농장에서 쓰셔야 어머니께서 목적을 달성하실 수 있답니다."

엘리자베스의 강요에 떠밀려 결국 아버지는 오늘 내어줄 말이 없다고 시인했고, 제인은 하는 수 없이 말을 타고 가기로 했으며, 어머니는 날이 궂을 거라고 거듭거듭 신나게 강조하며 현관까지 딸아이를 배웅했다. 날씨는 베넷 부인의 기대를 저버리지 않았다. 제인이 길을 나선 지 얼마 지나지 않아 장대비가 쏟아졌다. 동생들은 언니를 걱정했지만 어머니는 쾌재를 불렀다. 비는 저녁 내내 줄기차게 퍼부었고, 역시나 제인은 절대 돌아올 수 없었다.

"내가 생각한 대로 하늘이 돕는구나!"

베넷 부인은 비가 오는 것도 자기 덕인 양 몇 번이고 흡족하게 되뇌었다. 하지만 이튿날 아침까지는 그녀도 자신이 꾸민 계획의 절묘한 진가를 다 알진 못했다. 아침 식사가 끝나기 무섭게 네더필드의 하인이 들어와 엘리자베스 앞으로 온 편지를 전했다.

JANE AUSTEN

사랑하는 리지에게.

아침이 되니 몸이 영 안 좋아. 어제 비를 흠뻑 맞아서 탈이 난 것 같아. 친절한 여기 친구들이 나더러 몸이 낫기 전엔 집으로 돌아가겠다는 말도 꺼내지 말래. 게다가 존스 씨에게 진찰까지 받으라고 성화야. 그러니 그분이 이곳에 다녀갔다는 소식을 듣더라도 너무 걱정하지 말라고. 목이 따갑고 두통이 좀 있을 뿐 크게 아픈 데는 없어.

이만 줄일게, 언니가.

엘리자베스가 편지 낭독을 마치자 베넷 씨가 말했다.

"그러니까 부인, 우리 딸이 위독해도, 혹여 죽더라도, 다 당신이 시킨 대로 빙리 씨를 만나려고 용쓰다가 그리 됐다는 걸 알아서 당신에겐 위안이 되겠소이다."

"오! 죽긴 왜 죽어요? 그깟 감기 좀 걸렸다고 죽는 사람은 없어요. 어련히들 알아서 보살필까. 걔가 거기 있는 한 다 잘된 일이에요. 마차가 있으면 내가 직접 가보련만."

엘리자베스는 진심으로 걱정이 되어 마차가 없더라도 언니를 보러 가기로 마음먹었다. 그런데 말을 탈 줄 모르므로 걸어가는 수밖에 없었다. 그녀는 자신의 결심을 알렸다.

어머니가 소리쳤다.

"어쩜 그리도 생각이 없니? 땅이 온통 진창인데 걸어가겠다니! 거기 도착하면 꼴이 말이 아닐 텐데."

"언니를 만날 만한 꼴은 될 거예요. 전 그거면 돼요."

아버지가 물었다.

"나 들으라고 하는 얘기냐, 리지? 말들을 내어달라고?"

"아뇨, 정말 아니에요. 걸어가도 괜찮아요. 3마일쯤이야, 이유가 있다면 아무것도 아닌 거리죠. 저녁 식사 전에는 돌아올게요."

메리가 말했다.

"언니의 선행은 실로 대단하지만, 충동적인 감정은 이성의 인도를 받아야 하는 법이야. 난 말이야, 노력도 반드시 필요에 비례해야 한다고 봐."

캐서린과 리디아가 나섰다.

"우리가 메리턴까지 같이 갈게."

엘리자베스는 그러자고 했고, 그리하여 세 아가씨가 함께 출발했다.

가는 길에 리디아가 말했다.

"서두르면 카터 대위님이 떠나시기 전에 잠깐 볼 수 있을 거야."

엘리자베스는 메리턴에서 동생들과 헤어졌다. 동생들은 장교 아내들 숙소 중 한 곳으로 갔고, 엘리자베스는 혼자 계속 걸었다. 급한 마음에 잰걸음으로 들판을 가로지르고 울타리 계단을 뛰어넘고 웅덩이를 건너뛰다 보니, 네더필드 저택이 시야에 들어올 무렵엔 발목이 욱신욱신하고 스타킹은 흙투성이에 얼굴은 벌겋게 달아올라 있었다.

엘리자베스가 안내를 받아 들어간 조찬실에는 제인을 제외한 모두가 모여 있었고, 그녀가 나타나자 다들 놀라움을 금치 못했다. 그렇게 이른 시간에 무려 3마일을, 날이 궂어 험한 길을, 그것도 혼자서 걸어왔다는 사실에 허스트 부인과 빙리 양은 혀를 내두를 지경이었다. 겉으로는 매우 예의 바르게 맞아주었지만, 엘리자베스는 자신을 보는 그녀들의 눈빛에서 멸시를 엿보았다. 그나마 그녀들 오라비의 태도에서는 단순한 예의를 넘어선 선의와 친절이 느껴졌다. 다아시 씨는 별말이 없었고, 허스트 씨는 아무 말도 없었다. 다아시 씨는 몸을 바삐 움직인 결과로 그녀의 얼굴이 발하는 생기에 감탄하는 마음과 그토록 먼 길을 혼자 올 만한 사유가 미심쩍은 마음이 반반이었다면, 허스트 씨는 오로지 아침 식사 생각뿐이었다.

엘리자베스가 언니의 안부를 묻자 그리 반갑지 않은 대답이 돌아왔다. 베넷 양은 간밤에 잠을 잘 이루지 못했고, 지금은 깨어 있긴 하지만 고열로 몸져누운 탓에 방에서 나올 수 없다는 것이었다. 다행히 빙리 양이 곧장 엘리자베스를 언니에게로 데려다주었다. 동생을 보자 제인도 반색했다. 이렇게 와주길 간절히 바랐지만 걱정이나 불편을 끼칠까 봐 편지에는 숨겼던 터였다. 하지만 지금의 몸 상태로 말을 많이 하는 건 무리여서, 빙리 양이 나가고 둘만 남은 뒤에도 여기서 극진한 대접을 받아 얼마나 고마운지 모른다는 말 외엔 거의 한마디도 내뱉지 못했다. 엘리자베스는 묵묵히 언니를 간호했다.

아침 식사를 마친 빙리 자매가 방으로 찾아왔다. 제인

을 진심으로 아끼고 걱정하는 그녀들의 모습에 비로소 엘리자베스도 호감을 느끼기 시작했다. 약제사가 와서 제인을 진찰했다. 모두의 예상대로 그는 환자가 감기에 심하게 걸렸으니 건강을 회복할 수 있도록 옆에서 힘써야 한다고 말했다. 그리고 환자에게 도로 침대에 누우라고 하고는 약을 지어주겠다고 했다. 마침 열이 오르고 머리도 깨질 듯 아팠던 제인은 얼른 약제사의 소견을 따랐다. 엘리자베스는 잠시도 언니 곁을 떠나지 않았다. 빙리 자매도 대체로 자리를 지켰는데, 사실 남자들이 외출해서 달리 할 일이 없기도 했다.

시계가 3시를 알리자 이제 돌아갈 때가 된 듯하여, 엘리자베스는 매우 내키지 않았지만 이만 가보겠다고 했다. 빙리 양이 마차를 내어준다기에 조금만 더 권하면 못 이기는 척 타고 갈 셈이었다. 하지만 제인이 동생과 헤어지는 걸 너무 아쉬워하는 기색이라 빙리 양은 마차를 더 권하는 대신 당분간 네더필드에 머물러달라고 바꿔 말할 수밖에 없었다. 엘리자베스는 더없이 감사하게 승낙했고, 네더필드에서는 하인을 롱본으로 보내 베넷가에 이 사실을 알리고 옷가지를 챙겨 오게 했다.

08

5시에 빙리 자매가 옷치장을 하러 들어가더니 6시 반이 되자 엘리자베스를 정찬 자리로 불러냈다. 곧 제인의 상태를 묻는 말들이 속속 날아들었고, 그중에서도 유독 걱정이 가득한 빙리 씨의 모습에 엘리자베스는 내심 흐뭇했지만, 썩 안심되는 답을 줄 수는 없었다. 제인의 병세는 전혀 차도가 없었다. 빙리 자매는 너무나 속상하다는 둥, 심한 감기를 앓는 건 정말 고약한 일이라는 둥, 자기네는 아픈 게 끔찍이 싫다는 둥 위로 비슷한 몇 마디를 서너 번 반복하고는 더 이상 그 일을 언급하지 않았다. 제인이 눈앞에 없으면 이토록 무심하게 구는 것을 보노라니 엘리자베스의 마음속엔 그녀들을 기꺼이 싫어했던 예전의 감정이 고스란히 되살아났다.

여기서 그나마 좋게 볼 수 있는 사람은 빙리 씨뿐이었다. 그는 진심으로 제인을 걱정하는 게 분명했고, 엘리자베스도 자상하게 챙겨주었다. 다른 사람들이 그녀를 불청객으로 여기는 눈치인데도 그녀 스스로 그렇게 느끼지 않은 것은 빙리 씨의 배려 덕분이었다. 그를 제외하면 아무도 엘리자베스에게 관심이 없었다. 빙리 양의 관심은 온통 다아시 씨에게 쏠려 있었고 그 점에서는 그녀의 언니도 마찬가지였다. 엘리자베스 옆자리에 앉은 허스트 씨로 말하자면, 오로지 먹고 마시고 카드놀이를 하기 위해 사는 한량으로, 엘리자베스가 라구(잘게 썬 고기를 채소와 함께 강하게 양념하여 뭉근히 끓여낸 요리 - 옮긴이)보다 담백한 음식을 더 좋아한다고 말하자 더는 할 말이 없다는 듯 입을 다물었다.

정찬을 마치고서 엘리자베스는 곧장 다시 언니를 보러 갔는데, 그녀가 나가자마자 빙리 양이 험담을 시작했다. 오만함과 뻔뻔함이 뒤섞여 매너가 아주 형편없다면서, 대화할 줄도 모르고 품위도 취향도 없고 외모까지 별로라고 깎아내렸다. 허스트 부인도 동조하며 거들었다.

"대단히 잘 걷는다는 것 외에는 한마디로 내세울 게 아예 없는 여자야. 아침에 그 몰골은 절대 못 잊을 거야. 야생동물이 따로 없더라니까."

"정말 그렇더라, 언니. 겨우 표정 관리하느라 혼났지 뭐야. 아니, 여기 온 것 자체가 이상하잖아! 언니가 감기에 걸렸다고 왜 자기가 쪼르르 달려와야 하는데? 머리도 엉망진창, 그야말로 산발을 해서는!"

"맞아, 그리고 속치마! 너도 봤니? 15센티미터는 진흙탕에 담근 것 같더라. 내가 확실히 봤거든. 더러운 걸 감추려고 겉치맛단을 내려뜨렸던데, 그런다고 그게 감춰져?"

"누나가 설명한 모습이 틀림없겠지만 나한텐 전혀 그

렇게 보이지 않던데. 오늘 아침 엘리자베스 베넷 양이 조찬실로 들어왔을 때, 난 무척이나 생기발랄해 보인다고 생각했어. 더러운 속치마 같은 건 눈에 들어오지도 않던걸."

오라비가 딴소리를 하자 빙리 양은 다아시를 대화에 끌어들였다.

"다아시 씨도 보셨잖아요. 당신 누이가 그런 꼴로 다니길 바라실 리 없을 테고요."

"물론입니다."

"3마일인지 4마일인지 5마일인지, 하여간 그 먼 길을 발목까지 흙투성이가 되도록 걷다니, 그것도 혼자서, 완전히 혼자서! 대체 어쩌자는 거야? 독립성 따위를 과시하고 싶었나 본데, 그 우쭐대는 꼴이 가증스러울 지경이야. 예의범절도 모르는 촌뜨기 같으니."

"언니를 향한 애정이 느껴져서 난 보기 좋던데."

빙리 양은 또 못마땅한 소리를 하는 오라비에게 대꾸하는 대신 다아시에게 반쯤 속삭이듯 말했다.

"어쩌죠, 다아시 씨? 그녀의 맑은 눈빛에 감탄하셨는데, 이번 일로 심경에 변화가 생긴 건 아닌지요."

"전혀요. 오래 걸은 여파로 눈이 더욱 반짝이더군요."

다아시의 대답에 일순 정적이 감돌았고, 이내 허스트 부인이 분위기를 바꿨다.

"제인 베넷은 너무 마음에 들어. 정말 사랑스러운 아가씨잖아. 난 진심으로 그 아가씨가 잘되면 좋겠어. 하지만 부모도 그렇고 친척들도 영 못 받쳐주고, 아무래도 좋은 데 시집가긴 틀렸지 싶네."

"이모부가 메리턴에서 변호사로 일한다고 언니가 얘기했던 것 같은데."

"맞아, 또 외삼촌인가는 칩사이드(런던 시내의 상업 구역으로, 빙리 자매는 엘리자베스의 친척이 상인이라는 사실을 빗대어 업신여기고 있다 — 옮긴이) 근방에서 산다더라."

"대단한 집안이네."

빙리 양의 야유에 이어 두 자매는 배꼽을 잡고 웃어댔다.

빙리가 호통을 치듯 반박했다.

"칩사이드 전체가 그 집안 친척들로 채워졌다 한들, 저 아가씨들 매력은 한 치도 떨어지지 않아!"

"하지만 이 세상에서 이렇다 할 지위가 있는 남자와 결혼할 확률은 현저히 떨어지겠지."

다아시의 현실적인 발언에 빙리는 말문이 막혔지만 그의 누이들은 열렬히 동감을 표하고는 사랑스러운 벗의 미천한 친척들을 조롱거리로 삼아 한참 동안 실컷 웃고 떠들었다.

그렇다고 아픈 손님을 무시하는 무례를 범할 수는 없

었기에, 빙리 자매는 정찬실을 나오자마자 제인이 있는 방으로 가서 커피가 준비됐다는 기별이 올 때까지 그녀의 곁에 앉아 있었다. 제인의 상태는 여전히 매우 안 좋아서 엘리자베스는 밤늦도록 곁을 지키다가 언니가 잠든 것을 보고서야 한시름 놓았고, 내키지는 않았지만 왠지 그래야 할 것 같아서 이만 아래층으로 내려갔다. 응접실에서는 루(기본 52장의 카드를 사용하며, 18~19세기 영국에서 가장 대중적인 카드놀이였다 ─ 옮긴이) 놀이가 한창이었다. 그녀도 곧바로 초대를 받았지만 판이 큰 것 같아 사양하고, 금방 다시 언니를 보러 올라가야 하니 여기서 책 한 권 읽으며 잠시 쉬겠다고 말했다. 그러자 허스트 씨가 깜짝 놀란 얼굴로 그녀를 쳐다보았다.

"카드를 마다하고 책을 읽겠다고요? 거참, 특이하군."

빙리 양이 말했다.

"일라이자 베넷 양은 카드놀이를 경멸하시지요. 대단한 애서가셔서 다른 건 무엇도 즐겁지 않으시답니다."

엘리자베스는 힘주어 맞받았다.

"칭찬이건 비난이건 간에 제게 하실 말씀은 아닌 것 같네요. 전 대단한 애서가도 아니고, 독서 이외에도 아주 많은 것을 즐기거든요."

빙리가 말했다.

"심지어 언니분을 간호하는 일에서도 즐거움을 찾으

시는 것 같던데요. 곧 언니분이 쾌차하시는 걸 보면서 그 마음이 더욱 흡족해지길 바랍니다."

엘리자베스는 진심에서 우러나오는 감사를 전하고, 책 몇 권이 놓인 탁자로 걸어갔다. 빙리가 얼른 다른 책들을, 아니 서재에 있는 책 전부를 가져다주겠다고 했다.

"소장한 책이 더 많았더라면 엘리자베스 양한테도 좋고 제 체면도 섰을 텐데요. 제가 이렇게 게으릅니다. 책이 많지도 않은데 읽은 책보다 한번 들여다보지도 않은 게 더 많네요."

엘리자베스는 여기 있는 책들로도 충분하니 안심하시라고 말했다(나폴레옹 전쟁으로 여행이 줄고 독서 인구가 늘면서 책이 많이 출간되던 시기였다 – 옮긴이).

빙리 양이 말했다.

"나로선 경악할 노릇이라니까. 아버지께서 물려주신 책이 고작 그 정도밖에 안 된다니. 펨벌리에 있는 다아시 씨 서재는 진짜 굉장한데! 그렇죠, 다아시 씨?"

"그야 몇 대에 걸쳐 꾸민 서재니까요."

"거기에다 다아시 씨의 공이 아주 많이 더해졌고요. 항상 책을 사시잖아요."

"이런 시대에 가문의 서재를 방치하는 걸 난 이해할 수 없습니다."

"방치라뇨! 그 웅장한 저택의 미관을 가꾸는 거라면

무엇도 방치하지 않으시면서. 오빠, 언젠가 지을 오빠 집은 펨벌리의 반만 따라가도 좋겠어."

"나도 바라는 바야."

"그럼 진지하게 조언 좀 할게. 그 동네 땅을 사서 펨벌리를 참고삼아 집을 지으라고. 잉글랜드에 더비셔보다 나은 주는 없어."

"나도 진지하게 하는 말인데, 다아시가 매물로 내놓기만 한다면 난 그냥 펨벌리를 살 거야."

"난 가망 있는 얘길 하잖아, 오빠."

"이봐 캐롤라인, 비슷한 집을 짓기보단 펨벌리를 사겠다는 게 더 가망 있는 얘기일걸?"

엘리자베스는 그들의 대화가 신경 쓰여 도무지 책에 집중할 수 없었다. 곧 그녀는 차라리 구경이나 해야겠다는 생각으로 책을 덮어 내려놓고 카드 테이블로 다가가 빙리 씨와 허스트 부인 사이에 자리를 잡았다.

빙리 양이 말했다.

"올봄 이후로 다아시 양도 많이 자랐겠지요? 언젠가 제 키만큼 클까요?"

"그럴 겁니다. 지금은 엘리자베스 베넷 양과 비슷, 아니 좀 더 큰 듯하고요."

"꼭 다시 만나고 싶어요! 만나서 그렇게 즐거운 사람은 처음이었어요. 그 미모에 그런 매너까지! 게다가 그

나이에 어쩜 그렇게도 교양이 철철 넘치는지! 피아노 연주가 정말 훌륭하더라고요."

빙리가 말했다.

"젊은 여성이 수준급의 교양을 쌓으려면 보통 인내심으론 안 될 텐데, 모든 여성이 그런 인내심을 발휘할 수 있다니 정말 놀랍지 뭐야."

"모든 여성이라니? 무슨 소리야, 오빠?"

"그래, 내가 보기엔 교양 없는 아가씨가 없는 것 같아. 그림 그리기, 종이 공예, 뜨개질 정도는 누구나 하잖아. 내가 아는 아가씨들은 거의 이걸 다 할 줄 알더라고. 그리고 내 기억엔 말이야, 어떤 아가씨 얘기를 처음 들을 때마다 아주 교양 있다는 칭찬이 빠진 적이 없어."

다아시가 받아 말했다.

"그런 흔해 빠진 재주들까지 교양의 범주에 넣은 자네의 말이 실상을 적나라하게 드러내는군. 기껏해야 뜨개질이나 종이 오려 붙이기만 잘해도 교양 있다는 말을 갖다 붙이니 교양 있는 여자가 많을 수밖에. 하지만 여성 대부분이 대단하다는 자네의 생각에 나는 절대 동의할 수 없네. 내 지인을 통틀어도 진정으로 교양 있는 여성은 손에 꼽을 정도거든."

빙리 양도 맞장구쳤다.

"맞아요, 저도 그래요."

엘리자베스가 넌지시 질문을 던졌다.

"그럼 다아시 씨가 생각하는 교양 있는 여성의 조건은 여간 까다로운 게 아니겠군요?"

"예, 상당히 많은 조건을 갖춰야 한다고 봅니다."

그러자 그의 충직한 보조가 나서서 열변을 토했다.

"오! 당연하죠. 보통 수준을 훨씬 능가하지 않으면 진정 교양 있다는 말을 들을 자격이 없어요. 그런 평가에 걸맞은 여성이 되려면 연주, 노래, 그림, 춤, 어학에 두루 능해야만 한답니다. 거기에다 분위기와 걸음걸이, 목소리, 말투, 표정에도 품격이 녹아 있지 않으면 교양 있는 여성의 조건을 제대로 갖췄다고 볼 수 없지요."

다아시가 덧붙였다.

"이 모든 조건을 갖춰야 함은 물론이고, 폭넓은 독서로 지성을 함양하여 내실도 기해야 합니다."

"듣고 보니 교양 있는 여성이 기껏해야 손에 꼽을 정도라는 말씀이 더는 이상하지 않네요. 이제는 지인 중에 그런 분이 계신다는 것 자체가 놀라운데요."

"모든 조건을 충족하는 여성이 있을 가능성을 의심하시다니, 같은 여성을 비하하시는 건가요?"

"그런 여성분을 뵌 적이 없거든요. 그쪽 말씀처럼 그런 능력, 취향, 끈기, 우아함을 모두 갖춘 분을 저는 한 번도 뵌 적이 없어요."

허스트 부인과 빙리 양이 엘리자베스의 의심은 부당하다고 한목소리로 부르짖으며 자기들은 그런 조건을 충족하는 여성을 많이 안다고 주장하던 중, 허스트 씨가 좀 조용히 하라고 쏘아붙이더니 다들 카드놀이는 뒷전이라고 투덜댔다. 그렇게 모든 대화가 중단되자 엘리자베스는 이내 자리를 떴다.

그녀가 나가고 문이 닫히자마자 빙리 양이 말했다.

"일라이자 베넷은 같은 여성을 깎아내려 자신을 돋보이게 하는 그런 부류로군요. 아마 그런 방법에 넘어가는 남자가 많겠지요. 하지만 내 기준에 그건 천한 수작질, 아주 상스러운 기술에 지나지 않아요."

주로 다아시에게 하는 말이었으므로, 그가 대답했다.

"확실히, 여인들이 때로 지조마저 버리고 이용하는 유혹의 기술은 전부 상스러운 면이 있지요. 간사한 속셈을 품은 행동이라면 뭐든 경멸스럽습니다."

빙리 양은 이 대답이 딱히 흡족하지 않아서 이 주제를 더 이어가지 않았다.

엘리자베스가 다시 들어왔다. 이번에는 언니 상태가 더 나빠져서 곁을 떠날 수 없다고 말하러 온 것이었다. 빙리는 당장 존스 씨를 불러오라고 재촉했지만, 그의 누이들이 시골 의술은 신통치 않으니 속달로 런던의 저명한 의원을 모셔오자고 했다. 엘리자베스는 그러지 않아

JANE AUSTEN

도 된다며 반대했지만 빙리의 제안까지 구태여 거절하지는 않았다. 결국 베넷 양의 병세가 눈에 띄게 호전되지 않으면 아침 일찍 존스 씨를 부르는 것으로 정리가 되었다. 빙리는 안절부절못했고, 그의 누이들은 참담한 심정을 토로했다. 그래도 빙리 자매는 밤참을 먹고서 피아노 반주와 노래로 기분을 푼 반면, 그녀들의 오라비는 하녀장에게 편찮은 아가씨와 그 동생을 최대한 잘 모시라고 지시하는 것 외에는 걱정스러운 마음을 달랠 길이 없었다.

09

엘리자베스는 언니 곁에서 밤을 새우다시피 했다. 아침 일찍 빙리 씨가 하녀 편에 제인의 안부를 물어왔고 얼마 후엔 빙리 자매의 시중을 담당하는 우아한 두 아가씨도 찾아왔는데, 다행히도 실망스럽지 않은 대답을 전할 수 있었다. 그렇긴 해도 엘리자베스는 어머니가 오셔서 언니를 직접 보고 어떻게 하면 좋을지 결정해달라는 내용의 편지를 롱본에 전해달라고 청했다. 편지는 즉시 전달되었고, 응답도 신속하게 이루어졌다. 베넷 부인이 넷째와 막내를 대동하고 네더필드에 도착한 때는 빙리가 사람들이 막 아침 식사를 마친 참이었다.

제인이 위독해 보였다면 베넷 부인도 몹시 괴로웠겠지만, 막상 와서 보니 심히 염려할 정도는 아니어서 안심했을뿐더러 도리어 당장은 낫지 않기를 바라는 심정이었다. 몸이 낫는 대로 제인은 네더필드를 떠나야 할 것이기 때문이었다. 그래서 부인은 집에 데려가 달라는 맏딸의 호소를 들은 체도 하지 않았고, 비슷한 시간에 도착한 약제사도 당장 환자를 옮기는 것은 권하지 않는다고 말했다. 베넷 부인과 세 딸은 제인 곁에 잠시 앉아 있다가, 빙리 양이 들어와 함께 내려가자고 하여 조찬실로 따라갔다. 빙리는 베넷 부인께서 확인한 따님의 병세가 예상보다 나쁘지 않았길 바란다며 그들을 맞이했다.

부인이 답했다.

"영 좋지 않더군요. 병세가 워낙 심해서 집에 데려가는 건 무리예요. 존스 씨도 제인을 데려갈 생각은 절대 하지 말라고 하시네요. 염치없지만 좀 더 폐를 끼쳐야겠습니다."

빙리가 외쳤다.

"데려가시다뇨! 그럴 생각조차 하시면 안 됩니다. 혹여 데려가시겠다고 해도 분명 제 누이가 허락지 않을 거예요."

빙리 양은 싸늘하게 예의를 차리며 말했다.

"안심하세요, 부인. 저희와 함께 지내는 동안 최선을 다해 베넷 양을 보살필 겁니다."

베넷 부인은 너무너무 고맙다는 인사를 아낌없이 쏟아내고는 이렇게 덧붙였다.

"정말이지, 이렇게 좋은 친구분들이 아니었다면 우리 애가 어찌 됐을지 모르겠어요. 정말 많이 아파서 고생이 이만저만이 아니니까요. 워낙 참을성이 대단한 아이라 그나마 견디는 거죠. 걔가 원래 그래요. 내가 이제껏, 걔만큼 착한 사람을 단 한 명도 못 봤다니까요. 종종 우리 딸들한테도 말한답니다. 너희는 언니하고 비교가 안 된다고요. 조찬실이 참 예쁘네요, 빙리 씨. 자갈길이 내려다보이는 게 전망도 멋지고요. 내가 알기로 이 지방에서 네더필드만 한 곳이 없어요. 서둘러 여길 떠나실 생각은 아니겠지요? 짧게 임대하셨다고는 들었습니다만."

"제가 뭐든 서둘러 해치우는 편이긴 합니다. 그러니 네더필드를 뜨기로 마음먹으면 아마 5분 안에 떠나겠지요. 하지만 지금으로선 이곳에 자리를 잡았다고 생각합니다."

"빙리 씨에 대한 제 생각이 딱 들어맞았네요."

엘리자베스의 발언에 빙리가 그녀를 돌아보며 호쾌하게 말했다.

"절 파악하기 시작하신 건가요?"

"아! 예, 완벽하게 파악했지요."

"칭찬으로 받아들이고 싶지만, 너무 쉽게 속내까지 들켰을까 부끄러운데요."

"그저 알게 됐을 뿐, 꼭 평가가 따라야 하는 건 아니잖아요. 난해하고 복잡한 성격이 빙리 씨 같은 성격보다 더 낫다거나 못하다곤 말할 수 없죠."

그러자 그녀의 어머니가 야단을 쳤다.

"리지, 그만! 여기가 어딘지 잊은 게야? 그렇게 제멋대로 구는 것도 집에서나 봐주는 거다."

하지만 빙리가 곧바로 대화를 이어갔다.

"사람들 성격을 연구하는 취미가 있으신 줄은 미처 몰랐습니다. 아주 재미있을 것 같은데요."

"예, 그중에서도 복잡한 성격이 가장 흥미롭지요. 적어도 흥미롭다는 장점 하나는 있어요."

불쑥 다아시가 끼어들었다.

"주변에서 그런 연구 대상을 찾기가 쉽지 않을 텐데요. 시골 동네란 매우 좁고 단조로운 사회니까요."

"하지만 사람들은 변화무쌍하거든요. 그래서 관찰할 대상이 절대 끊이지 않는답니다."

베넷 부인도 시골 동네를 무시하는 다아시의 태도에 발끈해서는 큰소리를 쳤다.

"암요, 그런 일은 도시 못지않게 시골에도 많다고요."

모두가 깜짝 놀랐고, 다아시는 잠깐 그녀를 쳐다보더니 말없이 외면했다. 그렇게 다아시의 기를 완전히 꺾었다고 믿은 베넷 부인은 의기양양하게 이어 말했다.

"나로선 상점과 공공장소를 빼면 런던이 시골보다 그리 엄청나게 좋을 건 뭔가 싶어요. 시골이야말로 쾌적하게 살기 좋은 곳이죠. 그렇지 않나요, 빙리 씨?"

"시골에 있을 때면 시골에 눌러앉고 싶은데, 도시에 있으면 또 그대로 머무르고 싶어요. 각각 장점이 있어서 전 어느 쪽에서든 똑같이 잘 지낼 수 있습니다."

"그러시군요…… 그건 빙리 씨가 워낙 성격이 좋아서죠. 하지만 저 신사분은……"

베넷 부인은 다아시를 쏘아보며 말을 이었다.

"……시골을 아주 하찮게 여기시나 봐요."

엘리자베스가 얼굴을 붉히며 어머니를 말렸다.

"아니에요, 어머니. 잘못 아신 거예요. 다아시 씨 말씀을 오해하셨네요. 그저 시골보다 도시에서 좀 더 다양한 사람을 만날 수 있다는 뜻으로 하신 말씀인걸요. 그리고 그게 사실이긴 하잖아요."

"누가 아니라니, 얘? 하지만 이 동네에서 사람을 많이 만날 수 없다니까 하는 말인데, 여기보다 더 큰 동네도 드물 게다. 우리가 정찬을 함께 드는 이웃이 스물네 집이나 되는걸."

빙리는 오로지 엘리자베스가 난처해할까 봐 애써 태연한 표정을 유지했다. 그만큼 세심하지 못한 그의 누이는 다아시 씨에게 눈길을 주며 의미심장한 미소를 지었다. 엘리자베스는 어머니의 관심을 딴 데로 돌려야겠다 싶어, 자기가 없는 사이에 샬럿 루카스가 롱본에 들르진 않았느냐고 물었다.

"그래, 어제 윌리엄 경이랑 같이 왔어. 그분은 어쩜 사람 됨됨이가 그리도 제대로인지! 빙리 씨, 정말 그렇죠? 지체 높고! 점잖으면서 소탈하시고! 사람을 가리는 법 없이 늘 화젯거리를 찾아내시죠. 난 바로 그런 게 올바른 예의범절이라고 본답니다. 자기가 무척이나 잘난 줄 알고 절대 입을 열지 않는 사람들은 그 점을 단단히 착각하는 거예요."

"샬럿 언니랑 저녁 식사도 같이 드셨어요?"

"아니, 그 전에 돌아갔어. 민스파이(파이 반죽에 달게 조린 건 과일 소를 채워 굽는 영국식 파이 - 옮긴이) 만드는 데 손을 보태야 했겠지. 나는요, 빙리 씨, 항상 하인들이 제 할 일은 알아서 하게끔 관리한답니다. 나는 딸들을 루카스 댁과 다르게 키우고 있어요. 하지만 다들 저마다의 판단이 있겠고, 루카스 댁 딸들도 아주 참한 편인 건 확실하죠. 예쁘지 않다는 게 안타까울 따름이에요! 나는 샬럿의 외모가 심히 떨어진다고 생각하지 않지만, 그야 집안끼리 각별한 사이니까요."

빙리가 말했다.

"상당히 싹싹한 아가씨 같더군요."

"오! 아이고, 그렇죠. 하지만 외모가 너무 평범한 건 빙리 씨도 인정하시겠지요. 루카스 여사도 자주 그리 말하면서, 제인처럼 예쁜 딸을 둔 내가 부럽답니다. 내 입으로 내 자식 자랑을 하고 싶진 않지만, 누가 봐도 제인은…… 정말 보기 드문 미모 아닙니까. 다들 그렇다고 하데요. 어미인 내 눈은 믿을 게 못 되잖아요. 제인이 겨우 열다섯 살 때 일인데요, 런던 사는 내 동생 가디너네에 갔는데 거기 계시던 한 신사분이 걔한테 푹 빠져서는, 올케 말마따나 우리가 떠나오기 전에 청혼까지 할 기세였답니다. 결국 청혼은 하지 않았지만요. 아마 우리 애가 너무 어린 걸 감안했겠죠. 그래도 제인을 생각하며 시도 여러 편 썼더라고요. 아주 아름다운 시였어요."

듣다못해 엘리자베스가 나섰다.

"그렇게 그분의 연정도 종지부를 찍었고요. 제 생각이지만, 같은 식으로 수많은 사람이 실연을 극복하지 않나 싶어요. 사랑을 몰아내는 시의 효능을 처음 발견한 분은 대체 뉘실까요?"

그러자 다아시가 말했다.

"나는 시가 사랑의 양식이라 여겨왔습니다만."

"순수하고 굳건한 사랑이라면 시를 양식으로 삼을 수도 있겠지요. 이미 건강하면 뭐든 자양분이 되니까요. 하지만 가볍고 빈약한 이끌림 정도는 괜찮은 소네트 한 편이면 말라 없어질걸요."

다아시는 빙긋 미소만 지었고, 아무도 선뜻 입을 열지 않자 엘리자베스는 어머니가 다시 흰소리를 늘어놓을까 봐 조마조마해졌다. 뭐든 말하고 싶었지만 할 이야기가 떠오르지 않았다. 잠시 후 베넷 부인이 제인을 보살펴 준 빙리 씨의 친절함에 감사하다는 인사를 거듭하곤 리지까지 번거롭게 해드려 죄송하다는 사과도 잊지 않았다. 빙리 씨는 진심으로 공손히 응했고, 동생에게도 공손한 태도로 상황에 알맞게 말하라고 넌지시 일렀다. 빙리 양은 성의 없이 제 역할을 했는데, 그래도 베넷 부인은 아무 불만이 없었기에 이내 마차를 준비시켰다. 이를 신호로 그녀의 막내딸이 냉큼 앞으로 나섰다. 이곳에 와서는 넷째 언니와 내내 뭔가를 속닥거리더니, 기어이 빙리 씨를 재촉하겠다고 나선 것이었다. 처음 이사 오셨을 때 약속한 대로 네더필드에서 무도회를 열어달라고 말이다.

리디아는 튼실하고 성숙한 몸매에 혈색 좋고 표정도 발랄한 열다섯 살 아가씨로, 어머니의 총애 덕에 이른 나이에 사교계에 발을 들였다. 원래 자유분방하고 천성적으로 자기만족에 젖어 사는 편이었는데, 이모부가 마련해준 훌륭한 정찬 자리와 그녀 자신의 스스럼없는 태도로 장교들의 관심을 끌게 되자 이제는 자기만족이 지나쳐 기고만장하는 수준에 이르렀다. 그런 까닭에 그녀는 당당히 빙리 씨에게 무도회 이야기를 꺼내고 느닷없이 약속을 상기시키는 것도 모자라 약속을 지키지 않는다면 세상에서 가장 수치스러운 일일 거라는 충고까지 덧붙일 수 있었다. 이 갑작스러운 공격에 대한 빙리의 대답은 베넷 부인의 귀에 기쁘게 착 감겼다.

"언제든 약속을 지킬 준비가 돼 있으니 안심하세요. 언니분이 건강을 회복하시는 대로, 괜찮다면 아가씨께서 날을 잡아주시면 좋겠군요. 언니가 아픈 와중에 춤출 기분은 아닐 테니까요."

리디아는 흡족한 얼굴로 좋다고 답했다.

"오! 당연하죠. 언니가 다 나을 때까지 기다려야죠. 그때쯤이면 카터 대위님도 메리턴에 계실 테고요. 빙리 씨가 무도회를 여시면 그분들께도 무도회를 열어달라고 졸라야겠어요. 안 그러면 아주 수치스러운 일이 될 거라고 포스터 대령님께 말씀드릴 거예요."

곧이어 베넷 부인과 두 딸은 롱본으로 출발했고, 엘리자베스는 자신과 가족들의 행동이 빙리 자매와 다아시 씨의 화제에 오를 걸 알면서도 지체 없이 제인을 돌보러 돌아갔다. 과연 빙리 양이 온갖 방법으로 맑은 눈빛을 조롱했지만, 빙리 자매가 뭐라든 다아시 씨는 그녀에 대한 험담만큼은 동참할 수 없었다.

그날도 전날과 다름없이 흘러갔다. 허스트 부인과 빙리 양은 더디게나마 차차 회복 중인 환자 곁에서 오전 몇 시간을 보냈고, 저녁에는 엘리자베스가 응접실로 내려갔다. 루 테이블은 없었다. 다아시 씨는 편지를 쓰고 있었는데, 빙리 양이 가까이에 앉아서 편지를 건너다보다가 간간이 그의 여동생에게 전할 말을 얘기하여 자꾸 그의 집중력을 흐뜨렸다. 허스트 씨와 빙리 씨는 피케(32장의 카드를 사용해 두 명이 하는 카드놀이로, 규칙이 상당히 복잡하다 – 옮긴이)를 하는 중이었고, 허스트 부인은 그것을 구경하고 있었다.

엘리자베스는 조용히 수를 놓으며 다아시와 빙리 양의 대화에 귀를 기울이는 것으로 그 시간을 충분히 즐길 수 있었다. 숙녀 쪽에서 필체가 훌륭하다느니 글줄이 곧다느니 편지를 길게 쓴다느니 하며 끊임없이 칭찬을 늘어놓는 반면 신사 쪽은 더없이 무심한 반응으로 일관하여 둘의 대화가 특이한 양상을 띠었고, 이는 엘리자베스가 생각하는 두 사람의 성격과 완벽히 맞아떨어졌다.

"이런 편지를 받다니, 다아시 양이 얼마나 기쁠까요!"

대답은 없었다.

"굉장히 빨리 쓰시네요."

"잘못 보셨군요. 오히려 천천히 쓰는 편인데요."

"한 해 동안 편지 쓰실 일이 얼마나 많을까요! 사업상의 편지도 그렇고! 저는 생각만 해도 몸서리가 나는데요!"

"그런 일이 빙리 양이 아닌 내게 떨어지니 다행이군요."

"다아시 양한테 제가 무척 보고 싶어 한다고 전해주세요."

"아까 말씀하셔서 이미 썼습니다만."

"펜이 말썽인가 봐요. 제가 고쳐드릴게요. 제가 펜을 아주 잘 고치거든요."

"말씀은 고맙지만, 내 것은 늘 내가 고칩니다."

"어쩜 그렇게 글씨를 반듯하게 쓰실 수 있어요?"

다시 침묵이 흘렀다.

"동생한테 하프 실력이 늘었다니 정말 기쁘다고 전해주세요. 그 애가 그린 예쁘고 앙증맞은 탁자 도안에 제가 홀딱 반했다는 것도 알려주시겠어요? 제 눈엔 그랜틀리 양의 도안보다 한없이 훌륭하다고요."

"그 얘기는 다음번 편지로 넘겨도 될까요? 지금 다 쓰기에는 공간이 모자랍니다."

"아! 상관없어요. 1월에 만날 텐데요, 뭐. 그런데 항상 동생한테 그렇게 길고 멋진 편지를 쓰시나요, 다아시 씨?"

"대체로 길게 쓰는 편이긴 합니다만, 항상 멋지냐는 부분은 내가 판단할 문제가 아니군요."

"제 지론이에요. 긴 편지를 술술 쓸 수 있는 사람이라면 내용이 별로일 리 없죠."

그녀의 오라비가 소리쳤다.

"그건 다아시 씨한테 할 칭찬이 아니야, 캐롤라인. 저 형님은 편지를 술술 쓰지 않는다고. 네 음절 단어를 찾으려고 얼마나 연구를 하는데. 안 그래요, 형님?"

"내 글 쓰는 방식이 자네와 아주 다르긴 하지."

이번엔 빙리 양이 목소리를 높였다.

"그럼요! 오빠는 그야말로 아무렇게나 쓰지요. 단어 절반은 빼먹고 나머지는 잉크 얼룩이라니까요."

"생각의 흐름이 너무 빨라서 미처 손이 따라가질 못하는걸. 그래서 내 편지를 받는 사람이 무슨 내용인지 전혀 못 알아볼 때도 있지."

엘리자베스가 말했다.

"그리 겸손하시니 누가 뭐라고도 못 하겠어요."

다아시가 말했다.

"겸손해 보이는 것보다 더한 기만은 없습니다. 보통은 누가 뭐라 생각하건 관심이 없는 경우고, 때로는 우회적인 자랑이지요."

"그렇다면 형님, 방금 제가 보인 소소한 겸손은 둘 중 어느 쪽일까요?"

"우회적인 자랑이지. 사실 자네는 그 단점을 자랑스러워하거든. 생각이 빠르고 실행에 부주의한 데서 비롯된 단점이기 때문에, 찬탄의 대상까진 못 되어도 최소한 매우 흥미로운 면이라고 여기는 거야. 어떤 일이든 신속하게 행하는 사람은 그 능력을 높이 사면서 정작 일을 완수하는 문제에는 신경을 쓰지 않는 경우가 많아. 오늘 아침 자네가 베넷 부인한테 네더필드를 뜨기로 마음먹으면 5분 안에 떠날 거라고 말한 것도 일종의 자화자찬이었지. 그런데 성급한 게 그리 칭찬할 일은 아니지 않나? 꼭 필요한 일도 다 처리하지 못하고, 자신이나 다른 누구에게도 득 될 게 없는데."

"에이, 너무하시네. 아침에 떠들어댄 어리석은 소리를 밤에 다시 들춰내다뇨. 하지만 맹세코 전 진실을 말했고, 지금 이 순간도 그렇게 믿어요. 그러니까 적어도, 단지 여인들한테 과시하려고 쓸데없이 성급한 성격인 척한 건 아니란 말입니다."

"물론 자네는 그렇게 믿겠지. 하지만 과연 자네가 그리 급히 떠날까? 난 절대 아니라고 보는데. 내가 아는 사람들이 다 그렇듯 자네의 실행력도 어디까지나 우연에 따르는 것일 테니. 가령 말 등에 올라타는 자네에게 한 친구가 '이보게 빙리, 다음 주까지 머무르는 게 어떤가.'라고 하면, 아마 자네는 그리할 걸세. 떠나지 않을 게야. 친구가 한 번 더 말리면 한 달을 머무를지도 모르지."

엘리자베스가 외쳤다.

"그건 오히려 빙리 씨가 자화자찬하신 게 아니라는 말씀으로 들리는데요? 빙리 씨 본인이 하신 것보다 다아시 씨가 훨씬 더 치켜세우셨어요."

"너무 고마운데요? 이분 말씀을 제 성격이 살갑다는 칭찬으로 바꿔주시다니요. 하지만 아무래도 우리 다아시 형님의 의도와는 전혀 다르게 해석하신 것 같습니다. 그런 상황이라면 딱 잘라 거절하고 최대한 빨리 떠나야 이 형님한테 좀 더 높은 점수를 받을 수 있어요."

"그럼 다아시 씨는 성급한 결정이라도 고집스레 밀어붙여야 애초의 성급함이 잘못이 아닌 게 된다고 여기시는 걸까요?"

"확실히 나도 이해가 잘 안 되는군요. 그 문제는 다아시 씨가 직접 설명해드려야겠네요."

JANE AUSTEN

"자네 멋대로 내 것이라 정한 의견을 나더러 설명하라는 건가? 난 그런 의견을 피력한 적이 없네만. 하지만 베넷 양, 예로 든 상황에 대한 베넷 양의 해석이 옳다손 쳐도, 반드시 기억해야 하는 사실이 있습니다. 빙리를 집으로 돌려보내고 계획을 지연시키고자 하는 친구는 단순히 그걸 바라고 권했을 뿐, 타당한 이유는 하나도 제시하지 않았어요."

"친구의 설득에 선뜻…… 그러니까 쉽게 응하는 게 다아시 씨에겐 미덕이 아니군요."

"근거도 없이 무조건 청하고 응하는 게 딱히 칭찬받을 일은 아니지요."

"다아시 씨는 우정과 호감의 영향력을 전혀 고려하시지 않는 것 같아요. 대개 좋아하는 사람의 청이라면 이유를 듣지 않고도 기꺼이 들어준답니다. 비단 그쪽이 빙리 씨를 두고 말씀하신 그런 경우만을 말하는 게 아니에요. 그 경우라면 어쩌면 빙리 씨 행동의 잘잘못을 따지기 전에 실제 상황이 일어나길 기다리는 편이 낫겠네요. 하지만 일반적인 경우, 친구가 별로 중요하지 않은 결정을 번복하길 바랄 때 군말 없이 들어준다면, 다아시 씨는 그걸 나쁘게 여기실 건가요?"

"이 주제를 더 논하기에 앞서, 두 사람이 얼마나 친한 사이인지, 또 얼마나 중요한 요청인지를 더 명확히 규정하는 게 바람직하지 않을까요?"

빙리가 외쳤다.

"그럼요! 조목조목 빠짐없이 정해야죠. 키와 체격의 차이도 잊으면 안 돼요. 왜냐면요, 베넷 양, 여기서 이 조건은 생각하시는 것보다 더 중요하거든요. 이 형님 키가 저보다 이렇게 훌쩍 크지 않았다면 저는 이 형님을 지금의 반만큼도 따르지 않았을 거예요. 단언컨대 제게는 다아시 씨보다 두려운 존재가 없답니다. 특정 상황, 특정 장소에서요. 특히 할 일 없는 일요일 저녁, 자기 집에 있을 때 말이죠."

다아시 씨는 미소를 지었지만, 엘리자베스는 그에게서 약간 언짢은 기운을 감지했기에 웃음을 참았다. 그가 창피를 당한 것에 격분한 빙리 양은 헛소리를 다 한다며 오빠를 나무랐다.

다아시가 말했다.

"자네 속셈을 알겠네, 빙리. 논쟁하기 싫으니까 이런 식으로 끝내버리려는 게지."

"아마도요. 논쟁은 마치 말싸움 같아서 말이죠. 제가 여기서 나갈 때까지 두 분께서 논쟁을 미뤄주신다면 대단히 고맙겠어요. 그다음엔 저에 대해 무슨 말을 해도 괜찮아요."

엘리자베스가 말했다.

"저로선 빙리 씨 부탁을 들어드리지 않을 이유가 없네요. 다아시 씨는 편지를 마무리하시는 게 좋겠고요."

다아시 씨는 그녀가 제안한 대로 편지를 마저 썼다.

편지 쓰기를 마친 뒤 그는 빙리 양과 엘리자베스에게 음악을 들려달라고 청했다. 빙리 양이 얼른 피아노 쪽으로 다가가서 엘리자베스에게 먼저 연주하시라고 정중히 청했지만, 엘리자베스가 역시 정중하게 그러나 더 간곡히 사양하여 결국 빙리 양이 피아노 앞에 앉았다.

허스트 부인이 동생 옆에서 노래를 불렀다. 빙리 자매가 연주하고 노래하는 동안 엘리자베스는 피아노 위에 놓인 악보집들을 뒤적거렸는데, 다아시의 시선이 너무나 자주 자신을 주시하는 것을 알아채지 않을 도리가 없었다. 그토록 대단하신 양반에게 자신이 흠모의 대상일 수 있다는 건 상상조차 불가했지만, 그렇다고 싫어서 자꾸 쳐다본다기엔 그게 더 이상했다. 마침내 그녀가 내린 결론은, 그의 기준에서 여기 있는 다른 누구보다 특히 자신에게 뭔가 큰 문제가 있어서 그를 신경 쓰이게 한다는 것이었다. 그래도 그녀는 아무렇지 않았다. 그를 좋아하지 않았으므로 그에게 어떻게 보이건 상관없었다.

이탈리아 가곡을 몇 곡 연주한 뒤, 빙리 양은 경쾌한 스코틀랜드풍 곡조로 분위기를 바꿨다. 잠시 후 다아시 씨가 엘리자베스에게 다가와 말했다.

"릴(보통 두 쌍이 마주 보고 숫자 8을 연달아 그리듯이 추는 활기찬 춤으로, 주로 스코틀랜드 춤곡이나 아일랜드 춤곡에 맞춰 춘다 - 옮긴이)을 출 절호의 기회를 놓치고 싶진 않으시겠지요?"

그녀는 빙그레 웃을 뿐 아무 대답도 하지 않았다. 그녀의 침묵에 다소 놀란 그는 똑같은 질문을 한 번 더 되풀이했다.

그제야 답이 돌아왔다.

"아! 말씀은 아까 알아들었는데, 뭐라 답할지 선뜻 결정할 수 없었어요. 제가 '예'라고 답하길, 그래서 제 취향을 경멸하는 즐거움을 누릴 수 있기를 바라셨겠지요. 하지만 저는 그런 계획을 뒤엎어 경멸의 기회를 빼앗는 데서 언제나 쾌감을 느낀답니다. 하여 저는 릴을 출 생각이 전혀 없다고 답하기로 마음먹었습니다. 자, 어디 할 테면 해보시죠. 이제 저를 경멸하실 수 있을까요?"

"그럴 마음은 없습니다만."

불쾌한 반응을 예상했던 엘리자베스는 그의 정중한 태도에 적잖이 놀랐다. 하지만 그녀의 태도에는 사랑스러움과 장난기가 섞여 있어서, 사실 누구에게라도 불쾌감을 안기기 어려웠다. 더구나 다아시는 한 여인에게 이토록 매료된 적이 없었다. 그녀의 집안이 열등하지 않았다면 진심으로 자신이 위험한 감정에 빠져들 것만 같았다.

빙리 양이 목격한 둘의 모습, 혹은 둘을 보면서 느낀 의혹은 질투심을 부르기에 충분했다. 엘리자베스를 얼른 내보내고 싶은 마음에 그녀는 친애하는 벗 제인의 회복을 더더욱 간절히 바라게 되었다.

빙리 양은 수시로 다아시를 자극하여 엘리자베스를 싫어하게 만들려 했다. 두 사람은 결혼할 예정이지 않느냐는 등 그런 집안과 맺어지고도 그가 행복하려면 이러 저러해야 한다는 등 계속해서 그를 도발했다.

이튿날 관목 숲을 함께 거닐던 중에도 그녀는 그 이야 기를 꺼냈다.

"경사를 치르시게 되거든, 장모님은 말씀을 삼가시는 게 이득이라고 귀띔해드리세요. 여력이 있다면 장교들 뒤꽁무니나 쫓아다니는 처제들의 버릇도 고쳐주시고 요. 그리고 이건 좀 민감한 얘기일 수도 있는데, 부인의 사소한 결점, 그러니까 그 거만하고 무례한 태도도 부지 런히 단속하셔야 할 거예요."

"내 가정의 행복을 위해 더 제안하실 게 있는지요?"

"아! 있어요. 처이모와 처이모부이신 필립스 부부의 초상화를 펨벌리의 화랑에 걸어두셔야죠. 판사셨던 종 조부님 초상화 옆에요. 같은 법조계 인사시잖아요. 계통 이 달라서 그렇지. 당신의 엘리자베스로 말하자면, 부인 의 초상화를 갖는 건 언감생심일 거예요. 어떤 화가가 그 아름다운 눈을 제대로 표현해내겠어요?"

"물론 그 눈의 표정을 담아내기가 쉽진 않겠지요. 하지만 눈동자 색과 눈의 모양, 놀랍도록 섬세한 속눈썹을 따라 그리는 건 아마 가능할 겁니다."

바로 그때, 다른 산책로에서 허스트 부인과 엘리자베스가 나타났다.

빙리 양은 자기들 대화가 들렸을까 싶어 조금 허둥댔다.

"산책할 생각이셨는지 몰랐네요."

"못됐어, 정말. 나간다는 말도 없이 둘만 빠져나오기야?"

허스트 부인이 핀잔을 주고는 다아시 씨의 남은 팔에 팔짱을 꼈다. 엘리자베스는 혼자 걷게 되었다. 길의 너비는 딱 세 사람이 나란히 걸을 만큼이었다. 이에 결례라 느낀 다아시 씨가 즉각 제안했다.

"다 함께 걷기엔 길이 좁군요. 가로수 길로 가는 게 좋겠습니다."

그러나 그들과 함께 계속 걷고 싶은 마음이 전혀 없었던 엘리자베스는 웃으며 말했다.

"아뇨, 아니에요. 이 길로 쭉 가세요. 세 분이 아주 멋지게 어울려요. 보기 드문 조화를 이루고 있는걸요. 넷이 되면 그림이 망가질 거예요. 그럼 이만."

그녀는 명랑하게 그들 곁을 떠났다. 그러고선 하루나 이틀 뒤면 집으로 돌아가리라는 기대에 부풀어 홀로 산책을 즐겼다. 제인이 그날 저녁엔 두어 시간쯤 방에서 나올 생각을 할 정도로 몸이 많이 회복되었던 것이다.

11

정찬 후 여자들이 자리를 옮길 때 엘리자베스는 언니에게 달려 올라가 춥지 않게 잘 챙겨 입었는지 확인하곤 응접실로 데려왔다. 제인의 두 친구는 연거푸 기쁨을 표하며 그녀를 반갑게 맞이했다. 남자들이 오기 전까지 빙리 자매는 엘리자베스가 지금껏 보지 못했던 유쾌한 모습을 보여주었다. 두 숙녀는 화술이 상당했다. 연회를 정확히 묘사하는가 하면, 일화를 재미나게 전하기도 하고, 지인을 신나게 비웃기도 했다.

그러나 남자들이 들어오자 제인은 빙리 자매의 관심 밖으로 밀려났다. 빙리 양의 시선은 대번에 다아시 쪽을 향했고, 그가 몇 걸음 내딛기도 전에 말을 붙이려 했다. 정작 다아시는 곧장 베넷 양에게로 가서 정중하게 축하인사를 건넸고, 허스트 씨도 "참 다행입니다."라고 말하며 가볍게 목례를 보냈지만, 장황하고 열렬한 인사는 빙리의 몫으로 남았다. 그는 기쁨에 들떠 있었고 행동 하나하나 배려가 가득했다. 장소의 변화로 그녀가 행여나 추울세라 벽난로에 장작을 쌓아 올리며 불을 더 지피느라 처음 반 시간을 보내더니, 벽난로 이쪽에 앉은 그녀에게 문에서 먼 저쪽으로 자리를 옮기라고 성화였다. 제인이 벽난로 반대편으로 옮겨 앉자, 그는 그녀 옆에 자리를 잡고 앉아서 다른 사람과는 거의 대화도 나누지 않았다. 반대쪽 구석에 앉은 엘리자베스는 자수를 놓는 척하며 이 모든 광경을 더없이 흐뭇하게 지켜보았다.

차를 다 마시고 나자 허스트 씨가 처제에게 카드 테이블 얘기를 넌지시 꺼냈다가 묵살당했다. 빙리 양은 다아시 씨가 카드놀이를 원치 않는다는 정보를 남몰래 입수한 터였다. 잠시 후 허스트 씨가 대놓고 카드놀이를 제안했지만 그마저도 거부당했다. 빙리 양은 아무도 카드놀이를 하고 싶어 하지 않는다고 잘라 말했고 나머지 사람들도 묵묵부답이어서 역시 카드놀이를 할 분위기가 아니었다. 그리하여 허스트 씨는 하릴없이 소파 위에 늘어져 잠이 들었다. 다아시가 책을 읽기 시작하자 빙리 양도 책을 집어 들었다. 허스트 부인은 주로 자기 팔찌들과 반지들을 만지작거리는 데 몰두하다가 이따금씩 남동생과 베넷 양의 대화에 끼어들었다.

빙리 양은 본인의 독서 못지않게 다아시 씨가 어디까

지 읽었는지에도 관심이 많아서, 이런저런 질문을 던지지 않으면 그가 읽는 부분을 같이 들여다보기에 바빴다. 그렇지만 그에게서 대화를 이끌어낼 수는 없었다. 그는 질문에 간단히 답변하곤 독서를 이어갈 뿐이었다. 순전히 다아시가 읽는 책의 다음 권이기 때문에 골라잡은 책에서 어떻게든 재미를 찾아보려 애쓰다 지쳐버린 그녀는 마침내 크게 하품을 하며 말했다.

"저녁 시간을 이렇게 보내니 얼마나 좋아요! 독서처럼 즐거운 건 없죠! 책이 아닌 다른 건 금방 싫증 나잖아요! 내 집을 갖는 날, 훌륭한 서재가 없다면 너무 슬플 것 같아요."

아무도 그녀의 말을 받아주지 않았다. 그녀는 다시 한번 하품을 하며 책을 툭 던져놓고는 재미있는 일을 찾아 응접실 여기저기로 시선을 던졌다. 그러다 오라비가 베넷 양에게 하는 무도회 얘기가 귀에 들어오자 그쪽을 홱 돌아보며 참견을 했다.

"말 나온 김에 오빠, 정말 진지하게 네더필드에서 무도회를 열 생각이야? 결정하기 전에 여기 계신 분들의 생각을 들어보는 게 어때? 내가 잘못 아는 게 아니라면, 누구누구한테는 무도회가 유흥이 아니라 고역일 텐데."

빙리가 큰소리쳤다.

"다아시 형님 얘기라면, 형님이야 무도회 시작 전에

자러 가면 그만이지. 어쨌든 무도회는 열기로 이미 정해졌어. 니콜스가 화이트 수프를 넉넉히 만드는 대로 초대장을 돌릴 거야."

"무도회 분위기가 달라지면 훨씬 낫겠는데. 보통 그런 자리에 있다 보면 정말이지 따분해서 못 견디겠어. 춤 대신 대화 위주로 순서를 짜면 훨씬 더 이성적인 모임이 될 거야."

"훨씬 더 이성적이겠지만, 캐롤라인, 그러면 무도회랑은 거리가 멀어지잖아."

빙리 양은 대꾸하지 않았고, 이내 일어서서 응접실 안을 거닐기 시작했다. 우아한 자태와 맵시 있는 걸음걸이로 다아시의 눈길을 끌 요량이었지만, 여전히 그는 외곬으로 책만 파고들었다. 그녀는 절박한 심정으로 한 번 더 시도해보기로 작심하고는 엘리자베스를 끌어들였다.

"일라이자 베넷 양, 나처럼 방 안을 한 바퀴 돌아보시지 않겠어요? 한 자세로 그렇게 오래 앉아 있다가 일어나 걸으면 확실히 기분 전환이 되거든요."

엘리자베스는 어리둥절했지만 바로 일어섰다. 그리고 빙리 양의 정중한 제안은 진짜 목적을 달성했다. 다아시 씨가 고개를 든 것이다. 그 역시 엘리자베스처럼 빙리 양의 낯선 배려가 꽤나 의외여서 저도 모르게 책을 덮은 것이었다. 곧이어 빙리 양이 그에게도 함께 걷자고 했지만, 그는 두 사람이 함께 방 안을 거닐기로 한 동기라곤 짐작건대 두 가지뿐인데 그중 어느 쪽이건 자신이 합류하면 방해가 될 거라며 거절했다.

"대체 무슨 말씀이신지? 무슨 뜻인지 궁금해 죽겠네."

그러면서 빙리 양은 엘리자베스에게 저분의 말씀이 이해가 가느냐고 물었다.

"전혀요. 하지만 틀림없이 우리를 비난하시려 들 테니 저분께 실망을 안기는 가장 확실한 방법은 아무것도 묻지 않는 거예요."

그러나 무슨 일로든 다아시 씨에게 실망을 안기지 못하는 빙리 양은 그 두 가지 동기를 꼭 들어야겠다고 고집했다.

그는 기다렸다는 듯이 대답했다.

"기꺼이 알려드리죠. 두 분이 이런 방식으로 저녁 시간을 보내기로 한 까닭은, 서로 비밀을 나누는 사이여서 둘이 은밀히 의논할 일이 있거나, 아니면 걸을 때 자태가 가장 아름답게 보인다는 사실을 알기 때문입니다. 첫 번째 경우 나는 당연히 방해만 될 테고, 두 번째 경우라면 이렇게 난롯가에 앉아 있는 편이 두 분의 아름다운 자태를 감상하기에 훨씬 낫습니다."

빙리 양이 외쳤다.

"어머! 기막혀! 그렇게 망측한 말은 처음 들어봐요. 그런 말을 입에 올린 저 사람을 어떻게 혼내주죠?"

엘리자베스가 말했다.

"마음만 있다면 그보다 쉬운 일도 없죠. 얼마든지 서로를 괴롭히고 응징할 수 있어요. 놀리거나…… 비웃거나. 친한 사이이니 어떤 방법이 좋을지도 잘 아실 것 같은데요."

"하지만 맹세코 모르는걸요. 그것까지 알 정도로 친하지는 않답니다. 저렇게 냉철하고 침착한 사람을 놀리라니! 아뇨, 어림없죠. 그래봤자 저분은 눈 하나 깜짝 안 할걸요. 하물며 비웃으라고요? 명분도 없이 저분을 웃음거리로 삼아보려다가 도리어 우리가 우스워질 텐데요. 다아시 씨는 흐뭇해하시겠지요."

엘리자베스가 과장되게 외쳤다.

"다아시 씨는 웃음거리가 되실 수 없는 분이었군요! 그건 흔치 않은 장점이죠. 앞으로도 흔히 볼 수 없으면 좋겠네요. 웃음거리가 되실 수 없는 분이 많아지면 저한테는 막대한 손해일 거예요. 전 웃는 걸 아주 좋아하거든요."

그가 말했다.

"빙리 양이 내게 보내신 칭찬에 부합하기란 불가능합니다. 제아무리 현명하고 훌륭한 사람, 아니 그런 사람의 가장 현명하고 훌륭한 행동이라도 인생의 목표가 우스

JANE AUSTEN

갯짓인 사람에겐 웃음거리가 될 수 있으니까요."

엘리자베스가 맞받았다.

"그런 사람들이 존재하는 건 분명하지만, 제가 그런 사람은 아니라고 믿고 싶네요. 현명하고 훌륭한 것을 웃음거리로 삼지는 않아요. 그저 어리석고 허황한 것, 변덕과 모순은 솔직히 정말 우스워서 기회가 있을 때마다 비웃어주지요. 하지만 바로 이런 면모가 다아시 씨에겐 아예 없는 것 같군요."

"누구라도 그렇게 완벽하기란 불가능할 겁니다. 다만 높은 지성을 오히려 놀림감으로 전락시키는 약점들을 피하는 것이 내 평생의 과제였습니다."

"허영이나 오만 같은?"

"예, 허영은 물론 약점이지요. 하지만 오만은…… 진정으로 뛰어난 정신의 소유자라면 오만은 항상 절제할 수 있습니다."

엘리자베스는 웃음을 들키지 않으려 고개를 돌렸다.

빙리 양이 말했다.

"다아시 씨에 대한 심사가 끝난 것 같으니, 이제 결과를 알려주시지요?"

"다아시 씨는 흠이 없는 분이시라고 확신하게 되었답니다. 본인도 숨김없이 인정하시고요."

다아시가 항변했다.

"아뇨, 난 그런 적 없습니다. 나도 단점이 많습니다. 지성 쪽 문제는 아니겠지만. 성격은 장담 못 하겠네요. 너무 완고하달까요. 확실히 사람들이 불편해할 정도로 가차 없지요. 난 남의 어리석음과 부덕을 좀처럼 잊지 못합니다. 누군가 내 기분을 상하게 하는 경우에도 그렇고요. 털어내려 노력해도 내 감정은 사라지지 않습니다. 한마디로 화가 안 풀리는 성격이라고 볼 수 있겠군요. 한 번 잘못 보인 사람에겐 두 번 다시 눈길도 주지 않습니다."

엘리자베스가 외쳤다.

"그건 정말 단점이네요! 깊이 맺힌 노여움은 성격상의 그늘이지요. 하지만 단점을 잘 짚으셨어요. 아무리 저라도 그 단점을 비웃진 못하겠네요. 저한테 비웃음당하실 염려는 안 하셔도 돼요."

"나는 사람들 모두가 특정한 악질의 성향, 즉 타고난 결점을 지녔다고 봅니다. 최고의 교육으로도 극복할 수 없는 결점이지요."

"다아시 씨의 결점은 사람들 모두를 싫어하는 거예요."

그의 얼굴에 슬며시 미소가 떠올랐다.

"당신의 결점은 사람들 모두를 멋대로 곡해하는 것이고요."

자신이 낄 수 없는 대화가 지겨워진 빙리 양이 소리

쳤다.

"음악이나 좀 들을까요? 언니, 형부가 깨도 괜찮겠어?"

허스트 부인은 전혀 상관없다고 답했고, 곧 피아노 뚜껑이 열렸다. 다아시는 좀 전의 대화를 잠시 되짚어보고 나서, 아쉬워하지 않기로 했다. 사실 그는 엘리자베스를 향한 관심이 점점 깊어져 위험하다고 느끼기 시작한 터였다.

12

언니와 상의한 끝에 이튿날 아침 엘리자베스는 오늘 중으로 마차를 보내달라고 청하는 편지를 써서 어머니 앞으로 보냈다. 하지만 베넷 부인은 두 딸이 다음 주 화요일, 즉 제인이 네더필드에 간 지 꼭 일주일째 되는 날까지 그곳에 머무를 거라 셈했었기에 그 전에 돌아오겠다는 기별이 전혀 반갑지 않았다. 하루속히 집으로 돌아가고 싶었던 엘리자베스로서는 영 실망스러운 답장을 받아야 했다. 화요일 전에는 도저히 마차를 보내줄 수 없다는 내용에, 만약 빙리 씨와 그의 누이가 좀 더 계시라며 붙잡거든 자신은 흔쾌히 허락하겠다는 추신까지 덧붙어 있었다. 그래도 엘리자베스는 떠나기로 마음먹었다. 이곳 사람들이 떠나지 말라고 붙잡을 성싶지도 않았고, 오히려 필요 이상으로 오래 폐를 끼치는 불청객으로 여길 것 같아서, 당장 빙리 씨의 마차를 빌리자고 언니를 졸랐다. 마침내 자매는 그날 오전에 네더필드를 떠나기로 한 원래 계획을 알리고 마차를 빌려보기로 뜻을 모았다.

그런 의사를 전하자 우려의 말들이 쏟아졌다. 적어도 내일 떠나시라는 간곡한 권유가 잇따르는 통에 제인의 마음이 약해졌고, 결국 출발은 다음 날로 미뤄졌다. 하지만 빙리 양은 베넷 자매를 붙잡은 것을 금세 후회했다. 그중 한 명을 좋아하는 마음보다 다른 한 명을 질투하고 싫어하는 마음이 훨씬 컸기 때문이다.

집주인인 빙리 씨는 왜 그리 서둘러 떠나려 하시냐며 진심으로 섭섭해했고, 완전히 나은 것도 아닌데 자칫 탈이라도 날까 걱정이라며 어떻게든 제인을 설득하려 들었다. 그러나 제인은 스스로 옳다고 느끼는 부분은 절대 굽히지 않는 아가씨였다.

다아시 씨에게는 희소식이었다. 엘리자베스가 네더필드에 머무는 기간은 이만하면 충분하다 싶었다. 그동안 생각 이상으로 그녀에게 빠져들었다. 게다가 빙리 양이 그녀를 무례하게 대했고, 그에게도 평소보다 더 집적

댔다. 그는 지혜롭게 굴기로 작심했다. 이제라도 엘리자베스에 대한 호감이 절대 표 나지 않도록 각별히 주의하고, 그의 행복이 자신에게 달렸다는 기대로 그녀를 들뜨게 할 만한 그 어떤 빌미도 제공하지 않을 셈이었다. 만에 하나 이미 마음을 들켰더라도, 마지막 날 그의 행동이 그것을 확인시키거나 무너뜨리는 데 중요한 역할을 할 게 분명했다. 그는 자신의 결심을 착실히 이행했다. 토요일 내내 그녀에게 열 마디도 건네지 않았고, 한번은 어쩌다 30분 동안 단둘만 남았는데도 몹시 성실하게 책만 들여다볼 뿐 그녀 쪽으로는 눈길조차 돌리지 않았다.

일요일 오전 성찬례 후, 거의 모두가 고대하던 작별의 시간이 왔다. 마지막 순간에 이르자 빙리 양은 갑자기 엘리자베스에게 부쩍 예의를 차렸고, 제인에 대한 애정도 급격히 불어난 듯 굴었다. 헤어질 때에는 롱본에서든 네더필드에서든 언제고 다시 만나자며 제인을 더없이 다정하게 껴안았을 뿐 아니라 엘리자베스와 악수까지 나누었다. 엘리자베스는 날아갈 듯한 기분으로 모두에게 작별을 고했다.

베넷 부인은 두 딸을 두 팔 벌려 환영해주지 않았다. 어떻게 벌써 돌아왔냐며 놀라더니, 그렇게까지 폐를 끼치면 어떡하냐고 꾸짖었고, 보나 마나 제인의 감기가 도졌을 거라고 타박했다. 그러나 베넷 씨는 비록 표현은 간결했지만 두 딸의 귀가가 진심으로 반가웠다. 그동안 그는 첫째와 둘째가 이 집안에서 얼마나 중요한 존재인지 절감했다. 제인과 엘리자베스가 빠지니 저녁에 다 함께 모이는 자리에서 나누는 대화는 좀처럼 활기를 띠지 못했고 무의미하게 시간만 헛되이 보내는 기분이었다.

평소대로 통주저음(바로크 시대에 유럽에서 성행했던 화성법, 저음부 악보에 표시된 숫자에 따라 연주자가 즉석에서 화음을 구현하는 기법 - 옮긴이)과 인간 본성 연구에 심취해 있던 메리는 언니들이 감탄해주길 기대하며 책에서 발췌한 글귀들을 보여주었고, 딴에는 새로운 견해라면서 실상 진부한 도덕론을 늘어놓았다. 한편 캐서린과 리디아는 다른 방면의 정보를 알려주었다. 지난 수요일 이후로 부대에서는 일도 많고 말도 많았다. 최근 장교 여럿이 이모부와 정찬을 나누었고, 어느 이등병이 매질을 당했으며, 포스터 대령이 곧 결혼할 거란 소문이 돈다는 것이었다.

13

이튿날 아침 식사 도중에 베넷 씨가 아내에게 말했다.

"부인, 오늘은 정찬에 특별히 신경을 썼길 바라오. 손님이 한 분 오실 것 같으니."

"손님이라니, 누구요? 내가 알기론 올 사람이 없는데? 샬럿 루카스가 놀러 오는 게 아니라면야. 걔한테라면 내 정찬은 따로 신경을 안 써도 충분히 훌륭할 거예요. 자기 집에서 그런 식사는 자주 구경도 못 할걸요."

"내가 말하는 사람은 남자고 외지인이오."

베넷 부인의 눈이 반짝였다.

"남자에다 외지인! 빙리 씨로군요! 어머나 제인, 어쩜 한마디 언질도 없었다니? 요 앙큼한 것! 이유, 빙리 씨가 온다니 너무너무 기뻐야 하겠지만, 아이고 이걸 어째! 오늘은 생선을 한 조각도 구할 수가 없는데. 얘, 리디아, 종 좀 울려라. 당장 힐한테 얘기해야겠다."

남편이 말했다.

"빙리 씨가 아니오. 나하고 지금껏 일면식도 없는 사람이지."

그러자 가족들 모두가 놀랐고, 이내 아내와 다섯 딸이 일제히 질문을 퍼부었다.

그는 쏟아지는 질문들을 얼마간 즐기고 나서야 가족들의 궁금증을 풀어주었다.

"한 달 전쯤 이 편지를 받았고, 보름 전쯤 답장을 보냈소. 좀 민감한 사안이기도 하고 속히 처리해야겠다고 생각했거든. 편지를 보낸 이는 콜린스 씨라는 친척이오. 내가 죽으면 언제든 당신과 우리 딸들을 이 집에서 쫓아낼 수 있는 사람이지."

아내가 외쳤다.

"오! 여보, 그 얘기라면 도무지 참고 들을 수가 없어요. 제발 그 원수 같은 인간 얘기는 꺼내지도 말아요. 당신 땅을 친자식들이 물려받을 수 없다니, 세상에 이보다 더 가혹한 일은 없다고요. 내가 당신이었다면 진즉에 어떻게든 수를 냈을 거예요."

제인과 엘리자베스는 어머니에게 어떻게 해도 수를 낼 수 없는 한사상속(상속 조건에 제한이 있는 것. 베넷가의 토지는 '남성에 한해 상속되는' 재산이다 - 옮긴이)의 속성을 한 번 더 이해시키려 해보았다. 전에도 자주 설명해드렸지만, 이건 베넷 부인의 이해력을 넘어서는 주제였다. 그녀는 딸이 다섯인 가족한테서 땅을 빼앗아 생판 모르는 남한테 주는 이 제도의 잔악함에 치를 떨며 분개하길 그만두지 않았다.

베넷 씨가 말했다.

"분명 매우 부당한 일이긴 하지. 콜린스 씨도 롱본을 상속받는 죄를 모면할 방법이 없고 말이오. 하지만 편지 내용을 들어보면 이 사람의 태도에 당신 마음도 조금은 누그러질지 모르겠소."

"천만에, 절대요. 당신한테 편지를 보낸 것 자체가 아주 뻔뻔하고 위선적이잖아요. 그렇게 괜히 친한 척하는 인간들은 정말 딱 질색이에요. 제 아비처럼 계속 당신하고 다투기나 할 것이지 웬 편지질이래요?"

"글쎄, 이 양반도 자식 된 도리로 가책하는 마음이 없지 않았던 것 같소만, 일단 들어보구려."

켄트주 웨스터햄 근교 헌스포드, 10월 15일.
친애하는 베넷 씨께,

귀하와 제 선친 사이의 불화로 늘 마음이 많이 불편했던바, 불행히도 부친을 여읜 뒤로 저는 그 갈등의 골이 메워지길 자주 바라왔습니다. 그러나 선친께서 절대 화해하길 원치 않으셨던 상대와 원만한 사이가 되는 것이 고인의 유지(遺旨)를 받들지 않는 모습으로 비칠까 저어하여 한동안 행동에 나서길 망설였습니다.—"바로 이 부분이오, 부인."—하나 이제는 이 문제에 대해 마음을 굳혔습니다. 실은 제가 부활절에 성직 서품을 받고, 루이스 드 버그 경의 미망인이신 캐서린 드 버그 영부인의 후원을 받는 발군의 행운을 누리게 되었습니다. 영부인의 자비와 은혜로 이곳 교구의 귀한 사제직을 맡았으니, 이곳에서 저는 영부인을 향한 감사와 경의로써 성심성의껏 처신하는 한편, 잉글랜드 국교회가 제정한 전례와 성사를 언제라도 성실히 수행해야 할 것입니다. 나아가 저는 성직자로서 제 힘이 닿는 한 모든 가정에 평화의 축복이 깃들어 자리 잡을 수 있도록 노력해야 한다는 의무감을 느끼기에, 지금 이렇게 선의의 제안을 하는 것이 매우 훌륭한 일이라 자부하며, 귀하께서도 제가 롱본 토지의 상속인인 상황을 너그럽게 이해하시고 제가 내미는 올리브 가지(평화와 화해의 상징 – 옮긴이)를 뿌리치지 않으시리라 믿습니다.

저로 인해 귀하의 고운 따님들이 피해를 입을 수밖에 없는 사정이 염려스러울 따름으로, 부디 제 사과를 받아주시길 청하며, 아울러 따님들의 피해는 어떻게든 보상해드릴 생각임을 분명히 밝혀드리오나, 이에 대해서는 추후에 자세히 말씀드리겠습니다. 저의 방문을 허락해주신다면 11월 18일 월요일 오후 4시경에 귀하와 귀하의 가족을 찾아뵙고 그다음 주 토요일까지 신세를 질까 합니다. 이는 제가 부담 없이 교구를 비울 수 있는 기간입니다. 캐서린 영부인께서는 제가 어쩌다 한 번씩 주일에 자리를 비워도 다른 신부님이 그날의 의무를 맡아주신다면 크게 개의치 않으십니다. 사모님과 따님들께 삼가 경의를 표하며, 귀하의 안녕을 기원합니다.

윌리엄 콜린스 배상.

베넷 씨가 편지를 접으며 말했다.

"그러니까 오늘 4시에 아마도 우리는 평화의 사도인 이 신사 양반을 만날 예정인 게지. 확실히 퍽 양심적이고 예의 바른 청년인 것 같아. 분명 알아두면 좋을 귀인이기도 하고. 물론 이 사람이 우릴 다시 만나도 캐서린 영부인께서 너그럽게 눈감아 주신다면 말이지만."

"그래도 우리 애들 얘기하는 부분은 웬만큼 들어줄 만하네요. 어떻게든 보상을 하겠다는데 굳이 뜯어말릴 이유는 없죠."

제인이 말했다.

"우리 몫이라고 생각하는 걸 어떤 식으로 보상하겠다는 건지 짐작하긴 어렵지만, 그 마음만큼은 높이 살 만한데요."

엘리자베스에게 가장 인상 깊었던 부분은 캐서린 영부인을 향한 유별난 존경심과 언제든 교구민의 세례와 결혼, 장례를 집전하겠노라고 선심 쓰듯 말하는 투였다.

"특이한 사람인 것 같아요. 도무지 종잡을 수가 없네요. 굉장히 젠체하는 문체에다……. 자기가 상속인인 걸 사과하겠다는 건 또 무슨 말이래요? 방법이 있다 한들 상속을 거부할 것도 아니면서. 과연 지각이 있는 사람일까요, 아버지?"

"글쎄, 아닌 것 같아. 오히려 지각의 반대편에 있는 사람이 아닐까 싶다. 비굴과 교만이 뒤섞인 편지만 봐도 알만하지 않니. 얼른 만나보고 싶구나."

메리도 한마디 했다.

"작문 수준은 흠잡을 데 없어 보여요. 올리브 가지 비유도, 참신하다고 할 순 없지만 알맞게 쓴 것 같고요."

캐서린과 리디아는 편지도 편지를 쓴 사람도 전혀 궁금하지 않았다. 그 친척이 붉은색 제복을 입고 올 가능성은 거의 없는데, 몇 주 전부터 이 두 자매는 붉은색 제복을 입는 남자들이 아니면 어떤 남자한테서도 흥미를 느끼지 못했다. 한편 그녀들의 어머니는 콜린스 씨의 편지로 악감정이 대부분 풀렸는지, 남편과 딸들이 아연해할 정도로 제법 태연하게 그를 맞이할 준비를 했다.

콜린스 씨는 정각에 도착하여 베넷 일가의 깍듯한 환대를 받았다. 물론 베넷 씨는 거의 말을 하지 않았지만, 여자들은 얼마든지 대화할 준비가 돼 있었고, 콜린스 씨도 누가 부추겨야 간신히 입을 여는 부류는 아닌 듯했다. 그는 장신에 진중한 얼굴을 한 스물다섯 살 청년이었다. 근엄하고 거만한 분위기를 풍겼고, 말씨도 행동거지도 몹시 격식을 차렸다. 자리에 앉자마자 베넷 부인에게 참으로 보기 좋은 가정을 일구셨다면서, 따님들의 미모에 대해선 익히 들었지만 이번만은 소문이 진실을 따라가지 못했다고 찬사를 보내더니, 모두 제때에 좋은 혼처로 가는 걸 보시게 되리라 믿어 의심치 않는다고 덧붙였다. 함께 듣던 몇 사람은 이런 입발림이 뜨악했지만, 칭찬에 시비를 따지는 법이 없었던 베넷 부인은 선뜻 대답했다.

JANE AUSTEN

"정말 고마운 말씀이네요. 나도 그렇게 되기를 온 마음으로 빌고 또 빈답니다. 안 그러면 애들 먹고살 길이 궁해지니까요. 일이 이상하게 됐지 뭡니까."

"아마도 롱본을 제가 물려받는 걸 말씀하시는 것이겠지요?"

"아! 제대로 맞히셨어요. 불쌍한 우리 애들한테 가혹한 일인 건 사실이잖아요. 그렇다고 그쪽 잘못이라는 건 아니에요. 이런 일이 다 운수소관이란 것쯤은 나도 아니까요. 땅이란 게 한 번 한사상속에 걸리고 나면 어떻게 될지 알 길이 없죠."

"저도 무고한 따님들께서 겪는 고난을 매우 민감하게 인지하고 있습니다. 이에 대해 드릴 말씀이 많은데, 느닷없고 주제넘어 보일까 봐 조심스럽군요. 하지만 여기 계신 아가씨들을 경애할 마음으로 왔다는 것만은 확실히 말씀드릴 수 있습니다. 지금은 이쯤 해두겠습니다만, 서로 좀 더 알게 되면 아마도⋯⋯."

정찬이 준비되었다는 기별이 오는 바람에 그는 말끝을 흐릴 수밖에 없었고, 베넷가의 딸들 사이에 소리 없는 웃음이 오갔다. 콜린스 씨의 찬사를 받는 대상은 아가씨들만이 아니었다. 그는 복도와 정찬실, 그곳에 있는 모든 가구를 자세히 살펴보고 칭찬했다. 평소 같으면 뭐든지 칭찬하는 그의 태도에 감격했을 베넷 부인이지만, 그가 여기 있는 것들 전부를 미래의 재산으로 보고 있으리라 생각하니 은근히 부아가 돋았다. 식사 중에도 그의 찬사는 이어져서, 아리따운 따님들 중 어느 분의 요리 솜씨가 이처럼 탁월한지 부디 알려달라고 청했다. 하지만 이번에는 베넷 부인이 그의 실언을 바로잡았다. 우리도 솜씨 좋은 요리사를 부릴 형편은 되고도 남아서 딸들이 부엌일을 할 필요가 없다고 다소 퉁명스럽게 응답한 것이다. 그는 기분을 상하게 해드려 죄송하다며 용서를 구했다. 부인이 기분 상하지 않았으니 염려 마시라고 좀 전보다 부드럽게 얘기했지만, 그는 거의 15분 동안이나 사과에 사과를 거듭했다.

14

식사하는 동안 베넷 씨는 거의 한마디도 하지 않았다. 그러나 하인들이 물러나자 이제 손님과 담소를 나눠야겠다는 생각에 우선 상대가 반색할 법한 화제를 골라, 그렇게 든든한 후원자를 모시게 된 건 정말 큰 복인 것 같다고 운을 떼고, 캐서린 드 버그 영부인께서 그의 소망에 관심을 기울이시고 그의 편의를 배려하시는 것을 보니 그를 굉장히 아끼시는 모양이라고 추켜세웠다. 과연 베넷 씨의 선택은 더할 나위 없었다. 캐서린 영부인을 찬양하는 데 있어 콜린스 씨는 그야말로 웅변가였다. 이 화제로 우쭐해진 그는 과도하게 점잔을 빼면서, 본인이 직접 경험한바 캐서린 영부인 마님은 상냥하고 인자하신 분인데 그처럼 지체 높은 분에게서 그런 모습을 목격하기는 난생처음이라고 사뭇 엄숙한 표정으로 강조했다. 또한 그분 앞에서 두 차례 설교할 수 있었던 것만도 영광이건만 황송하게도 그분은 두 번 다 잘했다고 격려해주셨으며, 로징스에서 함께 정찬을 들자고 두 번이나 초대해주셨을 뿐 아니라, 지난 토요일만 해도 저녁에 함께할 카드리유(40장짜리 카드 세트로 네 명이 하는 카드놀이. 당대에는 루와 휘스트의 인기에 밀려 대체로 노인들의 놀이가 되었다 – 옮긴이) 인원이 모자란다며 사람을 보내어 자길 부르셨다고 했다. 캐서린 영부인을 오만하다고 보는 사람이 많지만, 그가 그분을 뵐 때는 언제나 온화한 모습뿐이었다. 영부인은 항상 여느 신사분을 대하듯 그에게 말을 건네셨고, 그가 동네 모임에 들거나 이따금 친척 방문차 1~2주 교구를 비워도 일절 반대하지 않으셨다. 심지어 그에게 되도록 빨리 결혼하되 상대를 신중히 고르라는 조언까지 해주실 정도로 아랫사람에게도 친절하시며, 한번은 그의 누추한 사제관에 왕림하시어 그때까지 그곳을 아주 잘 가꾸었다고 인정해주신 데다 위층 옷장 선반 몇 개를 손봐야겠다고 친히 제안하는 아량까지 베푸셨다.

베넷 부인이 말했다.

"하나같이 품위 있고 친절한 모습들이네요. 역시 훌륭한 분이신 것 같아요. 귀부인들이 대개 그분 같지 않다는 게 애석할 따름이죠. 영부인께서 댁 근처에 사시나요?"

"제 누추한 거처에 딸린 정원에서 길 하나만 건너면 영부인께서 살고 계시는 로징스 장원입니다."

"그분이 부군을 여의셨다고 하셨죠? 다른 가족이 계신가요?"

"영애가 한 분 계십니다. 로징스와 막대한 재산을 한 몸에 물려받으실 분이죠."

베넷 부인은 고개를 절레절레 저으며 외쳤다.

"어머나! 어지간한 처자들은 꿈도 못 꿀 만큼 부자네. 대체 어떤 아가씨일까요? 미인인가요?"

"물론 매력이 넘치는 분이시죠. 캐서린 영부인께서도 진정한 아름다움으로 치면 드 버그 양이야말로 미모로 내로라하는 여인들에 견주어도 월등하다고 말씀하십니다. 태생부터 남달라서 어느 모로나 귀티가 나니까요. 드 버그 양의 교육을 담당하셨고 지금도 로징스에서 함께 기거하시는 젠킨슨 부인께 들은 이야기로는, 불행히도 병약한 체질인지라 교양 수준을 높이시기엔 제약이 있었다고 합니다. 건강하셨다면 틀림없이 다방면으로 수준급의 교양을 쌓으셨을 거라고요. 하지만 정말 다정하신 분이에요. 보잘것없는 사제관에도 조랑말이 끄는 쌍두마차를 타고 종종 들러주신답니다."

"입궁 경험은 있으시대요? 궁에 출입하는 숙녀분들 중에 그런 이름은 기억나지 않는데."

"건강이 좋지 않아 안타깝게도 런던에 가시진 못합니다. 그러니 영국 궁정은 가장 빛나는 보석을 빼앗긴 셈이지요. 언젠가 캐서린 영부인께 이렇게 말씀드렸더니 흐뭇해하시는 눈치더군요. 저는 기회 있을 때마다 숙녀분이라면 어김없이 좋아할 만한 세심한 칭찬을 기꺼이 바친답니다. 캐서린 영부인께도, 매력적인 영애께서는 공작부인이 될 운명을 타고나신 것 같고, 그런 최상위 귀족을 부군으로 맞으셔도 영애께서 덕을 보시기보다 도리어 영애 덕에 부군이 돋보이게 될 거라고 여러 차례 말씀드렸지요. 대단찮은 덕담이지만 영부인께서 흡족해하시고, 저도 이런 식으로 기분을 맞춰드리는 것이 그분께 입은 은혜를 조금이나마 갚는 길이라고 생각합니다."

베넷 씨가 말했다.

"판단력이 제대로시구려. 그리도 섬세하게 칭찬하는 재능을 지녔다니 참 잘된 일이오. 그런데 그렇게 듣기 좋은 말들은 즉석에서 튀어나오는 거요? 아니면 미리 연구라도 하시나?"

"대부분 그때그때 상황에 맞게 떠오르고, 가끔은 곧잘 쓰일 만한 자잘하고 격조 있는 표현을 생각해내고 다듬으면서 즐거운 한때를 보내기도 하지요. 그래도 가급적 자연스러운 분위기를 내려고 합니다."

베넷 씨의 예상이 적중했다. 이 친척 청년은 그의 기대에 부응하는 천하의 얼간이였다. 콜린스 씨의 이야기를 듣는 동안 그는 내심으로 극강의 재미를 느끼면서도, 더할 수 없이 태연한 표정을 한결같이 유지했고, 이따금 엘리자베스에게 눈짓을 보냈을 뿐 달리 이 즐거움을 나눌 동지도 필요 없었다.

하지만 그런 재미도 슬슬 약효가 떨어져서, 다과 시간이 되자 베넷 씨는 먼저 나서서 손님을 다시 응접실로 안내했고, 다과가 끝나자 또 얼른 나서서 손님에게 부인과 딸들을 위해 책을 낭독해달라고 청했다. 콜린스 씨도 흔쾌히 수락하여 누군가가 책을 가져왔는데, 일단 그는 (어느 모로나 도서관에서 빌린 티가 나서) 눈으로 겉표지만 보고선 흠칫하며 물러서더니, 죄송하지만 자신은 절대 소설을 읽지 않는다며 양해를 구했다. 키티가 그를 빤히 쳐다봤고, 리디아는 탄성을 질렀다. 다른 책들이 오자 그는 약간의 숙고 끝에 『포다이스의 설교집』을 골랐다. 그가 책을 펼치는 동시에 리디아는 늘어지게 하품을 한 것도 모자라, 매우 단조롭고 엄숙한 어조로 이어지는 낭독이 채 세 쪽을 채우기도 전에 뜬금없는 말로 끊어버렸다.

"그런데 엄마, 필립스 이모부가 리처드를 내보내려 하신다는 거 아니었어요? 리처드가 쫓겨나면 포스터 대령님이 고용하실 거라던데. 토요일에 이모님한테 직접 들은 얘기예요. 내일 메리턴에 가서 얘기를 더 들어봐야겠어요. 데니 씨가 언제 런던에서 돌아오는지도 여쭤보고요."

첫째와 둘째가 동생에게 조용히 하라고 주의를 주었지만, 이미 마음이 몹시 상해버린 콜린스 씨는 책을 내려놓고 말했다.

"어린 아가씨들이 진지한 내용의 책을 도외시하는 경우가 많더군요. 그런 책이야말로 본인들에게 오로지 득이 될 뿐인데도요. 솔직히 저로선 통탄할 일입니다. 교훈만큼 여인들에게 유익한 것은 또 없을 테니까요. 하지만 이쯤에서 그만두겠습니다. 우리 어린 아가씨를 더 괴롭히진 않으렵니다."

그러고는 베넷 씨를 돌아보며 백개먼(두 개의 주사위로 열다섯 개의 말을 진행시켜 자기 쪽 진지에 모든 말을 먼저 모으는 편이 이기는 놀이로, 서양에서 가장 오래된 게임 중 하나 – 옮긴이) 상대가 되어드리겠다고 제안했다. 베넷 씨는 도전을 받아들였고, 저 아이들끼리 경박한 관심사를 즐기게 놓아둔 건 참 잘하신 일이라고 그를 추어올렸다. 베넷 부인과 딸들이 리디아의 무례를 정중히 사과하고 그런 일은 두 번 다시 없을 거라 다짐하면서 낭독을 재개해주십사 부탁했지만, 콜린스 씨는 어린 친척 아가씨의 행동을 모욕으로 여겨 분개하는 일은 결코 없을 것이며 그녀에게 악감정을 품지도 않았으니 안심들 하시라고 이른 뒤 베넷 씨와 함께 다른 탁자로 옮겨 앉아 백개먼을 준비했다.

15

콜린스 씨는 몰지각한 사람이었고, 태어날 때부터 없었던 지각력을 교육이나 인간관계로 보충하기에도 역부족이었다. 무식하고 욕심 많은 아버지의 지도하에 인생 대부분을 보냈고, 대학교에 다니기는 했으나 도움 되는 친구 한 명 사귀지 못한 채 필수 학기만 겨우 채웠다. 복종을 강요하는 아버지 손에 자라면서 자연스레 몸에 뱄던 비굴함은, 아둔한 머리에서 나온 자만심, 속세와 거리를 둔 삶, 젊은 나이에 우연찮게 일이 잘 풀린 데서 생긴 우월감 따위로 상당 부분 중화되었다. 운 좋게도 그는 헌스포드 성직록의 주인이 공석일 때 캐서린 드 버그 영부인의 눈에 들었다. 영부인의 높은 지위를 경외하는 마음과 그녀를 자신의 후원자로서 섬기는 마음이 자기애와 자부심, 성직자로서의 권위 및 권한에 대한 의식과 뒤섞여 결과적으로 그는 오만과 아첨, 거만과 비굴의 혼합체가 되었다.

좋은 집과 넉넉한 수입을 확보한 그는 이제 결혼을 하기로 마음먹었다. 롱본의 친척과 화해하려 한 것도 겸사겸사 아내를 구하겠다는 심산에서였다. 이 집 딸들이 항간의 소문대로 예쁘고 상냥한지 직접 만나 확인한 다음 그중 한 명을 골라잡을 셈이었다. 그가 롱본 땅을 물려받는 상황을 바로잡겠다고—보상하겠다고—계획한 일이 바로 이것이었다. 그는 베넷가의 딸과 결혼하는 것이 지극히 온당하고 적절한, 아주 훌륭한 계획이라고 여겼고, 이 일에 있어서 본인이 넘치도록 관대하며 공평무사하다고 믿었다.

친척 아가씨들을 직접 만난 뒤에도 그의 계획은 변함이 없었다. 베넷 양의 아름다운 용모를 본 그는 자기 생각이 옳았다는 확신을 얻었고, 역시 무슨 일이든 서열을 엄격히 지켜야 하는 법임을 새삼 마음에 새겼다. 즉 그는 첫날 저녁에 제인을 신붓감으로 점찍었다. 그러나 다음 날 아침, 조찬 전에 베넷 부인과 단둘이 15분간 대화를 나누고선 마음을 바꿨다. 그가 먼저 사제관 이야기를 꺼내고는 자연스럽게 이어서 그 사제관의 안주인을 롱본에서 찾고 싶다는 의중을 내비치자, 부인은 적극 동조하는 미소를 지으며 격려하면서도 하필 그가 마음에 두었던 제인만은 안 된다고 했다.

"나머지 애들에 대해선 내가 나서기도 그렇고 확답을 드릴 수도 없지만, 내가 알기론 다들 아직 짝이 없긴 해요. 그런데 첫째 애는, 아무래도 말씀을 드려야겠어요. 미리 알려드려야 할 것 같아서요. 그래요, 그 애는 곧 약혼할 것 같아요."

콜린스 씨로서는 신붓감을 제인에서 엘리자베스로 바꾸기만 하면 될 일이었다. 그 일은 금세—베넷 부인이 난롯불을 뒤적이는 사이에—이루어졌다. 태어난 순서도 미모도 제인에 다음가는 엘리자베스가 그의 신붓감으로도 언니 뒤를 잇는 게 당연했다.

베넷 부인은 콜린스 씨의 귀뜸을 가슴에 고이 새기면서, 머잖아 두 딸을 결혼시킬 기대에 부풀었다. 바로 전날만 해도 입에 담기조차 싫었던 남자가 이제는 마음에 쏙 드는 사윗감으로 보였다.

리디아가 메리턴에 가겠다고 한 건 빈말이 아니었다. 메리를 빼고는 언니들 모두가 함께 가기로 했고, 베넷 씨의 권유로 콜린스 씨도 동행하게 되었다. 베넷 씨는 그를 내보내고 서재를 혼자 차지하고 싶은 마음이 간절했다. 콜린스 씨는 조찬을 마친 뒤 베넷 씨를 따라 그리로 들어와서는 당최 나갈 기미를 보이지 않았는데, 서가에서 가장 큰 2절판본들 중 한 권을 끝까지 읽고야 말겠다는 미명하에 실제로는 헌스포드의 자기 집과 정원 얘기만 쉴 새 없이 늘어놓았다. 베넷 씨는 그런 상황이 심히 심란했다. 그에게 서재는 언제나 여유와 평온을 보장하는 곳이었다. 엘리자베스에게 터놓고 얘기하듯, 그는 집 안의 다른 곳이라면 어디에서든 어리석고 황당한 꼴을 마주칠 각오가 돼 있었지만 서재에서만큼은 그런 고역에서 벗어나 있는 데 익숙했다. 그래서 콜린스 씨에게 딸들의 나들잇길에 동행하길 권하는 예의를 지체 없이 발휘한 것이었다. 사실 콜린스 씨도 독서보다 산책이 훨씬 더 적성에 맞았기에, 기다렸다는 듯 냉큼 커다란 책을 덮고 나갔다.

콜린스 씨 편에서 같잖게 잘난 척을 해대면 친척 아가씨들 편에서 예의상 맞장구를 쳐주는 식으로 시간이 흘렀고, 이윽고 그들은 메리턴에 들어섰다. 그때부터, 어린 두 아가씨는 그에게 주던 예의상의 관심마저 끊었다. 그녀들은 상점 진열창 안의 실로 맵시 좋은 모자나 최신상 모슬린(촘촘하게 짠 얇은 면직물로, 당시에는 영국 식민지였던 인도에서 갓 유입된 직물이었다 - 옮긴이)에만 간간이 시선을 빼앗길 뿐, 그 외에는 오로지 장교들을 찾아 두리번거리며 거리 이곳저곳을 살피기 바빴다.

하지만 잠시 후 모든 아가씨의 시선이 길 건너편에서 어떤 장교와 함께 걸어가는 한 청년에게 쏠렸다. 처음 보는 사람이었는데 생김새가 무척 신사다웠다. 그의 동행인 장교는 런던에서 언제 돌아오는지 알아보겠다고 리디아가 벼르던 바로 그 데니 씨로, 이쪽 일행을 향해 고개를 끄덕여 알은체를 하고서 지나갔다. 다들 낯선 청년의 범상치 않은 분위기에 사로잡혔고, 대체 누구일지 궁금해했다. 가능하면 그의 정체를 알아내기로 작심한 키티와 리디아가 저쪽 상점에서 봐둔 물건이 있다는 핑계를 대고 길을 건넜는데, 맞은편 인도에 닿자마자 그녀들은 마침 가던 길을 되돌아오던 두 남자와 운 좋게 딱 마주쳤다. 데니 씨가 먼저 말을 걸더니, 친구인 위컴 씨를 소개하고 싶으니 허락해달라면서 위컴 씨는 어제 그와 함께 런던에서 왔으며 이 친구가 자기네 부대 장교직을 맡았다는 소식을 전하게 되어 기쁘다고 말했다. 과연 바람직한 소식이었다. 이 청년에게 군복만 입혀놓으면 그야말로 완벽한 매력남일 테니 말이다. 그는 외모부터 출중했다. 조각 같은 얼굴, 잘빠진 체격, 아주 유쾌한 언변까지 미남의 조건을 빠짐없이 갖추었다. 소개가 끝나자 그가 먼저 대화를 시작했는데, 주제넘게 나서는 느낌 없이 격에 맞게 대화를 트는 솜씨마저 완벽했다. 그 자리에다 함께 서서 즐겁게 대화를 나누던 중 말발굽 소리가 들려와서 보니, 다아시와 빙리가 말을 타고 거리를 따라 내려오고 있었다. 아가씨들을 알아본 두 신사는 곧장 다가와 여느 때처럼 정중한 인사말을 건넸다. 주로 빙리가 말을 했고, 주로 베넷 양에게 말했다. 그는 안 그래도 그녀의 안부를 여쭈러 롱본에 가는 길이었다고 했다. 다아시 씨는 빙리 말에 힘을 실어주듯 고개를 끄덕여 보였고, 그 와중에도 엘리자베스에게 시선이 꽂혀서는 안 된다는 다짐을 떠올리고 있었는데, 돌연 그 외지인 청년이 그의 시야에 들어왔다. 서로 눈이 마주친 두 남자를 무심코 쳐다보던 엘리자베스는 깜짝 놀라고 말았다. 둘 다 낯빛이 변했는데, 한쪽은 허옇게 질렸고 나머지 한쪽은 벌겋게 달아올랐던 것이다. 잠시 후 위컴 씨가 모자챙을 잡고 눈인사를 건네자 다아시 씨는 마지못한 기색이 역력한 눈인사로 응했다. 도대체 무슨 상황인지? 엘리자베스는 짐작도 할 수 없었지만, 그렇다고 궁금증을 잠재울 길도 없었다.

　1분이 더 지난 뒤, 빙리 씨는 아무것도 눈치채지 못한 듯 이만 가보겠다면서 친구와 함께 말을 몰고 떠났다.

　데니 씨와 위컴 씨는 베넷가 일행을 필립스 씨네 현관까지 바래다주었다. 리디아 양이 같이 들어가셔야 한다고 졸라대고 심지어 필립스 부인까지 거실 창을 열어젖히고서 어서 들어오시라고 외쳤는데도, 두 신사는 거기서 작별 인사를 했다.

　필립스 부인은 언제나 조카딸들을 반겼는데, 이번에는 최근 며칠간 얼굴을 보지 못한 첫째와 둘째를 특히나 반갑게 맞이했다. 그녀는 두 조카딸이 갑자기 돌아왔다고 해서 놀랐다는 얘기를 열심히도 늘어놓았다. 롱본에서 마차를 보내준 것도 아니지 않느냐, 난 까맣게 모를 뻔했다, 길에서 우연히 존스 씨네 점원 녀석을 만났는데 베넷가 아가씨들이 집으로 돌아가셔서 더는 네더필드로 약을 보내지 않는다고 하더라는 말까지 했을 때 제인이 콜린스 씨를 소개하여 수다를 중단하고 부득불 인사를 나누게 되었다. 부인도 예를 다해 그를 맞았지만, 그의 답례 인사는 훨씬 더 공손하고 장황했다. 초면에 불쑥 찾아와 죄송합니다만 저를 부인께 소개해주시는 아가씨들과 제가 친척 관계인 까닭에 제 딴에는 이런 실례를 무릅써도 괜찮지 않을까 싶었다는 것이었다. 필립스 부인은 과하게 예의를 차리는 그의 태도에 상당한 위압감을 느꼈지만, 새 인물을 만난 감상을 정리할 겨를도 없이 곧 또 다른 새 인물에 대한 조카들의 감탄과 호기심에 응해야 했다. 그러나 그에 대해서는 데니 씨가 런던에서 데려온 사람이고 ○○부대의 중위로 임관할 예정이라는, 조카들도 이미 아는 사실밖에 말해줄 수 없었다. 그녀는 방금까지 거리를 걸어 다니는 그를 한 시간 동안이나 지켜봤다고 했다. 위컴 씨가 나타난다면 키티와 리디아도 이모처럼 눈요기를 이어갔을 테지만, 불행히도 지금 창밖을 지나가는 장교들은 그에 비하면 하나같이 시시하고 볼품없는 남자에 지나지 않았다. 개중 몇몇이 다음 날 여기서 정찬을 들기로 했다면서, 이모는 롱본 식구들이 오겠다고 하면 남편을 직접 보내서 위컴 씨도 꼭 초대하겠다고 약속했다. 조카들이 좋다고 하자, 필립스 부인은 편한 분위기에서 떠들썩하게 복권놀이를 즐긴 다음 간단히 따끈한 밤참을 들 거라고 예고했다. 내일 저녁을 즐겁게 보낼 기대에 잔뜩 부푼 그들은 기분 좋게 헤어졌다. 콜린스 씨는 거실을 나오면서 재차 사과했고, 필립스 부인 또한 절대 사과하실 필요 없다고 연거푸 답하며 끝까지 예의를 지켰다.

집으로 돌아오는 길에 엘리자베스는 제인에게 아까 본 두 남자의 어색한 모습을 이야기했다. 제인 눈에도 그 둘이 이상해 보였다면 그중 한 명이나 둘 다를 변호했을 테지만, 영문을 모르기는 그녀도 동생과 마찬가지였다.

돌아오자마자 콜린스 씨는 필립스 부인의 예의를 칭찬하여 베넷 부인을 대단히 흐뭇하게 했다. 캐서린 영부인과 영애를 제외하면 그렇게 고상한 여성은 본 적이 없다면서, 자신을 극진히 예우해주셨을 뿐 아니라 내일 저녁 모임에 오늘 초면이었던 자신까지 일부러 초대해주셨다고 열변을 쏟았다. 베넷가와 친척이어서 그러셨으리라 짐작은 하지만, 좌우지간 그토록 융숭한 대접을 받기는 난생처음이라는 것이었다.

16

베넷 부부가 딸들과 이모의 약속을 반대하지 않고, 이 집 손님으로 머무는 동안 단 하룻저녁이라도 두 분만 남겨두고 외출하자니 못내 망설여진다는 콜린스 씨를 부단히 다독이고 설득하여, 마침내 마차가 그와 다섯 아가씨를 태우고 시간에 맞춰 메리턴으로 출발했다. 응접실로 들어선 아가씨들에게 반가운 소식이 전해졌다. 위컴 씨가 이모부의 초대에 응했으며 이미 도착했다는 것이었다.

이 소식을 듣고 일행이 모두 자리에 앉자 콜린스 씨는 느긋하게 주위를 둘러보며 찬사를 늘어놓기 시작했다. 응접실의 규모와 가구에 감명을 받은 그는 마치 로징스의 여름용 소(小)조찬실에 와 있는 것 같다고 말했다. 처음엔 이런 비교가 딱히 칭찬으로 들리지 않았지만, 그가 로징스와 그곳 주인의 정체를 밝히고 캐서린 영부인의 여러 응접실 중 한 군데를 묘사하면서 그곳에 있는 벽난로 선반 하나만도 800파운드짜리라고 귀띔하자, 필립스 부인은 비로소 그 비교의 참뜻을 온전히 이해했고, 이제는 여름용 소조찬실이 아니라 하녀장의 방과 비교했대도 별로 분하지 않을 것 같았다.

다른 신사들이 합류할 때까지 콜린스 씨는 필립스 부인의 관심을 독차지할 수 있었다. 그는 캐서린 영부인과 로징스 저택의 위엄을 시시콜콜 설명하다가 간혹 자신의 누추한 거처 얘기로 빠져 그 집을 어떻게 손보고 있는지 자랑하기도 했다. 필립스 부인은 귀를 바짝 세우고 그의 이야기를 경청했는데, 들으면 들을수록 그가 더 대단한 사람으로 보였고, 가능한 한 빨리 이 이야기를 동네 사람들에게 빠짐없이 전해야겠다는 결심이 섰다. 한편 베넷가의 딸들은 이 친척의 수다에 귀 기울이긴 싫은데 달리 할 일이라곤 피아노가 없는 것을 아쉬워하거나 벽난로 선반에 놓인 자기들의 어설픈 도자기 모조품에 시선을 두는 것뿐이어서, 기다리는 시간이 무척이나 길게 느껴졌다. 하지만 마침내 지루한 기다림도 끝이 났다. 신사들이 속속 들어왔고, 위컴 씨가 걸어 들어오는 모습을 보며 엘리자베스는 처음 그를 본 순간이나 이후로도 그를 떠올릴 때마다 참 멋있는 남자라고 생각한 것이 조금도 불합리하지 않았음을 새삼 느꼈다. ○○부대 장교들은 대체로 평판이 좋고 신사다운 남자들이었는데, 그중에서도 최고로 꼽히는 자들이 이 자리에 있었다. 그렇지만 위컴 씨는 풍채와 용모, 기품, 걸음걸이에서 그들 모두를 압도했다. 나머지 장교들과 그의 격차는 마지막으로 포트와인 냄새를 풍기며 들어온 얼굴 펑퍼짐하고 성격 고리타분한 필립스 이모부와 그들의 차이만큼이나 컸다.

위컴 씨는 거의 모든 여인의 시선을 한 몸에 받는 행복한 남자였고, 엘리자베스는 본인의 자리가 마침 그의 옆자리였던 행복한 여자였다. 그는 앉자마자 기분 좋게 대화를 시작했는데, 그저 밤에는 비가 오겠고 곧 장마철이 될 것 같다는 내용에 지나지 않았지만, 엘리자베스는 아무리 평범하고 따분하고 진부한 화제라도 말하는 사람의 솜씨로 얼마든지 흥미진진해질 수 있다는 사실을 깨달았다.

위컴 씨와 장교들 같은 경쟁자들이 주목을 받는 바람에 콜린스 씨는 있으나 마나 한 존재로 전락한 모양새였다. 아가씨들은 분명 그가 안중에도 없었지만, 필립스 부인은 짬짬이 그의 말을 친절하게 들어주고 그가 먹을 커피와 머핀이 떨어지지 않게 신경 써주었다.

여기저기 카드 판이 펼쳐지자 그는 부인이 권하는 대로 휘스트(조커를 뺀 52장의 카드를 사용해 네 명이 하는 카드놀이 - 옮긴이) 판에 낌으로써 보답할 기회를 잡았다.

"아직은 어떻게 하는지 잘 모릅니다만 이참에 기쁜 마음으로 실력을 쌓아보겠습니다. 왜냐면 지금 제 지위가……."

그가 순순히 응해주어 무척 기뻤지만 필립스 부인은 구구절절한 이유까지 다 들어줄 여유가 없었다.

위컴 씨는 휘스트 판에 끼지 않고 다른 테이블로 가서 좌중의 환영을 받으며 엘리자베스와 리디아 사이에 앉았다. 처음엔 못 말리는 수다쟁이인 리디아가 그를 독점할 위험이 있어 보였지만, 또한 그녀는 복권놀이도 수다 못지않게 좋아하기에 이내 게임에 빠져들어서는 베팅을 하거나 당첨됐다고 고함치는 데 열중하느라 특별히 누구에게 관심을 둘 겨를이 없었다. 덕분에 위컴 씨는 적당히 게임을 따라가면서 여유롭게 엘리자베스에게 말을 건넬 수 있었다. 엘리자베스도 그의 말이라면 뭐든 기꺼이 들어줄 수 있었다. 사실 가장 듣고 싶은 이야기는 그와 다아시 씨가 어떻게 아는 사이인가 하는 것이었는데 그에게서 듣게 되리라 기대할 수 없었고, 다아시라는 이름을 들먹일 엄두조차 나지 않았다. 하지만 그녀의 궁금증은 의외로 쉽게 풀렸다. 위컴 씨가 먼저 그 이야기를 꺼낸 것이다. 그는 메리턴에서 네더필드까지 거리가 얼마나 되느냐고 물었고, 대답을 듣고 나서는 머뭇머뭇, 다아시 씨가 거기서 지낸 지 얼마나 됐느냐고 물었다.

"한 달쯤요."

엘리자베스는 이렇게 대답했다가, 이 화제를 놓치고 싶지 않은 마음에 내처 말했다.

"더비셔에 있는 그분 재산이 어마어마하다고 들었어요."

"예, 그 양반 사유지가 대단하지요. 해마다 1만은 너끈히 벌어들이니까요. 그에 대해 저보다 더 확실한 정보를 드릴 수 있는 사람은 만나실 수 없을 겁니다. 그게…… 아주 어릴 적부터 그 집안과 특별한 인연이 있었거든요."

위컴 씨의 말에 엘리자베스는 놀라움을 감출 수 없었다.

"베넷 양께서 놀라실 만도 합니다. 어제 마주쳤을 때 서로 냉랭하게 대하던 걸 보신 것 같군요. 그런데…… 다아시 씨와 친하신가요?"

엘리자베스는 흥분해서 언성이 높아졌다.

"그냥 조금 아는 정도예요. 그 사람과 한집에서 나흘을 보냈는데, 상당히 불쾌한 사람이더라고요."

"불쾌한 사람인지 아닌지 저로서는 판단할 입장이 못 됩니다. 그럴 자격이 없어요. 공정하게 평가하기엔 그 양반을 너무 오래 알았고 너무 잘 알거든요. 제 주관을 배제하는 건 불가능하지요. 하지만 베넷 양의 평가를 들으면 웬만한 사람은 다 깜짝 놀라겠어요. 아마 다른 데서는 그렇게 강한 표현을 쓰시지 않겠지요. 여기야 가까운 친척 집이니 괜찮다 쳐도요."

"분명히 말씀드리는데, 네더필드만 아니면 여기뿐 아니라 이 동네 어느 집에서든 똑같이 말할 수 있어요. 하트퍼드셔에서 그 사람은 평판이 좋지 않답니다. 오만불손해서 다들 싫어하죠. 누구한테서든 그 사람을 더 좋게 말하는 걸 들으실 일은 없을 거예요."

위컴은 게임에 보조를 맞추느라 잠시 후에야 말을 받았다.

"그 사람이든 다른 누구든 간에 실제에 못 미치는 평가를 받는다 해서 제가 안타까워할 일은 아니겠지요. 하지만 다아시 씨가 실제보다 낮게 평가받는 경우는 드물어요. 세상 사람들은 그의 재산과 지위에 눈이 멀거나 도도하고 당당한 태도에 겁을 먹고 그 양반이 원하는 대로만 보더라고요."

"잘 모르는 사이인데도, 전 그 사람을 괴팍한 인간으로 여길 수밖에 없던데요."

위컴은 다시 게임에 임하느라 말없이 고개만 가로저었고, 한숨 돌릴 틈이 생기자 대화를 이어갔다.

"그 양반이 이곳에 오래 머무를까요?"

"모르겠어요. 하지만 제가 네더필드에 있을 때는 그

사람이 언제 떠난다거나 하는 얘기가 전혀 없었거든요. 그 사람이 근방에 있다는 사실이 ○○부대에 복무하시겠다는 위컴 씨의 계획에 영향을 끼치진 않으면 좋겠네요."

"오! 아닙니다. 다아시 씨 때문에 제가 쫓기듯 떠나지는 않아요. 절 피하고 싶다면 그 사람이 떠나야죠. 피차 껄끄러운 사이라 마주치면 늘 괴롭지만, 제가 그 사람을 피할 이유는 없습니다. 다만 세상 앞에 떳떳하게 밝힐 수 있는 사실은, 그에게 부당한 대우를 받은 게 억울하고 그가 그런 사람인 게 통탄스럽다는 것입니다. 그의 선친이신 고(故) 다아시 씨는요, 베넷 양, 인간으로서 가장 훌륭한 분이셨고 제게는 가장 진실한 벗이셨습니다. 그분의 아들과 한 공간에 있기만 해도 소중한 추억이 무수히 떠올라 가슴이 미어진답니다. 현재의 다아시 씨는 제게 실로 몹쓸 짓을 했습니다. 전 그가 무슨 짓을 해도 용서할 수 있다고 진실로 믿습니다만, 선친의 바람을 저버리고 그분에 대한 기억을 더럽힌 것만은 도저히 참을 수가 없어요."

엘리자베스는 그의 이야기에 점점 빠져들어 열심히 귀를 기울였지만, 워낙 미묘한 내용인지라 그녀 쪽에서 더 캐물을 수는 없었다.

위컴 씨는 화제를 돌려 메리턴과 이곳 주민들, 사교계

같은 평범한 이야기를 하기 시작했다. 지금까지는 모든 것에 대단히 만족하는 것 같았고, 특히 사교계를 언급할 때는 점잖으면서도 명료하게 관심을 내비쳤다.

"좋은 사람들과 꾸준히 교제할 수 있을 거란 점이 제가 ○○부대에 들어오게 된 결정적인 이유였습니다. 안 그래도 평판도 분위기도 좋은 부대라고 알고 있었는데, 친구인 데니가 현재 주둔지 얘기로 절 부추기더군요. 메리턴에서 지대한 관심과 성원을 받았고 훌륭한 분들과 친분도 쌓았다고요. 인정합니다, 전 사람들을 만나야 해요. 그동안 좌절감에 빠져 살아야 했기에 앞으로 고독을 견뎌낼 자신이 없거든요. 제게는 일할 곳과 어울릴 사람들이 꼭 필요합니다. 처음부터 군 생활을 하려던 건 아니었지만, 여건상 이런 처지가 최선인 상황이 됐네요. 저는 원래 성직에 몸담았어야 할 사람이랍니다. 성직자가 되도록 교육받고 자랐지요. 방금 우리가 이야기하던 그 신사분이 그걸 달가워하셨다면 지금쯤 전 사제가 되어 가장 값진 삶을 살고 있을 겁니다."

"어머나!"

"그렇지요……. 돌아가신 다아시 씨께서 유언으로 가장 좋은 성직록의 차기 소유권을 제게 주셨습니다. 다아시 어르신은 제 대부셨고, 절 무척이나 아끼셨어요. 그분께서 베푸신 은혜는 이루 말할 수 없답니다. 그분은 제게

풍족하게 살길을 마련해주고자 하셨고, 그렇게 되도록 조치해뒀다고 여기셨죠. 하지만 막상 성직록 자리가 나자 그건 다른 사람 차지가 돼버렸어요."

"세상에 어째! 그런데 그게 가능한가요? 어떻게 유언을 무시할 수가 있죠? 아니…… 법으로 바로잡을 방법이 있을 텐데 왜 가만히 당하고만 계셨어요?"

"공식적인 유언으로 인정받을 수 있는 조건에는 맞지 않아서 법에 기댄들 승산이 없거든요. 도리를 아는 자라면 고인의 뜻에 의심을 품을 수 없을 테지만, 다시 씨는 의심하는 쪽을, 혹은 그저 조건부 권고쯤으로 취급하는 쪽을 택했지요. 제가 낭비벽이 있고 분별없이 군다나 뭐라나, 요컨대 아무 이유나 갖다 붙이면서 자격을 상실했다고 우기더군요. 분명한 사실은, 2년 전 그 성직록 자리가 비었고 때마침 제가 그 자리를 맡을 수 있는 나이가 되었는데 결국 그 자리는 다른 사람에게 돌아갔다는 것입니다. 마찬가지로 분명한 사실은, 저는 그 자리를 잃어 마땅할 그 어떤 일도 한 적이 없다는 것이고요. 제가 다혈질에 앞뒤 안 가리는 성격이라 그에 대한 제 생각을 본인한테 대고 너무 거리낌 없이 말했을 수는 있습니다. 아무리 기억을 되짚어봐도 그 이상 나쁜 짓은 한 적이 없어요. 하지만 진실은, 그와 내가 아주 다른 부류의 인간이라는 것, 그리고 그가 나를 싫어한다는 것이겠죠."

"정말 소름 끼쳐요! 그런 인간은 공개적으로 망신을 당해야 해요."

"언젠가는 반드시 그리될 겁니다. 하나 저로 인해 그리되진 않을 거예요. 돌아가신 다아시 씨를 기억하는 한 전 차마 그분의 아들을 문제 삼거나 폭로할 수 없습니다."

엘리자베스는 그의 그런 마음씨가 존경스러웠고, 그가 새삼스레 더 멋있어 보였다.

잠시 생각에 빠졌던 그녀가 다시 입을 열었다.

"그런데 그 사람은 왜 그런 짓을 했을까요? 대체 어떤 사정이 있어야 사람이 그토록 잔인한 짓을 하게 되죠?"

"저를 철저히, 덮어놓고 싫어하니까요. 저로선 어느 정도 질투에서 비롯된 감정이라고 볼 수밖에 없어요. 돌아가신 다아시 씨께서 절 덜 아끼셨다면 아들인 그에게 제가 존재만으로도 견딜 수 없는 상대까지는 아니었을지 모릅니다. 어르신께서 절 총애하신다는 사실이 아주 어린 시절 그에게는 못마땅했나 봅니다. 성격상 그런 경쟁을 감내해낼 위인이 못 되었지요. 그분의 애정이 제 쪽으로 기울 때가 잦기도 했고요."

"다아시 씨가 이 정도로 나쁜 인간인 줄은 몰랐어요. 좋게 본 적도 없지만 그렇게까지 나쁘게 생각하지도 않았거든요. 자기도 사람이면서 다른 사람들을 대체로 업신여기는 정도인 줄 알았지, 이렇게 악의적인 복수까지, 이렇게 불의하고 몰인정한 짓까지 저지를 만큼 저열한 인간일 거라곤 짐작도 못 했어요."

그녀는 몇 분간 생각에 잠겼다가 말을 이었다.

"그러고 보니 기억이 나요. 네더필드에서 그 사람이, 자기는 가차 없다고, 화가 안 풀리는 성격이라고 자랑하듯 말했어요. 역시나 지독한 인간이었네요."

"그에 대한 제 의견은 무시하는 게 좋겠습니다. 저는 그 사람을 객관적으로 판단할 수 없으니까요."

엘리자베스는 다시금 곰곰이 생각하다 불현듯 외쳤다.

"아버지의 대자요 벗이자 총아한테 그런 짓을 하다니!"

하마터면 '더구나 당신은 얼굴만으로도 좋은 사람이라는 믿음을 주는 남자인데!' 하고 덧붙일 뻔했지만, 대신에 그녀는 이렇게 말하는 것으로 만족했다.

"더구나 어릴 적부터 함께였던, 아까 말씀하셨듯이 특별한 인연으로 맺어진 친구였을 텐데!"

"우린 같은 교구, 같은 장원에서 태어나 어린 시절 대부분을 함께 보냈어요. 한집에 살면서 같이 어울려 놀고 같은 어르신 슬하에서 자랐지요. 베넷 양의 이모부이신 필립스 씨께서 변호사로서 상당한 공적을 쌓고 계신 듯한데, 사실 제 부친께서도 애초에는 그 일을 하셨습니다. 하지만 다아시 어르신께 도움이 되고자 모든 걸 포기하고 펨벌리 재산을 관리하는 일에만 꼬박 매달리셨지요. 어르신은 제 부친을 매우 신임하셨을 뿐 아니라, 가장 믿을 만한 벗으로서 친밀하게 대하셨습니다. 제 부친의 적극적인 재산 관리에 큰 빚을 지고 있다고 자주 말씀하셨고, 제 부친께서 돌아가시기 직전에는 저를 거두어 부양하겠노라고 자진하여 약조하셨어요. 그만큼 저를 아끼시기도 했지만, 확신하건대 제 부친께 보답하겠다는 마음도 그에 못지않았을 겁니다."

"별일이 다 있네요! 가증스러워! 다아시 씨의 그 잘난 자존심이 당신을 정정당당히 대하는 일에서는 자취를 감추다니요! 더 그럴싸한 동기가 있다면 모를까, 자존심 때문에라도 그런 부정을 저지를 순 없는 거잖아요. 그야말로 부정한 짓이라고밖에 할 수 없는데."

"별일이긴 하지요. 그가 하는 일은 어쩌면 거의 다 자존심에서 비롯되는 것일 테니까요. 자존심이 가장 훌륭한 벗 노릇을 할 때도 종종 있었고요. 그 감정 때문에 그나마 선심을 쓰는 거죠. 하지만 언제나 한결같은 사람이 어디 있겠습니까. 그가 제게 한 짓은 그 자존심조차 누를 만큼 강한 충동의 발로였겠지요."

"그렇게 가증스러운 자존심이 그 사람한테 득이 된 적

이 있었다고요?"

"예. 자존심에서 넓은 도량과 후한 인심이 나오고는 하거든요. 돈을 거저 나눠주고, 손님을 후하게 대접하고, 소작인을 돕고, 가난한 사람을 구제하는 식으로요. 가문에 대한 긍지, 자랑스러운 아버지의 아들이라는 자부심 때문에 그런 일을 하는 겁니다. 가문의 명예에 누가 되거나, 명성을 떨어뜨리거나, 펨벌리 저택의 영향력을 잃으면 안 된다는 것이 강한 동기로 작용하지요. 오라비로서의 자존심 또한, 누이동생을 조금은 아끼는 마음과 더불어 그를 아주 다정하고 세심한 보호자로 만든답니다. 세상에 둘도 없이 자상하고 든든한 오라비라며 다들 입을 모아 그를 추어올리니, 베넷 양도 그 얘길 듣게 되실 겁니다."

"다아시 양은 어떤 아가씨인가요?"

그는 고개를 저었다.

"사랑스러운 아가씨라고 말씀드릴 수 있다면 좋으련만. 다아시 집안사람을 나쁘게 말하는 건 괴롭지만, 그 애도 오라비를 너무 닮아서…… 오만하기 이를 데 없답니다. 어릴 적에는 다정하고 상냥했어요. 절 무척이나 따라서 저도 몇 시간이고 그 애와 놀아주곤 했지요. 하지만 이제는 완전한 남입니다. 예쁘장하고, 나이는 열대여섯, 그리고 교양 수준이 뛰어나다고 알고 있습니다. 부친을 여읜 뒤로는 쭉 런던에서 가정교사와 함께 살았고요."

몇 번 대화가 끊어지고 몇 가지 다른 이야기도 나눠봤지만, 엘리자베스는 다시 한번 첫 번째 화제로 돌아가지 않을 수 없었다.

"빙리 씨랑 그 사람이 막역한 사이인 게 믿어지지 않아요! 빙리 씨는 어느 모로나 선량해 보이시고, 제가 보기엔 그야말로 호인이신데, 어떻게 그런 인간과 우정을 나누실 수 있을까요? 서로 맞는 구석이 없을 텐데! 혹시 빙리 씨를 아세요?"

"전혀 모릅니다."

"정말 성격 좋고 호감 가고 매력적인 분이세요. 다아시 씨의 실체를 모르시는 게 분명해요."

"아마 그렇겠지요……. 그런데 다아시 씨는 사람과 장소를 가려서 호감을 살 줄도 아는 인물입니다. 능력은 있으니까요. 본인이 그럴 가치가 있다고 판단하면 썩 괜찮은 말벗이 되기도 하지요. 사회적 지위가 동등한 사람들과 함께일 때 그의 태도는 자기보다 못한 사람들을 대할 때와 아주 딴판이랍니다. 오만한 성격이야 어디 가겠습니까마는, 부자들과 같이 있을 때는 너그럽고 공정하고 진실하며 합리적이고 명예를 중시하는 데다 아마 유쾌하기도 할 겁니다. ……재산과 지위에 굽히는 게 있는 거죠."

곧 휘스트 판을 끝낸 사람들이 이쪽 테이블로 몰려왔고, 콜린스 씨가 엘리자베스와 필립스 부인 사이에 자리를 잡았다. 흔히들 그러듯 필립스 부인이 재미 좀 보셨느냐고 묻자, 콜린스 씨는 재미는커녕 번번이 잃기만 했다고 답했다. 하지만 필립스 부인이 안타까운 기색을 보이자마자 그는 자못 진지하게, 땄느냐 잃었느냐는 전혀 중요하지 않고 그 정도면 자기한테는 푼돈에 불과하다면서 부디 속상해하시지 말라고 일렀다.

"저도 잘 알고 있습니다, 부인. 카드 테이블에 앉는 사람은 이런 경우를 각오해야만 하지요. 다행히 저는 5실링을 큰돈으로 여길 만큼 궁핍한 처지가 아닙니다. 저처럼 말할 수 없는 사람이 많은 것은 사실이겠으나, 캐서린 드 버그 영부인 덕분에 저는 이처럼 사소한 문제에 전전긍긍할 필요가 전혀 없답니다."

이에 위컴 씨가 촉각을 곤두세웠다. 그는 콜린스 씨를 한동안 살펴보다가, 엘리자베스에게 저분이 드 버그 가문과 아주 가까운 사이냐고 나직이 물었다.

"캐서린 드 버그 영부인께서 얼마 전 저분께 성직록을 하사하셨대요. 콜린스 씨가 어떻게 영부인의 눈에 들게 되었는지는 저도 잘 모르지만, 오래 알고 지낸 사이가 아닌 건 분명해요."

"물론 아시겠지만, 캐서린 드 버그 영부인은 앤 다아

JANE AUSTEN

시 영부인과 자매지간이셨으니 지금의 다아시 씨에겐 이모님이 되시지요."

"아뇨, 정말 몰랐어요. 캐서린 영부인의 친인척 관계는 전혀 몰라요. 그저께까지는 그런 분이 계시다는 얘기도 못 들어본걸요."

"영부인의 따님이신 드 버그 양도 막대한 재산을 물려받으실 텐데, 그 아가씨와 외사촌인 다아시 씨가 양가의 재산을 합칠 예정이라고들 하더군요."

이 얘기를 들으니 가엾은 빙리 양이 떠올라 엘리자베스는 실소할 수밖에 없었다. 다아시 씨에게 따로 정혼자가 있다면 빙리 양은 헛물만 단단히 켜고 있는 셈이 아닌가. 그의 여동생에게 애정을 쏟고 그에게 칭찬을 아끼지 않는 것도 모두 헛수고였다.

엘리자베스가 말했다.

"콜린스 씨는 캐서린 영부인 모녀를 드높여 말씀하시는데, 아무래도 영부인과 특수한 관계이다 보니 그분께 감사하는 마음이 앞서서 제대로 보지 못하시는 듯해요. 콜린스 씨에겐 은인이겠지만 제 느낌으론 자존자만하는 사람이 아닌가 싶거든요."

"제가 알기로도 상당히 그런 분입니다. 못 뵌 지 몇 년이나 지났지만, 제가 단 한 번도 그분을 좋아한 적 없다는 것과 그분이 안하무인에 전횡을 일삼았다는 건 똑똑히 기억하니까요. 사리 판단력이 뛰어나고 놀랍도록 영리하다는 평판을 얻고 있지만, 그분의 그런 능력 일부는 지위와 재산에서, 또 일부는 권위적인 태도에서, 나머지는 자기 혈통이라면 모두가 일류의 지성을 지녔다고 믿는 조카의 오만에서 나오는 것이겠지요."

엘리자베스는 그의 견해가 아주 타당하다고 인정했으며, 두 사람은 서로 만족스럽게 대화를 이어갔다. 그렇게 카드놀이가 끝나고 밤참을 들 차례가 되어서야 나머지 여자들도 위컴 씨의 관심을 나눠 받을 수 있었다. 밤참 파티는 워낙 떠들썩한 분위기여서 대화다운 대화가 오갈 수 없었지만 모두가 그의 매너에 반했다. 그가 하는 말은 뭐든지 옳았고, 그가 하는 행동은 뭐든지 기품이 넘쳤다. 이모님 댁을 나서는 엘리자베스의 머릿속은 온통 위컴 씨로 가득했다. 그에 대한 생각과 그에게서 들은 이야기 말고는 아무 생각도 할 수 없었지만 롱본으로 돌아오는 내내 그녀는 그의 이름조차 꺼낼 틈을 찾지 못했는데, 이유인즉 리디아와 콜린스 씨가 한시도 쉬지 않고 떠들어댔기 때문이다. 리디아는 복권놀이에서 얼마를 잃었고 얼마를 땄는지 끊임없이 얘기했고, 콜린스 씨는 필립스 부부의 공손한 태도를 칭찬하거나 자기는 휘스트로 잃은 돈 따위 조금도 마음 쓰지 않는다고 강조하거나 밤참으로 나온 요리를 일일이 열거하는 틈틈이 자기 때문에 사촌 아가씨들 자리가 비좁을까 수시로 걱정하다가, 마차가 롱본 가택 앞에 설 때까지도 하고 싶은 말을 다하지 못했다.

17

다음 날 엘리자베스는 위컴 씨와 나눈 이야기를 제인에게 전했다. 이야기를 듣는 동안 제인은 무척이나 놀랐고, 또한 걱정스러웠다. 다아시 씨가 빙리 씨의 존중을 무색하게 만드는 사람일 수 있다는 걸 어찌 믿을까 싶었지만, 위컴처럼 선량해 보이는 청년의 진실성을 의심하는 것도 성격상 못 할 노릇이었다. 그가 그렇게 모진 일을 당했을 가능성만으로도 그녀의 착하고 여린 마음씨를 자극하기에는 충분했으므로, 결국 남은 해결책은 양쪽을 다 좋게 생각하고 한쪽씩 고루 옹호하되 달리 설명할 수 없는 부분은 우연이나 실수 탓으로 돌리는 것뿐이었다.

"서로 오해가 있었겠지. 우리로선 전연 알 수 없는 어떤 계기가 있었을 테고. 그 둘이 갈라서야 이득을 보는 사람들이 이간질을 했을 거야. 그러니까, 두 분이 멀어지게 된 이유나 상황을 우리끼리 추측하다 보면 결국 어느 한쪽을 탓하게 될 수밖에 없단 얘기야."

"맞아, 그렇지. 그런데 언니, 아마도 그런 이해관계로 둘 사이에 관여했을 사람들은 어떻게 변호할 거야? 그 사람들 입장도 헤아려줘야지, 안 그럼 우린 또 누군가를 나쁘게 볼 수밖에 없잖아."

"그래, 실컷 비웃으렴. 그런다고 내 생각이 바뀌지는 않아. 리지야, 하나만 따져보자. 아버지께서 아끼시던 사람, 당신께서 부양하겠노라 약조한 사람을 그런 식으로 대하는 게 다아시 씨에게 얼마나 수치스러운 일인지 말이야. 그건 있을 수 없는 일이야. 인지상정이 있다면, 자기 인격을 조금이라도 귀하게 여긴다면, 누구라도 차마 그런 짓은 할 수 없어. 설마 가장 가까운 친구들까지 감쪽같이 속일 수 있다고? 오! 그럴 리가."

"나로선 어젯밤 위컴 씨가 자기 개인사를 지어냈다기보다 빙리 씨가 속아 넘어갔다는 쪽이 훨씬 더 쉽게 믿기는걸? 이름들이며 여러 사실, 전부 다 허심탄회하게 밝혔어. 그게 거짓이라면 다아시 씨더러 반박해보라지. 어쨌든 위컴 씨 표정은 진솔해 보였어."

"너무 어렵다……. 정말 고민스럽네. 어떻게 생각해야 할지 모르겠어."

"미안한 말이지만, 어떻게 생각해야 할지 정확히 알겠는데."

하지만 제인이 확신할 수 있는 것은 단 하나뿐이었다. 만약 빙리 씨가 줄곧 속고 있다면, 그 사건이 만천하에 드러나는 날엔 그가 너무나 괴로우리라는 것이었다.

두 아가씨는 관목 숲에서 이 대화를 나누다가, 마침 화제에 오른 인물들이 도착했다는 소식과 함께 집으로 돌아오라는 부름을 받았다. 대망의 네더필드 무도회가 다음 주 화요일로 정해져서 빙리 씨와 그의 누이들이 직접 초대장을 건네기 위해 찾아온 것이었다. 소중한 벗과의 재회가 몹시 반가웠던 빙리 자매는 정말 오랜만이라며 그동안 어떻게 지냈냐고 묻고 또 물었다. 제인 외에 베넷가 사람들은 그녀들 안중에 없다시피 해서, 베넷 부인은 되도록 피했고, 엘리자베스에겐 많은 말을 건네지 않았으며, 나머지와는 아예 말을 섞지 않았다. 그러다 오라비가 당황할 정도로 갑작스럽게 자리에서 일어나더니 베넷 부인의 인사치레에 절대 시달리지 않겠다는 듯이 부리나케 가버렸다.

네더필드 무도회에 대한 저마다의 기대로 베넷가 여인들 모두가 한껏 들떴다. 베넷 부인은 빙리 씨가 제인을 마음에 두고 이번 무도회를 여는 것이라고 멋대로 믿어버렸고, 의례적인 초대장이 아니라 그로부터 직접 초대를 받았다는 사실에 특히 뿌듯해했다. 제인은 두 친구와 어울리고 그녀들 오라비의 관심을 받으며 보내는 행복한 저녁을 상상했으며, 엘리자베스는 위컴 씨와 실컷 춤을 추면서 다아시 씨의 표정과 행동으로 진실을 확인할 생각에 즐거웠다. 캐서린과 리디아의 행복한 기대는 하나의 사건이나 특정 인물에 국한된 것이 아니었으니, 엘리자베스처럼 둘 다 무도회의 절반은 위컴 씨와 춤을 추며 보낼 셈이었지만, 만족스러운 춤 상대가 그 남자 한 명뿐일 리 없을 터, 무도회란 어쨌든 무도회니 말이다. 심지어 메리도 이번에는 무도회에 참석하는 게 싫지 않다고 했다.

"낮 시간만 방해받지 않으면 돼. 가끔 저녁 모임에 나가는 정도는 괜찮은 것 같아. 사교는 우리 모두의 의무잖아. 알고 보면 나도 이따금씩 오락과 유흥을 즐기는 것이 누구에게나 바람직하다고 여기는 사람이야."

엘리자베스는 콜린스 씨에게 불필요한 말을 삼가는 편이었는데도 이번만은 마음이 너무 들뜬 나머지 그에게 빙리 씨의 초대에 응할 생각인지, 응한다면 그날 저녁 유흥을 함께 즐기는 것이 성직자로서 적절한 행동이라 여기시는지 묻지 않을 수 없었다. 놀랍게도 그는 거리낄 게 전혀 없다고, 대주교님이나 캐서린 드 버그 영부인께서도 자기가 무도회에서 춤춘 일로 질책하시지 않을 거라고 일축했다.

"자신 있게 말씀드리는데, 명망 높은 젊은 신사분이

존경할 만한 분들께 베푸시는 이런 무도회에 불미스러운 면은 결단코 없을 겁니다. 저 또한 춤추기를 마다할 이유가 없고, 오히려 그날 저녁 아리따운 친척 아가씨들 모두의 손을 잡아보는 영광을 누릴 수 있길 희망하고 있답니다. 마침 기회가 온 듯하니, 엘리자베스 양, 특별히 처음 두 번의 춤을 청하고 싶군요. 제인 양도 제가 그분이 아닌 엘리자베스 양께 춤을 청하는 것에 정당한 이유가 있음을 헤아리시고 이를 실례로 받아들이지 않으시리라 믿습니다."

엘리자베스는 완전히 당한 느낌이었다. 처음 두 번은 반드시 위컴 씨와 출 작정이었는데, 난데없이 콜린스 씨의 춤 신청이라니! 그녀의 발랄한 성정이 그야말로 최악의 순간에 효력을 발휘한 것이다. 하지만 이미 엎질러진 물이었다. 그녀는 어쩔 수 없이 위컴 씨와 자신의 행복을 잠시 미루고, 가능한 한 예의를 차려 콜린스 씨의 청을 받아들였다. 그러면서도 불안감이 엄습했는데, 그의 호의에 단순한 춤 신청 이상의 의미가 있는 것 같다는 생각이 들었기 때문이다. 자매들 가운데 자신이 헌스포드 사제관의 안주인 감으로, 로징스에 더 적격인 손님이 부족할 때 카드리유 인원을 채울 사람으로 선택되었나 하는 의혹이 이제야 퍼뜩 머릿속을 스쳤다. 그가 그녀를 점점 더 정중히 대하고 툭하면 그녀의 재치와 활기를 칭찬하려 드는 것을 보면서, 그 의혹은 이내 확신에 이르렀다. 그녀로서는 자신의 매력이 빚어낸 이 상황이 흐뭇하기는커녕 경악할 노릇이었는데, 얼마 지나지 않아 어머니까지 나서서 만약 둘이 결혼한다면 자기는 대찬성이라고 얘기했다. 하지만 어떤 식으로든 반응을 보였다간 심각한 말다툼으로 번질 게 뻔했기에, 엘리자베스는 그저 못 들은 척 넘겨버렸다. 콜린스 씨가 끝내 청혼하지 않을지도 모를 일, 청혼을 받기도 전에 미리 분란을 일으켜서 무엇하랴 싶었다.

네더필드 무도회가 예정된 덕에 준비할 일도 얘깃거리도 많지 않았다면, 베넷가의 넷째와 막내는 며칠을 아주 딱하게 보내야 할 처지였다. 초대받은 날부터 무도회 날까지 하루도 빠짐없이 비가 와서 한 번도 메리턴에 가지 못했기 때문이다. 이모도 장교들도 새로운 소식도 접할 수 없었고, 무도회 구두를 장식할 장미를 구하는 일도 다른 사람이 대행해줘야 했다. 심지어 엘리자베스도 위컴 씨와 더 친해질 기회를 가로막는 날씨에 인내심을 시험당하는 기분이었다. 키티와 리디아는 오로지 화요일에 춤을 출 수 있다는 기대만으로 금요일, 토요일, 일요일, 그리고 월요일을 간신히 버티어냈다.

18

엘리자베스는 위컴 씨가 있으리라 믿어 의심치 않으며 네더필드의 응접실로 들어가 그곳에 모인 붉은 제복들 사이사이를 자세히 살폈지만, 그는 어디에도 없었다. 기억을 더듬어봤더라면 충분히 예상할 수 있었을 일이건만, 그녀는 확인해볼 생각조차 하지 않고 여기서 그를 만나리란 확신에 빠져 있었다. 평소보다 더 공들여 치장했고, 아직 완전히 사로잡지 못한 그의 마음을 오늘 무도회가 끝나기 전에 모조리 정복하겠다는 야심 찬 각오를 다졌더랬다. 그러나 아무리 찾아도 그가 보이지 않자 문득, 빙리 씨가 다시 씨의 기분을 생각해 장교들 초대 명단에서 일부러 그를 빠뜨린 게 아닌가 하는 불길한 의심이 일었다. 그 의심은 사실과 달랐지만, 리디아가 그의 친구인 데니 씨에게 캐물어 확인한바 그가 무도회에 오지 않는다는 사실이 명백해졌다. 데니 씨는 위컴이 사정상 어제 런던으로 가서 아직 돌아오지 않았다면서, 의미심장한 미소를 지으며 이렇게 덧붙였다.

"여기 계신 어떤 신사분과 마주치기 싫은 게 아니었다면 하필 지금 런던에 갈 일이 생기지는 않았겠지요."

리디아는 못 들었지만 엘리자베스는 그의 이 마지막 말을 똑똑히 들었고, 비록 처음 짐작한 대로는 아니더라도 위컴 씨가 무도회에 불참한 것이 다아시 때문이라는 사실은 변함없다고 단정했다. 밀려드는 실망감에 안 그래도 싫어하는 마음이 더욱 날카로워져서, 이후 다아시가 다가와 정중하게 인사를 건네고 안부를 묻는데 웬만큼 예의를 갖춰 응해주기도 어려웠다. 다아시를 용인하고 그와 어울린다면 위컴에게 상처가 될 터였다. 그와는 절대 말을 섞지 않겠다고 작심하고서 기분 나쁜 티를 내며 돌아섰는데, 심지어 사람 좋은 빙리 씨와 대화를 해봐도 그가 무조건 친구를 두둔하며 화를 돋우는 통에 그녀의 불쾌감은 좀처럼 사라지지 않았다.

그러나 엘리자베스와 불쾌감은 원체 어울리지 않는 조합이었다. 이번 무도회에 품었던 기대는 죄다 무너졌지만 언제까지고 울적한 기분에 젖어 있을 수는 없었다. 일주일 만에 만난 샬럿 루카스에게 하소연하여 속상한 마음을 홀홀 털고 나니 금세 자진해서 화제를 바꿀 수 있었고, 특이한 친척 이야기를 하며 바로 저 사람이라고 손가락으로 가리켜 보이기도 했다. 하지만 첫 춤곡이 나오면서 그녀는 또다시 괴로워졌다. 처음 두 번의 춤은 정말이지 곤욕이었다. 콜린스 씨는 춤에 집중하기보다 사과하기에 급급하고 수시로 엉뚱한 동작을 하고서도 틀린 줄을 모르는, 요컨대 어설픈 주제에 무게만 잡는 상대여서, 그녀는 함께 춤추기 싫은 사람과 두 번 춤추면서 당할 수 있는 온갖 창피와 불행을 몽땅 경험해야 했다. 그에게서 해방되는 순간은 그야말로 환희 그 자체였다.

다음 춤 상대는 어느 장교였는데, 위컴 씨가 화제에 오르고 누구나 그를 좋아한다는 얘기를 들으면서 그녀는 생기발랄한 원래 모습을 되찾았다. 그녀가 장교와 춤을 추고 나서 샬럿 루카스에게로 돌아와 이야기를 나누던 중, 난데없이 다아시 씨가 나타나 춤을 청하자 그녀는 너무나 놀란 나머지 저도 모르게 승낙하고 말았다. 그는 즉시 자리를 떴고, 남겨진 그녀는 자기가 정신이 나갔나 보다 하며 속을 태웠다. 샬럿이 애써 그녀를 달랬다.

"알고 보면 꽤 괜찮은 사람일 거야."

"그럴 리 없어! 그렇다면 세상에 그런 불행도 다시없을걸? 미워하기로 맹세한 사람이 알고 보면 괜찮은 사람일 수 있다니! 나한테 그런 악담은 하지 말아줘."

하지만 다시 음악이 흐르고 다아시 씨가 다가오는 동안, 샬럿은 그녀의 귀에 대고 당부하지 않을 수 없었다. 숙맥처럼 굴지 말라고, 위컴에 대한 환상 때문에 그보다 열 배는 잘난 남자에게 불쾌한 인상을 줄 것까진 없지 않냐고 말이다. 엘리자베스는 아무 대답도 하지 않고 춤 대열로 들어갔는데, 다아시 씨와 마주 설 수 있는 자리가 안기는 위엄에 경이를 느꼈고 그 자리에 선 자신을 바라보는 주변 사람들의 눈빛에서도 똑같은 경외감을 읽을 수 있었다. 두 사람은 한동안 말 한마디 없이 서 있었다. 그녀는 두 번의 춤이 끝날 때까지 이 침묵이 쭉 이어질 듯한 예감이 들었고, 처음에는 이대로 침묵을 지키자고 다짐했다가 불현듯, 오히려 억지로 말을 시키는 편이 상대에게 더 괴로운 일이겠다는 생각에, 춤에 대해 가볍게 몇 마디 던져보았다. 그는 짧게 대답하곤 다시 침묵했다. 그렇게 몇 분을 흘려보낸 뒤 그녀는 다시 한번 말을 건넸다.

"이제 그쪽이 말씀하실 차례예요, 다아시 씨. 제가 춤에 대해 말했으니 그쪽도 뭐든 얘기해야죠. 여기 무도실 크기라든가 춤추는 사람들 수라든가."

그는 옅은 웃음을 지으며 무엇이든 당신이 원하는 대로 얘기하겠다고 대답했다.

"좋아요. 일단은 그 대답으로 족해요. 이따가 제가 공개 무도회보다 개인 무도회(공개 무도회는 주최 단체가 판매하는 입장권을 입수한 사람이면 누구나 참석할 수 있고, 개인 무도회는 주로 개인 저택에서 열리며 주최자가 초대한 사람만 참석할 수 있다 – 옮긴이)가 훨씬 더 즐겁다는 얘길 꺼낼지도 모르겠네요. 하지만 지금은 조용히 춤만 춰도 돼요."

"춤추는 동안 나누는 대화에 무슨 규칙이라도 있습니까?"

"때에 따라서요. 누구든 조금은 말을 해야 하잖아요.

30분 동안 둘 다 입을 꾹 다문 채 춤만 추면 다들 이상하게 볼 거예요. 하지만 상대에 따라 말하는 수고를 되도록 덜 수 있게 대화를 미리 정해둬야 하는 경우도 있지요."

"지금은 당신의 감정을 따르는 겁니까, 아니면 나에게 맞춰준다고 여기시는 겁니까?"

엘리자베스는 짓궂게 답했다.

"둘 다예요. 전 그쪽과 제 성향이 굉장히 비슷하다고 보거든요. 둘 다 비사교적이고 말수가 적잖아요. 듣는 사람 모두의 감탄을 사고 격언으로 칭송받으며 대대손손 전해질 게 아니라면 굳이 말할 이유조차 못 느끼죠."

"당신 성격과 딱 맞아떨어지는 묘사가 아닌 건 알겠어요. 내 성격과 얼마나 비슷한지는 잘 모르겠군요. 물론 당신은 나를 빼다 박은 초상화를 그린 것처럼 내 성격을 묘사했다고 생각하시겠지요."

"제 그림을 제가 평가할 수는 없는 법이죠."

그는 대답을 하지 않았고, 그대로 대화는 중단되어 또다시 두 사람은 말없이 춤만 추었다. 하지만 한참 만에 그가 그녀에게 베넷가 따님들이 메리턴에 자주 다녀오시지 않느냐고 물었다. 그녀는 그렇다고 대답하곤, 마음의 유혹을 이기지 못하고 이렇게 말해버렸다.

"지난번에 메리턴에서 저희를 보셨지요. 그때 저희는 어떤 분을 소개받은 참이었답니다."

과연 즉효가 나타났다. 그의 표정이 한층 더 거만해졌지만, 그는 아무 말도 하지 않았고, 엘리자베스 역시 심약한 자신을 속으로 책망하면서도 더는 말을 잇지 못했다. 이윽고 입을 연 다아시는 못내 거북한 기색이었다.

　"위컴 씨는 시원시원한 매너로 친구 사귀는 재주를 타고난 사람입니다만…… 관계를 유지하는 데도 그만큼 재주가 있는지는 의문입니다."

　엘리자베스는 힘주어 말했다.

　"불행히도 당신과의 관계를 유지하지 못했지요. 그 때문에 평생을 고생하며 살아야 할 테고요."

　다아시는 묵묵부답으로, 화제를 바꾸길 바라는 눈치였다. 바로 그때, 윌리엄 루카스 경이 춤 대열을 가로질러 가려다 그들 근처를 지나게 됐는데, 다아시 씨를 보자마자 멈춰 서더니 최고로 공손하게 고개 숙여 인사한 뒤 그의 춤 솜씨와 춤 상대를 칭찬하기 시작했다.

　"실로 흐뭇하기 그지없는 광경입니다, 다아시 씨. 이토록 훌륭한 춤은 자주 볼 수 없지요. 과연 최상류층에 속하신 분답습니다. 그런데 허락해주신다면, 저 아리따운 아가씨도 다아시 씨의 춤 상대로 손색이 없다는 말씀과 아울러 이렇게 좋은 기회가 자주 있기를 바란다는 말씀을 올리고 싶습니다. 특히 경사스러운 일이라도 생긴다면 말이지, 우리 일라이자 양."

윌리엄 경은 그녀의 언니와 빙리 쪽으로 힐끗 시선을
던지고서 이어 말했다.

"그러면야 당연히 축하가 넘쳐흐를 일 아니겠나! 다아
시 씨, 잘 부탁합니다. ……하지만 더는 방해해선 안 되
겠어요. 저 아가씨와의 황홀한 정담을 가로막는 내가 다
아시 씨께 곱게 보이지 않을 테고, 아가씨의 초롱초롱한
두 눈도 나를 원망하는군요."

윌리엄 경이 늘어놓은 이야기의 뒷부분은 다아시의
귀에 거의 들어가지 않았으나, 그의 친구를 일컫는 듯했
던 말에 강한 충격을 받았는지, 그는 함께 춤추는 빙리와
제인을 자못 심각하게 바라보고 있었다. 하지만 이내 정
신을 가다듬고 엘리자베스를 돌아보며 말했다.

"윌리엄 경이 끼어드는 바람에 우리가 무슨 얘기를 하
던 중이었는지 잊었습니다."

"우리가 무슨 얘기를 하긴 했나요? 윌리엄 경이 끼어
들고 말고 할 것도 없이, 우린 이곳에서 둘이 나눌 얘깃
거리가 가장 궁한 두 사람이잖아요. 두세 가지 주제로 대
화를 시도해봤지만 잘 안 됐고, 이제 저는 무슨 얘길 해
야 할지 도무지 모르겠어요."

그가 겸연쩍게 웃으며 말했다.

"책 이야기는 어떨까요?"

"책이라……. 오! 아니에요. 읽는 책도 읽은 감상도 다

를 게 뻔한걸요."

"그리 생각하신다니 유감입니다. 하지만 당신 말대로라면, 적어도 화제가 아예 없는 건 아닌지도 모릅니다. 다른 의견을 서로 비교할 수 있지요."

"안 돼요. 무도회장에서 책 얘기를 할 순 없어요. 다른 생각이 언제나 머릿속에 꽉 차 있다고요."

그러자 그가 미심쩍은 얼굴로 넌지시 물었다.

"이런 장소에서는 언제나 눈앞의 것들에 온 신경이 쏠린다는 말씀이신가요?"

"네, 언제나."

이건 무심결에 나온 대답이었는데, 아닌 게 아니라 그녀는 정말 딴생각에 빠져 있다가 돌연 다른 화제를 꺼냈다.

"제가 기억하기로는요, 다아시 씨, 언젠가 남을 좀처럼 용서하지 못하고 한 번 화가 나면 풀리지 않는다고 말씀하셨어요. 그렇다면 화가 날 일인지 판단하는 데 매우 신중하시겠지요?"

그는 단호하게 "물론입니다."라고 답했다.

"결단코 편견이 판단력을 흐리게 두지 않으실 테고요."

"그렇다고 생각합니다."

"자기 의견을 절대로 바꾸지 않겠다면 특히나 첫 판단

을 올바르게 해내야 해요."

"질문들의 의도를 여쭈어도 될까요?"

그녀는 애써 대수롭지 않은 투로 대답했다.

"그냥 다아시 씨의 성격을 그려보는 것뿐이에요. 파악 좀 해보려고요."

"그래서 성과가 있습니까?"

그녀는 고개를 저었다.

"전혀요. 그쪽에 대해 들은 얘기들이 너무 엇갈려서 심히 혼란스럽네요."

그가 진지하게 말했다.

"알 만합니다. 나에 대한 말들이 분분하겠지요. 그러니 베넷 양, 지금 당장 내 성격의 윤곽을 그리려는 시도는 그만두시는 게 좋겠습니다. 우리 중 어느 쪽의 진가도 반영하지 못한 결과물이 나올까 두렵군요."

"하지만 지금 비슷하게라도 그려두지 않으면 다시는 기회가 없을지도 몰라요."

"당신 눈앞의 재미를 놓치게 할 마음은 없습니다."

그의 차가운 말에 그녀는 그만 말문이 막혔고, 두 사람은 춤을 마저 추고 나서 아무 말 없이 헤어졌다. 양쪽 다 기분이 좋지 않았지만, 그 정도가 같지는 않았다. 그녀를 향한 다아시의 감정이 꽤 강력했기에 그는 곧 그녀를 용서하고 모든 분노의 화살을 자신에게로 돌렸다.

얼마 지나지 않아 빙리 양이 엘리자베스한테로 오더니 고상한 척 경멸 어린 표정으로 말을 걸었다.

　"그러니까 일라이자 양, 듣자 하니 조지 위컴이 무척 마음에 들었나 봐요! 언니분이 그 사람 애길 하면서 자세히 캐묻더라고요. 그런데 그자가 일라이자 양한테 여러 애길 하던 중에 자기 아버지가 돌아가신 다아시 씨의 집사였다는 사실을 말하는 걸 잊은 모양이에요. 친구로서 하는 말인데, 그자가 하는 말을 무조건 다 믿진 말아요. 다아시 씨가 그자에게 나쁜 짓을 했다는 건 새빨간 거짓말이니까요. 오히려 조지 위컴이 다아시 씨를 함부로 대했는데도 다아시 씨는 항상 말도 안 되게 잘해줬다고요. 나도 자세한 내막은 모르지만, 다아시 씨에겐 아무런 잘못도 없다는 것, 그분이 조지 위컴이라는 이름조차 듣기 싫어하신다는 것은 아주 잘 알아요. 차마 그자를 장교들 초대 명단에서 뺄 수는 없었던 우리 오라버니도 막상 그자가 알아서 오지 않았다는 걸 알고는 굉장히 기뻐하던걸요. 그자가 이 지방에 발을 들인 것 자체가 실로 파렴치한 짓이에요. 어떻게 여기 올 생각을 했나 몰라. 일라이자 양이 마음에 둔 남자의 치부가 이렇게 드러나게 되어 안타깝네요. 하지만 그자의 출신을 생각하면 사실, 더 나은 사람이길 기대하는 게 무리이긴 하죠."

　엘리자베스는 발끈하며 맞받아쳤다.

"그분의 출신이 곧 치부라는 말씀이시네요? 다아시 씨네 집사의 아들이라는 것이 그분의 가장 큰 잘못인 양 말씀하셨잖아요. 그거라면 안심하세요, 그분이 제게 직접 알려주셨으니까."

"이런 실례가. 내가 괜한 참견을 했군요. 그래도 그쪽 생각해서 그런 건데."

빙리 양은 만면에 비웃음을 머금고 몸을 돌려 멀어졌다.

엘리자베스는 혼잣말을 뇌까렸다.

"건방진 여자 같으니! 착각도 유분수지, 감히 이런 같잖은 인신공격으로 내 생각을 바꿀 수 있을 줄 알았어? 그래봤자 네 고집과 무지, 그리고 다아시 씨의 악의만 들통난걸."

그녀는 빙리에게 위컴의 일을 물어보기로 했던 언니를 찾았다. 제인은 행복에 취해 발개진 얼굴, 만족에 젖은 감미로운 미소로 동생을 맞았다. 오늘 저녁의 일들이 얼마나 순조롭게 흘러왔는지 한눈에 알 수 있을 정도였다. 엘리자베스는 즉시 언니의 기분을 읽었고, 그러자 위컴 때문에 애타는 마음이나 그의 적들을 향한 분노나 그밖에 모든 감정이 순식간에 사라지고 언니의 행복에 아무런 풍파도 끼어들지 않기를 바라는 마음만 남았다.

그녀도 언니만큼이나 환한 미소를 지으며 말했다.

"위컴 씨에 대해 뭣 좀 알아냈어? 빙리 씨와 즐거운 시간을 보내느라 딴 사람 생각할 여유가 없었을 것 같긴 하지만. 그렇다 해도 이해해줄게."

"아니야, 잊지 않고 물어봤는데 이렇다 할 답을 못 들었어. 빙리 씨도 위컴 씨의 개인사를 전부 아는 건 아니고, 특히 무슨 일로 다아시 씨의 심기를 건드렸는지는 아예 모르더라. 하지만 다아시 씨가 품행이 방정하고 정직하며 명예를 중시하는 사람인 건 자기가 보증한다면서, 분명히 위컴 씨는 다아시 씨한테서 분에 넘치는 대우를 받은 셈이라고 했어. 미안한 말이지만, 빙리 씨나 빙리 양의 얘길 들어보면 위컴 씨는 결코 괜찮게 볼 사람이 아니야. 아무래도 상당히 경솔한 행동을 일삼다가 다아시 씨의 눈 밖에 난 것 같아."

"빙리 씨가 위컴 씨를 직접 아는 건 아니지?"

"응. 요전 날 메리턴에서 처음 봤대."

"그럼 빙리 씨가 아는 것이라야 다아시 씨한테서 들은 얘기가 전부겠네. 그게 답이지 뭐. 그런데 성직록은 어떻게 된 거래?"

"다아시 씨한테서 몇 번 듣긴 했는데 구체적인 정황은 기억이 안 난대. 하지만 얼추 기억하기론 그게 조건부 상속이었던 것 같대."

엘리자베스는 다소 격앙된 어조로 말했다.

"빙리 씨가 거짓말을 할 리야 없지. 하지만 그분이 믿는 진실에 내가 넘어가지 않는 건 언니도 이해해줘야 해. 빙리 씨의 우정 어린 변호가 썩 탁월했다는 건 인정해. 그래도 그분은 친구한테서 들은 내용 말고는 그 일에 대해 아는 게 없으니까, 난 두 남자에 대한 원래 생각을 바꾸지 않을래."

그렇게 결론을 내리고 엘리자베스는 언니도 자신도 기분 좋은, 둘의 감상이 갈릴 수 없는 이야기로 옮겨갔다. 제인은 조심스럽지만 행복하게 빙리 씨와의 관계에 희망을 품었고, 엘리자베스는 그런 언니의 말에 기쁘게 귀를 기울이며 온 힘을 다해 언니의 자신감을 북돋아주었다. 바로 그 빙리 씨가 오자 엘리자베스는 얼른 둘만 남겨두고 루카스 양에게로 갔다. 좀 전의 춤 상대가 어땠느냐는 친구의 물음에 그녀가 뭐라 답할 새도 없이, 콜린스 씨가 몹시 흥분한 얼굴로 다가와 방금 너무나 운 좋게도 매우 중요한 사실을 알았다고 고했다.

"천만뜻밖의 기회로 알게 됐는데, 이 무도실에 제 후원자의 가까운 친척분이 계시지 뭡니까. 그분께서 이 저택의 안주인이신 숙녀분께 자신의 사촌인 드 버그 양과 그 어머니이신 캐서린 영부인의 존함을 언급하시는 걸 우연히 제가 들었답니다. 이런 일이 일어나다니 정말 꿩장하지 않습니까! 다름 아닌 이 무도회장에서 제가 캐서린 드 버그 영부인의 조카분을 만날 줄이야 누가 상상이나 했겠어요? 이제라도 알게 되어 더 늦지 않게 그분께 경의를 표할 수 있으니 얼마나 다행인지 모릅니다. 그분도 제가 진작 인사를 올리지 않은 걸 용서해주시겠지요. 영부인의 조카분이신 걸 까맣게 몰랐다고 말씀드리면 분명 제 사과를 받아주실 겁니다."

"설마 소개도 없이 다아시 씨한테 직접 인사를 하시게요?"

"물론입니다. 더 일찍 알아뵙지 못한 걸 용서해달라고 간청해야지요. 틀림없이 그분이 캐서린 영부인의 조카분이실 겁니다. 영부인께서 8일 전까지 별고 없이 잘 계셨다는 소식을 제가 전해드릴 수 있겠어요."

엘리자베스는 열심히 그를 말려보았다. 소개받지 않은 사람이 말을 걸면 다아시 씨는 그 행동을 이모님에 대한 예가 아니라 주제넘은 짓이라 여길 것이고, 두 사람이 굳이 서로를 알아야 할 이유가 전혀 없으며, 설령 통성명을 하게 되더라도 신분이 높은 다아시 씨가 먼저 나서야 하는 법이라고 타일렀다. 그럼에도 콜린스 씨의 단호한 의지를 꺾을 수는 없었으니, 그녀가 말을 마치자 그는 꿋꿋하게 대답했다.

"친애하는 엘리자베스 양, 아가씨의 이해력이 미치는 범위 내의 문제라면 뭐든지 아가씨의 뛰어난 판단을 세상 누구보다도 가장 존중합니다. 하나 감히 말씀드리자면, 속계에서 인정하는 예법과 성직자에게 적용되는 예법은 현격히 다르답니다. 아울러 성직이란, 겸허한 태도를 동반하는 한, 이 나라 최고위층과 맞먹는 존귀한 지위라는 것이 제 견해입니다. 그러니 이번 일만은 허락해 주십시오. 전 제 양심이 이르는 대로 제가 의무라 여기는 일을 행해야만 합니다. 엘리자베스 양의 유익한 조언을 따르지 않음을 용서하십시오. 다른 문제라면 언제나 아가씨가 이끄는 대로 따라갈 것이나, 우리가 당면한 이 문제에서 무엇이 옳은지 결정하는 일만큼은 엘리자베스 양처럼 어린 아가씨보다 교육을 받고 소양을 갖춘 제가 더 적합한 것 같습니다."

　그는 그녀에게 깊이 머리 숙여 인사하고 다아시 씨를 공략하러 갔다. 엘리자베스는 목을 빼고서 다아시의 반응을 살폈는데, 과연 그는 낯선 이의 난데없는 인사에 깜짝 놀란 기색이 역력했다. 콜린스 씨가 엄숙하게 고개를 숙이며 허두를 떼는 모습이 보였고, 실제로 말소리가 들리지는 않았지만 마치 다 들리는 듯했으며, 입술 모양을 읽어 '죄송', '헌스포드', '캐서린 드 버그 영부인' 같은 단어들을 파악할 수 있었다. 저런 인간한테 굽신거리며 자기소개를 하는 친척을 보자니 그녀는 속이 부글부글 끓었다. 다아시 씨는 내내 황당한 눈빛으로 콜린스 씨를 쳐다보다가, 마침내 그가 입을 다물자 떨떠름한 얼굴로 예의상 대꾸했다. 콜린스 씨는 이에 굴하지 않고 냉큼 말을 이어갔는데, 그의 말이 길어질수록 다아시 씨의 경멸도 눈덩이처럼 불어나는 듯 보였고, 한참 만에야 말을 마친 콜린스 씨에게 그는 눈짓만 까딱하고서 다른 곳으로 가 버렸다. 콜린스 씨는 엘리자베스에게로 돌아와 소감을 늘어놓았다.

"제가 받은 환대에 만족하지 않을 이유가 없군요. 제가 먼저 알아뵙자 다아시 씨께서 아주 기뻐하시는 모습이셨어요. 최고의 예를 갖춰 응답해주셨을 뿐 아니라, 워낙 탁월한 안목을 지니신 캐서린 영부인께서 제게 호의를 베푸셨다면 그럴 만한 가치가 있기 때문이었을 거라며 칭찬까지 해주셨답니다. 정말이지 사려 깊은 말씀이셨어요. 전반적으로, 저는 그분이 상당히 마음에 듭니다."

더 들을 필요가 없겠다고 판단한 엘리자베스는 언니와 빙리 씨에게 거의 온 신경을 기울였다. 두 사람을 지켜보다 보니 기분 좋은 상상이 꼬리에 꼬리를 물면서 그녀는 아마 제인에 버금가리만큼 행복해졌다. 언니가 바로 이 저택의 안주인 자리를 꿰차고 진실한 연애결혼이 안기는 지복을 누리며 살아가는 모습이 눈앞에 보이는 듯했으며, 정말 그렇게 된다면 빙리의 두 누이를 좋아하려고 노력해볼 수 있을 것도 같은 기분이었다. 보아하니 어머니의 생각도 같은 쪽을 향한 게 분명했기에, 무슨 얘기 엿듣게 될까 두려웠던 엘리자베스는 어머니 근처로는 얼씬도 하지 말자고 다짐했다. 그렇지만 밤참 식탁에 배정된 자리가 하필 어머니 옆의 옆자리였으니, 그녀로선 지독히도 얄궂은 불운이라고 여길 수밖에 없었다. 아니나 다를까, 베넷 부인은 바로 옆자리에 앉은 루카스 여사에게 제인이 곧 빙리 씨와 결혼할 것 같다는 얘기를, 아니 그 얘기만 큰 소리로 대놓고 늘어놓아서 엘리자베스의 속을 있는 대로 뒤집어놓았다. 딸의 혼사 이야기에 기운이 펄펄 솟는지, 베넷 부인은 도무지 지치는 기색도 없이 좋은 점을 열거했다. 우선 빙리 씨가 굉장히 멋진 청년이고 부자인 데다 롱본에서 고작 3마일 거리에 있는 저택에서 산다는 점을 첫 번째로 꼽았고, 그다음으로는 그의 두 누이가 제인을 워낙 좋아하고 자기 못지않게 두 사람이 맺어지길 바라는 게 확실하니 마음이 푹 놓인다고 했다. 게다가 맏언니가 시집을 잘 가서 동생들도 부유한 남자들을 만날 기회가 많아질 테니 그 애들의 앞날을 위해서도 경사가 아닐 수 없다고 단언했으며, 마지막으로 이 나이에 미혼의 딸들 치다꺼리를 맏딸한테 넘기고 앞으로는 가기 싫은 모임까지 애들을 데리고 다니지 않아도 되어 속이 후련하다고 말했다. 이런 경우는 뭐든지 기쁘게 표현하는 것이 예의여서 모임에 관한 소회도 좋게 포장했지만, 사실 베넷 부인은 나이를 얼마나 먹든 간에 집 안에 머무는 게 편한 사람이 절대 아니었다. 그녀는 루카스 여사도 조만간 이런 경사를 맞길 바란다는 덕담을 후하게 늘어놓으며 일단 자랑을 마쳤는데, 내심 어림도 없는 일이라고 믿으며 의기양양한 것이 빤히 보였다.

엘리자베스는 어머니에게 좀 천천히 말씀하시라거나 목소리를 좀 낮추시라고 권하는 등 부질없는 노력을 기울였는데, 그 흰소리를 맞은편에 앉은 다아시 씨가 거의 다 듣고 있는 눈치라 이루 말할 수 없이 울화가 치밀었기 때문이다. 어머니는 쓸데없는 소리를 한다며 그녀를 야단칠 뿐이었다.

"얘, 다아시 씨가 뭐라고 내가 눈치를 봐야 한다니? 저 사람이 듣기 싫어할 얘기는 꺼내지도 못할 만큼 특별히 예의를 차리는 사이도 아닌데."

"제발 어머니, 언성을 낮추세요. 다아시 씨를 언짢게 해서 좋을 게 뭐 있다고 그러세요? 저분의 친구분께 탐탁지 않은 인상만 주게 될 텐데!"

하지만 무슨 말을 해도 소용없었다. 여전히 어머니는 주위에 다 들리게끔 자기 속내를 떠들어댔다. 엘리자베스는 창피하고 속상한 마음에 얼굴을 붉히고 또 붉혔다.

저도 모르게 자꾸만 다아시 씨 눈치를 살피게 됐고, 자신이 좌불안석인 이유를 번번이 확인했다. 다아시 씨의 시선이 줄곧 그쪽을 향한 건 아니었지만, 그는 그녀의 어머니가 하는 이야기를 유심히 듣고 있는 게 분명했다. 처음엔 노여움과 멸시를 드러내던 그의 표정이 점차 침착하고도 심각하게 굳어졌다.

하지만 베넷 부인의 얘깃거리도 결국엔 바닥이 났고, 공감하기 어려운 이웃의 희소식을 지겹도록 들으면서 진작부터 하품을 해대던 루카스 여사는 식어버린 햄과 닭고기나마 맛볼 수 있게 되었다. 엘리자베스도 겨우 한시름 놓았다. 그러나 평온한 시간은 오래가지 않았다. 밤참을 다 먹고 나서 노래를 듣자는 말이 나오자 실상 청하는 사람도 별로 없는데 냉큼 나서는 메리를 보고 그녀는 당혹감에 휩싸이고 말았다. 동생의 어처구니없는 솔선수범을 막아보고자 수차례 눈짓과 표정으로 애원했지만 다 헛수고였다. 메리는 설사 언니의 신호를 봤다 해도 알아먹지 않을 터였고, 교양을 뽐낼 기회가 생긴 데 그저 기뻐하며 기어이 노래를 부르기 시작했다. 엘리자베스는 참담한 기분으로 동생에게 시선을 고정했고, 노래가 몇 절이나 이어지는 걸 초조하게 지켜보며, 얼른 이 곡이 끝나길 빌었다. 그런데 기다린 보람도 없이, 노래가 끝나자 좌중의 의례적인 감사 표시가 나오는 가운데 언뜻 한

곡 더 청해볼까 하는 소리를 들은 메리가 불과 30초 만에 다음 곡을 부르기 시작했다. 메리의 노래는 성량이 빈약하고 태도는 부자연스러워 결코 자신 있게 뽐낼 만한 것이 아니었다. 엘리자베스는 너무나 심란했다. 언니는 어떻게 견디나 싶어 봤더니, 아무렇지도 않게 빙리와 담소를 나누고 있었다. 그의 두 누이는 야유하는 눈짓을 교환하는 중이었고, 다아시는 어쩐 일인지 여태껏 심각하게 굳은 표정이었다. 이대로 가다간 메리가 밤새도록 노래를 부를 기세여서, 엘리자베스는 아버지를 바라보며 제발 막아달라고 간청하는 눈빛을 보냈다. 아버지는 그녀의 뜻을 알아챘고, 메리가 두 번째 노래를 마치자마자 큰 소리로 말했다.

"그만 하면 되고도 남겠구나, 애야. 충분히 오랫동안 즐겁게 잘 들었다. 이제 다른 숙녀분들께도 기회를 드리자꾸나."

메리는 못 들은 체했지만 다소 주춤거렸다. 엘리자베스는 동생이 안쓰럽기도 하고 아버지의 방식이 당황스럽기도 해서, 자기가 안달복달한 게 괜한 짓이었나 하는 생각이 들 정도였다. 벌써 여기저기서 다른 아가씨들에게 노래를 청하는 소리가 들렸다.

그때 불쑥 콜린스 씨가 나섰다.

"만약 제게 노래할 수 있는 행운이 있어 여러분께 한

곡 선사할 수 있다면, 확신하건대 기쁘기 그지없을 겁니다. 저는 음악이 매우 순결한 오락이며 성직자라는 직업과도 완벽하게 어울린다고 생각하니까요. 그렇다고 저희가 음악에 너무 많은 시간을 쏟아도 된다는 뜻은 아닙니다. 사제로서 신경 써야 할 다른 일들이 있기 때문이지요. 교구 사제는 할 일이 참 많습니다. 우선 본인에게 유익한 동시에 후원자께 폐가 되지 않도록 십일조 협약을 잘 맺어야 합니다. 설교 원고도 써야 하고, 그러면 얼마 남지 않은 시간을 쪼개어 교구 일을 돌보는 한편 사제관도 가꾸어야 합니다. 시간이 없다는 핑계로 자신의 거처를 최대한 안락한 곳으로 만드는 일을 게을리할 수는 없는 법이지요. 아울러 교구 사제라면 모두에게, 특히 자신을 발탁해주신 분들께 관심과 협조의 자세를 보이는 일을 가볍게 넘겨서는 안 될 것입니다. 그 의무를 저버리는 자는 물론이고, 그런 분들의 친인척 되시는 분들께 경의를 표할 기회를 등지는 자 또한 저는 결코 좋게 볼 수 없습니다."

그곳에 있던 사람들 태반이 들었으리만치 우렁차게 이어졌던 일장 연설을 마치면서, 그는 다 아시 씨를 향해 머리를 조아렸다. 사람들 다수가 멍하니 그를 쳐다보았고, 또 다수가 소리 없이 웃었다. 그중에서도 가장 즐거워 보이는 사람은 다름 아닌 베넷 씨였던 반면, 그의 아내는 지당하신 말씀이었다며 콜린스 씨에게 진심 어린 칭찬을 보내고서 루카스 여사 쪽으로 몸을 기울이며 굉장히 똑똑하고 선량한 젊은이라고 남들에게도 다 들리는 귓속말을 했다.

온 가족이 오늘 무도회에서 기를 쓰고 망신을 사기로 미리 약속을 했대도 모두가 이보다 더 의욕을 불태우거나 이보다 더한 성공을 거둘 수는 없을 것 같았다. 엘리자베스는 그나마 빙리가 개중 몇 장면을 놓쳤고 틀림없이 목격했을 한심한 광경도 그다지 괘념치 않을 성격이어서 언니와 그를 위해 다행이라고 생각했다. 하지만 빙리의 두 누이와 다아시 씨에게 그녀의 가문을 비웃을 빌미를 제공했다는 사실만으로도 충분히 분했으며, 그 신사가 보이는 무언의 경멸과 두 숙녀가 짓는 무례한 미소 중 어느 쪽이 더 견디기 힘든지 판단할 수 없을 지경이었다.

이후로도 그녀는 좀처럼 무도회를 즐길 수 없었다. 콜린스 씨가 끈덕지게 들러붙으며 성가시게 굴었고, 또다시 함께 춤추자는 그의 청은 끝내 거절당했지만 그녀가 다른 사람과 춤출 기회도 함께 날아갔다(당시 무도회에서 여성이 한 번 춤 신청을 거절하면 다른 남자와는 춤을 출 수 없었다 – 옮긴이). 그녀는 다른 춤 상대를 찾아보시라고 사정하면서 이곳에 있는 어떤 아가씨든 소개해드리겠다고도 했지만 전혀 통하지 않았다. 그는 사실 춤에는 관심이 없으며 자신의 주목적은 세심한 정성으로 그녀에게 좋은 인상을 주는 것이므로 무도회가 끝날 때까지 절대로 그녀 곁을 떠나지 않겠다고 자랑스레 말했다. 그렇게 작정했다니 더 설득해봤자 들을 리 만무했다. 그래도 친구인 루카스 양이 수시로 와서 어울리고 친절하게 콜린스 씨의 말 상대가 되어주며 엘리자베스의 숨통을 틔워주었다.

적어도 더 이상 다아시 씨의 눈에 띄어 모멸감을 느끼는 일은 없었다. 그는 자주 그녀 근처에 서 있었고 딱히 대화 상대도 없어 보였지만 그렇다고 더 다가와서 말을 걸지는 않았다. 아마도 위컴 씨를 언급한 결과로 그와 알은체를 할 필요가 없어진 듯하여 그녀는 내심 흐뭇했다.

롱본 일행은 무도회 손님들 중 가장 늦게까지 남아 있었고, 베넷 부인이 수를 쓴 탓에 다른 손님들이 전부 떠나고 나서도 마차가 준비되기까지 15분을 더 기다려야 했는데, 그 15분은 네더필드 사람들 일부가 롱본 일행이 썩 가주길 얼마나 진심으로 바라는지 알기에 충분한 시간이었다. 허스트 부인과 빙리 양은 피곤하다고 불평할 때를 제외하곤 거의 입을 열지 않았고, 집에 자기들만 남고 싶어 안달하는 티를 냈다. 베넷 부인이 대화를 트려 해도 그녀들이 번번이 핀잔을 놓아 일행 전체의 분위기를 처지게 했으며, 콜린스 씨가 실로 고상한 무도회였고 손님 접대도 후하고 점잖았다는 내용으로 빙리 남매에게 기나긴 찬사를 보냈지만 가라앉은 분위기는 거의 그대로였다. 다아시는 아예 한마디도 하지 않았다. 베넷 씨역시 아무 말도 하지 않았지만, 실은 이 광경을 즐기고 있었다. 빙리와 제인은 조금 떨어진 곳에 서서 둘이서만 이야기를 나누었다. 엘리자베스는 허스트 부인이나 빙리 양에게 질세라 한결같은 침묵을 유지했고, 심지어 리디아도 말할 기운조차 없을 만큼 피곤에 절어서는 이따금 입이 찢어져라 하품을 하며 "아유, 피곤해 죽겠네!"라고 외칠 뿐이었다.

드디어 롱본 일행이 떠나려고 일어설 때, 베넷 부인은 여러분 모두를 곧 롱본에서 뵙길 바란다며 거의 강요하는 투로 인사치레를 하고서, 특히 빙리 씨에게 따로 부언하길, 정식으로 초대하는 절차를 밟지 않더라도 언제든 오셔서 가족 정찬 자리에 함께해준다면 온 가족이 기뻐할 거라고 했다. 빙리는 자기야말로 고맙고 기쁘다면서, 런던에 일이 있어 내일 떠날 예정인데 오래 걸리진 않을 테니 돌아오는 대로 최대한 빠른 시일 내에 댁을 방문하겠다고 약속했다.

베넷 부인은 더할 나위 없이 만족했고, 혼인 계약이며 새 마차, 예복 등을 준비하는 기간이 필요할 테니 줄잡아 서너 달 후면 딸아이가 네더필드에 들어와 살게 될 거라는 즐거운 확신을 안은 채 그 집을 나왔다. 둘째 딸과 콜린스 씨의 결혼도 그녀에겐 기정사실이나 다름없었는데, 첫째의 결혼만큼은 아니어도 나름 꽤 기쁜 일이었다. 베넷 부인에게 엘리자베스는 다섯 딸 중 가장 마뜩잖은 아이였다. 사윗감으로 콜린스 씨 정도면 사람도 조건도 썩 괜찮은 편이었지만, 빙리 씨와 네더필드에 대면 보잘 것없는 수준이었다.

19

다음 날 롱본에서는 전에 없던 장면이 펼쳐졌다. 콜린스 씨가 정식으로 청혼을 한 것이다. 이번 토요일에는 헌스포드로 돌아가야 하니 시간을 허비할 것 없이 일을 해치우자고 마음먹었고, 마지막 순간까지 일말의 고민이나 불안감도 없었으므로, 그는 자신이 생각하는 청혼의 통례를 준수할 요량으로 착실히 순서를 밟았다. 조찬 직후 베넷 부인과 엘리자베스, 동생 한 명이 한자리에 있는 것을 보고, 그는 베넷 부인에게 양해를 구했다.

"사모님, 제가 아리따운 엘리자베스 양께 따로 드릴 말씀이 있사온데 오늘 오전 중에 따님과 독대하는 영예를 허락해주시겠습니까?"

엘리자베스는 깜짝 놀라 얼굴이 확 붉어졌지만 그녀가 입을 뗄 새도 없이 베넷 부인이 냉큼 대답했다.

"어머나! 그럼요, 허락하다마다요. 리지도 아주 기뻐할 거예요. 거절할 리가 없지요. 가자, 키티, 넌 위층으로 올라가렴."

그러고는 허둥지둥 바느질감을 챙겨 나가려는 어머니에게 엘리자베스가 다급히 외쳤다.

"어머니, 가지 마세요. 제발 그냥 계셔주세요. 콜린스 씨도 이해해주셔야 해요. 누구든 듣지 않아도 되는 얘기라면 저에게도 하실 수 없어요. 제가 나갈게요."

"아니, 안 돼, 얘가 무슨 소릴 하는 거니. 리지 넌 그대로 있으렴."

그런데도 엘리자베스가 곤혹스러워하며 정말 빠져나가려 들자 베넷 부인이 한 번 더 엄하게 일렀다.

"리지, 여기 남아서 콜린스 씨 말씀을 들으라니까."

아무리 엘리자베스라도 어머니의 엄명을 거역할 수는 없었고, 잠깐 생각해보니 이 사태를 되도록 신속하고 조용하게 끝내는 편이 현명하리라는 판단이 서기도 해서, 그녀는 다시 자리에 앉아 난처하기도 하고 우습기도 한 심경을 감추려고 부지런히 딴청을 피웠다. 베넷 부인과 키티가 나가자마자 콜린스 씨가 말문을 열었다.

"정말이지, 친애하는 엘리자베스 양, 수줍어하시는 모

습이 실망스럽기는커녕 이미 완벽한 모습을 더욱 돋보이게 하는군요. 이렇게 살짝 꺼리시지 않았다면 제 눈에 아가씨가 지금처럼 사랑스러워 보이지도 않았을 겁니다. 이건 존경하는 어머님께 허락을 받고 드리는 말씀임을 알아주십시오. 제가 무슨 말씀을 드리고자 하는지 능히 짐작하시겠지요. 정숙한 성품을 타고나신지라 모르는 척하실 수도 있지만, 그동안 제가 워낙 명확하게 관심을 보였으니 진정 모르셨을 리는 없습니다. 이 집에 발을 들이자마자 저는 엘리자베스 양을 미래의 반려자로 점찍었습니다. 하나 이 사안에 대한 감격에 휩쓸리기 전에, 제가 결혼하려는 이유를…… 더욱이 아내를 고를 목적으로 하트퍼드셔에 오게 된 경위를 말씀드리는 것이 타당할 듯합니다."

언제 어디서나 엄숙하게 점잔을 빼는 콜린스 씨가 감격에 휩쓸린다니, 엘리자베스는 하마터면 웃음을 터뜨릴 뻔했고, 그가 잠시 말을 끊은 틈에 아예 입을 막았어야 했는데 웃음을 참느라 그러지 못했다. 하여 그가 이어 말했다.

"제가 결혼하려는 이유는 첫째, (저처럼) 안정된 생활을 보장받은 성직자라면 응당 교구민들에게 결혼생활의 모범이 되어야 한다고 생각하기 때문입니다. 둘째, 결혼이 저에게 크나큰 행복을 더하리라 믿기 때문이며 셋째,—이 이유를 더 앞에 둘 걸 그랬네요—영광스럽게도 제가 후원자라 칭할 수 있는 귀부인 마님의 각별한 조언과 권고 때문입니다. 캐서린 영부인께서는 이 문제로 두 번이나 제게 고견을 (여쭙지도 않았는데!) 베푸셨는데, 제가 헌스포드를 떠나기 바로 전날이었던 토요일 밤, 카드리유 테이블에서 젱킨슨 부인이 드 버그 양의 발 받침 위치를 조정하는 동안 각자 판돈을 거는 사이에 영부인께서는 이렇게 말씀하셨습니다. '콜린스 씨, 꼭 결혼하세요. 당신 같은 성직자는 반드시 결혼해야 해요. 단 상대를 잘 골라야 합니다. 나를 위한다면 좋은 집안의 아가씨를 고르세요. 당신을 위해서는 바지런하고 쓸모 있는 아가씨, 너무 귀하게 자라지 않았고 적은 수입을 알차게 관리할 수 있는 아가씨가 좋겠지요. 이게 내 조언입니다. 그런 여자를 되도록 빨리 찾아서 헌스포드로 데려오면 내 한번 만나보지요.' 아울러 제 생각을 말씀드리자면, 캐서린 드 버그 영부인의 관심과 친절은 장차 제 배우자가 얻게 될 갖가지 혜택 중에서도 결코 적잖은 득일 것입니다. 엘리자베스 양도 그분의 품격이 감히 제가 표현할 수 있는 수준을 넘어선다는 것을 알게 되실 겁니다. 아가씨의 기지와 활기는 분명 영부인께서도 수용하실 것이고, 특히 그분의 위엄을 마주 대하면 누구나 그러하듯 아가씨도 절로 숙연해지고 존경심이 깊어지면서 경거망동을 삼가시게 될 테니 영부인께 마뜩잖게 보일 염려는 거두셔도 좋겠습니다. 여기까지는 대체로 제가 결혼을 계획하는 전반적인 의도를 말씀드렸고, 이제 남은 이야기는 헌스포드에도 사랑스러운 아가씨들이 많은데 제가 왜 그곳에서 배필감을 찾지 않고 굳이 롱본으로 눈길을 돌렸느냐 하는 것이겠습니다. 사실 그렇게 마음먹지 않고서는 제 양심을 배겨낼 수 없었습니다. 훌륭하신 아버님께서 (물론 오래도록 천수를 누리시겠지만) 작고하시고 나면 제가 무조건 이곳 땅을 상속받게 되어 있으니만큼, 제가 어르신의 따님들 가운데서 배필감을 선택해야 그 따님들이 (앞서 말씀드렸듯이 물론 먼 훗날의 일이겠지만) 상을 당하면서 입으실 피해를 최소화할 수 있겠지요. 이것이 제 동기입니다, 엘리자베스 양. 이 동기가 저에 대한 아가씨의 평가를 떨어뜨릴 리 없다고 자부하고요. 자, 마지막으로, 아가씨를 향한 저의 열렬한 연정을 가장 생생한 언어로 확인시켜드리는 일만 남았군요. 재산이라면 전 전혀 관심 없습니다. 어르신께도 그와 관련된 요구는, 한다 해도 들어주실 수 없다는 걸 잘 알고 있으므로, 하지 않겠습니다. 엘리자베스 양의 재산은 연이율 4퍼센트짜리 1천 파운드가 전부이며 그마저 어머님께서 돌아가신 후에야 받을 수 있다는 것도 잘 알고 있습니다. 따라서 그 문제도 마찬가지로 언급하지 않을 생각이고, 결혼한 뒤에도 제가 돈 문제로 옹졸하게 부인을 탓하는 일 또한 결단코 없을 것이라 장담합니다."

잠자코 듣는 것도 이쯤에서 끝내야겠다 싶어, 엘리자베스는 잘라 말했다.

"너무 성급하시네요, 콜린스 씨. 제가 대답하지 않았다는 걸 잊으셨어요. 더 이상 시간 끌 것 없이 지금 당장 대답할게요. 절 칭찬해주셔서 고맙고, 제가 영광으로 여겨 마땅한 제안이라는 것도 아주 잘 알지만, 저는 그 청혼을 받아들일 수 없습니다."

콜린스 씨는 짐짓 손사래를 치며 대답했다.

"저도 알 건 압니다. 젊은 아가씨들이 청혼을 받을 때, 속으로는 받아들일 생각이면서 한 번은 거절하는 것이 보통이고, 때로는 두세 번까지 거절하기도 한다지요. 그러니 방금 들은 말에 낙담하지 않고, 머잖아 당신을 예식장 제단으로 데려가리란 희망을 간직하겠습니다."

"세상에, 거절 의사를 듣고도 그런 희망을 품으시겠다니 정말 놀랍군요. 저는 청혼이 거듭되리란 기대에 자신의 행복을 위태롭게 할 만큼 대담한 아가씨가 (그런 분들이 실제로 있는지는 모르겠으나) 못 됩니다. 전 진심으로 거절하는 거예요. 저는 콜린스 씨와 행복할 수 없어요. 당신 역시 세상 어떤 아가씨와 결혼해도 저와 하는 것보다 불행하진 않을 거고요. 아니, 당신의 친애하는 캐서린 영부인께서도 만약 저를 아신다면, 단언컨대 모든 면에서 제가 결격이라고 보실 거예요."

콜린스 씨는 사뭇 진지해졌다.

"설사 캐서린 영부인께서 정녕 그리 생각하신다 해도……. 아무리 그래도, 그분께서 엘리자베스 양을 전혀 인정하시지 않을 리는 없습니다. 또, 제가 다시 그분을 뵙는 날엔 엘리자베스 양이 겸손하고 검소하며 그 밖에도 장점이 많은 아가씨라는 극찬을 올리겠습니다."

"아뇨, 콜린스 씨, 저를 극찬하실 필요는 없어요. 저에 대한 평가는 제가 하게 두시고요, 정 저를 칭찬하시려거든 제 말을 믿어주세요. 저는 콜린스 씨가 아주 행복하고 부유하게 사시길 바라기 때문에, 청혼을 거절함으로써 제 능력껏 당신의 그 행복과 부를 지켜드리는 거예요. 저에게 청혼하시면서 저희 가족과 관련된 양심의 가책을 덜어내셨을 테니, 때가 되면 무엇도 마음에 거리낄 것 없이 롱본 땅을 물려받으실 수 있겠지요. 그러니 이 문제는 이렇게 매듭짓도록 해요."

말을 맺으며 일어선 그녀는 이대로 나갈 셈이었는데, 콜린스 씨의 말이 그녀의 발길을 붙들었다.

"다음번에 이 주제를 논하는 영광의 자리에서는 제가 방금 들은 것보다 더 호의적인 대답이 나오리라 기대하겠습니다. 하지만 지금 매몰찬 태도를 보이신다고 아가씨를 원망하는 것은 아닙니다. 청혼을 한 번에 받아들이지 않는 것이 여인들의 관행임을 모르지 않을뿐더러, 아마 지금껏 아가씨께서 하신 말씀은 여성 특유의 애매모호한 태도로 제 의지를 북돋기 위함일 테니까요."

엘리자베스는 조금 격하게 반박했다.

"정말이지 콜린스 씨, 저를 너무 곤란하게 하시네요. 지금까지 제가 한 말이 격려로 들렸다니, 그럼 도대체 더 어떻게 표현해야 제 거절을 진짜 거절로 받아들이시겠어요?"

"엘리자베스 양의 거절이 그저 말뿐인 게 당연하니 저로선 그렇게 믿을 수밖에요. 그렇게 믿는 이유를 간단히 말씀드리죠. 저는 제 청혼이 아가씨께서 수락하기에 부족하다고 여기지 않고, 저와 결혼해서 누릴 수 있는 생활 수준 또한 대단히 바람직할 수밖에 없다고 생각합니다. 현재의 제 지위, 드 버그 가문과의 연줄, 베넷가와의 관계 등 여러 상황이 제 생각을 뒷받침하지요. 그리고 더 깊이 생각하셔야 할 것이, 물론 아가씨는 다양한 매력을 지니셨지만, 아가씨께 청혼할 남자가 다시는 없을지도 모를 일 아니겠습니까. 아가씨 몫의 재산이 불행히도 너무 적은 탓에 사랑스럽고 호감 가는 장점들마저 빛을 잃을 가능성이 농후하니까요. 따라서 저는 당신이 진심으로 거절하는 게 아니라는 결론에 이를 수밖에 없고, 고상한 여인들이 으레 하듯이 절 애타게 해서 저의 연정을 키우시려는 의도라고 여기겠습니다."

"분명히 말씀드리는데요, 존경할 만한 남자분을 고문하는 고상함 따위는 제게 없습니다. 제가 바라는 칭찬은 누구든 제 진심을 믿어주는 거예요. 영광스럽게도 제게 청혼해주신 건 재삼재사 고맙지만, 절대로 응낙할 수 없어요. 제 감정이 아무래도 용납지 않네요. 어떻게 더 솔직히 얘기하죠? 이제 저를 대하실 때는, 당신을 애태우려 하는 고상한 여인이 아니라 진심으로 진실을 말하는 이성적인 인간으로 봐주세요."

그는 어색하게 허세를 부리며 큰소리쳤다.

"정말 한결같이 매력적이십니다! 어쨌든, 훌륭하신 부모님의 지엄한 권위가 실린 허락이 떨어지는 날엔 제 청혼이 어김없이 받아들여지겠지요."

상대가 그렇게 고집스레 자기기만에 빠져 막무가내로 버티는 통에 더 대꾸할 마음이 사라진 엘리자베스는 그대로 말없이 그곳을 나와버렸다. 만약 몇 번을 거절해도 한사코 그가 격려로 여기겠다 우기면 그때엔 아버지께 호소할 셈이었다. 아버지라면 콜린스 씨도 더는 토를 달 수 없게끔 확실히 안 된다고 딱 잘라 말씀하실 것이고, 적어도 그것이 고상한 여인의 가식과 교태로 오인되는 일은 없을 테니 말이다.

20

혼자 남은 콜린스 씨가 사랑을 이루리란 예감을 조용히 음미하는 시간은 잠시뿐이었다. 문을 열고 나온 엘리자베스가 문밖에서 결과를 기다리며 서성이던 어머니를 지나쳐 계단참으로 총총 걸어가자마자, 베넷 부인이 득달같이 조찬실로 들어와서는 그에게 곧 근친이 될 터이니 피차 기쁜 일이라며 지레 흥분하여 자축 겸 축하의 말을 늘어놓았다. 콜린스 씨도 똑같이 흐뭇한 마음을 담은 자축 겸 축하로 화답한 뒤, 엘리자베스와 나눈 대화의 내용을 자세히 들려주면서, 아가씨의 일관된 거절은 수줍은 겸양과 미묘한 정서가 빚어낸 자연스러운 반응일 것이므로 결과적으로 만족할 만한 대화였다고 자평했다.

그러나 베넷 부인은 흠칫 놀라고 말았다. 그의 말대로 자기 딸이 그를 애달게 하려고 청혼을 거절한 거라면 부인도 덩달아 만족했을 테지만, 절대로 그럴 리 없기에 사실대로 털어놓을 수밖에 없었다.

"하지만 염려 말아요, 콜린스 씨. 리지도 정신 차릴 거예요. 내가 직접 얘기할게요. 고집불통에 어리석은 아이라 뭐가 저한테 좋은지도 모르는데, 내가 알아듣게 만들겠어요."

이에 콜린스 씨가 당당히 말했다.

JANE AUSTEN

"말씀 중에 죄송합니다만, 정말 고집불통에 어리석은 여인이라면 저와 같은 지위에서 응당 행복한 결혼생활을 기대하는 남자에게 과연 바람직한 아내가 될 수 있을지 의문이군요. 그러니 따님께서 진실로 끝까지 제 청혼을 거절하실 셈이라면, 억지로 마음을 돌리게 할 필요는 없을 듯합니다. 그러한 단점들을 자주 드러내는 성향이라면 제 행복에 그다지 보탬이 되지 못할 겁니다."

베넷 부인은 다급해졌다.

"콜린스 씨, 내 말뜻을 오해하셨군요. 리지는 오로지 이런 문제에만 고집을 피운답니다. 다른 일에서는 개만큼 착한 애도 없어요. 당장 우리 바깥양반을 데리고 가서 개랑 담판을 지을 테니 안심하세요. 금방 끝나요."

그녀는 그에게 답할 틈도 주지 않고 부리나케 남편이 있는 서재로 달려가 문을 열면서 외쳤다.

"오, 여보! 얼른 와봐요. 큰일 났어요. 당신이 가서 리지 좀 설득해봐요. 개가 콜린스 씨랑 결혼하지 않겠대요. 서두르지 않으면 콜린스 씨도 마음을 바꿔먹고 리지를 포기할 거예요."

베넷 씨는 부인이 들어오자 책에서 눈을 들어 태연자약한 얼굴로 그녀를 쳐다보았고, 그녀의 말을 듣는 동안에도 표정 하나 변하지 않다가, 그녀가 말을 마치자 심드렁하게 대꾸했다.

"무슨 말인지 도통 모르겠군. 뭐가 어쨌다는 거요?"

"콜린스 씨랑 리지요. 리지가 콜린스 씨랑 결혼하기 싫다고 하니까, 이제는 콜린스 씨도 리지랑 결혼하길 망설이잖아요."

"그렇다면 난들 어쩌겠소? 이미 물 건너간 일 같은데."

"당신이 리지하고 얘기해봐요. 콜린스 씨랑 결혼해야 한다고 말씀하시라고요."

"불러와 봐요. 내 의견을 들려줄 테니."

베넷 부인이 종을 울렸고 잠시 후 엘리자베스 양이 서재로 불려 왔다.

딸아이가 들어서자 베넷 씨가 외쳤다.

"이리 오련, 아가. 중요한 일로 널 불렀다. 듣자 하니 콜린스 씨가 너한테 청혼을 했다던데, 사실이냐?"

"네, 사실이에요."

"그렇구나. 한데 네가 그 청혼을 거절했다고?"

"네, 아버지."

"그래, 잘 알았다. 그럼 이제 본론으로 들어가자. 네 어머니는 네가 청혼을 받아들여야만 한다는구나. 그렇지요, 부인?"

"그래요, 안 그러면 다시는 저 애를 보지 않겠어요."

"불행한 양자택일의 기로에 섰구나, 엘리자베스. 오늘부터 넌 네 부모 중 한 명과 남이 되어야 한다. 네가 콜린스 씨와 결혼하지 않으면 네 어머니가 다시는 널 안 볼 거고, 결혼을 하면 내가 널 안 볼 게야."

시작 때의 분위기와 다른 결말에 엘리자베스는 싱긋 웃지 않을 수 없었지만, 남편도 자신처럼 이 결혼을 바란 다고 철석같이 믿었던 베넷 부인은 심히 낙담하지 않을 수 없었다.

"이봐요 베넷 씨, 대체 무슨 생각으로 이러는 거예요? 그이랑 결혼하라고 엄히 타이르기로 약속해놓고선."

"부인, 내 두 가지 작은 부탁이 있소. 하나는 현 상황을 내 뜻대로 판단할 자유를 달라는 것이고, 또 하나는 이 방을 사용할 자유를 달라는 것이오. 되도록 빨리 서재에 나 혼자 있게 해주면 고맙겠구려."

비록 남편의 도움은 구하지 않으니만도 못한 결과를 낳았지만, 베넷 부인은 섣불리 단념하지 않다. 회유와 협박을 번갈아 가며 몇 번이고 엘리자베스를 설득하려 들었다. 제인을 자기편으로 끌어들이려고도 해봤는데, 제인은 개입하고 싶지 않다며 가능한 한 완곡하게 마다 했다. 어머니가 야단을 칠 때마다 엘리자베스는 진지하 게 항변해보기도 하고 장난스레 능청을 부리기도 하며 받아넘겼다. 어머니의 거듭된 공격에 대응하는 방식이 여러 가지였을 뿐 그녀의 결심은 초지일관이었다.

그동안 콜린스 씨는 아까의 일을 홀로 곱씹어보았다.

그는 스스로가 너무나 잘난지라 친척 아가씨가 어째서 자기를 받아들이지 않을 수 있는지 도무지 이해가 되지 않았다. 그래서 자존심은 상했지만 그 외에는 딱히 괴로울 것이 없었다. 그녀를 향한 연정도 그저 환상에 지나지 않았으므로, 어머니로부터 고집불통에 어리석다는 말을 들어 마땅한 여자일 수도 있다는 생각에 이르자, 그런 여자를 놓친들 아쉬울 것 같지도 않았다.

집안 분위기가 이렇게 어수선한 가운데, 샬럿 루카스가 놀러 왔다. 그녀가 현관문을 열고 들어서자 전실에 있던 리디아가 한달음에 맞이하며 그리 작지 않은 목소리로 귓속말을 했다.

"마침 잘 왔어. 아주 재미난 일이 벌어진 참이거든! 아침에 무슨 일이 있었게? 콜린스 씨가 리지 언니한테 청혼했는데, 언니는 결혼하지 않겠다지 뭐야."

샬럿이 입술을 달싹였지만 곧이어 키티가 같은 소식을 전하러 왔고 세 아가씨가 함께 조찬실로 들어갔다. 그곳에 혼자 있던 베넷 부인도 똑같은 이야기를 시작하더니 루카스 양이 우리의 딱한 사정을 헤아려서 친구인 리지가 가족 모두의 바람을 따르게 설득 좀 해달라고 애원하고는 침울한 어조로 이렇게 덧붙였다.

"제발 그렇게 해줘, 루카스 양. 아무도 내 편이 돼주지 않아. 아무도 도와주지 않는다고. 다들 너무해, 신경과민인 사람한테 무심하기 짝이 없어들."

샬럿이 답할 말을 찾는 사이 제인과 엘리자베스가 들어오자 베넷 부인이 이어 말했다.

"얼씨구, 당사자께서 납셨구먼. 저 태연한 표정 좀 봐. 제 뜻대로 할 수만 있다면 식구들이야 어디 멀리 요크 (잉글랜드 북부에 위치한 주 - 옮긴이)에 있다는 듯 눈에 뵈지도 않지? 하지만 리지 양, 이런 식으로 번번이 퇴짜만 놓을 생각을 품었다간 영영 남편을 못 얻는 거예요. 아버지께서 돌아가신 뒤엔 누가 댁을 먹여 살릴지 알 수가 없네요. 난 그럴 수 없을 텐데. 그러니까 미리 일러두지요. 오늘부로 너랑 나는 남남이야. 아까 서재에서 말했지, 다시는 너랑 말도 하지 않겠다고. 너도 알게 되겠지만, 내가 한 입으로 두말하는 사람이 아니거든. 불효막심한 자식하고 말을 섞는 게 무슨 낙이겠니? 그렇다고 딱히 다른 사람하고 말을 섞는 게 큰 낙이라는 건 아니지만. 나처럼 신경질환을 앓는 사람은 말하는 걸 좋아할 수가 없어. 내가 얼마나 괴로운지는 아무도 모르지! 하지만 항상 그래. 앓는 소리를 안 내면 아무도 알아주지 않아."

설득하려 들거나 달래려 해봤자 화만 돋울 뿐인 걸 아는 딸들은 어머니의 신세타령을 잠자코 듣기만 했다. 그리하여 베넷 부인이 간단없이 울분을 토해내던 중, 콜린스 씨가 평소보다 더 장중한 분위기를 풍기며 들어왔다.

그를 보자마자 부인이 딸들에게 일렀다.

"자, 너희는 이제 조용히 해라. 나랑 콜린스 씨가 잠시 얘기를 해야 하니까."

엘리자베스가 살며시 조찬실을 빠져나가자 제인과 키티도 뒤따라 나갔지만 리디아는 들을 수 있는 데까지 다 듣겠다는 심산으로 자리를 지켰다. 샬럿은, 처음에는 콜린스 씨가 예의를 차리느라 그녀와 그녀의 가족 모두에 대해 자세히 묻는 통에 나갈 수 없었고, 나중에는 살짝 궁금해져서 그냥 머물렀는데, 대신에 창가로 걸어가 안 듣는 척하며 귀를 기울였다. 베넷 부인이 미리 생각해 둔 말을 꺼내려 애절하게 운을 뗐다.

"오! 콜린스 씨!"

그러나 그가 선수를 쳤다.

"사모님, 이 문제에 대해서는 서로 영원히 침묵하기로 하지요. 저는 추호도……."

그는 불쾌감을 드러내는 목소리로 내처 말했다.

"……따님의 처사를 원망할 생각이 없습니다. 피할 수 없는 화라면 싫어도 감수해야만 하는 법이고, 그건 특히나 저처럼 일찌감치 출세한 행운아가 부득불 지켜야만 하는 의무이기에, 저는 다 감수하고 단념했습니다. 혹여 따님께서 영광스럽게도 제 손을 맞잡아주셨다 한들 아마 결과는 별다르지 않았을 겁니다. 따님과 결혼하여 과연 제가 행복할지 의심이 들었으니까요. 제가 종종 목격하기로, 내게 오길 거부한 축복이 내 안에서 가치를 잃기 시작하면 비로소 깨끗이 단념할 수 있게 되더군요. 하여 사모님과 어르신께 부모의 권한으로 저를 대신해 중재해주십사 청하는 예를 생략하고 따님께의 청혼을 철회하오니, 바라건대 제가 베넷가를 존중하지 않는다고 여기지는 말아주십시오. 두 분의 말씀이 아닌 따님의 거절 의사만 듣고 그대로 받아들인 제 행동이 괘씸하다 여기실까 염려스럽습니다만, 무릇 사람이란 오류를 범하기 쉬운 존재 아니겠습니까. 저는 어디까지나 좋은 뜻으로 이번 일에 임했습니다. 베넷 일가분들 모두에게 이로울 일을 응당히 모색하면서 저 자신을 위해서도 다정한 반려자를 얻고자 했지요. 만일 제 방식에 한 치라도 질책할 만한 구석이 있었다면, 이 자리에서 간곡히 사죄드립니다."

21

콜린스 씨의 청혼을 둘러싼 논쟁은 더 하나 마나 한 셈이어서, 이제 엘리자베스는 이런 일에 으레 따라붙는 불편한 기분과 간간이 날아드는 어머니의 신경질 섞인 야유만 견뎌내면 되었다. 한편 문제의 신사분은 민망해하거나 풀이 죽거나 그녀를 애써 피하기보다는 주로 딱딱한 태도와 노기 띤 침묵으로 감정을 표출했다. 여간해서는 그녀에게 말 한마디 건네지 않았으며, 스스로 매우 현명한 태도라 자부하는 그 자신의 끈덕진 관심을 루카스 양에게로 옮겼다. 때마침 그날 롱본에 온 루카스 양이 청혼 소동 이후에도 예의 바르게 그를 상대해주었으니, 베넷가 사람들 모두, 특히 그녀의 친구로선 퍽 다행한 일이었다.

이튿날이 되어도 베넷 부인의 기분이나 신경증은 전혀 나아지지 않았다. 콜린스 씨 역시 전날과 똑같이 화가 난 상태로 자존심을 세웠다. 엘리자베스는 그가 홧김에 예정보다 빨리 돌아가길 내심 기대했지만, 그의 일정에는 일말의 영향도 미치지 않은 듯했다. 애당초 토요일에 떠나기로 했었으니 토요일까지는 머무를 작정인 모양이었다.

아침 식사 후 베넷가 아가씨들은 메리턴으로 향했다. 위컴 씨가 돌아왔는지 보고 네더필드 무도회에 그가 오지 않아 서운했다고 토로할 셈이었는데, 마을 어귀로 접어들자마자 그를 만났다. 아가씨들의 이모님 댁 모임에도 함께한 그는 자신도 아쉽고 속상하다며 모두의 염려에 일일이 해명해주어서 무도회 건을 잘 무마했다. 그러나 엘리자베스에게만은, 사실 불참할 수밖에 없는 사유를 일부러 만들었다고 자진하여 실토했다.

"날짜가 다가오자 다아시 씨를 만나지 않는 편이 낫겠다는 생각이 들더군요. 그와 한 공간, 한 연회장에서 몇 시간이고 함께 있는 건 제가 견뎌낼 수 있는 수준을 넘어설 것 같았고, 그런 광경에 불쾌해질 사람이 저 하나만은 아니겠다 싶었지요."

그녀는 참으로 속 깊은 결정이었다며 십분 동조해주었다. 베넷가 아가씨들이 롱본으로 돌아올 때도 위컴과 다른 장교 한 명이 바래다주었는데, 오는 길 내내 위컴이 그녀 곁에 붙어 있어서 두 사람은 그 일을 자세히 논하고도 서로 예의를 차리며 온갖 칭찬을 주거니 받거니 할 여유까지 있었다. 그의 동행은 일석이조였다. 즉 그가 함께 와준 덕에 그녀는 자신을 향한 그의 성의를 고스란히 만끽했을 뿐 아니라, 부모님께 그를 소개할 절호의 기회도 얻을 수 있었다.

아가씨들이 도착한 직후에 베넷 양 앞으로 편지 한 통이 배달되었다. 네더필드에서 보낸 것이어서 제인이 얼른 개봉했다. 봉투에서 꺼낸 세련되고 자그마한 세목지(일반 제지 공정에 가열 압착 가공을 더해 표면을 매끄럽게 만든 종이로, 당시에는 값비싼 고급 편지지에 속했다 - 옮긴이)에는 유려하게 흐르는 여성의 필체가 빼곡히 들어차 있었다. 엘리자베스는 언니가 편지를 읽으면서 안색이 변하더니 어떤 대목을 골똘히 응시하는 것을 알아챘다. 제인은 이내 평정을 되찾고 편지를 치운 다음 평소처럼 밝고 상냥하게 대화에 끼려고 노력했지만, 엘리자베스는 마음이 영 놓이지 않아 심지어 위컴이 하는 말에도 집중할 수 없었다. 위컴 일행이 떠나자마자 제인이 동생에게 위층으로 따라오라고 눈짓으로 일렀다. 엘리자베스가 방으로 들어서자 제인이 편지를 꺼내며 말했다.

"캐롤라인 빙리가 보낸 편지야. 읽고서는 얼마나 놀랐는지 몰라. 지금쯤 모두 네더필드를 떠나 런던으로 가는 중일 거야……. 그런데 돌아오겠다는 얘기가 없어. 너도 한번 들어봐."

그러고는 첫 문장을 소리 내어 읽었는데, 그 내용인즉 다 함께 오라버니를 따라 즉시 런던에 가기로 방금 결정했으며 오늘 저녁 식사는 그로스브너가(街)에 있는 허스트 씨의 집에서 할 예정이라는 것이었다. 이어지는 내용은 이러했다.

"솔직히 하트퍼드셔를 뜨는 게 아쉽다고는 말할 수 없지만, 소중한 벗과 어울리던 시간만은 그리울 것 같군요. 그래도 미래의 어느 시기에는 지금껏 우리가 나누었던 유쾌한 교류를 다시금 실컷 즐길 날이 돌아오리라 희망하며, 그동안 우리는 허물없는 편지를 자주 교환하며 이별의 아픔을 달래보도록 해요. 베넷 양이라면 그렇게 해주시리라 믿고요.'"

이처럼 과장된 표현은 믿을 게 못 되기에 엘리자베스는 그저 무감하게 들었고, 이게 워낙 갑작스러운 소식이라 놀라긴 했지만 딱히 슬퍼할 일은 아니라고 보았다. 누이들이 없다고 해서 빙리 씨까지 네더필드에 있지 못할까닭은 없을 터, 엘리자베스는 빙리 자매와 헤어져 속상한 마음쯤이야 빙리 씨를 만나는 기쁨으로 금세 사라질거라고 장담하며 언니를 다독였다.

그녀는 잠시 조용해졌다가 다시 입을 열었다.

"서운하긴 하네, 떠나기 전에 친구한테 잠깐 얼굴이라도 보여줄 것이지. 하지만 빙리 양이 희망한다는 그 미래의 어느 시기가 그 여자 생각보다 빨리 올 수도 있고, 언니랑 빙리 자매가 나누었던 유쾌한 우정은 그보다 더 흡족한 가족애로 발전할지도 모를 일이잖아? 빙리 씨가 누이들 때문에 런던에 붙잡혀 있지는 않을 거야."

"캐롤라인은 확실히 올겨울엔 아무도 하트퍼드셔로 돌아오지 않는다고 하는걸. 읽어줄게.

'오라버니는 어제 런던으로 가면서 사나흘이면 일이 끝날 것 같다고 했지만, 그렇게는 안 될 게 분명하고, 또 일단 런던에 들어가면 굳이 서둘러 나오지 않을 오라버니를 적적한 호텔에서 머무르게 하느니 우리가 그쪽으로 가기로 했답니다. 이미 내 지인들 여럿이 겨울을 나려고 런던에 가 있기도 하고요. 나의 가장 소중한 벗도 그럴 계획이라는 소식을 듣고 싶지만…… 그건 아무래도 무리겠지요. 하트퍼드셔에서 보내는 베넷 양의 크리스마스가 연말 특유의 화려하고 즐거운 분위기로 가득하길, 우리 셋을 잃었어도 상실감을 느끼지 않을 만큼 베넷 양에게 구애하는 멋진 남자들이 줄을 서길 진심으로 기원합니다.'

이렇게 못을 박잖아. 그이가 올겨울에 돌아오지 않는다는 뜻이야."

"그거야 자기가 오빠를 돌려보낼 생각이 없다고 못 박는 거지."

"왜 그렇게 생각해? 본인 의지로 그러는 게 분명한데. 뭐든 자기 뜻대로 하는 사람인걸. 하지만 이게 다가 아니야. 이제 나한테 특히 상처가 되는 대목을 읽어줄게. 너한테라면 숨길 게 없지.

'다아시 씨가 여동생을 무척 보고 싶어 하시고, 솔직히 그 애를 다시 만나고 싶은 마음은 우리도 간절해요. 정말이지 조지아나 다아시의 미모와 기품과 교양은 아무도 따라갈 수 없을 거예요. 게다가 루이자 언니도 나도 장차 그 애를 우리 올케로 맞아들이리란 과분한 기대를 품었기에, 그 애가 불러일으킨 애정이 더욱 소중한 감정으로 고조되네요. 이 이야기를 내가 언급한 적이 있던가요? 어쨌든 떠나기 전에 다 털어놓을래요. 베넷 양도 이런 내 생각이 터무니없다고 보지는 않으리라 믿어요. 오라버니는 이미 그 애한테 푹 빠졌고, 이제 더없이 친밀한 사이로 볼 기회도 자주 있겠지요. 그 애의 친지들도 우리 못지않게 두 사람이 맺어지길 바라고요. 그리고 비단 팔이 안으로 굽기에 하는 말이 아니라, 우리 찰스 오라버니는 어떤 여자의 마음이라도 능히 사로잡을 수 있는 남자 잖아요. 이렇게 모든 여건이 받쳐주고 방해 요소도 하나 없는데, 이토록 많은 사람의 행복을 보장하는 경사를 마음껏 기대하는 내가 잘못된 건가요, 제인?'

바로 이 문장, 리지 넌 어떻게 생각해? 이 정도면 명백하지 않니? 캐롤라인은 내가 올케가 될 거라 예상하지도, 그리되길 바라지도 않는다고 분명히 밝히는 거야. 자기 오빠는 관심 없는 게 확실하니까, 그런데 자기는 내 감정을 어느 정도 알아챘으니까, (정말 친절하게도!) 조심하라고 주의를 주려는 것 아니겠어? 여기에 다른 해석이 있을 수 있을까?"

"응, 있어. 내 해석은 완전히 달라. 들어볼 테야?"

"당연하지."

"몇 마디면 돼. 빙리 양은 자기 오빠가 언니를 사랑하는 걸 알면서 오빠를 다아시 양이랑 결혼시키려 해. 자기

가 오빠를 따라가서 런던에 묶어놓고는 언니한테 관심
없는 것처럼 보이게 하려는 거야."

제인은 고개를 저었다.

"정말이야, 언니, 내 말 믿어야 해. 언니랑 빙리 씨가 함
께 있는 모습을 보고서도 그이의 마음을 의심할 수 있는
사람은 없어. 빙리 양이라고 다를까? 그 여자도 눈치가
없지 않거든. 다아시 씨가 그 반만큼이라도 자기를 좋아
하는 기색이었으면 벌써 웨딩드레스를 주문했을걸? 문
제는 따로 있어. 재산이나 지위 면에서 우리 집안이 기운
다는 거. 그 여자가 오빠를 다아시 양과 결혼시키려고 더
안달인 게, 다아시 집안과 한 번 사돈을 맺고 나면 두 번
째는 더 수월하게 성사되리란 계산속이 있어서야. 확실
히 그럴싸한 계획이긴 해. 드 버그 양만 물러나준다면 아
마 성공하겠지. 하지만 언니, 빙리 양 얘기에 넘어가면
안 돼. 정말 빙리 씨가 다아시 양한테 푹 빠졌다거나, 언
니를 향한 호감이 화요일에 헤어지던 때보다 조금이라
도 적어졌을 거라고는 생각지도 마. 그 여자가 무슨 힘이
있다고 오빠를 설득해서 언니가 아닌 자기 친구를 사랑
한다고 믿게 할 수 있겠어?"

"빙리 양에 대한 생각이 비슷했다면 네 이야기를 듣고
마음이 한결 편해졌을 거야. 하지만 그건 편파적인 해석
이잖아. 캐롤라인은 일부러 누굴 기만할 수 있는 사람이

아니야. 나로선 캐롤라인이 이 일을 오해하고 있는 것이
길 바라는 수밖에 없지."

"맞는 말이네. 내 설명을 들어도 안심이 안 된다니 그
렇게 생각하는 게 최선이겠어. 그래, 다 그 여자의 착각
이라고 생각해. 이렇게 언니는 의리를 지켰으니까 더는
속 태우지도 말고."

"하지만 리지, 누이들이며 친구들까지 모두 그이가 다
른 여자와 결혼하길 바라는데, 설령 일이 아주 잘 풀려서
그이와 맺어진들 과연 내가 행복할 수 있을까?"

"그건 언니가 선택할 문제야. 충분히 심사숙고해보고,
누이들의 반대를 무릅쓰는 불행이 그 남자의 아내가 되
는 행복보다 크겠다는 결론이 나오면, 아무래도 결혼을
포기하는 게 맞겠지."

제인은 힘없이 웃으며 말했다.

"어떻게 그런 말을 해? 누이들이 찬성해주지 않는 건
너무 슬프지만 그렇다고 내가 망설일 리 없다는 걸 너도
알면서."

"그럴 줄 알았어. 그러니까 말이야, 난 아무리 생각해
도 언니가 동정받을 상황이 아닌 것 같거든."

"하지만 그이가 올겨울에 돌아오지 않으면 내가 선택
하고 말고 할 일도 없을 거야. 여섯 달 동안 얼마나 많은
일이 생기겠니!"

그가 돌아오지 않을 가능성 따위, 엘리자베스는 아예 염두에 두지도 않았다. 그건 캐롤라인의 이기적인 바람을 시사할 뿐이며, 노골적으로 드러내든 교묘히 돌려 말하든 간에 그런 바람이 빙리처럼 누구에게도 휘둘릴 일 없는 청년에게 영향을 미칠 수 있을 리 없었다.

그녀는 이러한 생각을 최대한 강경하게 내세웠고, 다행히도 곧 만족스러운 효과가 나타났다. 사실 제인도 쉽게 낙담하는 성격은 아니어서, 차츰 앞일을 낙관하기 시작했다. 애정 문제에 소심한 탓에 이따금 불안감이 앞서기도 했지만, 결국엔 빙리가 네더필드로 돌아와 자신의 진심 어린 소망을 전부 이뤄주리라 희망하게 되었다.

어머니에게는 빙리 씨의 처신 문제로 괜한 걱정을 끼칠 것 없이 빙리 일가가 떠났다는 소식만 전하기로 했다. 그러나 그 소식만 듣고도 베넷 부인은 심란해하였고, 이제 겨우 다들 친해진 참인데 빙리 자매를 이렇게 속절없이 떠나보내다니 운도 지지리 없다며 한탄했다. 하지만 한참을 슬퍼한 뒤에는, 그래도 빙리 씨가 금세 돌아와 롱본에서 정찬을 함께할 거라며 스스로를 달래다, 아무리 가족 정찬이라 해도 그를 초대했으니만큼 두 가지 풀코스를 준비하겠노라 속 편하게 선언하더니 그것으로 끝이었다.

22

그날 베넷 일가는 루카스 일가와 정찬 약속이 있었는데, 이번에도 대체로 루카스 양이 매우 친절하게 콜린스 씨의 이야기를 들어주었다. 엘리자베스는 기회를 틈타 고마운 마음을 전했다.

"덕분에 저 사람, 계속 기분이 좋아. 샬럿 언니한테 말도 못 하게 큰 신세를 졌네."

샬럿은 도움이 되었다니 다행이라며 자기는 얼마 안 되는 시간을 내주었을 뿐인데 그렇게 말해주어 오히려 고맙다고 했다. 무척 다정한 배려이긴 했으나, 샬럿의 친절은 엘리자베스가 생각지도 못한 데까지 닿아 있었다. 그녀의 진짜 의도인즉, 콜린스 씨가 다시는 엘리자베스에게 관심을 두지 않게끔 그의 마음을 사로잡아 자신에게 청혼하게 하려는 것이었다. 바로 이것이 루카스 양의 계획이었는데, 일이 어쩌나 술술 풀리던지, 그가 하트퍼드셔를 떠나야 할 날이 임박하지만 않았어도 그녀는 그날 밤 헤어지면서 성공을 거의 확신했을 것이다. 그러나 그때만 해도 그녀는 그의 화끈하고 줏대 있는 성격을 간과하였으니, 그는 당장 다음 날 아침 그녀 앞에 무릎을 꿇기 위해 놀랍도록 은밀하게 롱본 가택을 빠져나와 루카스 별장으로 달려왔다. 친척 아가씨들 몰래 빠져나오느

라 얼마나 마음을 졸였는지 모른다. 그녀들이 봤다면 그
가 집을 나서는 이유를 짐작하고도 남을 터, 그는 성공하
기 전에는 계획을 알리고 싶지 않았다. 물론 잘되리란 예
감이 들었고, 샬럿이 어지간히 부추긴 터라 낙관할 근거
도 있었지만, 수요일의 모험이 실패로 돌아간 후 그는 자
신감이 많이 떨어진 상태였다. 하지만 막상 그는 마음껏
우쭐해져도 좋을 마중을 받았다. 위층 창가에 있던 루카
스 양이 멀찍이서 이쪽으로 걸어오는 그를 보자마자 부
랴부랴 밖으로 뛰어나가 우연인 척 집 앞길에서 그를 만
난 것이다. 다만 그토록 열렬한 사랑과 화려한 웅변이 자
신을 기다리고 있을 줄은 그녀도 감히 기대한 적 없었다.

　콜린스 씨의 장광설이 허용하는 최소한의 시간에 두
사람은 일사천리로 피차 만족스러운 합의를 이루었다.
그녀와 함께 집 안으로 들어가면서 그는 자신을 세상에
서 가장 행복한 남자로 만들어줄 날짜를 정해달라고 열
성을 다해 빌었는데, 그런 청원은 일단 뿌리쳐야 하는 법
임에도 이 아가씨로선 그의 행복을 희롱할 마음이 일지
않았다. 타고나길 우둔해 빠진 그의 구애에 여인이 시간
을 끌며 오래 음미하고 싶을 만큼 매혹적인 구석이 있을
리 만무한 데다, 루카스 양은 다른 욕심 없이 오로지 가정
을 이루고 싶다는 소망만으로 그를 받아들였으므로 혼인
날짜야 아무리 급박하게 잡힌대도 상관없었다.

콜린스 씨는 곧장 윌리엄 경과 루카스 여사에게 따님과의 혼인을 승낙해주십사 청했고, 부부는 더없이 기뻐하며 흔쾌히 승낙했다. 딸에게 지참금을 거의 내어줄 수 없는 그들 형편에 콜린스 씨는 현재의 조건으로도 더할 나위 없는 사윗감이었는데 더구나 상당한 재산가가 될 전망까지 있었다. 루카스 여사는 베넷 씨가 앞으로 몇 년이나 더 살지를 전에 없던 관심을 가지고 당장에 헤아려 보기 시작했고, 윌리엄 경도 언제고 간에 콜린스 씨가 롱본 토지를 소유하게 되거든 부부 동반으로 입궁하여 국왕을 알현하는 게 상책일 거라고 벌써 단정하여 일렀다. 요컨대 이 혼사는 루카스 일가 전체가 쌍수를 들고 반길 일이었다. 여동생들은 예정보다 한두 해 빨리 사교계에 진출하게 되겠다는 기대를 품었고, 남동생들은 큰누이가 노처녀로 늙어 죽을지도 모른다는 걱정을 덜었다. 당사자인 샬럿은 오히려 담담했다. 원하던 바를 이루었으니 이제는 이 상황을 차분히 따져볼 차례였다. 그녀는 대체로 만족스러운 기분으로 곰곰이 생각에 잠겼다. 물론 콜린스 씨는 지각이 있거나 호감을 안기는 사람이 아니었다. 그와 함께하는 시간은 지루했고, 그녀를 흠모한다는 그의 믿음도 다 허상일 게 분명했다. 그래도 그녀의 남편이 될 사람이었다. 남자나 결혼생활을 동경한 적은 없지만 결혼은 언제나 그녀의 목표였다. 교육은 잘 받았으나 부유하지 못한 아가씨에게 결혼은 품위를 잃지 않고 향후 생계를 보장받을 수 있는 유일한 길이자, 행복을 가져다줄지는 미지수일지언정 빈곤을 막아줄 것은 확실한 경사였다. 바로 이 경사를 치르게 됐으니, 스물일곱 해를 예쁘지 않은 여인으로 살아온 그녀로선 천만다행이 아닐 수 없었다. 다만 마음에 걸리는 점은, 그녀가 다른 누구보다도 소중히 여기는 친구 엘리자베스 베넷이 이 소식에 크게 놀랄 것이란 사실이었다. 보나 마나 엘리자베스는 의아하게 여길 것이고 아마도 쓴소리를 할 텐데, 그런다고 결심이 흔들리진 않겠지만 샬럿은 분명 친구의 반대에 감정이 많이 상할 것 같았다. 그녀는 친구에게 직접 결혼 소식을 전하기로 마음먹고 콜린스 씨에게는 정찬 시간에 맞춰 롱본으로 돌아가서도 이 일을 절대 함구하라고 신신당부했다. 물론 콜린스 씨는 비밀을 엄수하겠노라 맹세했지만, 그 맹세를 지키기란 여간 어려운 것이 아니었다. 그의 외출이 길어지자 궁금증에 몸이 달았던 베넷가 사람들이 그가 돌아오자마자 아주 직설적인 질문들을 퍼부어대는 통에, 그는 적당히 둘러대느라 팔자에 없는 기지를 동원해야 했다. 뿐만 아니라, 행복하게 순항 중인 자신의 사랑을 공표하고 싶어 실은 본인도 입이 근질근질했으므로, 선택적 침묵이라는 극기를 실천하느라 또 진땀을 빼야 했다.

그는 이튿날 새벽에 친척들 얼굴도 못 보고 출발할 예정이었기에 여인들이 밤잠을 청하러 들어가기 전에 미리 작별 인사를 치렀다. 베넷 부인은 롱본에서 다시 만나면 모두 반길 터이니 언제든 여유가 될 때마다 찾아오라며 진심을 담아 의젓하게 인사를 건넸다.

"아이고 사모님, 그렇게 마음 써주시니 특히 고맙습니다. 그렇지 않아도 다시 초대해주시길 속으로 빌던 참이었거든요. 가능한 한 가까운 시일 내에 다시 뵈올 기회를 반드시 마련하겠습니다."

그의 대답은 모두를 놀라게 했고, 그가 급히 돌아오길 절대로 바라지 않는 베넷 씨는 얼른 넌지시 물었다.

"하나 콜린스 씨, 행여 캐서린 영부인께서 불허하시면 어찌 감당하시려고? 후원자 마님의 뜻을 거스르는 위험을 무릅쓰느니 친척과 다소 소원해지는 편이 낫지 않을까 싶소만."

"어르신의 친절한 조언은 감사히 받들겠습니다만, 저도 이런 중대사를 영부인 마님의 동의 없이 이행하지는 않으니 그런 염려는 거두셔도 됩니다."

"이런 일은 아무리 조심해도 과하지 않은 법이오. 다른 건 다 감수하더라도 영부인의 심기를 불편하게 하는 일만은 삼가셔야지. 다시 이곳을 찾는 일로 그분의 노여움을 살 것 같거든, 아무래도 내 보기엔 그럴 공산이 다분하니, 가만히 댁에 계시길 권하오. 우리는 정말 괜찮으니 그 점은 안심하시고."

"어르신께서 이처럼 애정 어린 관심을 아끼지 않으시니 제 사의(謝意)가 더욱 뜨겁게 끓어오르네요. 약속드립니다, 이렇게 신경 써주신 점은 물론이고 제가 하트퍼드셔에 머무는 동안 베푸신 호의도 조목조목 되짚어 조속히 감사 편지를 올리겠습니다. 고우신 우리 아가씨들께는, 이런 인사가 무색할 만큼 오래지 않아 다시 뵈올 듯싶으나, 일단 지금은 여러분의 건강과 행복을 기원하도록 하지요. 물론 엘리자베스 양도 포함해서요."

여인들은 적당히 예를 차려 인사하고서 각자의 침실로 물러갔다. 그가 곧 돌아오겠다는 뜻을 내비친 것은 모두에게 뜻밖이었다. 베넷 부인은 그가 다른 딸에게 청혼하려 한다고 믿고 싶었고, 어쩌면 메리가 그를 받아들일 의향이 있는 것 같기도 했다. 실제로 메리는 다른 자매들과 달리 그의 능력을 높이 평가했다. 그의 내실 있는 성찰에 종종 감탄하기도 했거니와, 물론 그녀 자신만큼 똑똑하지는 않지만 자신이 본을 보여 독서와 자기 수양에 힘쓰도록 독려하면 그가 썩 괜찮은 반려자가 될지도 모른다고 생각했다. 그러나 다음 날 아침, 이런 희망은 전부 사라졌다. 루카스 양이 아침 식사를 마치자마자 롱본으로 와서는 엘리자베스를 따로 불러 전날의 일을 털어놓은 것이다.

콜린스 씨가 이 친구를 사랑한다는 착각에 빠진 게 아닌가 하는 생각이 엊그제 사이에 얼핏 떠오른 적이 있긴 해도, 엘리자베스 자신이 그의 착각을 북돋을 리 없는 만큼 샬럿 또한 그럴 리 없다고 믿어 의심치 않았기에, 이야기를 듣고서 어찌나 경악했던지 그녀는 예의상의 축하마저 잊은 채 절로 탄식부터 내뱉고 말았다.

"콜린스 씨랑 약혼을? 세상에 언니, 말도 안돼!"

이렇게 눈앞에서 격한 반대에 부딪히고 보니 지금껏 애써 침착한 얼굴로 소식을 전했던 루카스 양도 일순 당혹감을 비쳤지만, 이 정도 반응쯤은 이미 예상했으므로 금세 평정을 되찾고 차분히 대꾸했다.

"왜 그렇게 놀라니, 일라이자? 너에게 거절당한 콜린스 씨이니 그 어떤 여자에게서도 호감을 얻지 못할 거라고 생각하는 거야?"

하지만 그새 마음을 가라앉힌 엘리자베스는 그래도 무진장 애를 써가며, 샬럿 언니와 친척이 되리라 생각하니 너무나 기쁘고 언니가 상상할 수 있는 모든 행복을 누리길 바란다고 제법 다부지게 말해줄 수 있었다.

샬럿이 대답했다.

"네 심정은 알 만해. 놀랐을 거야. 아주 많이 놀랐겠지. 바로 엊그제만 해도 콜린스 씨는 너와 결혼하고 싶어 했으니까. 하지만 시간을 갖고 찬찬히 생각해보면 너도 내 결정에 기꺼이 동의하게 될 거야. 알다시피 난 낭만적인 사람이 아니야. 그런 적도 없고. 내가 바라는 건 안락한 생활뿐인데, 콜린스 씨의 성격과 인맥과 지위를 고려할 때, 그 사람과 결혼하면 대체로 결혼하는 사람들이 자랑하는 만큼은 행복할 수 있겠다 싶어."

엘리자베스는 나직이 "그야 당연하지."라고 대답했다. 잠시 어색한 침묵이 흘렀고, 곧 두 사람은 나머지 식구들이 모인 자리로 갔다. 이내 샬럿이 집으로 돌아간 뒤, 엘리자베스는 아까 들은 이야기를 곰곰이 되새겨보았다. 한참을 생각해도 도무지 어울리지 않는 두 사람이 부부의 연을 맺는 이유를 좀처럼 이해할 수 없었다. 콜린스 씨가 사흘 사이에 두 여자에게 청혼한 것도 이상하지만 그마저 두 번째 청혼이 승낙을 받은 것에 비할 바가 아니었다. 샬럿의 결혼관이 자신과 똑같다고 느낀 적은 없어도, 실제 상황에서 그녀가 세속적인 이득을 취하기 위해 그보다 더 유의미한 감정들을 전부 희생하리라곤 상상도 못 한 터였다. 콜린스 씨의 아내 샬럿이라니, 세상에 그보다 더한 치욕이 있을까! 자존심을 내팽개친 샬럿을 이전처럼 존경할 수 없다는 사실에 엘리자베스는 가슴을 에는 듯한 아픔을 느꼈는데, 거기에 친구가 스스로 선택한 운명이 웬만큼도 행복할 리 없다는 괴로운 확신까지 더해졌다.

23

엘리자베스가 어머니와 자매들이 모인 자리에 함께
앉아서 샬럿의 일을 곱씹으며 과연 이 이야기를 자기가
꺼내도 되는 것인지 고민하던 차에, 윌리엄 경이 딸의 부
탁으로 그녀의 약혼 소식을 전하러 몸소 찾아왔다. 그는
베넷가를 치켜세우는 말을 한참 늘어놓고 이 집안과 인
척이 될 장래를 장황하게 자축하며 이야기를 펼쳐갔다.
듣는 사람들에겐 단지 놀라운 정도가 아니라 도저히 믿
어지지 않는 이야기였다. 예의보다 뚝심을 택한 베넷 부
인은 경께서 완전히 잘못 아신 거라고 끈질기게 우겼고,
조심성은 늘 없고 예의도 자주 없는 리디아는 야단스럽
게 반박했다.

"어머머 세상에! 윌리엄 경, 어떻게 그런 말씀을 하세
요? 콜린스 씨가 리지 언니하고 결혼하고 싶어 하는 거
모르세요?"

국왕의 신하들이나 그런 취급을 당하고도 화를 내지
않고 참아낼 수 있을 것이나, 윌리엄 경은 궁을 출입한
사람답게 끝까지 점잖은 태도를 유지했으며, 자신이 전
한 소식은 틀림없는 사실이니 믿으셔야 한다고 간청하
는 와중에도, 그녀들이 쏟아내는 무례한 말들을 더없이
너그럽고도 예의 바르게 들어주었다.

자신이 나서야 윌리엄 경이 이런 곤욕에서 벗어나실 수 있겠다고 생각한 엘리자베스가 드디어 입을 열었다. 자기는 아까 샬럿 언니한테 직접 들어서 이미 알고 있었다는 말로 어머니와 자매들의 의심을 잠재우고, 더는 아우성이 나오지 않게끔 윌리엄 경에게 열심히 축하 인사를 건넸다. 곧이어 제인이 축하에 가세했지만 나머지는 여전히 결례를 범할 태세여서 엘리자베스는 행복한 부부가 될 것 같다는 둥 콜린스 씨의 성품이 훌륭하다는 둥 헌스포드는 런던에서 그리 멀지 않다는 둥 온갖 덕담을 부지런히 늘어놓았다.

　윌리엄 경이 있는 동안에는 사실 너무나 기가 막혀서 별말을 하지 못했던 베넷 부인은 그가 떠나자마자 속사포처럼 감정을 분출했다. 처음에는 전부 거짓말이라고 일축하더니 다음으로는 콜린스 씨가 속은 게 분명하다고 우겼고, 그다음에는 그 둘이 결혼해서 행복할 리 없다고, 끝내는 얼마 못 가 파혼하지 않겠냐고 악담을 해댔다. 그렇지만 제반의 정황을 근거로 그녀가 똑똑히 깨달은 두 가지 사실이 있었으니, 하나는 엘리자베스가 이 모든 사달의 원흉이라는 것이요, 또 하나는 모두가 자신을 악랄하게 괴롭혔다는 것이었다. 온종일 그 두 가지가 그녀의 머릿속을 떠나지 않았다. 아무것도 위로가 되지 않았고 무엇으로도 달랠 수 없었다. 하물며 하룻밤 사이에

닳아 없어질 원망도 아니었다. 꼬박 일주일은 엘리자베스가 눈에 띌 때마다 화를 냈고, 한 달간은 윌리엄 경이나 루카스 여사와 말 섞을 일이 있을 때마다 무례하게 굴었으며, 그 부부의 딸을 용서할 마음이 생기기까지는 무려 몇 달이 걸렸다.

부인과 달리 베넷 씨는 별로 동요하지 않았고, 다만 듣던 중 반가운 소식이라는 소회를 밝혔다. 왜 그런고 하니, 그동안 꽤 분별력 있는 아가씨라고 여겼던 샬럿 루카스가 자신의 아내만큼 어리석고 딸보다는 더 어리석다는 사실을 알게 되어 흐뭇하다는 것이었다!

제인은 솔직히 조금 놀랐다면서도 그보다 진실로 두 사람의 행복을 기원하는 마음을 더 많이 표현했는데, 엘리자베스가 그 둘은 행복할 수 없다고 단언했지만 이번만은 언니를 설득할 수 없었다. 키티와 리디아는 일개 성직자인 콜린스 씨와 결혼하는 루카스 양이 조금도 부럽지 않았으므로, 그 둘에게 이 일은 메리턴에 퍼뜨릴 한 토막의 새 소식에 지나지 않았다.

딸을 좋은 데로 시집보내게 됐다는 자랑을 통쾌하게 대갚음할 기회를 놓칠 수 없었던 루카스 여사는, 베넷 부인의 시큰둥한 표정과 심술궂은 언사에 기분을 망치기 일쑤인데도 평소보다 더 자주 롱본을 찾아 행복을 과시하려 들었다.

엘리자베스와 샬럿은 서로 간에 자제하여 이 화제를 입에 올리지 않았으며, 엘리자베스는 샬럿과 진정한 신뢰를 나누는 일은 두 번 다시 없을 것을 예감했다. 샬럿에게 실망한 그녀는 언니에게 더 애정 어린 관심을 쏟았다. 청렴하고 사려 깊은 언니에 대한 믿음은 결코 흔들릴 리 없다는 확신이 있었고, 언니의 행복을 바라는 마음은 가득한데 빙리가 떠난 지 일주일이 지나도 돌아온다는 소식이 없어 불안감이 날로 커져가던 차였다.

캐롤라인에게 일찌감치 답장을 보낸 제인은 다시 기별이 올 날만을 손꼽아 기다리는 중이었다. 콜린스 씨가 약속한 감사 편지는 화요일에 베넷 씨 앞으로 도착했는데, 족히 열두 달은 머무른 손님에게서나 우러날 법한 장중한 사의가 길게도 담겨 있었다. 그렇게 양심의 의무를 다한 뒤, 이어서 그는 여러분의 다정한 이웃인 루카스 양의 마음을 얻었다는 행복한 소식을 희열에 찬 표현을 잔뜩 써서 전하고는, 롱본을 다시 찾아달라는 여러분의 친절한 바람에 자신이 선뜻 응한 까닭은 단지 루카스 양을 만나는 즐거움을 기대했기 때문이라고 설명하면서, 2주 후 월요일에는 돌아갈 수 있기를 희망한다고 적었다. 또한 캐서린 영부인께서도 그의 결혼을 진심으로 찬성하시는 데다 가능한 한 빨리 식을 올리길 바라시는데, 사랑하는 샬럿이 그를 세상에서 가장 행복한 남자로 만들어

줄 날짜를 근일로 잡을 테니 문제없이 영부인의 뜻대로
실현되리라 믿는다고 덧붙였다.

베넷 부인은 콜린스 씨가 하트퍼드셔로 돌아오는 것
이 더는 달갑지 않았다. 달갑기는커녕 남편 못지않게 불
만스러웠다. 어째서 루카스 별장이 아닌 롱본으로 온다
는 것인지 아주 불편하고 성가셔 죽겠다느니, 몸이 이렇
게 안 좋은데 집에 손님을 들이기는 싫다느니, 세상에 연
인들만큼 눈꼴사나운 인간이 없다느니 하며 끊임없이
구시렁거렸는데, 그러다가도 여태 돌아오지 않는 빙리
씨가 생각날 때만큼은 콜린스 씨 일로 불평하는 것조차
잊고 더 큰 시름에 잠겼다.

제인도 엘리자베스도 이 문제로 마음이 편치 않았다.
그에 관한 다른 소식은 전혀 없이 하루하루 흘러갔고, 네
더필드를 떠난 그가 올겨울 내로는 돌아오지 않을 거라
는 소문만 메리턴에 파다했다. 소문을 들은 베넷 부인은
길길이 뛰었고, 누구든 그 이야기를 꺼낼라치면 최악질
의 중상이요 모략이라고 어김없이 반박했다.

이제는 엘리자베스조차 두려워지기 시작했다. 빙리
의 마음을 의심하는 게 아니라, 그를 제인에게서 떨어뜨
려놓겠다는 누이들의 작전이 성공할까 봐 걱정이었다.
제인의 행복을 속절없이 무너뜨리고 그 연인의 일편단
심에 누가 되는 예감을 인정하고 싶지 않았지만, 자꾸만

불길한 생각이 드는 것을 막을 도리가 없었다. 무정한 두 누이와 막강한 친구가 합심하여 공을 들이고 거기에 다시 양의 매력과 런던의 유흥까지 가세하면, 그가 품은 사랑의 힘으로 이겨내기엔 아무래도 너무 큰 유혹이 아니겠는가.

이렇듯 위태위태한 상황에서 제인이 느끼는 불안은 단연 엘리자베스보다 더 괴로운 것이었으나, 심경이 어떠하든 본인이 감추고 싶어 했으므로 엘리자베스는 절대 언니 앞에서 그 일을 언급하지 않았다. 하지만 그렇게 세심한 자제력을 갖추지 못한 어머니는 한 시간이 멀다 하고 빙리 얘기를 들추거나 그는 왜 이리 돌아오지 않느냐며 조바심을 드러내는가 하면, 그가 돌아오지 않으면 너도 농락당했다 여길 게 아니냐며 급기야 제인의 속내를 대놓고 떠보기까지 했다. 이런 공격을 무던히 견뎌내느라 제인은 한결같이 온순한 성품을 최대치로 끌어올려야 했다.

콜린스 씨는 정확히 2주 후 월요일에 돌아왔지만, 처음에 왔을 때만큼 롱본에서 호의적인 환대를 받지는 못했다. 그러나 행복에 도취된 그에게 많은 관심은 필요치 않았다. 그가 목하 열애 중인 덕에 다행히 롱본 식구들은 그를 오래 상대하지 않아도 되었다. 그는 매일을 거의 온종일 루카스 별장에 가 있었고, 때로는 식구들이 잠자러 들어가기 직전에 돌아와 외출이 길어 죄송하다는 말만 간신히 전하기도 했다.

베넷 부인은 그야말로 가련하기 그지없는 신세였다. 그 혼사와 관련된 이야기라면 첫마디만 들어도 기분이 확 상하는데 어딜 가나 그 소식이 화제였기 때문이다. 부인은 루카스 양이 꼴도 보기 싫었다. 그녀가 장차 롱본 가택을 물려받는다는 생각에 질투와 적개심이 끓어올랐다. 샬럿이 찾아올 때마다 부인은 저 애가 이 집을 손에 넣을 날을 학수고대하고 있을 거라 단정했고, 그녀가 콜린스 씨에게 귓속말을 하면 저 둘이 롱본 땅 얘기를 하면서 베넷 씨가 죽거든 부인과 딸들을 내쫓자고 모의한다고 확신했다. 부인은 남편을 상대로 한스러운 마음을 실컷 토로했다.

"여보 베넷 씨, 난 생각만 해도 괴로워요. 샬럿 루카스가 이 집의 안주인이 된다니요! 그 애가 날 쫓아내고 내 자리를 차지하는 꼴을 도저히 살아서 볼 자신이 없네요."

"부인, 그렇게 우울한 생각에 곁을 내주지 말아요. 희망을 가져보자고요. 어쩌면 내가 제일 오래 살지도 모르잖소. 그렇게 좋게 생각합시다."

그래도 별로 위로가 되지 않아서, 베넷 부인은 대답 대신 넋두리를 이어갔다.

"여기 땅을 전부 뺏긴다고 생각하니 정말이지 못 견디겠어요. 한사상속만 아니면 아무래도 좋을 텐데."

"뭐가 아무래도 좋다는 거요?"

"뭐든지 아무래도 좋겠지요."

"그럼 한사상속 덕에 부인이 그렇게 무신경하지 않을 수 있으니 그걸 고맙게 여깁시다."

"덕이라뇨, 여보. 한사상속에는 덕 보는 것도 없고 고마울 것도 하나 없네요. 난 당최 이해할 수 없어요. 세상에 어떤 부모가 자기 딸들 땅을 남한테 넘겨줄 생각을 할 수 있냐고요! 그것도 콜린스 씨한테! 어째서 하필 그 인간이어야 하죠?"

베넷 씨가 대답했다.

"그건 부인의 판단에 맡기겠소이다."

JANE AUSTEN

2장

Pride and Prejudice

빙리 양의 편지가 도착하자 모든 게 확실해졌다. 첫 문
장부터 그들 모두가 런던에서 겨울을 나기로 확정했다
는 소식에서 시작해 자기 오라비가 하트퍼드셔의 친구
들과 변변히 인사를 나누지도 못하고 급히 떠나오게 된
것을 아쉬워한다는 내용으로 끝을 맺었다.

희망이 사라졌다. 완전히 사라졌다. 제인은 애써 집중
하여 나머지도 읽어보았지만 발신인의 애정 표현을 제
외하면 위안거리가 거의 없었다. 편지 대부분이 다아시
양을 칭찬하는 내용이었다. 그 아가씨의 수많은 매력을
다시 한번 세세히 강조하면서 캐롤라인은 갈수록 돈독
해지는 친분을 신나게 자랑하고는, 지난번 편지에서 털
어놓았던 소망이 실현될 것 같다고 조심스레 예견했다.
아울러 자기 오라비가 다아시 씨 집에서 묵고 있다는 사
실을 대단히 기뻐하며 전했고, 다아시 씨가 새 가구를 들
이려 한다는 소식은 숫제 흥분조로 늘어놓았다.

제인은 곧 엘리자베스에게 대강의 내용을 전달했고,
엘리자베스는 가만히 듣기만 했지만 속으로 울화가 치
밀었다. 한편으로는 언니가 걱정되었고 다른 한편으로
는 나머지 모두에게 화가 났다. 오라비의 마음이 다아시
양에게 기울었다는 캐롤라인의 주장을 믿는 건 아니었

다. 그가 진심으로 제인을 연모한다는 것을 그녀는 단 한 번도 의심한 적 없었고 그건 지금도 마찬가지였다. 다만 언제나 그에게 호의적이었던 만큼, 이제는 그의 안이한 성격을 생각하면 분노를 넘어 경멸하는 마음까지 일었다. 사람이 그리 우유부단하니 주위 사람들의 흉계에 놀아나고 그들의 의향에 맞춰주느라 줏대 없이 자신의 행복을 희생하게 되는 것 아니겠는가. 그래도 빙리 자신의 행복만 희생한다면야 본인이 최선이라 여기는 대로 무슨 짓을 하건 간에 무방할 것이나, 엘리자베스는 언니의 행복도 빙리의 선택에 달려 있다는 사실을 그가 모를 리 없다고 생각했다. 다시 말해, 생각하자면 끝이 없는데 아무리 생각해도 답이 없는 문제였다. 그녀는 이 문제 말고 다른 생각은 할 수도 없었다. 빙리의 마음이 정녕 식은 것인지 주위의 간섭에 억눌린 것인지, 그가 제인의 마음을 알아챘는지 끝까지 몰랐던 것인지, 어느 쪽이냐에 따라 그에 대한 그녀의 생각은 판이하게 갈리겠지만, 어느 쪽이든 간에 언니의 처지는 달라지지 않을 것이고 마음의 상처도 그대로일 것이다.

하루 이틀이 지나도록 제인은 엘리자베스에게 심경을 털어놓을 용기가 나지 않았다. 그러나 베넷 부인이 네더필드와 그 집 주인 일로 여느 때보다 더 길게 잔소리를 늘어놓다가 가버리고 둘만 남게 되자, 마침내 제인도 말문이 터졌다.

"아휴! 조금만 더 참아주실 순 없는 걸까. 볼 때마다 그이 얘기를 하시는 통에 내가 얼마나 괴로운지 전혀 모르시나 봐. 하지만 투정하지 말아야지. 설마 오래가기야 하겠어? 곧 그 사람을 잊고 우리 모두 예전처럼 지내게 되겠지."

엘리자베스는 못 미덥다는 듯 걱정스런 얼굴로 언니를 쳐다볼 뿐 아무 말도 하지 않았다.

제인이 살짝 얼굴을 붉히며 호기를 부렸다.

"안 믿는구나. 그럴 이유가 정말 없는데. 아마 그 사람은 가장 호감을 주었던 남자로 내 기억에 남겠지만, 그뿐이야. 나로선 이제 기대할 것도 두려울 것도 없어. 그 사람을 원망하지도 않고. 참 다행이지 뭐야! 더는 그 문제로 괴롭지 않거든. 시간이 조금 필요할 뿐이야. 나아지려고 반드시 노력할 테야."

그러고는 이렇게 힘주어 덧붙였다.

"그래도 이 생각을 하면 당장 안심이 돼. 지금까지 나혼자 착각한 것뿐이고, 나 말고는 아무도 다치지 않았잖아."

엘리자베스가 외쳤다.

"세상에 언니! 언니는 너무 착해서 탈이야. 천사처럼 마음씨 곱고 욕심도 없어. 뭐라 말해야 할지도 모르겠다.

그동안 언니한테 제대로 못한 것 같은 기분이야. 더 잘할 걸, 더 사랑할걸."

베넷 양은 자기는 그렇게 특별한 사람이 아니라며 손사래를 치고는 너야말로 마음이 따뜻한 사람이라며 칭찬을 돌려주었다.

엘리자베스가 말했다.

"아니, 너무하잖아. 언니는 세상 사람 전부를 좋게 보려 하고 내가 누굴 나쁘게 말하면 속상해하면서, 난 그저 언니가 완벽하다고 생각하고 싶을 뿐인데 그것도 안 되나? 왜, 온 세상이 선하다고 믿는 건 언니만의 특권인데 내가 넘볼까 봐서? 그런 걱정이라면 접어두셔. 그럴 필요 없어. 내가 진짜로 사랑하는 사람은 몇 명 안 되고 좋게 보는 사람은 더 적거든. 알면 알수록 세상에 불만이 쌓이네. 인간이란 모순 덩어리고 겉으로 보이는 매력이나 이성은 믿을 게 못 된다는 내 신념의 정당성을 매일같이 확인하게 돼. 최근에도 두 가지 사례를 접했지. 하나는 그냥 넘길 거고, 다른 하나는 샬럿 언니의 결혼이야. 도무지 이해가 안 가! 아무리 생각해도 말이 안 돼!"

"애 리지, 그렇게 감정에 휩쓸리면 안 돼. 자꾸 그러다간 네 행복을 망치고 말 거야. 처지도 성격도 사람마다 다르다는 걸 인정하는 아량을 베풀어보렴. 콜린스 씨는 점잖은 사람이고 샬럿 언니는 현명하고 착실해. 언니네가 대가족인 것도 잊지 말아야지. 그러니 재산으로 따지면 콜린스 씨는 너무나 괜찮은 결혼 상대야. 그리고 어쩌면 언니가 그분한테서 호감과 존경 같은 걸 느끼는지도 모르잖아. 모두를 위해 그렇게 믿어보자꾸나."

"언니를 위해서라면 뭐든지 믿어보려 하겠지만, 내가 그걸 믿는다고 해서 달리 덕 볼 사람은 없는걸. 왜냐면 지금 나는 샬럿 언니가 마음을 나쁘게 먹었다고 생각하는데, 그 언니가 그에게 호감이 있는 거라면 나로선 그 언니의 마음보다 머리에 더 실망하게 될 것 같거든. 언니, 콜린스 씨는 우쭐대고 젠체하고 속 좁고 한심한 남자야. 그건 언니도 나만큼이나 잘 알잖아. 생각을 제대로 하는 여자가 그 남자와 결혼할 리 없다는 것도 나만큼 잘 알 거고. 아무리 샬럿 루카스라도 편들어 주지 마. 한 사람을 위해 원칙과 진실의 의미를 바꿔서도 안 되고, 애써 좋은 말로 포장해서 나나 언니 자신을 설득하려 해서도 안 돼. 샬럿 언니는 현명한 게 아니라 이기적인 거고, 행복을 보장받는 게 아니라 물불을 가리지 않는 거야."

"두 사람을 너무 심하게 몰아세우는 것 같구나. 모쪼록 둘이 행복하게 잘 사는 걸 보고 너도 이 일을 이해하게 되면 좋겠다. 하지만 이 얘기는 여기까지. 아까 네가 얘기한 거 있잖아, 두 가지 사례를 접했다고. 내가 네 심정을 잘못 짚었을 리 없으니까 말인데, 제발 리지야, 그

JANE AUSTEN

사람을 탓하거나 그 사람한테 실망했다는 말로 내 마음을 아프게 하지 말아줘. 누가 됐든 일부러 우리한테 상처를 줬다는 섣부른 상상은 금물이야. 혈기 왕성한 젊은이가 늘 신중하고 사려 깊을 거라 기대해서도 안 되고. 우릴 속이는 건 자신의 허영심뿐인 경우가 허다하잖니. 여자란 단순한 호의도 과장해서 해석하니까."

"남자들이 그렇게 만드는 거고."

"작정하고 그런다면 남자들 잘못인 게 맞지. 하지만 작정하고 여자를 속이는 남자들이 세상에 널렸다는 건 몇 사람의 상상에 지나지 않는다고 생각해."

"나도 빙리 씨가 작정하고 뭘 어쨌다고 생각하진 않지만, 의도치 않게 나쁜 짓을 하거나 남을 불행하게 해도 일이 틀어지고 비극이 일어날 수 있어. 생각이 모자라거나 남의 감정에 무신경하거나 우유부단해서 그런 결과를 낳겠지."

"그럼 그 사람도 그중 하나가 문제라는 거니?"

"응, 마지막 것. 그런데 내가 계속 얘기하면 언니가 좋게 보는 사람들에 대한 내 생각을 털어놓을 거고, 그러면 언니 기분이 상할 거야. 지금이라면 내 입을 막을 수 있어."

"그러니까 여전히 넌 누이들이 그 사람을 조종하는 것 같다는 거구나."

"응, 그 사람 친구도 거들고 있고."

"난 못 믿겠어. 그들이 왜 그 사람을 쥐고 흔들려고 하겠어? 그들도 그 사람이 행복하기만을 바랄 테고, 그 사람이 날 좋아한다면 다른 여자 곁에서 행복할 수 없을 텐데."

"첫 번째 전제가 틀렸어. 그들은 그 사람의 행복 말고도 많은 걸 바랄 거야. 그 사람 재산이 늘고 지위가 높아지길 바라겠지. 그 사람이 그들에게 중요한 돈과 인맥과 오만함을 전부 가진 여자랑 결혼하길 바랄 거야."

"다아시 양이랑 결혼하길 바란다는 건 의심할 여지가 없지만, 네 짐작처럼 불순한 동기로 그러는 건 아닐지도 몰라. 나보다 그 아가씨를 훨씬 더 오래전부터 알았으니 당연히 애정도 더 깊겠지. 하지만 그들이 뭘 바라건 간에, 설마 오라비가 바라는 걸 반대했을까. 피치 못할 중대한 사유가 있다면 모를까, 세상에 어떤 누이가 자기 마음대로 그래도 된다고 여기겠어? 그들도 그 사람이 날 마음에 품었다고 여기면서 우리를 갈라놓으려 드는 건 아닐 거야. 진정 그이가 날 좋아한다면 주위에서 아무리 반대하고 수를 써도 아랑곳하지 않을 거고. 네 전제가 그런 사랑이기 때문에 모두가 비정하고 나쁘게 행동하는 것 같고 내가 너무너무 불행해 보이는 거야. 그런 생각으로 날 괴롭히지 마. 그동안 착각한 건 부끄럽지 않아. 아니, 전혀 부끄럽지 않다면 거짓말이겠지만, 적어도 그이나 누이들을 나쁘게 여길 때 느낄 감정에 비하면 아무것도 아니야. 난 내가 이해할 수 있는 선에서 가급적 좋게 받아들이고 싶어. 그렇게 하게 해줘."

엘리자베스도 이토록 간절한 뜻을 거스를 수는 없었다. 이후로 두 자매 사이에 빙리 씨의 이름이 거론되는 일은 거의 없었다.

여전히 베넷 부인은 그가 돌아오지 않는 걸 이상히 여기고 푸념을 늘어놓았다. 거의 하루도 빠짐없이 엘리자베스가 명확하게 설명해드렸는데도 부인은 좀처럼 의혹을 거두지 못했다. 빙리 씨가 언니한테 보였던 관심은 특별할 것 없는 일시적인 호감에 지나지 않았는데 하물며 눈에서 멀어졌으니 마음도 멀어진 거라고, 엘리자베스는 자신도 믿지 않는 해명으로 어머니를 설득해보려 애썼으나, 당장에는 효과가 있는 듯싶다가도 다음 날이 되면 또 같은 이야기를 되풀이해야만 하는 나날이 이어졌다. 베넷 부인은 여름이 되면 빙리 씨가 틀림없이 돌아오리라 믿었고, 그 기대를 가장 큰 위안으로 삼았다.

한편 베넷 씨는 이 문제를 다르게 대했는데, 어느 날 이런 말을 했다.

"그러니까 리지야, 네 언니의 사랑이 끝을 봤다지? 축하할 일이로구나. 여자애들이 결혼 다음으로 좋아하는 게 어쩌다 한 번씩 겪는 실연이잖냐. 생각할 거리도 생기고, 주변에서 특별 대우를 해주기도 하니까. 네 차례는 언제 오려나? 언니보다 오래 뒤처지고 싶진 않을 텐데. 지금이 어떻겠냐? 메리턴에 시골 아가씨들 전부를 울릴 수 있을 만큼 장교들이 차고 넘치니 말이다. 그래, 위컴이 좋겠구나. 호쾌한 젊은이인 데다 너를 보기 좋게 차줄 게야."

"고마워요, 아버지. 그런데 그보다 덜 괜찮은 남자여도 될걸요? 모두가 제인 언니처럼 운이 좋길 기대할 수는 없는 법이죠."

"그야 그렇지. 하지만 네가 어떤 남자한테 어떻게 차이건 간에, 그걸 우려먹을 대로 우려먹어줄 다정한 어머니가 계시니 마음이 놓이는구나."

최근 벌어진 불의의 사건들이 롱본 가족 여럿에게 드리운 그늘을 몰아내는 데는 위컴 씨의 공이 컸다. 자주 만나다 보니, 이미 검증된 그의 숱한 매력에 누구에게나 솔직하다는 장점이 더해졌다. 엘리자베스가 진즉에 들었던 이야기, 즉 그의 입장에서 말하는 다아시 씨의 됨됨이와 그가 다아시 씨에게 당한 홀대 등 모든 것이 이제 베넷가 사람들 모두에게 공개되고 공론화되었다. 그리고 다들 이 사연을 전혀 몰랐던 때에도 다아시 씨를 얼마나 싫어했는지 생각하며 흐뭇해했다.

유일하게 베넷 양만은 하트퍼드셔에 알려지지 않은 속사정이 있을지도 모른다고 생각했다. 매사에 너그럽고 공평한 그녀는 다아시 씨의 사정도 참작해보자며 매번 호소하고 오해라는 가능성도 열어둬야 한다고 역설했지만, 나머지 식구들에게 다아시 씨는 무조건 최악의 인간이요 규탄의 대상이었다.

02

사랑을 고백하고 행복 넘치는 미래를 설계하며 일주일을 보낸 콜린스 씨는 토요일이 되자 사랑스런 샬럿을 떠나야만 했다. 그러나 다음번에 하트퍼드셔로 돌아오면 세상에서 가장 행복한 남자가 될 날이 곧바로 정해지리라 기대할 만했기에, 그는 신부를 맞이할 준비를 하며 이별의 고통을 달래보기로 했다. 그는 전번만큼 엄숙하게 롱본의 친척들과 작별하며, 아리따운 친척 아가씨들의 건강과 행복을 다시금 빌고 그 아버지에게는 또 한 번 감사 편지를 올리겠노라 약속했다.

그다음 주 월요일, 베넷 부인의 남동생 부부가 해마다 그랬듯 롱본에서 크리스마스를 보내러 왔다. 가디너 씨는 양식 있고 신사다운 인물로 성품도 교육 수준도 누이보다 훨씬 뛰어났다. 네더필드 숙녀들이라면 본인 소유의 상점들이 보이는 곳에서 사는 장사꾼이 이렇게 점잖은 호인일 수 있다는 사실을 좀처럼 믿지 못했을 것이다. 베넷 부인과 필립스 부인보다 몇 살 아래인 가디너 부인은 상냥하며 지적이고 우아한 여인으로, 롱본 조카들이 무척 좋아하고 따랐다. 특히 위의 두 조카가 그녀와 각별한 사이여서 예전부터 자주 런던으로 가서 외숙모와 함께 지내기도 했다.

롱본에 도착한 가디너 부인의 급선무는 선물을 나눠주고 최신 유행을 들려주는 것이었다. 그 일을 마치고 나서는 비교적 수동적인 역할을 맡았다. 이제 그녀가 이야기를 들을 차례였다. 베넷 부인은 자초지종을 늘어놓으며 불평할 거리가 한두 가지가 아니었다. 지난번에 만나고 헤어진 뒤로 우린 말도 못 할 수모를 겪었다, 딸 중에 둘이나 결혼할 뻔했는데 결국엔 둘 다 엎어졌다는 것이었다.

"제인은 잘못 없어. 쟤야 할 수만 있다면 빙리 씨를 잡았겠지. 하지만 리지 쟤는! 아유, 올케! 저 삐딱한 성질만 좀 죽였어도 지금쯤 콜린스 부인이 되었을 걸 생각하면 내가 아주 복장이 터져요. 콜린스 씨가 바로 이 방에서 청혼을 했는데 쟤가 거절했다고. 그래서 어떻게 됐냐, 루카스 여사가 나보다 먼저 딸내미를 시집보내게 됐고, 롱본 땅은 그대로 한사상속에 묶여 있지. 루카스가 인간들이 알고 보면 참 약아빠졌어, 올케. 온통 자기네 잇속 챙기는 일만 한다니까. 안된 말이지만 사실이 그런걸. 자식들은 당최 뜻대로 안 되고 이웃은 저들 생각만 하니 내가 이렇게 예민해지고 몸도 아프지. 그래도 때마침 올케가 와주니 한결 낫네. 요즘 유행한다는 긴소매 얘기를 들을 생각에 설레기도 하고."

제인, 엘리자베스와 편지로 연락하며 이런 사정들을 대강 알고 있었던 가디너 부인은 살짝 한 번 장단만 맞춰 주고서 조카들이 안쓰러워 요령껏 화제를 돌렸다.

그리고 나중에 엘리자베스와 단둘이 있을 때 다시 그 이야기를 꺼냈다.

"제인한테 참 훌륭한 상대였던 것 같은데 그렇게 끝나버렸다니 안타까워. 하지만 이런 일이 어디 한두 번이겠니! 네가 알려준 빙리 씨 같은 청년은 예쁜 아가씨한테 한 몇 주 정도 쉽게 푹 빠졌다가도 어쩌다 떨어져 지내게 되면 금세 잊어버린단다. 남자의 그런 변심은 정말 흔해 빠진 일이야."

"나름대로 큰 위로가 되는 말씀이지만, 저희는 경우가 달라요. 어쩌다 그렇게 된 게 아니거든요. 불과 며칠 전까지도 열애에 빠졌던 어엿한 재산가 청년이 주변의 간섭에 넘어가 변심하는 일은 그리 흔하지 않아요."

"하지만 그 '열애'라는 표현이 너무 진부하고 미심쩍고 막연해서 감이 잘 안 오는데. 그런 표현은 진실하고 강한 애정만이 아니라 만난 지 30분 만에 생긴 감정에도 따라붙고는 하니까. 말해보렴, 빙리 씨의 사랑은 얼마나 열렬했니?"

"누군가의 애정에 그토록 확실한 예감이 든 건 저도 난생처음이었어요. 갈수록 다른 사람은 신경도 쓰지 않고 오로지 언니한테만 열중하더라고요. 만남이 반복될수록 더 확고해지고 더 표가 났죠. 자기가 연 무도회인데도 아가씨 두세 명한테 춤을 청하지 않는 무례를 범하는가 하면, 저도 말을 붙였다가 답을 듣지 못한 게 두 번이나 돼요. 이보다 더 확실한 징후가 있을 수 있을까요? 보편적인 예의마저 잊는 것이야말로 사랑의 본질 아닌가요?"

"오, 그래! 그런 종류의 사랑을 그이가 느꼈나 보구나. 제인이 가여워서 어쩐다니! 마음이 아프네. 그 애 성격에 당장 떨쳐내긴 어려울 것 같아서 말이야. 차라리 리지 네가 그런 일을 겪었다면 금세 털어내고 오히려 웃어넘길 텐데. 애, 우리가 돌아갈 때 같이 가자고 하면 제인이 그러겠다고 할까? 환경이 바뀌면 도움이 될 것 같기도 하고…… 집에서 좀 벗어나는 편이 아무래도 좋겠지 싶은데."

엘리자베스는 외숙모의 제안이 뛸 듯이 반가웠고, 언니도 기꺼이 동의할 거라고 확신했다.

가디너 부인이 덧붙여 말했다.

"제인이 그 청년을 생각해서 안 간다고 하지는 않겠지? 같은 런던이지만 동네는 아예 다르고 지인이 겹칠 리도 없고, 또 너도 알다시피 우린 여간해서는 외출하지 않으니 두 사람이 마주칠 일은 전혀 없다고 봐도 무방한데. 그이가 일부러 제인을 보러 온다면 모를까."

"그렇게는 될 수가 없어요. 빙리 씨는 지금 친구 집에서 지내는데요, 제인 언니를 만나러 그런 동네로 가겠다면 다아시 씨가 가만있지 않을 거예요. 외숙모도 참, 어찌 그런 생각을 하셨을까? 다아시 씨도 아마 그레이스처치가(街)란 데가 있다는 걸 들어는 봤겠지만, 만약 그 동네에 한 번이라도 발을 들였다가는 꼬박 한 달간 목욕재계를 해도 그 불결함을 다 씻어낼 수 없겠다고 생각할 위인이에요. 게다가 빙리 씨는 그 친구 없이 절대 나다니지 않지요."

"그렇다면 더 잘됐구나. 둘이 절대 마주치지 않으면 좋겠거든. 그런데 제인이 그 사람 누이랑 연락하지 않니? 그럼 그 아가씨가 제인을 만나러 올 수밖에 없을 텐데."

"그 여자는 언니랑 연을 끊을걸요."

하지만 이 점은 물론이고 그보다 주변 사람들이 빙리가 언니를 볼 여지를 내주지 않을 거라는 점까지 확신에 차서 단정하면서도, 곰곰 따져볼수록 완전히 절망적인 상황은 아니라는 결론으로 기울었기에, 내심 엘리자베스는 두 사람이 만날 가능성에 희박하나마 기대를 걸게 되었다. 빙리의 애정이 되살아날지도 모르고, 그러면 주변의 억지도 제인의 매력이라는 더 자연스러운 영향력에 밀려나리라. 가망이 없지 않았다. 아마도 그렇게 되리라는 생각이 들 때도 있었다.

베넷 양은 외숙모의 초대에 기쁘게 응했다. 그러면서 빙리가를 떠올리긴 했으나, 캐롤라인이 오라비와 한집에서 사는 것은 아니니 그와 마주칠 걱정 없이 가끔씩 오전에 그녀를 만날 수 있겠다는 생각뿐이었다.

가디너 부부는 롱본에서 일주일을 머물렀으며, 하루도 빠짐없이 필립스가나 루카스가 사람들, 장교들과 어울리며 지냈다. 베넷 부인이 동생 부부를 위한 유흥거리를 정성껏 마련한지라 가족끼리 정찬을 든 적이 단 한 번도 없을 정도였다. 집으로 손님을 초대할 때면 장교들을 꼭 포함했고 특히 위컴 씨는 빠지는 법이 없었다. 엘리자베스가 유난히 그를 칭찬하는 것이 수상하다 여긴 가디너 부인은 때마다 그 둘을 유심히 관찰했다. 가만 보니 두 사람이 아주 진지하게 사랑하는 사이는 아니어도 서로 호감을 품은 것이 분명해서 조금 걱정스러웠다. 그녀는 하트퍼드셔를 떠나기 전에 엘리자베스와 이야기를 나누고 경솔하게 그런 감정을 키워서는 안 된다고 타일러 보기로 마음먹었다.

위컴은 본인의 타고난 능력과 무관하게 가디너 부인에게 환심을 줄 수단이 하나 있었다. 십여 년 전 미혼이던 시절에 그녀는 더비셔에, 바로 위컴이 살았던 지역에서 꽤 오래 생활한 적이 있었다. 그래서 그녀가 아는 사람을 위컴도 여럿 알았는데, 비록 그는 5년 전 다아시의 부친이 죽은 뒤로 그곳을 거의 등지고 살았지만 그래도 그녀가 떠나오며 소식이 끊어졌던 옛 친구들이 5년 전까지는 어떻게 지냈는지 전할 수 있었다.

가디너 부인은 펨벌리를 본 적이 있었고, 돌아가신 다아시 씨의 성품도 익히 알고 있었다. 이야말로 두 사람에겐 화수분 같은 이야깃거리였다. 그녀는 위컴이 묘사하는 펨벌리를 자신의 기억과 비교해보거나 그곳 전 주인 어르신의 성품에 찬사를 보내며 그를 기쁘게 하는 동시에 자신도 흐뭇한 감회에 젖었다. 현재의 다아시 씨가 위컴을 어떻게 대했는지 알고서는, 십여 년 전 아직 미성년이었을 그 신사의 성향에 대한 평판 중 방금 들은 이야기에 신빙성을 더할 만한 것이 있었는지 열심히 기억을 더듬어보다가 마침내, 그 당시 피츠윌리엄 다아시 씨는 아주 오만하고 못된 아이라는 소문을 들었던 기억을 확실히 떠올렸다.

03

가디너 부인은 엘리자베스와 단둘이 이야기할 기회가 생기자 때를 놓칠세라 자신이 염려하는 바를 상냥하게 전했다. 그녀는 먼저 자기 생각을 솔직히 밝힌 다음 말을 이었다.

"리지 넌 사리 분별을 똑똑히 하는 아가씨니까 누군가의 충고에 대한 반발심만으로 사랑에 빠지진 않겠지. 그래서 나도 허심탄회하게 이야기할 수 있는 거고. 난 정말로 네가 조심했으면 해. 재산이 받쳐주지 않는 연애에 너스스로 빠져들거나 그 사람을 끌어들이려는 무모한 짓은 하지 않는 게 좋아. 그 사람에게 문제가 있다는 건 아니야. 참 흥미로운 젊은이더라. 자기 몫의 재산을 무사히 물려받았더라면 너한테 다시없을 배필감이겠다는 생각이 들 정도야. 하지만 현실이 이러하니…… 환상에 마음을 온통 빼앗기면 안 돼. 넌 분별력이 있으니 그 능력을 발휘해 우리 모두의 기대에 부응해주렴. 네 아버지도 너라면 올곧게 생각하고 행동하리라 믿고 계실 게 틀림없

J A N E   A U S T E N

어. 아버지께 실망을 안겨드려선 안 되잖니."

"어머나 외숙모, 얘기가 정말 심각해지네요."

"그래, 그러니 너도 진지하게 받아들이길 바란다."

"음, 그런 문제라면 걱정하시지 않아도 돼요. 저도 주의할 거고, 위컴 씨도 잘 관리할게요. 가능하면 그이가 절 사랑하지 못하게 막아보겠어요."

"엘리자베스, 진지하게 들어달라니까."

"죄송해요. 다시 얘기할게요. 지금은 위컴 씨를 사랑하지 않아요. 네, 확실히 아니에요. 하지만 그이는 제가 만난 어떤 남자보다도, 아니 비교조차 불가할 만큼 끌리는 사람이에요. 그러니 만약 그이가 진정으로 저를 마음에 품게 된다면…… 역시 그러지 않는 편이 낫겠네요. 무모한 게 맞아요. 아! 그놈의 다아시 씨! ……아버지께서 절 믿어주시는 건 무엇보다 자랑스러운 일이니, 그 신뢰를 잃어버리면 전 비참해지겠죠. 하지만 아버지도 위컴 씨를 퍽 좋아하시는걸요. 외숙모, 우리 가족 중 누구라도 저 때문에 속상해지는 건 저도 너무 싫어요. 하지만 제 또래의 남녀 사이에 애정이 있으면 당장 재산이 없어도 약혼까지 감행하는 경우를 매일같이 보는데, 어떻게 저만은 그런 유혹이 있어도 더 지혜롭게 처신하겠다고 장담할 수 있겠어요? 그런 감정에 저항하는 게 과연 지혜로운 결정일지는 또 어떻게 알고요? 그러니까 제가 약속드릴 수 있는 건 서두르지 않겠다는 것뿐이에요. 제가 그이에게 최우선이라고 섣불리 믿어버리지 않을게요. 그이와 함께 있을 때 그런 걸 꿈꾸지도 않을 거예요. 한마디로, 최선을 다할게요."

"그 사람이 너무 자주 오는 것 같은데 그 횟수를 좀 줄이게 해봐도 좋을 듯싶구나. 적어도 네 어머니한테 그이를 초대하라고 굳이 귀띔하는 일은 없어야겠고."

엘리자베스는 쑥스러운 미소를 지으며 대답했다.

"일전에 제가 그러긴 했죠. 맞아요, 그런 일은 삼가야겠어요. 하지만 오해는 마세요. 그이가 늘 우리 집에 뻔질나게 드나드는 건 아니거든요. 외숙부, 외숙모가 오셔서 특별히 이번 주에 그이를 자주 초대한 거죠. 아시잖아요, 우리 어머니는 교제가 끊이지 않게 신경 쓰는 것이 접대라고 생각하시는 거. 하지만 진짜로 제 명예를 걸고요, 스스로 생각하기에 가장 지혜롭게 처신하려고 노력할 거예요. 자, 이 정도면 우리 외숙모께서 만족하실 만한 대답이었을까요?"

가디너 부인이 이만하면 안심이라고 답하고 엘리자베스는 친절한 조언에 감사를 표한 뒤 두 사람은 헤어졌다. 상당히 민감한 조언이 반감을 사지 않고 전해진 놀라운 사례였다.

가디너 부부와 제인이 떠나고 곧이어 콜린스 씨가 하

트퍼드셔로 돌아왔다. 그러나 그는 루카스 댁을 거처로 삼았으므로 베넷 부인이 크게 불편할 일은 없었다. 그의 결혼이 코앞으로 다가오자 마침내 그녀도 체념하는 단계에 이르렀다. 어쩔 수 없이 식은 치러지겠다고 여겼고, 심지어 퉁명스럽게나마 "행복하긴 해야겠지."라고 되뇌기도 했다. 결혼식이 목요일로 잡혀 있어서 수요일에 루카스 양이 작별 인사차 롱본을 방문했다. 인사를 나누고서 그녀가 돌아가려고 자리에서 일어나자, 엘리자베스도 함께 방을 나섰다. 어머니의 무뚝뚝하고 마지못한 덕담이 민망했던 데다 자신도 진심으로 미안한 마음이 들었기 때문이다. 둘이서 나란히 계단을 내려가며 샬럿이 말했다.

"자주 편지해줄 거지, 일라이자?"

"그거야 당연하지."

"하나 더 부탁할게. 날 보러 한번 와주겠니?"

"하트퍼드셔에서 자주 만날 텐데 뭐."

"난 한동안 켄트에 머물러야 할 거야. 그러니까 약속해줘, 헌스포드로 놀러 오겠다고."

놀러 가도 별로 즐겁지 않을 것 같았지만 엘리자베스는 차마 거절할 수 없었다.

샬럿이 내처 말했다.

"3월에 아버지랑 머라이아가 오기로 했는데 그때 너

도 동행하면 좋을 것 같아. 정말이지 일라이자, 네가 와 주면 우리 식구들만큼 반가울 거야."

결혼식이 거행되었다. 교회 문을 나선 신부와 신랑이 켄트로 향하자 으레 사람들은 남의 혼사를 두고 이러쿵 저러쿵 이야기판을 벌였다. 얼마지 않아 엘리자베스는 친구의 편지를 받았고, 전과 다름없이 서로 빈번히 연락을 주고받았으나, 전과 똑같이 속을 터놓기는 불가능했다. 엘리자베스는 편지를 보낼 때마다 허물없이 편안한 사이는 끝났다는 기분을 느꼈으며, 편지는 꼬박꼬박 쓸 작정이었지만 그것도 현재가 아닌 옛정을 생각해서였다. 처음 몇 번인가 샬럿의 편지를 꽤 기다리기는 했다. 그녀가 신혼집을 어떻게 말할지, 캐서린 영부인을 좋아하게 됐을지, 과연 스스로 행복하다고 적을 수는 있는지 아무래도 궁금했기 때문이다. 하지만 막상 읽어보면 자신의 예상을 한 치도 벗어나지 않는 이야기뿐이라는 인상을 받았다. 샬럿의 편지는 쾌활했다. 안락한 환경에 둘러싸인 듯 온통 칭찬 일색이었다. 집이며 가구며 동네며 도로며 모든 것이 마음에 들고, 캐서린 영부인도 더없이 다정하고 자상하다는 것이었다. 헌스포드와 로징스를 찬양하는 콜린스 씨의 표현을 대략 들어줄 만하게 누그러뜨린 것에 지나지 않았다. 엘리자베스는 그곳에 직접 가서 확인하기 전에는 진상을 알 길이 없음을 깨달았다.

런던에 무사히 도착했다고 알리는 제인의 짧은 편지는 진즉에 도착한 터였다. 엘리자베스는 언니가 다음번 편지에 빙리 남매에 대한 소식을 담을 수 있기를 바랐다.

노심초사로 기다리던 일은 대개 실망을 안기기 마련, 제인의 두 번째 편지도 예외는 아니었다. 런던에서 일주일을 보내는 동안 캐롤라인의 방문은커녕 기별조차 받지 못했다는 것이었다. 그래도 제인은 롱본에서 보냈던 마지막 편지가 어떤 사고로 중간에 분실된 모양이라며 친구의 사정을 이해해보려는 것 같았다.

그러고는 이어 쓰기를, '외숙모가 내일 그 동네로 가신다니, 나도 따라가서 그로스브너가에 들를까 해.'라고 했다.

그렇게 빙리 양을 만나고 나서 제인은 다시 편지를 썼다.

'기운이 없어 보였지만 캐롤라인은 날 무척 반겨줬어. 런던에 왔으면 기별을 하지 그랬냐더라. 역시 내 짐작대로 그녀는 내 마지막 편지를 못 받은 거였어. 물론 오라비의 안부도 물어봤지. 잘 지낸대. 하지만 노상 다아시 씨하고만 붙어 다녀서 자기들도 거의 못 만난다는 거야. 마침 다아시 양을 정찬에 초대했다더라. 나도 한번 만나보고 싶은데. 캐롤라인과 허스트 부인이 외출한다고 해서 오래 머물진 못했어. 그래도 곧 답방을 와줄 것 같아.'

엘리자베스는 고개를 절레절레 저었다. 이런 상황이라면 우연이 아니고서야 언니가 런던에 있다는 사실이 빙리 씨에게 알려질 리 없었다.

4주가 지나도록 제인은 그의 그림자도 보지 못했다. 그거야 아쉬워할 일이 아니라고 애써 마음을 다잡았지만, 빙리 양의 무심함은 더 이상 모르려야 모를 수 없었다. 매일을 하루같이 아침부터 오후까지 집에서 그녀를 기다리다 저녁이면 무소식의 핑계를 대신 헤아려주며 2주를 보낸 끝에 드디어 답방을 받았는데, 그 방문객은 오래 있지도 않고 횡하니 가버렸으며 무엇보다 태도가 사뭇 달라졌으니, 아무리 제인이어도 더는 자신을 속일 수 없었을 것이다. 제인의 심경은 이 일을 동생에게 전하는 편지에서도 여실히 드러났다.

사랑하는 내 동생 리지라면 내 고백을 듣고서 역시 언니가 틀리고 자기는 맞았다며 마냥 좋아할 수 없을 거야. 그래 맞아, 그동안 빙리 양이 날 아낀다고 여긴 건 순전히 내 착각이었어. 하지만 리지야, 결과만 놓고 보면 네가 옳았지만, 그녀의 행동을 고려하면 내 확신도 네 의심 못지않게 당연했다고 봐. 아직도 이렇게 우긴다고 날 고집쟁이로 생각하지는 말아주렴. 애당초 빙리 양이 왜 나랑 친해지고 싶어 했는지 도무지 모르겠지만, 같은 상황이 반복된다면 분명히 난 또 착각에 빠질 거야. 캐롤라인은 그동안 편지나 기별도 없다가 어제야 답방을 왔어. 오기는 왔는데 전혀 달갑지 않은 기색이었지. 좀 더 일찍 찾아오지 못해 미안하다는 형식적인 사과만 건성으로 건넸을 뿐 다음에 또 보자는 얘기는 한마디도 안 하고 완전히 딴사람이 됐더라. 그래서 난 그녀와 절교하기로 마음을 굳혔어. 그녀를 탓할 수밖에 없지만, 그래도 안됐어. 하필 나를 고른 게 잘못이지. 언제나 그녀 쪽에서 먼저 더 가까워지길 청한 건 사실이잖아. 하지만 아무래도 안됐지 뭐. 지금은 자기도 잘못했다 여길 테고, 오빠를 걱정하다가 그 잘못을 깨달았을 게 틀림없거든. 내 입장을 더 설명할 필요는 없겠지. 물론 우리는 그게 기우인 걸 알지만 정말 캐롤라인이 오빠를 걱정하고 있다면 나한테 왜 이러는지도 이해할 만해. 우애가 깊은 남매잖니. 소중한 오빠를 위해 누이가 어떻게든 신경을 써주는 것은 자연스럽고 또 사랑스러운 일이지. 그런데 이렇게까지 된 마당에 뭐가 그리 걱정인지 이상하기는 해. 그이가 나에게 일말의 관심이라도 있다면 벌써 한참 전에 날 찾지 않았겠니? 캐롤라인 얘기를 듣자 하니 그이도 내가 런던에 있는 걸 아는가 보더라. 게다가 오빠가 다아시 양한테 푹 빠졌다고는 하는데, 보아하니 진짜 그렇다기보다는 어쩐

지 자기가 그렇게 믿고 싶어 하는 눈치였어. 이해가 안
돼. 애꿎게 넘겨짚고 싶지 않아서 그렇지, 아무래도 보
이고 들리는 게 다가 아닌 것 같다고 말하고 싶은 심정
이야. 하지만 괴로운 생각일랑 모조리 떨쳐버리고 기
분 좋아지는 생각만 하려고 애써보려 해. 너의 우애라
든가, 우리 외숙부 외숙모의 한결같은 친절이라든가.
네 소식도 빨리 듣고 싶다. 빙리 양은 그이가 다시는 네
더필드로 돌아가지 않을 거고 집도 내놓을 것처럼 말했
는데, 딱히 확신 어린 말투는 아니었어. 우리 이 얘긴 그
만두자. 헌스포드에서 그렇게 즐거운 소식이 왔다니
나도 무척 기뻐. 윌리엄 경, 머라이아와 함께 너도 꼭 다
녀오렴. 아주 편히 지내다 올 수 있을 거야.

너의 언니, 제인.

편지를 읽으며 엘리자베스는 가슴이 아팠지만, 언니
가 적어도 그 여자한테는 두 번 다시 속지 않을 거라 생
각하며 기운을 냈다. 그 여자의 오라비에게도 이제는 아
무것도 기대하지 않았다. 심지어 그의 관심이 새삼스레
되살아나길 바라지도 않을 셈이었다. 생각하면 할수록
그의 성격은 미덥지 않았다. 그런 그를 응징하기 위해,
또 어쩌면 언니를 위해서라도, 엘리자베스는 그가 정말
로 조만간 다아시 양과 결혼해버리길 진심으로 빌었다.

위컴 씨의 말대로라면 그녀는 제인을 버린 그에게 뼈저린 후회를 안기고도 남을 여자였다.

이 무렵 가디너 부인이 엘리자베스에게 그 남자에 관한 약속을 상기시키면서 경과를 알려달라고 청했다. 엘리자베스의 답장은 그녀 자신보다 외숙모가 만족할 만한 내용으로 채워질 수밖에 없었다. 눈에 띄게 호감을 표시하던 그가 점점 애매하게 굴더니 요즘엔 그녀에게 관심을 끊고 다른 여자에게 공을 들이고 있었던 것이다. 눈치 빠른 엘리자베스는 그의 변화를 처음부터 끝까지 알아봤지만, 그 과정에서나 편지를 쓰는 동안에도 크게 상심하지는 않았다. 어차피 그녀의 마음은 그에게 약간 끌린 정도에 지나지 않았던 데다, 재산이 받쳐주기만 했어도 자신이 그의 유일무이한 구애 상대였으리라는 믿음이 그녀의 허영심을 채워주기도 했으니 말이다. 그도 그럴 것이, 현재 그가 호감을 나누고자 하는 아가씨의 가장 돋보이는 매력은 갑자기 수중에 1만 파운드가 들어왔다는 점이었다. 그러나 샬럿에게 그토록 날을 세웠던 통찰력이 위컴에게는 무뎌졌는지, 엘리자베스는 재산을 노린다는 이유로 그를 비난하지 않았다. 오히려 지극히 당연한 선택이라고 봤으며, 자신을 포기하기까지 그가 얼마간 갈등을 겪으리라 짐작하면서도, 그녀는 그것이 서로를 위해 현명하고 바람직한 길임을 기꺼이 인정하고 진심으로 그의 행복을 빌어줄 수 있었다.

엘리자베스는 가디너 부인에게 이를 전부 다 털어놓았다. 일의 전말을 설명하고서 이렇게 편지를 이어갔다.

'이제 알겠어요, 외숙모. 전 사랑에 빠진 적이 없네요. 정말로 제가 순수한 정열을 경험했다면 지금은 그 사람 이름만 들어도 치가 떨리고 그 사람한테 온갖 저주를 퍼부어야 마땅하잖아요. 하지만 전 여전히 그이가 밉지 않을뿐더러 킹 양에게도 악감정이 들지 않아요. 그녀가 전혀 원망스럽지 않고, 아주 괜찮은 여자라고 생각하기 싫은 마음조차 없어요. 사랑했다면 이럴 수 없겠죠. 조심하길 잘했어요. 정신없이 사랑에 빠져들었다면 주위 사람들 모두의 관심을 한 몸에 받았겠지만, 그다지 주목받지 못하는 현실이 딱히 아쉬운 줄은 모르겠네요. 주인공이란 때로 너무 비싼 대가를 치르고야 오를 수 있는 자리니까요. 실은 키티랑 리디아가 저보다 더 난리예요. 아직 어려서 세상 물정을 모르니, 잘생긴 남자도 못생긴 남자와 똑같이 먹고살 궁리를 해야 한다는 원통한 진리를 순순히 받아들일 수 없을 거예요.'

이후로 롱본 가족에게 더 큰 사건은 일어나지 않았다. 때로는 진창길을 걷고 때로는 추위에 떨며 메리턴에 다녀오는 일 말고는 별다른 변화랄 게 없이 1월과 2월이 지나갔다. 3월에 엘리자베스는 헌스포드로 갈 예정이었다. 처음부터 진지하게 그곳에 갈 계획은 아니었으나, 샬럿이 그녀의 약속을 믿고 기다린다는 것을 이내 알게 된 데다 그녀 자신도 점점 그때가 기대되는 만큼 역시 가야겠다는 쪽으로 생각이 굳었다. 서로 못 보고 지내는 동안 샬럿을 보고 싶은 마음이 커지고 콜린스 씨가 싫은 마음은 약해진 것도 있었다. 이번 여행은 색다른 경험이 되겠거니와, 어머니도 어머니이고 동생들도 썩 좋은 벗은 못 되어서 집이라고 마냥 편하지는 않았으니, 약간의 변화라도 그 자체로 환영할 일이었다. 게다가 도중에 제인을 잠깐 만날 기회도 있을 터, 요컨대 때가 다가올수록 엘리자베스는 여행이 행여나 미뤄질세라 마음 졸이는 지경에 이르렀다. 그러나 모든 일이 순조롭게 진행되어 결국엔 샬럿이 애초에 그렸던 대로 계획이 잡혔다. 즉 윌리엄 경과 그의 둘째 딸이 떠날 때 엘리자베스가 동행하기로했다. 거기에 런던에서 하룻밤을 묵는 일정이 제때 추가되면서 이 계획은 더할 수 없이 완벽해졌다.

단 하나 고민거리는 아버지를 두고 가야 한다는 것이었다. 자기가 없으면 얼마나 허전해하시겠는가. 아닌 게 아니라 엘리자베스를 보내기 싫었던 베넷 씨는, 막상 때가 되자 딸더러 편지를 보내라고 당부했고, 그러면 답장하겠노라 약속까지 할 뻔했다.

한편 그녀와 위컴 씨는 아주 사이좋게 작별 인사를 나눴는데 위컴 쪽이 한층 더 애틋했다. 비록 지금은 다른 여자에게 구애 중인 그였지만, 그의 관심을 끌었고 과연 그런 관심이 아깝지 않았던 여자, 그의 이야기를 들어주고 동정해주었던 여자, 그가 흠모한 여자는 엘리자베스가 처음이었다는 사실을 잊을 수는 없었다. 안녕히 가시라는 인사와 함께 그는 즐거운 여행이 되길 빈다면서, 캐서린 드 버그 여사에 대해 다시 한번 주의를 주고는, 비단 드 버그 여사만이 아니라 어떤 사람에 대해서든지 우리 둘의 견해는 항상 일치할 거라고 장담했다. 그의 말에 담긴 배려, 각별한 관심을 감지한 엘리자베스는 자신도 언제까지나 진정한 호감을 품은 채 그를 마음에 아로새길 것을 예감했다. 헤어지면서 그녀는 그가 결혼하든 하지 않든 간에 자신에겐 늘 다정하고 싹싹한 성품의 전형이리라 확신했다.

다음 날 길을 떠난 그녀의 일행은 죽이 잘 맞는 그와 헤어진 아쉬움을 덜어줄 수 없는 위인들이었다. 윌리엄 루카스 경도 그렇고, 그의 딸 머라이아도 명랑하긴 하나 아버지 못지않게 머리가 비어서, 엘리자베스는 들으나 마나 한 이야기만 계속해서 들어야 했고, 그건 마차가 덜 거덕대는 소리에 귀를 기울이는 것만큼이나 지루하기 짝이 없었다. 어리석음을 사랑하는 엘리자베스였지만 윌리엄 경을 너무 오래 알았다는 것이 문제였다. 국왕 알현과 기사 작위에 얽힌 사연은 새삼 감탄할 것도 없었고, 몸소 보이는 예의범절도 그가 들려주는 이야기처럼 케케묵은 것이었다.

겨우 24마일을 가는 여정이었고 새벽같이 출발했으므로 그들은 정오 무렵 그레이스처치가에 들어섰다. 마차가 가디너 씨네 문 앞에 도착하자, 응접실 창가에서 지켜보던 제인이 현관으로 달려가 안쪽에서 그들을 맞이했다. 엘리자베스는 언니의 얼굴을 유심히 살폈고, 예전처럼 건강하고 아름다워 안심했다. 계단에는 꼬마들이 조르르 서 있었다. 사촌 누이를 얼른 보고 싶어 응접실에서 얌전히 기다릴 수 없었으면서, 막상 1년 만에 만나다 보니 수줍어서 더 내려오지도 못하는 것이었다. 온통 기쁨과 친절이 넘쳤다. 하루가 더없이 유쾌하게 흘렀다. 낮에는 시끌벅적하게 상점가를 돌았고, 저녁에는 극장에 갔다.

극장에서 엘리자베스는 일부러 외숙모 옆자리를 골

라 앉았다. 첫 번째 화제는 제인이었다. 그녀는 언니의 근황을 자세히 캐물었고, 언제나 씩씩하게 지내려고 애면글면하는데 이따금 어쩔 수 없이 우울해한다는 의외의 대답이 돌아오자 놀라움보다도 슬픔이 앞섰지만, 그래도 언니라면 우울한 기분에 오래도록 잠겨 있지 않을 거란 믿음을 위안으로 삼았다. 가디너 부인은 빙리 양이 그레이스처치가를 방문했던 때의 일도 상세히 알려주었고, 그 일 전후에 제인과 자신이 나눈 대화 내용도 들려주었다. 듣고 보니 정말로 언니는 그 여자와 연을 이어가길 단념한 모양이었다.

이어서 가디너 부인은 위컴의 변심으로 조카를 놀리더니 그래도 훌륭히 잘 견뎌내고 있다며 칭찬해주었다.

"그런데 엘리자베스, 킹 양은 어떤 아가씨니? 우리 친구가 돈을 밝히는 사람이라면 너무 속상할 것 같은데."

"하지만 외숙모, 혼사를 정할 때 돈을 밝히는 것과 현명한 것이 어떻게 다르죠? 신중함과 탐욕을 가르는 기준은 무엇이고요? 지난 크리스마스에 외숙모는 그이가 무모하게 저랑 결혼하려 들까 봐 걱정하셨잖아요. 그런데 지금은 그이가 겨우 1만 파운드를 가진 아가씨를 마음에 두었다니 돈을 밝히는 사람이 아닐까 의심하시네요."

"일단 킹 양이 어떤 아가씨인지 들어봐야 판단을 할 수 있겠다."

"상당히 괜찮은 아가씨라고 알고 있어요. 나쁜 소문 같은 것도 돌지 않고요."

"그렇지만 킹 양이 할아버지의 유산을 받기 전에도 위컴이 그 아가씨한테 조금이라도 관심이 있었니?"

"그건 아니지만…… 그게 이상한가요? 저에게 돈이 없기 때문에 제 애정을 얻어서는 안 되었던 그이가 똑같이 가난하면서 마음까지 없는 여자에게 구애할 수 있다는 건 대체 무슨 경우일까요?"

"그래도 그 아가씨한테 재산이 생기자마자 관심을 보내기 시작한 건 무례한 행동 같은데."

"절박한 처지에 몰린 남자는 남들 눈을 의식하며 점잖게 예의를 차릴 여유가 없어요. 킹 양이 개의치 않는다면 우리가 상관할 일도 아니잖아요?"

"그 아가씨가 개의치 않는다고 해서 그이의 행동이 옳은 건 아니지. 그런 무례를 받아들인 그 아가씨도 뭔가 문제가 있어. ……분별력이든 감정이든."

엘리자베스는 순간 욱하고 말았다.

"그럼 좋을 대로 생각하세요. 그이는 돈독이 들었고 그 여자는 바보라고."

"아냐, 리지, 난들 좋아서 그렇게 생각하겠니. 더비셔에서 그토록 오래 살았던 청년을 나쁘게 보는 건 나로서도 괴로운 일이란다."

"아, 그뿐이라면요. 제 경우는 더비셔에 사는 청년들을 아주 형편없게 봐요. 그자들하고 죽고 못 사는 하트퍼드셔 친구들도 별로 나을 게 없고요. 죄다 꼴도 보기 싫어요. 고맙기도 하지! 내일 가는 곳에서 전 호감 가는 구석이라곤 하나도 없는 남자를 만나겠죠. 좋게 봐줄 만한 매너도, 지각도 없는 남자랍니다. 하여간 멍청한 남자가 아니면 알고 지낼 가치가 없잖아요?"

"진정하렴, 리지. 그렇게 막말을 쏟다니 여간 실망한 게 아니었나 보구나."

연극이 끝나고 자리에서 일어나기 전, 가디너 부인은 여름에 남편과 관광 여행을 가기로 했다면서 너도 함께 가자는 뜻밖의 기쁜 제안을 했다.

"아직 확실히 정하지는 않았지만 아마 호수 지역(잉글랜드 북서부에 위치한 '레이크 디스트릭트'를 가리킨다. 이 지역은 18세기에도 인기 높은 관광 명소였다 – 옮긴이)까지 갈 것 같아."

엘리자베스에게 이보다 더 설레는 계획은 있을 수 없었다. 그녀는 외숙모의 초대를 더없이 고마운 마음으로 넙죽 받아들이고서 잔뜩 흥분하여 외쳤다.

"사랑하고 사랑하는 우리 외숙모, 저 너무 기뻐요! 행복해 죽겠어! 저에게 새로운 생과 활기를 주시네요. 실망이여 우울이여, 훠이, 훠이! 암벽과 산에 대면 남자가 다 뭐람? 아, 얼마나 황홀한 시간이 될까! 있잖아요 외숙모, 그러고서 돌아오면 우리는, 무엇 하나 정확하게 기억해내지 못하는 여느 여행자들과는 다를 거예요. 어디에 갔는지, 무엇을 보았는지 제대로 알겠지요. 호수와 산과 강 들이 머릿속에서 뒤죽박죽 엉키는 일은 없을 거고, 어느 한 곳의 경치를 묘사할 때 서로 다른 기억으로 옥신각신하게 되지도 않을 거예요. 어딜 가든 무턱대고 탄성부터 내지르고 보는 보통의 관광객들보단 나아야죠."

05

이튿날 여정에서 엘리자베스는 모든 것이 새롭고 흥미로웠다. 그간의 걱정은 모두 접어도 될 만큼 언니가 건강하게 잘 지내는 것을 확인한 데다 북부 여행에 대한 기대로 즐거운 상상이 끊이지 않아서 뭐든지 기분 좋게 만끽할 수 있는 상태였다.

마차가 큰길을 벗어나 헌스포드로 통하는 곁길로 접어들자 모두가 사제관을 찾아 두리번거렸고, 굽잇길을 돌 때마다 이제는 보이려나 하며 목을 길게 뺐다. 로징스 장원의 울타리가 길 한쪽의 경계였다. 울타리 너머에 사는 사람들에 대해 들은 이야기를 떠올리며 엘리자베스는 슬며시 미소를 지었다.

드디어 사제관이 시야에 들어왔다. 길 쪽으로 비탈진 정원, 그 안에 서 있는 집, 녹색 울짱과 월계수 산울타리까지, 모든 것이 곧 그들의 목적지임을 알렸다. 콜린스 씨와 샬럿이 문밖으로 나오고 일행이 눈인사와 미소로 알은체를 하는 가운데 마차는 집에서 짧은 자갈길로 이어진 아담한 대문 앞에 멈춰 섰다. 이내 마차에서 사람들이 내렸고, 모두가 반색하며 재회의 기쁨을 나누었다. 콜린스 부인은 흔흔하고도 활기차게 친구를 맞이했고, 이토록 애정 넘치는 환대를 받는 엘리자베스도 역시 오길 잘했다는 생각이 들었다.

한눈에도 콜린스 씨는 결혼하고 나서 달라진 게 없었다. 격식에 얽매인 인사치레도 예전 그대로였으며, 엘리자베스를 몇 분이나 문 앞에 세워놓은 채 가족들 안부를 일일이 묻고 대답까지 일일이 받아내기도 했다. 그런 다음, 중간에 콜린스 씨가 현관의 단정한 꾸밈새를 언급하느라 시간을 끌기는 했지만, 그 외에는 지체할 것 없이 모두 집 안으로 들어갔다. 손님들이 응접실에 들어서자마자 그는 누추한 거처까지 찾아주신 여러분을 환영한다는 요지의 거창한 인사말을 한 차례 더 늘어놓고는, 아내가 손님들에게 다과를 권할 때마다 자기도 족족 똑같이 따라 말했다.

엘리자베스는 한껏 뻐기는 그를 볼 각오가 돼 있었다.

그가 방의 알맞은 구조와 방향, 가구들을 하나하나 짚어가며 보여줄 때는, 그를 거절함으로써 무엇을 잃었는지 절감하라는 듯 특별히 그녀를 겨냥해 자랑한다는 느낌을 떨칠 수 없었다. 과연 모든 것이 깔끔하고 편안해 보였지만 그를 흡족하게 할 탄식 따위가 절로 나오진 않았다. 오히려 그녀는 이런 남편을 두고도 유쾌한 기분일 수 있는 친구가 신기했다. 콜린스 씨가 아내에게 남사스러운 말을 건넬 때면 저도 모르게 샬럿 쪽으로 눈길이 갔다. 그런 일은 제법 자주 있었는데 샬럿은 한두 번 얼굴을 살짝 붉히는 순간이 있기는 했지만 대체로 지혜롭게 귀를 닫는 듯했다. 오랜 시간 거실에 앉아 손님들이 낮은 수납장부터 벽난로 불통막이까지 가구와 장식들을 빠짐없이 감탄해주고 그간의 여정과 런던에서 있었던 일들도 남김없이 들려주고 나자, 콜린스 씨는 정원이 널찍하니 조성도 잘 돼 있는데 자신이 손수 가꾼다면서 함께 나가 거닐자고 했다. 그에게 정원 손질은 지극히 고상한 소일거리 중 하나였다. 샬럿도 야외활동이 건강에 좋으니 남편에게 되도록 정원 일을 많이 하게끔 권한다고 말했는데, 엘리자베스는 표정 한번 바뀌지 않고 천연덕스럽게 그런 말을 하는 친구가 존경스러울 지경이었다. 정원에서 그는 산책로며 샛길이며 하나도 빼먹지 않고 안내했고, 칭찬을 유도하면서도 정작 칭찬할 틈은 거의 주지 않았으니, 아름다움을 감상하는 일은 아예 뒷전이고 그저 보이는 것마다 세세하게 설명하기 바빴다. 이 정원이 사방팔방으로 각각 몇 구획인지, 맨 가장자리 관목 숲에 나무가 몇 그루인지도 빠삭하게 꿰고 있었다. 그러나 자신의 정원, 아니 이 지역, 아니 이 왕국의 내로라하는 경치를 통틀어도 사제관 앞길 건너편 장원을 에워싼 나무들 틈새로 보이는 로징스 저택만 한 장관은 없다고 그는 단언했다. 로징스 저택은 널따란 둔덕 위 좋은 위치에 세워진, 멋들어진 최신식 건물이었다.

콜린스 씨는 정원 소개에 이어 자기 소유의 목초지 두 군데도 둘러보자고 했지만, 숙녀들은 흰 서리가 남은 땅을 밟기엔 구두가 불편해서 집으로 돌아왔다. 윌리엄 경이 사위를 따라간 사이에 샬럿은 남편의 참견 없이 집을 구경시켜줄 기회가 생겨서인지 대단히 뿌듯한 기색으로 동생과 친구에게 집 안 곳곳을 보여주었다. 아담하지만 튼튼하고 편리한 집이었으며, 모든 것이 적소에 깔끔하고 정연하게 자리한 모습은 엘리자베스가 보기엔 전부 샬럿의 솜씨였다. 콜린스 씨를 지울 수 있을 때는 실로 집 전체가 무척 아늑한 분위기였는데, 이 분위기를 역력히 즐기는 샬럿을 보며 엘리자베스는 분명 그의 존재가 자주 잊힐 거라고 생각했다.

캐서린 영부인이 아직 이곳에 있다는 사실은 이미 들

어서 알고 있었다. 그리고 정찬 자리에 뒤늦게 합석한 콜린스 씨가 다시 한번 이야기했다.

"맞습니다, 엘리자베스 양. 이번 일요일에 교회에서 캐서린 드 버그 영부인을 뵙는 영광을 누리시게 될 겁니다. 따로 말씀드릴 필요도 없지만, 그분을 뵈면 기쁘기 그지없을 거예요. 원체 상냥하고 인자하신 분이니 감사 성찬례가 끝나면 얼마간 엘리자베스 양에게도 눈길을 보내는 영예를 베푸시리라 믿어 마지않습니다. 또 장담하건대 엘리자베스 양과 제 처제인 머라이아가 여기서 머무는 동안 그분께서 저희 부부를 초대하실 때면 어김없이 두 분도 함께 부르실 겁니다. 영부인께서는 사랑하는 제 아내 샬럿에게 굉장히 잘해주신답니다. 저희는 매주 두 번씩 로징스에서 정찬을 드는데, 걸어서 돌아오는 법이 없어요. 영부인 마님의 마차가 항시 대기하고 있으니까요. 아니, 여러 대를 소유하셨으니 마차 중 하나라고 말씀드려야 마땅하겠군요."

샬럿이 거들었다.

"맞아, 정말로 캐서린 영부인은 훌륭하고 슬기로운 분이셔. 아주 자상한 이웃이시고."

"암요, 그렇다마다요. 부인, 우리 이심전심이구려. 그런 분께는 아무리 경의를 표해도 모자라지요."

그날 저녁은 주로 하트퍼드셔의 소식을 나누거나 편

지로 이미 주고받은 이야기를 되풀이하며 보냈다. 하루 일정을 모두 마친 뒤 자기 방에 홀로 있게 된 엘리자베스는 샬럿이 얼마나 만족하며 사는지 깊이 헤아려보았고, 샬럿의 남편 다루는 요령이며 그를 참아 넘기는 평정심을 직접 보아 알게 된지라 이곳 생활이 대단히 잘 꾸려지고 있다는 사실을 인정하지 않을 수 없었다. 또한 그녀는 자신이 여기서 어떻게 지내게 될지도 예상해보았다. 대체로 평온한 일상을 영위하겠지만, 성가시게 콜린스 씨가 자꾸 끼어들 테고, 로징스와 왕래하며 화려하고 떠들썩한 분위기에 휩쓸리기도 하리라. 왕성한 상상력은 금세 모든 것을 훤히 내다보았다.

이튿날 정오쯤, 그녀가 방에서 산책 나갈 준비를 하는데 갑자기 아래층이 시끌시끌한 것이 마치 집 전체가 일대 혼란에 빠진 듯했다. 하여 가만 귀를 기울였더니 이내 누군가 헐레벌떡 뛰어 올라오며 그녀를 목 놓아 부르는 소리가 들렸다. 방문을 열자, 계단참에서 머라이아가 잔뜩 흥분해 헐떡이며 외쳤다.

"오, 일라이자 언니! 얼른 식사실로 가봐! 굉장한 구경거리가 있어! 뭔지는 말 안 할래. 어서, 지금 당장 내려와."

무슨 일이냐고 물었지만 직접 가서 보라는 대답뿐이어서 엘리자베스는 문제의 답을 찾아 머라이아와 함께 식사실까지 뛰어 들어갔다. 식사실에서는 마찻길이 내다보였는데, 정원 출입구 앞에 쌍두마차가 서 있었다. 그리고 이 소동의 원인은 마차 안에 있는 두 여인이었다.

엘리자베스는 기가 찼다.

"아니, 저게 다야? 난 또 돼지 떼가 정원에 들이닥치기라도 한 줄 알았네. 캐서린 영부인이랑 딸일 뿐이잖아!"

머라이아는 어떻게 그걸 헷갈릴 수 있냐는 듯 놀라는 표정을 지었다.

"어머 언니! 캐서린 영부인이 아니잖아. 저 노부인은 젠킨슨 부인이야, 영부인 모녀랑 같이 사는. 젊은 아가씨는 드 버그 양이고. 저것 좀 봐. 어쩜 저렇게 작지? 드 버그 양이 저렇게 깡마르고 왜소할 줄이야 누가 상상이나 하겠어?"

"참 무례한 여자네, 이렇게 바람이 부는데 샬럿을 밖에 세워두다니. 안 들어오고 뭐한대?"

"아, 샬럿 언니 말로는 그러는 경우가 거의 없대. 드 버그 양이 집 안까지 들어올 때는 엄청난 호의를 베푸는 거라더라."

그때 엘리자베스는 문득 다른 생각이 떠올라 혼잣말처럼 중얼거렸다.

"생긴 게 마음에 드는데? 병약하고 배배 꼬여 보여. 그래, 아주 잘해내겠어. 그 사람 아내로 안성맞춤이야."

콜린스 씨와 샬럿은 마차 곁에 선 채로 두 여인과 대화를 나누었다. 정작 엘리자베스에게 재미있는 구경거리를 제공한 장본인은 윌리엄 경이었다. 현관에 자리 잡고 선 그는 자기 눈앞에 납신 귀인을 열심히 바라보며 혹여 드 버그 양의 시선이 현관 쪽을 향할 때마다 굽실굽실 경례를 보냈다.

마침내 대화가 끝나고 두 여인을 태운 마차가 떠나자 나머지 사람들은 집 안으로 돌아왔다. 콜린스 씨는 두 아가씨를 보자마자 다짜고짜 운이 참 좋으시다며 축하의 말을 주워섬겼는데, 샬럿이 로징스에서 자기네 부부와 손님들 모두를 다음 날 정찬에 초대했다고 알려주어서 비로소 설명이 되었다.

JANE AUSTEN

06

이 초대로써 콜린스 씨의 득의양양은 정점을 찍었다. 미심쩍어하는 손님들에게 자기 후원자의 위용을 확인시키고, 그분께서 자신과 아내를 얼마나 정중히 대하시는지 보여주는 것이야말로 그가 늘 바라던 바였는데, 바로 그 소망을 이룰 기회를 캐서린 영부인께서 이토록 빨리 주시어 당신의 인자한 성정을 또 한 번 드러내 보이셨으니, 그로서는 어떻게 칭송해야 부족하지 않을지 감히 헤아릴 수조차 없었다.

"솔직히, 영부인께서 저희더러 일요일에 로징스에서 다과를 들며 저녁 시간을 보내자고 하셨다면 전 전혀 놀라지 않았을 겁니다. 그분의 상냥함을 익히 알기에 그 정도는 예상했지요. 하지만 이렇게까지 마음을 써주시리라곤 저도 미처 내다보지 못했답니다! 여러분이 오시자마자 이렇게 금방 그곳의 정찬 모임에 초대해주실 줄이야, 더구나 저희 모두를 불러주실 줄이야 누가 상상이나 했겠습니까!"

그러자 윌리엄 경이 말을 받았다.

"나는 그다지 놀라지 않았다네. 내 신분이 이러하다 보니 실제 귀족의 매너를 좀 알거든. 궁정 주변에서는 이렇게 기품 있는 매너를 심심찮게 접하게 되지."

그때부터 이튿날 이른 오후까지 그들은 입만 열었다 하면 거의 로징스 방문에 대한 이야기를 나누었다. 콜린스 씨는 호화로운 실내, 수많은 하인, 성대한 정찬에 손님들이 몸 둘 바를 모르고 헤맬세라 그곳에서 경험하게 될 것들을 꼼꼼히 일러주기에 여념이 없었다.

숙녀들이 치장을 위해 각자의 방으로 향할 때 그가 엘리자베스에게 말했다.

"엘리자베스 양, 복장 문제로 너무 마음 쓰지 마세요.

캐서린 영부인께서는 당신이나 영애께 어울리는 우아한 옷차림을 저희에게 요구하실 분이 아닙니다. 그저 챙겨 오신 옷가지 중 제일 나은 것을 골라 입으시면 됩니다. 수수한 옷을 입었다고 아가씨를 덜 좋게 보시진 않을 겁니다. 그분께선 신분의 구분이 지켜지는 쪽을 좋아하시죠."

숙녀들이 옷을 갈아입는 동안에도 그는 두세 차례나 방과 방을 돌며 캐서린 영부인께서 정찬이 늦어지는 것을 몹시 싫어하시니 어서 서두르라고 재촉해댔다. 귀부인 마님과 그분의 생활 태도에 대한 이처럼 무시무시한 경고에, 사교 경험이 거의 없는 머라이아 루카스는 덜컥 겁이 났다. 그녀는 로징스에 자신을 선보이길 고대하면서도, 아버지가 세인트 제임스 궁에서 알현을 앞두었을 때 그러했듯 떨리는 마음을 주체할 수 없었다.

장원을 가로질러 약 반 마일을 걸어가는 길은 화창한 날씨 덕에 퍽 산뜻했다. 어느 장원이나 나름의 매력과 좋은 경치를 갖고 있기 마련, 로징스도 엘리자베스에게 상당한 눈요기가 되었지만, 콜린스 씨가 장담했던 만큼 황홀경에 빠질 정도는 아니었으며, 그가 저택 전면부 창문의 수를 하나하나 세고 애초에 루이스 드 버그 경께서 저 창문들에 유리를 끼우는 데 들인 금액까지 알려줄 때도 그녀는 별다른 감흥이 없었다.

현관 계단을 오르는 동안 머라이아가 느끼는 긴장감은 순간순간 불어났고, 심지어 윌리엄 경도 약간은 안절부절못하는 기색이었다. 그러나 엘리자베스의 배짱은 그녀를 배신하지 않았다. 캐서린 영부인이 남다른 재능이나 경이로운 덕행으로 위용을 떨친다는 이야기는 들어본 적 없으니, 단지 돈과 지위가 만드는 위세라면 떨지 않고 쳐다볼 자신이 있었다.

현관홀에서 콜린스 씨는 넋 나간 얼굴로 멋진 구조며 세련된 장식들을 하나하나 가리켜댔다. 그곳을 뒤로하고 일행이 하인들을 따라 대기실을 지나자 캐서린 영부인 모녀와 젠킨슨 부인이 앉아 있는 방이 나왔다. 영부인은 대단히 인자하게도 자리에서 일어나 그들을 맞이했으며, 남편과 미리 상의하여 정한 대로 콜린스 부인이 소개를 맡은 덕에 콜린스 씨라면 필수라고 여겼을 사죄의 변과 감사 인사를 생략하고 적절하게 예를 갖춘 소개가 이루어졌다.

윌리엄 경은 입궁 경험이 무색하게도 이곳의 장중한 분위기에 완전히 압도된 나머지 가까스로 허리를 깊숙이 숙여 예를 표할 수 있었을 뿐 입 한번 뻥긋 못 한 채 자리에 앉았고, 그의 딸은 혼이 나갈 지경으로 겁에 질려서는 시선 둘 데조차 찾지 못하고 의자 끄트머리에 걸터앉았다. 엘리자베스는 막상 여기 와서도 그다지 주눅이 들지 않았으므로 눈앞의 세 여인을 침착하게 관찰할 수 있었다. 캐서린 영부인은 기골이 장대한 여인으로, 이목구비가 뚜렷뚜렷한 것이 한때는 아름다웠으리라 짐작할 만했다. 풍기는 분위기도 호락호락하지 않았고, 손님을 맞는 태도도 신분의 격차를 잊게 할 만한 것은 아니었다. 침묵으로 경외심을 자아내지는 않았으나, 무슨 말을 하든 거만함이 뚝뚝 묻어나는 명령조여서 엘리자베스는 그 자리에서 위컴 씨를 떠올리지 않을 수 없었다. 그날의 관찰을 종합해보건대 캐서린 영부인은 그가 표현한 인물과 정확히 일치했다.

영부인을 주의 깊게 살피다 곧 그 표정과 태도에 다아시 씨와 닮은 점이 있음을 발견한 엘리자베스는 관찰의 시선을 딸 쪽으로 돌렸는데, 어찌나 깡마르고 왜소한지 그녀를 처음 보고 머라이아가 깜짝 놀랐던 것이 십분 이해되었다. 드 버그 양은 체격도 용모도 어머니와 전혀 달랐다. 낯빛이 핼쑥하니 병약해 보였고 이목구비도 못나진 않았지만 극히 평범했다. 그녀는 대화에 거의 끼지 않고 이따금 젠킨슨 부인에게 귓속말을 할 뿐이었다. 젠킨슨 부인은 외모로는 이렇다 할 특징이 없었으며, 드 버그 양이 속삭이는 말에 귀를 기울이고 그녀 앞에 있는 가림막을 알맞은 방향으로 놓는 일에만 몰두했다.

겨우 몇 분이나 앉아 있었을까, 경치를 구경하자는 영

부인의 제안에 모두 일어나 창가로 다가갔다. 콜린스 씨가 창밖 전망의 아름다운 요소들을 조목조목 열거하자 캐서린 영부인도 여름에는 훨씬 더 볼 만하다고 친히 거들었다.

정찬은 엄청나게 훌륭했다. 하인들 수나 요리 가짓수도 콜린스 씨가 말한 그대로였다. 영부인의 권고로 식탁 끝 상석에 앉게 된 그는 이 역시 자신이 예언한 그대로인데도 평생에 다시없을 영예를 입은 듯한 표정이었고, 음식을 썰어 먹고는 감탄에 겨워 기민하게 찬사를 보냈다. 그가 맛보는 요리마다 찬탄사를 주워섬기자 이제는 정신을 좀 차린 윌리엄 경이 메아리처럼 사위의 말을 곧이어 반복했는데, 엘리자베스는 그런 식의 찬사를 캐서린 영부인이 참아줄 수 있을지 의문이었다. 하지만 캐서린 영부인은 그들의 과도한 찬탄이 흐뭇한지 더없이 인자한 미소로 응했고, 특히 그들이 난생처음 보는 요리가 있다며 신기해하면 그녀는 더더욱 흡족한 표정을 지었다. 많은 대화가 오가는 분위기는 아니었다. 엘리자베스는 대화의 기회를 엿보았지만 지정된 자리가 샬럿과 드 버그 양 사이이다 보니 여의치 않았다. 샬럿은 오로지 캐서린 영부인의 이야기를 경청하는 데 열중했고 드 버그 양은 내내 그녀에게 한마디도 건네지 않았다. 젠킨슨 부인은 주로 드 버그 양의 극히 적은 식사량을 주시하며 골고

루 드셔보시라고 권하거나 입맛이 영 당기지 않는 모양이라고 걱정하기 바빴다. 머라이아는 입을 뗼 엄두조차 못 냈고, 신사들은 그저 먹고 찬양할 뿐이었다.

숙녀들이 응접실로 돌아와서 한 일이라곤 캐서린 영부인의 이야기를 듣는 것이 거의 전부였다. 영부인은 커피가 나올 때까지 쉴 새 없이 말했는데, 사안마다 자신의 의견이 결론인 양 단정하는 태도로 보건대 자신의 판단을 거스르는 의견을 들을 일이 좀처럼 없는 게 분명했다. 그녀는 샬럿의 살림살이를 무람없이 꼬치꼬치 캐묻더니 시시콜콜 소상하게도 조언을 아끼지 않았다. 식구라곤 둘뿐인 가정에서 매사를 어떻게 단속해야 하는지 일러주고, 소와 닭, 오리 등을 키우는 방법을 가르쳐주기도 했다. 엘리자베스가 가만 보니, 남에게 이래라저래라 명령할 구실이 되는 한 이 고명하신 귀부인께서 소홀히 넘길 일은 아무것도 없었다. 영부인은 콜린스 부인에게 설교를 늘어놓다가도 중간중간 머라이아와 엘리자베스에게, 유독 후자 쪽에 더 관심을 갖고 갖가지 질문을 던졌다. 그녀의 집안을 잘 모르기도 하거니와, 콜린스 부인에게 말하길 아주 조신하고 예쁘장한 아가씨를 친구로 뒀다는 것이었다. 영부인은 틈틈이 엘리자베스에게 자매가 몇 명이냐, 위로 몇이고 아래로 몇이냐, 자매 중에 혼담이 오가는 아가씨가 있느냐, 자매들이 예쁘냐, 다들 어디서 교육을 받았느냐, 부친께선 어떤 마차를 갖고 계시냐, 모친의 처녀 적 성은 무엇이었냐 등등을 물었고, 엘리자베스는 무례하기 이를 데 없는 질문들이라고 느꼈지만 매우 침착하게 하나하나 대답했다.

영부인의 질문은 계속되었다.

"부친의 사유지가 콜린스 씨한테 한사상속된다지요?"

그러고는 샬럿을 돌아보며 이어 말했다.

"부인을 생각하면 잘된 일이지만, 그것만 아니라면 모계 혈통을 빼고 한사상속을 한다니 난 그런 경우가 어디 있나 싶습니다. 루이스 드 버그 경의 집안은 그럴 필요가 없다고 생각했지요. 연주와 노래는 좀 하나요, 베넷 양?"

"아주 약간요."

"오! 그렇다면…… 조만간 들어보고 싶군요. 여기 피아노는 최고급이에요. 그쪽 집보다……, 아무튼 우리 피아노는 명기 중에 명기지요. 언젠가 베넷 양도 한번 쳐보세요. 자매들도 연주와 노래를 할 줄 알겠지요?"

"한 명은요."

"나머지는 못 한다고요? 왜 배우지들 않고? 다들 배웠어야지요. 웨브가 딸들은 모두 피아노를 다룰 줄 알아요. 그 집안 수입이 베넷 양 집안만도 못한데. 하면, 그림은 그립니까?"

"아뇨, 전혀요."

"아니, 자매들이 다?"

"네."

"거참 별일이군그래. 아마 기회가 없었겠지요. 모친께서 봄마다 런던으로 데려가 좋은 선생의 지도를 받게 하셨어야 하는데 말입니다."

"어머니야 그러고 싶으셨겠지만, 아버지께서 런던을 싫어하셔요."

"가정교사는 이제 없고?"

"가정교사를 둔 적이 없습니다."

"둔 적이 없다? 어찌 그럴 수 있지? 딸 다섯을 가정교사 하나 없이 집에서 키우다니! 내 이제껏 그런 얘긴 듣도 보도 못했습니다. 딸 다섯을 가르치느라 모친께서 가히 노예살이를 하셨겠어요."

피식 새어 나오는 웃음을 막지 못한 채 엘리자베스는 결단코 그렇지 않다고 대답했다.

"그럼 누가 가르쳤다는 겁니까? 시중은 누가 들고? 가정교사가 없었다면 못 배우고 자랐다는 얘긴데."

"상대적으로 저희가 못 배웠다고 볼 수도 있겠지만, 저희 중 누구든 배우고자 했을 때 방법이 없었던 적은 없습니다. 늘 책을 가까이하는 분위기였고, 필요한 경우마다 선생님을 구하여 배웠지요. 배울 마음이 없다는데도 억지로 권하지는 않았고요."

"그래요, 어련하려고. 하지만 바로 그런 사태를 막으려고 가정교사를 쓰는 겁니다. 내 진즉에 베넷 양 모친을 알았다면 반드시 가정교사를 두라고 신신당부를 했을 터인데. 내가 늘 말하지만, 교육이 되려면 꾸준하고 규칙적인 지도가 필수인데 가정교사가 아니면 그렇게 할 수가 없어요. 그래서 내가 가정교사를 소개해준 집이 얼마나 많은지 몰라. 젊은이를 좋은 데 자리 잡게 해주는 일은 참 보람차거든. 젠킨슨 부인네 조카 넷도 나를 통해서 아주 좋은 집에 들어갔지요. 바로 며칠 전만 해도, 우연히 얘기만 들었던 어떤 아가씨를 추천했는데 그 집에서 마음에 쏙 들었나 보더이다. 콜린스 부인, 어제 메트칼프 여사가 감사 인사차 왔다는 얘길 내가 했던가요? 포프 양이 보물이라지 뭡니까. '캐서린 영부인, 제게 보물을 주셨어요.'라고요. 사교계에 나온 동생이 있나요, 베넷 양?"

"예, 모두 나왔습니다."

"모두? 아니, 다섯이 한꺼번에? 희한한 일일세! 베넷 양이 둘째라면서요. 하면 언니들이 결혼 전인데 동생들이 벌써 나왔다? 아직 많이 어릴 텐데?"

"예, 막내는 열여섯이 안 됐습니다. 사교에 치중하기에 그 애는 많이 어리긴 하죠. 그렇지만, 자의든 타의든 언니가 일찍 결혼하지 않았다는 이유로 동생들에게 사교와 유흥을 즐기지 말라고 하는 건 너무 가혹하다고 생각해요. 막내도 맏언니 못지않게 청춘을 누릴 권리가 있으니까요. 더구나 그런 이유로 기다려야 한다니요! 자매 간의 우애나 배려심을 키우는 데 별로 도움이 되지 않을 것 같네요."

"원 세상에, 어린 아가씨가 자기주장을 참 당돌하게도 내세우는군. 그래, 나이가 몇인가요?"

엘리자베스는 빙긋 미소하며 대답했다.

"다 자란 동생이 무려 셋인데 설마 제가 순순히 나이를 밝히리라 여기시는 건가요?"

캐서린 영부인은 즉답을 받지 못한 데 상당히 놀란 기색이었다. 이에 엘리자베스는 자신이 이 귀부인의 너무나 당당한 무례를 감히 우습게 받아넘긴 최초의 인물이 아닐까 생각했다.

"보아하니 스물이 넘었을 리는 없고……. 하니 굳이 감출 나이도 아닐 텐데."

"스물한 살이 안 되었습니다."

신사들이 들어와 합석하고 다과 시간도 끝나자 카드 테이블들이 놓였다. 캐서린 영부인, 윌리엄 경, 콜린스 부부는 카드리유 판에 앉았고, 드 버그 양이 카지노 게임을 하겠다고 해서 엘리자베스와 머라이아는 젠킨슨 부인과 더불어 그녀와 같은 판의 구성원이 되는 영예를 얻었다. 그녀들의 카지노 테이블은 따분하기가 단연 최고였다. 게임과 무관한 말은 운도 뗄 수 없는 분위기였으며, 다만 젠킨슨 부인이 드 버그 양에게 너무 춥거나 덥진 않은지, 너무 밝거나 어둡진 않은지 염려하는 말을 건넬 뿐이었다. 카드리유 테이블에서는 훨씬 많은 대화가 흘렀는데, 대부분은 캐서린 영부인이 나머지 세 사람의 실수를 지적하거나 자기 일화를 들려주는 것이었다. 콜린스 씨는 영부인이 말하는 족족 맞장구를 치고 자기가 따는 족족 영부인에게 감사를 표하다가 너무 많이 땄다 싶을 때는 사과를 했다. 윌리엄 경은 별로 말이 없었다. 그는 여기서 들은 일화와 귀족들 이름을 외워두느라 머릿속이 분주했다.

   카드놀이는 캐서린 영부인 모녀가 실컷 즐기고 나서야 마무리되었다. 영부인은 콜린스 부인에게 마차를 권했고 감사하다는 응답이 돌아오자 즉시 하인에게 마차를 대라 지시했다. 그런 후 모두 난롯가에 둘러앉아 내일 날씨가 어떠할 것이라는 캐서린 영부인의 단정적인 예언을 들었다. 이 같은 가르침이 이어지던 중 이윽고 마차가 도착했다는 기별이 왔고, 콜린스 씨가 몇 번이나 감사의 말을 늘어놓고 윌리엄 경이 몇 번이나 경례를 올리는 가운데 마차는 출발했다. 득달같이 콜린스 씨가 로징스를 경험한 소감을 묻기에, 엘리자베스는 샬럿을 생각해 실제 느낀 바보다 더 듣기 좋게 얘기해주었다. 그렇게 그녀가 억지다짐으로 기껏 칭찬했는데도 콜린스 씨는 못내 성에 차지 않았던지라 이내 영부인을 향한 찬양의 의무를 오롯이 도맡았다.

07

윌리엄 경은 헌스포드에서 고작 일주일을 머물렀으나, 그 일주일로도 맏딸이 더없이 편하게 잘살고 있으며 좀처럼 만나기 어려운 귀인들을 남편과 이웃으로 두었다는 확신을 얻기에 충분했다. 그가 있는 동안에는 콜린스 씨가 매일같이 자신의 이륜마차로 장인을 모시고 지역 곳곳을 구경시켜드렸지만, 그가 떠나자 온 가족이 일상으로 돌아왔다. 엘리자베스는 윌리엄 경이 없으면 콜린스 씨를 더 자주 봐야 할까 봐 걱정했는데 다행히도 그는 조찬과 정찬 사이에 주로 정원에 나가 있거나 큰길에 면한 서재에서 읽고 쓰고 창밖을 내다보며 시간을 보냈다. 숙녀들이 모여 앉는 방은 뒤편에 있었다. 엘리자베스는 식사실을 겸한 응접실이 버젓이 있는데 더 좁고 전망도 그리 좋지 않은 방을 거실로 쓰는 것이 처음엔 의아했지만, 그것이 탁월한 선택이었음을 금세 깨달았다. 거실 생활이 흥미로우면 콜린스 씨가 자기 공간에서 보내는 시간이 현저히 줄어들 게 확실했기에, 그녀는 이렇게 공간을 배치한 샬럿의 지혜가 고마울 따름이었다.

거실에서는 보이지 않는 앞길로 어떤 마차가 지나갔는지 알 수 있는 건 전부 콜린스 씨의 공이었다. 특히 드 버그 양의 쌍두마차가 지나가면 그는 어김없이 거실로 와서 알려주었는데, 사실 그녀의 마차가 나타나지 않는 날은 거의 없었다. 그녀가 사제관 앞에 마차를 세워놓고 샬럿과 몇 분간 대화를 나누는 일은 드물지 않았으나, 집으로 들어오시라는 권유를 못 이기고 마차에서 내리는 경우는 극히 드물었다.

콜린스 씨는 거의 하루도 빠짐없이 로징스에 다녀왔고 그의 아내가 자진하여 동행하는 날도 많았는데, 드 버그 가문이 서임권을 쥔 성직록 자리가 더 있을지도 모른다는 데 생각이 미치기 전까지 엘리자베스는 이 부부가 왜 이토록 많은 시간을 희생하는지 통 이해할 수 없었다. 더러 영부인께서 친히 사제관을 찾아주시는 때도 있었는데, 머무는 동안 눈에 띄는 모든 것에 평을 하지 않고 지나치는 법이 없었다. 그들이 하는 일을 캐묻고 결과물을 들여다보고 방식을 바꾸라고 조언했으며, 가구 배치를 흠잡거나 하녀가 빈둥대는 순간을 잡아내기도 했다.

가볍게 요기라도 하시라는 청을 간혹 수락하는 것은 오로지 콜린스 부인네 살림살이에 과분하게 큰 고깃덩어리를 찾아내기 위함인 듯했다.

엘리자베스도 금방 알아챘듯이, 이 귀부인은 지역 치안회 위원이 아닌데도 자신의 교구에서만큼은 가장 활동적인 치안 판사였다. 콜린스 씨는 교구 내의 일을 그녀에게 낱낱이 고해 바쳤고, 마을 농군들 가운데 다툼이 일거나 불만이 생기거나 극빈자가 발견되면 언제나 그녀가 출격하여 불화를 조정하고 불평을 잠재우고 나태함을 꾸짖어 화합과 풍요로 이끌었다.

로징스 정찬회는 매주 두어 번이었다. 윌리엄 경이 없고 카드 테이블이 하나뿐인 것을 제외하면 모든 과정이 첫 방문 때와 별반 다르지 않았다. 그 외에 교제하는 이웃은 없다시피 했는데, 콜린스 씨네 형편으론 동네 이웃들 대부분의 생활 수준을 따라갈 수 없었기 때문이었다. 그래도 엘리자베스는 전혀 아쉽지 않았고, 대체로 꽤 즐겁게 지냈다. 날마다 샬럿과 30분 정도 유쾌한 대화를 나누었고, 계절에 어울리지 않게 날이 너무 좋아서 바깥공기를 실컷 쐴 수도 있었다. 그녀가 가장 좋아하는 산책로, 그래서 다른 식구들이 캐서린 영부인을 만나러 간 사이에 자주 나와 거니는 길은, 사제관 앞쪽으로 장원의 경계를 이루는 낮은 숲 안의 아늑하고 호젓한 오솔길이었다. 누구나 드나들 수 있는 숲인데도 그녀 말고는 그 길을 아무도 알아주지 않는 듯했고, 그곳을 거니노라면 캐서린 영부인의 호기심이 미치는 세상을 벗어난 기분이었다.

이렇듯 잔잔한 나날을 보내며 어느덧 2주가 흘렀다. 곧 다가올 부활절을 일주일 앞두고 로징스에 집안사람이 한 명 늘어날 예정이었는데, 가족이라곤 단 둘뿐이다 보니 이는 중대사가 아닐 수 없었다. 사실 여기 온 지 얼마지 않아 엘리자베스는 몇 주 뒤에 다아시 씨가 온다는 이야기를 들었던 터였다. 그녀에겐 보기 싫은 사람으로 선두 다툼을 할 위인이긴 해도, 그가 오면 로징스 모임에 비교적 신선한 볼거리가 생기겠다 싶었다. 게다가 캐서린 영부인이 그를 사윗감으로 점찍은 게 확실하니, 사촌을 대하는 그의 태도를 보고 빙리 양의 기대가 얼마나 허망한지 확인하는 재미도 쏠쏠할 것 같았다. 과연 영부인은 그가 온다고 몹시도 흐뭇하게 알리며 그에 대해 최고의 찬사를 아끼지 않았는데, 머라이아와 엘리자베스가 이미 그를 여러 번 만났다는 사실을 알고는 역정을 내려다 가까스로 참는 모습이었다.

그가 도착하기 무섭게 사제관에도 그 소식이 전해졌다. 그의 도착을 누구보다도 먼저 확인하고 싶었던 콜린스 씨가 아침부터 내내 집 앞 헌스포드로(路)를 서성이며 이쪽으로 트인 로징스의 출입구들을 주시하였고, 드디어 장원으로 진입하는 마차를 향해 머리를 조아린 뒤 이 엄청난 소식을 들고 한달음에 집으로 들어왔다. 이튿날 아침 그는 인사를 올리려고 서둘러 로징스로 향했다. 그의 인사를 받은 캐서린 영부인의 조카는 두 명이었으니, 다아시 씨가 외숙부 ○○ 경의 차남 피츠윌리엄 대령을 데려온 것이었다. 콜린스 씨는 두 신사분을 집으로 모셔와 모두를 대경실색하게 했다. 남편 방에서 바깥 동정을 살피고 있던 샬럿이 길을 건너오는 그들을 보고 부리나케 건넛방으로 달려와 두 아가씨에게 어떤 영광이 들이닥칠지 알리고는 덧붙였다.

"이런 예우는 일라이자 네 덕이겠지. 아무렴 다아시 씨가 나한테 인사하려고 이리도 급히 오실까."

엘리자베스가 가당찮은 얘기라고 답할 새도 없이 현관 종이 울려 그들의 도착을 알렸고, 곧이어 세 남자가 방으로 들어섰다. 앞장서서 들어온 피츠윌리엄 대령은 서른 살 언저리로 보였고 미남은 아니었으나 품격과 언행에서 그야말로 진정한 신사였다. 다아시 씨는 하트퍼드셔에서 익히 보았던 모습 그대로였고, 콜린스 부인에게 인사치레할 때도 변함없이 말수를 아꼈으며, 그녀의 친구에겐 어떠한 감정을 느끼는지 몰라도 겉으로는 마냥 덤덤하게 인사를 건넸다. 엘리자베스도 말 한마디 없이 무릎만 살짝 굽혀 응했다.

피츠윌리엄 대령이 본데 있게 자란 사람 특유의 서글서글하고 여유 있는 태도로 곧장 대화의 문을 열더니 아주 유쾌하게 이야기를 이어갔다. 그러나 그의 사촌은 콜린스 부인에게 집과 정원에 대한 평을 짧게 전하고는 한동안 아무와도 말하지 않았다. 그래도 문득 예의는 차려야겠다는 생각이 들었는지, 드디어 엘리자베스에게 가족들 안부를 물었다. 그녀는 의례적인 대답을 하고 잠시 가만히 있다가 불현듯 질문을 던졌다.

"언니가 석 달째 런던에서 지내고 있어요. 혹시 마주친 적 없으세요?"

그가 언니를 만난 적이 없다는 사실을 잘 알고 있었지만, 그녀는 그가 빙리 일가와 제인 사이의 일을 알면서도 내색하지 않을 수 있는지 보고 싶었다. 그리고 유감스럽게도 베넷 양을 만나지 못했다고 대답하는 그의 표정에서 엘리자베스는 언뜻 당혹감을 엿본 것 같았다. 그녀는 더이상 그 문제를 캐지 않았고, 얼마 후 신사들이 물러갔다.

08

사제관 사람들은 피츠윌리엄 대령의 매너에 감탄했
으며 여인들은 그 덕에 로징스 모임이 훨씬 즐거워지겠
다고 예상했다. 하지만 며칠이 지나도록 로징스에서는
오라는 기별이 없었는데, 객식구가 있는 마당에 구태여
그들을 불러들일 필요가 없기 때문이었다. 영부인의 조
카들이 온 지 약 일주일이 지나고 부활절이 되어서야 마
침내 영광스러운 분부가 떨어졌으니, 감사성찬례를 마
치고 교회를 나서면서 영부인이 말하길 저녁에 들르라
고 했다. 지난 일주일간 그들은 캐서린 영부인도 드 버그
양도 거의 보지 못했다. 피츠윌리엄 대령은 한 번 이상
사제관을 방문했지만 다아시 씨는 도착한 첫날 이후 교
회에서 본 게 처음이었다.

두말할 것 없이 사제관 사람들은 이 초대를 받들었고
때맞춰 로징스 응접실에서 캐서린 영부인 일행을 만났
다. 영부인은 점잖게 그들을 맞이했으나 달리 만날 사람
이 없을 때만큼 기꺼워하지는 않는 티가 확실히 났다. 실
제로 그녀는 거의 두 조카에게만 집중했으며 그중에서
도 유독 다아시에게 건네는 말이 많았다.

피츠윌리엄 대령은 진심으로 그들이 반가운 기색이
었다. 로징스 생활이 하도 답답해 무슨 일이든 일어나길

이제나저제나 기다렸을뿐더러, 콜린스 부인의 어여쁜 친구가 그의 마음을 적잖이 끌어당기기도 했던 것이다. 그가 옆에 앉아서 켄트와 하트퍼드셔, 여행과 칩거, 새로 나온 책과 음악을 어찌나 재미있게 얘기하던지, 엘리자베스는 이제껏 이 방에서 이만큼의 절반이라도 즐거웠던 적이 없었던 것 같았다. 두 사람의 대화가 너무나 활기차고 거침없이 이어지는지라 다아시 씨는 물론이고 캐서린 영부인도 그쪽으로 눈길이 갈 수밖에 없었다. 다아시 씨는 진즉부터 호기심 어린 눈길로 연신 두 사람을 살폈고, 얼마 후 영부인도 그와 같은 호기심을 느꼈는데 그와는 다르게 서슴없이 큰 소리로 물었다.

"둘이서 무슨 얘길 하는 중이냐, 피츠윌리엄? 뭣이 그리도 재미있어? 베넷 양한테 무슨 얘길 하는 게야? 나도 좀 들어보자."

더는 피할 수 없게 되자 그가 대답했다.

"음악 얘기를 하고 있어요, 고모님."

"음악이라! 그럼 크게 얘기하려무나. 내가 제일 좋아하는 화제야. 음악 얘기에 내가 빠질 수는 없지. 잉글랜드에서 나만큼 음악을 제대로 즐길 줄 아는 사람은 없을 게야. 타고난 귀가 나보다 뛰어난 사람도 없을 게고. 배우기만 했어도 명연주자가 되었겠지. 앤도 그래, 건강이 허락했더라면 말이야. 틀림없이 귀 호강을 시켜줬을 텐데. 조지아나는 실력이 얼마나 늘었지, 다아시?"

다아시 씨는 동생이 대견하다는 듯 제법 능숙해졌다고 대답했다.

"그런 칭찬을 들으니 무척 기쁘구나. 그 애한테 내 얘기 전해다오. 웬만큼 연습해서는 뛰어난 실력을 기대할 수 없는 법이라고."

캐서린 영부인의 충고에 다아시 씨가 말했다.

"염려 마십시오, 이모님. 조지아나는 그런 조언이 필요치 않을 정도로 부단히 연습합니다."

"그렇다면 더더욱 잘됐고. 연습은 아무리 많이 해도 지나치지 않아. 다음에 그 애한테 편지를 쓸 때는 어떠한 일이 있어도 연습을 게을리하지 말라고 일러야겠다. 내 젊은 아가씨들한테 누누이 이르지. 꾸준히 연습하지 않으면 뛰어난 경지에 이를 수 없다고 말이야. 베넷 양한테도, 더 연습하지 않으면 실력이 늘 리 없다고 여러 번 말했어. 콜린스 부인네는 악기가 없으니 언제든 로징스에 와서 젠킨슨 부인 방에 있는 피아노를 치라고도 했지. 거기서 연습하면 아무한테도 방해가 안 되잖나."

다아시 씨는 이모의 무례한 언사가 다소 무안스러웠는지 아무런 대답도 하지 않았다.

커피를 다 마신 뒤 피츠윌리엄 대령이 엘리자베스에게 아까 약속한 대로 연주를 들려달라고 졸랐다. 그녀가 피아노 앞에 앉자 그는 얼른 의자를 끌어와 곁에 앉았다. 캐서린 영부인은 그녀의 연주를 반쯤 듣다 말고 이전처럼 나머지 조카에게 계속 말을 걸었다. 얼마 후 그가 이모님 곁을 떠나 늘 그러듯 신중한 걸음걸이로 피아노 쪽으로 다가가더니 아름다운 연주자의 얼굴이 잘 보이는 곳에 자리를 잡았다. 그의 거동을 본 엘리자베스는 적당한 순간에 연주를 잠시 끊고 그에게 짓궂은 미소를 보내며 말했다.

"절 식겁하게 하시려고요, 다아시 씨? 제 연주를 들으러 이리도 진중하게 오시다뇨. 하지만 동생분 실력이 아무리 대단하다 해도 전 기죽지 않아요. 누가 겁주려 들면 한사코 겁먹지 않는 고집이 있거든요. 전 위협적인 상황에서 도리어 용기가 솟는답니다."

"오해하셨다는 말은 않겠습니다. 진정 내가 재미로 당신을 기죽이려 한다고 믿으시는 건 아닐 테니까요. 베넷 양과 알고 지낸 기간이 있는 만큼, 당신이 때로 본심이 아닌 말을 하는 데서 큰 즐거움을 찾는다는 것쯤은 알고 있습니다."

엘리자베스는 자신을 묘사하는 그의 표현에 실소하고는 피츠윌리엄 대령에게 말했다.

"대령님 사촌께서 제 얘길 아주 제대로 해주실 거예요. 제가 하는 말은 한마디도 믿지 말라고 알려주시겠죠.

전 어쩌면 이렇게 운이 없을까요? 여기서만큼은 어느 정
도 믿을 만한 사람으로 행세해도 통하겠다 싶었는데 하
필 제 본색을 여지없이 폭로할 수 있는 분을 만나다니요.
정말 너무하세요, 다아시 씨. 하트퍼드셔에서 아시게 된
제 단점을 다 들춰내시면 어떡해요. 그런데 이런 말씀 외
람되지만, 생각이 짧으셨네요. 제가 복수하고 싶어졌거
든요. 제 입에서 나오는 얘기를 들으면 친척분들께서 많
이 놀라실걸요."

그가 미소를 지으며 말했다.

"난 두렵지 않습니다."

그러자 피츠윌리엄 대령이 끼어들었다.

"무슨 약점을 잡으신 겁니까? 다아시가 초면인 사람
들 앞에서 어떻게 행동하는지 알고 싶어요."

"그럼 알려드려야죠. 하지만 그야말로 가공할 이야기
니 각오하세요. 하트퍼드셔에서 처음 저분을 뵌 건, 아시
겠지만 무도회에서였어요. 그런데 거기서 저분이 어떻
게 하셨을 것 같으세요? 단 두 명하고만 춤을 추셨답니
다! 충격을 안겨드려 죄송하지만, 사실이 그런걸요. 신
사분들 수가 적은데도 딱 네 번 춤추고 마셨다니까요. 제
가 똑똑히 기억하는데, 상대가 없어 앉아 있는 아가씨가
한 명은 넘었어요. 그 사실은 다아시 씨도 부인하실 수
없지요."

"당시 그 무도회에서 우리 일행을 제외하고는 나와 친분이 있는 여성이 없었습니다."

"암요, 그렇지요. 무도회란 사람을 소개하고 소개받는 자리가 아니지요. 자, 피츠윌리엄 대령님, 이번엔 어떤 곡을 칠까요? 제 손가락들이 대령님 명령을 기다리네요."

다아시가 말했다.

"만약 내가 소개를 원했다면 아마 처신을 더 잘했어야 겠지요. 하지만 난 낯선 사람들에게 나를 잘 소개하기가 껄끄럽습니다."

엘리자베스는 여전히 시침을 뚝 떼며 피츠윌리엄 대령에게 말했다.

"사촌께 그 이유를 여쭤볼까요? 지성과 교양을 두루 갖춘 상류층 신사분이 어째서 자신을 잘 소개하는 게 껄끄럽다 하시는지?"

"그 질문은 다아시한테 물을 것 없이 제가 대답해드릴 수 있습니다. 노력할 생각이 없어서지요."

대령의 말에 다아시가 항변했다.

"처음 보는 이들과 편하게 대화하는 재주가 없어섭니다. 난 그런 능력을 타고난 사람들처럼 대화 분위기를 따라가거나 화제인 이야기가 흥미로운 척하지 못해요."

이에 엘리자베스가 말했다.

"제 손가락은 수많은 다른 여자들처럼 능숙하게 이 건반 위를 날아다니지 못해요. 세기나 빠르기가 다르고, 표현력도 같을 수 없죠. 하지만 언제나 그건 제 탓이라 여겨왔어요. 연습이라는 노력을 기울이지 않기 때문이라고요. 제 손가락이 다른 여자들 손가락만큼 훌륭한 연주를 해낼 능력을 타고나지 못했다고는 생각지 않아요."

다아시는 빙긋 미소를 지었다.

"백번 옳은 말씀입니다. 당신은 시간을 훨씬 더 효율적으로 썼죠. 당신 실력을 흠잡을 사람에게는 연주를 들려주는 특혜를 베풀지 않으니까요. 우리 둘 다 모르는 사람 앞에서는 연주하지 않는 셈이군요."

이때 캐서린 영부인이 무슨 얘기 중이냐고 외치는 바람에 그들의 대화는 중단되었다. 엘리자베스는 즉시 연주를 재개했다. 캐서린 영부인이 다가와 몇 분쯤 듣더니 다아시에게 말했다.

"연습을 더 하고 런던의 교육 덕을 볼 수 있다면 베넷 양도 틀리게 치지는 않을 게야. 운지가 썩 괜찮아, 감각은 앤에 못 미치지만. 우리 앤이 제대로 배울 만큼 건강만 받쳐줬어도 굉장한 실력가가 되었을 터인데."

엘리자베스는 드 버그 양을 추어올리는 말에 다아시가 얼마나 성심껏 동조하려나 싶어 그를 살폈지만, 그 순간이나 다른 어느 때에도 사랑의 징후 같은 건 찾아볼 수 없었다. 드 버그 양을 대하는 그의 태도 전반에서, 그녀는 빙리 양에게 위로가 될 만한 결론을 얻었다. 즉 친척 관계가 아니라는 사실만 빼면 빙리 양도 드 버그 양만큼이나 다아시와 결혼할 가망이 있으리란 것이었다.

캐서린 영부인은 계속해서 엘리자베스의 연주를 평하며 연주법과 표현력에 대해 수많은 가르침을 곁들였다. 엘리자베스는 오로지 예의를 지키겠다는 일념으로 그 모든 수모를 견뎌냈으며, 일행을 사제관으로 데려다줄 영부인의 마차가 준비될 때까지 두 신사분의 요청대로 피아노 앞을 떠나지 않았다.

09

다음 날 오전, 콜린스 부인과 머라이아가 마을에 일이 있어 나간 사이 홀로 앉아 제인에게 편지를 쓰던 엘리자베스는 누군가의 방문을 알리는 현관 종소리에 화들짝 놀랐다. 마차 소리는 못 들었지만 보나 마나 캐서린 영부인일 터, 무람없는 질문 공세를 피하려 편지지를 황급히 치우던 중 문이 열리고 다아시 씨가, 그것도 혼자서 방으로 들어서자 그녀는 기절할 듯 놀라고 말았다.

그 역시 그녀가 혼자인 것에 적잖이 당황한 기색이었

고, 함부로 들어와 죄송하다며 다른 숙녀분들도 함께 계신 줄 알았다고 해명했다.

그런 뒤 각자 자리에 앉았는데, 그녀는 일단 로징스의 안부를 물으면서도 방 안이 온통 침묵에 휩싸일 듯한 불길한 예감에 사로잡혔다. 그러니 어떻게 해서든 얘깃거리를 쥐어짜야만 하는 이 위급한 상황에서 퍼뜩, 하트퍼드셔에서 마지막으로 그를 보았던 그때가 떠올랐고, 당시 상황을 그가 어떻게 설명할지 궁금해졌다.

"작년 11월에 너무들 갑작스럽게 네더필드를 떠나셨어요, 다아시 씨! 모두가 그렇게 속히 따라와 줘서 빙리 씨도 무척 놀라워하며 반기셨겠죠? 제 기억이 맞는다면, 그날은 빙리 씨가 떠난 바로 다음 날이었잖아요. 그분과 누이분들은 잘 지내시죠? 런던에서 자주 만나셨을 텐데."

"아주 잘 지냅니다. ……고맙습니다."

그 외에 별다른 대답은 들을 수 없었다. 잠시간 침묵이 흐른 뒤 다시 그녀가 물었다.

"빙리 씨는 네더필드로 돌아오실 생각이 별로 없으신 걸로 아는데, 정말 그런가요?"

"그 친구한테서 직접 들은 바는 없습니다만, 앞으로 그곳에서 시간을 보낼 일은 거의 없을 것 같습니다. 그 친구 발이 넓기도 하고, 지금은 인맥이며 사교 활동을 한창 늘리는 시기니까요."

"네더필드를 비워두실 셈이라면 그곳을 아예 포기하는 편이 동네를 위해 좋을 텐데요. 그래야 저희도 그곳에 자리 잡고 사는 이웃을 맞이할 수 있지 않겠어요? 하지만 빙리 씨는 딱히 이웃을 배려해서 그 집을 얻은 게 아닐 테니 거길 내놓을지 말지도 저희가 상관할 수 있는 문제가 아니겠지요."

"적당한 세입자가 나타나면 당연히 집을 넘기리라 봅니다만."

엘리자베스는 대꾸하지 않았다. 그의 친구 이야기를 더 이어가기가 두려웠는데, 달리 할 말도 없었으므로 이제 이야깃거리를 찾는 수고를 그에게 떠넘기기로 한 것이다.

이를 알아챈 그가 이내 다른 화제를 꺼냈다.

"집이 참 아늑합니다. 콜린스 씨가 헌스포드에 처음 오셨을 때 캐서린 영부인께서 신경을 많이 써주셨나 봅니다."

"그러셨겠죠……. 그런 친절에 콜린스 씨보다 더 황송해할 사람은 다시없을 테고요."

"콜린스 씨가 부인을 아주 잘 만나신 것 같더군요."

"그렇고말고요. 분별력이 있으면서 그 사람과 결혼하여 남편을 행복하게까지 해주는 여자가 어디 흔한가요?

콜린스 씨 쪽에서 당연히 기뻐할 일이지요. 제 친구는 굉장히 똑똑해요. ……콜린스 씨와 결혼한 것이 과연 더할 나위 없는 선택이었는지 개인적으로는 의문이지만요. 어쨌든 본인이 지극히 만족하며 사는 데다, 이해득실 면에서 보면 확실히 부인 쪽에도 퍽 잘된 일이에요."

"이곳이 친정이나 친구들과 왕래하기 편한 거리라는 것도 무척 좋은 조건이겠지요."

"왕래하기 편한 거리라고 하셨어요? 거의 50마일이에요."

"길이 잘 닦여 있는데 50마일이 대수겠습니까? 겨우 한나절을 조금 넘는 거리인데요. 예, 그 정도면 왕래하기 아주 편한 거리입니다."

"아무래도 전 그 정도 거리를 좋은 조건이라고 여길 수가 없네요. 콜린스 부인이 사는 곳이 친정과 가깝다고 생각해본 적도 없어요."

"그건 하트퍼드셔에 애착이 있다는 증거입니다. 롱본 근처가 아니면 어디라도 멀게 느끼실 테지요."

그렇게 말하는 그의 얼굴에 미소 같은 것이 서렸는데, 엘리자베스는 그 표정의 의미를 알 것 같았다. 그녀가 제인과 네더필드를 염두에 두고 이야기한 것이라 짐작했겠지. 그녀는 얼굴을 붉히며 대답했다.

"친정이 가까울수록 좋다고 우기려는 건 아니에요. 멀

고 가깝고는 상대적인 개념이고, 아주 다양한 변수가 있으니까요. 여비쯤이야 우습게 쓸 만큼 돈이 많다면 정말 거리가 무슨 대수겠어요? 하지만 여기 사정은 그렇지 않거든요. 콜린스 부부의 수입은 넉넉한 편이지만, 여행을 자주 다닐 만큼은 안 되니까요. 지금 거리의 절반 이하라 해도 제 친구는 친정이 가깝다고 생각하지 않을걸요."

다아시 씨는 자신이 앉은 의자를 그녀 쪽으로 조금 끌어당기고서 말했다.

"고향에 애착이 그리도 깊다고 주장하실 수 있을까요? 베넷 양이라고 평생 롱본에만 계셨을 리 없을 텐데요."

엘리자베스는 놀란 표정이었다. 신사 쪽은 어떤 감정의 변화를 겪었는지 의자를 도로 물리고 탁자에 놓인 신문을 집어 죽 훑어보며 냉랭해진 말투로 물었다.

"켄트는 마음에 드십니까?"

그렇게 잠시, 양쪽 다 차분하고 간결하게 켄트에 대한 대화를 이어갔지만, 외출을 마치고 돌아온 샬럿과 머라이아가 들어오면서 대화도 끝났다. 두 자매는 이 방에서 두 사람을 보게 되어 놀란 기색이었다. 다아시 씨는 혼자 계신 줄 모르고 들어와 베넷 양을 방해했다고 말하고는 별말 없이 몇 분간 더 앉아 있다 가버렸다.

그가 나가자마자 샬럿이 말했다.

"이게 무슨 뜻이겠니! 얘, 일라이자, 널 사랑하시는 게 틀림없어. 그게 아니면 선약도 없이 이렇게 친구 집 들르듯 우리 집에 오실 리 없잖아."

그러나 그가 들어와서도 통 말을 않더라는 엘리자베스의 설명을 듣자니 샬럿의 장밋빛 해석이 사실일 가능성은 희박해 보였으며, 둘이서 여러모로 추측한 끝에 나온 결론은 계절이 계절이니만큼 그저 할 일을 찾다 못해 예까지 납시었다는 것뿐이었다. 사냥도 낚시도 지금은 철이 아니었다. 집에 캐서린 영부인과 책, 당구대가 있지만 신사들이 허구한 날 실내에 틀어박혀 지낼 수는 없는 노릇이었다. 사제관이 가까워서인지, 가는 길이 산책하기 좋아서인지, 아니면 거기 사는 사람들이 좋아서인지, 두 사촌은 거의 날마다 그리로 가고 싶은 마음이 일었다. 그들은 아침 식사 후 아무 때나, 때로는 따로, 때로는 같이, 또 더러는 영부인까지 모시고 사제관을 방문했다. 피츠윌리엄 대령은 누가 봐도 그들과의 교제가 즐거워서 찾아오는 것이었기에 사제관 사람들의 호감도는 당연히 더 높아졌다. 그는 엘리자베스에게 마음이 있다는 사실을 노골적으로 드러냈는데, 그녀도 그와 기분 좋게 어울리게 되다 보니 예전에 특별히 호감을 나누던 조지 위컴이 절로 생각났다. 그리고 둘을 비교할 때 피츠윌리엄 대령이 비록 살가운 매력은 덜하지만 박식한 머리로는 따라올 자가 없을 것 같았다.

하지만 다아시 씨가 왜 이다지도 자주 사제관을 방문하는지는 도통 모를 일이었다. 교제가 목적일 리는 없었다. 사람들과 한자리에 앉아서도 족히 10분은 입 한번 열지 않는 경우가 허다했고 어쩌다 말을 할 때도 본인은 즐기는 게 아니라 예의를 위해 희생한다는 듯 마지못해 몇 마디 뱉을 뿐이었으니 말이다. 그는 대체로 묵묵하고 덤덤했다. 콜린스 부인은 그를 어떻게 보아야 할지 알 수가 없었다. 피츠윌리엄 대령이 이따금 그에게 왜 그리 멍하냐며 놀리는 것을 보면, 모르긴 해도 평상시 그의 모습은 그렇지 않은 모양이었다. 그렇다면 이런 변화가 사랑의 힘이며 그 사랑의 대상이 자기 친구 일라이자라고 믿고 싶었던 그녀는, 증거를 찾아내고자 눈에 불을 켰다. 그들이 로징스를 방문할 때나 그가 헌스포드로 올 때마다 그를 유심히 살폈는데 별다른 성과는 없었다. 분명 그녀의 친구를 수시로 응시하기는 했지만 그 눈빛이나 표정이 애매했다. 사뭇 진지하게 시선을 고정하고 있으나 과연 그것이 연정의 발로인지 미심쩍을 때가 많았고, 가끔은 그냥 아무 생각 없이 멍한 것처럼 보이기도 했다.

한두 번은 엘리자베스에게 그분이 널 남달리 여기시는 것 같다고 넌지시 말해봤지만, 엘리자베스는 번번이 코웃음을 쳤다. 콜린스 부인은 친구에게 이 문제를 계속 거론해서 어쩌면 실망만 남길지 모를 기대를 안기는 건 위험하겠다고 생각했다. 그의 마음을 사로잡은 줄로 알게 되면 이 친구가 그에게 품었던 반감이 모두 사라질 것은 의심의 여지가 없다고 봤기 때문이다.

엘리자베스를 위한 우정 어린 계획을 이리저리 세워보다가, 친구가 피츠윌리엄 대령과 결혼하면 어떨까 생각해보는 때도 있었다. 그는 단연 비할 데 없는 호인이고, 엘리자베스를 연모하는 것이 확실하며, 결혼 상대로서 조건도 아주 알맞았다. 그러나 대령의 여러 장점을 일거에 상쇄하고도 남을 강점이 다아시 씨에게 있었으니, 사촌에게는 하나도 없는 성직 서임권을 그는 상당히 많이 보유한 것이었다.

10

엘리자베스는 장원을 산책하다 예기치 않게 다아시 씨와 여러 번 마주쳤다. 자기 말곤 아무도 다니지 않던 길로 그가 오다니 고약한 운명의 장난질에 놀아난 기분이었고, 다시는 이런 일이 생기지 않게 하려고 처음 마주쳤을 때 여긴 자기가 즐겨 다니는 산책길이라고 분명히 일렀다. 그런데도 어떻게 그 일이 또다시 일어날 수 있는지 참으로 이상야릇한 노릇이었다! 심지어 그는 두 번도 아니고 세 번이나 나타났다. 의례적인 인사나 몇 마디 나누고 잠시 어색하게 머뭇거리다 가버리면 그만이 련만, 악의적 심술인지 자발적 고행인지 매번 그는 가다 말고 굳이 돌아와서 그녀와 함께 걸었다. 그렇다고 말을 많이 하는 것도 아니었다. 그녀도 애써 많이 말하거나 들을 마음은 없었지만, 세 번째 조우했을 때 문득 느끼기론 어쩐지 이 남자가 두서없이 질문을 던지고 있는 것 같았다. 그러니까 그는 헌스포드 생활은 즐거우시냐, 홀로 산책하는 걸 무척 즐기시나 보다, 콜린스 부부가 행복한 것 같으냐 따위를 물었는데, 그러다 로징스 얘기를 꺼내면서 당신은 아직 그 저택의 일부만을 아실 뿐이라고 말할 때는 마치 언제고 그녀가 켄트를 재방문할 때마다 거기에서도 묵으리라 예상하는 것 같았다. '당신은 아직 일부만을 안다.'는 표현이 꼭 그렇게 들렸다. 혹시 피츠윌리엄 대령을 염두에 두고 한 말일까? 어떤 의도가 있어서 한 말이라면 필시 그 방면의 가능성을 암시한 것이리라. 그렇게 생각하자니 머리가 좀 복잡해져서, 그녀는 사제관 쪽 울짱 가운데 있는 대문에 이르자 겨우 놓여난 기분이었다.

어느 날 산책길에서 그녀는 얼마 전에 받은 제인의 편지를 다시금 찬찬히 읽어보았다. 언니가 울적한 기분으로 쓴 티가 나는 몇 구절을 곱씹으며 무심코 고개를 들었는데, 또 느닷없이 다아시 씨가 나타난 게 아니라 피츠윌리엄 대령이 눈앞에 있었다. 그녀는 얼른 편지를 치우고 억지로 미소를 지어 보이며 인사를 건넸다.

"이 길로 다니시는 줄은 미처 몰랐네요."

"장원을 한 바퀴 쭉 돌아보고 있었습니다. 나만의 연례행사랄까요. 이 행사를 마치는 대로 사제관에 들를 셈입니다. 베넷 양은 한참 더 걸으실 생각인가요?"

"아뇨, 저도 금방 돌아가야 해요."

그길로 그녀는 방향을 틀어 그와 함께 사제관으로 향했다.

그녀가 물었다.

"토요일에 켄트를 떠나시죠?"

"예…… 다아시가 또 연기하지 않으면요. 어차피 난 다아시가 하자는 대로 합니다. 일정은 우리 사촌께서 본인 뜻대로 정하시거든요."

"게다가 일정을 정하는 일이 썩 즐겁지 않아도 어쨌든 결정권을 쥐고 있다는 데서 상당한 쾌감을 누리시죠. 자기 맘대로 할 권한을 다아시 씨보다 더 즐기는 사람이 과연 있을까 싶어요."

"자기 방식대로 하는 걸 아주 좋아하기는 하지요. 하지만 누군들 그러고 싶지 않을까요? 그저 다아시가 대다

수 사람보다 유리한 위치에 있을 뿐이죠. 그 친구는 부자고 다른 사람들은 가난뱅이니까요. 내가 감정이 좀 앞섰네요. 아시다시피 차남으로서 자제와 의존에 익숙해져야 하다 보니."

"글쎄요, 백작의 차남께서 하실 말씀은 아닌 것 같은데요. 그럼 진지하게 여쭐게요. 자제와 의존을 한 번이라도 제대로 겪어보셨나요? 가고 싶은 곳이 있거나 사고 싶은 게 있는데 돈이 없어서 못 가고 못 사본 적이 있으세요?"

"정곡을 찌르시는군요. 솔직히 그런 일로 어려움을 겪은 적이 많다고는 할 수 없지요. 하지만 더 중차대한 문제에서는, 나도 돈 때문에 괴로울 수 있어요. 장남이 아니면 좋아하는 사람과 마음대로 결혼할 수 없답니다."

"좋아하는 아가씨가 부유하지 않을 때의 얘기겠지요. 대개는 재산깨나 있는 아가씨를 좋아하시는 것 같던데요."

"돈을 써 버릇하며 살다 보니 금전적으로 도움 되는 사람이 절실할 수밖에요. 나 같은 처지에서 돈을 고려하지 않고 결혼할 수 있는 사람은 많지 않습니다."

'나한테 변명하는 건가?' 하는 생각에 엘리자베스는 얼굴이 화끈 달았지만, 얼른 마음을 다잡고 짐짓 쾌활하게 농담을 던졌다.

"그럼 백작 차남의 몸값은 보통 얼마인지요? 형님께서 심히 병약하시진 않다는 가정하에, 대령님도 5만 파운드 이상을 요구하시진 않으리라 짐작해봅니다만."

대령도 농담으로 응수하면서 이 이야기는 끝났다. 이 시점에서 침묵하면 좀 전 이야기의 여파로 그가 오해할까 봐, 그녀는 곧바로 다른 화제를 꺼냈다.

"그러고 보니 사촌분이 대령님을 데려오신 주된 이유는 자기가 하자는 대로 따를 사람이 필요해서였나 봐요. 그런 분이 왜 결혼을 안 하시나 몰라. 평생 편리하게 좌지우지할 수 있는 사람이 생기는 건데. 하기야, 당장은 동생분이 계신 걸로 충분하겠네요. 하나뿐인 오빠가 유일한 보호자로서 동생 일을 자기 마음대로 결정하겠지요."

"그렇지 않습니다. 그럴 권한은 나와 나눠 가져야 해요. 나도 다아시 양의 공동 후견인이니까요."

"정말요? 그럼 두 분은 어떤 후견인이신가요? 피후견인이 말썽을 많이 부리나요? 그 나이쯤 되는 아가씨들은 말을 좀 안 듣는 편이잖아요. 다아시 혈통을 제대로 물려받았다면 그분 고집도 보통은 아닐 듯싶고요."

말하면서 그녀는 그가 자신을 뚫어져라 보고 있다는 걸 깨달았는데, 곧이어 그가 묻기를 어째서 다아시 양이 우리에게 어떠한 식으로든 불편을 끼칠 거라 여기시냐기에 그녀는 자신의 짐작이 얼추 들어맞았구나 하고 생각했다. 그래서 주저 없이 대답했다.

"놀라실 것 없어요. 다아시 양을 깎아내리는 말을 들은 적은 없답니다. 잘은 모르지만, 아마 세상에서 가장 온순한 아가씨겠지요. 지인 중에 그 아가씨를 굉장히 귀애하는 숙녀분들이 계세요. 허스트 부인과 빙리 양이라고, 대령님도 그분들을 아신다고 하셨던 것 같은데요."

"잘 알지는 못합니다. 그분들 오라비가 아주 사람 좋고 신사답지요. 다아시와는 아주 절친한 사이고요."

엘리자베스는 까칠하게 말했다.

"오, 그렇죠. 다아시 씨도 빙리 씨에게는 유달리 친절하시죠. 어마어마하게 신경을 써주시고요."

"신경을 써준다……! 그래요, 확실히 다아시는 그 청년에게 가장 필요한 부분을 신경 써주는 것 같아요. 이번에 로징스로 오면서 다아시한테 들은 말이 있는데, 빙리가 아주 큰 신세를 졌나 보더군요. 하지만 그 친구한테 미안해지는데요. 다아시가 얘기한 사람이 빙리라고 넘겨짚을 권리는 내게 없으니까요. 전부 나 혼자 추측한 겁니다."

"무엇을 추측하셨다는 말씀이신지?"

"물론 다아시는 소문이 나길 바라지 않을 겁니다. 얘기가 돌고 돌아 상대 아가씨네 귀에까지 들어가면 상당히 불쾌할 일이니까요."

"맹세코 아무한테도 얘기하지 않을게요."

"다시 말하지만 그게 빙리의 일이라고 넘겨짚을 근거
는 별로 없습니다. 다아시 입에서 나온 얘기라곤 최근 어
떤 친구가 아주 경솔하게 결혼할 위기였는데 자기가 막
아내서 다행이라는 것뿐이었어요. 이름이나 구체적인
정황은 언급하지 않았고요. 다만 나는 빙리야말로 그런
곤경을 자초할 만한 젊은이가 아닌가 싶었고, 작년 여름
내 다아시와 함께 지냈다는 걸 알고 있어서 그 친구 얘기
겠거니 했지요."

"다아시 씨가 그 일에 개입한 이유도 말씀하시던
가요?"

"아가씨 쪽에 몇 가지 꽤 심각한 문제가 있다고 들었
습니다."

"그래서, 무슨 수를 써서 둘을 갈라놓았대요?"

피츠윌리엄은 미소를 띠고 대답했다.

"무슨 수를 썼는지는 말하지 않았습니다. 다아시한테
서 들은 건 내가 방금 얘기한 내용이 전부예요."

엘리자베스는 말없이 걷기만 했다. 분노가 치밀어 심
장이 터질 것만 같았다. 잠시 그녀를 지켜보던 피츠윌리
엄이 무슨 생각을 그리 골똘히 하시냐고 물었다.

"대령님께서 해주신 이야기를 생각하고 있어요. 사촌

분 행동이 제게는 거슬러서요. 왜 자기가 판관 노릇을 했대요?"

"주제넘은 간섭이었다고 보시는군요?"

"전 모르겠네요. 다아시 씨가 무슨 자격으로 친구의 의향이 옳다 그르다 판단하죠? 친구가 어떻게 해야 행복할지를 왜 자기가 독단하고 지시하냐고요."

그녀는 흥분을 가라앉히고서 이어 말했다.

"하지만 자세한 내막을 모르면서 그분을 비난하는 건 부당하지요. 당사자들 간에 애정이 깊지 않았을 수도 있고요."

"그도 그럴 법합니다만, 그 경우라면 다아시의 공치사가 딱하리만치 무색해지겠군요."

그가 농담처럼 던진 말이 영락없이 다아시 씨를 설명한다고 받아들인 그녀는 도저히 가볍게 응수할 자신이 없었기에 돌연 화제를 바꿨고, 사제관에 도착할 때까지 두 사람은 잡담 수준의 대화를 이어갔다. 대령이 사제관에서 얼마간 시간을 보내고 돌아가자마자, 그녀는 자기 방에 틀어박힌 채 아까 들은 이야기를 곰곰이 되짚어 보았다. 아무리 생각해도 자신과 관계없는 사람들 얘기가 아닌 것 같았다. 다아시 씨가 그토록 무한한 영향력을 행사할 수 있는 상대가 세상에 둘이나 존재할 리 없었다. 그동안 그녀는 빙리 씨와 제인을 떼어놓으려는 계략에 그가 관여했으리라 믿어 의심치 않으면서도, 계략을 꾸민 주동자는 빙리 양이라고 늘 단정했었다. 하지만 그의 공치사가 허영심에서 비롯된 허풍이 아니라면, 제인이 당한 고통, 지금도 여전히 계속되는 그 고통의 원흉은 바로 그자, 그의 오만과 방종이었다. 세상에서 가장 인정 많고 마음 넓은 사람이 품었던 행복의 희망을 그가 순식간에 망쳐버린 것이다. 더구나 그가 초래했을 불행이 얼마나 지속될지는 아무도 장담할 수 없었다.

'아가씨 쪽에 몇 가지 꽤 심각한 문제가 있다.'고 피츠윌리엄 대령이 옮긴 말인즉슨, 그 아가씨의 이모부가 시골 변호사이고 외삼촌은 런던의 장사치라는 사실을 일컫는 것이리라. 그녀는 저도 모르게 혼자서 언성을 높였다.

"언니만 놓고 보면 반대할 이유가 없잖아. 온통 사랑스럽고 선량하기만 한데! 이해력 뛰어나, 사고방식도 반듯해, 매너까지 매력적인걸. 물론 아버지를 문제 삼았을 리도 없어. 좀 특이한 면이 있기는 해도 지성이며 뭐며 제아무리 다아시 씨라도 업신여길 까닭이 없고, 인품이야 그자가 평생을 간들 우리 아버지 발끝에나 미칠까."

다음으로 어머니를 떠올리자 솔직히 자신감이 조금 내려앉았지만, 그렇다고 다아시 씨가 결혼 반대 사유로 꼽을 만큼 심각한 문제로는 여겨지지 않았다. 보나 마나 그의 자존심은 친구의 친족들이 몰상식한 경우보다 그들의 지위가 떨어지는 경우에 더 깊은 상처를 입을 것이다. 그리하여 마침내 그녀가 내린 결론은, 그 저열해 빠진 자존심과 더불어 빙리 씨를 자신의 매제로 삼겠다는 속셈이 그를 움직였다는 것이었다.

이 일을 생각하며 흥분하고 울었더니 머리가 지끈거렸다. 저녁에 로징스에서 차를 들기로 약속이 돼 있었는데, 날이 저물자 두통이 부쩍 심해진 데다 다아시 씨를 보기 싫기도 해서 그녀는 콜린스 부부와 동행하지 않기로 했다. 친구의 안색이 정말 파리한 것을 본 콜린스 부인은 억지로 더 권하지 않았고 남편의 성화도 최대한 막아주었지만, 콜린스 씨는 그녀가 초대에 불응한 탓에 캐서린 영부인께서 불쾌해하실세라 안절부절 불안감을 감추지 못했다.

292
\
293

11

모두 가고 나자 엘리자베스는 다아시 씨에 대한 적개심을 최대한 끌어올리기로 작정했다는 듯, 켄트에 와서 받은 제인의 편지를 모조리 꺼내어 샅샅이 살피는 일에 몰두했다. 대놓고 불평을 하거나, 지난 일을 다시 들추거나, 현재의 괴로움을 토로하는 내용은 어디에도 없었다. 그렇지만 언니가 쓰는 글마다 드러나던 쾌활함, 자신에게 만족하고 모두에게 호의적인 마음의 평온에서 우러나와 좀처럼 흐려지는 법이 없던 그 쾌활함이 모든 편지, 거의 모든 글줄에서 사라졌다. 편지들을 처음 정독했을 때와는 사뭇 다른 마음가짐으로 집중해 파고들다 보니, 언니의 편찮은 심경이 담긴 구절구절이 이제야 눈에 띄었다. 다아시 씨의 영향력이 빚어낸 비극을 그자가 자랑스레 떠벌렸다는 수치스러운 사실을 알기에, 그녀는 언니가 겪고 있을 고통이 더더욱 뼈에 사무쳤다. 그래도 내일모레가 지나면 그가 로징스에 없으리라 생각하니 얼마간 위로가 되었고, 그보다 약 보름 후면 자신이 곁에서 애정을 쏟고 정성을 다해 언니의 회복에 이바지할 수 있으니 훨씬 더 다행이었다.

다아시가 켄트를 떠날 때 그의 사촌도 따라가리란 사실이 어쩔 수 없이 떠올랐지만, 피츠윌리엄 대령은 그녀와 결혼할 의사가 없음을 분명히 밝혔고, 그녀도 그 남자가 호감 가는 사람이라고 해서 굳이 연연할 생각은 없었다.

이렇듯 대령에 대한 생각을 정리하는 데 빠져 있던 그녀는 갑자기 귀를 파고드는 현관 종소리에 정신이 번쩍 들었다. 혹, 피츠윌리엄 대령인가? 그가 저녁 늦게 찾아온 적이 없지도 않았거니와 이번에는 특별히 병문안을 온 것인지도 모른다. 하지만 이런 기대는 곧이어 무너지고 조금은 설레던 마음도 전혀 다른 이유로 동요하고 말았으니, 천만뜻밖에도 다시 씨가 방으로 걸어 들어오는 게 아닌가. 어쩐지 그는 경황이 없어 보였는데, 다짜고짜 그녀에게 몸은 좀 어떠시냐고 묻는 것이 마치 한결 나아졌다는 말을 듣고 싶어서 왔다는 투였다. 그녀는 냉담하게 예의상 답했다. 그는 잠시 앉았다가 금세 일어나 방 안을 서성였다. 엘리자베스는 내심 의아했지만 아무 말도 하지 않았다. 그 역시 말없이 몇 분을 흘려보내더니, 상기한 얼굴로 그녀에게 다가와 이렇게 말했다.

"애써봤지만 소용없었습니다. 도저히 안 되겠어요. 이 감정은 억누를 수 없습니다. 내가 당신을 얼마나 열렬히 사모하고 사랑하는지 말해야겠습니다."

엘리자베스의 놀라움은 이루 형언할 수 없을 정도였다. 그녀는 휘둥그레진 눈으로 그를 응시했고 얼굴을 붉혔으며 믿지 못하는 표정이었으나 끝내 침묵했다. 이 반응은 고백을 계속하라는 뜻이라고 해석한 그는 그녀에게 오래전부터 지금 이 순간까지 품어온 감정을 전부 털어놓기 시작했다. 고백은 유창했으나, 그는 가슴이 느끼는 감정 외에 다른 심사까지 상세히 늘어놓았고, 애정을 표현할 때에 뒤지지 않는 웅변조로 자부심을 운운했다.

신분의 차이, 그로 인한 위신의 하락, 집안의 반대 등 자신의 이성이 이 감정을 한사코 불허했던 이유를 조목조목 읊었는데, 제풀에 다소 격앙된 모습은 지금 스스로 흠집 내고 있는 그 자부심 때문인 듯했으나 그런 태도가 그의 구애에 호소력을 더할 리는 만무했다.

　그에게 뿌리 깊은 반감이 있는 그녀였지만 이런 남자의 사랑 고백이 안기는 영광에 아예 무심할 수는 없었고, 애초의 의지는 한순간도 흔들리지 않았지만 처음에는 곧 거절당할 그가 안됐다는 생각이 들기도 했다. 그러나 뒤이은 그의 언사가 그녀의 마음속에 분노를 채워 넣고 일말의 측은지심마저 밀어내 버렸다. 어쨌든 그녀는 그의 말이 끝나거든 대답할 생각으로 애써 참으며 분노를 삭였다. 그는 갖은 노력을 다했으나 이 감정이 너무나 강해 결코 다스릴 수 없음을 깨달았다면서, 이제 당신의 승낙으로 그간의 고뇌를 보상받고자 한다는 희망을 피력하며 고백을 마쳤다. 한눈에도, 긍정하는 대답을 들으리라 믿어 의심치 않는 눈치였다. 입으로는 두려움과 불안을 말하면서도 표정은 아주 여유 만만했다. 그 모습에 더더욱 비위가 상한 그녀는 그가 말을 맺자 얼굴에 홍조를 띠고서 말했다.

　"이런 경우, 제가 드릴 답과는 상관없이, 그런 감상적인 고백에 일단 고마움을 표하는 것이 관례라고 알고 있습니다. 그래야 한다고 느끼는 게 당연하고요. 저도 고마움을 느낄 수 있다면 당장에 그러겠어요. 하지만 그럴 수 없네요. 전 당신의 호감을 바란 적 없고, 분명 당신도 본의 아니게 그런 감정을 품게 되셨으니까요. 누구든 저로 인해 괴로움을 겪지 않았더라면 좋았겠지만, 저도 의도한 바는 아니었으니 모쪼록 그 고통이 오래가지 않기만을 바랍니다. 당신도 여러 생각들로 그 감정을 오랫동안 인정하지 못했다 하시고 이제 제 입장도 들으셨으니 그리 어렵지 않게 이겨내실 수 있겠지요."

벽난로 선반에 기대선 채 그녀의 얼굴을 빤히 바라보던 다아시 씨는 그녀의 대답에 놀란 기색이었고 그에 못지않게 화가 난 모습이었다. 노염에 겨워 얼굴에서 핏기가 가시더니, 요동치는 마음이 표정으로 고스란히 드러났다. 어떻게든 침착해 보이려 안간힘을 쓰고 있었으며, 평정을 되찾았다는 확신이 들기 전엔 절대로 입을 떼지 않을 태세였다. 엘리자베스로서는 견디기 힘든 정적이 흘렀다. 마침내, 억지로 침착한 목소리를 짜내며 그가 말했다.

"즉, 고작 이것이 내가 고대하던 대답이란 말입니까? 혹, 어쩌면, 이유를 여쭈어도 되겠습니까? 어째서 이런 식으로, 최소한의 예의조차 갖추지 않고 거절하시는지요. 하기야 지금 예의가 무슨 대수겠습니까마는."

"저야말로 되묻고 싶네요. 어째서, 명백히 제게 불쾌감과 모욕감을 안길 의도를 품었으면서, 당신의 의지, 이성, 심지어 성격까지 거슬러가며 절 좋아한다고 말씀하시는지요? 제가 무례했다면 이로써 어느 정도 설명이 되지 않을까요? 하지만 이유야 더 있지요. 아시잖아요. 당신에게 반감이 없었거나 별 관심이 없었던들, 아니 혹여나 호감이 있었던들, 사랑하는 언니의 행복을 아마도 영원히 망쳐버린 남자를 제가 받아들일 수 있으리라 생각하세요? 설마한들 그러고 싶은 마음이라도 생길까요?"

그녀의 입에서 언니 이야기가 나오자 다아시 씨의 안색이 변했다. 그러나 곧 그는 무표정해졌고, 계속되는 그녀의 말을 잠자코 듣기만 했다.

"당신을 싫어할 이유는 얼마든지 있어요. 우선 당신이 저지른 부당하고 치졸한 짓에 대해서는 변명의 여지가 없지요. 당신 혼자서 두 사람을 갈라놓은 건 아니었을지 몰라도, 당신이 주동자였다는 사실은 감히 부인하실 수 없을 거예요. 당신 때문에 한 사람은 변덕스럽고 우유부단하다는 세상의 비난을 받게 됐고, 또 한 사람은 헛된 희망을 품었다는 조롱을 받게 됐어요. 당신이 개입한 바람에 두 사람 모두 극도로 비참해지고 말았다고요."

잠시 말을 끊은 그녀는 양심의 가책 따위 전혀 느끼지 않는 게 분명한 그의 모습에 적잖게 울분이 끓었다. 심지어 그는 짐짓 아무려니 하는 미소까지 띠고서 그녀를 바라보았다.

그녀가 재차 물었다.

"그런 적 없다고 발뺌하실 건가요?"

그제야 그는 애써 태연한 척 대꾸했다.

"발뺌할 생각 없습니다. 내 친구와 당신 언니를 떼어놓기 위해 온 힘을 다했고, 성공을 거두어 대단히 기쁩니다. 엄연히 나 자신보다 친구를 위한 행동이었습니다."

엘리자베스는 이 공치사를 못 들은 척 무시했다. 그 의미를 못 알아들은 것은 아니었으나 그게 사실이라 해도 분이 가라앉을 성싶지는 않았다.

그녀는 내처 말했다.

"비단 이 일 때문만이 아니에요. 이 일이 있기 훨씬 전부터 당신이 싫었어요. 몇 달 전 위컴 씨가 들려준 이야기로 당신이 어떤 사람인지 잘 알게 됐거든요. 이건 어떻게 변명하실래요? 이번에도 우정을 빙자해 방어하실 건가요? 어떤 허위를 갖다 붙인들 진실을 가릴 수 있을까요?"

이에 다아시의 얼굴이 확 달아오르며 말투도 약간 거칠어졌다.

"그 양반 일에 상당히 관심이 많으시군요."

"그분이 어떤 시련을 겪었는지 알면 누구라도 관심을

가질 수밖에 없지 않겠어요?"

다아시는 경멸조로 뇌까렸다.

"시련이라! 그래요, 그 신사분께서 실로 엄청난 시련을 겪으셨지요."

엘리자베스는 맹렬히 그를 몰아붙였다.

"바로 당신이 가한 시련이었고요. 당신이 그분을 지금의 가난으로, 말하자면 상대적인 가난으로 몰아넣었어요. 그 사람에게 돌아가야 할 몫인 걸 뻔히 알면서도 그 몫을 주지 않았지요. 그분 인생의 절정기를, 그분의 권리이자 의무였던 재정적 독립을 이룰 시기를 당신이 빼앗았어요. 전부 당신이 한 짓이라고요! 그러고도 모자라 당신이란 사람은 그분의 시련을 경멸하고 비웃기까지 하실 수 있군요."

다아시는 성마르게 방을 가로지르며 소리쳤다.

"그러니까 당신은 날 이렇게 생각한다는 것이로군요! 이것이 나에 대한 당신의 평가예요! 이리도 소상히 설명해주셔서 고맙습니다. 이 추정에 따르면 나의 죄질이 참으로 무겁군요! 하지만 아마 당신은……."

그는 우뚝 멈춰 서더니 그녀를 돌아보며 이어 말했다.

"눈감아 줄 수도 있었을 겁니다. 만약 내가 진지하게 마음을 정하지 못하고 오랫동안 주저한 이유를 솔직히 털어놓지 않았다면, 그래서 당신의 자존심에 상처를 내

JANE AUSTEN

지 않았다면 말입니다. 그간의 고뇌를 숨기고 당신에게 아첨이나 했다면, 내 이성과 성찰과 모든 것이 응원하는 절대적이고 순수한 이끌림으로 청혼을 결심하기에 이르렀다고 믿게 했다면, 아마 이렇게 모진 비난은 듣지 않았겠지요. 그렇지만 난 가식이라면 무조건 혐오하는 사람입니다. 내가 밝힌 생각들이 부끄럽지도 않습니다. 그 생각들은 자연스럽고 정당했습니다. 당신 집안이 열등하다는 사실에 내가 기뻐할 줄 아셨습니까? 신분 차이가 확연한 집안과 맺어지게 됐다며 자축이라도 할 줄 아셨나요?"

엘리자베스는 매 순간 부아가 치밀어 올랐지만, 인내심을 최대한 끌어모아 가까스로 차분하게 대꾸했다.

"잘못 아셨습니다, 다아시 씨. 당신의 고백 방식이 제 결심을 좌우한 게 아니에요. 좀 더 신사적인 태도를 취하셨다면 거절하는 제 마음이 편치 않았을 수는 있겠으나 단지 그뿐, 다른 식으로 제 마음을 흔들지는 못했을 겁니다."

그는 흠칫 놀란 기색이었지만 묵묵부답이었다. 하여 그녀가 말을 이었다.

"당신이 어떤 방식으로 청혼하셨더라도 제 안에선 받아들일 마음이 일지 않았을 거예요."

다시 한번 그는 깜짝 놀란 심사를 드러내면서 의심과

유감이 뒤섞인 눈빛으로 그녀를 바라보았다. 그녀의 말이 이어졌다.

"처음부터, 당신을 처음 본 순간부터였다고 할 수 있겠네요. 당신은 오만과 자만, 이기심에 가득 차서 남의 감정을 무시하는 태도로 제게 좋지 않은 첫인상을 남겼고, 거기에 이후의 일들로 인한 감정들이 쌓이면서 제 안에는 당신을 향한 요지부동의 반감이 자리 잡았어요. 하여 당신을 알고서 한 달이 채 지나지 않아 저는 어떠한 경우에도 당신과는 절대로 결혼하지 않겠다고 마음먹게 됐지요."

"말씀 충분히 잘 들었습니다. 당신의 마음을 완전히 이해하고 보니 이제는 내가 가졌던 감정이 민망할 따름입니다. 시간을 빼앗아 죄송합니다. 건강하고 행복하시길 바라겠습니다."

이 말을 끝으로 그는 황망히 나갔고, 잠시 후 그가 현관문을 열고 밖으로 나가는 소리가 들렸다.

엘리자베스의 마음속에 격정이 휘몰아쳤다. 이 고통을 버텨낼 방법을 그녀는 알지 못했고, 몸도 마음도 가눌 길 없어 주저앉은 채로 30분을 울었다. 그런 경황에서도 방금 일어난 일을 돌이켜보니, 떠오르는 장면마다 놀라움의 연속이었다. 다아시 씨의 청혼을 받다니! 그가 이미 여러 달에 걸쳐 나를 사랑했다니! 그 사랑이 너무나 강한 나머지 수많은 반대 이유에도 불구하고 나와 결혼까지 하고 싶어 한다니! 바로 그 이유들 때문에 자기 친구가 내 언니와 결혼하지 못하게 막았던 사람이고, 실상 그 이유들은 친구보다도 자기 자신에게 더 무거운 압박이었을 텐데, 내가 방금 겪었기에 망정이지 이건 도저히 못 믿을 일이 아닌가! 자신도 모르게 그토록 강한 사랑을 불러일으켰다는 점은 내심 흐뭇했다. 그러나 그는 오만했다. 지독히도 오만했다. 제인에게 저지른 짓을 뻔뻔하게 떠벌렸고, 어차피 변명거리도 되지 못했지만 용서받지 못할 저만의 확신에 차서 그 일을 자인했다. 위컴 씨를 언급하는 태도는 몰인정했으며, 그를 무자비하게 대했다는 사실을 부인하려 들지도 않았다. 그리하여 그의 강렬한 애정을 생각하며 잠시간 일었던 연민은 금세 온데간데없이 사라져버렸다.

그렇게 혼란한 반추를 이어가던 중 캐서린 영부인의 마차 소리가 들려왔고, 그녀는 지금 상태로 샬럿의 예리한 눈을 마주칠 자신이 없어 서둘러 자기 방으로 들어갔다.

12

다음 날 아침 잠에서 깬 엘리자베스는 지난밤 겨우 눈을 감을 때까지 머릿속에 가득했던 상념과 다시 마주했다. 어제 일은 여전히 얼떨떨하기만 했다. 다른 생각을 떠올리기란 불가능했고, 그렇다고 어떤 일거리에 집중할 수 있는 상태도 아니어서, 아침 식사를 마치자마자 밖으로 나가 걷기로 했다. 평소 좋아하는 산책로로 곧장 향하던 그녀는 다아시 씨도 가끔 그곳을 찾는다는 생각이 나서 발길을 멈췄고, 장원으로 접어드는 대신 큰길에서 멀어지는 방향으로 집 앞길을 더 걸었다. 장원 울타리가 그곳까지 길의 한쪽 경계를 이루고 있었고 이내 그녀는 장원 출입구 중 하나를 지나쳐 갔다.

그 길을 두세 차례 왕복하면서 아침의 상쾌한 정취에 젖은 그녀는 울타리 중간중간에 뚫린 문들을 통해 장원을 들여다보고 싶어졌다. 그녀가 켄트에 와서 5주를 보내는 사이 이곳 풍경은 완전히 달라졌고, 숲속 나무들도 일찌감치 잎을 틔우고 날이면 날마다 신록을 더해가고 있었다. 다시 산책을 이어가려던 그녀의 눈에 얼핏, 장원 가장자리의 아담한 숲속에 있는 한 신사가 보였다. 이쪽으로 다가오는 그가 혹시라도 다아시 씨일까 봐 그녀는 얼른 반대 방향으로 걸음을 옮겼다. 그러나 그 사람은 이미 그녀를 알아본 모양인지 발을 더욱 재게 놀리며 그녀의 이름을 불렀다. 등 뒤에서 들려오는 그 목소리의 주인은 다아시 씨가 틀림없었지만, 그녀는 자신을 부르는 소리에 어쩔 수 없이 다시 뒤돌았다. 그녀가 아까 서 있던 문가로 되돌아오자, 이미 도착해 있던 그가 불쑥 편지 한 통을 내밀었다. 얼결에 편지를 받아 드는 그녀에게 그는 거만하게 또박또박 말했다.

"당신을 만날 수 있을까 해서 한동안 숲속을 거닐었습니다. 부디 그 편지를 읽어주십시오."

그러고는 고개를 까딱하고 몸을 돌려 숲으로 들어가서는 곧 시야에서 사라졌다.

기분 좋은 내용은 아니리라 예상하면서도 강한 호기심을 느끼며 겉장을 열어본 엘리자베스는 그 안에 든 편지지 두 장에 깨알 같은 글씨가 빼곡히 들어차 있는 데다 겉장에마저 촘촘한 글씨가 가득한 것에 더욱 놀랐다. 그녀는 길을 따라 걸으며 편지를 읽기 시작했다. 편지를 쓴 장소는 로징스, 쓴 시각은 오전 8시, 내용은 다음과 같았다.

안심하십시오. 어젯밤 당신이 그토록 혐오했던 나의 고백과 청혼을 이 편지로 되풀이하려는 것이 아닙니다. 나의 바람은 빨리 잊힐수록 우리 두 사람의 행복에 도움이 될 터, 거기에 매달려 당신을 괴롭히거나 나 자신을 비하할 생각은 없습니다. 이 편지를 쓰거나 읽히지 않고 배겨내는 것이 가능한 성격이었다면 나는 구태여 쓰지 않았을 것이고 당신도 읽는 수고를 덜었을 것입니다. 그러니 멋대로 당신의 주의를 요구하는 내 입장을 양해해주시길 바랍니다. 감정상 내키지 않으실 줄은 잘 압니다만, 공정성을 기한다는 생각으로 반드시 읽으셔야합니다.

어젯밤 당신은 본질이 아주 상이하고 중요성도 결코 같지 아니한 두 가지 죄목을 내게 씌우셨습니다. 말씀하신 첫 번째 죄목은 내가 당사자들의 감정을 고려치 않고 빙리 씨를 당신의 언니로부터 떼어놓았다는 것이요, 두 번째는 여러 가지 법권을 무시하고 인정과 명예도 저버린 채 위컴 씨의 경제적 번영을 목전에서 무너뜨리고 미래의 전망까지 날려버렸다는 것이었습니다. 나와 어린 시절을 함께 보낸 친구이자 우리 부친께서 친자식처럼 아끼셨던 사람, 우리 가문의 후원이 아니면 의지할 데가 거의 없었고 그 후원으로 재정적 독립을 이룰 날을 기다리며 자라온 젊은이를 고의로 또 함부로 내쳤다면 그건 악행일 것입니다. 단 몇 주 동안 호감을 키워온 두 젊은이를 갈라놓은 일은 비교 대상조차 될 수 없겠고요. 그러나 이 두 가지 일을 두고 어젯밤 당

신이 거침없이 쏟아내셨던 신랄한 비난을 더는 받지 않
으리라는 희망하에, 각 상황에서 내가 취한 행동과 동
기에 대해 소명하고자 합니다. 나 자신을 변호하는 입
장인지라 당신의 심기를 건드릴지 모를 견해들을 언급
할 수밖에 없는데, 이에 대해서는 죄송하다는 말씀밖
에 드릴 것이 없습니다. 꼭 필요해서 언급하는 것이니
만큼 더 이상의 사과는 사족이겠지요. 하트퍼드셔에서
지낸 지 얼마지 않아 나는 빙리가 그 지역 아가씨 중에
당신의 언니를 가장 좋아한다는 사실을 눈치챘습니다.
그건 나만 아는 비밀도 아니었습니다. 이전에도 종종
사랑에 빠진 그를 보았던 터라, 네더필드 무도회가 있
기 전까지는 나도 그의 감정이 주변의 우려를 살 만큼
진지하다고는 생각지 않았습니다. 그런데 그 무도회장
에서 당신과 춤추는 영예를 누리던 중, 윌리엄 루카스
경이 무심코 흘린 정보를 듣고서야 처음으로, 당신 언
니를 향한 빙리의 관심이 두 사람의 결혼에 대한 기대
를 두루 심었음을 알게 됐습니다. 루카스 경은 시기가
미정일 뿐 결혼은 기정사실인 양 말씀하셨으니까요.
그때부터 나는 내 친구의 행동을 주시했고, 베넷 양을
대하는 그의 태도가 전에 없이 각별함을 비로소 알아볼
수 있었습니다. 당신의 언니도 지켜보았습니다. 표정
과 태도는 한결같이 밝고 쾌활하며 매력적이었지만 그

를 특별히 여기는 기미는 보이지 않았습니다. 그날 밤까지 쭉 유심히 관찰했으나, 베넷 양이 빙리의 관심을 기쁘게 받아들이면서도 본인의 감정에 이끌려 그의 관심을 구하지는 않는다는 내 심증을 뒤집을 근거는 찾지 못했습니다. 당신이 언니의 감정을 오해한 게 아니라면 내가 잘못 보았던 것이겠지요. 언니에 대해서는 당신이 훨씬 잘 아시니 아무래도 내가 틀렸을 가능성이 크겠고요. 만약 그렇다면, 내가 그릇된 판단으로 당신 언니에게 고통을 안겼다면, 당신의 격분도 부당한 반응이었다고 할 수는 없을 것입니다. 그러나 단언하건대 베넷 양의 너무나 담담한 표정과 분위기는, 누구보다 날카로운 관찰자의 눈에도 성품은 매우 상냥하나 여간해서는 마음을 쉬이 주지 않는 사람이라는 인상을 주기에 충분한 것이었습니다. 그분이 내 친구를 마음에 두지 않기를 내가 바라 마지않았음은 분명하나, 감히 말씀드리자면 사사로운 기대나 우려는 대개 내 관찰과 판단에 영향을 미치지 않습니다. 나는 베넷 양이 무심하길 바랐기 때문에 그렇게 믿은 것이 아닙니다. 진정 합당한 이유가 있어 그러길 바랐듯이, 진실로 공정한 판단하에 그렇게 믿었습니다. 내가 그 결혼을 반대한 이유는 지난밤 말씀드린 내 경우의 이유와 겹치기는 하나 그것이 전부는 아닙니다. 극도로 강력한 열정이 있었기에 그 난점들을 저버리는 것이 가능했던 내 경우에 비해 내 친구에게 신분의 차이는 그리 큰 문젯거리가 못 됩니다. 그러나 그 결혼을 필히 막아야만 할 다른 이유가 있었습니다. 그 이유는 지금도 유효하며 친구와 나에게 동등하게 유효한데, 내 경우는 당면한 문제가 아니었기에 잊으려 노력했었습니다. 이제 그 문제를 간략하게나마 짚고 넘어가야겠습니다. 당신 외가의 사회적 지위도 문제라면 문제였지만, 당신의 모친과 세 여동생, 가끔은 부친까지 가세해 그토록 빈번히, 거의 한결같이 드러냈던 무례의 극치에 비하면 아무것도 아니었습니다. 용서하십시오. 당신을 언짢게 하는 것은 저로서도 괴로운 일입니다. 가족의 흠결로 심란하고 이런 지적에 불쾌하시겠지만, 그런 가운데 당신과 언니만큼은 이와 같은 지탄을 받을 일이 없게끔 처신하셨기에 모두가 입을 모아 칭찬하고 있으며 그러한 처신이 두 분의 지각과 성품을 빛낸다는 사실을 생각하면 그나마 위로가 되지 않을까 합니다. 당신의 가족들에 대한 기존의 내 견해는 그날 저녁에 목격한 일련의 장면들로 타당성을 입증했고, 전부터 막연히 거슬리던 요인들을 그날 저녁에 눈으로 확인한바, 이를 계기로 나는 가장 불행하리라 여겨지는 관계로부터 내 친구를 지켜내야겠다고 마음먹기에 이르렀습니다. 당신 가족에 관한 언급은 이만하고 줄입니다. 무도회 다음 날 빙리는 네더필드를 떠나 런던으로 갔습니다. 아시다시피 곧 돌아올 계획이었고요. 이제 내 행동을 해명할 차례로군요. 그의 누이들도 나만큼 불안해하던 차였고, 곧 우리는 피차 같은 생각을 품었음을 확인했습니다. 아울러 한시바삐 빙리와 베넷 양을 떼어놓아야 한다는 데도 의견이 일치했기에 이내 우리는 곧장 그를 쫓아가기로 했습니다. 그렇게 해서 다 함께 런던으로 떠났고, 그곳에서 빙리를 만나자마자 나는 그의 선택이 가져올 명백한 해악을 조목조목 알려주는 임무에 들어갔습니다. 열심히 설명하고 강경하게 말렸지요. 그러나 그에게 그런 설명과 설득은 결단을 망설이거나 미루게 하는 정도였을 뿐, 당신 언니가 그에게 관심이 없다는 내 단호한 장담이 뒷받침되지 않았다면 우리는 끝내 두 사람의 결혼을 막아내지 못했을 겁니다. 그때까지 그는 상대의 마음도 자신과 같거나, 그 정도는 아니어도 자신에게 진심으로 호감을 느낀다고 믿고 있었습니다. 그러나 빙리는 천성이 워낙 겸손하여 자기 자신보다 내 판단을 더 신뢰하는 친구입니다. 그러므로 그동안 그가 착각했다고 설득하여 믿게 하는 일은 그다지 어렵지 않았습니다. 일단 그런 확신을 심어주고 나자, 하트퍼드셔로 돌아가기를 단념하게 하는 것은 일도 아니었지요. 지금도 나는 이렇게 한 것을 뉘우칠 생각이 없습니다. 다만 이 일 전체를 돌이켜볼 때 내가 한 행동 중 단 하나 석연치 않은 점이 있으니, 당신의 언니가 런던에 있다는 사실을 그에게 숨기기 위해 체면 불고하고 갖가지 계책까지 썼다는 것입니다. 나는 물론이고 빙리 양도 진즉 알았지만, 베넷 양이 런던에 있다는 사실을 빙리는 지금도 모릅니다. 두 사람이 만났더라도 어쩌면 별 탈 없이 지나갔을지 모른다는 짐작은 가능하나, 내가 보기에 그는 그녀를 만나도 아무렇지 않을 만큼 마음이 완전히 식은 것 같지 않았습니다. 이 은폐, 이 기만은 아무래도 나답지 않은 행동이었던 듯합니다. 그러나 이미 저지른 일이고, 나로선 그것이 최선이라 여겼기에 그리했습니다. 이에 대해서는 더 드릴 말씀도, 따로 사과할 마음도 없습니다. 혹여 내가 당신 언니의 마음에 상처를 입혔다 해도, 절대 고의로 그런 것은 아닙니다. 나를 움직인 동기가 물론 당신에게는 불충분해 보이겠지만, 나는 아직도 내 행동을 비난하지 못하겠습니다. 다른 하나, 위컴 씨를 부당하게 대우했다는 더 엄중한 죄목을 반박하기 위해서는, 먼저 그와 내 가족의 인연을 전부 밝혀야만 합니다. 그가 특별히 무슨 명목으로 나를 비난했는지는 모르나, 내 진술이 진실임을 증명해야 한다면 나는 진상을 정확히 아는 증인을 한 명 이상 불러낼 수 있습니다. 위컴 씨의 부친은 매우 존경할 만한 분이셨습니다. 오랜 세월 펨벌리의 재산을 도맡아 관리하며 훌륭히 소임을 다하셨으므로 우리 선친께서도 당연히 그분께 도움을 주고 싶은 마음에서 그분의 아들이자 당신의 대자인 조지 위컴에게 후한 친절을 베푸셨습니다. 선친께서는 그가 교육받을 수 있도록 도우셨고 후에는 케임브리지 학비도 대주셨는데, 이는 그를 위한 결정적인 지원이었습니다. 그의 부친은 아내의 낭비벽으로 늘 가난해서 아들에게 신사 교육을 시켜줄 형편이 못 되었기 때문입니다. 선친께서는 언제나 싹싹하게 구는 이 젊은이와 벗하여 지내길 좋아하셨을 뿐 아니라 그를 대단히 높이 평가하셨기에 장래에 그가 성직에 몸담길 바라셨고 우리 가문의 서임권을 그에게 쓰실 생각이셨습니다. 그러나 내 입장은 달랐습니다. 그를 전혀 다르게 보기 시작한 지가 꽤 오래되었습니다. 내 눈에 비친 그는 질이 나쁜, 즉 원칙이 없는 인간이었습니다. 그는 최고의 벗에게 들키지 않으려 조심했으나, 선친과는 달리 그와 비슷한 연배여서 그가 방심한 순간을 목격할 기회가 있었던 젊은이까지 눈속임할 수는 없었습니다. 여기서 다시 당신에게 고통을 안길 수밖에 없군요. 그 고통이 어느 정도인지는 당신만이 아시겠지요. 그러나 위컴 씨가 당신에게 어떤 감정을 불러일으켰건 간에, 그 감정의 속성을 헤아려 그의 실체를 묻어둘 생각은 없습니다. 오히려 밝혀야 할 이유가 더해진 셈입니다. 훌륭하신 선친께서는 약 5년 전에 작고하셨습니다. 눈을 감는 순간까지 변함없이 위컴 씨를 아끼셨던지라 나에게 특별히 유언을 남기시길, 그의 직업이 허용하는 한 최고로 출세하도록 지원하되 만일 그가 성직 안수를 받거든 우리 가문의 교구 중 실한 성직록 자리가 나는 대로 그에게 주라고 하셨습니다. 그것에다 따로 1천 파운드의 유산도 남기셨지요. 얼마 후 그의 부친도 돌아가셨는데, 그러고서 반년도 지나지 않아 위컴 씨가 나에게 편지를 보내왔습니다. 자신은 결국 성직자가 되지 않기로 결심했다면서, 이로써 자신에게 쓸모없게 된 서임 우선권 대신 좀 더 직접적인 금전상의 혜택을 받고자 하니 이를 터무니없는 요구라고 생각지 말아달라는 내용이었습니다. 그리고 덧붙이기를, 자기는 법률을 공부할 뜻이 있는데 1천 파운드의 이자로는 그리하기에 턱없이 부족하리란 것을 나도 잘 알 거라고 했습니다. 그의 말이 미더웠다기보다 그가 진심이길 바라는 마음이었습니다만, 어쨌든 나는 전적으로 그의 제안을 받아들일 용의가 있었습니다. 위컴 씨는 성직자가 되어서는 안 되는 인물이었으니까요. 하여 그 사안은 금방 처리되었습니다. 그는 만에 하나 성직록을 받을 수 있는 여건이 충족되는 경우에도 그와 관련한 일체의 권리를 행사하지 않기로 하고, 그 대가로 3천 파운드를 받았습니다. 우리의 인연은 그렇게 끝난 듯했습니다. 나는 그를 매우 좋지 않게 여겼기 때문에 펨벌리로 초대하거나 런던에서 상종하지도 않았습니다. 내가 알기로 그는 주로 런던에서 생활했지만 법학도라는 신분은 그저 허울이었을 뿐 모든 속박에서 벗어난 그의 생활은 나태하고 방탕하기만 했습니다. 약 3년간 그의 소식은 거의 들리지 않았습니다. 그런데 원래 그의 몫으로 예정되었었던 성직록의 기존 주인이 세상을 뜨자 그는 다시 내게 편지를 보내어 그 자리를 달라고 했습니다. 현재 자기가 대단히 힘든 상황이라고 강조하는 그의 말을 믿는 것은 전혀 어렵지 않았습니다. 그는 법률 공부가 지극히 손해나는 일임을 깨달았고 이제는 성직을 받아들이기로 단단히 마음먹었다면서, 관건은 과연 내가 그 자리에 그를 서임할 것이냐인데 달리 그 성직록을 승계할 사람은 없는 것으로 아는 데다 내가 존경하는 부친의 유지를 잊을 수도 없을 테니 자기가 서임을 받을 줄로 믿어 의심치 않는다고 했습니다. 이런 청을 뿌리쳤다고 해서, 몇 번이고 청했지만 끝내 들어주지 않았다고 해서 나를 비난할 수는 없을 것입니다. 그는 생활고에 몰릴수록 나에 대한 원망을 키워갔고, 내 앞에서 심한 비난을 퍼부었으니만큼 필시 뒤에서도 나를 격하게 매도했을 겁니다. 그 후로 그와 나는 아예 모르는 사이로 지냈습니다. 그가 어떻게 살았는지는 모릅니다. 그러나 작년 여름 그는 또다시 내 삶에 끼어들어 더할 수 없는 고통을 안겼습니다. 여기서 그 사건을 들추지 않을 수 없으나, 그 일은 나 자신도 잊고 싶은 기억이며, 지금처럼 부득이한 상황이 아닌 한 아무에게도 발설하지 않을 것입니다. 이만큼 말씀드렸으니 당신도 비밀을 지켜주시리라 믿습니다. 나와 열 살 이상 터울인 내 누이동생은 외사촌인 피츠윌리엄 대령과 나의 후견하에 있습니다. 약 1년 전 학업을 마친 그 애를 위해 우리는 런던에 거처를 마련했습니다. 작년 여름 그 애는 자신의 런던 생활을 돌봐주던 영 부인과 함께 램스게이트로 갔습니다. 공교롭게도 위컴 씨 역시 그리로 갔던 것은 명백히 계획적인 일이었으니, 그와 영 부인이 이전부터 아는 사이였음이 밝혀졌기 때문입니다. 참으로 불행하게도 우리가 영 부인에게 깜빡 속았습니다. 인정 많은 조지아나의 기억에 어린 시절 친절했던 오빠로 깊이 각인돼 있던 그는 영 부인의 묵인과 협조로 그 애의 호감을 얻어냈고, 그의 꼬임에 넘어가 자신이 사랑에 빠졌다고 믿게 된 내 동생은 급기야 사랑의 도피를 수락하기에 이르렀습니다. 당시 그 애는 겨우 열다섯 살이었으니 그 것을 변명으로 삼을 수밖에 없겠고, 이렇게 내 동생의 경솔함을 토로하고서 아울러, 그래도 내가 사태를 파악하게 된 것은 그 애 덕이었다고도 말씀드릴 수 있어 다행입니다. 두 사람이 도망치기로 정한 날을 하루 또는 이틀 앞두고 나는 불시에 그곳을 찾았습니다. 거의 아버지처럼 우러러보는 오라비를 비탄과 괴로움에 빠뜨린다는 생각에 견딜 수 없었던 조지아나는 그때 내게 모든 것을 알렸습니다. 내 심정과 다음 행동은 아마 짐작하실 겁니다. 동생의 평판과 감정을 고려해야 했기에 이 일을 세상에 폭로할 수는 없었으나, 나는 위컴 씨에게 편지를 써서 즉시 떠나게 했고 물론 영 부인도 해고했습니다. 위컴 씨가 첫째로 노린 것이 내 동생의 재산 3만 파운드였음은 의문의 여지가 없지만, 나를 향한 복수심도 강한 동기로 작용했으리라 추정하지 않을 수 없습니다. 계획이 성공했다면 실로 완벽한 복수였겠지요. 바로 이것이, 그와 나 사이에 있었던 모든 사건의 진실입니다. 내 진술을 전부 허위로 일축하실 게 아니라면, 엘리자베스 양, 위컴 씨에게 무자비했다며 내게 씌운 혐의를 이제는 풀어주시리라 희망합니다. 그가 어떤 식으로, 어떤 거짓말로 당신을 속였는지 몰라도, 그의 기만이 성공한 것은 어쩌면 당연한 일입니다. 당신은 양측의 사정을 속속들이 알지 못하였으니 진실을 간파할 방도가 없었을 것이고, 애초에 의심이 많은 성격도 아니니까요. 하면 어째서 내가 지난밤에 모두 해명하지 않았는지 의아하실지도 모르겠습니다. 그러나 그때 나는 무엇을 말해도 되고 무엇을 숨겨야 하는지 제대로 판단할 만큼 이성적인 상태가 아니었습니다. 여기서 말씀드린 모든 내용의 신빙성은 누구보다 피츠윌리엄 대령의 증언이 확실히 보증할 것을 자신할 수 있습니다. 나와는 가까운 친척으로 줄곧 친하게 지내온 데다 선친의 유언을 집행하는 사람의 하나로 그간에 오갔던 거래의 내막을 싫든 좋든 상세히 숙지한 사람입니다. 나를 너무도 싫어하시니 내 진술이야 들을 가치가 없다고 여기실지언정 같은 이유로 내 사촌까지 믿지 못하겠다 하실 리는 없겠지요. 그의 설명을 들어보자고 생각하실 가능성이 있으니, 오늘 낮까지 이 편지를 당신 손에 들려드릴 기회를 찾는 데 노력을 다하겠습니다. 이제 덧붙일 말씀은 이것뿐입니다. 신의 가호가 당신과 함께하기를.

피츠윌리엄 다아시.

13

다아시 씨가 편지를 건넸을 때, 엘리자베스는 그가 다시 청혼하는 내용을 썼으리라곤 생각지 않았지만 그러면 어떤 내용일지도 도무지 예상할 수 없었다. 그러나 막상 그런 내용이 담겨 있었으니 그녀가 얼마나 열심히 읽어 내려갔을지, 얼마나 복잡한 심경이 일었을지 능히 짐작할 만하리라. 편지를 읽는 동안 느낀 감정은 뭐라 형언하기 어려웠다. 그가 해명할 수 있다고 믿는다는 데에 일단 어이가 없었다. 무슨 말로 변명을 할 수 있겠는가. 부끄러운 줄 조금이라도 안다면 감히 그렇게 무마하려 들수는 없는 법이다. 그가 뭐라든 변명이 되지 않으리란 강한 편견을 품은 채, 그녀는 네더필드에서 있었던 일에 대한 그의 설명을 읽기 시작했다. 열의가 앞선 나머지 내용을 잘 파악할 수 없었고, 다음 문장이 궁금한 나머지 지금 문장에 집중할 수 없었다. 언니가 무심해 보였다는 대목에서는 즉시 거짓말이라고 단정했으며, 그가 결혼을 반대한 진짜 이유이자 최악의 문제점을 지적하는 것에는 너무나 화가 나서 공정하게 판단할 의지마저 잃었다. 그녀의 성에 찰 만한 후회의 표현은 한마디도 없었고, 문체로 봐도 뉘우치기는커녕 도도하게 자기 입장을 술회할 따름이었다. 온통 오만과 불손 그 자체였다.

그러나 주제가 위컴 씨 일에 대한 해명으로 넘어가면서 좀 더 냉철하게 주의하여 읽다 보니, 여기 적힌 내용은 만약 사실이라면 지금껏 그녀가 품었던 그에 대한 평가를 송두리째 뒤엎고도 남을 만한 것인 데다 위컴이 털어놓은 사연과 소름 끼치게 유사한 면이 있어 그녀는 한층 더 괴롭고 착잡한 심경에 휩싸이고 말았다. 경악과 불안, 나아가 공포까지 들고일어나 그녀의 마음을 짓눌렀다. 그녀는 아무것도 믿고 싶지 않아 연방 "거짓말! 그럴 리 없어! 새빨간 거짓말이야!" 하고 되뇔 뿐이었다. 편지를 끝까지 읽고도 마지막 한두 쪽의 내용은 거의 머리에 들어오지 않은 상태였지만 그녀는 두 번 다시 생각도 말고 거들떠보지도 말자고 다짐하며 황급히 편지를 치워버렸다.

어지러운 심사를 달랠 길 없어 하릴없이 서성였으나 소용없었다. 30초 만에 그녀는 다시 편지를 펼쳤고, 최선을 다해 정신을 가다듬으며 위컴과 관련된 내용을 다시금 정독하는 고행의 과정에 들어갔는데, 이번에는 감정을 억누르고 문장의 의미를 하나하나 살펴가며 읽었다. 펨벌리 가족과의 인연에 대한 설명은 위컴 본인한테서 들은 그대로였다. 고 다아시 씨의 호의에 대해서도, 이 정도였을 줄은 그녀가 미처 가늠하지 못했지만 어쨌든 위컴이 말한 바와 같았다. 여기까지 얼추 일치했던 두 남자의 진술은, 그러나 유언에 대한 설명에 이르자 판이하게 갈렸다. 위컴이 이야기한 성직록 사건의 전말을 똑똑히 기억하고 있던 그녀는 그의 말을 되새겨보건대 둘 중 하나가 추잡한 기만을 꾀했다고 느끼지 않을 수 없었으며, 역시 자신의 바람이 틀리지 않았나 보다 하고 잠깐은 쉽게 생각했다. 그런데 바로 이어지는 내용, 즉 그가 성직록과 관련된 일체의 권리를 포기하는 대가로 자그마치 3천 파운드나 되는 돈을 받았다는 대목을 꼼꼼히 읽고 또 읽은 뒤에는 다시 한번 망설일 수밖에 없었다. 그녀는 편지를 내려놓고 객관적인 시선을 견지하겠다는 마음가짐으로 모든 정황을 따져보며 두 진술의 신빙성을 저울질해보았지만 끝내 이렇다 할 결론을 내지 못했다. 양쪽 다 자기주장에 지나지 않았다. 하여 또다시 읽었다. 그러나 진실을 명명백백하게 밝혀가는 이 한 줄 한 줄은, 다아시 씨가 어떤 구실을 갖다 붙였던들 이 일로 자초한 오명을 벗을 가능성은 전혀 없다고 굳게 확신하던 그녀에게도, 사건 전반에 걸쳐 그가 전적으로 무고하다고 여길 수밖에 없게 만드는 확증의 능력이 있었다.

절제를 모르고 방탕하다며 위컴 씨를 서슴없이 비난하는 대목도 극도의 충격으로 다가왔는데 하물며 그녀는 그 비난이 사실무근이라는 증거를 떠올릴 수도 없었다. ○○부대로 들어오기 전의 그에 대해서는 전혀 들은 바가 없었기 때문이다. 끽해야, 원래 반면식이었다가 런던에서 우연히 만나 좀 더 친해진 청년의 권유로 입대하게 되었다는 사연 정도를 알 뿐이었다. 하트퍼드셔에는 오로지 위컴 본인이 말한 과거만 알려져 있었다. 그의 본성을 꿰뚫어 볼 기회가 있었는지도 모르지만, 그녀는 한번 캐봐야겠다는 생각조차 한 적이 없었다. 그의 표정, 목소리, 매너를 접하기 무섭게 모든 미덕을 갖춘 사람이라는 확신에 빠졌던 탓이다. 다아시 씨의 맹비난에서 위컴을 구출해내고자 그녀는 그의 선량함을 보여주었던 사례, 그의 결백이나 선의를 확인시켰던 특징을 기억해내려 애썼다. 다아시 씨가 몇 년에 걸친 나태와 방종이라 일컬은 그의 과오를 그녀는 사소한 허물로 애써 치부하면서, 적어도 그 정도 허물은 탁월한 미덕으로 상쇄할 수 있지 않겠느냐며 스스로를 설득하려 해보았다. 하지만 아무리 기억을 더듬어봐도 부질없었다. 분위기며 말솜씨며 매력이 넘치는 그의 모습은 대번에 떠올랐지만, 동네에서 호평이 자자했고 동료들 사이에서도 뛰어난 사교술로 주목을 받았다는 점 외에 더 실질적인 미덕의 예는 하나도 기억나지 않았다. 이 대목에서 한참을 머물렀던 그녀는 이윽고 다음 내용으로 넘어갔다. 그런데 이럴수가! 이어지는 이야기, 즉 다아시 양을 노린 계획에 대한 것은 바로 어제 오전에 그녀와 피츠윌리엄 대령이 나

넀던 대화의 내용과 맥락이 닿아 있었다. 게다가 편지 마지막에 다아시 씨는 자신의 진술에 한 치의 거짓도 없음을 확인해줄 사람으로 다름 아닌 그 피츠윌리엄 대령을 지목하고 있지 않은가. 그녀는 대령이 사촌의 일에 깊이 관여해왔다는 사실을 이미 들어 알고 있었고, 그가 믿을 만한 사람이라는 것을 의심할 이유도 없었다. 그러니 그에게 물어보자는 생각도 잠시 했으나 막상 그러자니 거북해서 망설여졌고, 다아시 씨가 사촌의 확증을 얻으리란 확신도 없이 그렇게 제안하는 위험을 무릅쓸 리 없다는 생각에 미쳐 결국 완전히 단념했다.

그녀는 메리턴의 이모님 댁에서 처음으로 위컴과 저녁 모임을 함께하는 동안 그와 나누었던 대화를 온전히 머릿속에 담아두고 있었다. 그가 한 말들 대부분이 아직도 기억에 생생했다. 처음 보는 사람에게 털어놓기에 부적절한 이야기였다는 사실을 이제야 깨닫고 보니, 자신이 진즉 알아차리지 못했다는 것이 놀라웠다. 그는 주제넘었고, 말과 행동이 일치하지 않았다. 자기는 다아시 씨를 만나는 것이 두렵지 않으며 정 껄끄러우면 다아시 씨가 떠날 일이지 자신이 피할 이유는 없다고 큰소리쳤으면서, 바로 다음 주 네더필드 무도회에 일부러 핑계를 만들어 불참했다. 또한 네더필드 일행이 하트퍼드셔를 떠나기 전까지 엘리자베스 말고는 아무도 몰랐던 그의 사연도 그들이 사라지고 나자 공공연한 화제로 떠올랐으며, 당시에 그가 다아시 씨를 폄훼하길 삼가지도 서슴지도 않았던 것 역시, 돌아가신 다아시 씨를 존경하기에 절대로 그분 아들의 만행을 폭로하지 않겠노라고 스스로 그녀에게 밝힌 다짐과는 모순되는 행동이었다.

지금에 와서야 그와 관련된 모든 것이 어찌나 달리 보이는지! 킹 양을 향한 그의 관심은 이제 보니 가증스럽게도 순전히 돈 때문이었고, 그녀가 받은 유산이 그리 대단찮다는 점은 그가 과욕을 부리지 않는다는 뜻이 아니라 뭐든지 잡히는 대로 쥐려고 기를 쓴다는 증거였다. 그가 엘리자베스 자신을 남달리 대하게 된 동기도 헤아려보자면 분을 참을 수 없었다. 그녀에게 재산이 많은 줄로 잘못 알았거나, 그녀가 경솔하게 내보인 호감을 부추겨 본인의 허영심을 충족했을 게 아닌가. 어떻게든 그를 두둔하고 싶었던 마음이 점점 약해지고 오히려 다아시 씨에게 유리한 사실들만 속속 생각나는데, 하나같이 인정하지 않을 수 없는 것들이었다. 우선 오래전에 빙리 씨가 제인의 질문을 받고 이 일에서 다아시 씨의 잘못은 전혀 없다고 단언한 바 있었다. 다아시 씨는 분명 오만하고 쌀쌀맞은 사람이었지만, 그녀가 그를 알고 지내는 동안, 특히 최근 들어 부쩍 만남이 잦아져 그의 방식에 제법 익숙해졌다고 할 만하다 보니, 그를 파렴치하거나 부정한 사람 또는 불경하거나 부도덕한 사람으로 여기게 할 만한 일은 단 한 번도 없었다. 주변 사람들에게 그는 존경과 인정을 받는 인물이었으며, 오라비로서는 위컴조차 인정했으니만큼 진가를 발휘하는 듯했고, 그녀도 그가 동생에 대해서는 애정을 담뿍 담아 말하는 것을 자주 보면서 저 사람도 어떤 정은 느낄 수 있구나 하고 생각했더랬다. 정녕 그가 위컴이 말한 대로 행동했다면 그토록 추악한 만행을 무슨 수로 여태껏 숨기고 살았을 것이며, 정녕 그런 짓을 저지르고도 정체를 숨길 수 있는 음험한 사람이라면 빙리 씨처럼 선량한 사람과의 우정은 어찌 이해해야 한단 말인가.

그녀는 스스로가 너무나 부끄러워졌다. 다아시에 대해서든 위컴에 대해서든 자신이 맹목적이고 편파적이었으며 편견에 사로잡힌 데다 어리석었다는 느낌을 떨칠 수 없었다.

"어쩜 그렇게 한심하게 굴었을까! 내 주제에 안목을 자부했다니! 내 주제에 능력 있다고 자신했다니! 언니는 너무 순진해서 탈이라고 여기면서 쓸데없고 어쭙잖은 의심으로 내 허영심만 채웠잖아. 창피해 죽겠어! 하기야 창피해 마땅해! 사랑에 빠졌대도 이보다 더 심하게 눈이 멀 수는 없었을 거야. 하지만 내 눈을 가린 건 사랑이 아니라 허영심이었어. 첫 만남에 한 사람한테는 관심을 받아 우쭐해지고 또 한 사람한테는 무시를 받아 불쾌해져서는, 그 둘에 관한 한 편파와 무지를 자초하고 이성을 내몰았지. 이날 이때껏 난 나를 몰라도 너무 몰랐어."

생각이 그녀 자신에서 제인으로, 제인에서 빙리로 죽 흐르다가 멈칫, 이 부분에서 다아시 씨의 설명이 상당히 부실해 보였던 기억이 되살아났다. 그래서 다시 읽었다. 두 번째로 정독을 하면서 느끼는 바는 사뭇 달랐다. 두 가지 중 하나의 사안에서 그의 주장을 수긍하지 않을 수 없게 된 마당에 어떻게 다른 하나에서만 불신의 입장을 견지하겠는가? 그가 언니의 감정이 깊은 줄을 전혀 몰랐다고 하는 데서 그녀는 어쩔 수 없이 샬럿의 지론을 떠올렸다. 아울러 그가 제인을 잘못 봤다고 하기도 뭣한 것이, 그녀가 보기에도 언니는 열렬한 감정을 느낀들 좀처럼 내색하지 않는 데다 때로는 상대에게 특별한 감정을 품었다기보다 그저 누구에게나 친절하다는 인상을 주는 것이 사실이기 때문이었다.

가족을 언급하는 대목에 이르자 그녀의 수치심은 극에 달했다. 그런 비난을 받는 건 너무나 굴욕적이지만 딱히 억울하달 수도 없었다. 엄연히 정당한 비난이라는 생각이 워낙 강하게 일었기에 차마 부인할 엄두가 나지 않았다. 그는 애당초 품었던 반감이 더욱 확고해진 계기로 네더필드 무도회를 지목했는데, 그에게 그토록 깊은 인상을 남긴 그 당시 가족들의 언행은 사실 그녀 자신에게도 사무치게 곤욕스러운 기억으로 남아 있었다. 그녀와 언니에 대한 칭찬은 건성으로 주워섬기는 말이 아닌 듯했다. 하여 위로가 되기는 했으나 그렇다고 나머지 가족들이 자초한 모멸감이 달래어지는 것은 아니었다. 실상 다른 누구도 아닌 가족들 때문에 언니가 실연을 겪어야 했음을 깨닫고 그들의 점잖지 못한 행실이 언니와 자신의 평판에 얼마나 큰 타격을 입힐지 생각하는 동안 그녀의 마음은 가히 난생처음이라 할 만큼 심히 암울해졌다.

그녀는 온갖 상념에 젖어 길을 따라 마냥 걸었다. 사건들을 재검토하고, 여러 가지 가능성을 따져보고, 너무나 갑작스럽고 너무나 중요한 이 변화를 할 수 있는 만큼은 받아들이면서 걷다가 어느새 두 시간이 흘렀다. 문득 피곤해지면서 너무 오래 나와 있었다는 생각도 들어 마침내 집으로 향했고 집 앞에 도착해서는 평소처럼 쾌활해 보이길 빌면서, 대화를 피하고 싶게 만드는 이런 생각들은 떠올리지 말자고 다짐하면서 안으로 들어섰다.

집에 들어가자마자 그녀는 자신이 없는 사이에 로징스의 두 신사분이 각각 들렀었다는 말을 들었다. 다아시 씨는 몇 분 만에 돌아갔지만 피츠윌리엄 대령은 한 시간 이상 그들과 함께 앉아서 그녀가 돌아오길 기다리다 못해 직접 나가서 그녀를 찾아볼 생각까지 했다는 것이었다. 엘리자베스는 그를 못 만나 아쉬운 척했지만 내심 가슴을 쓸어내렸다. 피츠윌리엄 대령은 이제 관심 밖이었다. 그녀에겐 오로지 편지 생각뿐이었다.

14

두 신사는 이튿날 오전에 로징스를 떠났다. 정문 수위실 근방에서 기다리다 작별 인사를 올리고 돌아온 콜린스 씨는 두 분 모두 매우 건강한 모습이셨고 방금 전 석별의 정을 나누며 슬픔에 휩싸였을 로징스를 뒤로하고 오신 것치고는 기분도 그럭저럭 괜찮아 보이셨다는 희소식을 전했다. 그러고서 그는 캐서린 영부인과 영애를 위로하기 위해 서둘러 로징스로 갔고, 영부인께서 심히 무료하신지라 그들 모두를 불러 정찬을 함께 들고자 하신다는 대단히 흐뭇한 전갈을 들고 돌아왔다.

캐서린 영부인을 보면서 엘리자베스는 청혼을 수락했다면 지금쯤 그녀의 예비 조카며느리로서 이 자리에 있었을지도 모른다는 생각을 아니 할 수 없었는데, 영부인이 얼마나 노발대발했을지도 덩달아 생각나 절로 미소가 새어 나왔다. '무슨 말씀을 하셨으려나? 어떻게 반응하셨을까?' 등등을 자문해보며 그녀는 남몰래 즐거워했다.

두 유숙객이 로징스를 떠난 일이 가장 먼저 화제에 올랐다.

캐서린 영부인이 한탄했다.

"빈자리가 너무 큽니다. 벗을 잃고서 나만큼 허전함을 느끼는 사람이 또 있을까 싶어요. 하지만 내 각별히 아끼는 젊은이들이고 그 애들도 날 얼마나 따르는데요! 떠나길 얼마나 아쉬워하던지! 하기야 항상 그런답니다. 대령은 마지막까지 그런대로 씩씩해 보였는데 다아시는 정말로 떠나기 힘들어하더군요. 작년보다 더한 것 같더이다. 필시 로징스에 대한 애착이 갈수록 깊어지는 게지요."

이에 콜린스 씨가 어김없는 찬사와 더불어 듣기 좋은 은유를 보태자 영부인 모녀도 온화한 미소로 화답했다.

정찬 후 캐서린 영부인은 베넷 양 기분이 안 좋아 보인다며 집으로 돌아가기 싫은 모양이라고 넘겨짚고는 조언까지 덧붙였다.

"그렇다면 어머니께 편지를 써서 좀 더 머무르게 해달라 청해야지요. 친구를 더 오래 곁에 둘 수 있다면 콜린스 부인도 무척 기쁠 테고."

"친절한 말씀은 정말 감사합니다만, 제가 어쩔 수 있는 일이 아닙니다. 토요일에는 런던에 있어야 해서요."

"아니 그럼, 여기서 고작 6주를 보내고 간다고요? 두 달은 머무를 줄 알았는데. 베넷 양이 오기 전에 내가 콜린스 부인한테 그리 일렀거든. 그렇게 빨리 떠나야 할 이유가 있을 리 없어요. 베넷 양 모친께서도 2주쯤은 더 기다려주실 수 있을 겁니다."

"하지만 아버지께서 허락하지 않으셔요. 지난주 편지로 얼른 돌아오라 하셨습니다."

"이런! 모친께서 괜찮다 하신다면야 부친께서 반대하실 리 있나요. 딸을 중히 여기는 아비가 어디 있다고. 그리고 만약 한 달을 더 머무르면 내 6월 초에 일주일간 런던에 갈 예정이니 한 명은 거기까지 버루슈(지붕이 없거나 접이식 지붕이 있는 사륜마차로, 상류층이 사용하는 고급 마차였다 - 옮긴이)로 데려다줄 수 있어요. 도슨이야 마부석에 앉으면 되고 그러면 한 명 자리는 넉넉히 나오지요. 그래, 날씨가 너무 덥지만 않으면 둘 다 태워다 줄 수도 있겠네요. 둘 다 몸집이 크지는 않으니까."

"정말 친절하십니다. 하지만 아무래도 저희는 예정대로 떠나야 할 것 같아요."

캐서린 영부인은 더 설득하길 포기한 듯했다.

"콜린스 부인, 하인을 한 명 딸려 보내세요. 내가 생각을 속에 담아두는 사람이 아닌 거 알겠지만, 아가씨 단둘이서 역마차로 여행한다는 건 나로선 상상도 할 수 없는 일입니다. 굉장히 부적절해. 어떻게든 누굴 같이 보내야지. 난 그런 짓이 세상에서 제일 싫더라고. 무릇 젊은 아가씨들은 각자 신분에 걸맞은 보호와 주의를 받아야 하거늘. 작년에 내 조카인 조지아나가 램스게이트에 갈 때도, 하인 둘을 데려가라고 내 신신당부를 했어요. 펨벌리의 고 다아시 씨와 앤 영부인의 영애라면 그쯤은 해야 격에 맞아 보이거든. 난 그런 일에 특히 신경을 많이 쓴답니다. 이 아가씨들한테는 존을 딸려 보내도록 해요, 콜린스 부인. 때마침 일러줄 수 있어 다행이군요. 멋모르고 아가씨들끼리만 보냈다가 부인 체면이 말이 아니게 될 뻔했어요."

"저희 외숙부께서 하인을 한 명 보내주실 거예요."

"오! 외숙부께서? 외숙부께서 남자 하인을 두고 계시는군요. 그런 생각을 할 줄 아는 친척이 있다니 참으로 다행입니다. 말은 어디서 바꿀 건가요? 오! 물론 브롬리겠지요. 벨 여관에 내 이름을 대면 특별히 신경 써줄 겁니다."

캐서린 영부인은 그녀들의 여행에 관해 이외에도 궁금한 점이 많았고, 대체로 자문자답하는 식이었으나 예외인 경우도 있어서 주의를 기울여야 했는데, 엘리자베스로서는 차라리 다행스러웠던 것이, 마음이 딴 데 있는지라 여기서 주의를 놓치면 자칫 자기 몸조차 어디에 있는지 잊을 판이었기 때문이다. 사색은 다른 사람이 없을 때로 미뤄둬야 했고, 혼자가 될 때마다 비로소 마음 놓고 상념에 젖을 수 있었으니, 그녀는 불쾌한 회상이 안기는 씁쓸한 재미에 흠뻑 빠져서는 하루도 빠짐없이 홀로 산책길에 나섰다.

다아시 씨의 편지는 하도 많이 읽어 이제 거의 외울 지경이었다. 문장 하나하나 뜯어보길 수차례, 그러다 보니 더러는 편지 쓴 이에 대한 감정이 크게 달라지는 때도 있었다. 그의 청혼 방식은 지금 돌이켜봐도 분하기 짝이 없었지만, 그를 비난하고 질책한 것이 얼마나 부당했는지를 생각하면 자기 자신에게 화가 났고 그가 낙심했으리란 점에 안됐다는 마음도 들었다. 그의 연정이 이제는 고맙기도 하고 그의 인품도 존경하게 되었지만 그를 받아들일 수는 없었다. 그녀는 청혼을 거절한 것을 한순간도 후회하지 않았고 언젠가 그를 다시 만나고 싶은 마음도 전혀 없었다. 다만 자신의 행동은 끊임없는 고뇌와 후회의 원천이었으며 가족의 결점은 더더욱 한스러웠다. 그들은 구제 불능이었다. 아버지는 어린 딸들의 경거망동을 제지하려는 노력은 없이 그 애들을 비웃기만 하시고, 어머니는 당신부터 올바른 처신과는 거리가 먼 만큼 문제가 있는 줄도 모르셨다. 엘리자베스가 언니와 합심하여 캐서린과 리디아의 경솔한 언행을 막으려고 애써본 적도 한두 번이 아니었지만, 어머니가 그 애들을 감싸고 도는 마당에 과연 나아질 가망이 있겠는가? 소심하고 예민하며 무작정 리디아만 따르는 캐서린은 언니들의 충고를 언제나 고깝게 들었고, 고집 세고 조심성 없는 리디아는 언니들이 뭐라건 귓등으로 흘려버렸다. 둘 다, 무지하고 게으르고 허영에 찬 철부지였다. 메리턴에 장교가 있는 한 그 애들은 장교와 시시덕거릴 것이고, 메리턴이 롱본에서 걸어갈 만한 거리에 있는 한 언제까지고 그리로 놀러 갈 것이다.

언니도 여간 마음 쓰이는 게 아니었는데, 다아시 씨의 설명으로 빙리는 역시 괜찮은 사람이라고 다시 여기게 되고 보니 언니가 그를 놓친 것이 더욱 안타까웠다. 그의 애정은 진심이었음이 확인되었고, 친구를 맹신한 게 죄라면 모를까 그를 책망할 이유는 하나도 없었다. 언니가 모든 면에서 더할 나위 없는, 더없이 이롭기만 한, 행복을 보장하는 자리를 다름 아닌 가족들의 어리석음과 무례함 때문에 빼앗겼다니 이 얼마나 통탄할 일인가!

이러한 상념들에다 뒤늦게 밝혀진 위컴의 본색까지 더해지니, 이제껏 좀처럼 가라앉는 법 없이 항상 밝고 씩씩했던 엘리자베스라도 웬만큼 괜찮은 척하기조차 거의 불가능한 지경으로 침울해진 것이 믿기 어려운 일은 아니리라.

켄트에서 보내는 마지막 주에는 처음 왔을 때만큼이나 로징스 모임이 잦았다. 떠나기 바로 전날 저녁에도 다녀왔는데, 영부인이 두 아가씨의 여정을 다시금 꼬치꼬치 캐묻고 짐 싸는 방법까지 일일이 지도하면서 특히 야회복을 개고 정돈하는 올바른 방법은 딱 하나뿐이니 반드시 그리해야 한다고 하도 신신당부를 하는 통에, 머라이아는 사제관으로 돌아가는 즉시 온종일 쌌던 짐을 다 풀고 새로 꾸려야겠다고 생각할 정도였다.

헤어질 때 캐서린 영부인은 참으로 황송하게도, 좋은 여행길 되길 바라며 내년에도 헌스포드로 놀러 오라 초청했고, 드 버그 양은 그 편찮은 몸에 무릎 굽혀 인사의 예를 차리고서 두 명 모두에게 악수를 청하기까지 했다.

15

토요일 아침 식사 자리에 엘리자베스와 콜린스 씨가 다른 사람들보다 몇 분 먼저 왔다. 작별의 예를 대충 넘겼다간 큰일 나는 줄 아는 그가 이참에 정중한 인사말을 늘어놓았다.

"엘리자베스 양, 저희를 친히 방문해주시는 친절을 베푸신 데에 콜린스 부인이 감사를 표했는지 모르겠습니다만, 떠나시기 전까지는 분명 감사 인사를 들으실 겁니다. 그동안 함께해주신 그 호의를 저희는 여실히 느꼈답니다. 아시겠지만 이 누추한 거처를 찾고 싶은 사람이 과연 몇이나 되겠습니까. 저희가 살림은 소박하고 방도 좁고 변변히 하인도 없는 데다 세상사에도 어두운 형편인지라, 엘리자베스 양처럼 젊은 숙녀분께 헌스포드 생활은 무료하기 이를 데 없었을 겁니다. 하나 그럼에도 겸양을 베푸신 그 마음 씀씀이에 저희가 깊이 감사하고 있으며, 머무시는 동안 즐겁게 지내실 수 있도록 최선을 다했다는 사실을 믿어주시리라 희망합니다."

엘리자베스도 감사하고 행복하다는 뜻을 열심히 전했다. 무척 즐거운 6주를 보냈고, 샬럿과 함께 지낼 수 있어 기뻤으며, 이토록 친절한 환대를 받았으니 감사를 표할 사람은 오히려 자기라고 했다. 이에 만족한 콜린스 씨는 미소 짓는 입꼬리를 더 올리며 자못 근엄하게 대답했다.

"이곳에서 보낸 시간이 불편하지 않으셨다니 기쁘기 그지없습니다. 저희는 정말로 최선을 다했답니다. 너무나 다행히도 제 능력이 닿아 엘리자베스 양을 아주 귀하신 분들께 소개해드릴 수 있었고, 로징스와의 연으로 이 누옥을 벗어나 다채로운 광경을 접하시게 할 기회도 적지 않았으니, 헌스포드 생활이 온통 따분하지만은 않으셨으리라 자부해도 되지 않나 싶습니다. 저희에게 캐서린 영부인 일가와의 인연은 아무나 누릴 수 없는 실로 특별한 혜택이자 축복입니다. 저희와 그분들이 어떤 사이인지 보셨지요? 영부인께서 저희를 얼마나 자주 불러주시는지도 아셨겠고요. 솔직히 말씀드리지 않을 수 없군요. 비록 보잘것없는 누옥이나마 이 사제관에 오신 분이라면 누구든, 로징스와 저희의 친분을 공유하시는 한 동정의 대상이 되실 수 없다고 봅니다."

북받치는 감정을 이루 말로 표현할 수 없었던 그는 하릴없이 식탁 주변을 배회했고, 그동안 엘리자베스는 진심과 예의를 애써 연결해 짧은 몇 마디로 전했다.

"사실 하트퍼드셔에 썩 기분 좋은 소식을 전하셔도 좋을 겁니다, 친애하는 엘리자베스 양. 제 생각이지만 그리해주시는 게 무리가 아니리라 자부하고요. 캐서린 영부인께서 콜린스 부인을 얼마나 신경 써주시는지 매일같이 눈으로 확인하셨잖습니까. 감히 자신하건대 어느 모로나 당신 친구가 불행한 선택을 했다고는……. 하나 이 점에 대해서는 함구하는 편이 좋겠군요. 다만 저는, 그저 우리 엘리자베스 양도 저희처럼 결혼으로 지복을 누리시길 진심으로 기원할 뿐입니다. 사랑하는 제 아내 샬럿과 저는 오직 한마음 한뜻이랍니다. 모든 면에서 성격과 사상이 가히 놀랍도록 닮았어요. 정말이지 저희는 천생

연분인가 봅니다.”

엘리자베스는 그렇다니 정말 행복하시겠다고, 참으로 안락한 가정을 꾸리신 듯하여 기쁘다고 무난히 말할 수 있었다. 뒤이은 그의 행복 자랑이 그 행복의 원천인 부인의 입장으로 중단되고 말았으나, 엘리자베스는 전혀 아쉽지 않았다. 불쌍한 샬럿! 이런 사람들 곁에 친구를 남겨두고 떠나야 한다니 마음이 어찌나 무거운지! 하지만 친구가 뻔히 알면서 택한 삶이었다. 이별에 서운해하는 기색이 역력했지만 동정을 바라는 눈치는 아니었다. 자기 가정과 살림, 자기 교구와 가축, 그렇게 자기가 챙기고 돌봐야 할 일들을 아직 그녀는 소중하게 여겼던 것이다.

이윽고 마차가 도착해 큰 짐들은 위에 얹어 매고 작은 짐들은 안에 싣고 나자 비로소 채비가 끝났다. 엘리자베스는 친구와 애틋한 작별 인사를 나누었고, 콜린스 씨가 그녀를 마차까지 배웅했다. 정원을 내려오며 그는 롱본 가족분들께 안부를 전해달라 청하면서, 지난겨울 롱본에서 받았던 환대에 대한 감사 인사를 덧붙였고, 아직 만나 뵙지 못했지만 가디너 부부께 전하는 인사말도 잊지 않았다. 그러고서 그녀와 머라이아를 차례로 손잡아 마차에 오르도록 거들었다. 마차 문이 닫히기 직전, 그가 퍼뜩 소스라치며 두 아가씨를 일깨우길 아직 로징스의 귀인들께 전할 말을 남기지 않았다면서, 이렇게 덧붙였다.

"하지만 물론, 그동안 베푸신 친절에 심심한 감사를 전함과 더불어 삼가 경의를 표하고 싶으실 테지요."

엘리자베스는 이의를 달지 않았다. 그리하여 문이 닫히고 마차가 출발했다.

몇 분쯤 아무 말 없던 머라이아가 느닷없이 외쳤다.

"세상에! 겨우 하루 이틀밖에 안 된 것 같아! 그런데 얼마나 많은 일이 있었는지!"

옆에 앉은 엘리자베스가 말했다.

"참으로 많은 일이 있었지."

"로징스 정찬회가 아홉 번에, 다과회도 두 번이었어! 돌아가서 들려줄 얘기가 너무 많아!"

엘리자베스는 나직이 혼잣말을 했다.

"난 숨겨야 할 얘기가 너무 많다."

마차가 달리는 동안 많은 대화가 오가진 않았고 별 탈도 없었다. 그녀들은 헌스포드를 떠난 지 네 시간 만에 가디너 부부의 집에 도착하여 그곳에서 며칠을 묵었다.

제인은 잘 지내는 듯했는데, 엘리자베스는 외숙모가 미리 주선한 여러 모임에 참석하느라 언니의 기분을 살필 기회가 별로 없었다. 하지만 같이 집으로 돌아갈 터, 롱본에서 언니를 지켜볼 시간은 충분할 것이었다.

한편 다아시 씨에게 청혼받은 이야기도 롱본으로 돌아가서 언니에게 털어놓자고 마음먹었지만, 당장이라도 말하고 싶은 마음이 굴뚝같아서 참느라 혼이 났다. 언니가 들으면 기절초풍할 소식일뿐더러 여태 이성으로다 몰아내지 못한 자신의 허영심도 넘치게 채울 일인 만큼, 어디까지 얘기할지 선뜻 정할 수 없었다. 또 얘기하다 자칫 빙리를 입에 올려 언니를 더 서글프게만 하면 어쩌나 하는 두려움이 앞섰기에 망정이지 하마터면 엘리자베스는 말하고픈 유혹을 배겨내지 못할 뻔했다.

16

5월 둘째 주, 세 아가씨는 그레이스처치가를 떠나 하트퍼드셔의 ○○읍으로 향했다. 그곳의 한 여관 앞으로 베넷 씨의 마차가 마중 오기로 되어 있었는데, 마부가 시간을 딱딱 맞춘 모양인지, 근처에 이른 세 아가씨의 시야에 2층 식당에서 창밖을 내다보는 키티와 리디아가 대번에 들어왔다. 한 시간도 전에 진즉 도착한 요 어린 아가씨들은 길 건너 모자점에도 들르고 근무 중인 파수병도 구경하고 오이 샐러드에 드레싱을 뿌리기도 하면서 기다리는 시간을 지루할 틈 없이 때웠다.

언니들을 반갑게 맞이하고서 두 자매는 여관 식당에서 흔히 제공하는 냉육이 차려진 식탁을 자랑스레 가리켜 보이며 외쳤다.

"정말 근사하지? 깜짝 선물이야!"

리디아가 한마디 보탰다.

"우리가 한턱내려고. 그런데 돈은 언니들이 꿔줘야겠어. 우리는 건너 상점에서 다 털어 썼거든."

그러고는 자기들이 산 물건들을 보여주며 이어 말했다.

"이거 봐, 방금 산 모자야. 썩 예쁘진 않은 것 같지만 안 사고 후회하느니 사는 게 낫겠더라고. 집에 가자마자 다 뜯어서 모양 좀 나오게 다시 만들어볼 거야."

언니들이 그 모자는 정말 별로라고 하는데도 리디아는 아무렇지 않게 큰소리쳤다.

"그래? 그래도 이것보다 더 못생긴 모자가 두 갠가 세 개나 있었단 말이야. 더 예쁜 색깔 공단을 사서 테두리를 새로 장식하면 꽤 봐줄 만해질걸? 사실 뭐, 예쁜 모자가 무슨 소용이겠어? 어차피 올여름엔 메리턴에 ○○부대도 없을 텐데. 보름 후면 철수한다잖아."

엘리자베스로선 더없이 반가운 소식이었다.

"정말 떠난대?"

"주둔지를 브라이턴 근처로 옮길 거래. 아빠가 다 함

께 거기서 여름을 보내자고 하시면 얼마나 좋을까! 생각만 해도 신나지 않아? 돈도 별로 안 들걸? 무엇보다 엄마가 얼마나 가고 싶겠어! 생각해봐, 다른 데서 보내는 여름이 얼마나 시시할지!"

엘리자베스는 생각했다.

'그래, 그것참 생각만 해도 신나 죽겠다. 다 같이 신나게 망하자꾸나. 맙소사! 브라이턴이라니, 군인들이 우글우글할 텐데! 겨우 민병대 한 부대에 메리턴 월례 무도회 정도로도 우린 발칵 뒤집혔잖아.'

모두 식탁에 둘러앉는 동안 리디아가 말했다.

"자, 새로운 소식을 전할 시간입니다. 무슨 소식일까요? 엄청난 소식, 중차대한 소식, 우리 모두가 좋아하는 특정인에 대한 소식이랍니다."

제인과 엘리자베스는 눈빛을 교환하고는, 급사에게 이만 나가셔도 좋다고 일렀다. 리디아가 깔깔대며 말했다.

"이야, 역시 언니들은 참으로 엄격하고 조신하셔. 급사가 들으면 안 되는 이야기라고 생각했지? 행여 우리 얘기에 관심이나 있으려고! 내가 하려는 얘기보다 더한 말도 자주 들을걸? 하지만 못생겼더라! 가버려서 다행이야. 그렇게 긴 주걱턱은 태어나서 처음 봤어. 아무튼, 내가 준비한 소식은 이거야. 우리의 위컴에 대한 소식이지. 정말이지 급사가 듣기엔 과분한 얘기야, 그렇지? 자 그래요, 위컴이 메리 킹과 결혼할 위기에서 벗어났답니다. 그럼 언니가 위기를 맞겠네요! 킹 양은 리버풀에 있는 삼촌 댁으로 갔대. 아주 가버렸다고. 위컴은 무사해."

엘리자베스가 대꾸했다.

"메리 킹이 무사하지! 재산을 위험에 빠뜨릴 경솔한 관계에서 놓여났으니까."

"좋아하면서 왜 떠났을까? 정말 바보인가."

그러자 제인이 말했다.

"서로 깊이 사랑하지는 않았나 보지."

"위컴이 그렇지 않은 건 확실해. 그 여자한테 손톱만큼도 관심 없었을걸? 그렇게 고약한 주근깨투성이 땅꼬마를 누군들 좋아하겠어?"

엘리자베스는 내심 충격을 받았다. 차마 표현을 그리 상스럽게는 못 한다 해도, 자기가 그동안 가슴속에 품고 제멋대로 믿어버렸던 감정이 상스럽기로 치면 동생과 다를 것도 없었으니까!

식사를 마치자 언니들이 계산한 뒤 마차를 불렀다. 트렁크, 반짇고리, 잔짐 들에다 키티와 리디아가 사들인 반 갑잖은 물건들까지 어찌어찌 전부 싣고서 승객들도 전원 마차에 오르는 데 성공했다.

리디아가 외쳤다.

"용케 잘도 끼어 앉았네! 모자 사길 잘했지 뭐야, 적어도 상자 하나 더 욱여넣는 재미는 있었잖아! 자, 자리도 아늑하겠다, 우린 집에 도착할 때까지 실컷 웃고 떠들어 보자고. 우선 언니들 여행 얘기부터 들어볼까? 멋진 남자들은 좀 만났어? 남자랑 그렇고 그런 일은 없었어? 나 말이야, 둘 중 하나는 유부녀가 돼서 돌아오길 꽤나 기대했다고. 제인 언니는 노처녀가 될 날이 얼마 안 남았잖아. 곧 스물세 살이야! 아유, 스물세 살 전에 결혼을 못 하다니, 나 같으면 창피해서 못 살아! 필립스 이모님도 언니들이 시집가길 얼마나 바라시는지 알아? 이모님은 리지 언니가 콜린스 씨 청혼을 수락했어야 한다는데, 솔직히 난 그런 사람이랑 무슨 재미로 살까 싶긴 해. 아아! 언니들보다 먼저 시집가고 싶다! 그러면 내가 어른 자격으로 무도회란 무도회는 죄다 데려갈 텐데. 참, 얼마 전 포스터 대령님 댁에 갔을 때 진짜 재미있는 일이 있었어! 키티 언니랑 같이 놀러 갔었는데, 포스터 부인이 당장 그날 저녁에 소규모 무도회를 열어주겠다는 거야. 봐, 내가 포스터 부인이랑 이렇게나 친하다니까! 아무튼 부인이 해링턴 댁 두 딸을 초대했는데, 해리엇이 아파서 펜이 혼자 올 수밖에 없었어. 그래서 우리가 어떻게 했게? 챔 벌레인한테 여자 옷을 입혀서 아가씨 행세를 하게 했어. 어찌나 웃기던지! 포스터 대령님이랑 부인, 키티, 나 말고는 아무도 몰랐어. 아, 이모님한테 드레스를 빌렸으니까 이모님까지는 아셨겠지? 근데 챔벌레인은 어쩜 여장이 그렇게 잘 어울려? 데니랑 위컴, 프랫, 그리고 남자 두어 명이 더 왔는데 다들 감쪽같이 속더라니까? 와, 얼마나 웃었는지 몰라! 포스터 부인도 엄청 웃었고. 진짜 난, 웃다가 죽는 줄 알았어. 그 바람에 남자들이 뭔가 수상한 낌새를 눈치채서는 곧 들통나버렸지만."

이렇게 롱본으로 가는 내내 리디아는 그동안 다녔던 모임 이야기와 재미있는 농담으로 동행인들을 즐겁게 해주려 노력했고, 키티도 동생이 빠뜨린 부분을 귀뜸하거나 설명을 보태며 거들었다. 엘리자베스는 되도록 듣지 않으려 했지만 위컴의 이름이 자꾸 귀에 들어오는 것만은 막을 도리가 없었다.

롱본 집에서는 여행에서 돌아온 아가씨들을 더없이 다정하게 맞아주었다. 베넷 부인은 제인의 미모가 여전한 데에 희희낙락했고, 정찬 자리에서 베넷 씨는 누가 묻거나 시키지도 않았는데 두어 차례나 엘리자베스에게 "네가 돌아와 기쁘구나, 리지."라고 말할 정도였다.

머라이아를 마중하러 루카스가 사람들까지 대거 몰려온 터라 그날 정찬실은 상당히 북적였고 이야깃거리도 풍성했다. 루카스 여사는 맞은편에 앉은 머라이아에게 맏딸의 안부와 가축들에 대해 캐물었고, 베넷 부인은 몇 자리 건너에 있는 제인에게서 최신 유행에 대한 정보를 모아다 루카스네 딸들에게 일일이 전하느라 이중으로 분주했으며, 리디아는 오늘 읍내에서 즐긴 일들을 누구보다도 크게 목청을 돋워가며 아무에게나 떠들어댔다.

"오! 메리 언니, 언니도 같이 갈 걸 그랬어. 얼마나 재미있었는데! 가는 동안 마차 차일을 다 걷어 올리고 안에 아무도 없는 척했거든. 키티 언니가 멀미만 하지 않았어도 끝까지 그러고 갔을 거야. 조지 여관에 도착해서는 진짜 멋들어지게 인심을 썼어. 언니들한테 세상에서 제일 맛있는 냉육을 대접했단 말이지. 언니도 갔었으면 같이 대접해줬을 텐데. 그런 다음 마차에 짐을 실을 때도 엄청 웃겼어! 어떻게 우리까지 다 탔는지 신기해 죽겠다니까. 정말 배꼽 빠지는 줄 알았어. 그러고서 집에 올 때까지는 또 얼마나 즐거웠게! 우리가 하도 크게 떠들고 웃어대서 아마 10마일 밖에서도 들렸을 거야!"

이에 메리는 매우 진지하게 대답했다.

"나도 그런 재미를 폄하할 사람은 아니란다, 동생아. 대부분 여성의 성향에 부합하는 재미인 건 분명하지. 하지만 솔직히 난 그런 일에는 전혀 끌리지 않아. 책이 한없이 더 재미있고."

그러나 리디아는 한마디도 듣지 않았다. 원체 딴 사람

말에 30초 이상 귀 기울이는 법이 없는 데다 특히 메리가 말할라치면 아예 귀를 닫아버리는 그녀였다.

리디아가 다들 어떻게 지내는지 궁금하니 오후에는 같이 메리턴에 다녀오자고 언니들을 졸랐지만 엘리자베스는 끝끝내 반대했다. 베넷가 딸내미들이 여행을 마치고 돌아온 지 반나절도 안 되어 장교들을 쫓아다니더라는 소문이 나돌게 할 수는 없었다. 그뿐만 아니라 혹시라도 위컴을 다시 보기 두려웠기 때문에 그와 마주칠 가능성이 있는 일은 최대한 피할 셈이었다. 부대가 곧 철수한다는 사실에 그녀는 정말이지 말도 못 하게 안도했다. 보름 후에 떠난다니 일단 그러고 나면 더 이상 위컴 문제로 그녀가 거리낄 것은 없으리라.

집에 오고서 몇 시간 지나지 않아 그녀는 여관에서 리디아가 잠시 말했던 브라이턴 계획을 부모님이 수시로 의논하고 계신 것을 알았다. 아버지는 수락할 생각이 추호도 없음을 엘리자베스는 금방 알아챘지만, 아버지의 말이 때로는 너무 애매하고 모호한지라 그때까지 어머니는 번번이 낙심하면서도 필경에는 성공하리라는 희망을 버리지 못한 상태였다.

17

엘리자베스는 헌스포드에서 있었던 일을 언니에게 말하고 싶어 조바심치다 더는 참을 수 없는 지경에 이르렀다. 그래서 언니와 관계된 부분은 일절 언급하지 않기로 정하고 결국 이튿날 아침, 언니에게 놀랄 준비를 하라고 이른 뒤 다아시 씨와의 일을 간추려 털어놓았다.

베넷 양은 크게 놀랐지만, 동생을 워낙 아끼는 언니인 만큼 누가 동생을 흠모하든 지극히 당연한 일이라 여겼기에 그 놀라움은 금세 가라앉았고, 대신에 다른 감정들이 밀려들었다. 그런 감정을 고백하면서 왜 하필 그렇게 어울리지 않는 말들까지 보냈을까 싶어 다아시 씨가 안타깝기도 했지만, 동생의 거절로 그가 얼마나 비참했을까 생각하니 애처로운 마음까지 일었다.

"성공을 자신한 게 문제였어. 적어도 티는 내지 말았어야지. 하지만 그만큼 실망도 더 컸을 거야."

언니의 말에 엘리자베스가 대답했다.

"그랬겠지. 나도 마음이 편치는 않아. 하지만 이래저래 생각이 많다니까, 나를 좋아하는 마음이야 곧 밀어낼 수 있겠지. 청혼을 거절했다고 날 탓하는 건 아니지, 언니?"

"널 탓하다니! 그럴 리가."

"하지만 위컴을 너무 좋게만 말한 건?"

"아냐. 그게 왜 잘못인지 모르겠는걸."

"알게 될 거야, 바로 그 다음 날 무슨 일이 있었는지까지 듣고 나면."

그러고서 엘리자베스는 편지 얘기를 했고, 조지 위컴과 관련된 내용에 한해 전부 들려주었다. 제인에겐 이만저만 충격이 아니었다. 가엾은 제인! 이 한 사람은커녕 온 인류를 통틀어도 그 정도의 간악은 존재하지 않는다는 믿음으로 세상살이에 임할 그녀이건만. 다아시가 오명을 벗었다는 점은 다행스러웠지만, 그것도 위컴의 실체를 알게 된 충격을 달래주진 못했다. 그녀는 뭔가 착오가 있었을 거라면서, 어느 쪽에도 죄를 묻지 않고 두 사람 모두의 무고를 입증해내고자 성심껏 헤아리고 또 헤아려보았다.

엘리자베스가 말했다.

"소용없을 거야. 아무리 따져도 둘 다 좋은 사람일 수는 없어. 선택은 자유지만 한 명만으로 만족해야 해. 두 사람의 말에서 취할 점을 추려내고 나면 꼭 한 명만 좋은 사람이 된다고. 내 경우엔 최근 들어 그 방향이 바뀌었어. 난 다아시 씨를 믿는 쪽으로 기울었지만, 언니는 언니 나름대로 판단하면 돼."

하지만 얼마간 시간이 흐른 뒤 제인은 억지로나마 미

소를 지어 보였다.

"내 평생 이보다 더 놀란 적이 없었던 것 같아. 위컴이 그렇게나 나쁜 사람이었다니! 도무지 믿기지 않아. 다아시 씨도 안됐지 뭐야! 얘 리지, 그분이 얼마나 괴로우셨겠니. 그렇게 자신만만했는데! 거절당한 것도 모자라 네가 자기를 싫어한다는 것까지 알게 되다니! 게다가 자기 여동생 일까지 밝혀야 했고! 생각만 해도 마음이 아프다. 물론 너도 그렇겠지만."

"오, 천만에! 언니가 그렇게 애석해하고 가엾게 여겨 주니 난 도리어 괜찮아졌어. 언니가 그분 입장을 십분 헤아려줄 걸 알아서 그런지 내 걱정과 관심은 점점 사라지는걸. 언니가 쓰니까 난 아끼게 되네? 언니가 계속 그렇게 연민을 펴 주면 내 마음은 깃털처럼 가벼워질 거야."

"위컴도 불쌍해. 표정이 그렇게 선한데! 태도도 소탈하고 신사답고."

"두 남자가 받은 교육에 뭔가 단단히 잘못된 부분이 있나 봐. 한 사람은 속내만 선하고 또 한 사람은 겉모습만 선하잖아."

"난 다아시 씨 겉모습이 별로라고 생각한 적이 없는데, 넌 그렇다고 하더라."

"게다가 덮어놓고 그 사람을 싫어하면서 나만 남다르고 똑똑한 줄 알았지. 그런 식의 혐오는 천재성을 자극하

JANE AUSTEN

면서 재치를 유발하거든. 줄기차게 매도할 뿐 옳은 말은 한마디도 못할 수 있지만, 한 사람을 줄곧 조롱하다 보면 이따금 재치 있는 말이 얻어걸리기 마련이니까."

"리지. 편지를 처음 읽었을 때는 지금처럼 가볍게 넘길 수 없었을 거야, 그렇지?"

"맞아, 그랬어. 마음이 무거웠지. 무진장 무거웠어. 비참했다고나 할까. 심정을 토로할 사람도 하나 없고, 날 위로해줄 언니도 없고. 언니가 있었다면 넌 네 생각처럼 나약하지도 허영에 차 있지도 어리석지도 않다고 말해줬을 텐데. 아! 언니가 얼마나 그리웠는지 몰라!"

"다아시 씨한테 위컴 얘길 하면서 그리도 모질게 몰아붙였다니 너무 안타까워. 이제야 말이지만 그렇게 두둔해줄 일이 아니었잖니."

"내 말이. 하지만 애먼 사람한테 독설을 퍼붓는 우를 범한 것도 스스로 키운 편견의 당연한 응보겠지. 언니하고 상의하고 싶은 게 있어. 지인들한테 위컴의 실체를 알려야 할지 말아야 할지 모르겠어. 어떡하지?"

베넷 양은 잠시 생각한 후 대답했다.

"그렇게까지 잔인하게 폭로할 필요는 없지 않나 싶어. 네 생각은 어떤데?"

"그래서는 안 된다고 생각해. 그 내용을 퍼뜨려도 된다고 다아시 씨가 허락한 것도 아니니까. 오히려 여동생이 얽힌 일에 대해선 비밀을 지켜달라고 했지. 그런데 그 일을 빼놓고서 그 사람 행동을 해명하려 애써본들 누가 내 말을 믿어주겠어? 다들 다아시 씨를 적대시하는 분위기라, 그 사람을 옹호하는 말 한마디라도 꺼냈다간 메리턴 지인의 절반을 잃고 말 거야. 난 감당 못 해. 어차피 위컴은 곧 사라질 거니까, 실체가 어떻든 여기 사람들하곤 상관없게 되겠지. 언젠가는 모든 게 밝혀질 테고, 그러면 우린 그제야 진상을 알게 된 사람들의 미련함을 비웃어 줄 수 있을 거야. 당장은 아무 말도 하지 않을래."

"맞는 말이야. 자기 잘못이 만천하에 알려지면 그 사람은 영원히 망가질 거야. 지금은 잘못을 뉘우치고 새사람이 되고자 하는지도 모르잖아. 자포자기하게 만들 수는 없지."

언니와 대화하다 보니 그동안 엘리자베스를 괴롭혔던 마음속 소용돌이가 스르륵 풀렸다. 2주 동안 마음을 짓누르던 비밀 중 두 가지를 털어냈고, 다시 말하고 싶어질 때면 언제든 언니가 기꺼이 들어주리란 확신도 있었다. 그러나 조심스러운 마음에 차마 밝히지 못한 비밀이 아직 남아 있었다. 그녀는 다아시 씨 편지의 나머지 내용을 감히 입 밖에 낼 수 없었고, 언니가 그의 친구에게 얼마나 소중한 존재였는지 알려줄 수도 없었다. 다른 누구도 알아서는 안 되는 비밀이었다. 그녀가 이 마지막 비밀까지 털어내고 홀가분해지려면 응당 당사자 간의 완벽한 이해가 전제되어야 한다는 사실을 그녀는 잘 알고 있었다.

'꿈에서나 가능할 법한 그 일이 만에 하나 실제로 일어난다면 내가 나설 필요도 없겠지. 빙리의 진심은 본인이 전하는 게 가장 확실하지 않겠어? 나는 비밀이 더 이상 비밀이 아니게 된 때에나 말할 자유가 생기겠네!'

다시 일상으로 돌아왔으니 이제 그녀는 언니의 진짜 기분을 살필 여유가 있었다. 언니는 행복하지 않았다. 여전히 빙리를 마음에, 매우 조심스럽게 품고 있었다. 일찍이 사랑에 눈뜬 적 없던 그녀는 첫사랑의 열정을 한꺼번에 몰아 느꼈고, 나이도 적지 않고 성향도 고지식한지라 한 번 품은 애정 또한 어지간한 첫사랑보다 훨씬 더 견실했다. 그와의 추억은 너무나 소중했고 세상 어떤 남자보다도 그가 좋았기에, 그녀는 자칫 회한의 늪에 빠져 자신의 건강과 주변의 평안까지 해칠세라 자기 안의 양식을 있는 대로 끌어모으는 한편 주변 사람들 기분을 살피는 배려심도 한껏 발휘해야만 했다.

어느 날 베넷 부인이 말했다.

"저기 리지, 제인 일을 지금은 어떻게 생각하니? 난 그 애석한 일을 다시는 입에 올리지 않기로 했다. 요전에 네 이모한테도 그렇게 얘기해뒀고. 그런데 제인이 런던에

서 그 인간 코빼기라도 봤는지 어쨌는지 모르겠어. 뭐,
그럴 가치도 없는 놈이지. 이제는 제인이 그치를 잡을 기
회도 영영 날아간 것 같긴 하다만. 그치가 올여름에 네더
필드로 돌아올 거란 얘기가 없더라, 알 만한 사람들한테
는 내가 죄다 물어봤는데."

"앞으로 네더필드에서 살 계획이 없는 것으로 알고 있
어요."

"아, 그래? 마음대로 하라지. 여기 온들 누가 반긴다고.
내, 그놈이 내 딸을 농락했다고 두고두고 말할 테다. 내
가 네 언니라면 가만있지 않을 거야. 글쎄다, 제인이 상
심해 죽어서 그놈이 땅을 치고 후회할 걸 생각하면 그나
마 한이 풀리는구나."

하지만 그런 생각으로 한풀이를 할 수는 없었기에 엘
리자베스는 아무 말도 하지 않았다.

잠시 후 어머니가 다른 얘기를 꺼냈다.

"그런데 리지, 콜린스네는 아주 평안하시지? 암, 그래
야지, 그게 오래가길 바랄 뿐이다. 식탁 차림은 어떻던?
샬럿이야 보나 마나 대단한 살림꾼이겠지. 제 어미의 반
만큼만 약았어도 돈을 차곡차곡 모을 테고. 내 장담하는
데, 그 집 살림살이에 돈 샐 구멍이라곤 하나도 없을걸?"

"예, 정말 알뜰하더라고요."

"돈 관리에 혈안이 돼 있겠지, 안 봐도 훤하다. 그럼, 그

럼. 지출이 수입을 넘기지 않게 신경을 쓸 게야. 그 부부
가 돈 문제로 속 썩을 일은 절대 없을 거다. 뭐, 저들한테
야 좋은 일이지! 그럼 네 아버지가 돌아가시고 나서 롱
본을 갖게 되는 얘기도 자주 하겠구나. 아마 이미 자기들
집인 양 얘기할걸?"

"아무렴 제 앞에서 그런 얘기를 했겠어요?"

"하기야, 그렇게까지 경우 없는 인간들은 아니겠지.
하지만 저들끼리는 툭하면 쑥덕댈 거야. 법적으로 자기
네 소유가 아닌 재산을 속 편하게 챙길 수 있는 인간들이
라면 얼씨구나 좋다 할 일이잖니. 나 같으면 겨우 한사상
속으로나 한탕 챙기는 짓은 창피해서라도 못 하겠다."

18

일주일이 금방 지나갔다. 새로운 한 주가 시작되었다.
부대가 메리턴에 주둔하는 마지막 주라, 근방의 아가씨
들이 모두 시무룩해졌다. 온통 침울한 분위기였다. 오직
베넷가의 장녀와 차녀만 여전히 먹고 마시고 자고 아무
렇지 않게 일상을 영위할 수 있었다. 극도의 슬픔에 잠긴
키티와 리디아는 어쩜 그리 무심할 수 있느냐며 걸핏하
면 언니들을 책망했다. 우리 가족의 일원이 이렇게 매정

하다니 도무지 이해가 되지 않는다는 것이었다.

두 동생은 시도 때도 없이 탄식을 해댔다.

"맙소사! 우린 이제 어떻게 되는 거지? 어떡하면 좋아! 아니, 리지 언니는 이 와중에 웃음이 나와?"

인정 많은 어머니도 25년 전 비슷한 경험을 했다면서 딸들의 슬픔에 공감해주었다.

"밀러 대령님 부대가 철수할 때 꼬박 이틀을 울었지. 가슴이 찢어지는 줄 알았어."

리디아가 말했다.

"내 가슴은 진짜로 찢어질 거야."

베넷 부인이 넌지시 말했다.

"브라이턴에 갈 수 있다면 좋으련만!"

"맞아! 브라이턴에 갈 수만 있다면! 하지만 아빠가 너무 싫어하시잖아."

"그러게, 잠깐이라도 해수욕을 하면 영원히 힘이 날 텐데 말이다."

키티도 거들었다.

"필립스 이모님은 해수욕이 나한테 아주 좋을 거라셨어."

이런 식으로 롱본 가택에서는 한탄이 끊이지 않았다. 엘리자베스는 이 가관을 즐겨보려 애썼지만 아무리 봐도 즐겁기는커녕 창피하기만 했다. 그녀는 다시 씨의 비난을 새삼 달게 받아들일 수밖에 없었고, 그런 점에서 그가 친구의 관점에 개입한 것도 용납 못 할 일은 아니라는 생각이 전에 없이 강하게 일었다.

그러나 리디아의 앞날을 어둡게 한 먹구름은 얼마지 않아 말끔히 걷혔다. 부대를 지휘하는 대령의 아내 포스터 부인이 그녀에게 브라이턴에 함께 가자고 청한 것이다. 리디아의 소중한 친구인 포스터 부인은 꽤 이른 나이에 갓 결혼한 새댁이었다. 이 두 청춘은 명랑하고 활기 넘친다는 공통점에 서로 이끌려, 만난 지 석 달 만에 둘도 없는 단짝이 되었다.

포스터 부인의 초청에 리디아가 얼마나 기뻐 날뛰었으며 얼마나 단짝을 예찬했는지, 또 베넷 부인이 얼마나 반색했고 키티는 얼마나 원통해했는지를 다 묘사하기란 불가능하리라. 언니의 감정은 아랑곳 않은 채, 리디아는 환희에 들떠 온 집 안을 날듯이 돌아다니며 모두에게 축하해달라 외쳐댔고 그 어느 때보다도 신나게 웃고 떠들었다. 반면 비운의 키티는 거실에 널브러진 채 말도 안 되는 신세 한탄을 늘어놓으며 한없이 징징거릴 뿐이었다.

"포스터 부인이 왜 나를 빼고 리디아만 초청했는지 모르겠어. 단짝은 아니어도 나도 쟤만큼이나 초청받을 자격이 있는데. 아니, 오히려 나를 불러야지, 내가 두 살 더 많잖아."

엘리자베스가 타이르고 제인이 설득도 해보았지만 리디아는 막무가내였다. 엘리자베스는 절대로 어머니와 리디아처럼 속없이 흥분할 수 없었으니, 그녀가 보기에 브라이턴은 리디아에게도 있을지 모를 상식의 싹수마저 영원히 도려내고야 말 곳이었다. 하여 그녀는 만일 발각되면 미움을 살 것을 알면서도 은밀히 아버지께 동생을 보내면 안 된다고 이르지 않을 수 없었다. 리디아는 대체로 행실이 단정하지 못하다, 포스터 부인 같은 여자와 친해서 좋을 것도 별로 없다, 집과 달리 별의별 유혹이 넘쳐나는 브라이턴에서 그런 친구와 함께 지내다 보면 리디아의 경거망동이 지금보다도 더 심해질 거라며 그녀는 사정사정했다. 아버지는 묵묵히 경청한 뒤에 말했다.

"리디아는 사람들 많은 데 있거나 남의 시선을 받아야만 직성이 풀릴 아이야. 이번 경우처럼 거의 공짜로, 집에 폐를 끼치지도 않고 그 애가 그럴 수 있는 기회는 다시없을 듯싶구나."

"리디아가 남들 다 보는 데서 부주의하고 경솔하게 구는 탓에 우리 가족이 얼마나 큰 피해를 입을지, 아니 입었는지 아시면 분명 아버지도 달리 판단하실 거예요."

"피해를 입었다니! 뭐, 네 애인 몇몇이 개 때문에 식겁

해서 달아나기라도 한 게냐? 불쌍한 우리 리지! 하지만 낙담하지 마라. 그깟 푼수 하나 못 참고 행여나 근친 될세라 내빼는 까탈스러운 젊은이라면 미련 둘 가치도 없어. 어디, 리디아의 바보짓에 줄행랑친 한심한 녀석들 명단이나 좀 보자꾸나."

"잘못 짚으셨어요. 제가 그런 식으로 상처를 받은 적은 없어요. 꼭 누가 피해를 입었다기보다 일반적으로 그렇다는 거예요. 경박하고 뻔뻔하고 거칠 것 없는 리디아의 언행 때문에 우리 가문의 위신과 체면이 땅에 떨어질거라고요. 죄송하지만 솔직히 말씀드려야겠어요. 아버지께서 수고해주시지 않으면, 걔의 넘치는 혈기를 누르고 당장의 관심사가 평생의 업은 아니라는 걸 일깨워주시지 않으면, 걘 곧 아무도 손쓸 수 없는 상태가 돼버릴거예요. 그런 성격으로 굳은 채 열여섯이 되면 아주 작정하고 상스러운 농탕질을 일삼아서 자신과 가족을 웃음거리로 만들겠죠. 어린 나이와 어지간한 외모 말고는 아무 매력도 없는 최악의 바람둥이가 될 거라고요. 남자라면 사족을 못 쓴다고 세상이 손가락질할 텐데, 머리도 정신도 텅텅 빈 그 깜냥에 그저 속수무책이겠죠. 키티라고 괜찮을까요? 걘 리디아가 하자는 대로 끌려갈 거예요. 허영 덩어리에 무지하고 게으른 데다 완전히 제멋대로라고요! 오, 아버지! 걔들은 어딜 가나 비난과 멸시를 받을 거예요. 설마 그렇지 않을 수도 있다고 보세요? 그 망신살이 언니들한테까지 뻗치지 않는다고 장담하실 수 있겠어요?"

딸아이가 이 문제에 온 신경을 쏟고 있음을 깨달은 베넷 씨는 다정하게 손을 잡고서 달래기 시작했다.

"너무 마음 쓰지 마라, 아가. 너랑 제인은 어딜 가나 칭찬과 존중을 받을 거다. 못난 동생이 둘…… 아니 셋이나 된다고 해서 너희까지 평판이 깎이진 않을 게야. 리디아가 브라이턴에 가야 롱본에 평화가 와. 그렇다면 보내줘야지. 포스터 대령은 지각 있는 양반이니 그 애가 정말 잘못되게 놔두진 않을 거라 본다. 게다가 누군가의 먹잇감이 되기엔 다행히도 우리가 너무 가난하잖니. 브라이턴에서는 리디아도 여기서보다 눈에 덜 띌 게야. 평범한 바람둥이로라도 각광받긴 어렵지 싶은걸. 장교들도 더 괜찮은 아가씨를 찾을 테고. 그러니 거기서 자기가 별 볼 일 없다는 걸 깨우치길 바라보자꾸나. 여차하면 평생 방에 가둬버리지 뭐."

엘리자베스는 이 정도 대답에 만족해야 했지만, 리디아를 보내면 안 된다는 생각은 변함이 없었기에 실망스럽고 서운한 마음으로 자리를 떴다. 그러나 그런 마음을 두고두고 되새기며 속만 더 태울 그녀가 아니었다. 어쨌든 자기도 할 만큼은 했다 여겼고, 피할 수 없는 화에 속을 끙끙 앓거나 지레 걱정으로 그 화를 키우는 일은 그녀의 성미에도 맞지 않았다.

그녀와 아버지가 나눈 대화의 내용을 리디아와 어머니가 알았다면 둘의 입심을 합쳐도 마땅한 표현을 찾기 어려울 그런 분노를 느꼈을 것이다. 리디아가 상상하는 브라이턴 여행은 지상의 모든 행복을 총망라했다. 그녀가 공상 속에서 바라본 그 화려한 해변 마을에는 거리마다 장교들이 즐비했다. 그리고 아직 모르는 사이인 장교 수십 명이 그녀에게 관심 어린 눈길을 보내고 있었다. 주둔지의 찬란한 풍경도 생생하게 그려졌다. 반듯반듯하게 줄지어 늘어선 막사들, 넘실대는 젊음과 활기, 눈부신 진홍색 제복의 물결, 그 화룡점정은 어느 천막 아래 앉아 여섯 명도 넘는 장교들과 정답게 노닥거리는 자기 자신이었다.

이토록 기대에 부풀어 있는데, 언니가 이를 무산시켜 자기를 울리고자 했다는 걸 알면 리디아의 심정이 어떻겠는가? 그 심정은 막내딸과 거의 같은 마음일 어머니만이 공감해줄 수 있으리라. 결국 베넷 씨는 브라이턴에 갈 생각이 조금도 없었다. 남편의 의중을 확실히 알게 되어 우울해진 그녀에게는 리디아라도 간다는 사실이 유일한 위안이었다.

그러나 그녀들은 부녀 간에 밀담이 오간 사실을 까맣

게 몰랐으므로, 리디아가 떠나는 당일까지 마냥 들떠 있었다.

이번을 마지막으로 엘리자베스가 위컴 씨를 볼 일은 다시 없을 것이었다. 집으로 돌아온 뒤 이런저런 자리에서 자주 마주치면서, 처음의 동요는 제법 가라앉았고 예전의 호감은 완전히 사라졌다. 심지어 한때 그녀를 설레게 했던 그의 친절조차, 가증스럽게 가식적이고 지긋지긋하게 일률적임을 이제 그녀는 간파해낼 줄 알게 되었다. 더구나 요즘 자신을 대하는 그의 태도도 그녀는 새삼 불쾌했다. 그는 예전에 나누던 호감을 되살리겠다는 듯 그녀에게 각별한 관심을 보였는데, 그동안 많은 일을 겪은 그녀로선 그저 짜증만 날 뿐이었다. 그토록 한가하고 경박하게 수작이나 걸어볼 대상으로 자신을 점찍은 그에게 정나미가 뚝 떨어졌다. 부단히 참고는 있었으나, 얼마나 오래건 어떠한 이유에서건 관심을 끊었다가도 언제고 다시 다정하게 굴면서 허영심을 채워주면 그녀의 호감을 얻을 수 있다고 믿는 그가 내심으론 꽤씸해 견딜 수 없었다.

부대가 철수하기 바로 전날, 그는 다른 장교들 몇몇과 함께 롱본 정찬회에 참석했다. 그와 기분 좋게 헤어질 마음이 별로 없었던 엘리자베스는 헌스포드에서 어떻게 지냈느냐는 그의 질문에 피츠윌리엄 대령과 다아시 씨가 3주간 로징스에 머물렀었다고 얘기하고는 대령을 아느냐고 되물었다.

그는 놀란 듯했다. 언뜻 거북하고 당황한 기색이었지만, 금세 평정을 되찾고 다시금 미소를 지으며 대답하길 전에는 자주 만났던 사이라고 했다. 그리고 아주 신사다운 형님이라고 덧붙인 뒤 당신이 보기에 그는 어떤 사람이더냐고 물었다. 그녀는 과연 호인이시더라고 대답했다. 잠시 후 그가 무심결인 척 넌지시 물었다.

"대령님이 로징스에 얼마나 계셨다고요?"

"거의 3주요."

"자주 만나셨습니까?"

"예, 거의 매일 만났어요."

"사촌하고는 많이 다른 분이시죠."

"예, 정말 다르세요. 하지만 다아시 씨도 알고 보니 전보단 나아진 것 같더군요."

"그래요? 어떤 면에서요?"

이때 위컴의 표정을 그녀는 놓치지 않았다. 그러나 그는 얼른 표정 관리를 하고서 한층 경쾌한 어조로 물었다.

"말씀씨가 나아졌을까요? 그 자존심을 굽히고 평소 말투에 예의를 더했다든가? 왜냐면……."

그는 목소리를 낮추고 진지하게 이어 말했다.

"본성이 나아졌으리란 기대는 무리인 듯해서요."

엘리자베스가 대답했다.

"오, 그럼요! 본성은 예전 그대로예요."

위컴은 쾌재를 불러야 할지 의심해야 할지 헷갈리는 눈치였다. 그녀의 표정에 서린 무언가가 그를 불안하고 초조하게 해, 그는 이어지는 그녀의 말에 더욱 귀를 기울였다.

"알고 보니 나아졌더라고 말씀드렸잖아요. 그 사람 사고방식이나 태도가 나아졌다는 게 아니라, 그 사람을 좀 더 알고 나니 그 성향도 이해할 만해졌다는 얘기였어요."

위컴의 불안은 이제 상기된 낯빛과 흔들리는 눈빛으로 여실히 드러났다. 몇 분간 그는 말이 없었다. 이윽고 당혹감을 떨쳐낸 그가 다시 그녀를 돌아보며 더없이 부드럽게 말했다.

"당신은 다아시 씨에 대한 제 감정을 잘 아시니, 그가 겉으로라도 올바른 척할 만큼은 현명하여 저도 진심으로 기뻐하고 있다는 사실 또한 능히 헤아리실 겁니다. 자존심을 그런 식으로 세운다면 그 자신에게는 아니어도 다른 많은 이에게 도움이 되겠지요. 저한테 저지른 것과 같은 잘못을 막아줄 테니까요. 다만 제가 파악하기로 당신이 방금 시사하신 그런 조심성은 그가 이모님 댁을 방문할 때에만 나타나는 게 아닌가 싶습니다. 이모님께 잘 보이려고 무척이나 전전긍긍하거든요. 이모님과 함께 있을 때마다 어쩌나 눈치를 보던지요. 아마 상당 부분은 드 버그 양과 맺어지길 바라는 마음에서일 겁니다. 그의 속셈이야 제겐 불 보듯 훤하지요."

엘리자베스는 실소를 참을 수 없었지만 고개만 살짝 갸웃하는 것으로 대답을 대신했다. 그는 또다시 과거 일을 빌미로 불평하고 동정받길 원하는 눈치였지만, 그녀는 그에게 장단 맞춰줄 기분이 아니었다. 이후로 그는 평소처럼 쾌활하게 굴면서도, 그 이상 엘리자베스를 특별히 대하지는 않았다. 마지막에 두 사람은 피차 정중하게 작별 인사를 나누었는데, 다시는 마주치지 않기를 바란 속내도 아마 피차일반이었을 것이다.

모임이 끝나고 리디아는 포스터 부인과 함께 메리턴으로 갔다. 다음 날 새벽에 거기서 바로 출발할 예정이었다. 가족과는 애처롭기보다 떠들썩한 이별을 했다. 눈물을 뿌린 사람은 키티뿐이었는데 그마저 속상하고 부러워서였다. 베넷 부인은 행복하게 지내다 오란 말을 부산스럽고 장황하게도 늘어놓았고, 즐길 수 있는 기회라면 절대 놓치지 말고 한껏 즐기라며 당연히 받아들여질 당부까지 구태여 보탰다. 리디아가 환호작약하며 시끄럽게 안녕을 고하는 통에 언니들의 한결 얌전한 작별 인사는 들리지도 않았다.

19

엘리자베스가 자신의 가족만 보고 가정에 대한 관념을 형성했다면, 행복한 부부나 안락한 가정 같은 썩 아름다운 그림은 그려질 수 없었을 것이다. 그녀의 아버지는 젊음과 미모, 그리고 젊음과 미모에 으레 따라붙는 참한 인상에 반해 한 여인과 결혼했으나, 정작 그녀는 이해력이 달리고 도량도 좁은지라 남편의 진실된 애정을 신혼 초부터 차디차게 식혀버렸다. 존중, 호의, 신뢰가 자취를 감추었고 행복한 가정을 향한 기대와 의지는 무참히 무너졌다. 이렇듯 경솔한 결정은 결국 실망만 낳았지만 베넷 씨는 우행이나 악행으로 불행을 자초한 사람들이 흔히 찾는 도락에서 위안을 얻고자 하는 성향이 아니었다. 그는 도시를 싫어하고 책을 좋아했기에 그런 취향에 따라 전원 생활과 독서를 주된 낙으로 삼았다. 아내가 있어 좋은 점이라곤 그녀의 무지와 어리석음을 조소하는 재미가 있다는 것뿐이었다. 보통 남자들이 아내를 맞을 때 기대하는 행복과는 결이 다르겠으나, 진정한 현자란 이왕의 여건을 최대한 활용할 줄 아는 법이다.

그러나 엘리자베스는 아버지가 결코 좋은 남편이 못 된다는 사실을 언제나 인지하고 있었다. 아버지의 부적절한 행동을 볼 때마다 괴로웠지만, 그분의 능력을 존경하고 자신을 귀애해주시는 데 감사하는 마음이 있었기에, 그녀는 눈감아 줄 수 없는 일도 잊으려 노력했으며, 아버지가 자식들조차 어미를 무시하게 될 언행을 서슴지 않으면서 남편의 책임과 예의를 저버리기 일쑤인 점은 비난을 면치 못할 일이라는 생각도 머리에서 몰아내려 애썼다. 하지만 조화롭지 못한 결혼이 자식에게 안기는 불이익을 지금처럼 강하게 느낀 적이 없었고, 잘못된 방향으로 발현된 재능이 야기하는 해악을 지금처럼 여실히 깨달은 적이 없었다. 아버지가 당신의 재능을 제대로 사용하셨다면, 아내의 도량을 넓히기엔 역부족이었을지언정 적어도 딸들의 품위만큼은 지켜냈을지도 모른다.

부대가 이동한다는 소식을 누구보다 반겼던 엘리자베스였지만 막상 위컴이 사라졌다는 사실 말고는 딱히 좋은 점이 없었다. 사교 모임이라고 해봤자 전처럼 다채로운 만남과 경험을 기대할 수 없었고, 어머니와 동생은 만사가 지루하다고 끊임없이 불평을 해대서 온 집안 분위기를 침울하게 만들었다. 키티는 올바른 사고를 방해하던 요소들이 사라졌으니 조만간 정신을 차릴지 몰라도, 타고난 기질부터 더 걱정스러운 리디아는 군부대에다 해수욕장까지 두 배로 위험한 환경에서 어리석고 철면피한 버릇을 굳힐 가능성이 다분했다. 상황이 대체로 이러하다 보니, 그녀는 손꼽아 기다리던 일이 실제로 일어나도 기대했던 만큼 만족스럽지 않다는 사실을 이참에 다시 한번 깨달았다. 따라서 그녀로서는 진짜 행복을 맞이할 시기를 따로 기약할 필요가 있었다. 거기에 소망과 희망을 걸고 다시금 즐겁게 기대하면서 현재를 위로하고 또 다른 실망에 대비해야 했다. 지금은 호수 지역 여행을 생각할 때 가장 행복했다. 그것은 어머니와 키티의 불평에 속절없이 시달리면서도 그 괴로운 시간을 버티게 하는 최고의 위안이었다. 제인을 동행하게 할 수만 있다면 더없이 완벽한 여행이 될 터였다.

'하지만 아쉬운 점이 있는 것도 좋아. 계획이 너무 완벽하면 꼭 수틀리는 일이 생기더라. 언니를 데려갈 수 없다는 점 하나가 못내 아쉬운 만큼 나머지 즐거운 기대는 모두 실현되리라 희망해도 되겠지. 하나부터 열까지 마음에 쏙 드는 계획은 절대로 다 성공 못 해. 처음부터 조금 속상한 부분이 있어야 전체에 실망할 일이 없다고.'

리디아는 떠나면서 어머니와 키티에게 매일매일 아주 상세한 소식을 전하겠다고 약속했다. 그러나 그녀의 편지는 늘 오랜 기다림 끝에야 도착했고 늘 너무 짧았다. 어머니 앞으로 온 편지에는 방금 도서관에 다녀왔는데 모모 장교가 수행했고 거기서 눈 돌아가게 예쁜 장식품들을 봤다, 혹은 새 드레스 또는 새 양산을 샀는데 어떻게 생겼는지 더 자세히 쓰고 싶지만 같이 병영에 가기로 한 포스터 부인이 지금 부르니 급히 나가봐야 한다 따위의 내용이 거의 전부였다. 키티가 받은 편지로는 알 수 있는 게 더 적었으니, 글 자체는 꽤 길었지만 공개하지 말라고 밑줄 그은 부분이 너무 많았기 때문이다.

리디아가 없는 채로 2~3주가 지난 뒤부터 롱본에 건강과 활기가 돌아오고 밝은 분위기가 감돌기 시작했다. 모든 면에서 한층 즐거워졌다. 겨우내 런던에 가 있었던 이웃들이 돌아왔으며, 화려한 여름 옷차림이 속속 눈에 띄고 여름 행사 소식도 심심찮게 들렸다. 베넷 부인은 평소의 불만 많은 안정을 회복했고, 6월 중순에 이르자 키티도 꽤 나아져서 메리턴에 가도 눈물짓지 않을 정도가 되었다. 덕분에 엘리자베스는, 육군성이 잔인하게 굳이 메리턴에 또 군부대를 배치하지 않는 한 크리스마스 무렵이면 동생이 하루 한 번 이상 장교 타령을 하지는 않을 만큼 이성을 되찾겠구나 하고 기대할 수 있게 되었다.

북부 여행을 떠날 날도 점점 빠르게 다가왔다. 그런데 예정일을 불과 보름 앞두고 가디너 부인에게서 편지가 도착했다. 출발을 미루고 일정도 줄이게 되었다는 소식이었다. 가디너 씨의 사업 때문에 원래 예정일보다 2주 늦은 7월에나 떠날 수 있으며 한 달 안에 런던으로 돌아와야 하는데, 애초 계획대로 멀리까지 돌며 많은 구경을 하기엔 시간이 턱없이 부족한 데다 적어도 우리가 약속한 대로 여유롭고 편안하게 관광을 다니자면 어쩔 수 없이 호수 지역을 포기하고 관광도 줄여야 해서, 계획을 바꿔 북쪽으로 더비셔까지만 돌아보고 오기로 했다는 것이었다. 특히 더비셔는 둘러볼 데가 많아 3주 가까이 머물게 될 거라면서, 가디너 부인 자신이 그 지역에 강한 애착이 있다고도 전했다. 결혼 전에 몇 년간 살았던 마을에 며칠간 머물 거라고 했는데, 아마 그녀에게는 그 마을이 매틀록·채츠워스·도브데일·피크 같은 유명한 관광지 못지않게 궁금한 곳일 것이었다.

엘리자베스는 깊이 실망했다. 마음은 이미 호수 지역에 가 있었고, 생각 같아선 거기까지 다녀올 시간 정도는 있지 않나 싶기도 했다. 그러나 만족하는 것이 그녀의 일이요 행복해지는 것이 그녀의 성격이었으니, 이내 다시 다 괜찮아졌다.

더비셔 얘기에 이런저런 생각이 들기는 했다. 그 단어를 보는 순간 절로 펨벌리와 그곳 주인이 떠올랐다. 그녀는 혼자 중얼거렸다.

"하지만 내가 그 지역에 발을 들이면 안 된다는 법은 없잖아? 그 사람 몰래 형석(더비셔는 형석의 일종인 '블루존'의 유일한 산지였으나 현재는 고갈되었다고 한다 – 옮긴이) 몇 개쯤 슬쩍할 수도 있는 거지 뭐."

그리하여, 남은 기간이 두 배로 늘었다. 외삼촌과 외숙모가 오기까지 4주를 기다려야 했다. 그러나 시간은 꾸준히 흘렀고, 마침내 가디너 부부와 네 자녀가 롱본에 도착했다. 여섯 살, 여덟 살인 두 꼬마 숙녀와 더 어린 두 꼬마 신사는 롱본에서 제인이 특별히 보살펴 주기로 했다. 아이들 모두 제인을 좋아하는 데다, 그녀의 착실하고 다정한 성품은 가르치고 놀아주고 아낌없이 사랑해주는 일을 포함해 모든 면에서 아이들을 돌보기에 적격이었다.

가디너 부부는 롱본에서 단 하룻밤을 보낸 뒤 이튿날 아침 엘리자베스와 함께 이색적인 즐거움을 향한 여정에 나섰다. 한 가지 즐거움은 이미 보장돼 있었으니, 서로 잘 맞는 사람들이 함께한다는 점이었다. 모두 건강하고 성격도 모나지 않아 어지간한 불편은 얼마든지 감수할 테고, 유쾌한 사람들이라 함께 다니면 기쁨과 즐거움이 배가할 것이며, 일행 간에 애정과 이해가 있으니 설사 주변 상황에 실망하게 되더라도 서로서로 의지할 수 있을 것이었다.

더비셔를 소개하는 것은 이 작품이 다룰 내용이 아니다. 옥스퍼드, 블레넘, 워릭, 케닐워스, 버밍엄 등 그들이 거쳐간 관광 명소들 또한 이미 충분히 알려져 있다. 여기서는 더비셔의 일부분만을 비중 있게 다루고자 한다. 우선 램턴이라는 소도시는 가디너 부인이 한때 거주했던 곳으로, 얼마 전 그녀는 옛 지인들 몇몇이 아직도 거기 산다는 소식을 접한 터였다. 하여 그들은 더비셔의 주요 명승지를 모두 둘러본 뒤 그리로 향했다. 가디너 부인은 엘리자베스에게 램턴에서 5마일 거리에 펨벌리가 있다면서, 예정된 경로가 그곳을 바로 지나가지는 않지만 겨우 1~2마일 비끼어 가게 된다고 알렸다. 전날 저녁에 일정을 상의하던 중, 가디너 부인이 펨벌리를 다시 보고 싶다는 의향을 밝혔다. 가디너 씨가 찬성하자 부인은 엘리자베스의 의중을 물었다.

"얘, 그렇게 얘기를 많이 들었는데 한번 가보고 싶지 않니? 네가 아는 사람들과 인연이 있는 곳이기도 하고. 위컴이 거기서 유년 시절을 보냈잖니."

엘리자베스는 난감했다. 자신과는 아무 상관 없는 곳이라 여겼기에, 별로인 기색을 내비쳐야 할 것 같았다. 그녀는 으리으리한 대저택이 싫증 났다고, 하도 많이 다녀봐서 최고급 카펫이나 공단 커튼 같은 걸 봐도 아무런 감흥이 없다고 말할 수밖에 없었다.

가디너 부인은 모르는 소리 말라며 조카를 타박했다.

"단지 부티 나게 꾸민 고급 저택에 불과하다면 나도 가보고 싶지 않을 거야. 하지만 펨벌리는 경치가 장관이거든. 전국에서 손꼽히게 아름다운 숲들이 있지."

엘리자베스는 이만 입을 닫았지만 속으로는 영 내키지 않았다. 그곳을 둘러보다 다아시 씨와 마주치기라도 하면……? 오, 상상만 해도 끔찍했다! 그 생각을 하니 얼굴이 홧홧했다. 그런 위험을 무릅쓰느니 외숙모에게 터놓고 말하는 편이 낫겠다 싶었다. 하지만 막상 그러기도 저어되어, 결국 그녀는 펨벌리에 주인 가족이 머무르고 있는지 슬쩍 알아보고 만일 그렇다고 하면 그때에 최후의 수단으로 외숙모에게 털어놓기로 마음먹었다.

그리하여 그날 밤 그녀는 홀로 묵는 방에 들어와서, 객실 하녀에게 펨벌리가 과연 그렇게나 멋진 곳인지, 어느 가문의 소유인지, 그리고 적잖이 떨리는 마음으로, 주인 가족이 여름을 보내러 와 있는지를 물었다. 너무나 반갑게도 마지막 질문에 아니라는 대답이 돌아왔다. 그렇다면 안심해도 될 일, 마음에 여유가 생긴 그녀는 비로소 그 집에 상당한 호기심이 일었다. 다음 날 아침 펨벌리에 들르자는 얘기가 다시 나오고 네 생각은 어떠하냐는 질문을 받았을 때, 그녀는 적당히 아무렇지 않은 척 실은 자기도 전혀 싫지 않다고 선뜻 대답할 수 있었다.

그렇게 세 사람은 펨벌리로 향했다.

3장

마차가 달리는 동안 엘리자베스는 다소 떨리는 마음
으로 펨벌리 숲과의 첫 만남을 기다렸고, 이윽고 대정원
이 보이기 시작하자 가슴이 마구 요동쳤다.

대정원은 매우 넓고 풍광도 굉장히 다양했다. 마차는
가장 저지대에 있는 출입구로 들어가 드넓게 펼쳐진 아
름다운 숲속 길을 한참 동안 달렸다.

머릿속이 너무 복잡해 대화는 할 수 없었지만, 엘리자
베스는 수시로 눈에 띄는 멋진 장소와 빼어난 경치를 빠
짐없이 감상하며 감탄했다. 완만한 오르막길을 반 마일
정도 달리다 보니 어느덧 꽤 높은 언덕배기였는데, 숲을
벗어나자마자 골짜기 너머로 펨벌리 저택이 한눈에 들
어왔다. 몇 군데 험한 굽이가 있는 마찻길 끝자락, 넓게
솟은 땅의 명당자리에 웅장한 석조 건물이 서 있었고, 건
물 뒤로는 높고 울창한 산등성이가 병풍처럼 펼쳐져 있
었다. 앞으로는 개천이 흘렀는데, 본래 있던 물길을 인위
로 넓힌 것인데도 부자연스러운 데가 전혀 없었으며, 양
쪽 기슭도 대칭에 집착하거나 억지로 꾸미지 않은 자연
스러운 모습이었다. 정말 마음에 드는 풍경이었다. 자연
그대로를 이보다 더 잘 활용한 곳, 즉 인간의 서툰 감각
으로 자연미를 훼손한 흔적이 이토록 드문 곳을 엘리자

베스는 이제껏 본 적이 없었다. 일행 모두 열렬히 경탄해 마지않았으니, 그 순간 엘리자베스는 펨벌리의 안주인이 되는 것이 어쩌면 굉장한 일일 수도 있겠다는 생각까지 들 정도였다!

언덕을 내려온 마차는 다리를 건너 저택 현관으로 향했다. 점점 더 가까워지는 저택 외관을 이리저리 살피는 사이, 그녀의 마음속에 스멀스멀 불안감이 되살아났다. 혹시 여관 하녀가 잘못 알았던 것은 아닐까, 저 집 주인과 마주치게 되면 어쩌나 싶어 못내 두려웠다. 그들은 실내 관람을 요청했고 곧 현관홀로 안내되었다. 하녀장을 기다리는 동안에도 엘리자베스는 자기가 여기 와 있다는 사실이 신기할 따름이었다.

하녀장은 점잖아 보이는 노부인으로, 엘리자베스가 예상했던 것보다 훨씬 수수하고 친절했다. 일행은 하녀장을 따라 정찬실로 들어갔다. 구조가 잘 빠진 널따란 방에 멋진 가구들이 알맞게 배치돼 있었다. 엘리자베스는 안을 대충 휘둘러본 뒤, 전망을 보러 창가로 다가갔다. 좀 전에 마차를 타고 넘었던 언덕이 내다보였다. 이렇게 멀찍이서 바라보니, 정상에 솟은 숲은 마치 왕관 같고 이쪽 비탈의 험준한 형세도 한결 두드러져 실로 아름다웠다. 대정원은 지형의 안배가 하나같이 절묘했다. 유유히 흐르는 강, 그 기슭에 산재한 나무들, 구불구불한 골짜기 등 눈길 닿는 데까지 그녀는 전체 전망을 기분 좋게 만끽했다. 그들은 다른 공간들도 하나씩 둘러보았다. 창이 난 방향은 공간마다 달랐지만 어느 창으로 내다보건 어김없이 아름다운 풍광이 눈에 가득 들어왔다. 전반적으로 층고가 높고 공간도 널찍널찍했으며 주인의 재력에 걸맞은 가구들로 채워져 있었다. 그렇다고 그 가구들이 과하게 화려하거나 쓸데없이 호사스러운 것은 아니어서, 엘리자베스는 주인의 안목에 감탄하지 않을 수 없었다. 로징스의 가구들처럼 휘황찬란하진 않아도 진정한 품격이 더 느껴졌다.

'내가 이런 곳의 안주인이 될 수도 있었어! 그랬다면 지금쯤 이런 방들에도 익숙해졌겠지! 이렇게 일개 관광객으로 구경하는 대신 이 전부를 내 것으로 누리면서 외삼촌과 외숙모를 손님으로 맞았을지도 몰라……. 아냐, 절대 그럴 수 없었을 거야. 오히려 외삼촌 외숙모와 남남이 돼버렸을걸? 초대하고 싶어도 허용되지 않았겠지.'

도중에 이성이 돌아와 다행이었다. 하마터면 후회 비슷한 감정에 휩싸일 뻔했다.

그녀는 주인이 정말 부재중인지 하녀장에게 묻고 싶었지만 어쩐지 엄두가 나지 않았다. 하지만 한참 후 그 질문을 외삼촌이 하기에, 그녀는 딴청을 피우는 척 귀를 쫑긋 세웠다. 레이놀즈 부인은 그렇다고 답하고는 "하지만 내일 친구분들을 많이 모시고 돌아오실 예정입니다."
라고 덧붙였다. 그 순간 엘리자베스는 하늘에 감사했다.
그동안 여행하면서 우연찮게 하루도 일정을 미룰 일이
없었던 게 얼마나 다행인가!

그때 외숙모가 이 그림 좀 보라며 그녀를 불렀다. 가서
보니 벽난로 선반 위쪽에 걸린 여러 점의 아주 작은 초상
화들 가운데 위컴 씨와 비슷한 얼굴이 있었다. 외숙모는
싱글거리며 그림이 마음에 드냐고 물었다. 하녀장이 다
가와 그 사람은 돌아가신 전 주인 어르신을 모셨던 집사
의 아들로 어르신께서 거두어 부양하셨다고 설명했다.

"지금은 군인이 되었습니다만, 유감스럽게도 아주 제
멋대로인 젊은이예요."

가디너 부인은 조카를 향해 미소를 지어 보였지만 엘
리자베스는 마주 웃을 수 없었다.

레이놀즈 부인이 또 다른 초상화를 가리켰다.

"바로 저분이 저희 주인님이십니다. 정말 실물에 가까
워요. 아까 저 그림과 같은 시기에 그렸습니다. 한 8년 되
었죠."

가디너 부인은 그림을 들여다보며 말했다.

"주인분의 명성은 익히 들었어요. 참 잘생기셨네요.
그런데 리지, 그분이 정말 이렇게 생기셨니?"

이 말인즉 주인님과 면식이 있다는 뜻이어서 레이놀

즈 부인은 엘리자베스가 달리 보이는 모양이었다.

"아가씨께서 다아시 씨를 아십니까?"

엘리자베스는 얼굴을 붉히며 대답했다.

"조금요."

"아가씨가 보시기에도 참 잘생긴 신사분 아닌가요?"

"예, 아주 잘생기셨어요."

"제가 아는 한, 세상에 그렇게 멋있는 분이 없습니다. 위층 화랑에 더 크고 훌륭한 초상화가 있답니다. 여긴 돌아가신 어르신께서 특히 좋아하시던 방이어서 이 작은 그림들도 그때 그대로 보존하고 있지요. 어르신께서 이 그림들을 무척 아끼셨어요."

그제야 엘리자베스는 왜 여기에 위컴 씨 초상화가 함께 걸려 있는지 이해할 수 있었다.

다음으로 레이놀즈 부인이 다아시 양의 초상화를 가리키며 이건 여덟 살 때 모습이라고 설명하자 가디너 부인이 물었다.

"다아시 양도 오빠만큼 인물이 좋은가요?"

"오, 그럼요! 누가 봐도 최고의 미녀시죠. 게다가 교양은 또 얼마나 대단하시게요! 온종일 연주와 노래에 매진하시거든요. 옆방에 갓 들어온 새 피아노가 있는데요, 저희 주인님께서 아씨를 위해 준비하신 선물이에요. 아씨도 내일 주인님과 함께 오신답니다."

원체 털털하고 유쾌한 성격인 가디너 씨는 갖가지 질문과 평으로 레이놀즈 부인의 수다를 유도했고 그녀 또한 자부심 또는 애착이 있어서인지 주인 남매 이야기를 무척 기꺼워하며 들려주었다.

"주인분께선 펨벌리에서 얼마나 머무시는 편입니까?"

"제 마음 같아선 더 오래 머무시면 좋겠어요. 1년 중 절반 정도 계시는 것 같아요. 다아시 양은 여름을 늘 여기서 보내시고요."

엘리자베스는 생각했다.

'램스게이트에 가지 않는다면야.'

"주인분께서도 결혼을 하시면 더 오래 계시겠지요."

"예, 하지만 그게 언제일지 모르겠네요. 과연 손색없는 배필감이 있을지."

가디너 부부는 빙그레 웃었다. 엘리자베스는 한마디 보태지 않을 수 없었다.

"그리 여기실 정도라니, 주인분을 향한 신망이 정말 대단하신데요."

"전 있는 그대로만 말씀드리는 겁니다. 아는 사람은 다 이렇게 말할 테고요."

엘리자베스는 아무리 하녀장이라지만 이 정도는 너무 심하다고 생각했는데, 이어지는 말에는 더더욱 놀라고 말았다.

"저한테 단 한 번도 싫은 소리를 하신 적이 없어요. 주인님이 네 살이셨을 때부터 모셨는데 말입니다."

하녀장의 과찬이 하나같이 의외였지만 특히 이 칭찬은 그녀의 생각과 너무나 동떨어진 것이었다. 그는 절대로 성격 좋은 사람이 못 된다고 철석같이 믿어왔던 그녀였다. 그래서 부쩍 관심이 동했고, 무슨 얘기든 더 나오길 간절히 기다렸는데, 고맙게도 외삼촌이 대화를 이어갔다.

"그렇게까지 찬사를 받을 수 있는 인물은 극히 드물지요. 그런 분을 주인으로 모시는 것도 큰 복입니다."

"암요, 저도 알지요. 세상을 다 뒤진들 이보다 더한 복이 있겠습니까. 가만 보면, 어릴 때 성품이 좋은 사람은 자라서도 그대로더군요. 저희 주인님은 어린 시절에도 세상 누구보다 다정하고 너그러운 분이셨습니다."

'설마 그 다아시 씨가요?'

엘리자베스는 거의 하녀장을 추궁하듯 노려볼 뻔했다.

가디너 부인이 말했다.

"부친께서 아주 훌륭한 분이셨지요."

"그럼요, 여부가 있겠습니까. 물론 부전자전이겠지요. 저희 주인님도 어르신처럼 가난한 이들을 위하실 거예요."

엘리자베스는 유심히 들었다. 들으면 들을수록 놀랍고 의아해서 더 듣고 싶어졌다. 단, 관심 있는 주제는 하나뿐이었다. 레이놀즈 부인이 그림이며 방의 크기며 가구들 가격 따위를 설명했지만 그녀에겐 관심 밖이었다. 가디너 씨는 하녀장이 주인을 지나치게 추어올리는 것이 고귀한 혈통이라는 편견에서 연유한다 여겼고, 그게 흥미로워서 금방 화제를 다시 그쪽으로 몰았다. 하여 일행을 이끌고 중앙 계단을 오르는 동안 레이놀즈 부인은 주인님의 수많은 장점을 기운차게 늘어놓았다.

"단연 최고의 지주이시자 최고의 주인님이시죠. 자기밖에 모르는 요즘의 방종한 젊은이들하곤 다르세요. 소작인이나 하인들한테 물어보시면 단 한 명도 예외 없이 입을 모아 칭찬할 겁니다. 그분이 오만하다고 하는 사람들이 있는데, 대체 어딜 봐서 그렇다는 건지 저는 통 모르겠어요. 제 짐작으론 단지 여느 젊은이들처럼 수다스럽지 않다는 이유만으로 오해를 사시는 것 같아요."

엘리자베스는 생각했다.

'이분 말씀만 들으면 얼마나 좋은 사람인지!'

계단을 오르며 외숙모가 속삭였다.

"이런 찬사는 우리의 가엾은 친구에게 한 행동과 너무 어긋나는데."

"아무래도 우리가 잘못 알았나 봐요."

"그럴 리가. 그렇게 확실한 증인이 있는걸."

위층의 넓은 로비에 이른 그들은 아래층보다 훨씬 더 우아하면서도 밝은 분위기로 꾸며진 아주 예쁜 거실로 안내되었다. 지난번에 다아시 양이 펨벌리에 계셨을 때 이 방을 마음에 들어 하셔서 주인님의 지시로 얼마 전에 새로 단장했다고 했다.

엘리자베스는 한쪽 창가로 걸어가며 중얼거렸다.

"좋은 오빠인 건 분명해."

레이놀즈 부인은 다아시 양이 이 방을 보면 무척 기뻐하실 거라면서 어김없이 주인님 칭찬을 덧붙였다.

"주인님은 언제나 이런 식이십니다. 아씨께서 좋아하실 일이라면 뭐든지 일사천리죠. 동생을 위해서라면 그 어떤 일이라도 마다하지 않으실 분이에요."

이제 더 둘러볼 곳은 화랑과 큰 침실 두어 개뿐이었다. 화랑에는 훌륭한 그림이 많았지만, 미술에 문외한인 엘리자베스는 아래층에서도 그런 작품들은 대충 훑어 넘기고 다아시 양이 그린 크레용 소묘 몇 점으로 눈을 돌렸더랬다. 그 그림들이 대체로 더 흥미롭고 알아보기도 쉬웠다.

화랑에 가족 초상화도 많았지만 외부인의 눈길을 사로잡을 만한 구석은 별로 없었다. 엘리자베스는 자기가 아는 유일한 얼굴을 찾아 거닐었다. 그리고 마침내 그 얼굴을 발견했다. 다아시 씨와 놀랍도록 닮은 얼굴과 그 입가에 걸린 미소를 보면서, 그녀는 그가 자신을 바라볼 때 종종 딱 이렇게 미소 띤 얼굴이었던 것을 떠올렸다. 그녀는 몇 분간 그 자리에 우두커니 서서 다아시 씨의 초상화를 진지하게 주시했고, 화랑을 나가기 전에 한 번 더 그 그림 앞에 들렀다. 레이놀즈 부인이 이 초상화는 돌아가신 어르신이 살아 계실 때 그려졌다고 알려주었다.

이 순간 분명히, 엘리자베스의 마음속엔 이 그림의 모델을 향한 전에 없이 순순한 감정이 일었다. 그동안 그를 많이 알게 됐다고는 생각했지만 이런 감정을 느끼기는 처음이었다. 레이놀즈 부인의 찬사는 결코 허투루 넘길 게 아니었다. 똑똑한 하인의 칭찬보다 더 가치 있는 찬사가 있을까? 오빠이자 지주이자 집주인인 그의 어깨에 얼마나 많은 사람의 행복이 달려 있겠는가! 그가 능히 안길 수 있는 기쁨과 슬픔이 얼마이며, 그가 불가피하게 행하게 되는 선과 악은 또 얼마이겠는가! 하녀장이 밝힌 견해는 하나같이 그의 인품을 드높이는 것이었으니, 자신을 바라보는 그의 초상 앞에서 엘리자베스는 그의 호감을 비로소 마음 깊이 고맙게 여기게 되었다. 그녀는 그 열렬함을 기억했고, 그 표현이 불손했다는 점은 눈감아주기로 했다.

일반에 공개되는 구역을 전부 둘러보고 나서 다시 아래층으로 내려왔다. 하녀장은 이만 물러갔고, 이어서 대정원을 안내할 정원사가 현관에서 그들을 맞이했다.

잔디밭을 가로질러 강 쪽으로 걸어가다가, 엘리자베스는 다시 한번 뒤돌아 저택을 바라보았다. 외삼촌과 외숙모도 걸음을 멈추고 뒤돌아섰다. 가디너 씨가 저택의 건립 시기를 헤아려보고 있을 때 건물 뒤편 마구간으로 이어지는 길모퉁이에서 불쑥, 집주인이 걸어 나왔다.

그가 불과 20야드(18미터 - 옮긴이)도 안 되는 거리에서 그야말로 난데없이 튀어나왔기 때문에 피차 눈에 띄지 않기란 불가능했다. 즉시로 그와 엘리자베스의 시선이 마주치면서 둘의 얼굴에 짙은 홍조가 확 번졌다. 그는 너무 놀란 나머지 순간 온몸이 굳어버린 듯했지만, 곧 정신을 차리고 성큼성큼 걸어와 엘리자베스에게 인사를 건넸다. 더없이 침착하달 수는 없어도 더없이 정중한 태도였다.

그녀는 본능적으로 몸을 돌렸다. 하지만 그가 가까이 다가오자 어쩔 수 없이 멈춰 섰고, 당혹감을 감추지 못한 채 그의 인사를 받았다. 처음 보는 얼굴이지만 방금 보았던 초상화와 닮은 모습에 긴가민가하던 나머지 두 사람도 주인님의 등장에 깜짝 놀라는 정원사를 보고서 확실히 그가 다아시 씨임을 알아챘다. 가디너 부부는 그가 자

기네 조카딸과 이야기하는 동안 조금 떨어져서 기다렸
는데, 조카는 너무나 놀라고 당황해서 그의 얼굴을 제대
로 쳐다보지도 못하는 데다 가족의 안부를 묻는 그의 질
문에 자기가 뭐라 답하고 있는지도 모르는 것 같았다. 아
닌 게 아니라 그녀는 지난번 헤어졌을 때와는 사뭇 달라
진 그의 태도에 놀랐고, 그의 입에서 나오는 말 한마디
한마디에 점점 더 당황하고 있었다. 게다가 여기 있는 걸
그에게 들키면 안 되는 갖가지 이유까지 속속 생각나다
보니, 그녀에겐 그와 대화하는 그 몇 분이 평생에 가장
거북한 시간이었다. 다아시 씨 쪽도 그리 편하진 않은 기
색이었다. 평소의 차분한 말투는 온데간데없었고, 언제
롱본을 떠나오셨냐, 더비셔엔 언제까지 계시느냐는 질
문을 몇 번이나 던지며 허둥대는 것이, 그 역시 머릿속이
산란하다는 증거였다.

이윽고 그는 더 이상 아무 할 말도 떠오르지 않는지 한
동안 멀거니 서 있다가, 돌연 정신을 수습하고는 자리를
떴다.

가디너 부부가 재깍 다가와 그의 외모를 칭찬했지만
엘리자베스의 귀에는 하나도 들어오지 않았다. 그녀는
온통 제 감정에 겨워 말없이 일행을 뒤따라갈 뿐이었다.
창피하고 속상해서 미칠 것 같았다. 여기에 오다니, 세상
에서 가장 한심하고 멍청한 짓이었다! 그가 얼마나 이상

하게 여기겠는가! 그렇게 거만한 남자에게 이렇게나 망신스러운 꼴을 보이다니! 마치 일부러 다시 그의 눈앞에 몸을 던진 것 같지 않은가! 아, 어쩌자고 여길 왔지? 아니, 그 사람은 왜 예정보다 하루 일찍 돌아왔담? 보아하니 그는 방금 도착해 말이나 마차에서 내린 직후였다. 그러니 그녀 일행이 단 10분만 서둘렀어도 그와 마주치지 않고 무사히 떠났을 것이다. 얄궂기만 한 그와의 조우에 그녀는 얼굴을 붉히고 또 붉혔다. 한데 그의 행동이 몰라보게 변해 있었다. 그건 무슨 뜻일까? 그녀에게 말을 건 것부터가 놀라운 일일진대! 너무나 예의 바르게 인사를 건넸을뿐더러 가족의 안부를 묻기까지! 그토록 겸손한 태도로 그토록 나긋나긋하게 말하는 그를 그녀는 이제껏 본 적이 없었다. 로징스 장원에서 편지를 건네며 읽어 달라 청하던 그의 마지막 모습과는 달라도 너무 다르지 않은가! 이를 어떻게 생각하고 어떻게 이해해야 할지 그녀는 도무지 알 수 없었다.

어느새 일행은 강가의 아름다운 산책로로 접어들었다. 한 걸음 한 걸음 그들이 내딛는 내리막이 조금씩 더 장려해지고 점점 다가오는 숲의 정경도 조금씩 더 풍성해졌지만, 엘리자베스는 아무것도 의식하지 못한 채 발걸음만 옮길 뿐이었다. 외삼촌과 외숙모의 연이은 탄성에 기계적으로 호응하고 그들이 가리키는 지점으로 시선을 던지기는 했지만 어떤 풍경도 눈에 들어오지 않았다. 온 정신이 펨벌리 저택 어딘가, 지금 다아시 씨가 있는 곳에 쏠려 있었다. 이 순간 그가 무슨 생각을 하고 있는지 그녀는 너무너무 알고 싶었다. 자기를 어떻게 여기는지, 만사 불구하고 아직도 자기를 사랑하는지 너무나 궁금했다. 아마 그는 그저 담담하게 예의를 차렸을 뿐일 테지만, 솔직히 그의 어조는 그다지 담담하지 않았었다. 그녀를 보고 괴로움과 반가움 중 어떤 감정이 앞섰는지는 몰라도 그 순간 그가 평정을 잃었던 것만은 분명했다.

하지만 결국, 정신을 어디에 두고 있느냐는 동행들의 말에 퍼뜩 현실로 돌아온 그녀는 최소한 멀쩡해 보이기라도 해야겠다고 생각했다.

그들은 강을 잠시 뒤로하고 숲으로 들어가 몇 차례 오르막을 올랐다. 나무들 사이로 시야가 트이는 지점마다 골짜기 이곳저곳의 매혹적인 경치가 건너편 언덕들 상당수를 뒤덮은 숲의 기다란 능선과 한데 어우러져 장관을 이루었고, 간혹 강 일부가 보이기도 했다. 가디너 씨가 대정원을 전부 둘러보고 싶은데 걸어서는 무리일 것 같다고 하자, 정원사가 의기양양한 미소를 날리며 대정원 둘레만 10마일이라고 알렸다. 더는 거론할 것도 없이 그들은 통상적인 관람 경로를 따르기로 했고, 나무가 우거진 숲길을 한참 내려와 다시 물가로 나왔다. 강폭이 가장 좁은 곳이라고 했다. 그들은 주변 경관과 어울리는 소박한 다리를 건넜다. 이 장소는 지금까지 둘러본 어느 곳보다 장식이 적었으며, 골짜기 폭이 협소하여 물가의 거친 덤불숲 사이로 좁은 산책로가 하나 있을 뿐이었다. 엘리자베스는 그 굽이굽이를 탐험해보고 싶었지만, 원래 잘 걷는 편이 못 되는 가디너 부인이 저택에서 얼마나 멀리 왔는지 깨닫고 더는 못 가겠다며 되도록 빨리 마차로 돌아가자고 했다. 조카로서야 외숙모의 뜻을 거스를 수는 없는 노릇, 일행은 이만 지름길을 통해 강 건너 저택으로 향했다. 하지만 속도는 더뎠다. 낚시 애호가이지만 정작 그 취미에 몰두할 여유가 없는 가디너 씨가 물속에서 노니는 송어를 발견할 때마다 안내인에게 그 얘기를 하느라 좀처럼 발길을 떼지 못했기 때문이다. 그렇게 느릿느릿 이동하던 중, 그리 멀지 않은 거리에서 이쪽으로 걸어오는 다아시 씨의 모습에 일행은 다시 한번 놀랐고, 엘리자베스는 아까의 첫 조우 때만큼이나 가슴이 철렁했다. 저쪽보다 수풀이 덜 무성해 비교적 시야가 덜 가리는 이쪽에서 먼저 그를 볼 수 있었다. 엘리자베스는 물론 놀라긴 했으나 적어도 아까보다는 준비가 돼 있었고, 그가 정말 그들을 만나러 오는 거라면 이번엔 침착한 태도로 침착하게 말하자고 다짐했다. 그렇지만 아마 그는 도중에 방향을 틀어 다른 데로 갈 것이다. 굽이진 길에 가려 그가 보이지 않는 짧은 동안에 그녀는 그렇게 생각했지만, 굽이를 돌자마자 그와 맞닥뜨렸다. 한눈에도 그는 저택 앞에서 보았던 정중한 모습 그대로여서, 그녀도 예의를 차려 먼저 말을 건넸다. 참 아름다운 곳이라는 칭찬으로 일단 운을 뗐지만 "쾌적하고 멋지네요."라며 말을 잇는 사이 문득 좋지 않은 기억들이 떠올랐고, 자기가 펨벌리를 찬양하면 이상하게 해석될지도 모른다는 생각에 미쳐 그만 안색을 바꾸고 입을 다물었다.

가디너 부인은 조금 뒤에 떨어져 서 있었는데, 엘리자베스가 말을 멈춘 틈에 그는 일행분들과 인사를 나누는 영광을 베풀어주십사 청했다. 그가 이런 예의까지 보이다니, 그녀에게는 새삼 뜻밖이었다. 그녀에게 청혼하면서 그가 오만하게 대놓고 멸시했던 바로 그 사람들을 이제는 먼저 소개해달라는 것 아닌가. 그녀는 절로 피어오르는 미소를 억누르느라 안간힘을 써야 했다.

'이분들이 누군지 알면 놀라 자빠지겠지? 상류층 사람들인 줄 아는 모양인데.'

어쨌든 즉시 소개가 이루어졌다. 자신과 그들의 관계를 밝히면서 그녀는 슬쩍 그의 표정을 훔쳐보았다. 이렇게 격 떨어지는 동행들로부터 걸음아 날 살려라 하고 달아나는 그의 모습을 보게 될 거란 기대도 없지 않았다. 친척이라는 얘기에 확실히 그는 놀란 기색이었다. 하지만 의연히 받아들였고, 달아나기는커녕 그들과 동행하며 가디너 씨와 대화를 나누기 시작했다. 엘리자베스로서는 기쁘고 흐뭇한 광경이었다. 자신에게도 남부끄럽지 않은 친척이 있음을 그에게 알리게 되어 다행스러운 마음이었다. 그녀는 그들의 대화에 촉각을 곤두세웠는데, 외삼촌의 표현이며 문장이 하나같이 지성과 안목과 예의가 돋보여 아주 뿌듯했다.

두 사람의 대화는 금세 낚시 이야기로 흘렀다. 그러자 다아시 씨가 가디너 씨에게 더없이 정중하게, 근처에 머무시는 동안 언제든 낚시하러 오시라고 초청했다. 도구도 다 빌려드리겠다면서 고기가 잘 잡히는 지점들을 알려주기도 했다. 엘리자베스와 팔짱을 끼고 걷던 가디너 부인은 조카에게 어리둥절한 눈빛을 보냈다. 엘리자베스는 아무 말도 하지 않았지만 속으로는 감격을 느끼고 있었다. 그의 친절이 모두 그녀 자신을 위한 것임을 확신했기 때문이다. 하지만 놀라움 또한 극에 달했기에 그녀는 끊임없이 자문했다.

'왜 저렇게 변했지? 어떻게 저리 변하게 된 걸까? 나 때문은 아니야. 태도가 부드러워진 게 설마 나를 위한 것이려고. 헌스포드에서 나한테 질타를 받았다고 해서 저렇게 사람이 달라질 수는 없어. 저 사람이 여태 나를 사랑하고 있을 리도 없고.'

그렇게 한동안 두 숙녀가 앞서고 두 신사가 뒤따라 걸었는데, 진기한 물풀을 더 자세히 들여다보러 물가로 내려갔다가 다시 올라올 때 약간의 변화가 있었다. 너무 오래 걸어 녹초가 돼버린 가디너 부인이 계속 엘리자베스의 팔에 기대기보다 이제부터 남편의 팔에 의지해 걷는 편이 낫겠다고 한 것이다. 그리하여 다아시 씨가 가디너 부인과 자리를 바꿔 엘리자베스와 나란히 걷게 되었다. 둘은 잠시 조용히 걷다가 숙녀 쪽에서 먼저 입을 열었다. 그가 없는 걸 확인하고서 여기 왔다는 점을 꼭 알려주고 싶었던 그녀는 당신이 올 줄은 꿈에도 몰랐다는 말부터 꺼냈다.

"하녀장은 내일이나 되어야 주인님이 돌아오실 거라고 말씀하시던데요. 베이크웰을 떠날 때도 저희는 당신이 당분간 이 지역에 계시지 않을 거라고 들었고요."

그는 다들 그렇게 알고 있을 거라고, 자기는 집사와 처리할 일이 있어 일행보다 먼저 왔노라고 말했다.

"나머지 일행은 내일 아침 일찍 도착할 겁니다. 당신이 아는 사람들도 있어요. 빙리 씨와 누이들요."

엘리자베스는 대답 대신 고개를 살짝 끄덕했다. 그 이름을 듣는 순간 그녀의 생각은 두 사람이 빙리 씨를 입에 올린 마지막 대화로 거슬러 올라갔다. 표정을 보건대 그도 같은 기억을 떠올리는 듯했다.

잠시 후 그가 이어 말했다.

"일행 중에 당신을 꼭 만나고 싶어 하는 사람도 있습니다. 괜찮으시다면, 램턴에 계시는 동안 내 여동생을 소개해드려도 될까요?"

그야말로 상상도 못 한 제안이었다. 너무 놀란 그녀는 자기가 어떻게 수락했는지도 모를 정도였다. 어쨌든 다아시 양이 그녀를 만나고 싶은 마음을 갖게 된 건 어디까지나 오빠의 영향이었을 터, 그렇다면 더 따질 것 없이 고마운 일이었다. 그가 자신에게 화가 났을지언정 정말로 나쁘게 보지는 않았다는 사실을 알게 되어 기뻤다.

그러고서 두 사람은 각자 생각에 깊이 빠진 채 말없이 걸었다. 엘리자베스는 편안하지 않았다. 그럴 수 없었다. 하지만 흡족하고 좋아서 그런 것이었다. 동생을 소개해주고 싶다는 그의 말은 최고의 찬사였으니 말이다. 곧 두 사람은 가디너 부부를 앞질렀고, 그들보다 8분의 1마일이나 앞서 마차 옆에 당도했다.

다아시 씨가 집 안으로 들어가시지 않겠냐고 청했으나 그녀는 피곤하지 않다며 사양했고, 그냥 두 사람은 함께 잔디밭에 서서 기다렸다. 많은 대화가 오갈 수 있는 시간을 침묵으로 보내자니 어색하기 짝이 없었다. 그녀는 무슨 말이든 하고 싶었지만 절대 말하면 안 될 것 같은 주제들만 생각났다. 그러다 결국 자신이 여행 중이란 사실을 떠올렸고, 이내 그들은 매틀록과 도브데일 이야기에 열심히 매달렸다. 하지만 시간도 외숙모도 너무나 느리게 움직였다. 그녀의 인내심도 화젯거리도 바닥을 다 드러낼 위기에서야 가까스로 둘만의 대화를 끝낼 수 있었다. 가디너 부부가 오자마자 다아시 씨가 다 함께 들어가 다과를 들자고 권했지만 일행은 정중히 사양했고 양쪽 모두 최대한 예의를 갖춰 작별 인사를 나누었다. 다아시 씨는 차례로 숙녀들 손을 받쳐 마차에 오르도록 도왔다. 갓 출발한 마차 안에서 엘리자베스는 천천히 집으로 향하는 그의 모습을 지켜보았다.

외삼촌과 외숙모가 소감을 털어놓기 시작했다. 자기들 예상을 무한히 뛰어넘는 훌륭한 청년이라고 부부가 입을 모았다.

외삼촌이 말했다.

"아주 예의 바르고 정중하고 겸손하더군."

외숙모가 받아 말했다.

"확실히 좀 점잔을 빼는 면이 있기는 한데, 풍기는 분위기만 그렇고 그게 또 격에 맞아요. 이제는 나도 하녀장 말에 동감해요. 혹자들은 오만하다고 말하는지 몰라도 난 전혀 모르겠더라고요."

"우리를 대하던 태도에 내가 속으로 얼마나 놀랐는지 몰라요. 단순히 예의만 차리는 게 아니라 진정 마음을 쓰는 게 느껴졌으니까. 사실 우리한테 그럴 필요까진 없잖소. 엘리자베스랑 안다지만 썩 친한 사이도 아닌데."

"아무래도 인물은 위컴만 못하더라, 리지. 아니, 인상이 달라. 이목구비는 나무랄 데가 없었어. 그런데 그런 사람이 어쩌다 우리 조카한테 그리도 미운털이 단단히 박혔을까?"

엘리자베스는 최선을 다해 해명했다. 켄트에서 만나면서 전보다 괜찮게 여기게 됐는데 오늘처럼 싹싹한 모습은 자기도 처음 본다고 얘기했다.

그러자 외삼촌이 말했다.

"아마 한결같은 성품은 못 되는 모양이지. 귀하신 분들이 종종 그런 면이 있어. 그러니 나도 낚시하러 오라는 말을 곧이곧대로 믿으면 안 되겠구나. 다음번엔 마음이 바뀌어서 자기 땅에서 썩 나가라고 할지도 모르니."

두 분이 그의 성격을 완전히 오해하고 만 것 같았지만, 엘리자베스는 아무 말도 하지 않았다.

가디너 부인이 이어 말했다.

"오늘 본 모습만으로는 위컴한테든 누구한테든 그렇게 잔인한 짓을 할 수 있는 사람이 절대 아닌데 말이야. 못된 사람의 얼굴이 아니야. 오히려 말할 때 입매가 어쩐지 귀엽기까지 하던걸. 용모에서 기품을 느끼면 느꼈지 심성이 곱지 않다는 인상은 조금도 못 받았는데. 하지만 집 안을 안내한 그 선량한 노부인이 그 사람을 너무 치켜세우긴 했어! 때때로 웃음이 터지는 걸 간신히 참았지 뭐니. 어쨌든 주인으로선 참 관대한가 봐. 하인 입장에서야 주인의 관대함 하나가 모든 미덕을 아우르는 법이지."

이 시점에서 엘리자베스는 그가 위컴에게 한 일에 대한 오해를 어떻게든 자기가 바로잡아야 한다고 느껴 최대한 조심스럽게 그를 변호했다. 일단 켄트에서 그의 친척에게 들은 이야기가 있다고 둘러대고, 듣고 보니 그의 행동을 전혀 다르게 해석할 수 있겠더라, 하트퍼드셔에서의 평판과 달리 실제로 그는 결코 나쁜 사람이 아니고 위컴이 그리 좋은 사람도 아니더라고 말했다. 그리고 자기 말에 신빙성을 더하기 위해 두 사람 사이에 있었던 모든 금전 거래를 상세히 전하되, 누구한테 들었는지는 밝히지 않고 믿을 만한 이야기라고만 해두었다.

가디너 부인은 놀라는 한편 유감을 표했지만, 자신이 전에 살았던 곳에 가까워지자 감회에 젖어 다른 감정은 모두 뒷전으로 밀렸다. 그녀는 남편에게 주변의 흥미로운 장소들을 가리키는 데 너무 몰입해서 다른 생각이 끼어들 틈이 없었다. 한낮의 산책으로 몸이 천근만근일 텐데도, 정찬을 마치자마자 그녀는 옛 지인들을 찾아 다시 외출했고, 몇 년 만에 재회한 벗들과 묵은 회포를 풀며 흐뭇한 저녁 시간을 보냈다.

엘리자베스는 외숙모가 소개하는 사람들과 제대로 어울릴 수도 없을 만큼 온 정신이 그날 낮에 일어난 일들에 파묻혀 있었다. 그녀는 오로지 다아시 씨가 공손해졌다는 것, 무엇보다 그가 자기 여동생을 소개해주고 싶어 한다는 사실을 한없이 되새기며 놀라워할 뿐이었다.

02

엘리자베스는 다아시 씨의 여동생이 펨벌리에 도착하면 바로 그다음 날 그가 동생을 데리고 올 거라 예상하며 그날은 내내 여관 근처를 벗어나지 말아야겠다고 생각했다. 그러나 그 예상은 보기 좋게 빗나갔으니, 그들 남매가 찾아온 것은 바로 엘리자베스 일행이 램턴에 여장을 푼 다음 날 이른 오후였다. 엘리자베스 일행이 새로 사귄 어느 일가족과 주변을 산책하다가 여관으로 막 돌아온 참이었다. 옷을 갈아입고 그들과 함께 정찬을 들 예정이었다. 그때 들려오는 마차 소리에 창가로 모여 내다보니, 신사 한 명과 숙녀 한 명을 태운 이륜마차가 이쪽으로 오고 있었다. 대번에 하인의 제복을 알아보고 사태를 파악한 엘리자베스는 곧이어 맞이할 영광을 친척 어른들께 알려 적잖은 놀라움을 나눠주었다. 과연 외삼촌과 외숙모는 몹시 놀랐다. 그리고 조카가 소식을 전하며 당황한 기색을 감추지 못하는 데다 지금 상황과 전날의 이런저런 상황을 모아놓고 보니 더는 이 일이 예사로 보이지 않았다. 조금 전까지도 그런 낌새를 전혀 알아차리지 못했던 그들이지만 이제는, 그가 자기네 조카딸에게 특별한 감정을 품은 게 아니고서야 그런 사람의 그런 호의를 달리 설명할 방도가 없다고 느꼈다. 이렇게 갓 생겨난 생각들이 그들의 머릿속을 스치는 사이, 엘리자베스의 마음속 동요는 점점 더 심해졌다. 이토록 안절부절못하는 자신이 스스로도 놀라웠는데, 실상 이유야 얼마든지 있었다. 그가 애정에 겨워 동생에게 그녀를 너무 칭찬해놨을까 봐 불안했고, 자기 또한 기대에 부응하고픈 열의가 여느 때보다 앞선 나머지 막상 실망만 안길 것 같다는 걱정도 당연히 한몫했다.

그녀는 모습을 들킬세라 창가에서 물러났다. 어떻게든 진정해보려고 방 안을 이리저리 거닐었지만, 왜 그러냐고 묻는 듯한 외삼촌과 외숙모의 놀란 표정을 보고 오히려 더 심란해지고 말았다.

이윽고 다시 남매가 도착했고, 그토록 두려워하던 소개가 이루어졌다. 엘리자베스는 첫인사를 나눈 상대가 놀랍게도 그녀 자신 못지않게, 어쩌면 더 긴장한 걸 알았다. 램턴에 와서 그녀는 다아시 양이 무척 오만하다는 얘기를 들었었는데, 불과 몇 분의 관찰만으로도 단지 그 아가씨가 극도로 수줍음을 탈 뿐이라는 확신을 얻을 수 있었다. 다아시 양에게서 '예'와 '아니요' 이상의 말은, 아니 단어 하나조차 끌어내기 어려웠다.

다아시 양은 키가 크고 체격도 엘리자베스보다 컸으며, 갓 열여섯 살인데도 여성스럽고 우아한 몸태가 났다. 인물은 오빠만 못했지만 슬기롭고 선한 얼굴인 데다 태도는 더없이 겸손하고 상냥했다. 제 오빠처럼 다아시 양도 날카로운 비평을 서슴지 않는 부류이리라 예상했던 엘리자베스는 사뭇 다른 인상에 마음이 한결 편해졌다.

얼마지 않아 다아시가 빙리도 인사를 하겠다며 지금 오는 중이라고 알렸다. 이에 엘리자베스가 반가움을 표하고 마음의 준비를 하는데, 그새 계단 쪽에서 빙리의 잰 걸음 소리가 들리더니 곧이어 그가 방으로 들어섰다. 그를 향한 원망은 사라진 지 오래였지만, 그녀를 보자마자 아무런 사심 없이 진심으로 반가워하는 그에게는 설사 남았을지 모를 앙금마저 털어내지 않을 도리가 없었다. 특별할 것 없는 인사였지만, 그는 친근하게 가족의 안부를 물었다. 활달하고 편안한 표정과 말투도 예전 그대로였다.

가디너 부부에게도 그는 관심의 대상이었다. 오래전

부터 한번 만나보고 싶었던 사람이었다. 사실 여기 모인 사람들 전부가 그들에게 강렬한 호기심을 불러일으켰다. 이제 막 다아시 씨와 조카의 관계를 수상쩍게 여기게 되었기에, 부부는 조심스럽되 성실한 자세로 두 사람을 관찰했고, 그 결과 적어도 둘 중 하나는 사랑이 뭔지 안다고 단정 짓기에 이르렀다. 여자 쪽의 감정은 여전히 좀 의심스러웠으나, 남자 쪽에 연모의 감정이 흘러넘친다는 점은 누가 봐도 명백했다.

한편 엘리자베스도 마음이 분주했다. 손님들 한 명 한 명의 마음을 확인하고 싶었고, 자신의 마음을 가라앉히고 싶었으며, 모두의 마음에 들고 싶었다. 무엇보다 마지막 목표가 가장 간절했는데 다행히도 성공을 거두겠다는 확신이 들었다. 그녀가 만족시키려 애쓰는 사람들이 이미 그녀에게 호의적이었기 때문이다. 빙리는 기꺼이, 조지아나는 열심히, 다아시는 결연히 만족하고자 했다.

빙리를 보자 자연히 언니 생각이 났다. 아아! 그의 생각도 같은 곳을 향하고 있을까? 그녀는 그의 속마음을 들여다보고 싶어 애가 탔다. 이따금 그가 전보다 말을 아끼는 것 같은 느낌이 있었고, 한두 번은 자신을 보는 그의 눈빛이 언니와 닮은 점을 찾는 듯하여 내심 기쁘기도 했다. 하지만 이런 느낌이야 혼자만의 착각일지 몰라도, 제인의 연적으로 지목되었던 다아시 양을 대하는 그의 태도만큼은 그녀가 절대 잘못 봤을 리 없었다. 빙리나 다아시 양이나 상대에게 별다른 감정이 없어 보였다. 둘 사이에 빙리 양의 기대가 정당하다고 할 만한 일도 일어나지 않았다. 이 점에서 엘리자베스는 바로 안심했다. 거기에 더해 두세 차례 사소한 정황이 있었는데, 그녀가 간절한 바람을 섞어 해석하기로는 제인에 대한 그의 기억에 애정이 배어 있으며 그는 제인이 화제에 오르게끔 대화를 유도하고 싶지만 용기가 나지 않는 것 같았다. 다른 이들이 대화하는 사이에 그는 아쉬움이 짙게 밴 목소리로 그녀에게 "너무 오랜만에 뵙는군요."라더니 대답도 듣지 않고 내처 말하길 "여덟 달이 넘었어요. 11월 26일 네더필드에서 다 함께 춤춘 이후로 처음이니까요."라고 했다.

엘리자베스는 그렇게나 정확히 기억하는 그가 대견하기까지 했다. 이후에도 그는 사람들의 주의가 딴 데 있는 틈을 타서 그녀에게 자매분들이 모두 롱본에 계시냐고 물었다. 이 질문이나 앞서 한 말도 별 내용은 없었지만, 말하는 그의 표정과 태도는 의미심장했다.

차마 다아시 씨를 자주 쳐다볼 수는 없었다. 그래도 어쩌다 한 번씩 본 바로는 언제나 정중한 모습이었고, 들리는 그의 말투나 말하는 내용에서도 예전 같은 오만이나 멸시는 흔적조차 느껴지지 않아서, 그녀는 어제 목격한 그의 긍정적인 변화가 과연 얼마나 갈지 몰라도 최소한 하루는 넘겼구나 하고 생각했다. 몇 달 전이라면 자기 위신에 누가 될세라 교류 자체를 꺼렸을 사람들에게 그는 먼저 교제를 청하고 호감을 사려 노력하고 있었다. 그녀에게만이 아니라 자신이 대놓고 깎아내렸던 친척들에게도 공손한 모습을 보이고 있었다. 그런 그를 보면서 그녀는 헌스포드 사제관에서 마지막으로 그와 벌였던 치열한 설전을 떠올렸는데, 그 현격한 차이, 그 엄청난 변화가 너무나 거세게 가슴을 때리는 바람에 충격을 내색하지 않기가 힘들 지경이었다. 이토록 남의 비위를 맞추려 애쓰는 모습, 이토록 교만이나 완고한 침묵을 깨끗이 털어낸 모습을 그에게서 보게 될 줄은 정말 몰랐다. 그가 네더필드의 소중한 친구들이나 로징스의 고명하신 친척들과 함께일 때도 이 정도는 아니었다. 여기서 노력이 성공한들 무슨 명망을 얻는 것도 아닐뿐더러 이런 사람들과의 교제가 네더필드와 로징스 여인들의 조소와 비난을 부를 게 뻔한데도 말이다.

손님들은 30분 넘게 머무른 뒤 일어섰다. 그때 다아시 씨가 가디너 부부와 베넷 양을 펨벌리 정찬 자리에서 뵙고 싶다면서 동생을 불러 초대에 동참하게 했다. 다아시 양은 초대 예절이 몸에 배지 않았는지 쭈뼛쭈뼛하면서도 순순히 오라버니를 따랐다. 가디너 부인은 이 초대의

JANE AUSTEN

주빈일 조카의 의향을 알고 싶어 눈길을 보냈지만, 엘리자베스는 어느새 고개를 돌린 뒤였다. 하지만 그것은 초대가 싫다기보다 순간 당황해서 나온 어색한 반응인 듯했고, 또한 사교를 즐기는 남편이 무조건 응할 태세였기에, 과감히 그녀가 나서서 꼭 참석하겠노라 약속했으며, 날짜는 이틀 후로 잡혔다.

빙리는 아직 엘리자베스에게 하고 싶은 얘기도 많고 하트퍼드셔에 남은 벗들에 대해 궁금한 점도 많다면서 다시 한번 만날 기회가 생겨 대단히 기쁘다고 했다. 이를 자신에게서 언니 소식을 듣고 싶다는 뜻으로 이해한 엘리자베스도 마찬가지로 기뻤다. 이 일과 다른 여러 가지 이유로, 손님들이 돌아간 뒤 그녀는 당시엔 그다지 즐거운 줄도 몰랐던 지난 30분이 꽤 흡족한 시간이었다고 여길 수 있었다. 이제는 혼자만의 시간이 절실했고 외삼촌 외숙모의 질문이나 떠보는 말들이 지레 두렵기도 해서 그녀는 어른들이 빙리를 칭찬하는 데까지만 듣고 옷을 갈아입는다는 평계로 서둘러 자리를 떴다.

그러나 그녀의 우려는 그야말로 기우였으니, 정작 가디너 부부는 조카에게 억지로 이야기를 시킬 생각이 없었다. 엘리자베스와 다아시 씨는 여태 그들이 짐작했던 것보다 훨씬 더 서로를 잘 아는 사이임이 분명했고, 그가 그녀를 아주 많이 사랑한다는 것도 자명했다. 물론 흥미진진한 일이었지만, 그렇다고 조카에게 캐물어도 된다는 뜻은 아니었다.

그러다 보니 다아시 씨를 어떻게든 좋게만 여기고 싶었는데, 지금까지 그를 겪어본 바로는 흠잡을 데가 없는 청년이었다. 그들은 그의 정중한 태도에 감동하지 않을 수 없었다. 자기들이 받은 인상과 하인에게서 들은 말에 따른 그의 성품만을 다른 정보 없이 이야기했다면, 다아시 씨를 아는 하트퍼드셔 주민들은 그런 성품을 지닌 사람이 바로 그라는 걸 전혀 알아채지 못했을 것이다. 그래도 이제는 그 하녀장을 믿어볼까 싶어 가만 생각하니, 네 살 적부터 지금까지의 그를 곁에서 지켜보았고 본인의 인품도 준수해 보였던 하인의 발언은 과연 섣불리 무시해서는 안 되는 것이었다. 램턴의 지인들 말을 들어봐도 그 증언의 가치를 실질적으로 무색게 할 만한 정보는 없었다. 다들 그가 오만하다는 것만 지적했다. 아마 그는 오만할 테지만, 만일 그렇지 않다 해도 그의 일가가 찾지 않는 작은 마을 주민들에겐 그렇게 보일 수밖에 없을 것이었다. 하지만 그가 인심이 후하고 가난한 이들에게 좋은 일을 많이 한다는 점은 누구나 인정했다.

알고 보니 위컴은 이 일대에서 평판이 그리 좋지 않았다. 그가 후원자의 아들과 겪은 갈등은 대부분 베일에 싸여 있었지만, 그가 많은 빚을 남기고 더비셔를 떠났으며 나중에 다아시 씨가 그 빚을 다 갚았다는 사실이 널리 알려져 있었기 때문이다.

한편 그날 밤 엘리자베스는 전날보다도 더 골똘하게 펨벌리를 생각했다. 밤이 긴 듯했지만, 그 대저택에 있는 한 사람을 향한 감정을 정의하기에 충분한 시간은 아니었다. 그녀는 침대에 누워서도 자신의 감정을 가늠하느라 뜬눈으로 꼬박 두 시간을 보냈다. 그가 싫지 않은 건 분명했다. 절대 아니었다. 싫은 감정은 오래전에 사라졌을뿐더러 그를 싫어했다는 사실이 부끄러워진 지도 그만큼 오래됐다. 그의 훌륭한 인품을 확인하고서 일었던, 그러나 처음에는 마지못해 인정했던 존경심도 어느 결엔가 더는 비위에 거슬리지 않았다. 더불어 그에게 너무나 호의적이고 그의 성품을 너무나 예찬하는 어제의 증언이 그 존경심을 한층 더 우호적인 감정으로 끌어올렸다. 그러나 무엇보다도, 그녀의 호감에는 경의와 존중을 넘어서는, 결코 간과할 수 없는 동기가 있었다. 그것은 고마움이었다. 그저 한때 자신을 사랑해주어서가 아니라, 그의 청혼을 그토록 건방지고 모질게 거절하면서 부당한 비난까지 퍼부은 자신을 용서할 정도로 줄곧 사랑했고 여전히 사랑한다는 게 고마웠다. 그녀를 원수로 여기며 피할 줄 알았건만, 이 우연한 만남을 계기로 그는 오히려 교제를 이어가고자 하는 열의를 보였고, 둘만의 사연과 관련해 함부로 티를 내거나 별나게 굴지도 않았으며, 그녀와 친한 사람들에게 좋은 평가를 받고자 애썼을 뿐 아니라 먼저 나서서 자기 동생에게 그녀를 소개했다. 그토록 오만에 차 있던 남자가 이렇게나 달라졌으니 실로 놀랍고도 고마운 일이 아니겠는가. 그 변화의 원동력은 틀림없이 사랑, 열렬한 사랑이리라. 그래서 그녀가 느끼는 감정이란 정확히 무어라 꼬집을 수는 없어도, 결단코 불쾌하지 않고 오히려 북돋고 싶은 그런 것이었다. 그녀는 그가 존경스럽고 귀중하고 고마웠으며, 진심으로 그의 행복을 기원했다. 다만 그 행복이 자신에게 달려 있기를 스스로 얼마나 바라는지, 아직 가망이 있다고 여겨지는 만큼 만일 그의 청혼을 다시 받아낸다면 과연 그 것이 얼마나 두 사람 모두의 행복을 위한 일일지 알고 싶을 뿐이었다.

그날 저녁 외숙모와 상의하여 정한 바가 있었다. 다아시 양이 조찬 시간에 빠듯하게 펨벌리에 도착했다고 하는데 무려 당일에 그들을 찾아오는 성의를 보여주었으니, 이쪽에서도 그만큼은 못 할지언정 비슷한 정도의 성의로 보답해야 마땅하겠고, 그러려면 당장 다음 날 답방을 가는 것이 상책이리라는 결론이었다. 그리하여 다음 날 펨벌리에 가기로 정해졌고, 그것이 엘리자베스는 좋았다. 왜 좋은지 자문해보아도 이렇다 할 답을 찾을 수는 없었지만 말이다.

가디너 씨는 조찬 직후에 먼저 외출했다. 전날에도 낚시 이야기가 나와, 내친김에 오늘 정오 펨벌리에서 신사분 몇몇과 만나기로 약속이 되었기 때문이다.

빙리 양이 질투로 말미암아 자기를 싫어하는 것임을 깨달은 엘리자베스는 자신이 펨벌리에 나타나면 그 여자가 얼마나 못마땅해할지 예감하지 않을 수 없었고, 끊었다 여겼던 인연을 다시 잇게 된 지금 과연 그녀가 어느 정도의 예의를 보여줄지 궁금했다.

저택에 도착한 그들은 안내에 따라 현관홀을 지나 응접실로 들어갔다. 북향의 방이라 여름인데도 쾌적했고, 뒷마당 쪽 창밖에는 참나무와 유럽밤나무가 산재한 너른 잔디밭 너머로 울창한 숲에 덮인 언덕들이 우뚝우뚝 솟은 실로 상쾌한 풍경이 펼쳐졌다.

다아시 양이 엘리자베스와 가디너 부인을 맞이했다. 응접실에는 허스트 부인과 빙리 양, 그리고 런던에서 다아시 양과 함께 생활하는 부인이 함께 있었다. 조지아나는 예의를 다해 손님을 영접했지만 난처한 기색을 감추지 못했는데, 본인은 단지 수줍어서 또 실수할까 봐 겁이 나서 그런 것이겠으나 신분이 낮은 쪽에는 오만하고 차가운 인상을 줄 법한 모습이었다. 하지만 그런 그녀를 이해하는 가디너 부인과 엘리자베스는 그저 안쓰러운 마음뿐이었다.

허스트 부인과 빙리 양은 무릎을 살짝 굽혀 보이는 것으로 인사를 끝내버렸다. 모두 자리에 앉았으나 아무도 선뜻 입을 열지 않았고, 이런 침묵이 으레 자아내는 어색한 분위기가 몇 분이나 이어졌다. 이 어색한 정적을 먼저 깬 것은 앤슬리 부인이었다. 그녀는 고상하고 인상 좋은 여인으로, 어떻게든 대화가 끊이지 않게끔 신경 쓰는 모습이 진실로 빙리 자매보다 본데 있어 보였다. 그렇게 앤슬리 부인과 가디너 부인 사이에 대화가 오가고 이따금 엘리자베스가 거들었다. 다아시 양도 대화에 참여하고 싶은 눈치였지만 역시 소심한 탓에 대체로 조용했는데, 그래도 더러 아무도 귀 기울이지 않겠다 싶을 때면 나름 용기를 내어 짧게나마 한마디씩 놓았다.

이내 엘리자베스는 빙리 양이 자신을 주시하고 있음을 알아챘다. 그녀가 입이라도 열라치면, 특히 다아시 양에게 말을 걸면 어김없이 빙리 양이 귀를 바짝 세웠다. 그렇다고 해서 다아시 양과 말 섞기를 삼갈 엘리자베스가 아니었지만 공교롭게도 서로 떨어져 앉은지라 편히 대화하긴 어려웠다. 하지만 말을 많이 하지 않아도 되는 것이 아쉽지는 않았다. 그녀는 혼자 생각하느라 머릿속이 바빴다. 언제고 신사분들이 들이닥칠 것만 같았다. 그중에 이 집의 주인이 있기를 바랐고, 없기를 바랐다. 두 마음 중 어느 쪽이 더 큰지는 그녀 자신도 종잡을 수 없었다. 이런 식으로 15분쯤 흘렀을까, 내내 들리지 않던 빙리 양의 목소리가 귀에 닿아 엘리자베스는 퍼뜩 정신이 들었다. 빙리 양이 냉랭하게 가족의 안부를 묻기에 그녀도 똑같이 무심하고 간결하게 대답했다. 상대는 더 이상 아무 말도 하지 않았다.

　다음으로 하인들이 냉육과 케이크, 갖가지 싱싱한 제철 과일을 내오면서 분위기가 한결 나아졌다. 사실 그것도 앤슬리 부인이 다아시 양에게 유의적인 눈짓과 미소를 수차례 보내어 여주인의 역할을 일깨운 끝에야 이루어진 일이었다. 드디어 다 함께 즐길 거리가 생겼다. 모두가 함께 말할 수는 없어도 함께 먹을 수는 있으니 말이다. 피라미드 형태로 아름답게 쌓아 올린 포도, 천도복숭아, 복숭아가 순식간에 모두를 식탁 쪽으로 모이게 했다.

　그렇게 즐기는 와중에 엘리자베스는 자신이 다아시 씨의 등장을 바라는지 꺼리는지 그가 응접실로 들어온 순간에 앞선 감정으로 확인할 수 있었다. 조금 전까지도 그가 오길 바라는 마음이 더 크다고 생각했었는데 막상 그가 눈앞에 나타나니 왜 그렇게 생각했나 싶었다.

　다아시 씨는 정오경부터 펨벌리의 유숙객인 신사 두세 명과 낚시 삼매경에 빠진 가디너 씨를 응대하다가, 그부인과 조카가 조지아나를 만나러 오늘 중 방문한다는소식을 듣고서 부랴부랴 집으로 달려온 것이었다. 그를보자마자 엘리자베스는 완벽히 침착하고 태연한 모습을 보이기로 영리하게 마음먹었다. 쉽지 않겠지만 반드시 그래야만 했다. 모두가 자기 둘 사이를 의심하고 있을뿐 아니라 그가 나타난 순간부터 거의 모두의 시선이 그의 일거수일투족을 주목하고 있기 때문이었다. 특히 빙리 양만큼 충만한 호기심이 표정에 드러나는 사람도 없었는데, 그 관심의 대상 중 한 명과 대화할 때마다 그녀의 얼굴엔 미소가 활짝 피었다. 아직 그녀는 질투에 이성을 잃을 정도는 아니었고 다아시 씨와 잘될 희망을 접은것도 절대 아니었다. 다아시 양은 오라비가 들어오자 힘껏 분발하여 말수를 부쩍 늘렸고, 그 오라비는 동생과 엘리자베스가 친해질 수 있도록 둘의 대화를 가능한 한 많이 이어주려고 부단히 노력했다. 그 모습을 엘리자베스만이 아니라 빙리 양도 내내 지켜보았다. 이에 약이 오를대로 오른 그녀는 급기야 경솔하게도, 적당한 기회가 생기자마자 짐짓 점잖은 말투로 빈정거렸다.

　"한데 일라이자 양, 군부대가 메리턴을 떠나지 않았나

요? 아무래도 가족분들 상심이 크시겠네요."

　다아시 앞인지라 감히 그 이름을 입에 올리지 못했지만 어디까지나 위컴을 염두에 두고서 한 말임을 엘리자베스는 즉시 알아차렸고, 그에 대한 온갖 기억이 떠오르며 한순간 심란해졌다. 그러나 당장 그 악의적인 공격에 맞서야 했기에, 그녀는 분연히 힘을 내어 그럭저럭 별일 아니라는 투로 받아넘겼다. 말하는 동안 저도 모르게 언뜻 시선이 다아시를 향했는데, 그는 잔뜩 상기한 얼굴로 그녀를 주시하고 있었으며, 다아시 양은 당황한 나머지 숫제 눈도 들지 못했다. 사랑하는 벗에게 어떤 고통을 안길지 알았다면 아무리 빙리 양이라도 그런 암시를 던지지는 않았을 것이다. 그녀는 그저 엘리자베스가 위컴을 남자로서 좋아하는 줄로만 알고서 그리했을 뿐이었다. 그 사람 얘기를 꺼내어 저 여자 마음을 흔들어야겠다, 저 여자가 과민하게 나오면 다아시도 좋게 보지 않을 테고 아울러 부대와 관련한 저 여자 동생들의 어리석고 무모한 작태도 생각나겠지 하는 심산이었다. 다아시 양이 그와 달아날 생각을 했었다는 사실을 그녀는 꿈에도 알지 못했다. 관계자 외에 그 일을 아는 사람은 엘리자베스뿐이었다. 다아시 양의 오라비는 특히 빙리 일가에 그 일이 알려질세라 더욱 노심초사했는데, 오래전 엘리자베스가 짐작했던 대로 장차 그들과 사돈지간이 되길 바랐기 때문이었다. 분명 그는 빙리를 매제로 맞아들일 뜻을 품은 바 있으니, 꼭 그래서 베넷 양과 갈라놓으려 한 것은 아닐지라도, 아마 친구의 행복을 염원하는 그의 마음에 단순한 우정 이상의 어떤 사심이 더해지기는 했을 것이다.

하지만 엘리자베스의 침착한 대응에 곧 그의 마음도 진정되었고, 당황하고 실망한 빙리 양이 더는 위컴 쪽으로 대화를 이끌 엄두를 내지 못하자 이윽고 조지아나도 안정을 되찾았다. 그렇지만 다시 말문이 트일 정도는 아니었다. 그녀는 오라버니와 눈이 마주칠까 봐 가슴이 조마조마했지만, 정작 그는 이 상황에 동생이 관계돼 있다는 것조차 거의 의식하지 못했다. 엘리자베스를 향한 그의 관심을 접게 하려던 계획이 도리어 그 관심을 더 강하게, 더 기쁘게 굳히도록 만든 셈이었다.

위의 질문과 응답이 오가고서 얼마 지나지 않아 손님들이 이만 일어났다. 다시 씨가 그녀들을 마차까지 배웅하러 간 사이 빙리 양은 쌓인 울분을 못 이기고 엘리자베스의 용모와 거동과 옷차림을 혹평해댔다. 그러나 조지아나의 호응을 얻을 수는 없었다. 그녀는 오라버니가 추천한 사람이라는 사실만으로 엘리자베스가 마음에 들었다. 오라버니의 판단은 언제나 옳을진대, 오라버니가 칭찬하는 말을 누누이 듣고서 엘리자베스를 만난 조지아나는 그녀가 마냥 예쁘고 다정해 보이기만 했다. 다아시가 응접실로 돌아오자 빙리 양은 좀 전까지 늘어놓던 험담을 그에게 일부 되풀이하지 않을 수 없었다.

"일라이자 베넷이 오늘따라 영 안돼 보이더군요, 다아시 씨. 지난겨울 이후로 대체 무슨 일이 있었던 건지, 사람 몰골이 그렇게 변한 건 태어나서 처음 봤네요. 어쩌다 그리 시꺼멓고 꺼칠해졌을까! 루이자 언니도 저도 차라리 그 여자랑 다시 만나지 말아야 했다고 얘기하던 참이었어요."

그렇게 비아냥대는 말이 다아시 씨에게 얼마나 거슬렸겠는가. 하지만 그는 그녀 모습이 달라진 줄 자기는 모르겠더라, 좀 타긴 했더라만 그야 여름에 여행하면서 당연한 일 아니냐고만 차갑게 응수했다.

빙리 양의 험담은 이에 그치지 않았다.

"하기야 제 눈에 일라이자 양이 아름다워 보인 적이 없긴 하죠. 솔직히 도무지 예쁜 구석을 찾을 수 없었어요. 얼굴은 너무 여위고 안색도 칙칙하고. 그렇다고 이목구비가 매력적인 것도 절대 아니고. 코도 개성이 없어요. 콧날이 오뚝하지 않잖아요. 치아는 그런대로 괜찮지만 그저 평범한 수준이죠. 눈이 맑다는 얘기를 몇 번 들었는데 글쎄요, 전 그다지 특별한 줄 모르겠어요. 오히려 앙칼진 눈빛이 영 마음에 들지 않아요. 하여간 촌뜨기 주제에 뭘 믿고 그리 잘난 척인지, 정말 가관이라니까요."

빙리 양은 다아시가 엘리자베스에게 연정을 품었다고 여겨 그녀를 헐뜯었지만, 그런다고 자기 입장이 유리해지는 것은 아니었다. 그러나 사람이 화가 나면 때로 지혜를 잃는 법, 마침내 그의 얼굴에 짜증이 스치는 것을 보고 그녀는 소기의 성과를 거두었다고 생각했다. 그렇지만 그가 완강하게 침묵을 지켰기에, 빙리 양은 그의 입을 열게 하리라 작심하고 내처 말했다.

"하트퍼드셔에서 처음 만났을 때가 생각나네요. 소문난 미인이라기에 우리 모두 놀랐잖아요. 어느 날 다아시 씨가 했던 말이 특히 기억에 남아요. 그 집 사람들이 네더필드에서 정찬을 하고 돌아간 뒤였죠. '미인은 무슨! 이런 식이면 곧 그 집안 모친이 현인이라는 소문까지 들을 판이군.' 그런데 이후로는 그네가 점점 괜찮게 보였던지, 한때는 예쁘다고까지 생각하셨잖아요. 그렇죠?"

다아시도 더는 참을 수 없었다.

"그래요, 그 사람을 처음 만났을 때는 잘 몰랐습니다. 하지만 이미 수개월 전부터 내게는 누구보다 아름다운 사람입니다."

그러고서 그는 나가버렸고, 빙리 양은 그렇게 기를 쓰고 기어이 그의 대답을 끌어냈으나 결국 자기한테만 상처가 되었음을 뒤늦게 깨달았다.

여관으로 돌아오며 가디너 부인과 엘리자베스는 답방 중에 일어난 일을 낱낱이 되짚었지만 둘 다의 최대 관심사에 대해서만은 함구했다. 그곳에서 보았던 사람들의 외양과 행실을 일일이 거론하면서도 자기들이 가장 눈여겨보았던 사람만은 논외였다. 그의 누이동생, 그의 친구들, 그의 집, 그의 과일까지, 한마디로 그 사람을 제외한 전부가 두 사람의 화제였다. 하지만 엘리자베스는 가디너 부인이 그를 어떻게 생각하는지 너무나 궁금했고, 가디너 부인은 조카가 먼저 그 얘기를 꺼내주기만 애타게 기다리는 처지였다.

04

램턴에 도착한 첫날 엘리자베스는 제인의 편지가 와 있지 않아 무척 실망했었다. 다음 날, 그다음 날도 실망에 실망을 거듭했지만, 사흘째에 편지 두 통이 한꺼번에 와서 그간의 서운함을 날려 보낼 수 있었다. 그중 하나에 잘못된 주소지로 배달 후 반송되었다는 표시가 있는 걸 보니 언니에게 서운할 일이 아니긴 했으나, 언니가 주소를 형편없이 휘갈겨 썼으니 배달 실수를 탓할 일도 아니었다.

편지를 받은 것은 다 함께 산책하러 나갈 준비를 하고 있을 때였는데, 외삼촌과 외숙모는 조카가 조용히 편지를 읽을 수 있게 남겨두고 둘이서 외출했다. 반송 표시가 있는 편지부터 읽는 게 순서일 터였다. 닷새 전에 쓴 그 편지의 앞부분은 소소한 모임들과 약속들 그리고 시골 동네에서나 사건으로 취급되는 일들에 관한 이야기뿐이었지만, 그 이튿날 날짜로 이어지는 뒷부분은 경황 없이 쓴 티가 확연한 데다 더 중요한 소식을 전하고 있었다.

JANE AUSTEN

사랑하는 리지, 위의 내용을 쓰고 나서 청천벽력 같은 일이 벌어졌어. 하지만 네가 놀랄까 걱정이네. 우리 모두 무사하니 일단 안심하렴. 내가 전해야 할 소식이란 가여운 우리 리디아에 관한 일이란다. 어젯밤 12시에 다들 자러 들어간 참이었는데, 포스터 대령님이 보낸 속달이 날아왔어. 리디아가 어느 장교와 스코틀랜드로 달아났다면서, 실은 그 장교가 위컴이라지 뭐야! 우리가 얼마나 놀랐겠니. 그런데 키티는 어느 정도 예상한 눈치더라. 난 안타까워 죽겠어. 그 둘이 맺어진들 피차 좋을 게 없잖니! 그래도 최대한 낙관해보려고는 해. 그 사람 인성을 우리가 오해했는지도 모르지. 생각 없고 경솔한 사람인 건 알겠지만 이 일만큼은 아직 그가 나쁜 속셈을 품은 것 같진 않거든. 불행 중 다행이지 않니? 우리 아버지한테서 받아낼 게 없다는 걸 분명히 알 테니 적어도 돈을 바라고 그 애를 선택한 건 아니겠지. 딱하게도 우리 어머니는 깊은 시름에 빠지셨어. 아버지는 그나마 견디시는 것 같고. 부모님께 그 사람에 대해 나쁜 말을 전하지 않은 건 정말 잘한 일이었어! 우리도 어떻게든 잊어야 해. 아마 토요일 자정 무렵에 떠났을 거라는데 어제 아침 8시까지 아무도 몰랐대. 그때 곧바로 속달을 보낸 거고. 리지야, 그 둘은 여기서 10마일도 안 되는 길을 지나갔을 거야. 속달 내용으로는 포스터 대령님이 곧 오실 것 같아. 리디아가 포스터 부인한테 자기네 행선지에 대해 몇 줄 남겼대. 이만 줄여야겠다. 어머니 곁을 오래 비울 수 없어. 뭐가 어떻게 됐다는 건지 이해할 수 있겠니, 리지? 나는 내가 뭘 썼는지 모르겠어.

뭘 생각하거나 느낄 겨를도 없이 엘리자베스는 이 편지를 다 읽기 무섭게 다른 편지를 집어 들고 허겁지겁 개봉했다. 거기에는 첫 편지 뒷부분을 쓴 다음 날 날짜가 적혀 있었다.

지금쯤 사랑하는 내 동생은 어제 내가 급히 쓴 편지를
받았겠지. 이 편지는 좀 더 명료하면 좋겠는데, 시간 여
유가 없는 건 아니지만 지금 내 머릿속이 너무 뒤죽박
죽이라 조리 있게 쓸 자신이 없구나. 리지야, 뭐라고 쓸
지 모르겠지만, 당장 너에게 알려야 할 나쁜 소식이 있
어. 위컴 씨와 우리 리디아의 결혼이 무모한 짓이라는
건 아는데, 우리는 지금 그 둘이 결혼했는지를 확인하
고 싶어 애가 달 지경이야. 아무래도 두 사람, 스코틀랜
드로 가지 않은 것 같거든. 어제 새벽, 속달이 도착한 지
몇 시간도 안 돼 포스터 대령님이 오셨어. 브라이턴에
서 그저께 출발하셨대. 리디아가 포스터 부인한테 남
긴 메모에는 그레트나그린(스코틀랜드 국경 부근에 있는 마을로,
과거 잉글랜드에서 합법적으로 결혼할 수 없어 이곳으로 도망쳐 온 연인들을
상대로 하는 결혼 사업이 성행했다─옮긴이)으로 갈 것처럼 썼다는
데, 데니가 고하길 위컴이 거기 가려 할 리 없고, 리디아
랑 결혼할 생각조차 없을 거라고 했다는 거야. 대령님
은 이거 큰일이다 싶어서 당장 두 사람을 찾아 나섰고,
클래펌까지는 쉽게 추적했는데 그 이상은 여의치 않았
대. 클래펌에 도착하자마자 두 사람은 엡솜에서부터
타고 온 역마차에서 내려 곧장 다른 마차를 빌렸다나
봐. 이후로 그 삯마차가 런던 대로 쪽으로 가는 걸 본 사
람이 있다는 것까지가 우리가 아는 전부야. 어떻게 생

각해야 좋을지 모르겠어. 대령님은 런던 그 부근을 뒤지며 백방으로 수소문해보고서 하트퍼드셔로 오셨는데, 오는 길에 있는 통행료 징수소마다 물어보고 바넷과 해트필드에도 들러 여관이란 여관은 죄다 훑었지만 아무것도 알아낼 수 없었대. 다들 그런 사람들은 못 봤다고만 하더라지 뭐니. 대령님은 인간적으로 마음이 쓰여 롱본까지 오셔서는 그간의 상황을 전하고 염려를 표하셨어. 정말 진심인 게 확실히 느껴지더라. 대령님과 포스터 부인 입장을 생각하면 나도 정말 안타깝지만, 누가 그들을 탓할 수 있겠니. 리지야, 우리야말로 걱정이 태산이란다. 아버지와 어머니는 최악의 사태를 각오하고 계시는데, 난 그 사람이 그렇게까지 악질이라고 여기진 못하겠어. 이런저런 사정상 처음 계획대로 밀어붙이기보다 런던에서 비밀리에 결혼하는 편이 낫겠다고 판단했을지도 모르잖아. 그가 리디아 같은 조건의 아가씨한테서 뭔가 뜯어낼 계획을 꾸몄을 리는 없지만, 만에 하나 그렇다 해도 설마 우리 리디아가 그렇게까지 정신 줄을 놓았을까? 말도 안 되지! 하지만 역시 마음이 무거운 게, 포스터 대령님은 두 사람이 결혼했을 거라고 생각지 않으시나 봐. 내가 이왕 결혼한 거면 좋겠다고 말씀드렸더니, 위컴은 믿을 만한 사람이 아닌 것 같다면서 고개를 저으시더라고. 어머니는 가엾게도 진짜로 앓아누워서는 방에서 나오지도 않으셔. 어떻게든 기운을 내셔야 할 텐데, 역시 무리겠지. 그리고 우리 아버지 말이야, 이렇게 상심하신 모습은 정말 처음 봐. 가여운 키티는 두 사람 사이를 숨겨서 원망을 듣느라 고생이야. 제 딴에는 동생의 신뢰를 저버릴 수 없었겠지, 당연하잖아. 있잖아, 사랑하는 리지 네가 이렇게 괴로운 현장에 있지 않았다는 게 얼마나 다행인지 몰라. 하지만 이제 처음의 충격도 지나갔고 하니, 네가 돌아오길 기다린다고 솔직하게 말해도 될까? 그래도 이기적인 생각만으로 무리하게 강요하지는 않을게. 그럼 안녕! 미안, 강요하지 않겠다고 방금 써놓고 이렇게 다시 펜을 들었어. 상황이 상황인지라, 되도록 빨리 다 같이 돌아와 달라고 간곡히 부탁하지 않을 수가 없구나. 외삼촌 외숙모께서 한달음에 달려와 주실 걸 너무 잘 알기에 감히 이렇게 청하는 거야. 실은 외삼촌께 따로 부탁드릴 것도 있고. 곧 아버지가 포스터 대령님과 함께 리디아를 찾으러 런던으로 가실 거야. 어쩔 작정이신지 모르겠지만 당신 속도 말이 아니다 보니 아무래도 안전하고 뾰족한 수를 내실 수 없을 것 같은데, 포스터 대령님은 내일 저녁까지는 브라이턴으로 돌아가야 하신대. 이토록 위급한 때에 외삼촌의 조언과 도움이 있으면 세상 무엇보다 든든할 거야. 외삼촌도 내 심정을 바로 아실 테니 선뜻 응해주시리라 믿어.

"오! 외삼촌, 외삼촌은 어디 계시지?"

편지를 다 읽은 엘리자베스는 울부짖으며 벌떡 일어섰다. 일분일초가 아까운 지경이라 곧장 외삼촌을 찾아 나설 셈이었다. 하지만 그녀가 문가에 이르렀을 때 밖에서 하인이 문을 열었고 다아시 씨가 들어왔다. 그녀의 창백한 낯빛과 허둥대는 모습에 놀란 그가 정신을 차리고 뭐라 입을 열기도 전, 리디아의 일로 정신이 없는 그녀가 다급하게 외쳤다.

"죄송하지만 제가 지금 나가봐야 해서요. 당장 외삼촌을 찾아야 해요. 한시가 급한 일입니다. 1초도 허비할 수 없어요."

"세상에! 대체 무슨 일입니까?"

그는 예의보다 감정이 앞서서 소리쳤다가 이내 마음을 가라앉히고 침착하게 말했다.

"시간 뺏지 않겠습니다. 하지만 어르신들을 찾는 일은 나나 하인에게 맡기십시오. 안색이 좋지 않습니다. 나가시면 안돼요."

엘리자베스는 내키지 않았지만, 무릎이 마구 떨려서 직접 나서본들 별 소용이 없을 것 같았다. 하는 수 없이 그녀는 하인을 다시 불러 주인님과 마님을 찾아서 모셔

오라고, 알아듣기조차 어려울 만큼 목멘 소리로 일렀다.

하인이 나가자 그녀는 몸을 가누지 못하고 주저앉았다. 다아시는 처연하리만치 안돼 보이는 그녀를 차마 두고 떠날 수도, 가만히 보고만 있을 수도 없었다. 그는 부드럽게 어르듯 말을 건넸다.

"하녀를 불러드리겠습니다. 속히 안정을 찾으셔야 할 텐데……. 뭐든 좀 드실 수 있겠습니까? 와인을 한잔 가져다드릴까요? 몹시 편찮아 보이십니다."

그녀는 진정하려 애쓰며 대답했다.

"아뇨, 고마워요. 건강에 문제가 있는 게 아닙니다. 몸은 괜찮아요. 방금 롱본에서 온 끔찍한 소식에 마음이 괴로운 것뿐이에요."

롱본 이야기를 꺼내자 왈칵 눈물이 솟아서, 더는 한마디도 할 수 없었다. 몇 분이나 흐느끼는 그녀 곁에서 영문도 모른 채 잔뜩 긴장한 다아시는 그저 어정쩡한 위로의 말을 건네고선 걱정스러운 눈길로 조용히 그녀를 지켜볼 뿐이었다. 이윽고 그녀가 다시 입을 열었다.

"방금 받은 언니 편지에 너무나 참담한 소식이 있었어요. 숨길 수도 없는 일이네요. 제 막냇동생이…… 달아났대요. 친구도 가족도 다 버리고 남자한테…… 위컴 씨한테 전부를 걸었대요. 둘이서 브라이턴을 떠났다네요. 그를 익히 아시니 이 이상의 설명은 필요 없겠지요. 돈도,

JANE AUSTEN

연줄도, 그 사람을 붙잡을 그 무엇도 없는 아이인데……. 돌아올 수 없는 길로 영원히 가버렸어요."

다아시는 경악한 나머지 표정도 몸도 굳어버렸다. 그녀는 한층 더 떨리는 목소리로 이어 말했다.

"어쩌면 내가 막을 수도 있었는데! 그가 어떤 사람인지 저는 알고 있었잖아요. 일부라도, 제가 알게 된 사실의 일부만이라도 가족들에게 알렸더라면! 모두가 그의 실체를 알았다면 이런 사달이 날 일도 없었겠죠. 하지만 결국 이렇게 돼버렸어요……. 이제는 돌이킬 수 없네요."

다아시가 침통하게 말했다.

"실로 통탄할 일이로군요. 너무나 애통하고…… 충격적입니다. 하지만 확실합니까? 정녕 확실한 일입니까?"

"오 그럼요! 일요일 밤에 함께 브라이턴을 떠났고, 런던 근처까지 간 건 확인됐지만 이후의 행방은 아무도 몰라요. 스코틀랜드로 가지 않은 건 분명하고요."

"동생분을 되찾을 방법은 강구하셨을까요? 어떤 식으로 찾고 계신답니까?"

"아버지가 런던으로 가셨대요. 언니는 편지로 외삼촌께 급히 도움을 청했고요. 30분 안에 출발해야겠어요. 하지만 저희가 뭘 할 수 있을까요? 할 수 있는 게 없잖아요. 그런 남자한테 어떤 설득이 통하겠어요? 아니, 두 사람을 찾을 수나 있을까요? 가망 없는 일이죠. 온통 막막할 따름이에요!"

다아시는 묵묵히 고개만 저었다.

"그의 실체를 내가 알아보았던 때…… 아! 그때 뭘 해야 하는지 알았더라면! 대담하게 굴었더라면! 하지만 전 몰랐어요. 긁어 부스럼일까 저어하기만 했죠. 끔찍한, 실로 끔찍한 실수였어요!"

다아시는 아무 말도 없었다. 그녀의 한탄을 듣는지 마는지, 미간을 찌푸리고서 무거운 표정으로 혼자 골똘히 생각에 잠긴 채 방 안을 이리저리 거닐 뿐이었다. 곧 엘리자베스도 그런 그의 모습을 보았고, 대번에 깨달았다. 즉, 자신을 향한 그의 마음이 식어가고 있었다. 이렇듯 가족의 치부가 버젓이 드러나고 씻을 수 없는 불명예를 입게 생겼으니, 아무리 뜨거운 열정인들 식지 않을 도리가 있으랴. 그것은 이상한 일도 원망할 일도 아니었으나, 비로소 그가 무모한 감정을 이성으로 다스리게 되었다는 확신은 그녀에게 조금도 위로가 되지 않았고 괴로움을 달래주지도 못했다. 다만 그런 확신을 굳히는 가운데 오히려 자신의 마음이 정확히 헤아려졌다. 그를 향한 마음이 사랑일 수도 있다고 지금처럼 진실하게 느낀 적이 없건만, 이제 사랑이란 다 부질없는 감정일 터였다.

그러나 그녀는 마냥 자기감정에 휩싸여 있을 수 없었

다. 언뜻언뜻 끼어드는 사사로운 감정은, 리디아가 가족들에게 떠안긴 치욕과 고통이 모조리 집어삼켰다. 손수건으로 얼굴을 가린 채 이내 엘리자베스는 다른 생각은 전혀 할 수 없게 되었다. 잠시 망연해 있던 그녀는 곁에 있는 사람의 목소리에 가까스로 정신이 들었다. 여전히 연민 어린, 그러나 절제된 말투였다.

"한참 전부터 내가 나가주길 바라셨겠다는 생각이 듭니다. 나도 계속 있겠다고 우길 명분이 없군요. 다만, 아무 소용없을지언정 진심으로 걱정됩니다. 말로든 행동으로든 내가 그 고통을 덜어드릴 수 있기를 하늘에 비는 심정이에요! 하지만 내 헛된 욕심으로 당신을 괴롭히진 않겠습니다. 행여 고맙다는 인사를 바라는 것으로 비칠까 두렵습니다. 하면 이 불미스러운 사태로 인해 안타깝게도 내 누이동생은 오늘 펨벌리에서 당신을 만날 기대를 접어야겠군요."

"아, 예. 다아시 양에게는 저희 대신 사과를 전해주세요. 집에 급한 일이 생겨 서둘러 돌아갔다고요. 불행한 진실은 최대한 숨겨주셨으면 해요. 머잖아 다 밝혀지겠지만요."

그는 비밀을 지키겠다고 약속했다. 그녀의 심산한 상황에 다시 한번 안타까움을 표하고 지금은 희망을 기약할 수 없지만 모쪼록 좋은 결과가 있기를 바란다고 했다.

친척분들께 안부를 전해달라면서 끝으로 그녀에게 진지한 눈빛을 한 번 보내는 것으로 작별 인사를 대신하고, 그는 돌아 나갔다.

그를 보내며 엘리자베스는 더비셔에서 몇 차례 만났을 때처럼 우호적인 관계로 그와 재회할 수는 없으리라 예감했다. 충돌과 변이로 채워진 두 사람의 지난 시간을 쭉 되돌아보니 절로 한숨이 나왔다. 전에는 끝나기만을 바랐던 관계를 이제는 이어가고 싶으니, 이 감정의 변덕을 어쩌면 좋단 말인가.

감사와 존경이 얼마든지 애정으로 발전할 수 있다면 엘리자베스의 감정 변화는 희한할 것도 잘못이랄 것도 없을 것이다. 하지만 그게 아니라면, 그런 원천에서 솟는 애정이 이른바 처음 만나 두 마디 말이 오가기도 전에 피어오른다는 정열에 비해 비현실적이거나 부자연스러운 것이라면, 오락가락하는 그녀의 감정을 설명할 길은 오직 하나뿐이다. 얼추 후자와 비슷한 방식으로 위컴을 좋아하게 되었으나 결과가 나빴으니만큼, 이제는 그보다 덜 설레는 전자의 방식으로 사랑을 경험해볼 차례가 아닐까. 어쨌든 자신의 감정을 깨달은 지금, 떠나는 그를 보는 그녀의 마음은 못내 서글펐다. 리디아의 행실이 벌써부터 이런 탈을 낸 상황이라 그 비참한 사건을 되짚는 심정 또한 더더욱 괴로웠다. 제인의 두 번째 편지를 읽고서 아예, 그녀는 위컴이 리디아와 결혼할 마음으로 그랬을 거라는 기대를 접었다. 순박해 빠진 제인 말고는 아무도 그런 기대를 품을 수 없을 것이다. 사태가 이 지경까지 이른 판에 그녀로선 새삼 놀랄 것도 없었다. 물론 첫 번째 편지를 읽는 동안에는 온통 놀랍기만 했다. 위컴이 돈 한 푼 뜯어낼 수 없는 여자와 결혼하려 한다니 너무나 뜻밖이었고, 대체 어떻게 리디아가 그를 붙들 수 있었는지도 의문이었다. 그러나 이제는 다 당연하게만 여겨졌다. 리디아는 이런 식의 연애 상대로 제격이었다. 리디아가 결혼할 생각도 없이 남자와의 야반도주를 감행했을 리는 없다손 쳐도, 그 애의 알량한 도덕심이나 이해력으로는 피치 못하게 보나 마나 만만한 먹잇감이었을 것이다.

군부대가 하트퍼드셔에 주둔해 있는 동안에 그녀는 리디아가 특별히 그를 좋아한다는 느낌을 받은 적이 없었다. 하지만 리디아는 제격하면 아무나 좋아할 아이였다. 한때는 이 장교가 좋다더니, 얼마 후엔 저 장교를 좋아하고, 좌우지간 자기한테 관심을 주는 장교가 있으면 무턱대고 호감도가 급상승하는 모양이었다. 상대는 수시로 바뀌었지만 그 애가 누군가를 좋아하지 않은 적은 없었다. 그런 아이를 그저 내버려 두고 받아주기만 했으니……. 아아! 이제야 그 잘못이, 후회가 얼마나 가슴에 사무치는지!

　그녀는 이 순간 자신이 집에 있지 않은 것이 미칠 듯이 한스러웠다. 집안이 발칵 뒤집힌 가운데 아버지는 안 계시고 어머니는 몸져누워 도리어 보살펴 드려야 하니 제인 혼자 모든 일을 떠안은 채 고군분투하고 있을 터, 엘리자베스는 현장에서 모든 걸 보고 듣고 언니의 짐을 덜어주고 싶었다. 더구나 이제 리디아는 포기할 수밖에 없다고 생각하면서도 외삼촌의 개입이 더없이 절실한 것 같았기에, 기다리는 동안 그녀는 극도의 초조함에 속이 바짝바짝 타들어 갔다. 하인의 전언을 들은 가디너 부부는 조카딸이 갑자기 병이라도 난 줄 알고 놀라서 서둘러 돌아왔다. 하지만 엘리자베스는 우선 아픈 게 아니라고 그들을 안심시킨 후 급히 모셔오라 한 이유를 간절히 설명하고 떨리는 목소리로 두 통의 편지를 읽어드렸는데 특히 두 번째 편지의 추신을 가능한 한 힘주어 읽었다. 평소 리디아를 그다지 아끼지 않았던 가디너 부부에게도 이 소식은 크나큰 충격이 아닐 수 없었다. 이건 리디아만이 아니라 모두가 관계된 일이었으니, 처음에는 질겁하고 소름이 끼쳐 탄성만 내던 가디너 씨는 곧이어 무슨 일이든 힘껏 돕겠노라 굳게 약속했으며, 엘리자베스는 외삼촌이 그리해주리라 예상했음에도 눈물을 흘리며 고마워했다. 그리하여 세 사람은 한마음으로, 돌아가

는 데 필요한 모든 일을 신속히 처리하고 되도록 빨리 출
발하기로 했다.

불현듯 가디너 부인이 말했다.

"그런데 펨벌리 정찬회는 어쩐담? 존 말로는 아까 다
아시 씨가 왔었다던데. 네가 자길 보낼 때 여기에 같이
있었다고 말이야. 정말이니?"

"네. 오늘 약속은 지킬 수 없게 됐다고 제가 말씀드렸
어요. 그분도 다 이해해주셨고요."

떠날 채비를 하러 방으로 뛰어 들어가면서, 가디너 부
인은 방금 조카가 한 말을 되뇌었다.

426
\
427

"그분도 다 이해해주셨다니. 그럼 얘가 사실을 털어놓
았다는 얘기잖아! 두 사람이 도대체 무슨 사이이기에?
거참, 궁금한걸!"

하지만 궁금증을 풀 길은 없었고, 기껏해야 그녀는 정
신없이 짐을 싸는 동안 이런저런 추측을 즐길 수 있을
뿐이었다. 한편 엘리자베스에게 빈둥댈 여유가 있었다
면 이토록 비참한 지경에서야 손가락 하나 까딱할 수 없
을 듯한 기분이었지만 지금 그녀는 외숙모 못지않게 바
삐 움직여야 했다. 램턴의 지인들 모두에게 그들이 급히
떠나게 됐다면서 가짜 이유를 갖다 붙인 편지를 쓰는 것
도 그녀의 몫이었다. 어쨌든 모두가 일사불란하게 움직
인 덕에 한 시간 만에 모든 준비가 끝났고 그사이 가디너

씨가 여관비까지 다 치렀으니, 이제 출발할 일만 남았다. 오전 내내 고뇌에 시달린 끝에 드디어 엘리자베스는 생각보다 일찍 마차에 앉아 롱본으로 가는 길에 올랐다.

05

마을을 벗어날 무렵 가디너 씨가 말했다.

"내가 다시 한번 생각해봤는데 말이다, 엘리자베스. 정말 진지하게 따져봤는데, 점점 네 언니 생각이 옳다는 쪽으로 기우는구나. 멀쩡히 가족이 있고 친구가 없는 것도 아니고, 더구나 직속상관 가족과 함께 지내는 아가씨한테 나쁜 맘을 먹고 그런 계획을 꾸밀 젊은이가 있을 수 있나 싶어서 말이야. 그러니 희망을 가져도 될 것 같아. 설마 주변에서 나설 거란 생각을 못 했을까? 포스터 대령을 그렇게 욕보이고서 부대로 복귀할 생각을 품을 수 있을까? 가벼운 유혹만으로 그런 위험까지 감수할 리 없지."

엘리자베스의 표정이 일순간 밝아졌다.

"정말 그럴까요?"

가디너 부인도 말했다.

"그래 얘, 내 생각도 네 외삼촌과 같아. 그런 짓을 저지르기엔 체면과 명예, 이해관계를 따져봐도 손해가 막심한걸. 아무래도 난 위컴을 그렇게까지 나쁘게 생각할 수가 없구나. 리지 넌 어떠니? 그런 일이 가능하다고 여길 정도로 그이한테서 완전히 돌아선 거야?"

"아마 자기한테 손해날 일은 절대 안 하겠죠. 하지만 자기 이익 말고는 뭐든지 저버릴 수 있는 사람이에요. 아, 정말이지 두 분 말씀대로라면! 하지만 전 희망을 품기가 겁나요. 나쁜 맘을 먹지 않았다면 스코틀랜드로 갔어야 하는 것 아니에요?"

가디너 씨가 대답했다.

"일단 두 사람이 스코틀랜드로 가지 않았다는 확실한 증거도 없잖니."

"그렇긴 하지만 클래펌에서 삯마차로 갈아탔다면 끽해야 런던을 벗어나지 않았다는 뜻이잖아요. 런던에서 북로를 탔다고 볼 단서도 없고요."

"뭐, 그렇다면…… 런던에 있다고 치자. 그래도 당분간 숨어 지내려는 거지 다른 불순한 목적이 있어서는 아닐 거야. 둘 다 돈이 넉넉지 않을 테니 스코틀랜드보다 런던에서 결혼하는 편이 시간은 좀 걸려도 더 경제적이라는 판단이 섰을지도 몰라."

"그럼 비밀이랄 것도 없잖아요? 그런데 뭐가 무서워서 숨어 있을까요? 결혼을 왜 몰래 해야 하죠? 오, 아니에요, 역시 결혼할 것 같지 않아요. 언니 편지를 봐도, 가장 친한 친구가 위컴은 개랑 결혼할 맘이 전혀 없을 거라고 단언했다잖아요. 돈이 웬만큼 있는 여자가 아니면 그자가 절대 결혼할 맘을 먹을 리 없어요. 자기 능력으로 가정을 꾸릴 수 있는 위인이 아닌걸요. 리디아가 뭐라고, 어리고 건강하고 발랄하다는 것 말고 무슨 매력이 있다고 그자가 돈 많은 여자랑 결혼해 한몫 챙길 기회를 지레 다 포기하겠어요? 부대 복귀 문제로라도 불명예스러운 도피 행각을 벌이지는 않을 거라는 말씀은, 그 일에 어떤 여파가 있을지 전혀 모르는 저로선 그렇다 아니다 판단할 수가 없네요. 하지만 말씀하신 다른 이유는 아무래도 아닌 것 같아요. 리디아한테는 이럴 때 나서줄 남자 형제가 없어요. 저희 아버지도 가정사에 별 관심이 없으시잖아요. 그자는 우리 가족과 왕래하면서 그런 아버지를 익히 봤을 테니, 이런 문제가 생겨도 여느 아버지와 달리 딱히 신경 쓰거나 나서시지 않을 거라 예상했을 거예요."

"하지만 아무럼 리디아가 사랑만 바라보고 모든 걸 내팽개치기야 하겠냐? 결혼을 전제로 하지 않고도 동거에 응할 만큼 사랑에 눈이 멀었다고?"

엘리자베스는 눈물을 글썽이기 시작했다.

"그런가 봐요. 동생의 행실과 도덕관념이 이 정도임을

인정할 수밖에 없는 저도 참 기가 막힐 따름이네요. 하지만 정말이지, 걔에 대해선 저도 뭐라 말해야 할지 모르겠어요. 걔에 대한 어떤 편견이 있는지……. 하지만 걘 너무 어려요. 진지하게 생각할 줄을 모르죠. 지난 반년, 아니 1년을 재미와 허영에만 빠져 지낸 애예요. 빈둥대지 않으면 경박한 짓거리를 일삼으며 시간을 허비해도, 뭐든 제멋대로 굴어도 누구 하나 뭐라 하지 않았죠. 메리턴에 군부대가 온 후로 그 애 머릿속엔 사랑, 연애, 장교들밖에 없었어요. 이미 천성이 감정에 치우치는 애가 오로지 그런 생각, 그런 얘기만 하면서 갈수록 더…… 뭐랄까, 감정에 한껏 휩쓸리려 들었어요. 거기에다 위컴은 다들 알다시피 외모로나 말솜씨로나 여자를 사로잡는 매력이 있잖아요."

외숙모가 말했다.

"하지만 제인은 위컴이 그렇게까지 악질일 거라곤 생각지 않는다잖니."

"언니가 나쁘게 보는 사람이 있기나 한가요? 누가 무슨 짓을 저질렀건 간에, 그게 사실로 입증되기 전에는 어떻게든 결백하다고 믿을 사람이에요. 하지만 언니도 나만큼 위컴의 실체를 알아요. 그가 어느 모로나 바람둥이라는 것, 도리도 염치도 없다는 것, 거짓과 기만으로 교묘하게 남의 환심을 산다는 것, 우리 둘 다 잘 안다고요."

가디너 부인은 조카가 이를 어찌 알았는지 궁금해졌다.

"정말 알고서 하는 말이니?"

엘리자베스는 얼굴을 붉히며 대답했다.

"그럼요. 그자가 다아시 씨한테 파렴치하게 굴었다는 건 얼마 전에 제가 말씀드렸고, 외숙모도 지난번 롱본에 오셨을 때 그자가 자기한테 관용과 자비를 베푼 이를 어떤 식으로 말하는지 직접 들으셨잖아요. 다른 일들도 있는데 그건 제가 말씀드릴 수 없고…… 사실 언급할 가치도 없어요. 아무튼 그자는 펨벌리 일가를 싸잡아 모함했어요. 저한테는 다아시 양이 오만불손하고 무뚝뚝한 아가씨인 것처럼 얘기했죠. 하지만 오히려 정반대라는 걸 잘 알면서 그런 거예요. 우리가 직접 만나보고 알았듯 상냥하고 겸손한 아가씨라는 걸 그자가 몰랐을 리 없어요."

"그런데 리디아는 이를 전연 모른다고? 제인이랑 넌 이다지도 잘 아는 듯한데 어떻게 그 애만 모를 수 있니?"

"그러니까요! 바로 그게 가장 한스러운 점이에요. 저도 켄트에서 다아시 씨와 그분 사촌인 피츠윌리엄 대령님을 자주 만나면서 비로소 진실을 알게 되었어요. 그러고서 집으로 돌아왔는데 1~2주 후면 군부대가 메리턴을 떠난다더라고요. 제인 언니한테는 다 털어놓았지만,

언니도 저도 동네 사람들이 다 좋게만 보는 사람의 정체를 군이 폭로할 필요는 없다고 생각했어요. 어차피 곧 떠날 사람의 평판을 뒤집는 게 무슨 의미가 있겠나 싶었죠. 심지어 리디아를 브라이턴에 보내기로 결정되었을 때도 전 걔한테 그자의 실체를 일깨워줘야 한다는 생각을 못 했어요. 진실을 몰라서 걔가 위험해질 수 있다는 생각을 아예 못 했다고요. 이런 결과가 따를 줄은 정말 꿈에도 몰랐어요."

"그러니까 다들 브라이턴으로 출발할 때까지 네가 두 사람 사이를 심상치 않게 볼 이유는 없었다는 얘기로구나."

"전혀 없었어요. 제 기억에 어느 쪽에서든 연정의 낌새는 보이지 않았어요. 그런 유의 낌새가 조금이라도 있었다면, 아시다시피 우리가 어디 가만있을 가족인가요? 그자가 처음 부대에 들어왔을 때 리디아가 한눈에 반하긴 했죠. 하지만 그때는 다들 그랬는걸요. 첫 두 달은 메리턴과 그 근방의 아가씨들 전부가 그 사람한테 홀린 것 같았으니까요. 하지만 그 사람이 특별히 걔한테 관심을 주거나 하진 않아서, 얼마간 요란하게 열광하고 찬양해대던 리디아도 곧 시들해져서는 자길 각별히 대해주는 다른 장교들한테 눈을 돌렸지요."

토론을 거듭한다고 해서 그들의 두려움과 희망과 추측에 새삼스레 뭔가 더해지는 건 아니었지만, 롱본에 닿을 때까지 그들의 대화는 어쩌다 잠시간 곁길로 빠질지언정 그 외에는 줄곧 이 주제, 모두의 관심사에 집중될 수밖에 없었다. 엘리자베스의 머리에선 한순간도 이 생각이 떠나지 않았다. 온갖 고뇌, 그중에서도 특히나 뼈아픈 자책감에 휩싸인 채, 그녀는 쉴 새 없이 고민하고 괴로워할 뿐이었다.

여관에 묵지 않고 밤새 마차를 달려 최대한 신속하게 이동한 덕에 그들은 다음 날 정찬 시간 전에 롱본에 도착할 수 있었다. 엘리자베스로선 적어도 제인이 기다림에 지치진 않았으리란 생각에 위안이 되었다.

앞마당으로 들어서는 마차를 보고 현관 계단으로 몰려와 서 있던 가디너 댁 꼬마들은 마차가 현관 앞까지 오자 일제히 얼굴이 환해지더니 폴짝폴짝 뛰고 까불면서 온몸으로 기쁜 티를 냈다. 가디너 부부와 엘리자베스를 맞이하는, 즐겁고도 열렬한 첫 번째 환영 인사였다.

엘리자베스는 마차에서 뛰어내려 아이들 한 명 한 명에게 얼른 입맞춤하고는 서둘러 집 안으로 들어갔다. 어머니 방에 있다가 한달음에 내려온 제인이 그녀를 맞아주었다.

두 자매의 눈에 눈물이 가득 차올랐다. 엘리자베스는

다정하게 언니를 얼싸안고서 곧바로, 달아난 두 사람의 소식부터 물었다.

제인이 대답했다.

"아직 없어. 하지만 이제 외삼촌께서 오셨으니 다 잘될 거야."

"아버지는 런던에 계셔?"

"응, 내가 편지에 적은 대로 화요일에 떠나셨어."

"자주 기별하셨어?"

"딱 한 번, 수요일에 내 앞으로 짤막한 편지가 온 게 다야. 무사히 도착하셨다면서 주소를 알려주셨지. 내가 꼭 그렇게 해달라고 신신당부했거든. 그리고 전할 만한 소식이 생기거든 그때 다시 편지하시겠다는 말씀뿐이셨어."

"그럼 어머니는, 좀 어떠셔? 다들 괜찮아?"

"어머니는 웬만큼 나아지셨어. 정신적 충격에서 헤어나지 못하셔서 그렇지. 위층에 계신데, 다 같이 돌아온 걸 보면 한시름 놓으실 거야. 아직은 방에서 나오지 않으셔. 메리랑 키티는 너무 고맙게도 몸성히 잘 있고."

"하지만 언니…… 언니는 어때? 얼굴이 핼쑥해졌네. 혼자 얼마나 힘들었을까!"

하지만 제인은 자긴 아주 말짱하다며 동생을 안심시켰다. 두 자매가 대화하는 사이 밖에서 어린 아들딸들과 재회의 기쁨을 나눈 가디너 부부가 들어왔다. 제인은 외삼촌 외숙모에게 달려가서는 웃다가 울다가 하며 반가움과 고마움을 전했다.

거실로 자리를 옮기자마자 당연히 가디너 부부는 엘리자베스가 이미 물었던 것들을 제인에게 또 물었다. 두 분께 전해드릴 새 소식은 없었지만, 제인의 인간애는 아직 선량한 희망을 부여잡고 있었다. 여전히 그녀는 결국엔 다 잘 해결될 거라는, 언제든지 리디아나 아버지로부터 그간의 사정을 설명하고 어쩌면 결혼 소식까지 전하는 편지가 올 거라는 기대를 버리지 않은 상태였다.

짧게 대화를 마치고 다 같이 베넷 부인의 방으로 올라갔다. 그들을 맞아들인 부인은 예상대로 눈물을 쏟으며 한 맺힌 절규를 토해냈다. 위컴의 극악무도한 행동을 욕하고 자신이 받은 고통과 학대를 푸념하는 등, 그릇된 편애로 딸아이를 잘못된 길로 인도한 장본인만 빼고 다른 사람 모두를 탓했다.

"내 말대로 브라이턴에 다 함께 갔으면 이런 일은 없었을 것을, 불쌍한 우리 리디아는 거기서 돌봐주는 사람 하나 없었어. 아니, 포스터 부부는 어쩌자고 애를 눈 밖에 뒀다니? 보나 마나 우리 애한테 신경도 쓰지 않은 게야. 누가 곁에서 보살펴 줬다면 리디아가 어디 그런 짓을 할 애니? 난 처음부터 그 부부한테 우리 애를 맡기는 게 영 찜찜했어. 하지만 내 의견이야 뭐, 늘 무시당하잖니. 아유, 그 불쌍한 것을 어째! 이제 우리 집 바깥양반이 가셨으니 위컴 그놈을 만나면 분명 사생결단을 내려 들 거다. 그러다 돌아가시기라도 하면 우린 어떻게 되겠니? 그이 시신이 무덤에서 식기도 전에 콜린스네가 우릴 내쫓겠지. 동생, 동생 네가 거두어주지 않으면 우린 어찌하면 좋을지 모르겠어."

부인의 섬뜩한 예언에 모두가 질겁해 그런 말씀 마시라고 소리쳤다. 가디너 씨는 누이와 누이네 식구들 모두를 사랑하니 염려 거두라고, 내일 당장 런던으로 가서 매형과 함께 백방으로 리디아를 찾겠다고 말했다.

"괜히 겁부터 먹을 것 없어, 누이. 최악의 상황에 대비하는 건 좋은데, 그렇게 단정하기엔 아직 일러요. 두 사람이 사라진 지 일주일도 안 됐잖아. 며칠 내로 무슨 소식이든 들리겠지. 그 둘이 결혼을 안 했고 할 생각도 없다는 게 확실해질 때까진 절망하지 맙시다, 우리. 내가 런던에 도착하는 대로 매형을 그레이스처치가의 우리 집으로 모실게. 일단 모셔오고 나서 같이 방법을 찾아볼 거야."

베넷 부인이 외쳤다.

"오, 역시 동생밖에 없어! 그래만 준다면 내가 더 바랄게 없지. 그래, 런던에 가거든 개들이 어디 있건 꼭 좀 찾아줘. 아직 결혼 안 했으면 결혼시키고. 예복 준비한다고 미적대지 못하게 해. 대신 예복비는 결혼하고 나서 원하는 대로 주겠다고 리디아한테 귀띔해줘. 무엇보다 애들 아버지가 결투 못 하게 반드시 막아야 해. 그리고 내 상태가 얼마나 참혹한지도 전해줘. 아주 혼비백산했다고, 온몸이 부들부들 떨린다고, 옆구리 경련에 두통에 심장도 벌렁거려서 밤이고 낮이고 쉬지를 못한다고 말이야. 참, 우리 리디아한테, 나 만나기 전엔 옷 주문하지 말라고 꼭 일러주고. 갠 어디 어디 옷이 제일 좋은지 몰라. 오, 동생, 정말 고마워! 너라면 어떻게든 다 해줄 수 있을 거야."

가디너 씨는 정말로 최선을 다하겠다고 다시 한번 약속했지만, 염려는 당연히 덜되 기대도 좀 소박하게 갖자고 말하지 않을 수 없었다. 이런 식으로 대화를 이어가던 그들은 정찬 식탁이 차려졌다는 기별에 이만 방을 나왔다. 딸들이 없는 동안에는 하녀장이 베넷 부인을 간호하며 주인마님의 감정풀이를 다 받아내야 할 터였다.

가디너 부부는 실상 베넷 부인이 방에 틀어박혀 있을 이유가 없다고 생각하면서도, 굳이 나오라고 권하지는 않았다. 베넷 부인에겐 식사 시중을 드는 하인들 앞에서 말을 가려 하는 분별력이 없는 걸 잘 아는 만큼, 이번 사태에 대한 그녀의 온갖 불안과 근심이 가장 신뢰할 수 있는 하인 한 명에게만 알려지는 편이 그나마 낫겠다고 판단한 것이었다.

메리와 키티는 각자 방에서 꾸물대다가 좀 늦게 정찬실에 도착했다. 한 명은 책을 읽느라, 또 한 명은 몸단장을 하느라 늦었다. 어쨌든 둘 다 그런대로 차분한 표정이었다. 가장 친한 자매를 잃어서인지 이번 일로 원망을 사서인지 키티의 말투에 가시가 돋친 것 말고는 둘 다 평소와 다름없어 보였다. 메리로 말하자면, 모두 착석하자마자 자못 엄숙한 얼굴로 엘리자베스에게 이렇게 속삭일 정도로 태연했다.

"정말 불행한 일이야. 아마 말들이 많이 나오겠지. 하지만 우린 악의에 찬 시류에 맞서 상처 입은 서로의 가슴에 자매의 위로라는 향유를 부어야 해."

하지만 언니가 대꾸할 기미를 보이지 않자 그녀는 내처 말했다.

"확실히 리디아한테는 더없이 안된 일이지만, 우린 여기서 유익한 교훈을 끌어낼 수 있어. 여자가 한 번 정절을 잃으면 돌이킬 수 없다는 것, 여자가 한 걸음 잘못 내디디면 끝없는 파멸로 들어간다는 것, 여자의 명망이란 아름다운 만큼 깨지기도 쉽다는 것. 그러니 항상 행동을 조심하고, 특히 무가치한 남자 앞에선 경계 또 경계해야지."

엘리자베스는 어처구니가 없어 눈을 치떴지만, 하도 답답하니 말도 나오지 않았다. 그러나 메리는 자기네가 처한 불행에서 이와 같은 도덕론을 계속 뽑아내며 스스로 만족스러워했다.

오후에 베넷가의 첫째와 둘째는 30분 정도 둘만의 시간을 가질 수 있었다. 이참에 엘리자베스는 아까 못다 한 질문을 쏟아냈고, 제인도 성심껏 대답해주었다. 엘리자베스는 이 사건이 절망적이라 확신했으며 제인 또한 절대 그렇지 않다고는 자신하지 못했다. 이렇듯 두려운 결말을 예상하며 언니와 함께 한탄하다가 엘리자베스가 문득 이렇게 화제를 이었다.

"내가 아직 모르는 게 있으면 뭐든지 다 얘기해줘. 더 자세히 알아야겠어. 포스터 대령님은 뭐라셨어? 둘이 도망치기 전에 아무런 낌새도 없었대? 내내 붙어 다니는 걸 다들 봤을 텐데."

"둘이 유달리 친해서 종종 의심쩍어 보이기는 했대. 특히 리디아가 좋아하는 것 같았다고. 하지만 절대 걱정할 만한 분위기는 아니었대. 대령님께 너무 죄송해! 얼마나 마음을 쓰고 자상하게 챙겨주시던지. 일이 벌어지자마자 만사 제쳐두고 이리로 오셨잖아. 처음엔 두 사람이 당연히 스코틀랜드로 갔겠거니 하면서도 말이야. 오면서 조사하다 보니 그게 아니구나 싶어서 더욱 서둘러 오신 거지."

"그런데 데니는 위컴이 결혼하지 않을 거라고 했다면서? 둘이 도망칠 걸 알고 있었대? 포스터 대령님이 데니를 직접 만나신 거야?"

"응, 하지만 대령님한테는 둘의 계획에 대해선 아무것도 모른다고, 짐작도 안 간다고 잡아떼더래. 둘이 결혼할리 없다는 얘기도 두 번 다시 하지 않았고. 그래서 말인데, 어쩌면 전에는 데니가 잘못 알았을지도 모른다는 생각이 들어. 난 그렇게 믿고 싶은데."

"그럼 포스터 대령님이 오시기 전까지 우리 가족은둘이 정말 결혼했거나 할 거라고 믿어 의심치 않았다는거네?"

"어떻게 의심을 해! 나야 맘이 편치는 않았지. 내 동생이 그 사람과 결혼해서 과연 행복할까 걱정스러웠어. 그사람이 늘 올곧게 살지는 않았다는 걸 나는 알고 있었으니까. 아버지 어머니는 그런 것까진 전혀 모르시고, 그저둘이 너무 무모하게 결혼한다고만 여기셨지. 그제야 키티가 자기는 리디아가 그럴 줄 알고 있었다고, 마지막 편지에 그렇게 써서 보냈다고 실토하더라. 나머지 식구들이 모르는 걸 자기만 안다는 데 우쭐해진 거지. 걘 두 사람이 애인 사이란 걸 몇 주 전부터 알고 있었던 것 같아."

"브라이턴에 가기 전에는 그런 사이가 아니었고?"

440
\
441

"응, 아니었을 거야."

"포스터 대령님도 위컴을 나쁘게 보시는 눈치였어? 그자의 실체를 아실까?"

"솔직히 예전만큼 좋게 말씀하시지는 않더라. 경솔하고 사치스러운 사람인 것 같다시더라고. 그리고 이 비극이 벌어지고 나서부터 소문이 돌아. 위컴이 큰 빚을 지고서 메리턴을 떴다는 거야. 설마 사실은 아니겠지?"

"오, 언니, 숨기지 말 걸 그랬어! 우리가 아는 사실을 말했다면 이런 일은 일어나지 않았을 거야!"

"그랬다면 좋았겠지. 하지만 그때 생각으로는, 누가 됐든 현재 어떤 마음가짐일지 모르는데 무작정 과거의 잘못을 폭로하는 건 도리가 아닌 것 같았어. 우린 어디까지나 좋은 뜻에서 그랬잖아."

"리디아가 포스터 부인한테 남긴 편지를 대령님이 상세히 기억하고 계셨어?"

"직접 보라고 가져오셨더라고."

제인은 수첩에서 편지를 꺼내어 엘리자베스에게 건넸다. 내용은 이러했다.

해리엇 언니에게,

내가 어디로 가는지 알면 언니는 웃음을 터뜨릴 거야. 내일 아침 내가 사라진 걸 알고 언니가 놀랄 걸 생각하

니 나도 자꾸 웃음이 나오는걸? 난 그레트나그린으로
가요. 누구랑 가는지 모르겠다고 하면 언닐 바보라고
여기겠어. 내가 사랑하는 남자는 세상에 단 하나뿐이
고 그 남자는 천사니까. 그이 없이 난 행복할 수 없으니
함께 떠나서 나쁠 것 없다고 생각해. 내키지 않으면 롱
본에는 굳이 내 일을 알리지 않아도 돼. 내가 "리디아 위
컴"이라는 이름으로 편지를 보내면 식구들이 훨씬 더
놀라겠지? 아, 얼마나 재미있을까! 웃겨서 글도 못 쓰겠
네. 프랫한테 오늘 밤 함께 춤추기로 한 약속을 지키지
못해 미안하다고 전해줘. 사정을 알고 나면 이해해줄
거라 믿는다고, 다음에 무도회에서 만나면 정말 즐겁
게 춤추자고 말이야. 롱본에 도착하는 대로 연락할 테
니 내 옷가지는 그때 챙겨줘요. 참, 그 전에 샐리한테 내
모슬린 자수 드레스의 찢어진 데를 수선해놓으라고 얘
기해줘. 그럼 잘 지내, 언니. 포스터 대령님께도 안부 전
해주고. 우릴 위해 건배해줄 거지?

언니의 다정한 친구,
리디아 베넷.

편지를 다 읽은 엘리자베스가 탄식했다.

"오, 리디아, 이 철딱서니 없는 것! 그 와중에 편지를
써? 그것도 이런 편지를? 그래도 최소한 얘가 진지한 목

적 없이 떠난 게 아니란 건 알겠네. 이후에 그자가 앨 어떻게 설득했는지 몰라도 어쨌든 얘는 비행을 저지를 계획이 아니었어. 불쌍한 아버지! 어떤 심정이셨을까!"

"사람이 그렇게 충격받는 건 처음 봤어. 꼬박 10분은 아무 말씀도 못 하시더라. 어머니는 그 자리에서 쓰러지시고, 그야말로 온 집안이 난리였지!"

"이런, 언니! 그날 하루 만에 하인들까지 이 사태를 죄다 알았겠네!"

"그 정도는…… 모르겠어. 하지만 그런 지경에 조심할 경황이 어디 있었겠니. 어머니가 히스테리에 빠지셔서, 내가 어떻게든 도와드리려고 애써봤지만 그리 신통치는 않았었나 봐. 더 잘했어야 하는데! 그때는 나도 앞이 캄캄한 게 거의 제정신이 아니었거든."

"어머니 시중드느라 여간 고생한 게 아니었겠지. 언니도 안 좋아 보이는걸. 아, 내가 곁에 있었어야 했는데! 집안 돌보랴 걱정하랴 언니 혼자 아등바등해야 했잖아."

"메리랑 키티가 아주 잘해줬는걸. 걔들이야 무슨 일이든 기꺼이 거들었겠지. 하지만 그러면 안 될 것 같더라고. 키티는 가냘프고 허약하지, 메리는 공부를 그렇게 하는데 쉬는 시간까지 뺏을 순 없잖니. 화요일에 아버지가 떠나신 후 메리턴 이모님이 오셔서 고맙게도 목요일까지 계셔주셨어. 덕분에 얼마나 힘이 되던지. 루카스 부인도 무척 신경 써주셨고. 수요일 아침에 우릴 위로하러 오셔서는, 필요하면 당신이 오시든 딸들을 보내든 해서 돕겠다고 하시더라."

엘리자베스는 버럭 성을 냈다.

"집에나 계시지 여긴 왜 오셨대? 아마 좋은 마음으로 오셨겠지만, 사실 이렇게 불행한 일이 있을 땐 이웃은 되도록 안 보는 게 상책이잖아. 도움은 무슨, 위로는 왜, 누구 약 올려? 그냥 멀찍이 앉아 관망하면서 고소해하는 걸로 만족하시라지."

이어서 그녀는 아버지가 런던에서 구체적으로 어떻게 리디아를 찾으실 계획인지 물었고, 제인이 대답했다.

"우선 두 사람이 탔던 역마차가 마지막으로 말을 갈았다는 엡솜에 가보실 셈인 것 같아. 마부들한테서 뭐든 단서를 얻으시겠다고. 특히 클래펌에서 그 둘을 태운 삯마차 번호를 알아내는 데 주력하실 거야. 신사 숙녀 한 쌍이 마차를 갈아탄 정황을 알 만한 사람이 있을 수도 있다면서, 클래펌에서 수소문해보겠다고 하셨거든. 그 삯마차가 런던에서 승객을 태우고 왔었대. 그 사람이 어디에서 내렸는지 알아보고 그 부근 사람들한테 물어보면 마차 승차장이랑 번호를 알아낼 수도 있으리라 보신 거야. 다른 계획이 또 있는지는 모르겠어. 너무 급히 떠나신 데다 경황도 없으셔서 사실 이만큼 알아내기도 힘들었어."

06

이튿날 아침 롱본 사람들은 오늘쯤 베넷 씨의 편지가 오리라 예상했다. 원체 편지 쓰기를 등한시하고 귀찮아하는 사람인 건 알지만, 지금은 비상시인 만큼 수고를 감내하지 않을까 기대했던 것이다. 그러나 그날도 그에게선 편지 한 통, 기별 한 줄 오지 않았다. 결국 전할 만한 희소식이 없나 보다고 하릴없이 넘겨짚고 말면서도, 그들은 희소식이 없다는 소식이라도 확인할 수 있다면 너무나 반가울 것 같았다. 가디너 씨가 런던으로 떠나지 않은 것도 오로지 매형 편지를 기다려서였으므로, 그는 우체부가 왔다 가자마자 출발했다.

가디너 씨가 갔으니 이제 적어도 일의 경과를 꾸준히 전해 들을 수는 있을 터였다. 헤어지면서 그는 매형을 설득해 되도록 빨리 롱본으로 돌려보내겠다고 약속함으로써, 남편이 런던에서 결투하다 생죽음을 당할 판이라고 믿는 누이의 불안감을 달래주었다.

가디너 부인은 조카딸들 곁에서 힘이 되어주고 싶어 아이들과 함께 하트퍼드셔에서 며칠 더 머무르기로 했다. 그녀는 베넷 부인의 간호를 나누어 맡는 한편 한가한 시간에도 조카들에게 큰 위안이 되어주었다. 필립스 이모님도 자주 찾아왔는데, 말로는 언제나 위로하고 격려

해주러 왔다면서도 매번 위컴의 낭비벽이나 부정한 면모가 드러난 새로운 사례를 들고 왔기에, 도리어 롱본의 분위기를 한층 더 침울하게 만들어놓고서 돌아가는 경우가 다반사였다.

석 달 전만 해도 거의 빛의 천사로 칭송하던 사람에게 이제는 어둠의 자식이란 낙인을 찍으려고 메리턴 전체가 달려드는 꼴이었다. 듣자 하니 그자가 외상값을 떼먹지 않은 상점이 없었고, 그자가 유혹이라는 미명하에 마수를 뻗치지 않은 가정이 없었다. 모두가 그자를 세상에서 가장 사악한 젊은이라 단언했으며, 어쩐지 자기는 그의 선한 인상이 처음부터 미덥지 않더라고 떠들어댔다. 엘리자베스는 떠도는 말들의 절반 이상이 낭설이리라 여겼지만, 그런 말이 돈다는 사실만으로도 동생의 인생은 망했다는 확신을 굳히기에 충분했다. 심지어 엘리자베스보다도 더 소문을 믿지 않는 제인조차 이제는 거의 절망하는 단계였는데, 그녀가 한사코 부여잡았던 실낱같은 희망대로 그들이 스코틀랜드로 갔다면 여태껏 소식이 없을 리 만무했기에 특히나 절망할 수밖에 없었다.

가디너 씨는 일요일에 롱본을 떠났고 화요일에 그의 아내가 편지를 받았다. 편지로 그는 런던에 도착하자마자 매형을 찾아서 그레이스처치가로 모셔왔다고 전했다. 베넷 씨가 이미 엡솜과 클래펌에 다녀왔지만 쓸 만한 정보는 얻지 못했고, 두 사람이 런던에서 하숙을 구하는 동안 호텔에 묵었을 가능성이 있으니 이제부터 시내의 주요 호텔을 다 뒤져보겠다고 한다는 것이었다. 가디너 씨 생각엔 이 방법도 소용없을 것 같지만 매형이 강력히 원하는 만큼 자기도 도울 작정이라고 했다. 그리고 아무리 설득해도 매형은 당분간 런던을 떠나지 않겠다는 뜻을 굽히지 않더라며, 곧 다시 편지하겠다는 약속에 이어 다음과 같은 추신을 덧붙였다.

포스터 대령에게, 가능하면 그와 친했던 부대원들한테서 정보를 캐주십사 청하는 편지를 보냈소. 위컴이 지금 런던 어디쯤에 숨어 있을지 알 만한 그의 친인척이나 지인이 있는지 알아봐 달라고 말이오. 그런 단서를 제공해줄 수 있는 사람이 있다면 우리에게 결정적인 돌파구가 생기는 셈이잖소. 현재로선 길잡이도 없이 무작정 헤매는 형편이라오. 아마 포스터 대령도 전력을 다해 우릴 돕고자 할 것이오. 그런데 가만 생각해보니, 그에게 친척이 있다면 누구보다 리지가 잘 알고 있을 수도 있겠다 싶어요.

엘리자베스는 외삼촌이 왜 그렇게 생각하시는지 이해 못 하는 바 아니었지만, 정작 그 기대에 부응해드릴 만한 정보는 그녀에게 없었다. 오래전에 돌아가신 부친과 모친 외에 그에게 가족이나 친척이 있다는 얘기는 들은 적이 없었다. 하지만 ○○부대 동료 중에는 그의 친척 관계를 더 잘 아는 이가 있을 수도 있으니, 큰 기대를 걸기엔 무리라 해도 결과를 기다려볼 만한 일이긴 했다.

롱본은 이제 하루하루가 간절함으로 점철되었는데, 특히 매일 우편물이 올 즈음이 가장 초조한 시간이었다. 날마다 아침이 밝으면 모두, 편지가 오기만을 이제나저제나 기다렸다. 좋은 일이든 나쁜 일이든 편지가 알려줄 터이니 오늘이 지나도 내일은 중요한 소식이 오리라 기대하는 나날이었다.

그러나 모두가 오매불망 기다리는 가디너 씨의 편지보다 다른 사람의 편지가 먼저 도착했다. 콜린스 씨가 베넷 씨에게 보낸 것이었다. 당신이 안 계신 사이에 당신 앞으로 오는 편지는 모두 맏딸이 읽어보라셨던 아버지의 지시에 따라 제인이 편지를 열었고, 콜린스 씨가 편지를 얼마나 희한하게 쓰는지 아는 엘리자베스도 어깨너머로 같이 읽었다. 그 내용은 다음과 같았다.

어르신 전 상서.

어제 하트퍼드셔에서 온 편지로 소식을 접한바, 어르신과의 관계나 제 신분상의 도리로도 현재 통탄할 고초를 겪고 계신 어르신께 위로의 말씀을 전해야마땅하리라 사료됩니다. 아닌 게 아니라 저희 내외는 어르신과 훌륭하신 가족 여러분 모두를 진정으로 측은하게 여기고 있습니다. 현재의 그 괴로움은 시간이 지나도 사라지지 않을 원인에 기인하기에 그야말로 가장 쓰라린 고통이 아닐 수 없겠지요. 그토록 가혹한 불행을 조금이라도 해소해드릴 수 있다면, 혹은 부모로서 가슴에 대못이 박힌 어르신께 위안이 될 수 있다면, 저는 무슨 말씀이든 넉넉히 아뢰올릴 것입니다. 따님께서 돌아가셨대도 이 일에 비하면 차라리 축복이 아닐는지요. 또한 사랑하는 제 아내 샬럿의 말을 듣고 보니 따님께서 그릇된 관용과 과분한 자유에 익숙해진 나머지 이렇듯 문란한 행동을 저지르기에 이르렀다는 추정이 가능하여 더더욱 애석할 따름입니다. 그러나 한편으로 저는 어르신과 사모님께 책임을 전가하기보다 따님께서 애당초 나쁜 성향을 타고나셨기에 그 어린 나이에 그토록 극악한 죄를 범할 수 있었다는 쪽으로 생각하고 싶습니다. 경위야 어찌 되었건, 어르신께서 참으로 딱한 지경에 처하셨습니다. 비단 저와 콜린스 부인만이 아니라, 제가 고하여 이 일을 알게 되신 캐서린 영부인과 영애께서도 심심한 동정을 표하신답니다. 두 분 역시 딸 하나가 잘못되면 나머지 딸들 신세에도 악영향을 끼치리라는 제 염려에 동감하셨으니, 캐서린 영부인께서 친히 이르시듯 누가 그런 가문과 연을 맺으려 하겠습니까? 이를 고려하니 지난 11월의 어떤 사건을 더욱 다행스러운 마음으로 돌아보게 됩니다. 그때 일이 달리 풀렸다면 지금 저도 여러분의 고통과 불명예에 연루되었을 테지요. 하여 어르신께 삼가 권하오니, 가능한 한 심신을 추스르시고, 부정한 자식을 향한 애정일랑 영원히 내치시어, 따님이 뿌린 악행의 열매는 스스로 거두게 하십시오.

이만 줄입니다. 총총.

　가디너 씨는 포스터 대령의 답장을 받고 나서 롱본으로 두 번째 편지를 보냈으나, 이번에도 기분 좋은 소식을 전할 수는 없었다. 위컴에게 살아 있는 근친이 없다는 것은 확실하고, 연락이 닿는 친척이 있는지는 아무도 모르며, 과거에 그가 알고 지낸 사람은 많으나 입대 후에 모두와 소원해진 듯하다는 것이었다. 요컨대 그의 소식을 전해줄 법한 사람은 단 한 명도 없었다. 더구나 그가 극구 몸을 숨기는 데는 리디아 쪽 사람들에게 발각될 우려와 더불어 또 하나의 강력한 동기가 있었는데, 알고 보니 그가 거액의 노름빚을 지고 달아났다는 게 아닌가. 포스터 대령이 어림잡기로 그가 브라이턴에 남긴 빚은 1천 파운드 이상이라고 했다. 상인들에게 갚아야 할 외상값도 상당하지만, 노름판에서 만든 무증서 차용금은 훨씬 더 가공할 액수라는 것이었다. 가디너 씨는 이런 사실들을 롱본 식구들에게 가감 없이 전달했으며, 이 내용을 읽은 제인은 충격에 휩싸여 외쳤다.

"노름꾼이라니! 이건 정말 뜻밖이네. 아예 생각조차 못 한 일이야."

가디너 씨는 이 편지가 도착한 다음 날 즉 토요일이면 아마 베넷 씨를 집에서 볼 수 있을 거라고 덧붙였다. 그가 매형에게 추적을 이어가는 데 도움 될 일이라면 무엇이든 자기한테 맡기시고 이만 가족 곁으로 돌아가시길 간곡히 권유했고, 그렇잖아도 모든 노력이 수포로 돌아가 실의에 빠졌던 베넷 씨도 더는 거절하지 않더라고 했다. 제인과 엘리자베스는 남편의 목숨이 위태롭다며 안달복달하던 어머니에게 얼른 소식을 전했지만, 의외로 베넷 부인은 그다지 반색하지 않았다.

"뭐, 그냥 집에 온다고? 불쌍한 우리 리디아는 어쩌고? 걔들을 찾기 전엔 런던을 뜨지 말아야지. 그이가 거기 없으면 누가 위컴이랑 싸워서 걔랑 결혼하게 만든다니?"

가디너 부인도 이제 집으로 돌아가야겠다는 뜻을 피력했고, 베넷 씨가 돌아오는 때에 맞춰 떠나기로 했다.

그리하여 마차가 그녀와 아이들을 첫 번째 기착지까지 데려다주고 거기서 주인을 태워 롱본으로 되돌아왔다.

가디너 부인은 더비셔에서부터 줄곧 품었던, 엘리자베스와 그녀의 더비셔 친구에 대한 의혹을 조금도 풀지 못한 채 롱본을 떠나야 했다. 조카딸은 절대로 먼저 그의 이름을 언급하지 않았고, 그가 편지 한 통쯤은 보내지 않을까 했던 가디너 부인의 기대도 뜻대로 이루어지지 않았다. 엘리자베스가 롱본으로 돌아온 이후 펨벌리에서는 아무런 소식도 없었다.

조카딸의 기분이 저조한 것은 집안의 우환만으로 충분히 설명이 되는 상황이니, 다른 데서 이유를 찾아봤자 억측에 지나지 않을 터였다. 그러나 이즈음 자신의 감정을 웬만큼 인지한 엘리자베스는 만일 다아시의 진가를 몰랐다면 리디아로 인한 오명이 아무리 두려워도 지금보다 견딜 만했을 것임을 확실히 알고 있었다. 어쨌거나 이틀에 한 번은 밤잠을 이룰 수 있었으리라.

베넷 씨가 돌아왔다. 평소와 다름없이 만사에 담담한 달관자의 모습이었다. 언제나 그랬듯 과묵했으며 집을 떠나 한 일에 대해서는 일언반구도 없어서 딸들도 선뜻 그 일을 입에 올릴 수 없었다.

그날 오후 다과 시간에 아버지가 함께 자리했을 때에야 엘리자베스가 용기를 내어 그 화제를 꺼냈다. 많이 힘

드셨을 것 같아 슬프다는 딸아이의 말에 비로소 아버지도 말문을 열었다.

"그런 말 마라. 힘들어야 할 사람이 나 말고 누가 있겠냐? 다 내 잘못이니 당해도 싸."

"그렇게 자책하시면 안 돼요."

"자책도 악덕이라 경고하는 게로구나. 무릇 인간이란 악에 빠지기 쉬운 법! 아니다, 리지, 내가 얼마나 잘못 살아왔는지 평생에 한 번은 느끼게 두려무나. 죄책감에 짓눌리는 건 두렵지 않다. 이러다 곧 말겠지."

"두 사람이 런던에 있다고 보세요?"

"그래, 그렇게 철저히 숨을 데가 달리 어디 있겠니?"

"그리고 리디아는 늘 런던에 가고 싶어 했으니까."

키티가 한마디 보태자 아버지는 냉소하듯 말했다.

"그럼 걔는 행복하겠구나. 한동안은 거기 눌러살겠고."

그러고서 잠시 침묵한 후 다시 말했다.

"리지야, 지난 5월에 네가 날 깨우쳐주고자 한 말대로 돼버렸구나. 그렇다고 네가 야속하지는 않다. 일이 이렇게 된 건 네가 혜안을 가졌다는 증거겠지."

그때 맏딸이 어머니께 드릴 다과를 챙기러 오는 바람에 부녀의 대화는 중단되었고, 베넷 씨는 한껏 비꼬기 시작했다.

"아주 여봐란듯이 드러누우셨구먼. 그게 장점 하나는 있어. 저러니까 불행도 참 고상해지잖냐! 조만간 나도 똑같이 해야겠다. 수면 모자에 목욕 가운 차림으로 서재에 틀어박혀서 최대한 폐를 끼쳐야겠어. 아니다, 이 방법은 일단 아껴뒀다가 키티가 도망간 다음에 써먹으면 되겠구나."

난데없이 불똥을 맞은 키티는 볼멘소리로 대꾸했다.

"난 달아나지 않아요, 아빠. 브라이턴에 가도 리디아처럼 함부로 굴지 않을 거라고요."

"네가 브라이턴에 가? 그 근처는커녕 이스트본에도 보내지 않을 거다! 안 돼, 키티, 이 아비가 단속을 똑바로 해야 한다는 걸 드디어 깨달았으니 너도 그 효력을 톡톡히 느끼게 될 것이야. 이제 다시는 장교가 내 집에 발을 들일 수 없다. 마을을 지나가는 것도 안 돼. 언니들 옆에 딱 붙어 다니지 않는 한 무도회도 금지다. 매일 10분씩 제정신으로 보냈다는 증거가 없으면 집 밖으로도 못 나가는 줄 알아라."

아버지의 으름장을 심각하게 받아들인 키티는 그만 울음을 터뜨리고 말았다.

"이런, 이런, 그렇게 슬퍼할 것 없다. 앞으로 10년만 착하게 살면 그다음엔 내가 열병식에 데려가주마."

07

베넷 씨가 돌아오고 이틀 후, 집 뒤편 관목 숲길을 함께 걷던 제인과 엘리자베스는 하녀장이 오는 것을 보고 어머니가 부르신다고 생각해 그리로 다가갔는데, 막상 만난 하녀장은 제인에게 예상과 다른 말을 전했다.

"방해해서 죄송합니다만, 런던에서 무슨 좋은 소식을 들으셨나 해서 여쭤보러 왔어요."

"무슨 말이에요, 힐? 런던에서 온 소식이 없는데요."

힐 부인은 깜짝 놀라 말했다.

"이런 아씨, 가디너 씨한테서 속달이 온 걸 모르셨어요? 30분 전에 도착했고 주인 나리가 받으셨어요."

더 듣거나 말할 것도 없이 두 아가씨는 급히 내달렸다. 현관 전실을 지나 조찬실로, 이어 서재로 뛰어 들어갔다. 아버지는 어디에도 안 계셨다. 어머니 방에 계시나 싶어 위층으로 올라가려던 자매는 때마침 지나가던 집사와 마주쳤다.

"주인 어르신을 찾고 계세요? 잡목림 쪽으로 가시던데요."

집사의 말을 듣자마자 자매는 도로 현관 밖으로 나가 잔디밭을 가로질렀다. 아버지는 방목장 옆 작은 숲을 향해 유유히 걸어가고 계셨다.

동생만큼 몸이 가볍지도 않고 달리기에 익숙하지도 않은 제인은 이내 뒤처졌고, 그사이 아버지를 따라잡은 엘리자베스는 숨을 헐떡이며 부르짖었다.

　　"아빠, 뭐예요? 무슨 소식이에요? 외삼촌 편지가 왔다면서요."

　　"그래, 속달로 편지가 왔구나."

　　"그래서, 좋은 소식이에요 나쁜 소식이에요?"

　　"무슨 좋은 소식이 있겠니. 그래도 읽어보고 싶겠지?"

　　엘리자베스는 아버지가 주머니에서 꺼내어 건네는 편지를 낚아채듯 받아 들었다. 제인도 막 도착했다.

　　아버지가 일렀다.

　　"소리 내어 읽어주련? 무슨 얘긴지 나도 잘 모르겠구나."

그레이스처치가, 8월 2일 월요일.
매형께 올립니다.

드디어 조카의 소식을 전해드릴 수 있게 되었으니, 변변찮은 소식이나마 대체로 형님께 만족을 드릴 만한 것이면 좋겠습니다. 토요일에 형님이 가시고 나서 곧, 두 사람이 런던 어디에 있는지 운 좋게 알아냈습니다. 자세한 경위는 추후에 뵙고 말씀드릴 테니 일단은 그 둘을 찾아냈다는 것만 알아두시면 되겠습니다. 제가 두 사람을 직접 만나봤습니다.

제인이 반색했다.
"내가 바라던 대로 됐나 봐. 둘이 결혼한 거야!"
엘리자베스는 계속 읽었다.

제가 두 사람을 직접 만나봤습니다. 둘은 결혼하지 않
았고 결혼할 의사가 있는 것 같지도 않습니다만, 제가
형님을 대신해 약속한 바를 이행해주실 의향이 있다면
머잖아 둘의 결혼이 성사될 것 같습니다. 형님께서 해
주실 일은, 형님과 누님 사후에 자식들이 물려받을 재
산 5천 파운드를 균등하게 배당하기로 리디아에게 보
장하는 한편, 살아 계신 동안에도 매년 100파운드씩 지
급하겠다고 약정하시는 것입니다. 제반사를 고려해 저
는 형님을 대신할 권한이 제게 있다고 여겨지는 선에서
위의 조건을 주저 없이 수락했습니다. 형님의 대답을
속히 들어야겠기에 이 편지는 속달로 부치려 합니다.
형님도 이런 정황으로 미루어 위컴 씨의 형편이 항간에
알려진 것만큼 절망적인 수준은 아니라는 사실을 쉽사
리 짐작하실 겁니다. 이 점에서는 사람들이 잘못 알았
어요. 아울러 그가 부채를 청산하고도 우리 조카의 재
산에 보탤 돈이 약간 남아 둘이서 살림을 꾸릴 정도는

된다는 기쁜 소식도 전합니다. 만일 제 생각대로 형님께서 이 일과 관련한 전권을 제게 위임해주신다면, 그 즉시 해거스턴에게 적법한 계약 체결을 준비하라 지시하겠습니다. 형님께서 다시 런던에 오셔야 할 일은 절대 없을 테니 근면과 성실은 제게 맡기시고 형님은 롱본에서 조용히 쉬세요. 되도록 빨리, 단 명쾌하게 답신 주시길 요망합니다. 저희는 리디아가 저희 집에서 결혼하는 게 최선이라 판단했는데, 형님께서도 허락해주시면 좋겠습니다. 리디아는 오늘 저희 집에 옵니다. 뭐든 더 정해지는 대로 다시 소식 전하겠습니다. 이만 총총.

에드워드 가디너 올림.

엘리자베스는 도무지 믿기지 않았다.

"이게 무슨 일이야? 위컴이 리디아랑 결혼할 수도 있다고? 이게 가능해?"

언니가 말했다.

"그러니까, 위컴이 우리 생각처럼 부실한 사람은 아니었다는 얘기지. 아유 아버지, 정말 잘됐어요."

엘리자베스는 아버지에게 물었다.

"그래, 답장은 보내셨어요?"

"아니, 곧 보내야지."

조급한 마음에 그녀는 시간 끌 일이 아니라고 재우쳤다.

"이런! 제발 아버지, 당장 돌아가서 답장을 쓰세요. 지금 상황에 일분일초가 얼마나 중요한지 생각하셔야죠."

제인도 거들었다.

"편지 쓰기 번거로우시면 제가 대신 써드릴게요."

"상당히 번거롭다. 그래도 할 일은 해야겠지."

이렇게 대꾸하고 그는 딸들과 함께 돌아서서 집 쪽으로 걷기 시작했다.

엘리자베스가 물었다.

"어쩌실 셈이세요? 그 조건들 말이에요, 제 생각엔 들어줘야 할 것 같은데요."

"들어주고 말고 할 게 있냐? 바라는 게 고작 그 정도라니 민망할 따름이다."

"어쨌든 반드시 결혼시켜야 하고요! 하지만 하필 그런 작자랑!"

"그래, 그래. 결혼시켜야지. 달리 방도가 없으니까. 그런데 내가 굉장히 알고 싶은 게 두 가지 있어. 하나는 너희 외삼촌이 이 합의에 돈을 얼마나 썼냐는 것이고, 또 하나는 그 돈을 내가 어떻게 갚느냐는 거다."

제인이 놀라 외쳤다.

"돈을요? 외삼촌이? 무슨 말씀이세요, 아버지?"

"내 생전에 연 100파운드, 죽은 뒤엔 5천 파운드라잖냐. 제정신이 박힌 남자라면 그렇게 하찮은 유혹 정도로 리디아와 결혼하지는 않을 게야."

엘리자베스가 말했다.

"정말 그러네요. 미처 생각 못 했는데. 부채를 청산하고도 돈이 남는다면……! 오, 정말 외삼촌이 손을 쓰셨군요! 역시 마음 넓고 선량하셔! 그런데 무리하셨으면 어쩌죠? 적은 돈으로 될 일이 아니었을 텐데."

"당연하지. 위컴은 1만 파운드에서 단 한 푼이 모자라도 걜 데려가지 않을 게다. 더 적게 받고도 데려간다면 바보고. 그래도 조만간 사위 될 청년인데, 너무 나쁘게만 여기는 나도 참 딱하구나."

"1만 파운드라니! 맙소사! 그 절반인들 무슨 수로 갚죠?"

베넷 씨는 대답하지 않았다. 이후로 세 사람은 각자 깊은 생각에 잠긴 채 묵묵히 집까지 걸었다. 아버지는 답장을 쓰러 서재로 갔고 두 자매는 조찬실로 들어갔다.

언니와 단둘이 남게 되자 엘리자베스가 소리쳤다.

"정말로 둘이 결혼한다는 거잖아! 별일이다 진짜! 게다가 이딴 일에 우린 감지덕지해야 하지? 둘이 결혼해도 행복할 가망은 적고 신랑감은 협잡꾼인데 우린 속절없이 기뻐해야 한다 이거야. 어휴, 리디아!"

제인은 좀 더 침착했다.

"난 그래도 마음이 좀 놓이는 게, 위컴이 리디아를 진심으로 아끼지 않는다면 절대 결혼까지 하지는 않을 거란 생각이 들어. 고맙게도 외삼촌 덕분에 그 사람 빚이 해결됐지만, 설마 1만 파운드나 그에 상당하는 뭔가를 대주셨으려고. 당신도 자식들이 있고 앞으로 더 생길지도 모르는데 1만 파운드를 어떻게 내주시겠어? 5천 파운드도 어림없을걸."

"위컴 빚이 얼마였는지, 그쪽에서 신부 지참금 얼마에 합의했는지 알 수만 있다면 외삼촌이 어떤 값을 치르셨는지도 정확히 나올 텐데. 그자한테는 땡전 한 푼 없으니까 말이야. 외삼촌 외숙모께 우린 죽어도 못다 갚을 신세를 졌어. 걜 집에 들여서 직접 보호하고 편들어 주시다니, 조카를 위해 그런 희생을 감수하시다니, 정말이지 두고두고 감사해도 모자랄 거야. 지금쯤 외삼촌 댁에 있겠네! 그렇게 과분한 대접을 받고도 여태 자괴감이 들지 않는다면 걘 행복할 자격도 없어! 처음에 외숙모를 무슨 낯짝으로 봤을까 몰라!"

"우린 두 사람의 과거를 어떻게든 잊어야 해. 난 어쨌든 그 둘이 행복하길 바라고 또 그럴 거라 믿는걸. 그 사람이 결혼에 동의했다는 것 자체가 이제라도 올바른 길로 들어섰다는 증거라고 여길래. 서로 간의 애정이 두 사

JANE AUSTEN

람을 안정시키겠지. 조용히 자리를 잡고 도리에 맞게 살
다 보면 경솔했던 지난날은 곧 잊힐 거야."

"그 둘이 저지른 짓은 언니도 나도, 다른 누구도 절대
로 잊을 수 없어. 그런 얘긴 하나 마나야."

그러고 보니 어머니는 아직 아무것도 모르실 것 같았
다. 하여 두 딸은 서재로 가서 아버지께, 어머니한테도
소식을 알려도 되는지 여쭈었다. 편지를 쓰고 있던 그는
고개도 들지 않고 냉랭하게 대답했다.

"그러든지."

"외삼촌 편지를 가져가서 읽어드려도 될까요?"

"뭘 가져가든지 얼른 나가다오."

엘리자베스는 아버지 책상에서 편지를 집어 나왔고
언니와 함께 위층으로 올라갔다. 메리와 키티가 마침 어
머니 곁에 있어서 한꺼번에 소식을 전할 수 있었다. 우선
희소식이라고 운을 뗀 뒤 제인이 편지를 낭독했다. 베넷
부인은 초조한 기색을 감추지 못했다. 그러다, 머잖아 리
디아가 결혼할 수도 있다는 대목에서 비로소 환희를 터
뜨렸고 한 문장 한 문장 이어질 때마다 흥분을 더해갔다.
그동안 극심한 불안과 울분에 속을 태웠던 그녀는 이제
격한 기쁨에 안달하고 있었다. 딸이 결혼하리란 걸 알았
으니 그것으로 족했다. 딸의 행복에 대한 걱정으로 심사
를 어지럽히거나 딸의 잘못에 대한 기억으로 기죽지도

462
463

않았다.

"아이고, 내 딸 리디아! 정말 기쁜 소식이야! 걔가 결혼을 한다니! 걜 다시 볼 수 있게 됐어! 우리 딸이 열여섯에 결혼을 하는구나! 역시 내 동생은 착하고 자상해! 내이렇게 될 줄 진즉에 알았다. 너희 외삼촌이 다 해결해줄 줄 알았어! 아유, 우리 딸 보고 싶어라! 우리 사위 위컴도! 참, 드레스, 웨딩드레스 준비해야지! 얼른 올케한테 기별해야겠네. 얘 리지, 아버지한테 달려가서 리디아한테 얼마나 주실 건지 여쭤봐라. 아냐, 그냥 있어, 내가 가마. 키티, 힐 부르는 종 좀 쳐봐라. 당장 옷을 걸쳐야 하니까. 오 리디아, 사랑스런 내 딸! 이제 만나면 같이 얼마나 즐거울꼬!"

심히 흥분한 어머니를 얼마간이라도 진정시키기 위해 맏딸이 나서서 우린 외삼촌의 공로에 보답해야 한다고 일깨워드렸다.

"이렇게 행복한 결말에 이른 건 다 외삼촌이 무진장 힘써주신 덕분이에요. 아무래도 돈으로 위컴 씨를 도와주기로 약조하신 것 같아요."

어머니는 큰소리를 쳤다.

"그거야 뭐, 신경 쓸 것 없다. 외삼촌이 돼서 그 정도는 해야지! 자기 식구들이 없었으면 어차피 걔 돈이 다 나랑 내 자식들한테 왔을 것 아니냐. 입때껏 선물 몇 개 던

JANE AUSTEN

져준 것 말고 걔가 우리한테 해준 게 뭐 있다고? 이번이 처음이지. 아무튼! 엄만 너무 행복하다! 조만간 딸애 하나를 결혼시키게 됐어. 위컴 부인이라! 듣기에도 좋구나! 게다가 걘 지난 6월에 겨우 열여섯이 됐는데 말이야. 애 제인, 난 너무 떨려서 글씨를 못 쓰겠다. 말로 할 테니 네가 받아 적으렴. 아버지랑 돈 문제를 담판 짓는 건 나중에 하더라도 물건 주문은 당장 해야지."

그러고선 캘리코, 모슬린, 캠브릭 같은 옷감들 명세를 조목조목 불러젖히기 시작했는데, 제인이 어렵사리 만류하지 않았다면 이 명세서 항목은 금세 눈덩이처럼 불어났을 것이다. 제인은 아버지께서 시간이 나시거든 상의해서 정하시라, 하루쯤 늦어져도 큰 차이는 없을 거라며 간곡히 설득했고, 어머니도 행복이 절정인지라 평소처럼 고집을 부리지는 않았다. 실은 다른 계획들이 속속 떠오른 덕이기도 했다.

"옷을 차려입고 곧장 메리턴에 가야겠다. 너희 이모한테 이 기쁘디기쁜 소식을 전해야지. 다녀오는 대로 루카스 여사랑 롱 부인도 만나야겠구나. 키티, 얼른 내려가서 마차를 대기시켜라. 역시 바람을 좀 쐬는 편이 건강에도 좋겠지. 얘들아, 메리턴에서 뭐라도 사다줄까? 아, 힐이 왔네. 여보게 힐, 소식 들었어? 우리 리디아 양께서 결혼을 하신대요. 결혼식 때 자네들한테도 그릇째로 펀치(커

다란 그릇에 술과 과일, 탄산수, 주스, 향료 등을 섞어 내는 파티용 음료 – 옮긴

이)를 돌릴 테니 실컷 즐기라고."

힐 부인은 재깍 기뻐하며 축하 인사를 주워섬겼다. 물

론 엘리자베스도 축하를 받았지만 이 무지각한 잔치 분

위기에 이내 넌더리가 나서, 혼자 생각에 잠길 수 있는

자기 방으로 슬그머니 피신했다.

불쌍한 리디아의 처지는 아무리 좋게 생각해도 곤경

그 자체였으나, 그나마 더 나쁜 상황이 아니라는 것에 감

사할 일이었다. 엘리자베스는 그렇게 생각했다. 앞으로

동생의 인생에 합리적인 행복이나 세속적인 성공을 기

대할 수는 없다 해도, 불과 두 시간 전까지 온 가족이 무

엇을 두고 불안에 떨었는지 돌이켜보면 그래도 이만하

길 천만다행이었다.

08

꽤 오래전부터 베넷 씨는 수입을 다 써버리는 대신 매

년 얼마씩 저축하여 자기가 죽고 나서도 딸들과 아내가

잘살 수 있으면 좋겠다고 자주 생각했다. 그리고 지금은

저축의 필요성을 그 어느 때보다 절감하고 있었다. 그 생

각을 진즉 실천했더라면 처남에게 빚질 것 없이 당장 리

디아에게 명예든 신용이든 사줄 수 있었을 것이다. 대영 제국에서 손꼽히게 형편없는 청년을 구슬려 딸아이와의 결혼을 성사시키는 것은 응당 그의 몫이었으리라.

그는 누구에게도 이롭지 않은 일을 추진하는 비용을 오롯이 처남이 부담하게 됐다는 사실이 심히 껄끄러워서, 가능하면 처남이 얼마를 들였는지 파악해 자신의 능력이 닿는 한 조속히 신세를 갚으리라 결심했다.

결혼 초기 베넷 씨는 구태여 절약하며 살아야 한다고 생각지 않았다. 당연히 아들을 낳을 계획이었고, 그 아들이 장성하면 한사상속 대상자가 되므로 훗날 미망인과 동생들을 부양하는 데 아무 문제가 없을 것이기 때문이었다. 그런데 딸 다섯이 줄줄이 세상에 나오고도 아들은 소식이 없었다. 리디아가 태어난 뒤 베넷 부인은 다음 번엔 아들이 와줄 거라 자신하며 몇 년을 기다렸다. 결국 아들 낳기를 포기했을 때는 돈을 모으기에 너무 늦은 뒤였다. 그렇다고 베넷 부인이 갑자기 절약 정신을 발휘할 사람은 아니었으니, 그나마 가계가 적자를 면할 수 있었던 것은 오로지 남편이 빚지고는 못 사는 성격인 덕분이었다.

혼인 약정서에는 베넷 부인과 자녀들 몫으로 5천 파운드가 책정돼 있었다. 그러나 자녀들에게 얼마씩 배분하느냐는 부모의 뜻에 달려 있었다. 적어도 리디아의 몫은 지금 정해야 했기에, 베넷 씨는 눈앞의 제안을 두고 망설일 여유가 없었다. 그는 처남의 성의에 극히 간결하게나마 고마움을 표하고서, 선처된 모든 일을 전적으로 승인하며 자신을 대신해 이루어진 계약 일체를 충실히 이행하겠노라고 서면으로 명시했다.

이전까지 그는 설사 위컴을 설득해 리디아와 결혼시킨다 해도 자신이 감수할 부담이 상당하리라 예상했었다. 그런데 처남의 편지대로 매년 100파운드씩 지급한다면 막상 불이익이라야 고작 1년에 10파운드나 될까 말까였다. 숙식비에 용돈에 어머니가 걸핏하면 건네는 현찰까지 합하면 현재도 리디아한테 들어가는 돈이 연 100파운드에 육박하니 말이다.

게다가 베넷 씨로선 손 안 대고 코 푸는 격으로 일이 해결된다 하니 이 또한 의외로 아주 반가운 소식이었다. 그렇잖아도 이제는 이 귀찮은 문제에서 가능한 한 손을 떼고 싶던 차였다. 처음에 분연히 딸아이를 찾아 나서게 했던 격노가 사그라들자 자연스레 원래의 나태한 아버지로 되돌아간 것이다. 편지는 곧바로 발송되었다. 그는 일을 시작하기까지는 꾸물거려도 일단 시작하면 빠르게 해치우는 사람이었다. 처남에게는 자기가 무엇을 얼마나 빚졌는지 더 자세히 알려달라고 청했지만 너무나 괘씸한 막내딸에겐 아무런 전언도 보내지 않았다.

JANE AUSTEN

이 희소식은 금세 롱본 가택 전체에 퍼졌고, 이에 비례하는 속도로 이웃들에게도 전해졌다. 이웃들은 자못 점잖게 반응했다. 리디아 베넷 양이 화류계로 들어갔다거나 차라리 어느 외딴 농가에서 세상과 단절된 채 살게 되었다면 물론 저들끼리 쑥덕대기 더 좋았을 것이다. 하지만 그녀가 결혼한다는 사실을 두고도 할 말들은 많았다. 모쪼록 그 애가 잘 살길 바란다고 기왕에 입을 모았던 메리턴의 암상궂은 부인네들은 상황이 달라졌어도 여전히 리디아를 딱하게 여겼는데, 그런 남편과 살면 어차피 불행할 것이 확실했기 때문이다.

보름 동안 위층 방에서 나오지 않았던 베넷 부인은 이 기쁜 날을 맞이해 드디어 아래층으로 내려와 다시 식탁 상석을 차지했다. 남부끄러운 기색은 전혀 없이 마냥 기세등등, 의기양양한 모습이었다. 제인이 열여섯 살이 되었을 때부터 그녀의 제일가는 소원이었던 딸의 결혼이 막 성사될 시점인지라, 머릿속 생각이나 입 밖에 내는 말도 품격 있는 혼례며 최고급 모슬린이며 새 마차, 하인들 등 순전히 결혼과 관련된 것뿐이었다. 또한 동네에서 딸아이가 신혼살림을 차리기에 적당한 집을 부지런히 물색하기도 했는데, 신혼부부의 수입이 얼마나 될지 알아보지도 고려하지도 않은 채 집이 좁다느니 격에 맞지 않다느니 하며 몇 군데나 퇴짜를 놓았다.

"헤이파크가 좋은데 고울딩네가 이사를 나가줘야 말이지. 거실만 좀 더 넓다면 스토크에 있는 저택도 괜찮긴 하더라. 하지만 애시워스는 너무 멀어! 걔랑 10마일이나 떨어져서는 못 산다고. 퍼비스 롯지는 안 돼, 다락이 너무 음침해서."

하인들이 있는 동안에는 아내가 뭐라고 떠들건 잠자코 내버려 두었던 베넷 씨는 하인들이 물러가고 나자 곧장 입을 열었다.

"부인, 사위하고 딸한테 그 집들을 하나건 몽땅이건 얻어주기 전에 하나는 제대로 알아둡시다. 걔들은 이 동네에 있는 어떤 집에서도 살지 못할 거요. 그 둘을 롱본에 받아들여서 그 철면피한 정신머리들을 북돋워주진 않을 작정이오."

이 발언에 한바탕 말다툼이 뒤따랐지만 베넷 씨는 꿈쩍도 하지 않았다. 이 다툼은 곧 또 다른 다툼을 낳았는데, 베넷 부인은 남편이 딸아이 예복비를 한 푼도 내놓지 않을 것임을 알고 경악을 금치 못했다. 즉 베넷 씨는 이번 혼사에 어떤 식으로도 아비의 애정 표시를 기대하지 말라고 확실히 못 박았다. 베넷 부인은 당최 이해할 수 없었다. 아비가 돼서 딸한테 평생에 단 한 번인 특권조차 허락하지 않을 만큼 심통이 날 수 있다니, 부인의 상식으로는 암만해도 천부당만부당했다. 게다가 웨딩드레스

없는 결혼식을 어디 결혼식이랄 수나 있겠는가. 그녀는 딸아이가 혼전에 위컴과 야반도주하여 보름간이나 동거했다는 부끄러운 사실보다 혼례식에 신부에게 새 옷을 입히지 못해서 동네 망신을 당할 일에 더 민감했다.

엘리자베스는 순간의 괴로움을 못 이기고 동생의 일을 다아시 씨에게 알린 것이 이제야 후회막심이었다. 리디아의 도피 행각은 조만간에 결혼으로 모양새 좋게 종결지어질 터, 직접 관여하지 않은 사람들에겐 애초의 불상사를 끝까지 숨길 수도 있는 일이었기 때문이다.

그 사람을 통해 소문이 더 퍼질 것을 걱정하지는 않았다. 다른 사람은 몰라도 그만은 믿을 수 있었다. 그러나 동시에, 동생의 과실을 그만은 알지 못했길 바라는 심정이었다. 그 사람만 모른다면 설령 세상 사람 모두가 알게 된다 해도 이렇게나 심한 굴욕감을 느끼진 않을 것 같았다. 그렇다고 자신에게 있을지도 모를 불이익이 염려되어 이러는 건 아니었다. 어차피 그녀 자신과 그 사람 사이에는 건널 수 없는 심연이 가로놓인 듯했으니까. 다아시 씨 입장에서는 이미 난점투성이인 그녀의 가문일진대 그가 마땅히 경멸해 마지않는 자까지 가족으로 맞아들이게 되었으니, 리디아의 결혼이 가장 명예롭게 귀결된다 한들 그가 이 가문과 연을 맺으려 할 리 없었다.

그런 인연을 꺼린다 해서 그를 이상하게 볼 일도 아니

었다. 물론 더비셔에서 그녀는 자신을 향한 그의 감정이 아직 식지 않았다고 느꼈으나, 애써 그녀의 호감을 얻고 싶어 하던 그의 마음이 이 정도의 타격에도 존속되리라 기대할 수는 없는 노릇이었다. 그녀는 스스로가 초라해졌고, 서러웠다. 왠지 모를 회한도 밀려왔다. 그에게 잘 보여봤자 아무 소용없게 된 지금에야 그에게 잘 보이고 싶어졌다. 그의 소식을 알 길이 없어진 지금에야 그의 소식을 듣고 싶어졌다. 다시는 그를 만날 일이 없을 것만 같은 지금에야 그와 함께 행복할 수 있다는 확신이 들었다.

그에게 얼마나 혁혁한 승리일지, 그녀는 자주 생각했다. 불과 넉 달 전에 그녀가 건방지게 뿌리쳤던 청혼을 인제는 더없이 기쁘고도 감사하게 받아들이리란 사실을 그가 안다면! 그가 남자 중에 가장 관대한 남자임을 그녀는 의심하지 않았지만, 그도 인간인 이상 일말의 승리감이 없을 수 없으리라.

이제야 그녀는 그 사람이야말로 성향과 재능 면에서 자신과 가장 맞는 남자임을 깨닫기 시작했다. 그의 이해력과 성격은 그녀 자신과 다르지만 그녀가 바라는 모든 것을 채워줄 것이었다. 두 사람의 결합은 분명 양쪽 모두에게 이로웠다. 그녀의 무던하고 활발한 성격이 그에게 더 유연한 마음가짐과 더 나은 매너를 안겨줄 것이고, 그의 판단력과 학식과 견문은 그녀에게 더 중요한 면에서 유익할 것이었다.

그러나 이렇게 진정 행복한 부부의 귀감이 되어 뭇사람의 찬탄을 받을 그런 결혼은 이제 가망 없는 일이 되어 버렸다. 곧 그녀의 가문은 전혀 다른 성격의 혼사를 치를 것이고, 이로써 그녀와 그 사람이 이어질 가능성은 사라지는 셈이었다.

위컴과 리디아가 어떻게 벌어먹고 살 것인지, 웬만큼이라도 자립하여 살아갈 수나 있을지 그녀는 의문이었다. 하지만 열정이 덕성보다 강하다는 이유 하나로 가약을 맺은 부부가 영원히 행복할 가능성이 얼마나 희박한지는 쉽사리 추측할 수 있었다.

얼마지 않아 가디너 씨가 다시 매형에게 편지를 보내왔다. 자신은 우리 가족의 평안에 힘껏 이바지하고 싶을 뿐이라는 말로 베넷 씨의 감사에 간단히 답하고, 성의니 빚이니 하는 말은 더 이상 거론하지 말아주십사 간청하며 아퀴를 지었다. 이번 편지의 주목적은 위컴 씨가 민병대에서 나가기로 했다는 정보를 전하는 것이었다.

안 그래도 저는 결혼이 확정되는 대로 그가 부대를 떠나길 바라 마지않던 참이었습니다. 형님도 제 생각에 동의하시지요? 그렇게 하는 것이 그에게나 우리 조카에게도 득책 아니겠습니까. 위컴 씨는 정규군에 들어갈 생각이랍니다. 그를 도와줄 능력과 의향이 있는 옛 친구들이 아직 좀 있다네요. 일단 ○○ 장군 연대의 소위 자리가 유력한데, 그 부대가 현재 북부에 주둔해 있습니다. 이 지역과 아주 멀어서 좋지요. 그의 의지가 제법 단단하기도 하고, 둘 다 자기네 과거를 모르는 사람들 사이에서마저 평판이 깎이고 싶진 않을 테니 거기에서는 좀 더 신중해지리라 기대해봅니다. 포스터 대령에게는 제가 편지로 현 상황을 알리고, 브라이턴 일대에 있는 위컴 씨의 여러 채권자들에게 제가 보증을 섰으니 신속한 변제가 이루어질 거라 전해달라고 부탁했습니다. 수고스러우시겠지만 형님께도 부탁드립니다. 그가 일러준 대로 작성한 메리턴의 채권자들 명단을 동봉하니, 그들에게도 같은 말을 전달해주시겠습니까? 그가 자기 빚을 전부 털어놓긴 했는데, 설마 그것까지 속이진 않았겠지요. 해거스턴에게 지시해두었으니 일주일 안에다 처리될 겁니다. 그러면 두 사람은 연대가 있는 북부로 가게 됩니다. 그에 앞서 롱본에 초대를 받지 못한다면요. 가디너 부인이 귀띔하길 리디아가 식구들 모두를 몹시 보고 싶어 한다는군요. 남부를 떠나기 전에 꼭 만났으면 한다고요. 그 애는 잘 지냅니다. 부모님께 자기 안부를 잘 좀 전해달라고 사정하네요. 이만 총총.

E. 가디너 올림.

가디너 씨 못지않게 베넷 씨와 그의 딸들도 위컴이 ○○부대에서 나오는 편이 어느 모로나 확실히 이롭다고 보았다. 그러나 베넷 부인의 생각은 달랐다. 남편이 뭐라건 꿋꿋하게 딸네 부부를 하트퍼드셔에 들어앉힐 계획이었던 부인은 리디아를 지척에 끼고서 기쁨과 자랑으로 삼을 기대가 무너져 이만저만 실망한 게 아니었다. 게다가 리디아가 모르는 사람이 없고 좋아하는 사람이 그렇게나 많은 부대와의 연을 끊어야 한다는 것도 너무나 안타까웠다.

"걔가 포스터 부인을 얼마나 좋아하는데. 그런 앨 멀리 보낸다면 충격이 클 거야! 걔가 무척 좋아하는 청년도 여럿이잖아. 북부 장교들은 그리 싹싹하지 않을지도 몰라."

막내딸이 북부로 출발하기 전에 다시 한번 롱본 식구들을 볼 수 있게 해달라는 것은 아마 리디아 본인의 요청이었을 테고, 처음에 베넷 씨는 단호히 거절했다. 하지만 동생의 감정과 자존감을 위해 부모님이 그녀의 결혼을 인정해주셨으면 좋겠다는 데 뜻을 모은 제인과 엘리자베스가 결혼 직후 동생 부부를 롱본에 받아들여 달라고 매우 간곡하게, 단 논리적이고도 완곡하게 설득하자 결국 아버지도 마음을 돌려 딸들이 바라는 대로 생각하고 행동하게 되었다. 그리고 어머니는 결혼한 딸아이가 곧 북부로 쫓겨나더라도 그 전에 동네 이웃들에게 보여줄 수 있으리라는 데 만족했다. 베넷 씨는 처남에게 보내는 답장에 딸네 부부의 방문을 허락한다고 적었고, 그리하여 예식이 끝나자마자 신혼부부가 롱본에 오기로 정해졌다. 그렇지만 엘리자베스는 위컴이 그런 계획에 동의한다는 게 놀라웠으며, 자기 기분만 생각한다면 어떤 식으로든 그자와는 절대로 만나고 싶지 않았다.

09

동생의 결혼식 날이 되었다. 아마도 제인과 엘리자베스가 신부 본인보다 더한 감회를 느꼈을 것이다. 마차가 ○○로 향했다. 거기서 신혼부부를 태워 정찬 시간에 맞춰 돌아오기로 돼 있었다. 그들이 오는 것은 엘리자베스에게도 그랬지만 제인에게는 특히 더 조마조마한 일이었다. 제인은 내가 이 일의 장본인이라면 이런 심정이었겠다, 그걸 리디아가 겪는구나 하고 생각했기에, 동생이 얼마나 괴로울지 헤아려져 너무나 불쌍했다.

신혼부부가 왔다. 그들을 맞이하기 위해 온 가족이 조찬실에 모였다. 마차가 현관 앞에 이르자 베넷 부인의 얼굴에 미소가 걸렸다. 그녀의 남편은 심각하기 그지없는 표정이었으며, 딸들은 두렵고 불안하고 초조했다.

현관 쪽에서 리디아의 목소리가 들리더니 조찬실 문이 열리고 그 애가 뛰어 들어왔다. 어머니가 달려가 막내딸을 끌어안고 열렬히 환영하면서, 아내를 따라 들어온 위컴에게 애정 어린 미소를 지어 보이며 손을 내밀었다. 두 사람 모두에게 아주 시원스레 축하의 말을 건네는 것이 그녀는 그들의 행복을 믿어 의심치 않는 게 분명했다.

다음으로 신혼부부가 베넷 씨에게로 돌아섰으나, 이번에는 썩 다정한 반응을 얻지 못했다. 그의 표정은 더 굳어졌고 말도 거의 없었다. 그 사달을 내고도 이리 스스럼없는 두 사람의 뻔뻔함에 실로 부아가 치밀었던 것이다. 엘리자베스는 비위가 뒤집혔고 제인조차 충격을 받았다. 리디아는 여전히 리디아였다. 철없고 낯 두껍고 제멋대로에 시끄럽고 겁도 없었다. 이 언니 저 언니 돌아다니며 일일이 축하해달라 졸랐고, 마침내 모두 자리에 앉자 열심히 두리번거리더니 이것저것 조금 바뀐 데를 짚어내고는 여기 정말 오랜만에 와본다며 히쭉 웃었다.

속없이 태연하기로는 위컴도 덜하지 않았다. 그야 워낙 언제나 사근사근하게 구는 사람이니, 넉살 좋게 웃으며 이제 자기도 가족이라고 선선히 말하는 그 모습은 그의 인격과 결혼이 아무 문제없었더라면 모두를 흐뭇하게 했을 그런 것이었다. 아무리 그라도 이렇게까지 뻔뻔

하게 나올 줄은 몰랐던 엘리자베스는 철면피의 후안무
치에도 한계가 있으리란 생각을 이 자리에서 버리기로
했다. 그녀는 얼굴이 화끈거렸고, 제인도 얼굴을 붉혔다.
하지만 정작 그녀들을 착잡하게 한 두 사람은 안색 하나
변하지 않았다.

대화는 부족하지 않았다. 신부와 어머니는 엄청난 속
도로 조잘조잘 수다를 떨었다. 어쩌다 엘리자베스 곁에
앉게 된 위컴은 아무렇지 않은 듯 유쾌하게 동네 지인들
안부를 묻기 시작했는데, 그녀는 도저히 그와 똑같은 태
도로 대답해줄 수 없었다. 리디아도 위컴도 세상에서 가
장 행복한 기억만 갖고 있는 듯했다. 그들에게 괴로운 과
거란 없는 모양이었다. 급기야 리디아는 언니들이 결단
코 입에 올리지 않을 화제를 먼저 끄집어냈다.

"자그마치 석 달이나 지났네! 난 꼭 보름밖에 안 된 것
같거든. 하기야 그동안 많은 일이 있긴 했어. 나 참! 떠날
때만 해도 정말 결혼해서 돌아올 줄은 꿈에도 몰랐는데!
그러면 되게 재밌겠다는 생각은 했지만 말이야."

아버지는 눈을 치뜨고 허공을 올려다봤다. 제인은 심란
했다. 엘리자베스는 리디아를 쏘아봤지만, 저가 싫으면
듣지도 보지도 않는 리디아는 명랑하게 계속 떠들었다.

"아! 엄마, 내가 오늘 결혼하는 거 동네 사람들도 알아
요? 모를까 봐 걱정되더라고. 아까 우리 마차가 윌리엄

고울딩이 탄 마차를 앞질렀는데, 알려줘야겠다 싶은 거야. 그래서 마차가 나란히 있을 때 그쪽 창문을 내리고 창틀에 손을 살포시 올렸지. 반지가 보이게 장갑을 벗고서 말이야. 그러고선 목례를 보내고 의미심장한 미소를 날려줬어."

엘리자베스는 더 이상 참을 수 없었다. 그래서 그대로 자리를 박차고 나가서는, 한참 후 그들이 자리를 옮기려고 복도로 지나가는 소리를 듣고서야 정찬실로 가서 다시 합석했다. 그런데도 또 못 볼 꼴을 보고야 말았다. 리디아가 어머니의 오른쪽 자리로 짐짓 새침하게 걸어가더니 큰언니에게 당당하게 말하는 것이었다.

"아! 언니, 이제 여긴 내 자리야. 언니는 아랫자리로 가야지. 난 유부녀잖아."

애당초 민망함이라곤 몰랐던 리디아인데 시간이 흐른다고 달라질 리 있겠는가. 오히려 전보다 더 여유와 활기가 넘쳤다. 그녀는 필립스 부인과 루카스 일가, 그리고 이웃 사람들 전부를 만나 그들 모두에게서 '위컴 부인'이라 불리고 싶어 했다. 그러기에 앞서 일단은 만찬 직후 힐 부인과 하녀 두 명에게 쪼르르 달려가 반지를 보여주며 자랑했다.

다시 조찬실에 모두 모이자 그녀가 말했다.

"그런데 엄마, 우리 남편 어때요? 정말 멋있지 않아요?

언니들이 질투하겠네. 언니들 운이 내 반만이라도 따라 주면 다행일 텐데. 다들 브라이턴으로 보내요. 남편 얻기에 그만 한 곳도 없다니까? 역시 다 같이 갔어야 해, 엄마.”

“그러게나 말이다. 내 뜻대로 됐으면야 다 같이 갔겠지. 그런데 얘, 널 그렇게 멀리 떠나보내는 게 엄마는 영 싫어. 꼭 가야만 하니?”

“아이고 엄마! 당연하지. 별일 아니에요. 내 맘에 쏙 드는 곳이겠지. 엄마랑 아빠랑 언니들 다 꼭 놀러 와야 해. 우린 겨우내 뉴캐슬에 있을 거야. 무도회도 있을 테니 언니들한테 좋은 상대를 신경 써서 붙여줄게요.”

“그러면 오죽 좋겠니!”

“돌아올 때 돌아오더라도, 언니 한둘은 거기에 두고 와요. 겨울이 가기 전에 신랑을 꿰차게 해줄게.”

엘리자베스가 말했다.

“마음은 참 고맙다만 딱히 너처럼 남편을 얻고 싶진 않다.”

리디아 부부가 롱본에 머물 수 있는 기간은 길어야 열흘이었다. 런던을 떠나기 전에 임관한 위컴 씨가 보름 뒤 연대에 합류할 예정이었기 때문이다.

그 둘과 함께 지낼 시간이 짧은 것을 아쉬워하는 사람은 베넷 부인뿐이었다. 부인은 허락된 시간을 최대한 활용하여 딸을 데리고 돌아다니는 한편 롱본에서 파티도 빈번히 열었다. 이런 파티는 집안 식구들끼리 지내는 시간을 피할 기회였기에 생각 없는 이들보다 생각 있는 이들이 더욱 반겼다.

리디아에 대한 위컴의 감정은 그를 향한 리디아의 애정에 한참 못 미쳤다. 엘리자베스가 예상한 그대로였다. 그가 아닌 동생이 품은 사랑의 힘으로 둘의 도피 행각이 이루어졌다는 사실은 그간의 정황으로 진즉에 알아챘고 이제 와 새삼 눈으로 확인해볼 필요도 없었다. 그렇다면 그가 격하게 사랑하지도 않는 여자를 데리고 야반도주를 감행한 까닭이 의문일 법도 하지만, 엘리자베스는 그가 감당 못 할 빚을 지고서 어쩔 수 없이 잠적을 결심했으리라 확신한 데다, 그 경우 그가 도망칠 때 따라가겠다고 하는 여자를 마다할 인간이 아니라는 것도 잘 알고 있었다.

리디아는 그를 너무나도 좋아했다. 이렇든 저렇든 덮어놓고 '우리 그이'였다. 그는 다른 누구와도 견줄 수 없었고 뭘 하든 세계 최고였다. 그녀는 그가 9월 1일(새 사냥철 개시일 - 옮긴이)에 대영제국을 통틀어 새를 가장 많이 잡을 거라 믿어 의심치 않았다.

신혼부부가 온 지 얼마 지나지 않은 어느 날 아침, 첫째 둘째 언니와 함께 앉아 있던 리디아가 문득 말했다.

"리지 언니, 언니는 내 결혼식 얘기 못 들었지? 엄마랑 다른 언니들한테는 내가 다 얘기했는데 그때 언니만 없었어. 어땠는지 궁금하지 않아?"

엘리자베스가 대답했다.

"별로. 그 얘기라면 되도록 안 하는 게 좋겠는데."

"이야! 언닌 진짜 이상하다니까! 그래도 난 말해야겠어. 우리가 세인트 클레멘트 교회에서 결혼한 건 알지? 위컴이 그 교구에서 살았잖아. 열한 시까지는 다 모여야 했어. 난 외삼촌 외숙모랑 같이 가고 나머지 사람들은 교회에서 만나기로 돼 있었지. 와, 근데 월요일 아침이 되니까 완전히 난리통이더라! 뭔 일이라도 나서 식이 연기될까 봐 얼마나 걱정했는지 몰라. 연기됐으면 난 진짜 돌아버렸을 거야. 외숙모도 그래, 나 옷 입는 내내 어쩌나 잔소리를 해대던지, 신부님 설교가 따로 없더라니까. 하지만 열 마디 중 한 마디나 내 귀에 들어왔으려나? 그렇잖아, 난 우리 그이 생각하느라 바빴으니까. 그이가 푸른색 연미복을 입고 식장에 오려나 어쩌려나 궁금해 죽겠더라고.

아무튼 평소처럼 열 시에 아침을 먹는데, 이게 언제 끝나려나 싶은 거야. 말이 나왔으니 말인데, 외삼촌 외숙모랑 같이 지내는 동안 내가 얼마나 괴로웠는지 알아? 보름이나 거기 있었는데 집 밖으로 한 발짝도 못 나갔다는 게 믿어져? 파티고 외출이고 좌우지간 아무것도 없었어. 물론 런던이 좀 한산하긴 했지만, 그래도 소극장은 열려 있었단 말이야. 아무튼 그래서 마차가 왔는데, 스톤 씨(앞서 가디너 씨가 편지로 언급한 변호사 해거스턴을 가리킨다 – 옮긴이)라는 그 짜증 나는 아저씨가 일이 있다면서 외삼촌을 불러내는 거 있지. 있잖아, 그 둘은 한번 만나면 끝이 없어. 너무 불안해서 어쩔 줄을 모르겠더라니까. 외삼촌이 날 신랑한테 넘겨줘야 하는데, 우리가 제시간에 도착 못 하면 그날 결혼은 파투 나는 거잖아. 하지만 다행히도 외삼촌이 10분 만에 돌아와서 다 같이 출발했지. 그런데 나중에 생각해보니까 외삼촌이 못 갔어도 꼭 결혼식이 미뤄졌을 것 같지는 않더라고. 다아시 씨가 대신해줄 수 있었을 테니까."

엘리자베스는 소스라치게 놀랐다.

"다아시 씨가?"

"응! 그 사람이 위컴이랑 같이 오기로 돼 있었거든. 어머머, 어떡해! 깜빡했네! 이거 말하면 안 되는데. 입도 뻥긋 않기로 철석같이 약속했거든! 우리 그이가 뭐라고 할까? 끝까지 비밀이었어야 하는데!"

제인이 말했다.

"비밀이면 더는 한 마디도 하지 마. 나도 더 캐묻지 않을 테니까."

엘리자베스는 내심 궁금해 미칠 것 같았지만 겉으로
는 언니처럼 말했다.

"그래! 우린 아무것도 묻지 않을 거야."

리디아가 대답했다.

"고마워. 언니들이 물으면 난 틀림없이 다 불어버릴
텐데, 그러면 위컴이 화낼 거야."

이건 숫제 물어보라고 부추기는 것이나 다름없어서,
엘리자베스는 묻고 싶은 충동에 지기 전에 얼른 그 자리
를 벗어나야 했다.

그러나 그런 사정을 모르는 채 살 수는 없었다. 어쨌든
알아보려고도 하지 않는 것은 불가능했다. 동생의 결혼
식에 다아시 씨가 있었다니. 분명 아무 볼일도 없을 테고
절대로 가고 싶지도 않을 그런 현장에, 그런 사람들 사이
에 그가 있었다니. 그건 도대체 무슨 의미일까? 머릿속
에 온갖 추측이 난무했지만, 딱 이거다 싶은 건 하나도
없었다. 마음 같아서는 그의 지극히 고귀한 인격에서 우
러난 행동이라 여기고 싶었지만, 그건 도무지 말도 안 되
는 일인 것 같았다. 이렇게 어정쩡하고 께름칙한 상태로
는 견딜 수 없었으므로 그녀는 와락 종이 한 장을 끌어당
겨 외숙모에게 짤막한 편지를 썼다. 리디아가 어쩌다 이
런 말을 흘렸는데 외숙모도 꼭 비밀을 지키셔야 하는 게
아니라면 설명을 해달라고 부탁하는 내용이었다.

능히 이해하시겠지만, 저도 제 호기심을 이길 수가 없네요. 우리 중 누구와도 관련이 없고 우리 가족에겐 (상대적으로) 생판 남인 사람이 어쩌다 그런 때 그런 자리에 끼게 되었는지 꼭 알아야겠어요. 그걸 알 수 있게 부디 곧바로 답장 써주세요. 리디아는 끝까지 비밀을 지켜야 한다고 여기는 것 같던데, 혹 아주 마땅한 사유가 있어 정말 비밀에 부쳐야 할 일이라면 저는 그저 모르는 채로 만족하려고 애써볼게요.

이렇게 편지를 마치고서 그녀는 혼자 중얼거렸다.

"그런데 잘 안 될 것 같아요. 다정한 우리 외숙모님께서 솔직히 알려주시지 않으면 저는 분명 창피를 무릅쓰고 속임수나 계략을 써서라도 알아내려 들 거예요."

신의를 매우 중시하는 제인은 리디아가 누설한 비밀을 두고 엘리자베스와 따로 이야기하려 하지 않을 것이다. 그래서 다행이었다. 외숙모가 만족스러운 답을 해줄지 확인하기 전까지 이런 의문들은 혼자 간직하는 편이 나았다.

10

엘리자베스는 가능한 선에서 가장 신속한 답장을 받았다. 편지를 손에 넣자마자 그녀는 여간해서는 아무 방해도 없을 잡목림으로 부리나케 달려왔고, 벤치를 하나 골라 앉아 이제 만족할 준비를 했다. 편지의 길이로 보아 외숙모가 그녀의 부탁을 거절하지는 않은 것 같았기 때문이다.

그레이스처치가, 9월 6일.
사랑하는 조카에게.

방금 네 편지를 받았는데, 오늘은 내가 만찬 전까지 꼬박 답장을 써야겠구나. 너에게 전할 말을 단 몇 줄에 담을 수는 없을 것 같아서 말이야. 그걸 묻다니, 외숙모는 솔직히 무척 놀랐다고 할 수밖에 없다. 네가 그럴 줄은 몰랐어. 아니, 언짢아서 하는 말이 아니라, 단지 너는 당연히 알고 있으리라 여겼었다는 얘기야. 영문을 모르겠다면 이 외숙모가 주제넘게 넘겨짚은 걸 용서해다오. 네 외삼촌도 나만큼이나 놀라셨단다. 오로지 네가 관계돼 있다고 믿었기 때문에 그렇게 일을 처리하실 수 있었거든. 하지만 정말 네가 아무것도 모른다면 내가 더 명확하게 설명해줘야겠지. 내가 롱본에서 집으로 돌아온 그날, 뜻밖의 손님이 네 외삼촌을 찾아왔어. 다아시 씨가 와서는 몇 시간이나 네 외삼촌과 밀담을 나눴다는구나. 난 이야기가 다 끝난 다음에 도착해서 금세 모든 걸 전해 들었는데, 그렇지 않았다면 나도 너만큼 지독한 궁금증에 시달렸을 거야. 다아시 씨가, 네 동생과 위컴 씨가 있는 곳을 알아냈고 두 사람을 만났다고 하더래. 위컴은 여러 번, 리디아는 한 번. 날짜를 따져 보니까, 그이는 우리가 더비셔를 떠난 바로 다음 날 자기도 두 사람을 찾기로 마음먹고 곧장 런던으로 향했나 봐. 이런 일이 생긴 것에 자기가 책임을 져야하기 때문에 그랬다더구나. 자기가 진즉에 위컴의 실체를 제대로 알려서 멀쩡한 아가씨가 그를 사랑하거나 신뢰하는 일이 없게 했어야 하는데 그러지 못했다는 거야. 모든 걸 자기 탓으로 돌렸대. 자신의 그릇된 자존심이 이런 사태를 빚었다면서 고백하길, 전에는 위컴의 은밀한 만행을 폭로하는 게 격 떨어지는 행위라 여겼었다고 하더래. 진실은 저절로 밝혀질 줄 알았다고. 전부 자기 때문에 벌어진 일이니 자기가 나서서 해결할 의무가 있다고 단언하더란다. 하지만 만약 다른 동기가 있다 해도, 난 그것이 그이의 명예에 누가 될 리 없다는 확신이 드는구나. 다아시 씨는 런던에 체류한 지 며칠 만에 그 둘의 소재를 파악해냈다는데, 우리와 달리 둘을 추적할

단서가 있었나 봐. 그게 우릴 뒤따르기로 결심한 또 하나의 이유였고. 영 부인이라고, 예전에 다아시 양의 가정교사였다가 뭔가 불미스러운 이유로 해고당한 여자가 있대. 더 자세히는 그이가 얘기하지 않았다더라. 당시 그 여자는 에드워드가에 있는 큰 집을 얻었고, 이후로 거기에 하숙을 쳐서 먹고산대. 아무튼 다아시 씨는 영 부인이 위컴과 친하다는 걸 알고 있었고, 그래서 런던에 도착하자마자 그 여자를 찾아가 그의 행방을 물었대. 하지만 원하는 대답을 듣기까지 2~3일이 걸렸다는구나. 영 부인은 좀처럼 의리를 저버리지 않을 기세였다는데, 아무래도 그이가 뇌물을 주고 매수한 것 같아. 역시나 그 여자는 어디에서 그를 찾을 수 있는지 알고 있었으니까. 사실 위컴은 런던에 오자마자 그 여자를 찾아갔었는데, 그 여자 집에 빈방이 없어서 두 사람을 받아줄 수 없었다더래. 어쨌든 듬직한 우리 다아시 씨는 결국 원하는 주소를 손에 넣었어. 그들은 ○○가에 있었지. 먼저 위컴을 만났고, 거의 우격다짐으로 이후에 리디아도 만났대. 어떻게든 걜 꼭 만나서, 끝까지 자기가 도울 테니 이렇게 떳떳하지 못한 도피 행각은 그만두고 가족과 친구들이 받아줄 준비가 되거든 얼른 그들 품으로 돌아가라고 설득할 셈이었대. 하지만 리디아가 절대로 돌아가지 않겠다고 했다지 뭐니. 가족도 친구도 다 상관없다, 당신의 도움도 원하지 않는다, 위컴을 떠나라는 말이라면 아예 듣지 않겠다는 투였대. 언젠가 위컴과 결혼할 거라 믿으면서 시기는 별로 중요하게 생각지 않는 듯했대. 걔가 정 그렇다면 그이 생각에 남은 길은 속히 둘을 결혼시키는 것밖에 없었는데, 첫 대화에서 이미 위컴은 결혼 생각이 전혀 없다는 걸 드러냈대. 노름빚에 쪼들려 부대를 떠날 수밖에 없었다고 실토하더란다. 그런데 양심도 없지, 글쎄 리디아의 도주가 낳은 후환은 전적으로 걔가 어리석은 탓이라고 했다는 거야. 장교직은 즉시 내려놓을 생각이지만 앞날에 대해선 막막하고, 어디든 가야 하는데 어디로 갈지는 모르겠다고, 다만 먹고살 길이 궁한 건 본인도 알더래. 다아시 씨가 그럼 어째서 네 동생과 바로 결혼하지 않았냐고 물어봤대. 베넷 씨가 대단한 부자는 못되어도 얼마간은 대줄 능력이 있을 테니 결혼하면 분명 그에게 득이 되었을 거라고 말이야. 하지만 대답을 듣자 하니 위컴은 아직도 아예 다른 지방에서 다른 여자와 결혼해 더 크게 한몫 잡을 희망을 품고 있더래. 그래도 상황이 상황이니만큼 당장 급한 불을 꺼준다는 유혹마저 뿌리칠 것 같지는 않았나 봐. 그들은 여러 차례 만났대. 논의할 게 많았으니까. 물론 위컴은 분수에 넘치는 요구를 해왔지만 결국엔 적절한 선에서 타협했지.

위컴과 협상을 마친 뒤 다아시 씨는 이를 네 외삼촌한테 알리려고 그레이스처치가로 왔어. 내가 오기 전날 저녁에도 왔었다는구나. 그런데 그때는 가디너 씨가 집에 없었어. 그래서 하인들한테 물어보다가, 네 아버지가 아직 여기 계시는데 다음 날 아침에 롱본으로 돌아가실 거란 얘길 들은 거지. 이런 사안을 상의할 사람으론 네 아버지보다 외삼촌이 적임자라는 판단에 그이는 네 아버지가 안 계실 때 다시 찾아와 가디너 씨를 만나기로 했단다. 그이가 이름을 남기지 않고 가서, 다음 날까지 네 외삼촌은 사업상 어떤 신사분이 방문한 줄로만 알고 있었대. 토요일에 그이가 다시 왔어. 네 아버지는 롱본으로 가신 뒤였고 네 외삼촌은 집에 계셨지. 그렇게 해서 아까 적은 것처럼 둘이서 많은 이야기를 나누게 된 거야. 일요일에도 다아시 씨가 왔고, 그때는 나도 그이를 봤어. 월요일에야 모든 게 정해져서 그길로 롱본에 속달을 보냈다. 그런데 그 양반 말이야, 정말 고집불통이더라. 내 생각이지만 리지야, 그 고집이 그이의 진짜 단점이야. 성격이 이래서 문제라는 둥 저래서 문제라는 둥 시시때때로 비난을 듣는 사람이지만, 딴 건 몰라도 이것 하나는 참말이더구나. 뭐든지 자기가 직접 하지 않으면 안 된대. 그이가 그리도 강경하게 나오지 않았다면 물론 너희 외삼촌이 기꺼이 모든 일을 도맡아 정리하셨을 거야(고맙다는 소리를 듣자는 게 아니니 아무 말 말려무나). 그 문제로 두 사람이 한참 동안 실랑이했단다. 그 덕을 볼 청년이나 아가씨에게는 과분한 일이지. 하지만 결국엔 네 외삼촌이 지고 말았어. 조카에게 도움 줄 기회를 빼앗기고 그 공적을 가로채라는 강요만 받았으니 네 외삼촌 성미에 심히 거슬리는 결과였단다. 외삼촌은 분명 오늘 네 편지를 받고서 굉장히 기뻤을 거야. 남이 한 일로 받던 불편한 공치사를 원래 주인에게 돌려주게 됐으니 말이야. 하지만 리지야, 이 편지에서 설명하는 내용은 너만 알고 있어야해. 제인까지야 괜찮겠지만 그 이상은 안 돼. 두 철부지를 위해 어떤 조치가 이루어졌는지는 아마 너도 잘 알것 같구나. 우선 위컴의 빚을 갚아주기로 했는데, 그 금액은 내가 알기로 1천 파운드를 훌쩍 웃돈단다. 그리고 리디아에게 책정된 몫에다 1천 파운드를 얹어주고 위컴에게 장교직까지 사줬어. 이 모든 비용을 다아시 씨혼자 부담한 까닭은 위에서 설명한 바와 같다. 자기 때문에, 자기가 말을 아끼고 생각이 짧았던 탓에 사람들이 위컴의 인격을 완전히 잘못 알고서 그를 받아들이고 좋아했다는 거지. 뭐, 없는 사실을 지어내진 않았겠지. 하지만 그이든 다른 누구든 간에 과연 침묵한 죄를 물어 이 사건에 책임을 지울 수 있는 건지는 난 잘 모르겠다. 그런데 리지야, 이것만은 확신해도 좋아. 이렇게 많은 대화가 오가고 그럴싸한 구실도 등장했지만, 그이가 이 일에 앞장서는 데 또 다른 이유가 있다고 믿지 않았다면 네 외삼촌은 절대로 양보하지 않았을 거야. 여기까지 다 결정하고서 그이는 친구들이 아직 묵고 있는 펨벌리로 돌아갔어. 대신에 결혼식 날 한 번 더 런던에 와서 그때 금전 문제를 완전히 마무리하기로 한 거야. 이제 전부 다 얘기한 것 같다. 많이 놀랐겠지? 적어도 네가 보고서 기분 나쁠 내용은 없었으면 좋겠구나. 리디아가 우리 집에 왔고 위컴은 여길 뻔질나게 드나들었어. 그 청년은 여전하더라. 하트퍼드셔에서 알았던 때와 똑같았어. 하지만 우리랑 같이 지내는 동안 리디아의 행동거지가 얼마나 마음에 안 들었는지 몰라. 원래 이 말은 안 하려 했다만, 지난 수요일에 제인의 편지를 받아 읽어보니 걔 집에 가서도 그 모양 그대로였나 보더라. 그러니 네가 새삼 충격을 받지는 않을 거란 생각이 들어 몇 자 보탠다. 내가 몇 번이고 더없이 진지하게 타일렀어. 걔가 저지른 짓이 얼마나 나쁜지, 식구들에게 어떤 불행을 안겼는지 알려줬지. 하지만 걔가 듣기라도 했으면 다행이게? 보나 마나 귓등으로도 듣지 않았을 거다. 때로는 나도 화가 치밀었지만 우리 엘리자베스와 제인을 생각해 꾹 참았단다. 다아시 씨는 어김없이 돌아왔고, 리디아가 네게 말한 대로 결혼식에 참석했다. 그다음 날 우리와 정찬을 함께하고 수요일인가 목요일에 런던을 떠났어. 사랑하는 리지야, (이전까진 이 말을 꺼낼 엄두를 못 냈다만) 내가 그이를 얼마나 좋아하는지 이참에 고백하면, 나한테 많이 화낼 거니? 더비셔에서도 그랬지만, 이번에도 그이가 우리를 대하는 태도는 어느 면에서나 흡족했어. 이해력도 견해도 전부 마음에 들고. 단 하나 아쉬운 점은 활기가 좀 없다는 건데, 그거야 결혼을 현명하게 하면 아내한테서 배울 수 있겠지. 그런데 그이도 상당히 능청맞은 구석이 있더라. 네 이름은 한사코 입에 올리지 않는 거 있지. 하기야 요즘은 능청이 유행인 듯도 하다만. 내가 너무 주제넘었다면 부디 용서하렴. 최소한 P.(펨벌리─옮긴이) 출입 금지령으로 날 벌하지만은 말아다오. 그곳 대정원을 전부 둘러보지 못한다면 죽어서도 한이 될 거야. 작고 예쁜 조랑말 한 쌍이 끄는 낮은 사륜마차라면 안성맞춤이겠지? 그런데 이만 줄여야겠다. 아이들이 30분째 날 찾아대는구나.

외숙모 M. 가디너 씀.

편지 내용에 엘리자베스는 가슴이 마구 뛰었다. 기쁨과 근심이 가슴속에서 동시에 일렁이는데, 어느 쪽이 더 큰지는 가늠하기 어려웠다. 확실치 않지만 동생의 결혼에 다아시 씨가 관여했던 게 아닐까 하는 생각에, 그가 했을지도 모를 일들을 막연하게 이리저리 짐작해보기는 했었다. 하지만 그가 아닌 세상 누구라도 그런 부담을 지면서까지 선의를 베푼다는 건 도무지 말이 안 되기에 감히 혹시나 할 수 없었고 또, 만에 하나라도 그렇게 큰 신세를 지기는 싫었기에 자신의 짐작이 당연히 틀렸기를 바라는 마음도 없지 않았었다. 그런데 이럴 수가, 전부 억측이 아닌 사실로 판명되다니! 그는 일부러 그들을 쫓아 런던으로 가서는 온갖 수고와 수모를 감내하며 수색에 나섰다. 혐오하고 경멸하는 여자에게 청탁을 해야했고, 필시 누구보다도 마주치고 싶지 않을 테고 그 이름을 입에 올리기조차 싫은 남자를 한 번도 아니고 여러 번이나 만나서 따지고 설득하다가 급기야 매수까지 해야했다. 더구나 그 자신은 도저히 좋게 보거나 존중해줄 수도 없는 한 아가씨를 위해 그 모든 일을 한 것이다. 엘리자베스의 마음이, 그가 한 모든 일은 그녀를 위한 것이었다고 속삭였다. 그러나 기분 좋은 기대는 잠시뿐, 곧이어 그녀의 머리가 마음을 단속했다. 그는 위컴과 친척이 될 가능성만으로도 치를 떨 텐데, 그 지극히 당연한 혐오감을 그녀에게—이미 자신을 거절한 여자에게—품은 애정으로 극복할 수 있으리라 기대하는 것은, 그녀에게 남은 허영심을 총동원해도 역시나 아니 될 일이었다. 위컴의 동서라니! 자존심이든 자부심이든 모조리 이 관계에 반기를 들고 일어날 게 틀림없었다. 물론 그는 과분한 친절을 베풀었다. 그가 얼마나 많은 일을 했는지를 생각하면 황송할 지경이었다. 하지만 본인이 스스로 이 사건에 개입한 이유를 제시했고, 그 이유도 충분히 수긍할 만한 것이었다. 그가 자책감을 느끼는 것은 어찌 보면 당연한 일이었다. 그리고 그는 원래 인심이 후한 데다 이를 실행할 능력도 있었다. 그녀가 그의 선행을 이끈 가장 큰 동기는 아니겠지만, 리디아 사건은 그녀의 마음속 평화가 달린 문제였으니만큼 그가 그만큼 노력한 데에는 그녀에게 남은 호감이 일부나마 작용했다고 여겨도 괜찮지 않을까. 보답할 수 없는 사람에게 입은 은혜를 안다는 것은 실로 못 견디게 괴로운 일이었다. 리디아를 되찾고 오명을 씻은 것, 전부 다 그 사람 덕분이었다. 아! 그런 그를 두고 키운 불손한 감정들, 그의 면전에다 던진 건방진 설교들, 그 하나하나가 어찌나 가슴을 저미는지! 하여 그녀 자신은 겸허해졌으나, 그를 생각하니 대견했다. 인정과 도의로 더 나은 사람이 될 수 있었던 그가 자랑스러웠다. 그녀는 외숙모가 그를 칭찬하는 대목을 읽고 또 읽었다. 더 칭찬해도 모사랄 듯했지만 어쨌든 기분 좋았다. 게다가 외숙모와 외삼촌이 줄곧 다아시 씨와 자신 사이에 애정과 신뢰가 존재하는 줄로 믿고 있었다 하니—비록 아쉬움이 함께할 수밖에 없었지만—어쩐지 기쁘기까지 했다.

누군가의 인기척이 그녀의 상념을 깨웠다. 그녀는 벤치에서 일어나 다시 아무도 없는 곳으로 가려 했지만, 다른 길로 접어들기도 전에 위컴에게 따라잡혔다.

"처형, 호젓한 산책길을 제가 방해한 건가요?"

그녀는 웃으며 대답했다.

"네, 그러셨네요. 하지만 꼭 반갑지 않다는 건 아니에요."

"서운할 뻔했습니다. 우린 늘 좋은 친구였잖아요. 이제는 더 가까운 사이가 됐고요."

"그렇죠. 다른 식구들도 나올까요?"

"모르겠습니다. 장모님과 리디아는 메리턴에 간다고 마차를 기다리던데요. 그나저나 처형, 처숙 내외분께 듣기로는 처형도 펨벌리에 다녀오셨다고요?"

그녀는 그렇다고 대답했다.

"부럽네요. 저는 그곳을 다시 보는 걸 감당 못 할 겁니다. 그렇지 않으면 뉴캐슬로 가는 길에 들르기로 할 수도 있었겠죠. 하녀장도 만나보셨겠군요? 나이가 지긋하신 분이요. 아쉽네요, 레이놀즈 부인이 저를 참 예뻐하셨는데. 하지만 물론 제 얘기를 하지는 않으셨겠지요."

"아뇨, 하셨어요."

"뭐라고 하시던가요?"

"군인이 되었다고, 그런데 유감스럽게도…… 잘 안 맞는 것 같다고요. 하긴, 거리가 워낙 멀다 보니 말이 이상하게 와전되기도 하고 그러겠죠."

그는 입술을 깨물며 말했다.

"그러게요."

엘리자베스는 이만하면 그가 더 이상 대화를 잇지 않을 줄 알았건만 그는 잠시 후 다시 입을 열었다.

"지난달에 놀랍게도 런던에서 다아시를 봤어요. 여러번 서로 지나쳤지요. 대체 그가 거기에 무슨 볼일이 있는지 의문입니다만."

"결혼 준비를 하던 것 아닐까요? 드 버그 양과요. 이 계절에 런던으로 갔다면 분명 특별한 이유가 있어서일 거예요."

"그렇겠군요. 램턴에 계시는 동안 그를 만나셨나요? 처숙부 숙모님께서 그렇게 말씀하시는 걸 들은 것 같아서요."

"네, 저희한테 여동생을 소개해주셨어요."

"그래, 그 애가 마음에 드셨나요?"

"굉장히요."

"실은 저도 그 애가 요 1~2년 사이에 부쩍 좋아졌다고 들었습니다. 마지막으로 봤을 때는 그리 나아질 것 같지 않았는데 말이에요. 그 애가 마음에 드셨다니 다행입니다. 앞으로도 어엿한 숙녀로 자라면 좋겠어요."

"그럴 거예요. 한창 말썽 부릴 나이는 지났으니까요."

"킴프턴이라는 마을에도 가보셨는지요?"

"글쎄요, 기억이 나지 않네요."

"제가 그곳 성직록을 받기로 돼 있었거든요. 정말 좋은 곳이죠! 사제관도 훌륭하고요! 모든 면에서 저와 잘 맞았을 겁니다."

"과연 설교 일도 좋아하셨을까요?"

"아주 많이요. 제 직분의 일부로 여겼을 테고, 금세 능숙해졌겠지요. 불평하면 안 되지만…… 역시 저에겐 다시없는 기회였어요! 유유자적한 그런 생활이 제가 생각하는 행복을 전부 채워주었을 거예요! 하지만 여의치 않았네요. 켄트에 계실 때 다아시가 당시 상황을 얘기하던가요?"

"그분만큼 확실하다 싶은 소식통한테서 들은 얘기가 있기는 해요. 제부가 받은 우선권은 단지 조건부였고, 그 실행 여부는 현재 서임권자의 뜻에 달려 있다고요."

"들으셨군요. 예, 뭔가 있었습니다. 처음부터 제가 그렇다고 말씀드렸는데, 기억하실는지요."

"실은 이런 얘기도 들었네요. 지금과 달리 제부가 성

직을 천직으로 여기지 않았던 때가 있었고, 실제로 소명을 받들지 않겠다고 선언해서서 그에 따른 절충안이 마련됐다던데."

"그래요? 뭐, 아주 근거 없는 얘기는 아닙니다. 처음에 얘기가 나왔을 때 제가 그 일에 대해 말씀드린 걸 기억하실지 모르겠네요."

어느새 그들은 현관 근처까지 와 있었다. 그를 떼어내려고 그녀가 걸음을 재촉했기 때문이다. 그를 더 자극했다가는 괜히 동생에게 해가 미칠까 봐, 그녀는 그저 상냥한 미소를 짓고서 이렇게 대꾸했다.

"자, 위컴 씨, 우린 이제 한 가족이잖아요. 지난 일로 아웅다웅하지 말자고요. 앞으로는 언제나 한마음 한뜻이길 바라요."

그러면서 손을 내밀었다. 그는 좀처럼 표정 관리가 안 되는 듯했지만 다정하고 정중하게 그녀의 손등에 입을 맞추었다. 그러고서 두 사람은 집으로 들어갔다.

11

위컴 씨는 이 대화로 족했기에 두 번 다시 그 주제를 거론해서 또 제풀에 난처해지거나 처형의 심기를 건드리는 우를 범하지 않았다. 엘리자베스는 그가 입을 다물 도록 충분히 알아듣게 말했음을 알고 만족했다.

어느덧 위컴과 리디아가 떠나는 날이 되었다. 베넷 부 인은 작별을 받아들이는 수밖에 없었다. 다 함께 뉴캐슬 로 가자는 그녀의 말을 남편이 전혀 들으려 하지 않았으 므로, 아마도 최소한 열두 달은 딸아이 얼굴을 보지 못할 것이었다.

"오! 리디아 내 딸! 우린 언제 다시 만나니?"

"엄마도 참! 몰라요, 한 2~3년은 못 보지 싶은데."

"편지 자주 해야 한다, 응?"

"되도록 자주 쓸게요. 그런데 유부녀가 편지 쓸 시간 이 있으려나 몰라. 언니들이 나한테 편지 쓰면 되겠네. 달리 할 일도 없잖아."

위컴 씨가 아내보다 훨씬 더 곰살맞게 작별 인사를 했 다. 잘생긴 얼굴에 근사한 미소를 띤 채 듣기 좋은 인사 말들을 늘어놓았다.

그들이 집을 벗어나자마자 베넷 씨가 말했다.

"저렇게 허울 좋은 녀석은 내 살다 살다 처음 보는구 나. 선웃음 치면서 유들유들, 우리가 다 제 애인인 양 굴 어. 이거 엄청나게 뿌듯한걸. 보배로운 사위 얻기로는 윌 리엄 루카스 경마저 나한테 못 당하겠어."

막내딸을 떠나보내고서 베넷 부인은 며칠간이나 기

운이 없었다.

"암만해도, 친한 사람과 헤어지는 것만큼 나쁜 일은 없는 것 같아. 사람 하나 없다고 이다지도 쓸쓸하다니."

어머니의 하소연에 엘리자베스가 말했다.

"보세요, 딸아이를 시집보내면 이렇게 되는 거예요, 어머니. 그래도 결혼 안 한 딸이 넷이나 남아 있으니 좀 낫지 않아요?"

"그런 말이 아니야. 리디아는 결혼했기 때문에 날 떠난 게 아니잖니. 단지 남편 부대가 너무 먼 데 있어서지. 더 가까운 데 있었다면 이렇게 일찍 가버리지 않았을 텐데."

그러나 그런 상실감은 오래가지 않았고, 때마침 떠돌기 시작한 소문에 그녀의 마음은 다시 한번 희망에 들썩였다. 네더필드 하녀장이 주인으로부터 기별을 받았는데, 하루 이틀 내로 돌아와 몇 주 머무르며 사냥을 할 예정이니 준비를 해놓으라 일렀다는 것이었다. 베넷 부인은 안절부절 몸이 달았다. 제인을 물끄러미 보다가 헤실헤실 웃더니 이내 고개를 젓고, 또 그러기를 반복했다.

필립스 부인이 처음 이 소식을 들고 왔을 때 베넷 부인은 짐짓 무심한 척했다.

"그래, 그래, 빙리 씨가 온다는 거잖아, 동생. 뭐, 거참 잘됐네. 나야 별 관심 없지만. 어차피 우리하고 아무 상관 없는 사람이고, 나는 그이 다시 보고 싶지도 않아. 그래도 저가 좋아서 네더필드로 온다는데 누가 뭐라겠어. 하긴, 혹 무슨 일이 생길지 누가 알아? 하지만 우리 일은 아니지. 동생도 알지, 한참 전에 우리 집은 거기 일에 대해선 한마디도 않기로 했잖아. 그런데 정말 확실히 오는 거래?"

"그렇다니까. 니콜스 부인이 엊저녁 메리턴에 왔더라고. 우리 집 밖으로 지나가는 게 보이기에, 내가 얼른 나가서 붙잡고 물어봤어. 소문이 사실이냐고. 사실이래. 아마 수요일, 늦어도 목요일에는 올 거라고. 자기는 수요일에 맞춰 고기를 주문하러 푸줏간에 가는 길이랬어. 때맞춰 잡기 딱 좋은 오리도 세 쌍 구해놨다더라."

베넷 양은 그가 돌아온다는 소식에 얼굴색이 변하지 않을 수 없었다. 엘리자베스에게조차 그 이름을 말하지 않은 지도 벌써 여러 달이 지났지만, 이제는 단둘이 있게 되자마자 그 얘기를 꺼냈다.

"아까 이모님이 그 소식을 전하실 때 리지 넌 내 얼굴을 살피더라? 심란해 보였을 거 알아. 하지만 바보 같은 이유로 그랬다고는 생각지 마. 다들 내 눈치를 볼 게 뻔해서 잠시 당황했을 뿐이야. 분명히 말하지만, 그런 얘길 들었다고 해서 딱히 기쁘거나 괴롭거나 하진 않아. 그래도 하나는 다행인 게, 혼자 온다잖아. 그럼 더욱이 만날 일이 없겠지. 만나도 나는 문제가 아닌데, 사람들이 수군거릴 게 싫어."

엘리자베스는 빙리가 돌아오는 것을 어떻게 해석해야 할지 몰랐다. 더비셔에서 그를 만나지 않았다면 소문대로 단지 사냥을 즐기러 오는 것이겠거니 했을 테지만, 그녀는 여전히 그가 제인에게 특별한 감정을 품고 있다여겼고, 그렇다면 그가 친구의 허락을 받았을지 아니면 대담하게 독단으로 오는 것일지가 궁금했다.

때때로 이런 생각도 들었다.

'정당하게 세를 든 자기 집에 온다는데도 이렇게 별의별 추측이 일다니, 그 남자도 참 안됐네! 역시 그냥 놔둬야겠어.'

제인은 아무렇지 않다고 단언했고 스스로도 정말 담담하다고 믿었지만, 엘리자베스는 그가 온다는 기대로 언니의 마음이 싱숭생숭하다는 걸 쉽게 알아챌 수 있었다. 평소의 언니답지 않게 불안정하고 어수선한 모습을 자주 보였던 것이다.

약 열두 달 전 부모님이 열띠게 논쟁을 펼쳤던 주제가 이번에 다시금 떠올랐다.

베넷 부인이 말했다.

"여보, 이번에도 빙리 씨가 오는 대로 찾아갈 거죠?"

"아니, 안 갈 거요. 작년에도 내가 만나고 오면 그이가 내 딸 중 하나와 결혼할 거라 장담하면서 날 그리도 떠밀더니만, 결국 아무 일도 없었잖소. 한데 그 바보 같은 심부름을 또 하라고? 어림도 없소이다."

부인은 네더필드 주인이 돌아오면 응당 이웃 신사들이 그런 관심을 보여줘야 하는 법이라고 우겼다.

"그게 바로 내가 딱 질색하는 예절이오. 우리와 어울리고 싶다면 그이가 찾아와야지. 우리가 어디 사는지 모르는 것도 아니고. 이웃들이 동네를 떠났다가 돌아올 때마다 인사랍시고 쫓아다니는 데 내 시간을 허비할 생각은 없소."

"글쎄, 내가 딴 건 몰라도 당신이 그이를 방문하지 않으면 지독한 실례가 된다는 건 안다고요. 하긴, 그런다고 내가 그이를 우리 집 정찬에 초대하면 안 된다는 법도 없겠네요. 그래, 그래야겠어. 조만간 롱 부인하고 고울딩네를 불러야지. 우리 식구들까지 하면 열셋이니까, 마침맞게 딱 한 자리가 남아."

이 결심으로 마음을 달랜 덕에 그녀는 남편의 무례함도 대충 참아줄 수 있었다. 예의를 모르는 가장을 둔 탓에 자기들이 동네에서 제일 마지막으로 빙리 씨를 만나게 될지도 모른다고 생각하니 너무나도 굴욕적이었지만 말이다.

그가 온다는 날이 가까워지자 제인은 동생에게 말했다.

"그이가 돌아오는 게 싫어지기 시작했어. 아무 일 없

을 테고 난 정말 아무렇지 않게 그이를 볼 수 있지만, 끊임없이 그 얘기만 들리니 견디기가 힘든 거 있지. 어머니야 좋은 뜻에서 그러시겠지. 하지만 말씀하시는 것마다 내가 듣기에 얼마나 괴로운지는 모르셔. 누군들 알까. 그 사람이 네더필드에 왔다가 다시 떠난 다음에나 내가 편해질 것 같아!"

엘리자베스가 대답했다.

"언니한테 위로가 될 말을 해주고 싶은데, 그건 내 능력 밖의 일이네. 언니도 알 거야. 힘든 사람한테 흔히들 참고 견디면 좋은 날이 온다고 하잖아? 난 그런 입에 발린 설교는 못 하겠어. 안 그래도 언니는 항상 너무 많이 참으니까."

빙리 씨가 왔다. 하인들을 통해 그 소식을 가장 먼저 전해 들은 베넷 부인은 그만큼 더 오랫동안 안달하고 조바심쳐야 했다. 그녀는 며칠이나 있다가 초대장을 보내면 좋을지 따져봤다. 그 전에 그를 볼 생각은 진즉에 접은 터였다. 그러나 그가 하트퍼드셔에 도착하고 사흘째 되던 날 아침, 웃방에 있던 그녀는 창문 너머로 그를 보았다. 말을 타고 앞마당에 들어선 그가 집 쪽으로 오고 있었다.

부인은 이 기쁨을 함께하고자 야단스럽게 딸들을 불러젖혔다. 제인은 한사코 탁자 옆 자기 자리를 지켰지만 엘리자베스는 어머니를 위해 창가로 다가갔다. 빙리 씨가 보였고, 그와 함께 오는 다아시 씨도 보였다. 그녀는 다시 언니 곁으로 돌아와 앉았다.

키티가 말했다.

"혼자가 아닌데요, 엄마? 같이 오시는 신사분은 누구죠?"

"지인이나 뭐 그런 사람이겠지. 얘, 난들 알겠니."

"어? 전에 같이 다니던 남자 같아요. 이름이 뭐더라? 아무튼 키 크고 거만한 남자요."

"맙소사! 다아시 씨? 맞아, 그 사람이네. 뭐, 빙리 씨 친구라면 누구든 환영하겠지만 저 양반은 꼴도 보기 싫다. 빙리 씨 친구만 아니라면 내 집에 발도 못 붙이게 할 텐데."

제인은 놀라고도 걱정스러운 눈길로 엘리자베스의 안색을 살폈다. 더비셔에서의 일을 잘 몰랐던 그녀는 동생이 그의 해명 편지를 받고서 거의 처음으로 그와 만나는 줄로만 알았고, 그래서 지금 동생이 얼마나 어색할까 하는 생각에 안쓰러운 마음이었다. 제인도 엘리자베스도 마음이 편치 않았다. 자매는 서로가 안쓰러웠고, 각자 자신의 상황도 물론 불편했다. 다아시 씨가 정말 싫지만 그래도 빙리 씨 친구니까 예의는 갖추겠다고 하는 어머니의 요란한 다짐도 두 자매는 듣지 못했다. 그러나 엘리

JANE AUSTEN

자베스는 제인이 짐작할 수 없는 이유로 마음이 불편했다. 여태 그녀는 언니에게 가디너 부인의 편지를 보여주지도, 그를 향한 감정이 바뀌었다고 털어놓지도 못했다. 언니에게 그는 그저 동생이 경멸하는 인성의 소유자, 하여 청혼을 거절당한 남자일 뿐이었지만, 더 많은 진실을 아는 엘리자베스에게 그는 베넷 일가에 으뜸가는 은혜를 베푼 사람, 자신이 호감을 느끼는 상대였다. 그를 향한 그녀의 마음은 빙리를 향한 언니의 감정처럼 애틋하지는 않을지라도 최소한 그만큼 타당하고 적절했다. 지금 그녀는 더비셔에서 그의 달라진 태도를 처음 목격했을 때만큼이나 놀라운 심경이었다. 그가 네더필드에 온 줄도 몰랐건만 롱본까지 찾아오다니, 다시 그녀를 만날 생각을 하다니!

30초 전만 해도 하얗게 질렸던 그녀의 얼굴이, 이제는 발갛게 달아올랐다. 그 얼굴에 흐뭇한 미소가 번지며 눈빛에도 기쁜 기색이 어렸다. 그의 마음이 흔들리지 않았구나, 그의 애정과 바람이 여전히 굳건하구나 하는 생각이 들었기 때문이다. 하지만 아직 안심하기에는 일렀다.

'일단 그이가 어떻게 행동하는지 보자. 기대는 그다음에 해도 늦지 않아.'

그녀는 침착하려고 무진 애를 쓰면서 감히 눈도 들지 못하고 수놓기에만 열중하다가, 하인이 문으로 다가가

자 걱정 섞인 호기심에 언니의 얼굴로 눈길을 던졌다. 안색은 약간 창백했지만 생각보다 차분한 표정이었다. 신사들이 들어온 순간 어쩔 수 없이 제인은 얼굴을 붉혔으나, 그럭저럭 여유 있는 태도로 두 사람을 맞이했다. 싫은 기색도 없었고 그렇다고 필요 이상으로 상냥하게 굴지도 않았다.

엘리자베스는 예의에 어긋나지 않는 선에서 두 남자와 최소한의 인사말 정도만 나눈 뒤 다시 앉아 수틀을 손에 쥐고는 전에 없던 재미라도 발견한 듯 아주 열심히 수를 놓았다. 딱 한 번 용기를 내어 다아시를 힐끗 훔쳐보았다. 평소처럼 심각한 표정이었는데, 펨벌리보다는 하트퍼드셔에서 익히 보았던 모습에 가까웠다. 아무래도 그녀의 어머니가 있는 자리라 외삼촌 외숙모 앞에서와 같을 수는 없는 모양이었다. 가슴이 쓰라리긴 해도 아마 억측은 아니리라.

빙리도 잠깐 보았는데, 그 짧은 순간에도 그는 기쁘면서도 쑥스러운 듯한 표정을 하고 있었다. 아닌 게 아니라 베넷 부인이 그를 너무 반기고 융숭하게 대하는 통에, 더구나 그런 태도는 그의 친구를 맞이하는 냉랭하고 형식적인 인사와 너무나 대조적이라, 빙리는 그렇다 치고 두 딸까지 낯이 뜨거울 지경이었다.

엘리자베스는 특히 더 속상했다. 어머니가 가장 아끼

는 딸아이를 평생 씻을 수 없는 불명예로부터 구해준 사람이 누군지 알기에, 부당하기 짝이 없는 어머니의 차별은 그녀에게 더할 수 없이 아픈 상처요 곤욕이었다.

다아시 씨가 가디너 부부의 안부를 물어와, 그녀는 당혹감을 애써 감춘 채 대답해야 했다. 이후로 그는 좀처럼 입을 열지 않았다. 아마 앉은 자리가 그녀 옆이 아니어서 그러는 것이겠지만, 더비셔에서는 그녀와 대화할 수 없을 때면 그녀의 지인들과 담소했던 그가 아니던가. 그러나 이 자리에서는 몇 분이 지나도록 그의 목소리가 들리지 않았다. 이따금 그녀가 호기심을 못 이기고 눈을 들어 그를 훔쳐보면, 그는 한 번씩 그녀를 또는 제인을 보거나 대체로는 바닥을 노려보고 있었다. 지난번 만났을 때보다 생각이 더 많고 교제 의지는 적은 것이 그의 태도에서 분명히 드러났다. 그녀는 실망했고, 실망하는 자신에게 화가 났다.

'이럴 줄 몰랐니, 리지? 그런데 저 사람은 대체 왜 온 거야?'

그녀가 대화하고 싶은 상대는 오로지 그 사람뿐이었지만, 정작 그에게 말을 걸 용기는 나지 않았다.

간신히 그의 누이동생 안부를 물었지만, 더는 대화를 이어갈 수 없었다.

한편 베넷 부인은 거침이 없었다.

"오랜만에 돌아오셨네요, 빙리 씨."

그는 그렇다고 선선히 답했다.

"다시는 안 오시는 줄 알았어요. 빙리 씨가 미카엘 축일에 네더필드를 아주 떠나버릴 작정이라고 다들 떠들어댔지만, 난 사실이 아니길 빌었죠. 안 계시는 동안 많은 일이 있었답니다. 루카스 양이 결혼을 했어요. 내 딸 중 하나도요. 이 소식은 들으셨겠지요? 아, 신문에서 보셨겠네. 「타임스」랑 「쿠리어」에 기사가 실렸거든요. 근데 기사가 좀 엉터리더라고요. 달랑 '최근 조지 위컴 씨와 리디아 베넷 양 혼인'이라고만 실리고 걔 사는 데가 어딘지, 아버지가 누군지 같은 건 한 글자도 안 나왔어요. 내 동생 가디너가 썼다는데 어쩌다 일을 그렇게 했는지, 원. 기사 보셨어요?"

빙리는 봤다고 답하고는 축하 인사를 덧붙였다. 엘리자베스는 차마 고개를 들 수가 없었다. 그래서 다아시 씨의 표정도 알 길이 없었다.

어머니의 수다가 이어졌다.

"딸내미 결혼을 잘 시킨 건 기쁜 일이지만, 한편으로는요, 빙리 씨, 걜 그렇게 멀리 보내놓으니 어미 맘이 찢어집니다. 부부가 같이 뉴캐슬로 갔어요. 꽤나 북쪽이라던데, 얼마나 거기 있을지 모르겠어요. 우리 사위가 소속된 연대가 거기 있어요. 위컴이 ○○부대에서 나와 정규

군에 들어간 건 아시죠? 다행이지 뭐예요! 도움 되는 친구들이 좀 있거든요. 우리 사위한테는 그런 친구가 더 있어야 마땅하겠지만."

이게 다아시 씨를 겨냥한 말이란 걸 아는 엘리자베스는 자리를 박차고 쥐구멍에라도 기어들고 싶은 심정이었다. 하지만 좀 전까지 어떻게 해도 잠잠하기만 했던 용기가 이 기회에 분연히 샘솟아서, 그녀는 빙리에게 당장은 네더필드에 머무실 계획이냐고 물었다. 그는 몇 주 정도 머물 것 같다고 대답했다.

그녀의 어머니가 말했다.

"네더필드에 있는 새란 새는 다 잡고 나시거든 이쪽으로 오셔서 얼마든지 사냥하세요. 우리 바깥양반도 대단히 기뻐할 거예요. 제일 실한 자고새 떼를 빙리 씨 몫으로 남겨둘걸요."

이토록 쓸데없이 과도한 친절에, 엘리자베스는 창피하다 못해 비참해졌다. 1년 전 베넷가를 들썩이게 했던 희망이 지금 다시 한번 일어나는 상황이라면, 만사가 그때와 똑같이 참담한 결말로 빠르게 치달을 게 분명했다. 지금 이 순간, 그녀는 언니든 자신이든 몇 년 치의 행복으로도 이 잠시간의 고통과 곤혹이 상쇄되지는 않을 듯한 기분이었다.

'저 두 사람과 한자리에 있지 않을 수만 있다면 내가

소원이 없겠어. 저들과의 교제가 아무리 즐거운들 이렇게 끔찍한 기분을 보상할 수는 없어! 빙리 씨든 다아시 씨든 제발 다시는 보지 않게 해줘!'

하지만 몇 년의 행복으로도 상쇄되지 않을 고통은 곧 큰 의미가 있는 위안에 자리를 내주었다. 제인과 빙리 덕이었다. 그러니까, 언니의 미모에 옛 연인의 열정이 다시금 타오르고 있었다. 처음에 빙리는 제인에게 거의 말을 걸지 않더니 5분이 지날 때마다 관심도 커지는 모양이었다. 그의 눈에 비친 그녀는 작년만큼 아름다웠고, 말수는 많이 줄었지만 여전히 선하고 순수했다. 제인은 그를 정말 아무렇지 않게 대하는 것처럼 보이고 싶었고, 정말로 자기가 예전만큼 말을 많이 하는 줄로 알았다. 그러나 머릿속이 워낙 산란한지라 저도 모르게 자꾸 침묵하고는 했다.

신사들이 자리를 털고 일어서자, 베넷 부인은 진즉부터 단단히 벼르던 예의를 잊지 않고 그들을 며칠 뒤의 롱본 정찬에 초대했다.

"빚은 갚으셔야죠, 빙리 씨. 우리 집에 한 번은 더 오셔야 해요. 지난겨울 런던으로 가기 전에, 돌아오는 대로 우리 집 가족 정찬을 함께하기로 약속하셨잖아요. 나는 잊지 않았답니다. 한데 도무지 돌아오시지 않기에 내가 얼마나 실망했게요."

빙리는 좀 얼떨떨한 표정이었다가, 일이 있어 어쩔 수 없었다며 사과했다. 그러고서 친구와 함께 돌아갔다.

베넷 부인은 당장 그날 정찬까지 들고 가시라며 붙들고 싶은 마음을 애써 억눌렀다. 베넷가 식탁이야 언제나 훌륭하지만, 그녀는 최소한 두 코스를 꽉 채우지 못하는 식사로는 사위로 점찍은 남자를 제대로 대접할 수도, 연수입이 1만 파운드인 남자의 입맛과 긍지를 만족시킬 수도 없다고 생각했다.

12

그들이 돌아가자마자 엘리자베스는 너덜너덜해진 마음을 달래고자 산책길에 나섰다. 더 정확히는, 너덜너덜해진 마음을 아예 갈기갈기 찢을 게 분명한 문제들을 혼자서 곰곰이 생각해볼 요량이었다. 다아시 씨의 태도에 그녀는 당황하고 혼란스러운 상태였다.

"아니, 그렇게 묵묵히, 심각하게, 무심하게만 굴 거면서 도대체 왜 온 거야?"

아무리 생각해도 마땅한 답이 나오지 않았다.

"런던에서 외삼촌이랑 외숙모한테 여전히 살갑고 자상했나 본데, 나한테는 왜 그랬지? 날 만나기 싫다면 여긴 왜 왔대? 이제 나한테 별 관심이 없다면 왜 굳이 말을 안 붙였대? 성가셔, 성가셔 죽겠어! 안 되겠다, 생각을 말아야지."

때마침 언니가 다가와, 그녀는 본의 아니게 잠시나마 결심을 지킬 수 있었다. 언니의 환한 표정을 보니 오늘 방문객들에 대한 만족도가 엘리자베스보다 높은 듯했다.

"아, 첫 만남이 끝나니 속이 후련하다. 내가 얼마나 강한지 알았어. 그이가 와도 다시는 당황하지 않을 거야. 화요일 정찬회에 그이가 오는 것도 좋아. 그때는 다른 사람들도 있으니까 우리가 그저 평범하고 무심한 지인으로 만나는 모습을 모두 보게 되겠지."

엘리자베스는 웃음을 터뜨렸다.

"그래, 무척이나 무심하지. 오, 언니, 조심해."

"이런 리지, 설마 내가 그렇게 약하다고 생각하는 거야? 이제 와 무슨 위험에 빠졌을까 봐?"

"예전처럼 그 사람을 사랑에 빠뜨릴 위험이 아주 다분하다고 보는데."

그녀들이 화요일까지 두 신사를 다시 만나는 일은 없었다. 그동안 베넷 부인은 지난번 방문 30분간 적당히 쾌활하고 무난히 공손했던 빙리의 태도에 고무되어 다시 한번 온갖 행복한 계획에 빠져들었다.

화요일, 많은 사람이 롱본에 모였다. 모임 주최 측이 가장 애타게 기다리던 두 사람은 수렵인다운 정확성을 기해 딱 제시간에 도착했다. 그들이 정찬실로 들어왔을 때 엘리자베스는 빙리가 예전에 함께한 모든 모임에서 그랬듯 이번에도 언니의 옆자리에 앉을지 예의 주시했다. 그녀와 같은 생각이었던 어머니도 그에게 자기 옆자리를 청하지 않는 사려를 발휘했다. 정찬실에 들어서면서 그는 망설이는 듯했지만, 제인이 어쩌다 돌아보았고 어쩌다 미소 지었다. 그렇게 정해졌다. 그는 그녀 옆자리에 앉았다.

엘리자베스는 득의양양한 기분으로 그의 친구에게로 눈길을 돌렸다. 그는 점잖게 무심한 표정을 지켜냈다. 그렇다면 이제 친구의 행복을 허용해주기로 한 것인가 싶었지만, 마침맞게 빙리도 선웃음 띤 얼굴로 슬쩍 다아시 씨 눈치를 살피는 모습이 그녀의 눈에 들어왔다.

정찬 시간 내내 빙리가 언니를 대하는 태도로 보아 그는 전보다 조심스럽긴 해도 분명 언니를 흠모하고 있었기에, 엘리자베스는 아무도 그에게 간섭하지 않는다면 언니와 그 자신의 행복이 앞당겨 보장될 거라고 생각했다. 결과를 장담할 수는 없어도 그의 행동은 보면 볼수록 흐뭇했다. 덕분에 우울한 티가 나지 않을 정도의 기운이나마 얻을 수 있었다. 그녀 자신은 전혀 유쾌한 기분이 아니었기 때문이다. 다아시 씨는 식탁이 가를 수 있는 가장 먼 자리에 있었다. 그녀의 어머니 옆자리였다. 저렇게 나란히 앉아서는 어느 쪽도 즐겁지 않을 것이며 어느 쪽에도 득이 되지 않을 것을 그녀는 알고 있었다. 엘리자베스가 앉은 자리에서 두 사람의 대화 소리는 들리지 않았지만, 서로 거의 말을 섞지 않는 것이나 어쩌다 대화를 해도 형식적이고 냉랭한 분위기인 것은 훤히 보였다. 어머니의 불손한 모습을 보노라니 그에 대한 부채감이 새삼 더 커졌다. 당신이 베푼 인정을 우리 가족 전부가 모르는 건 아니라고, 누군가는 진심으로 고마워하고 있다고 그에게 알릴 수만 있다면 어떠한 대가든 기꺼이 치르겠다는 생각이 때때로 들기도 했다.

그녀는 식사 후엔 그와 함께할 기회가 있으리라고 기대했다. 지금까지는 그를 맞이하며 의례적인 인사말을 나눈 것이 다인데, 설마하니 모임이 파하도록 대화다운 대화 한번 나눌 기회가 없겠는가. 남자들이 들어오기 전에 거실에서 보내는 시간이, 불안과 초조에 휩싸인 그녀는 예의조차 잊을 지경으로 진 빠지고 지루했다. 그날 저녁에 즐거울 기회라곤 온통 그 순간에 달려 있다는 듯, 그녀는 남자들의 입장을 간절히 기다렸다.

그녀는 다짐했다.

'나한테 오지 않으면 영원히 그이를 포기하겠어.'

남자들이 왔고, 그녀는 과연 그가 자기 쪽으로 오려는 듯하다고 생각했지만, 이런! 베넷 부인이 차를 우리고 엘리자베스가 커피를 따르는 탁자 주변에 이미 여자들이 빼곡히 모여 있었던 탓에 그녀 옆에는 의자 하나 놓을 공간도 없었다. 게다가 남자들이 다가오자 한 아가씨가 그녀에게 더 바짝 붙더니 이렇게 귓속말을 건넸다.

"남자들이 우릴 갈라놓지 못하게 할 테야. 저 사람들 다 없어도 그만이잖아, 안 그래?"

다아시는 다른 쪽으로 가버렸다. 그녀는 눈으로 그를 좇았고, 그와 대화하는 모든 사람을 부러워했으며, 너무 조바심이 나서 커피 한잔도 따르지 못했다. 그러다 문득, 이다지도 바보같이 구는 자기 자신에게 화가 치밀었다!

'한 번 거절했던 남자잖아! 얼마나 바보가 됐으면 그 남자의 사랑이 되살아나길 기대해? 같은 여자한테 두 번 청혼하는 모자란 짓을 스스로 용납할 남자가 있기나 해? 남자한테는 치욕도 그런 치욕이 없을걸!'

하지만 그가 커피 잔을 직접 돌려주러 오자 기분이 좀 나아진 그녀는 이 기회를 놓치지 않고 말을 걸었다.

"다아시 양은 아직 펨벌리에 있나요?"

"예, 크리스마스 때까지 거기서 지낼 겁니다."

"혼자서요? 그 애 친구들은 다 떠났을까요?"

"앤즐리 부인이 같이 있습니다. 나머지는 다 3주 전에 스카버러로 갔고요."

더는 할 말이 떠오르지 않았다. 하지만 그가 대화를 잇고자 한다면 얼마든지 이어질 것이었다. 그러나 그는 그녀 곁에서 몇 분 동안 아무 말 없이 서 있었다. 그러다 아까 그 아가씨가 와서 다시 엘리자베스에게 귓속말을 속닥이자 그는 그냥 가버렸다.

다과를 물린 뒤 카드 판이 펼쳐지고 여자들이 모두 일어섰다. 엘리자베스는 이 틈에 그가 다시 올 거라 기대했는데 웬걸, 카드 판마다 구성원을 빠짐없이 채우려고 눈에 불을 켠 어머니가 그를 붙들더니 휘스트 판으로 끌고 가 앉히는 게 아닌가. 이로써 엘리자베스가 오늘 즐거움을 누리기는 다 틀려버렸다. 이후로 내내 두 사람은 각기 다른 테이블에 갇혀 있어야만 했으니, 그녀로서는 더 이상 기대할 거리가 남아 있지 않았다. 다만 그의 눈길이 자꾸 이쪽을 향해서 그도 자기처럼 게임이 잘 안 풀리면 좋겠다는 심산일 뿐이었다.

베넷 부인은 네더필드의 두 신사에게 밤참까지 대접할 계획이었으나, 불행히도 손님들 마차들 중 그들의 마차가 가장 먼저 오는 바람에 더 붙잡을 수 없었다.

손님들을 모두 배웅하고 식구들만 남게 되자마자 베넷 부인이 말했다.

"자, 얘들아, 오늘 어땠니? 내 생각엔 굉장히 순조로웠던 것 같은데. 그래, 그랬어. 내가 오늘 정찬보다 잘 차려진 식탁은 본 적이 없어. 사슴고기가 딱 알맞게 구워졌지. 그렇게 기름진 허릿살은 처음 본다고 다들 입을 모으더라. 수프는 지난주에 루카스네서 먹었던 것보다 50배는 맛있었어. 심지어 다아시 씨도 자고새 요리가 기막히게 잘됐다고 인정했잖니. 프랑스인 요리사를 적어도 두셋은 두었을 텐데 말이다. 그나저나 얘 제인, 너 오늘따라 정말 예쁘더라. 롱 부인도 그렇다고 했어. 내가 물어봤거든. 롱 부인이 또 뭐랬는 줄 아니? '아유, 베넷 부인! 드디어 제인을 네더필드로 보내겠네.' 정말 그랬다니까. 세상에 그렇게 착한 사람이 또 있을까. 그이 조카딸들도 아주 얌전한 아가씨들이더라. 예쁘진 않고. 아주 맘에 쏙 드는 애들이야."

한마디로 베넷 부인은 신바람이 났다. 빙리가 제인을 어떻게 대하는지 보고서, 결국에는 그를 사위로 얻으리라 확신한 것이다. 이 집안이 보게 될 이득을 행복감에 흠뻑 젖은 채로 헤아리다 보니 기대가 커지다 못해 도를 넘고 또 넘어서, 바로 다음 날 그가 청혼차 다시 오지 않자 그녀는 퍽 실망하기까지 했다.

제인이 엘리자베스에게 말했다.

"나는 아주 좋았어. 손님들을 잘 골랐던 것 같아. 서로서로 잘 어울리더라고. 이렇게 자주 만나면 좋겠어."

엘리자베스는 싱글싱글 웃었다.

"리지, 하지 마. 날 의심하면 안 돼. 억울하다고. 장담하는데, 난 사람 좋고 재치 있는 청년으로서의 그이와 아무 사심 없이 즐겁게 대화할 줄 알게 됐어. 지금 그이 태도를 보니까 확실히 알겠더라. 애초부터 그이는 내 애정을 구하고자 한 적도 없어. 그저 다른 어떤 남자보다도 말씨가 더 다정하고 모두를 기분 좋게 해주고 싶은 마음이 더 강한 사람일 뿐이지. 그런 복을 타고난 남자라고."

"언니 정말 너무해. 웃지 말라고 할 거면서 계속 웃음보 건드리는 말만 하잖아."

"믿어주는 게 뭐 이리 어렵니!"

"아예 불가능할 수도 있는걸!"

"하지만 내가 아니라는데 넌 왜 자꾸 내 감정이 그렇다고 하지? 왜 그렇게 우겨?"

"그건 딱히 답을 찾기 어려운 질문이네. 다들 간섭하고 가르치길 좋아하잖아. 알아봤자 쓸데없고 알려줘 봤자 소용없는데. 미안해, 언니. 그런데 계속 그렇게 사심 없을 거면 나한테 그 비밀은 얘기하지 마."

13

그로부터 며칠 뒤, 빙리 씨가 다시, 이번엔 혼자 방문했다. 그의 친구는 그날 아침 런던으로 떠났는데 열흘 후에 돌아온다고 했다. 그는 한 시간 넘게 그들과 담소를 나누었으며 유난히 활기찼다. 베넷 부인이 같이 식사하자고 청했지만 그는 거듭 아쉬움을 표하면서 실은 선약이 있다고 털어놓았다.

부인이 말했다.

"다음번에 오실 때는 운이 더 따라주길 기대할게요."

그는 언제든지 아주 기쁠 거라고 어쩌고저쩌고하더니 허락해주신다면 조속히 다시 방문할 기회를 잡겠다고 말했다.

"내일 오실 수 있으려나?"

예, 내일은 아무 약속도 없습니다, 라고 그가 답함으로써 베넷 부인의 초대는 속전속결로 받아들여졌다.

그리하여 이튿날 그가 왔는데, 때를 잘 맞춰도 너무 잘 맞춰 온 까닭에 여인네 전부가 아직 잠옷 바람이었다. 베넷 부인은 머리 손질도 하다 만 채로 목욕 가운만 걸치고 허겁지겁 딸 방으로 달려가 외쳤다.

"얘 제인, 빨리 내려가 봐라. 그이가 와. 빙리 씨가 온다고. 이제 금방이야, 다 왔어. 새라, 냉큼 이리 와서 베넷 아가씨 옷 입게 좀 거들어줘. 지금 리지 아가씨 머리할 때니."

제인이 말했다.

"저희도 최대한 서두르긴 할 텐데 키티가 더 빠를 것 같아요. 30분 전에 올라왔거든요."

"오! 키티는 무슨! 걔가 가서 뭐 하게? 얼른 준비해! 빨리, 빨리! 아유, 네 허리끈은 어딨니?"

하지만 혼자 내려가고 싶지 않았던 제인은 어머니가 가고 나자 동생 중 누구든 준비되길 기다렸다.

저녁에도 베넷 부인은 단둘만의 자리를 마련해주려고 티가 나게 안달했다. 다과 시간이 끝나자 베넷 씨는 평소처럼 서재로 물러갔고 메리는 피아노 연습을 하러 위층으로 올라갔다. 다섯 방해물 중 그렇게 둘이 알아서 사라졌겠다, 베넷 부인은 이제 엘리자베스와 캐서린을 향해 꽤 오랫동안 한쪽 눈을 깜빡깜빡하며 신호를 보냈지만 통 전달이 되지 않았다. 엘리자베스는 못 본 척 외면해버렸고, 한참 만에 어머니의 눈짓을 본 키티는 천진난만하게 물었다.

"엄마 왜 그래요? 왜 자꾸 나한테 윙크해요? 어쩌라고?"

"아니다, 얘, 아니야. 너한테 윙크한 적 없다."

그러고서 부인은 5분간 잠자코 앉아 있었다. 하지만

이렇게 귀중한 기회를 날릴 수는 없었기에, 갑자기 벌떡 일어나 키티에게 말했다.

"이리 온, 아가. 엄마랑 얘기 좀 하자."

그러면서 키티를 데리고 나갔다. 제인은 곧바로 엘리자베스를 쳐다보며, 이렇듯 빤한 계략에 난처해 죽겠으니 너는 말려들지 말아달라고 사정하는 눈빛을 보냈다. 과연 잠시 후 베넷 부인이 문을 빠끔 열고 둘째 딸을 불렀다.

"리지, 애, 엄마가 할 말이 있는데."

엘리자베스는 가지 않을 수 없었다.

그녀가 복도로 나오자마자 어머니가 말했다.

"둘이 있게 하는 게 좋잖니. 키티랑 나는 위층 내 옷방에 가 있으려고."

엘리자베스는 구태여 따지려 들지 않았으나 어머니를 따라가지도 않았다. 조용히 복도에 있다가, 어머니와 키티가 시야에서 사라지자마자 다시 거실로 들어갔다.

그리하여 이날 베넷 부인의 계획은 불발에 그쳤다. 딸아이의 연인이라 공언하지 않은 것만 빼면 빙리는 어디 하나 나무랄 데 없었다. 그는 서글서글하고 쾌활한 태도로 롱본의 저녁에 더없이 기분 좋은 활기를 더했다. 베넷 부인의 무분별한 참견을 무던히 참아냈을 뿐 아니라 그 실없는 발언들도 불편한 내색 한번 하지 않고 모두 인내하며 들어주었으니, 딸로서는 특히나 고마운 일이었다.

그는 따로 청할 필요도 없이 밤참까지 함께했으며, 돌아가기 전 주로 본인과 베넷 부인의 주도하에 다음 약속까지 정했다. 즉 또 이튿날 낮에 베넷 씨와 함께 사냥을 하기로 했다.

이날 이후 제인에게선 사심 없다는 말이 쏙 들어갔다. 두 자매 사이에 빙리에 관한 대화는 한마디도 오가지 않았지만, 엘리자베스는 다아시 씨가 예정보다 일찍 돌아오지 않는 한 모든 일이 급속도로 잘 맺어지리라는 행복한 믿음을 안은 채 잠자리에 들었다. 그런데 진정, 그녀의 육감으로는 바로 그 친구의 찬성으로 이 모든 일이 이루어진 게 틀림없는 것만 같았다.

빙리는 칼같이 약속을 지켰고, 전날 정한 대로 베넷 씨와 함께 사냥에 나섰다. 의외로 베넷 씨는 빙리의 예상을 뒤집고 그와 썩 유쾌하게 어울렸다. 빙리에게는 건방지거나 어리석은 면이 없어서, 베넷 씨의 야유 본능을 자극한다든지 한심해서 말을 않게 만드는 일이 없었다. 그래서 베넷 씨는 빙리가 이전까지 보았던 모습과 달리 더 활발하게 대화하고 덜 괴팍하게 굴었다. 당연히 빙리는 정찬 때 베넷 씨와 함께 돌아왔으며, 저녁에 베넷 부인은 그와 맏딸 주위에서 다른 사람을 모조리 제거할 작전을 다시 꾀했다. 편지 쓸 일이 있었던 엘리자베스는 차를 마신 뒤 곧장 할 일을 하러 조찬실로 갔다. 다들 이제 카드 놀이를 하자며 둘러앉았으니 굳이 자기가 버티고 있지 않아도 어머니의 계획대로 되지는 않을 것이었기 때문이다.

그러나 편지를 다 쓰고서 거실로 돌아온 그녀는 놀랍기 그지없게도 자신이 어머니의 재간을 과소평가했다는 사실을 깨달았다. 문을 열면서 보니 언니와 빙리 말곤 아무도 없었다. 두 사람은 난롯가에 마주 선 채 뭔가 진지한 대화를 나누고 있었던 듯했다. 그뿐만 아니라 흠칫 문 쪽을 돌아보며 서로에게서 떨어지는 모습이나 그때의 표정들이 둘 사이의 심상찮은 분위기를 대변했다. 그 둘도 상당히 민망했겠으나 그러기로 따지면 엘리자베스 쪽이 더했다. 그쪽이나 이쪽이나 외마디 소리조차 뱉지 못했다. 엘리자베스가 도로 나가려 하자, 그녀들과 나란히 앉아 있던 빙리가 벌떡 일어나 제인에게 몇 마디 속삭이고는 도망치듯 나갔다.

제인은 엘리자베스에게 비밀을, 더구나 기쁜 비밀을 숨길 수 없었다. 그녀는 곧장 동생을 얼싸안으며 자긴 세상에서 제일 행복한 사람이라고 감격스럽게 털어놓았다.

"주체할 수 없을 정도야! 너무 벅차. 이래도 되나 싶다니까. 아! 모두가 나만큼 행복하면 좋을 텐데!"

엘리자베스는 이루 말할 수 없는 진심과 흥분과 희열을 담아 축하해주었다. 동생의 다정한 말 한마디 한마디에 제인은 새록새록 행복을 절감했다. 하지만 당장은 동생 곁에만 있을 수도, 남은 이야기를 전부 털어놓을 수도 없었다.

"바로 어머니께 가야겠어. 딸 걱정에 얼마나 애쓰셨니. 꼭 내가 직접 전해야 해. 이 소식을 나 말고 딴 사람한테서 들으시게 하긴 싫어. 그이는 벌써 아버지를 뵈러 갔어. 오, 리지! 사랑하는 우리 가족 모두에게 크나큰 기쁨을 주게 됐어! 이렇게나 벅찬 행복을 어찌 감당한담?"

그녀는 일부러 카드놀이 판을 깨고 위층에서 키티와 함께 앉아 기다리는 어머니에게로 서둘러 달려갔다.

혼자 남은 엘리자베스는 비로소 회심의 미소를 지었다. 거의 1년간이나 마음 졸이고 애태우던 일이 이토록 빠르고도 수월하게 마침내 결실을 보다니, 좀 어처구니가 없어 나오는 실소이기도 했다.

'이로써 친구의 걱정 어린 경계도 끝이야! 누이의 모략과 흉계도! 이보다 더 행복하고 현명하고 지당한 결말은 없을 거야!'

잠시 후 빙리가 베넷 씨와 짧고 유익한 담화를 마치고 돌아왔다.

문을 열고 들어오며 그는 다급히 물었다.

"언니는 어디에?"

"위층에 어머니랑 있어요. 금방 내려올 거예요."

그러자 그는 문을 닫고 그녀에게 다가와 처제로서 덕담을 들려달라고 했다. 엘리자베스는 그를 형부로 맞게 되어 기쁘다고 진심으로 솔직하게 말했고, 그와 매우 정답게 악수했다. 언니가 올 때까지 그녀는 그가 얼마나 행복하고 언니가 얼마나 완벽한지 등등의 말을 들어야 했다. 물론 그는 사랑에 빠졌기에 그러겠지만, 엘리자베스는 그가 품은 행복과 기대에 합리적인 근거가 있다고 진정으로 믿었다. 언니는 머리가 좋고 마음씨는 가히 타의 추종을 불허하는 데다 두 연인의 감성과 취향도 대체로 비슷했기 때문이다.

모두가 기쁘고 즐거운 특별한 저녁이었다. 행복한 마음이 베넷 양의 얼굴에 사랑스러운 생기를 더해 그녀를 그 어느 때보다도 아름다워 보이게 했다. 키티는 곧 자기 차례가 오리라 기대하며 실실 웃음을 흘렸다. 베넷 부인은 30분 동안 빙리를 붙잡고 무조건 찬성입네 당연히 허락입네 하는 말만 쏟아내고도, 더 적극적으로 허락할 방법만 있다면 얼마든지 그럴 태세였다. 밤참 때 합류한 베넷 씨의 말투와 태도에서도 진실로 기쁜 마음이 여실히 드러났다.

그렇지만 밤이 깊어 손님이 귀갓길에 나설 때까지 그

는 이 일에 대해 한마디도 입에 올리지 않다가, 손님을 보내고 나서야 딸에게로 돌아서서는 축하를 건넸다.

"제인, 축하한다. 넌 아주 행복한 여인이 될 게야."

제인은 아버지 앞으로 달려가 입맞춤하고 감사를 전했다.

"넌 착한 아이야. 네가 행복하게 잘 살 걸 생각하니 이 아비도 굉장히 기쁘구나. 확실히 아주 잘 어울리는 한 쌍이야. 성미가 똑 닮았으니 말이다. 둘 다 고집이라곤 없어서 뭐 하나 정하는 데도 오만 년이 걸리겠지. 순해 빠져서 하인들이 죄 뒤로 딴짓을 하려 들 테고. 너무 많이 베풀어서 노상 적자일 거다."

"아닐걸요. 돈 문제에 경솔하거나 부주의한 건 제가 용납 못 해요."

베넷 부인이 부산스럽게 끼어들었다.

"적자라뇨! 여보 베넷 씨, 그걸 말이라고 해요? 아니, 연 수입이 4~5천 파운드라잖아요. 아마 그보다 더 될걸요?"

그러고는 이번엔 딸에게 말했다.

"오! 사랑하는 우리 제인, 엄만 너무 기쁘다! 밤새 눈 한번 못 붙일 게야. 난 이렇게 될 줄 알았다. 결국엔 이리 될 거라고 누누이 말했잖니. 역시 네가 괜히 예쁜 게 아니었어! 작년에 그이가 처음 하트퍼드셔에 왔을 때 내가 그이를 보자마자 너랑 맺어지겠다는 예감이 딱 들었거든. 오, 그이도 절세미남이잖니!"

위컴과 리디아는 까맣게 잊었다. 제인이 어머니의 총애를 한 몸에 받는 딸이었다. 그 순간 베넷 부인에게 다른 딸들은 안중에 없었다. 곧 메리와 키티는 장차 큰언니의 행복을 나눠 받고자 압력을 가하기 시작했다.

메리는 네더필드의 서재를 이용할 수 있게 해달라고 탄원했고, 키티는 겨울마다 거기서 몇 차례 무도회를 열라고 성심을 다해 졸라댔다.

이때부터 빙리는 물론 매일같이 롱본을 찾았다. 조찬 전에 오는 때도 잦았고 언제나 밤참 이후까지 머물렀다. 아무리 미워해도 시원치 않을 어느 못돼 먹은 이웃으로부터 거절할 구실이 없는 초대를 받아 그 집 정찬회에 참석해야 하는 날만 아니면 말이다.

이렇다 보니 제인이 엘리자베스와 대화할 시간은 없다시피 했다. 그가 있는 동안에는 다른 누구에게도 관심을 줄 수 없었다. 그러나 이따금 둘이 붙어 있지 않은 시간에 엘리자베스는 두 사람 모두에게 꽤 도움 되는 사람이었다. 제인이 없을 때 그는 언제나 엘리자베스에게로 와서 즐겁게 제인 이야기를 했고, 빙리가 없으면 제인 역시 똑같은 식으로 재미를 찾았다.

어느 날 저녁 제인이 말했다.

"너무 행복한 얘길 들었어. 글쎄 그이는 지난봄에 내가 런던에 있었다는 걸 전연 몰랐대! 난 그이가 모를 리 없다고 생각했었는데."

"난 모를 수도 있다고 생각했어. 그런데 어떻게 몰랐대?"

"누이들이 속였나 봐. 그이가 나랑 만나는 걸 누이들은 좋아하지 않았으니까. 이상할 건 없지. 그이야 여러 면에서 훨씬 더 나은 상대를 택할 수 있었을 테니까. 하지만 그 여자들도 자기네 오라비가 나랑 행복하게 사는 걸 보게 될 거야. 그때엔 현실에 만족하는 법을 배우겠지. 그러면 나랑도 다시 사이좋게 지낼 테고. 아무래도 예전 같을 수는 없겠지만 말이야."

"이야, 언니한테서 그렇게 모진 말이 나올 줄은 몰랐네. 착해 빠져서는! 언니가 또다시 빙리 양의 거짓 애정에 속아 넘어가기라도 하면 나 정말 짜증 낼 거야."

"있잖아, 리지, 작년 11월에 런던으로 갈 때도 그이는 날 정말 사랑했대. 다시 오지 않은 이유는 오직 하나, 순전히 내가 자기한테 관심 없다고 믿었기 때문이라지 뭐야!"

"뭐, 실수하셨네. 하지만 그것도 겸손한 탓이니까."

자연히 이 말은 그의 겸양에 대한 제인의 찬사로, 자신의 장점을 좀처럼 내세우지 않는 사람이라는 말로 이어졌다. 엘리자베스는 그가 친구의 개입을 얘기하지 않았다는 게 다행스러웠다. 제아무리 세상에서 가장 너그러운 제인이라 해도 그 사실을 알면 그에게 나쁜 편견을 품을 수밖에 없지 않겠는가.

제인이 행복하게 외쳤다.

"정말이지 난 이 세상에 둘도 없는 행운아야! 오, 리지, 어째서 다른 식구들을 제치고 나만 이렇게 큰 복을 받은 걸까! 너도 나만큼 행복하면 얼마나 좋아! 그이 같은 남자가 한 명만 더 있다면!"

"그런 남자 마흔 명이 있어도 난 언니만큼 행복해지지 못할 거야. 언니 같은 성정, 언니 같은 선량함을 갖기 전엔 언니 같은 행복을 누릴 수 없다고. 아냐, 아냐, 내 행복은 내가 알아서 찾을게. 글쎄, 정말 정말 운이 좋으면 조만간 콜린스 씨 같은 남자가 또 나타날 수도 있겠네."

롱본 가족에게 일어난 사건이 오랫동안 비밀일 수는 없었다. 베넷 부인이 필립스 부인에게 슬쩍 정보를 흘리는 특전을 누렸고, 필립스 부인은 허락 없이 메리턴 전체에 똑같은 식으로 소문을 퍼뜨렸다.

불과 몇 주 전 리디아가 야반도주했을 때만 해도 단연 불운한 집안이라는 꼬리표를 달았던 베넷가는 삽시간에 평판을 뒤집고 세상에서 가장 복 받은 집안으로 등극했다.

14

빙리와 제인이 약혼한 지 약 일주일이 지난 어느 날 아침, 그와 베넷가 여인들이 식사실에 모여 있을 때, 돌연 들려오는 마차 소리에 모두의 눈길이 일제히 창밖을 향했다. 사두마차 한 대가 잔디밭을 달려오고 있었다. 손님이 오기엔 너무 이른 시각인 데다 한눈에 봐도 이 동네 마차가 아니었다. 마차를 끄는 말들은 역마였고, 마차도 마부석에 앉은 하인의 제복도 낯설었다. 어쨌거나 누군가 오는 것은 확실해서, 즉시 빙리는 저 불청객에게 붙들리기 전에 관목 숲으로 나가자고 베넷 양을 꼬드겼다. 두 연인은 산책길에 나섰고 남은 세 사람이 부질없이 추측만 해대고 있는데, 드디어 문이 벌컥 열리고 문제의 손님이 들어섰다. 캐서린 드 버그 영부인이었다.

다들 당연히 의외의 손님을 맞이하리라 예상했었는데도, 그야말로 상상을 초월하는 인물의 등장에 그들은 아연실색할 수밖에 없었다. 영부인과 생판 초면인 베넷 부인과 키티의 놀라움은 엘리자베스보다도 더했다.

여느 때보다 더 고압적인 분위기를 풍기며 들어온 영부인은 엘리자베스의 인사에 고개만 까딱해 보이고서 말 한마디 없이 자리에 앉았다. 영부인은 소개를 청하지도 않았지만 엘리자베스는 그녀가 들어올 때 이미 어머니에게 손님의 이름을 귀띔해둔 터였다.

그렇게나 지체 높은 분이 친히 이곳을 찾다니, 베넷 부인은 우쭐하면서도 경외에 휩싸여 극진히 공손하게 영부인을 맞이했다. 잠시 말없이 앉았던 영부인이 대뜸 엘리자베스에게 매우 딱딱하게 말했다.

"잘 지내겠지요, 베넷 양. 저 부인이 어머니신가 보군요."

엘리자베스는 극히 간결하게, 그렇다고 대답했다.

"그리고 저기는 자매 중 하나겠고."

이에 베넷 부인이 캐서린 영부인께 말할 기회를 냉큼 잡아챘다.

"예, 영부인. 밑에서 두 번째랍니다. 막내는 얼마 전 결혼했고, 맏이도 곧 가족이 될 청년과 산책 나갔어요. 그래도 경내에 있을 겁니다."

짧은 침묵 후 영부인이 혼잣말하듯 말했다.

"이 집은 정원이 협소한데."

"로징스에야 감히 비할 바가 못 되겠지만요 영부인, 윌리엄 루카스 경 댁 정원보다는 훨씬 넓답니다."

"여름에는 이 방에서 저녁을 보내기가 아주 불편하겠어. 창들이 다 정서향이군."

베넷 부인은 늘 정찬 후에는 자리를 옮긴다고 고한 뒤 덧붙였다.

"외람되지만 영부인, 콜린스 부부의 안부를 여쭤도 될는지요?"

"예, 아주 잘 지냅니다. 그제 밤에 만났어요."

엘리자베스는 이제 영부인이 샬럿의 편지를 전해줄 거라 예상했다. 그나마 그런 까닭이 아니고서는 절대로 영부인이 여기에 행차할 리 없었기 때문이다. 그러나 편지는 나오지 않았고, 그녀는 도무지 영문을 알 수 없었다.

베넷 부인이 간식을 내오겠다고 지극히 공손하게 말했지만, 캐서린 영부인은 아무것도 내오지 말라고 아주 단호하고 상당히 불손하게 대답한 뒤 자리에서 일어나 엘리자베스에게 말했다.

"베넷 양, 잔디밭 한쪽에 작게나마 그럭저럭 볼 만한 야생 숲 같은 게 있던데. 베넷 양이 동행해준다면 거길 한번 돌아보고 싶군요."

어머니가 득달같이 외쳤다.

"그래, 얘. 영부인께 산책로 여기저기를 안내해드려. 정자를 좋아하실 것 같구나."

엘리자베스는 순순히, 자기 방으로 달려가 양산을 챙겨서는 도로 내려와 귀한 손님을 모셨다. 복도를 걷다가 캐서린 영부인은 정찬실 문과 거실 문을 열고 안을 쓱 둘러보며 나쁘지 않다고 평한 뒤 다시 걸음을 뗐다.

JANE AUSTEN

영부인의 마차는 현관 앞에 그대로 있었고, 마차 안에 있는 시녀가 엘리자베스의 눈에 들어왔다. 영부인과 엘리자베스는 잡목림으로 이어지는 자갈길을 말없이 걸었다. 엘리자베스는 평소보다도 더 무례하고 불쾌하게 구는 이 여자와 구태여 대화할 마음이 없었다.

영부인의 얼굴을 훔쳐보며 그녀는 생각했다.

'이 여자가 조카랑 닮아 보였다니, 그땐 내 눈이 어떻게 됐었나 봐.'

잡목림으로 들어서자마자 영부인은 별안간 말을 낮추며 운을 뗐다.

"베넷 양, 내가 예까지 온 이유를 모르지 않을 거야. 자네 마음과 양심이 내가 왜 왔는지 말해줄 테지."

엘리자베스는 진심으로 놀란 표정을 지었다. 정말 그랬기 때문이다.

"아뇨, 잘못 아셨습니다, 영부인. 무슨 연유로 영부인을 여기서 뵙게 됐는지 전혀 모르겠습니다."

영부인은 노기 띤 말투로 올러댔다.

"베넷 양, 똑똑히 알아두게. 난 자네가 얕잡아볼 상대가 아니야. 자네가 아무리 가식을 떨기로 작정했기로서니 나까지 그럴 거라 보면 안 되지. 진정성 있고 솔직한 내 성격은 세상이 다 알아. 그러니 이렇게 자네와 내가 같이 있는 이유도 내 성격대로 밝히겠네. 이틀 전 심히 충격적인 얘기를 들었어. 자네 언니가 분수에 넘치는 결혼을 앞둔 것도 모자라 그 후엔 자네, 엘리자베스 베넷까지 제 언니처럼 분수도 모르고 내 조카와, 바로 내 조카 다아시와 결혼할 거라더군. 물론 터무니없는 헛소문이겠고, 허튼 의심으로 내 조카를 욕되게 할 마음도 없지만, 어쨌든 자네한테 내 생각을 확실히 전하려고 곧장 이리로 왔네."

놀라움과 모멸감에 엘리자베스는 얼굴이 달아올랐다.

"소문이 사실일 리 없다고 믿으신다면서 이리 먼 길을 달려오셨다니 놀랍네요. 대체 무슨 말씀을 하고 싶으신 거죠?"

"헛소문이라는 걸 당장 알리도록 해."

"영부인께서 저와 제 가족을 만나러 롱본에 직접 오셨으니 오히려 그 소문에 신빙성이 실리겠네요. 그런 소문이 정말 존재한다면요."

"한다면? 모르는 척 잡아떼시겠다? 자네 일가가 부지런히 퍼 나른 것이 아니고? 그런 소문이 나돈다는 걸 자네는 정녕 알지 못한다?"

"그런 얘긴 금시초문입니다."

"그렇다면 자네, 그 소문에 근거가 전혀 없다고도 단언할 수 있겠나?"

JANE AUSTEN

"영부인만큼 저도 솔직한 척하지는 않겠습니다. 영부인께서야 얼마든지 질문하셔도 좋지만 전 대답하고 싶지 않네요."

"정말 못 참겠군. 베넷 양, 난 들어야겠어. 걔가, 내 조카가 자네한테 청혼했나?"

"방금 헛소문이라고 하셨잖아요."

"당연히 그래야지. 걔가 제정신인 한에야 필시 그럴 수밖에. 하지만 자네가 수를 쓰고 유혹해서 그 애가 순간의 미혹에 제 본분과 가문을 잊었을지도 모르지. 자네가 걜 홀렸을 수는 있어."

"설령 그렇다 해도 제가 시인할 리 없지요."

"베넷 양, 감히 어느 안전이라고! 누구도 내 앞에서 이리 발칙하게 굴지 못하거늘. 현재로선 내가 가장 가까운 친척인 만큼 걔한테 중요한 일들을 다 알 권리가 있어."

"하지만 제 일을 아실 권리가 있는 건 아니죠. 이러신다고 제가 솔직하게 털어놓고 싶어질 것 같지도 않고요."

"돌려 말하지 않겠네. 자네가 주제넘게 꿈꾸는 이 혼사는 절대로 이루어질 수 없어. 결단코 아니 될 일이지, 암. 왜냐, 다아시는 내 딸과 약혼했거든. 자, 이래도 할 말이 있나?"

"한 말씀만요. 정말 그분이 약혼하셨다면 영부인께서

저를 추궁하실 이유도 없을 텐데요. 아무렴 약혼한 몸으로 제게 청혼하셨을까 봐서요?"

캐서린 영부인은 잠시 머뭇거리다 말했다.

"그 애들 약혼은, 말하자면 좀 특별한 경우지. 갓난아기 때 정혼한 사이야. 모친들이 바란 일이었어. 애들이 요람에 있던 시기에 우린 장차 사돈을 맺기로 약속했다고. 그런데 바야흐로 자매의 소망이 이루어지려는 순간에, 천출에다 지위도 변변찮고 우리 가문과는 하등 관계없는 웬 아가씨가 훼방을 놓다니! 그 애 망모와 이모의 소망이, 묵인된 약혼이 자네에겐 아무것도 아닌가? 법도와 배려라곤 전혀 몰라? 내 조카가 어릴 적부터 사촌과 정혼한 사이라고 진즉에 내가 일렀는데, 듣지 못한 게야?"

"들었습니다만, 저와는 상관없는 일입니다. 혹 저와 조카분의 결혼을 반대하시는 다른 이유가 있는지요? 그렇지 않다면 전 그분 어머님과 이모님이 사돈 맺기를 바라셨다는 걸 알았다고 해서 그 사실에 구애받지는 않을 겁니다. 결혼 계획은 두 분께서 하실 만큼 하셨어요. 그 실현 여부는 결혼 당사자들에게 달렸지요. 만약 다아시 씨가 서약이나 애정으로 사촌에게 매인 몸이 아니라면, 다른 분을 선택하실 수도 있지 않나요? 만에 하나 그분이 저를 택하신다면, 제가 받아들여선 안 될 까닭이 있을까요?"

"명예와 예법, 분별, 아니, 실리가 금하는 일이야. 그래, 베넷 양, 자네한테도 손해나는 일이라고. 일가친척이 반대하는 일을 부득부득 치러낸들 가족으로 인정받을 수나 있겠나? 그 애 쪽 사람들 전부가 자네를 욕하고 깔보고 경멸하겠지. 자네와 엮이는 것 자체가 불명예야. 우리 중 누구도 자네 이름을 입에 올리지 않을 게야."

"그것참 엄청나게 손해나는 일이네요. 하지만 다아시 씨의 아내쯤 되면 그런 지위에 응당 따라오는 이득도 어마어마하겠지요. 전체로 따져보아 밑지는 장사는 아니겠어요."

"이런 방자한 고집불통 같으니! 내가 다 부끄럽군! 지난봄에 내가 그리 잘해줬건만 이런 식으로 보답해? 자네가 나한테 이래도 된다고? 자, 앉아서 얘기하지. 내 말 잘 듣게나, 베넷 양. 난 내 목적을 관철하겠다는 결심으로 여기 왔어. 결심은 끝까지 고수할 것이고. 난 남의 변덕에 놀아나는 사람이 아니야. 내 뜻대로 안 되는 일은 좀처럼 없어."

"그래서 더 안타까운 처지가 되시겠습니다만, 저는 신경 안 씁니다."

"내 말에 토 달지 말고 잠자코 듣기나 해. 내 딸과 조카는 천생연분이야. 둘의 외가는 같은 귀족 혈통이고, 친가도 둘 다 작위는 없지만 유서 깊은 명문가지. 양가의 재산도 엄청나고. 그 둘은 양가 친지 모두의 인정과 축복 속에 피차가 맺어질 운명인 게야. 한데 그런 인연을 갈라 놓으려 드는 게 뭐이냐? 번듯한 가문도 연줄도 돈도 없는 어느 여자의 건방진 허영이야. 그걸 가만히 두고 보라고? 절대 안 되지, 내 그리되게 두지 않아. 자네도 생각이란 게 있다면 분수를 지킬 줄 알아야지."

"영부인의 조카분과 결혼한다 해도 제 분수에서 벗어나지는 않습니다. 그분은 신사고 저도 신사의 딸이죠. 그점에서 그분과 저는 동등합니다."

"그래. 자네 아비는 신사지. 하지만 어미는? 외숙과 이모는? 그들 사정을 내가 모른다고 생각해?"

"제 친척이 어떻든 그분이 괜찮다면 영부인께서 상관하실 일이 아니죠."

"잔말 말고 고해라. 다아시와 약혼했느냐?"

단지 캐서린 영부인 뜻대로 하느냐 마느냐만 생각했다면 절대 답하지 않았을 것이나, 잠시 신중히 생각한 끝에 엘리자베스는 마지못해 답했다.

"아뇨."

서슬 퍼렇던 캐서린 영부인의 표정이 대번에 풀어졌다.

"그럼 앞으로도 그 애와 약혼하지 않는다고 약조하겠

느냐?"

"그런 약속은 할 수 없습니다."

"베넷 양, 정말 경악할 노릇이군그래. 이 정도로 막무가내일 줄은 몰랐어. 그런다고 내가 물러날 거라 착각하지 말게. 확답을 받아내기 전엔 절대로 떠나지 않아."

"저 또한 절대로, 원하시는 답을 드리지 않을 겁니다. 그런 터무니없는 협박은 제게 통하지 않아요. 영부인께선 다아시 씨가 따님과 결혼하길 바라시지요. 하지만 제가 그분과 약혼하지 않겠다고 약조한들 과연 그들의 혼사가 이루어질까요? 그분이 절 마음에 품으셨다면, 제가 그분 손을 뿌리친들 과연 그분 마음이 사촌에게로 돌아설까요? 외람된 말씀입니다만, 캐서린 영부인, 이렇게 말도 안 되는 요구를 하신 것부터가 경솔한 행동이셨고, 이런 요구를 합리화한답시고 제시하신 논거들도 빈약했어요. 이 정도 설득에 넘어갈 거라 여기신다면 절 한참 잘못 보신 겁니다. 조카분은 영부인께서 본인 일에 개입하시는 것을 어디까지 용인하실지 몰라도, 영부인께서 제 일에 간섭할 권리는 단연코 없으십니다. 그러니 제발 더는 이 문제로 절 괴롭히지 말아주세요."

"그리 속단하지 말게나. 내 얘긴 아직 안 끝났어. 지금까지 말한 온갖 반대 이유들에다 아직도 보탤 게 하나 더 있거든. 자네 막냇동생의 악명 높은 도피 행각의 자초지

종을 내 소상히 알고 있어. 전부 다 안다고. 그 청년이 그 애와 결혼한 건 자네 아비와 외숙이 돈을 써서 수습한 결과라지? 내 조카에게 그런 처제라니! 작고하신 부친의 집사 아들과 동서지간이라니! 세상천지에 어찌 그런 일이! 대체 무슨 생각인 건가? 펨벌리의 명성을 그런 식으로 더럽히겠다고?"

엘리자베스는 분노를 감추지 않았다.

"이제는 더 하실 말씀 없으시겠지요. 가능한 모든 방법으로 절 모욕하셨습니다. 저는 이만 집으로 돌아가 보겠습니다."

그러면서 이만 일어섰다. 캐서린 영부인도 일어나 그녀를 따라왔다. 영부인의 노기는 하늘을 찔렀다.

"내 조카의 명예와 위신은 자네 소관이 아니라는 게냐? 인정머리 없고 이기적인 것 같으니! 자네와 연을 맺으면 필시 그 애의 평판이 무너질 것도 괘념치 않아?"

"캐서린 영부인, 저는 더 이상 드릴 말씀이 없습니다. 제 생각은 이미 충분히 전달했습니다."

"기어이 그 애를 차지할 셈이로구나!"

"그런 말씀 드린 적 없습니다. 저는 단지 제 판단으로 제 행복만을 좇아 행동하기로 마음먹었을 뿐입니다. 영부인이든 누구든 저와 아무 상관 없는 사람이 하는 말에 귀 기울일 생각은 없습니다."

"그래? 끝내 나를 거역하겠다? 의무도 명예도 은혜도 다 저버렸구나. 그 애를 망치기로 작정했어. 가문의 수치로, 세상의 웃음거리로 만들 셈이야."

"의무도 명예도 은혜도 이 경우만큼은 제게 무엇도 요구할 수 없습니다. 제가 다아시 씨와 결혼하는 것이 그런 도리들에 어긋나는 일은 아니니까요. 그분 가문과 세상이 노할 일이라 하셨는데, 우선 그분이 저와 결혼해서 혹여 가문에 분란이 인다 해도, 저는 한순간도 괘념치 않을 겁니다. 세상 사람들도 대개는, 그런 멸시에 가담할 정도로 몰상식하지 않을 거고요."

"이게 자네 본심이로군! 이것이 자네의 최종 결론이야! 그래 좋아. 이제 내가 어찌해야 할지 알겠어. 베넷 양, 자네의 야욕이 채워질 거라 기대하지 마. 내 자네를 시험해보러 왔지. 그래도 사리 판단은 할 줄 알았더니. 하지만 두고 봐, 난 한다면 하는 사람이야."

이런 식으로 계속 으름장을 놓던 캐서린 영부인은 마차 문 앞에 이르자 그녀를 홱 돌아보며 마지막으로 일갈했다.

"잘 지내라고는 하지 않겠네, 베넷 양. 자네 어미에게도 안부 전하지 않겠어. 자네들은 그런 인사를 받을 자격이 없어. 내가 지금 여간 불쾌한 게 아니야."

엘리자베스는 대꾸하지 않았다. 집에 들르시라고 권

하지도 않고, 말없이 혼자서 집으로 들어갔다. 위층으로 올라가는 그녀의 귀에 마차 떠나는 소리가 들렸다. 어머니가 옷방 문 앞까지 나와 딸아이를 맞으며, 왜 캐서린 영부인께서 들어와 쉬시지 않느냐고 물었다.

"그러기 싫은지 그냥 가시겠다네요."

"정말 귀티가 좔좔 흐르더라! 여길 다 방문하시고, 어쩜 그리 자상하신지! 그저 콜린스네 안부나 전해주자고 들르셨나 본데, 그게 어디 보통 호의로 될 일이니? 어디 가시던 길에 메리턴을 지나다 보니 네 생각이 나셨던 게야. 너한테는 별말씀 없으셨지, 리지?"

여기서 한 점 거짓 없는 대답이란 불가능했다. 대화의 내용을 털어놓을 수는 없었기 때문이다.

15

엘리자베스는 이 황당한 방문에 어지러워진 심사를 쉽사리 가라앉힐 수 없었다. 몇 시간이고 그 생각만 머릿속에 맴돌았다. 보아하니 캐서린 영부인은 그녀와 다아시 씨가 약혼한 줄 알고 오로지 그 약혼을 깨겠다는 일념으로 몸소 로징스에서 이곳까지 오기를 감행한 모양이었다. 영부인이 그런 수고까지 마다하지 않은 이유야 알

만하고도 남았다! 그러나 그들이 약혼했다는 소문이 도 대체 어떻게 생겨난 것인지 엘리자베스는 도무지 감을 잡을 수 없었다. 그러다 문득, 하나의 혼사가 임박한 시 기이니만큼 사람들이 이왕이면 겹경사가 있기를 바라 는 마음에 빙리와 절친한 사이인 그와 제인의 동생인 자 신을 연결 지었을 수도 있겠다는 생각이 들었다. 그녀 자 신부터 언니가 결혼하면 아무래도 그와 더 자주 만나게 될 거라 예감하지 않았던가. 그러니 그녀가 언젠가는 가 능해지길 기대한 그 일을 루카스 별장의 이웃들은 당장 에 확실시되는 일로 여긴 것뿐이다. 그렇다면 당연히 콜

린스네도 이를 알았겠고, 그렇게 그 얘기가 캐서린 영부 인의 귀에까지 닿았겠구나 하고 그녀는 결론 내렸다.

그렇지만 캐서린 영부인이 한 말들을 되짚어보는 동 안, 그녀는 영부인의 집요한 간섭이 낳을 결과에 얼마간 불안을 느끼지 않을 수 없었다. 결혼을 막겠다는 의지를 거듭 표명한 것을 보면 틀림없이 조카를 직접 공략할 텐 데, 자신과의 결혼에 따르는 해악을 늘어놓는 영부인의 표현이 그에게 어떻게 들릴지 그녀는 짐작하기조차 두 려웠다. 그가 자기 이모를 얼마나 좋아하고 이모의 판단 을 얼마나 신뢰하는지 그녀는 정확히 알지 못했으나, 아 무려면 그녀보다야 그가 영부인을 훨씬 더 높이 평가하 지 않겠는가. 영부인은 한참 떨어지는 집안의 일원과 결

혼해서 겪을 불행들을 낱낱이 열거하여 그의 가장 민감한 면에 호소할 것이다. 영부인의 그런 주장을 엘리자베스는 터무니없고 가소롭다 일축했지만, 품위를 중시하는 그라면 그 주장이 상당히 설득력 있고 다분히 타당하다 느낄 법도 했다.

그는 좀처럼 종잡을 수 없는 모습을 자주 보였는데, 실제로 지금껏 갈팡질팡하는 마음이었다면, 가까운 혈육의 시의적절한 충고와 간청은 그가 마음을 다잡고 흠 하나 없이 고결한 품위를 지킬 때 가능한 행복을 만끽하기로 작심하는 계기가 될 수도 있었다. 그렇게 되면 그는 두 번 다시 돌아오지 않을 것이다. 어쩌면 캐서린 영부인은 돌아가는 길에 런던에 들러 그를 만날지도 모른다. 그러면 네더필드로 돌아오겠다고 그가 빙리와 한 약속은 지켜지지 않으리라.

'그러니까 만약 며칠 내로 그가 친구에게 약속을 지키지 못하게 됐다는 기별을 보내온다면, 확실히 사태 파악이 될 거야. 그때는 그이 마음이 한결같을 거란 기대나 희망도 다 버려야지. 지금이라면 내 마음을 얻을 수 있는데. 청혼하면 기꺼이 받아줄 건데. 하지만 그이가 나를 놓쳐도 괜찮다면, 나 역시 그이를 아쉬워하지 않겠어.'

누가 다녀갔는지 전해 들은 나머지 식구들도 대단히 놀라워했지만, 고맙게도 다들 베넷 부인의 짐작을 수긍하는 분위기여서, 엘리자베스는 그 일과 관련한 갖가지 질문들에 시달리지 않아도 되었다.

이튿날 아침, 아래층으로 내려오던 엘리자베스는 서재에서 나오는 아버지와 마주쳤다. 아버지 손에는 편지가 한 통 들려 있었다.

"리지, 마침 널 찾으러 가려던 차였다. 들어와라."

그녀는 아버지를 따라 서재로 들어갔다. 무슨 말씀을 하시려는지 몰라도 어쩐지 아버지 손에 들린 편지와 관계가 있을 것 같아 더욱 궁금했다. 불현듯 캐서린 영부인의 편지인가 하는 생각이 스치면서, 그녀는 이를 어찌 설명하나 싶어 지레 난감해졌다.

아버지는 난롯가에 놓인 의자에 앉았고 그녀도 따라가 아버지 옆에 앉았다. 이윽고 그가 말했다.

"오늘 아침에 편지가 한 통 왔는데, 실로 엄청난 내용이 있더구나. 주로 네 얘기니까 너도 알아야지 싶다. 결혼을 앞둔 딸이 둘인 줄을 내가 미처 몰랐지 뭐냐. 일단 축하하자, 참으로 대단한 사내를 정복했어."

아니, 이모가 아닌 조카 쪽에서 보낸 편지였어? 순간적으로 드는 생각에 엘리자베스는 얼굴이 화끈화끈했다. 기분이 좋아야 할지 나빠야 할지도 헷갈렸다. 그가 직접 자신의 입장을 밝힌 것은 좋은데, 그런 편지라면 아버지가 아니라 그녀한테 보냈어야 하는 것 아닌가. 아버지가 이어 말했다.

"놀라지 않는구나. 역시 이런 일에는 젊은 아가씨들 촉을 당해낼 수가 없어. 하지만 아무리 너라도 네 사랑의 포로가 누구인지는 짐작도 못 할 거다. 이 편지는 콜린스 씨가 보냈어."

"콜린스 씨요? 그 사람이 무슨 할 말이 있다고요?"

"무진장 많은가 보더라. 시작은 첫째 따님의 결혼을 축하한다는 내용인데, 이 소식은 착하고 말 많은 루카스 네가 전해줬겠지. 이 대목을 줄줄이 다 읽어서 네 인내 심을 시험하지는 않으마. 읽어줄 대목은 여기야. '이렇 게 이번 경사에 대한 저희 부부의 심심한 축하를 전해 올 렸으니, 이제 동일한 소식통이 알려온 또 다른 건에 대해 짤막한 암시를 올리고자 합니다. 어르신의 따님이신 엘 리자베스 양도 언니의 뒤를 속히 이어 베넷이라는 성을 버릴 듯하며, 그 운명의 반려자는 이 나라에서 손꼽히는 저명인사로 상당한 명망을 누리시는 분일 수도 있다는 군요.'

누굴 가리키는지 알겠니, 리지? '이 젊은 신사분은·특 별한 복을 타고나신지라, 막대한 재산에 고귀한 혈통, 광 범위한 성직 서임권까지, 그야말로 인심이 바랄 수 있는 모든 것을 소유하셨답니다. 물론 누구라도 탐낼 만한 조 건이겠으나, 그럼에도 불구하고 엘리자베스와 어르신께 경고하오니 눈앞의 이익에 눈이 멀어 이 신사분의 청혼을 덥석 받아들였다간 큰 화를 부르고야 말 것입니다.'

이 신사분이 뉘신지, 리지야, 짚이는 데가 있냐? 자, 이제 나온다. '제가 이런 당부의 말씀을 올리는 까닭은, 아무래도 그분의 이모님이신 캐서린 드 버그 영부인께서 이 혼사를 그리 탐탁게 보지 않는 기색을 비치셨기 때문입니다.'

그래, 바로 다아시 씨였어! 어떠냐 리지, 이번에는 정말 네 촉도 소용없었지? 이 양반인지 루카스네인지, 어째 하필 그자를 골랐나 모르겠다. 우리 지인 중 아무 남자나 갖다 댔어도 이보다 더 거짓말 같긴 어려울 텐데. 다아시 씨라니! 흠을 찾을 때만 여자를 보는 자 아니냐. 너한테는 이제껏 눈길 한번 준 적도 없을 테고! 상상력 한번 놀랍구나!"

엘리자베스는 아버지의 농에 장단을 맞춰드리고 싶었지만 나오는 거라곤 쓴웃음뿐이었다. 아버지의 재담이 이렇게 듣기 싫은 적은 처음이었다.

"재미있지 않니?"

"아, 재미있어요. 계속 읽어주세요."

"어젯밤에 영부인께 이런 결혼이 있을 것 같다고 아뢰었더니, 그 즉시 영부인께서는 언제나처럼 인자하시게도 친히 고견을 들려주셨습니다. 아가씨 쪽 집안에 여러 가지 문제가 있으니 당신께서는 그렇게 치욕적인 혼인을 결단코 승낙지 않으시겠다는 뜻을 명백히 밝히셨지요. 저는 이러한 영부인의 고견을 제 친척 아가씨에게 신속히 전달해드리는 것이 저의 의무라 생각했습니다. 하오니 아가씨와 귀하신 정인께서는 본인들에게 닥칠 장래를 깨달으시어, 정당히 허락받지 못한 결혼에 성급히 뛰어들지 마시길 바랍니다.' 이게 다가 아니다. 이 양반이 이런 얘기까지 하는구나. '우리 리디아 양이 빚은 통탄할 사태가 조용히 무마되어 진실로 다행이옵고, 이제 저는 다만 두 사람의 혼전 동거 사실이 너무 널리 알려지지 않았을까 저어하는 마음뿐입니다. 하오나 성직자로서 제 의무를 게을리해서는 아니 되기에 한 말씀 올립니다. 어르신께서 예식 직후 그 신혼부부를 집에 들이셨다는 소식을 접한바, 저는 경악을 금치 못하겠습니다. 악덕을 조장하는 그런 짓은, 제가 롱본 교구의 신부였다면 결사로 반대하였을 것입니다. 기독교인으로서 우리는 정히 그들을 용서하되, 다시는 그들의 모습을 눈에 담지 말고 그들의 이름을 귀에 담지 말아야 합니다.' 바로이게 이 양반 머리에 박힌 기독교인의 용서라 이거야! 나머지는 사랑하는 아내 샬럿의 근황과 차세대 올리브 가지가 태어날 거란 내용이 전부다. 그런데 리지야, 별로 재미있지 않은가 보구나. 설마 황당무계한 얘기에 마음

JANE AUSTEN

상한 척하는 새침데기가 되려는 건 아니겠지? 우리 사는 낙이 달리 뭐 있냐, 이번엔 우리가 동네 사람들 놀림감이 돼주고 다음번엔 우리가 그들을 비웃고, 뭐 그런 거지."

"아뇨, 정말 정말 재밌어요! 하지만 너무 이상한데요?"

"이상하지……. 그래서 재미있는 거 아니겠냐. 다른 사내를 갖다 붙였으면 아무 일도 아닐 것을, 너한테 철저히 무심한 그자와 그자를 죽어라 싫어하는 널 이렇게 기상천외하게도 엮어놓았잖니! 편지 쓰기가 아무리 고역이어도 내가 이 양반하고는 어떻게든지 왕래를 이어갈 셈이야. 아무렴, 이 양반 편지를 읽을 때만큼은 위컴보다도 그가 더 마음에 들거든. 뻔뻔하고 위선적인 우리 사위를 내 그리도 아끼는데 말이다. 그래서 리지야, 캐서린 영부인이 뭐라고 하더냐? 난 이 결혼 반델세, 하러 예까지 납셨다던?"

이 질문에 딸은 웃음으로 얼버무렸다. 아버지가 아무 의심도 없이 그저 놀리는 것임을 알고 있었으므로 그녀는 같은 질문을 재차 받아도 그 때문에 괴롭지는 않았다. 다만 진심과 다른 반응을 보이는 데 이다지도 쩔쩔매긴 처음이었다. 웃어드려야 하는데 차라리 울고 싶은 심정이었다. 아버지는 다아시 씨가 무심하다는 말이 딸아이에게 얼마나 큰 상처였는지 전혀 눈치채지 못했다. 그녀

는 어쩜 저리도 둔하실까 싶으면서도, 어쩌면 아버지의
눈치가 부족한 게 아니라 자신의 상상력이 지나친 것인
지도 모른다는 불안한 생각이 들었다.

16

캐서린 영부인이 다녀가고서 며칠 지나지 않아, 빙리
는 엘리자베스가 반신반의하며 예측했던 소식 대신 다
아시를 롱본에 데려왔다. 두 신사는 이른 시각에 도착
했다. 엘리자베스는 어머니가 다아시에게 댁의 이모님
이 왔었다는 얘길 할까 봐 잠시 불안에 떨었지만, 다행히
먼저 빙리가 다 같이 나가 걷자고 제안했다. 베넷 부인
은 산책을 즐기는 사람이 아니었고 메리는 산책할 시간
이 없었지만 나머지는 흔쾌히 동의하여 다섯 사람이 산
책길에 나섰다. 애초에 빙리가 산책을 제안한 것은 제인
과 오붓한 시간을 보내고 싶어서였으므로, 이내 두 사람
은 따로 뒤처져 걸었다. 그 둘이 정담을 나누며 느릿느릿
걷는 사이, 엘리자베스와 키티, 다아시가 한참을 앞섰다.
셋 다 거의 말이 없었다. 키티는 다아시가 어려워 감히
입을 뗄 엄두를 못 냈고, 엘리자베스는 속으로 일생일대
의 각오를 다지고 있었는데, 아마 그도 마찬가지로 작심

한 터였을 것이다.

키티가 머라이아를 만나러 가겠다고 하여 셋이서 루카스네로 향했지만, 셋 다 머라이아에게 볼일이 있는 것은 아니었기에 엘리자베스는 키티를 보내고서 자신은 대담하게 그와 단둘이서 산책을 계속했다. 지금이야말로 결심을 실행에 옮길 절호의 기회였으므로, 그녀는 한껏 끌어모은 용기가 사라지기 전에 얼른 말을 꺼냈다.

"다아시 씨, 제가 참 이기적이에요. 당신 마음이 얼마나 상할지 헤아리기보다 제 마음이 편한 게 우선이니까요. 더는 모르는 척할 수가 없네요. 제 못난 동생한테 둘도 없는 친절을 베푸신 데 대한 감사 인사를 드려야겠어요. 그 사실을 알고부터 제가 얼마나 고마워하고 있는지 꼭 말씀드리고 싶어서 줄곧 기회만 기다렸어요. 다른 식구들도 알았다면 이렇게 저 혼자 감사 인사를 드리진 않을 거예요."

다아시는 놀란 나머지 목소리에 감정이 실렸다.

"미안합니다, 정말 미안해요. 자칫 불편해하실 수도 있는 일이라 모르시게 하려 했는데요. 가디너 부인이 그렇게 못 믿을 분이시라고는 생각지 않았습니다."

"외숙모님 탓이 아닙니다. 리디아가 무심코 한 말로 당신이 이 일에 관련돼 있으시다는 걸 처음 알았어요. 당연히, 자세한 내막을 캐보지 않고서는 제가 배겨낼 수 없었고요. 온 가족을 대신해 거듭 감사드립니다. 저희에게 넉넉한 인정을 베풀어주셔서, 그 많은 수고와 수모를 감내하시면서까지 두 사람을 찾아주셔서 정말 고마워요."

"정 인사를 하시려거든 당신의 사의만 전하십시오. 당신에게 행복을 드리고 싶은 바람이 다른 동기들에 힘을 더했음은 부정하지 않겠습니다. 하지만 당신 가족의 인사를 받을 일은 아닙니다. 그분들을 존중하지만 난 오로지 당신만을 생각했어요."

엘리자베스는 너무 당황해 아무 말도 할 수 없었다. 짧은 정적이 흐른 뒤 그가 말했다.

"내 마음을 희롱하지 않으실 분인 줄로 압니다. 당신 감정이 지난 4월과 같다면 그렇다고 말해줘요. 내 감정과 바람은 변하지 않았지만 당신의 한마디면 다시는 이 얘기를 입에 올리지 않겠습니다."

그에게는 그 어느 때보다 어색하고 초조한 순간일 터, 이를 느낀 엘리자베스는 이제 말문을 열지 않을 수 없었다. 하여 곧바로, 조금 더듬거리긴 했지만, 그가 말한 지난 4월 이후 자신의 감정은 상당한 변화를 겪었으며 이제 그의 확언을 감사하고 기쁘게 받아들인다고 알렸다. 이 대답에 난생처음이라 해도 과언이 아닐 행복을 맛본 그는, 열렬한 사랑에 빠진 남자가 할 수 있는 가장 뚜렷하고 뜨거운 표현으로 지금의 심정을 전했다. 그의 눈을 마주 볼 용기가 있었다면 그녀는 진심 가득한 환희를 만면에 머금은 그 표정이 그와 얼마나 잘 어울리는지 볼 수 있었을 것이다. 그래도, 차마 보지는 못해도 들을 수는 있었으니, 자신이 그에게 얼마나 소중한지를 증명하는 그의 심정 고백을 듣는 사이, 그녀의 가슴에 와닿는 그의 사랑은 순간순간 가치를 더해갔다.

그들은 정처 없이 마냥 걸었다. 생각하고 느끼고 말할 것이 너무 많아 다른 무엇도 신경 쓸 수 없었다. 곧 그녀는 이렇게 두 사람이 서로의 마음을 확인할 수 있게 된 것이 그의 이모님 덕분이라는 사실을 알게 되었다. 역시 캐서린 영부인은 로징스로 돌아가다 런던을 지나는 김에 그를 찾아가 롱본에 갔었던 사실과 그 이유, 엘리자베스와 나눈 대화 내용을 들려주었다. 영부인은 엘리자베스가 한 말 중에서도 특히 그녀의 삐딱한 성미와 뻔뻔스러운 태도가 여실히 드러난다 싶은 표현들을 그대로 옮기며 강조했는데, 그렇게 고해바치면 그녀가 내주지 않은 확답을 조카에게서 얻는 데 도움이 되리라 믿어 마지않았기 때문이었다. 그러나 그런 노력은 영부인의 기대와 정반대의 결과를 낳았다.

그가 말했다.

"이전까지는 가망 없는 일이라 여겼는데, 이모님 말씀에 희망을 얻었습니다. 당신 성격을 잘 아니까요. 나에 대한 반감이 결단코 여지없는 것이었다면 캐서린 영부인께도 솔직하게 대놓고 그렇게 말했을 거예요."

엘리자베스는 붉어진 얼굴로 웃으며 대답했다.

"예, 제가 능히 그럴 만큼 솔직하단 걸 잘 아시죠. 당신 면전에다 그렇게 지독한 폭언을 퍼부은 마당에 친척 앞이라고 삼갈 리가요."

"그때 하신 말씀들, 내가 반박할 수나 있겠습니까? 잘못된 전제로 무고한 비난을 들었다고는 해도, 당시 내가 당신에게 한 행동은 아무리 모진 질책도 달게 받아야 할 그런 것이었어요. 용서할 수 없는 행동이었죠. 그때 내 행동은 지금 생각해도 혐오스럽습니다."

"그날 저녁 누가 더 잘못했는지로 다투지 말기로 해요. 엄밀히 따지면 양쪽 다 잘못했지요, 뭐. 그래도 그때 이후로 우리 둘 다 좀 더 예의 바르게 행동할 줄 알게 된 것 같은데요."

"나로서는 그리 쉽게 넘길 수 있는 문제가 아닙니다. 그때 내가 했던 말, 내 행동, 태도, 표현이 못내 마음에 걸려서, 지금도 그렇지만 지난 몇 개월 동안도 형언할 수 없이 고통스러웠습니다. 정곡을 찌르는 당신의 질책을 잊을 수 없어요. '좀 더 신사적인 태도를 취하셨다면.' 그렇게 말씀하셨죠. 그 말에 내가 얼마나 괴로웠는지 모릅니다. 당신은 짐작도 못 하실 거예요. 사실, 옳은 말씀이었다는 걸 인정하기까지는 시간이 좀 걸렸습니다만."

"맹세코 그렇게 강한 인상을 주려고 한 말은 아니었어요. 그런 식으로 받아들이실 줄은 꿈에도 몰랐는걸요."

"그러셨을 겁니다. 그때 당신은 내가 감정이 아예 없는 사람인 줄 아셨으니까요. 어떤 방식으로 청혼했더라도 나를 받아들일 마음이 일지 않았을 거라 하시면서 정색하던 그 표정을 난 결코 잊지 못할 겁니다."

"오! 그때 내가 한 말은 제발 잊어주세요. 기억해봤자 돌이킬 수 없잖아요. 저도 오래전부터 마음 깊이 후회하는 일이에요. 너무 창피해요."

다아시가 편지 얘기를 꺼냈다.

"저, 그 편지를 읽고서 나에 대한 생각이 좀 달라지셨습니까? 그 내용을 믿으셨나요?"

그녀는 그 편지가 자신에게 어떤 영향을 미쳤는지 털어놓았다. 이전까지 가졌던 편견이 그 편지를 읽은 뒤 점차 사라졌다고 말이다.

그가 말했다.

"편지 내용이 당신을 힘들게 하리란 걸 알면서도 달리 어쩔 수가 없었어요. 편지는 이미 없애셨길 빕니다. 특히 첫 구절은 정말이지, 당신이 또 읽을 수도 있다고 생각하면 아찔합니다. 딱 내가 싫어질 만한 표현들도 기억나고요."

"편지를 꼭 없애야 제 마음이 변하지 않을 거라 생각하신다면 태워버릴게요. 그런데요, 물론 제가 초지일관을 주장해도 그리 미덥게 들리지 않을 이유가 있는 건 알지만, 제 마음은 그렇게까지 변덕스럽지 않을 거예요."

"편지를 쓸 당시에는 내가 더없이 침착하고 냉정한 상태인 줄 알았습니다만, 실은 끔찍하게 감정이 상한 상태였다는 걸 나중에야 깨달았습니다."

"첫 부분은 감정이 상한 채로 쓰셨는지 몰라도 끝까지 그러진 않으셨어요. 끝인사는 관용 그 자체였는걸요. 하지만 편지 생각은 이제 그만해요. 쓴 사람의 감정도 받은 사람의 감정도 지금은 그때와 완전히 다르잖아요. 그러니 별로 유쾌하지 않았던 그때의 일은 전부 잊어야 해요. 제 인생철학 하나 알려드릴게요. 그러니까, 기분 좋은 과거만 기억하시라고요."

"당신한테 그런 인생철학은 필요하지 않을 텐데요. 당신 과거에 오점이라곤 없으니 과거를 기분 좋게 기억하는 것은 그런 철학 때문이 아니라 애초에 결백하기 때문이지요. 하지만 내 경우는 다릅니다. 쫓아낼 수 없고 그래서도 안 되는 괴로운 과거가 자꾸 떠오르니까요. 난 평생 이기적인 인간이었습니다. 원칙적으로는 몰라도 현실적으로 그랬어요. 어린 시절에 무엇이 옳은지 판단하라 배웠지만 내 기질을 올바르게 고치라고 배우지는 못했습니다. 훌륭한 원칙들을 익혔지만 그것을 따를 때 오만과 자만을 삼가야 한다는 것은 몰랐습니다. 동생이 태어날 때까지 오랜 세월 외아들이었던 나를 부모님은 응석받이로 키우셨습니다. 좋은 분들이셨지만(특히 선친께서는 정말 인정 많고 온후한 분이셨지요) 내가 이기적이고 건방지게 굴어도 꾸짖지 않으시고 오히려 귀여워하셨어요. 부모님의 용인과 격려는 어린 내게 가르침에 가까웠습니다. 하여 난 오로지 우리 가문의 일원만 존중하고 나머지 세상 사람 모두를 업신여겼습니다. 나의 양식과 가치가 그들의 것보다 우월하다 여겼습니다. 적어도 그렇게 믿고 싶었지요. 여덟 살부터 스물여덟 살까지 그렇게 살았습니다. 당신이 아니었다면 계속 그렇게 살았겠지요. 사랑스러운, 사랑하는 엘리자베스! 당신은 내 은인이에요! 당신이 나를 깨우쳐주었습니다. 처음엔 실로 호되게 당했지만 더없이 유익했어요. 당신이 내 오만을 보기 좋게 눌러주었지요. 난 당신이 당연히 청혼을 받아주리라 믿고 갔습니다. 기쁨을 줄 만한 여인에게 기쁨을 준다고 자부했어요. 그러기엔 내가 얼마나 모자란 인간인지, 당신이 똑똑히 알려주었지요."

"정말 제가 청혼을 수락할 줄 아셨어요?"

"물론입니다. 내 허영심을 과소평가하실 겁니까? 당신이 내 청혼을 바라고, 또 기대한다고 믿었습니다."

"제가 처신을 잘못했었나 봐요. 하지만 절대로 고의는 아니었어요. 오해를 불러일으킬 생각은 추호도 없었는데 제가 기분에 휩쓸려 엉뚱한 행동을 하고는 하거든요. 그날 저녁 이후 제가 얼마나 미우셨을까요!"

"당신이 밉다니요! 아마 처음엔 화가 났겠지요. 하지만 그 분노는 곧 제 방향을 찾기 시작했습니다."

"펨벌리에서 만났을 때 절 어떻게 보셨을지 여쭙기도 무섭네요. 갑자기 나타난 절 원망하셨죠?"

"천만에요. 그저 놀랐을 뿐입니다."

"아무렴 당신에게 들켰을 때 제가 놀란 것만 할까요. 제 양심은 당신에게 깍듯한 대우를 받을 자격이 없다고 이르더군요. 솔직히 그렇게 과분한 대접을 받을 줄은 몰랐어요."

"그때 난 능력껏 예의를 다함으로써 내가 지난 일로 앙심을 품는 옹졸한 인간이 아니라는 것을 보여주고 싶었습니다. 당신의 질책이 헛되지 않았음을 보시면 날 용서하고 덜 싫어하게 되시지 않을까 하는 생각도 있었고요. 거기에 다른 바람이 더 생긴 것이 정확히 언제인지 잘 모르겠지만, 아마 당신을 만나고 30분쯤 지나서였을 겁니다."

이어서 그는 조지아나가 당신을 만난 걸 매우 기뻐했으며 당신이 갑자기 떠나서 무척 아쉬워했다고 전했다.

자연히 화제는 그녀가 급히 떠나야 했던 이유로 넘어갔다. 그는 여관에서 이미 자기도 그녀를 따라서 리디아를 찾아 나서기로 작정했고, 그때 심각한 표정으로 생각에 골몰했던 것도 딴 게 아니라 그런 계획에 포함될 수밖에 없는 다른 문제들을 어떻게 풀어갈지 고민하느라 그랬다고 털어놓았다.

그녀는 다시 한번 고마운 마음을 표했지만, 피차 생각하기 괴로운 일이라 이 이야기를 더 이어가지는 않았다.

시간이 얼마나 흘렀는지도 모른 채 느긋하게 몇 마일을 거닐던 그들은 문득 시계를 확인했고, 그제야 이미 집에 도착했어야 할 시각임을 알았다.

"빙리 씨랑 언니는 어떻게 됐을까!"

이 물음으로 그 둘의 일이 화제에 올랐다. 친구로부터 일찌감치 약혼 소식을 들었던 다아시는 두 사람이 맺어져 매우 기쁘다고 했다.

엘리자베스가 물었다.

"놀라셨는지 여쭤야겠지요?"

"전혀요. 여길 떠나면서, 조만간 이렇게 되리라 예감했습니다."

"허락하셨다는 말씀이네요. 저도 짐작은 하고 있었어요."

허락이라는 표현에 그가 항의했지만, 뒤이은 그의 고

백을 듣자니 기실 그녀가 틀린 표현을 쓴 것도 아니었다.

"런던에 가기 전날 저녁, 진즉에 털어놓았어야 할 얘기를 그 친구한테 전했습니다. 내 간섭이 어리석고 주제넘은 짓이었다는 걸 깨달은 경위를 다 얘기했어요. 무척 놀라더군요. 그런 줄은 꿈에도 몰랐다면서요. 당신 언니가 그 친구에게 관심이 없다고 보았던 내 판단이 착오였던 듯하다고도 말했습니다. 언니분을 향한 빙리의 연정 또한 조금도 식지 않은 건 쉽게 알 수 있었고, 해서 난 두 사람의 행복에 대한 의심을 완전히 거두었습니다."

그리도 간단히 친구를 다루는 그의 솜씨에 엘리자베스는 미소 짓지 않을 수 없었다.

"우리 언니가 친구분을 사랑한다고 보신 건, 본인의 관찰에 따른 판단이었나요? 지난봄 제가 그렇다고 알렸으니 그저 그런가 보다 하신 것 아니고요?"

"내가 보고 판단한 겁니다. 최근 두 차례 이곳을 방문해 언니분을 면밀히 관찰했고, 그분이 빙리를 사랑한다는 확신을 얻었습니다."

"그런 당신의 확신이 곧 친구분께도 믿음을 심어주었겠고요."

"그랬지요. 빙리의 겸손은 절대 가식이 아닙니다. 조심스러운 마음에 본인의 판단대로 밀고 나가기엔 아무래도 불안한 일이라 여겼겠지만, 내 판단을 신뢰하는지라 일이 쉬워졌어요. 그 친구에게 내가 반드시 고백해야 할 것이 한 가지 있었어요. 사실 그 때문에 그 친구한테 한동안 원망을 샀답니다. 그럴 만한 일이었고요. 지난겨울에 당신 언니가 런던에 있다는 사실을 알면서 일부러 빙리에겐 알리지 않았던 걸 털어놓았습니다. 당연히 그 친구는 화를 냈어요. 하지만 언니분의 감정을 확인하면서 나에 대한 화도 풀렸는지, 지금은 아무 앙금 없이 날 용서했어요.”

엘리자베스는 빙리 씨처럼 좋은 친구는 다시없을 거라고, 말 잘 듣는 친구만큼 값진 게 어디 있겠느냐고 말하고 싶은 걸 간신히 참았다. 아직은 그가 놀림당하는 일에 익숙지 않으며 지금은 그걸 가르치기에 시기상조라는 걸 기억해낸 덕이었다. 그는 빙리의 행복을 예견하면서 그래도 물론 자기만큼 행복할 순 없을 거라는 식으로 대화를 이어갔다. 그러는 사이 두 사람은 집에 도착했고, 현관에서 헤어졌다.

17

“어머나 리지, 도대체 어딜 다녀온 거야?”

엘리자베스가 방에 들어서자마자 제인이 물었고, 모

두가 식탁에 둘러앉은 자리에서도 똑같은 질문이 날아들었다. 그녀는 그냥 이리저리 걷다 보니 모르는 곳까지 갔더라고만 대답했다. 말하면서 그녀의 얼굴이 발그레해졌지만, 그것으로나 무엇으로도 수상한 낌새를 알아차린 사람은 없었다.

그날 저녁은 별다른 일 없이 조용히 지나갔다. 연인으로 인정받은 두 사람은 웃으며 대화했지만 그렇지 않은 두 사람은 침묵을 지켰다. 다아시는 행복을 희희낙락거리며 드러내는 성격이 아니었다. 엘리자베스는 들뜨고 얼떨떨한 가운데 자신의 행복을 가슴으로 실감하기보다 머리로만 알 뿐이었다. 이 순간의 당혹스러운 기분은 차치하더라도, 아직 그녀 앞엔 넘어야 할 산들이 있었다. 사정을 알렸을 때 가족들이 어떻게 반응할지가 뻔히 예상되었다. 제인 말고는 아무도 그를 좋아하지 않는데, 나머지 식구들의 반감은 어쩌면 그의 재산과 지위로도 지울 수 없을 그런 것일지도 모른다는 불안감마저 들었다.

그날 밤 그녀는 언니에게 속마음을 털어놓았다. 여간해서는 의심할 줄을 모르는 베넷 양이건만 이번만은 도무지 믿을 줄을 몰랐다.

"농담이지, 리지? 말도 안 돼, 다아시 씨랑 약혼했다고? 아니지, 아냐, 난 안 속아. 있을 수 없는 일이야."

"시작부터 정말 너무하네! 믿을 사람이라곤 언니밖에

없는데. 언니가 안 믿어주면 누가 믿겠어. 농담 아니야, 진짜야. 난 사실만을 말하고 있다니까? 아직도 날 사랑한대. 우리 약혼했어, 언니."

제인은 의심 가득한 눈으로 동생을 바라보았다.

"오, 리지! 그럴 리 없어. 네가 그 사람을 얼마나 싫어하는지 내가 모르는 것도 아니고."

"언닌 내 마음 몰라. 그런 기억일랑 다 잊어버려. 아마 항상 지금만큼 그이를 사랑한 건 아니었겠지. 하지만 이런 경우에 기억력이 좋으면 못쓰는 법! 난 지금 이 순간 그 기억을 싹 지울 거야."

베넷 양은 여전히 마냥 놀란 표정이었다. 엘리자베스는 틀림없는 사실이라고 다시 한번, 이번엔 더 진지하게 말했다.

그제야 제인이 외쳤다.

"어머나 세상에! 정말 그럴 수가 있어? 하지만 이제 널 믿어야겠는걸. 얘 리지, 내 동생, 축하하고 싶은데, 아니, 축하하긴 하는데, 너 정말 괜찮겠니? 이런 질문을 해서 미안한데…… 그 사람하고 행복할 수 있겠어? 확신해?"

"한 치 의심도 없이. 우리끼리는 얘기 끝났어. 세상에서 가장 행복한 부부가 되기로 했다고. 하지만 언니는 어때? 제부로서 그 사람, 괜찮아?"

"괜찮은 정도겠니. 빙리한테나 나한테나 이보다 더 기

쁜 일은 없을걸. 우리도 생각을 안 해본 게 아니야. 하지만 결론은 불가능하다는 거였지. 그런데 정말 너, 그 정도로 그 사람을 사랑하는 거야? 오, 리지! 사랑 없는 결혼만은 하지 마. 결혼하고 싶을 만큼 깊이 사랑하는 게 확실하니?"

"글쎄, 그렇다니까! 내 얘길 다 듣고 나면, 오히려 내 사랑이 과하다고 여길 수밖에 없을걸?"

"뭐라는 거야?"

"이런, 고백해야겠네. 언니, 난 빙리보다 그 사람을 더 사랑해. 부디 화내지 말아줘."

"제발 동생아, 이제 농담은 그만. 진지하게 얘기하고 싶어서 그래. 내가 알아야 할 건 다 얘기해줘, 지금 당장. 언제부터 그 사람을 사랑하게 됐니?"

"서서히 생겨난 감정이라 나도 잘 모르겠어. 하지만 굳이 꼽는다면 펨벌리의 아름다운 풍경을 처음 본 날부터라고나 할까."

제인은 동생에게 제발 좀 진지해지라고 또 한 번 사정해야 했다. 그래도 이번엔 효과가 있었으니, 엘리자베스는 자신의 마음을 확인하게 되었던 순간들을 엄숙하게 꼽았다. 그 의혹이 풀리자 베넷 양은 비로소 더 바랄 게 없었다.

"이제야 안심이다. 너도 나만큼 행복해질 거라니 너무

기뻐. 난 그분이 싫었던 적이 없어. 내 동생을 사랑한다
는 거 하나로도 그분을 좋게 볼 이유는 충분하지. 하물며
빙리의 친구이자 네 남편이라니, 앞으로 나한테 그분은
빙리랑 너 다음으로 소중한 사람이야. 하지만 리지 너,
요 내숭쟁이 같으니, 어쩜 나한테 그럴 수 있어? 펨벌리
랑 램턴에서 있었던 일들을 감쪽같이 숨겼어! 내가 들은
얘기도 전부 네가 아닌 다른 사람을 통해서였다고."

엘리자베스는 언니에게 숨길 수밖에 없었던 이유를
설명했다. 언니가 심란할까 봐 빙리 얘기를 꺼낼 수 없었
고, 자기 마음이 갈팡질팡하는 상태였기에 그의 친구 얘
기도 털어놓을 수 없었다는 것이었다. 하지만 이제 더는
리디아의 결혼과 관련한 다아시의 공로를 혼자만 알고
있을 이유가 없었다. 제인은 모든 사정을 알게 되었고,
자매는 밤이 깊도록 이야기를 나누었다.

다음 날 아침, 창가에서 베넷 부인이 소리쳤다.

"원 세상에! 저 꼴 보기 싫은 다아시 씨가 또 우리 빙리
랑 같이 오네! 어쩌자고 귀찮게 자꾸 여길 온다니? 사냥
이든 뭐든 딴 데서 볼일이 있는 줄 알았지 이리 우릴 괴
롭힐 줄이야. 저치를 어쩐담? 리지, 저 인간이 빙리 방해
못 하게 네가 또 데리고 나가줘야겠다."

그 절묘한 제안에 엘리자베스는 절로 나오는 웃음을
가까스로 참았지만, 그 사람을 어머니가 항상 그런 식으

로 일컫는 데는 정말 부아가 났다.

다아시와 함께 들어온 빙리는 그녀에게 매우 의미심장한 눈빛을 보내고 악수하는 손을 힘차게 흔들어대며 희소식을 안다는 티를 팍팍 내더니 급기야 큰소리로 너스레를 놓았다.

"장모님, 요 근방에 리지 처제가 오늘도 길을 잃을 만한 산책길이 또 있을까요?"

베넷 부인이 말했다.

"오늘은 다아시 씨가 리지랑 키티랑 오컴 산에 다녀오시면 어떨까요? 길도 좋고 거리도 제법 되는데. 또 다아시 씨는 거기 경치를 본 적이 없잖아요."

빙리가 대답했다.

"나머지 두 사람이야 괜찮겠지만 키티 처제한테는 아무래도 무리일 것 같은데요. 안 그래요, 처제?"

키티는 차라리 집에 있겠다고 했다. 다아시는 그곳 경치가 무척 궁금하다고 했고 엘리자베스는 가만히 고개만 끄덕였다. 나갈 채비를 하러 위층으로 올라가는 그녀를 베넷 부인이 따라오며 말했다.

"저 꼴 보기 싫은 양반을 너한테만 떠맡겨서 미안하다, 리지야. 하지만 괜찮지? 다 네 언니를 위한 일 아니겠니. 힘들게 말 걸어줄 것도 없다. 그냥 한두 번 받아주기만 해. 그래야 덜 불편하지."

함께 걷는 동안 두 사람은 그날 저녁 중에 베넷 씨에게 허락을 구해보자고 결정했다. 어머니에겐 엘리자베스가 따로 말씀드리기로 했다. 그녀는 어머니가 어떻게 나오실지 선뜻 예상이 되지 않았고, 그의 부와 명성도 어머니의 악감정을 이기기엔 역부족이지 않나 하는 생각이 들기도 했다. 하지만 펄쩍 뛰며 반대하건 펄쩍 뛰며 기뻐하건, 도저히 양식 있는 사람의 태도라 할 수 없을 반응을 보일 것만은 확실했다. 그러니 격한 찬성이든 격한 반대든 간에 어머니 입에서 나올 첫마디를 다아시 씨가 듣게 되는 상황만은 절대로 만들지 않을 셈이었다.

그날 저녁, 베넷 씨가 서재로 물러가자, 다아시 씨도 슬그머니 일어나 그를 따라 나갔다. 그 모습을 본 엘리자베스의 가슴은 극도로 떨려왔다. 그녀가 두려운 것은 아버지의 반대가 아니라 아버지의 심경이었다. 그녀 자신, 즉 당신께서 가장 아끼시는 딸아이의 선택에 마음이 복잡하실 것이고, 그녀를 이런 혼처로 보내자니 못내 불안하고 한스러우실 것이다. 자신이 아버지께 그런 불행을 안길지도 모른다고 생각하니 억장이 무너졌다. 그렇게 속을 태우며 앉아 기다리던 그녀는, 마침내 다시 들어온 다아시 씨에게 간절한 눈빛을 보냈고, 그의 미소를 보고서 약간 안도했다. 잠시 후 그는 그녀와 키티가 앉은 탁자로 다가와 그녀의 자수 솜씨에 감탄하는 척 귓속말을 건넸다.

"아버님께 가보세요. 서재에서 기다리십니다."

그녀는 곧바로 갔다.

아버지는 수심 가득한 얼굴로 방 안을 서성이다 이윽고 입을 뗐다.

"리지야, 이게 무슨 짓이냐? 정신이 나간 게야? 그자의 청혼을 받아들이다니! 네가 그렇게나 싫어하는 남자를!"

그 순간 그녀는 예전의 자신을 한없이 원망했다. 더 이성적으로 생각할걸, 더 완곡하게 표현할걸! 그랬더라면 이토록 어색하고 민망하게 해명을 늘어놓을 필요도 없었을 것을! 하나 이제는 불가피한 일, 그녀는 다아시 씨에 대한 애정을, 두서가 좀 없었지만 어쨌든 분명히 아버지께 전달했다.

JANE AUSTEN

"다시 말해 그자와 결혼하기로 마음먹었다는 얘기구나. 부자인 건 확실하니 제인보다 더 좋은 옷과 마차를 가질 수 있겠지. 하지만 과연 그런 것들로 네가 행복해질까?"

"아버지가 알고 계신 제 감정 말고 또 걸리는 점이 있으세요?"

"없다. 오만하고 불손한 남자라는 건 누구나 알지만 네가 진심으로 좋아한다면 상관없지."

그녀의 눈에 눈물이 맺혔다.

"좋아해요, 정말 좋아해요. 그 사람을 사랑해요. 알고 보면 그 사람, 그렇게 오만하지 않아요. 더없이 다정한 사람이에요. 아버지는 그이의 본모습을 모르세요. 그러니 제발 그 사람을 그런 식으로 말씀하시지 마세요. 자꾸 그러시면 제 마음이 아파요."

"리지야, 아비는 이미 승낙했다. 그런 분이 친히 청하시는데 감히 거절할 수야 없는 노릇이지. 네가 정 마음을 굳게 먹었다면 이제 너에게도 허락을 내리마. 하지만 다시 잘 생각해봤으면 좋겠구나. 네 성격을 아니까 하는 얘기다. 진심으로 존경하지 않는 남편과 살면서는 넌 행복할 수도 떳떳할 수도 없어. 너 자신보다 훌륭한 사람으로 우러러볼 수 있는 남자가 아니면 안 된단 말이다. 너처럼 재기 발랄한 아이가 어울리지 않는 결혼을 하는 게 얼마나 위험천만한 일인지 모르겠니? 수치스럽고 비참한 신세를 면치 못할 게야. 얘 아가, 아비 가슴에 못 박지 말아다오. 네가 존경할 수 없는 남편과 사는 꼴은 보고 싶지 않다. 넌 네가 뭘 하려는 건지 몰라."

아버지의 진심에 한층 더한 감동을 느끼며, 엘리자베스는 성실하고도 진지하게 답변했다. 재산도 지위도 무엇도 아닌 오로지 다아시 씨만을 바라보고 한 선택임을 수차례 강조하고, 그에 대한 감정이 시나브로 변해온 과정을 차근차근 설명하고, 그의 사랑 또한 하루아침에 생겨난 게 아니라 수개월에 걸쳐 불안과 시련을 견뎌낸 결과임을 장담하고, 그의 온갖 장점을 열성껏 늘어놓았다. 그리하여 결국엔 아버지도 불신을 거두고 이 혼사를 받아들이게 되었다.

딸아이의 간곡한 고백을 듣고 나서 그가 말했다.

"그래, 아가, 내 더는 아무 말 않으마. 정말 네 말대로라면 그자는 네 남편 될 자격이 있다. 그 정도도 안 되는 남자한테 내 딸을 내줄 순 없지."

좋은 인상을 굳히기 위해, 그녀는 다아시 씨가 리디아를 위해 한 일들까지 아버지께 털어놓았다. 그 이야기에 베넷 씨는 놀라지 않을 수 없었다.

"오늘 밤은 그야말로 놀라움의 연속이로구나! 그러니까 전부 다아시가 한 일이라고? 혼사를 주선하고, 돈을 주고, 그놈 빚을 대신 갚은 데다 군에 자리까지 마련해줬다? 그렇담 금상첨화로고! 덕분에 이 아비가 짐도 덜고 돈도 아끼겠어. 네 외삼촌이 한 일이라면 내 반드시 갚아야 하고 기필코 갚을 터인데, 열애에 빠진 요 청춘남녀가 알아서 다 해결하는구나. 당장 내일 돈을 갚겠다고 해야겠다. 그 양반은 사랑 운운하며 펄펄 뛰겠지. 그걸로 계산 끝인 거야."

그러다 그는 며칠 전 콜린스 씨의 편지에 딸아이가 당

황한 눈치였던 것을 떠올리고 한동안 놀려준 뒤에야 이제 나가도 좋다고 했다. 그녀가 나가는 순간에도 그는 농을 날렸다.

"혹 메리나 키티를 달라고 온 젊은이가 있거든 들여보내려무나. 나는 아주 한가하다."

이렇게 큰 산을 하나 넘은 엘리자베스는 한결 홀가분해졌고, 30분 정도 자기 방에서 조용히 상황을 반추한 끝에 제법 침착한 모습으로 다시 나머지 사람들과 어울릴 수 있었다. 모든 일이 막 이루어진지라 기쁨을 실감하기엔 일렀지만, 그날 밤은 평온하게 흘러갔다. 더 이상 크게 마음 졸일 일도 없겠다, 때가 되면 모든 게 편하고 익숙해지리라.

깊은 밤, 엘리자베스는 잠옷으로 갈아입으러 올라가는 어머니를 따라가서 중요한 소식을 전했다. 어머니의 반응은 굉장히 이례적이었다. 처음에는 말문이 막힌 채 굳은 듯 앉아만 있었다. 몇 분이 지나고 또 몇 분이 지나도록, 딸아이가 하는 말을 통 이해하지 못했다. 가족에게 득이 되는 일 또는 딸들에게 연인이라는 형태로 찾아오는 행운이라면 일단 믿고 보길 주저하지 않는 사람인데도 말이다. 한참 만에야 그녀는 조금씩 평소 모습으로 되돌아와, 앉은 채로 꼼지락거리다 벌떡 일어나더니 다시 앉아 혀를 내두르며 성호를 그었다. 이윽고 그녀의 입에서 탄성이 터져 나왔다.

"아이고 하느님! 주여 감사합니다! 생각해봐! 어쩜! 다아시 씨라니! 누가 생각이나 했겠니! 이게 꿈이야 생시야? 오, 리지야! 예쁜 내 새끼! 엄청난 부자에 지체 높은 귀부인이 되는구나! 용돈에, 보석에, 마차에, 아주 떵떵거리며 살겠어! 제인은 너한테 댈 것도 아니다, 아무것도 아니야. 엄만 정말 기쁘구나, 행복해 죽겠어. 매력 덩어리 우리 사위! 아주 자알 생겼지! 키도 훤칠하고! 오, 리지, 내 딸! 엄마 대신 사과 좀 전해다오. 뭣도 모르고 그이를 그렇게나 미워했지 뭐니. 눈감아 주면 좋으련만. 오, 리지, 눈에 넣어도 안 아플 내 새끼. 런던에도 집이 있지! 없는 게 없구나, 좋은 건 다 있어! 딸 셋을 시집보내다니! 1년에 1만 파운드! 아이고 주여! 어쩌면 좋니. 이러다 엄마 정신 줄 놓겠다."

두말할 나위 없이 승낙이란 뜻이었다. 어머니의 격한 반응을 자기 말곤 아무도 못 본 것에 가슴을 쓸어내리며, 엘리자베스는 얼른 자리를 떴다. 그러나 그녀가 자기 방에 들어온 지 3분도 채 지나지 않아 어머니가 따라 들어왔다.

"얘 리지, 그 생각밖에 안 나! 1년에 1만 파운드라잖니! 아마 더 될걸? 귀족이나 다름없지 뭐냐! 그래, 특별 **허가**(대주교가 내리는 결혼 허가로, 귀족 계급과 상위 신사 계급만의 관행이었다 - 옮긴이)도 있고. 넌 꼭 특별 허가로 결혼해야 한다. 당연히 그리하겠지만. 그나저나 애, 다아시 씨가 특별히 좋아하는 음식이 뭐니? 내일 대접할까 하는데."

불길한 징조였다. 앞으로 어머니가 그 신사분을 어떻게 대할지 능히 짐작되고도 남았다. 역시 그랬다. 그의 뜨거운 사랑을 확인했고 가족의 동의도 얻었지만 그렇다고 삶이 완벽해진 건 아니었다. 하지만 다음 날은 예상보다 훨씬 무난하게 지나갔다. 다행히 베넷 부인이 예비 사위를 새삼 어려워하게 되었기에, 기껏해야 그에게 뭔가를 권하거나 그의 말에 겨우 맞장구나 칠 뿐 먼저 말을 붙일 엄두는 내지 못했기 때문이다.

베넷 씨는 그 성격에 쉽지 않은 일일 텐데도 예비 사위와 친해지려 애쓰는 모습으로 딸아이를 흐뭇하게 했고, 얼마 후엔 그가 볼수록 괜찮은 사람이라고 단언하기까지 했다.

그는 말했다.

"사위 셋이 하나같이 훌륭하구나. 제일 마음에 드는 놈은 아무래도 위컴이겠지만, 곧 네 남편도 제인 남편 못잖게 맘에 들 것 같다."

18

기운이 솟고 기분도 좋아진 엘리자베스는 곧 다시 장
난기가 발동해서, 다아시 씨에게 어쩌다가 자길 사랑하
게 됐느냐고 물었다.

"첫 계기가 궁금해요. 이왕 생긴 감정, 멋있게 지켜내
는 건 이해할 수 있어요. 하지만 애당초 어떻게 그런 감
정이 생길 수 있었을까요?"

"언제 어디서였는지, 어떤 모습이나 표현 때문이었는
지 딱히 짚을 수 없군요. 너무 오래전 일입니다. 그런 감
정이 생긴 줄도 몰랐는데 어느새 깊이 빠져 있었어요."

"일찍이 제 미모는 그럭저럭 봐주고 넘기셨죠. 제 태
도라면…… 당신을 대할 때는 언제나 무례했다 해도 과
언이 아닐 테고, 당신과 대화할 때는 으레 괴롭힐 심산으
로 미운 말만 골라 했는데. 이제 솔직히 말해봐요. 제가
건방져서 반하셨죠?"

"재기 발랄하셔서 감탄한 건 사실입니다."

"돌려 말씀하실 필요 없어요. 그게 그거잖아요. 사실
은 이래요. 당신은 공손한 예우와 존대, 친절과 관심을
받는 데 신물이 났어요. 말이며 겉모습이며 생각까지 오
로지 당신 눈에 들겠다는 목적뿐인 여자들이라면 지긋
지긋했죠. 그런데 제가 등장해 당신의 관심을 끈 거예요.

그런 여자들과 달라도 너무 달랐으니까. 당신이 정말 냉혈한이었다면 그런 저를 싫어하셨을 거예요. 본모습을 감추려 애쓰셨지만, 마음이 원체 고결하고 올곧은 쪽을 향하니, 당신에게 부지런히 아첨이나 떠는 인간들을 내심 철저히 경멸하셨지요. 자, 제가 대신 설명해드렸네요. 따지고 보니 정말이지 제 논리가 완벽하다는 생각이 드는데요? 당신이 저한테서 이렇다 할 장점을 발견하신 게 아니었어요. 하기야 그런 걸 염두에 두고 사랑에 빠지는 사람은 없겠지요."

"언니분이 편찮으셔서 네더필드에 계실 때 당신이 극진히 간호하던 모습은 장점이 아니었을까요?"

"아, 제인 언니! 언니한테 그만큼도 못할 사람이 어디 있겠어요? 그래도 모쪼록 그 모습이 예뻤다고 해주세요. 저의 장점은 어디까지나 당신이 알아봐 주시기 나름이니까, 가능한 한 과장하셔야 해요. 그 보답으로 저는 기회가 닿을 때마다 당신을 놀리고 시비 걸어드릴게요. 마침 제 역할에 꼭 맞는 질문이 있어요. 마지막 순간에 이르기까지 왜 그렇게 싫은 기색이셨을까요? 처음에 오셨을 때도 그다음에 정찬회에서도, 왜 그렇게 저를 피하셨어요? 특히 처음 오신 날엔 저한테 전혀 관심 없어 보이셨는데요. 대체 왜 그러신 거예요?"

"당신이 워낙 심각한 표정에 말씀도 없어서 용기가 나

지 않았습니다."

"당황해서 그랬는걸요."

"나도 그랬어요."

"그럼 정찬회 때라도 좀 더 말을 걸어주시지 그러셨어요."

"감정이 덜했더라면 그리할 수도 있었겠지요."

"이거야 원, 당신이 이치에 맞게 답변하시고 저도 이치에 맞게 수긍하는 판이니, 도무지 싸움이 되지 않잖아요! 하지만 그대로 두었다면 당신이 언제까지 그러셨을지 궁금하네요. 제가 묻지 않았다면 언제고 말씀하기는 하셨으려나! 리디아 일로 감사 인사를 드리자고 결심한 덕을 톡톡히 봤지 뭐예요. 가만 생각하면, 그럴 일이 아니었는데 말이에요. 약속을 어긴 일로 덕을 본다면 도덕이 어찌 되겠어요? 그 얘긴 언급하면 안 되는 거였어요. 저, 벌 받을 것 같아요."

"괜히 걱정할 것 없어요. 도덕은 무사할 겁니다. 우릴 갈라놓으려는 캐서린 영부인의 부당한 노력으로 내 의심이 모두 사라졌으니까요. 당신이 약속을 어기면서까지 감사 인사를 해준 덕에 지금의 내 행복이 있는 건 아니라는 얘깁니다. 당신이 먼저 마음을 열어주길 기다릴 계제가 아니었어요. 이모님 말씀에 희망을 얻은 이상, 당장에 모든 걸 확인하기로 작심한 터였지요."

"캐서린 영부인께서 무한한 도움을 주셨으니 알려드리면 굉장히 기뻐하시겠네요. 원체 남들 돕기를 좋아하시잖아요. 그런데 말이에요, 네더필드에는 왜 오셨어요? 단지 롱본까지 달려와서 당황하시려고요? 아니면 더 중요한 계획이 있으셨나요?"

"진짜 목적은 당신이었습니다. 당신을 만나면 당신의 사랑을 얻을 수 있다는 희망을 품어도 되는지 판단이 서지 않을까 하는 마음이었어요. 하지만 겉으로 내세운, 어쨌든 나 자신에게 공언한 목적은 제인 양이 여전히 빙리를 사랑하는지 알아보겠다는 것이었어요. 내 눈으로 확인한 뒤에 빙리에게 사실대로 털어놓을 셈이었고, 결국 그렇게 했지요."

"캐서린 영부인께 앞으로 닥쳐올 일을 알려드릴 용기는 있으세요?"

"엘리자베스, 부족한 건 용기가 아니라 시간일 겁니다. 어차피 해야 할 일이니 종이 한 장 주시면 즉시 해치우지요."

"저도 편지 쓸 데가 있어요. 그것만 아니면 예전에 어느 아가씨가 그랬던 것처럼 당신 곁에 앉아서 어쩜 글씨도 그리 반듯하냐며 감탄해드릴 수 있으련만. 하지만 즉시 소식을 알려드려야 할 친척 어르신이 제게도 한 분 계시네요."

어르신들이 생각하시는 것만큼 다아시 씨와 가까운 사이가 아니라는 걸 털어놓기 싫은 마음에, 엘리자베스는 가디너 부인이 보낸 장문의 편지에 답장하길 여태 미루고 있었다. 하지만 외삼촌과 외숙모가 더없이 반길 소식이 생겼는데도 벌써 사흘이나 모르시게 했다는 걸 깨닫고는 너무 죄송하고 부끄러운 마음이 들어 당장에 편지를 썼다.

인사가 늦었죠, 외숙모. 길게, 친절하게, 충분히 상세하게 설명해주신 것에 진즉 감사를 드렸어야 하는데요, 솔직히 말씀드리면, 답장하기가 곤란했어요. 외삼촌 외숙모의 추측이 실상보다 더 나아갔더라고요. 하지만 이제 얼마든지 나아가셔도 돼요. 상상의 나래를 활짝 펴고 어디로든 마음껏 날아다니세요. 얘가 벌써 결혼했구나, 만 아니면 뭘 상상하시든 착오가 아닐 거예요. 빠른 답장 기대할게요. 그이 칭찬 많이, 저번 편지보다 훨씬 더 많이 해주셔야 해요. 호수 지역에 가지 않기로 하신 것도 고맙고 또 고마워요. 전 쓸데없이 거길 왜 가고 싶어 했을까요! 그나저나 조랑말이라니, 정말 멋진 생각이에요. 우리 날마다 같이 대정원을 돌아다니자고요. 전 세상에서 가장 행복한 사람이에요. 전에도 이렇게 말한 사람이 없지 않았겠지만, 이 말 그대로인 사람은 저밖에 없어요.

제인 언니보다도 행복한걸요. 언니는 미소만 짓지만 전 크게 웃지요. 다아시 씨가 제게 주고 남은 사랑을 전부 외숙모 가족께 드린대요. 크리스마스에 다 함께 펨벌리로 오세요.

사랑하는 조카 올림.

다아시 씨가 캐서린 영부인에게 쓴 편지는 분위기가 사뭇 달랐으며, 베넷 씨가 콜린스 씨에게 보낸 답장은 이 두 통의 편지와도 또 달랐다.

580
581

콜린스 씨,

번거롭겠지만 한 번 더 축하해주셔야겠소이다. 엘리자베스가 곧 다아시 씨의 아내가 된다오. 능력껏 캐서린 영부인을 위로해드리시오. 하지만 내가 댁이라면 조카 편에 서겠소. 그쪽에서 얻을 게 더 많거든.

그럼 이만.

빙리 양이 결혼을 앞둔 오라비에게 보낸 축하 편지는 다정하면서 가식적이었다. 심지어 그녀는 제인에게도 편지를 써서 기쁨을 표하고는 예전의 온갖 입에 발린 애정 표현을 되풀이했다. 이제 제인도 속지는 않았고 다만 마음이 움직였기에, 전혀 미덥지 않은 예비 시누이에게 과분할 만큼 친절한 답장을 보내지 않을 수 없었다.

다시 양도 제 오라비에게 비슷한 내용의 축하 편지를 보내왔다. 소식을 전하던 오라비의 편지가 그러했듯 그녀의 편지에도 진심이 담겨 있었다. 두 장의 편지지 양면을 빼곡히 채우고도 본인의 기쁜 마음과 올케에게 사랑받고 싶은 간절한 소망을 다 담아내지 못할 정도였다.

콜린스 씨의 답장이나 콜린스 부인이 엘리자베스에게 보내는 축하 편지도 오지 않은 가운데, 이들 부부가 루카스 별장에 왔다는 소식이 들려왔다. 그들이 이렇게 불시에 온 까닭은 금방 밝혀졌다. 조카의 편지를 받은 캐서린 영부인이 노발대발하는 판이어서, 이 혼사를 진심으로 기뻐하는 샬럿은 폭풍이 잦아들 때까지 피신해야겠다고 생각한 것이다. 엘리자베스는 이런 때에 친구가 와주어 진심으로 기뻤지만, 다 같이 만나는 동안 다아시 씨가 친구 남편의 온갖 허식과 비굴한 예우에 시달리는 것을 보자니, 친구와 재회한 기쁨의 대가가 꽤 비싸다는 생각을 때로 아니 할 수 없었다. 하지만 그는 감탄스러울 정도로 침착하게 견뎌냈다. 심지어 그는 윌리엄 루카스 경이 이 고장에서 가장 영롱하게 빛나는 보석을 채가신다며 축하를 바치고 세인트 제임스 궁에서 다 함께 자주 만나면 좋겠다며 점잔을 빼는데도 잠자코 들어주었다. 그가 난감하다는 듯 어깨를 으쓱한 것은, 윌리엄 경이 시야에서 사라진 뒤였다.

필립스 부인의 상스러움도 그가 감내해야 했던 또 하나의, 아마도 더 큰 시련이었다. 필립스 부인도 언니인 베넷 부인 못지않게 그를 어려워했기 때문에 사람 좋은 빙리를 대할 때처럼 친근하게 말을 섞지는 못했지만, 어쨌든 입만 열었다 하면 상스러운 말을 뱉어냈다. 그를 향한 경외심도 그녀의 말수를 줄였을망정 없는 품격을 있게 하지는 못했다. 엘리자베스는 어떻게든 그가 어머니나 이모 눈에 자주 띄는 것을 막으려고 갖은 노력을 다했고, 그를 그녀 자신이나 고역스럽지 않은 대화가 가능한 식구 곁에만 있게 하려고 안간힘을 썼다. 이런 문제로 솟구치는 불편한 감정들은 연애 기간의 즐거움을 상당 부분 앗아갔지만, 한편으로는 미래에 대한 기대감을 키우기도 했다. 그녀는 이렇듯 그에게나 자신에게도 썩 달갑지 않은 사람들 틈을 벗어나 펨벌리 일가만의 안락하고 우아한 생활을 시작할 날을 즐겁게 고대했다.

　장하디장한 두 딸을 시집보내던 날, 베넷 부인의 모성은 행복의 극치를 맛보았다. 이후 빙리 부인을 방문하고 다시 부인 얘기를 하면서 그녀가 얼마나 신나고 기고만장했을지는 누구라도 짐작할 수 있으리라. 식구들을 위해서라도, 그토록 오매불망하던 염원을 무려 겹경사로 이루었으니만큼 그녀도 이제 지각 있고 상냥하며 박식한 여인이 되어 여생을 보냈다, 고 말할 수 있다면 좋겠다. 하나 글쎄올시다, 일찍이 가정에서 그런 식의 행복을 누린 적 없는 베넷 씨로선 여전히 부인이 툭하면 예민해지고 한결같이 어리석은 것이 차라리 다행이었는지도 모른다.

JANE AUSTEN

　베넷 씨는 둘째 딸이 너무나 그리웠다. 여간해선 외출을 삼가는 그도 딸아이를 보고 싶은 마음만은 배겨낼 수 없어 자주 집을 비우게 되었다. 펨벌리에 가는 것, 특히 불시에 들이닥치는 것이 그에게는 새로운 낙이었다.

　빙리 씨와 제인이 네더필드에서 산 기간은 열두 달에 불과했다. 베넷 부인이나 메리턴 친척들과 지척에서 산다는 건 그의 태평한 성미나 그녀의 다정다감한 마음씨로도 감당키 어려운 일이었다. 그는 더비셔 인근 지역에 토지를 매입하여 드디어 지주가 되었다. 이로써 그의 누이들은 간절했던 숙원을 풀었고, 제인과 엘리자베스는 기존의 온갖 행복에 더해 서로 30마일 거리에 사는 행복까지 누리게 되었다.

키티는 대단히 유익하게도 주로 두 언니와 시간을 보냈다. 이전까지 알던 것보다 월등한 사교계의 점잖고 고상한 사람들을 접하면서 몰라보게 나아졌다. 리디아처럼 대책 없는 성격은 아닌 데다 이제 악영향을 끼치는 동생도 없었기에, 적절한 관심과 관리를 통해 그녀는 짜증과 무식과 몰개성을 덜어낼 수 있었다. 그녀가 또다시 리디아와 어울리는 백해무익한 사태는 응당 미연에 철저히 방지해야 할 일, 위컴 부인이 수시로 언니에게 편지를 보내와 무도회며 남자들이며 잔뜩 대령할 테니 놀러 와서 며칠 머무르라고 꼬드겨댔지만, 아버지는 절대로 허락하지 않았다.

메리는 롱본에 남은 유일한 딸이었는데, 그렇다고 조용히 교양 쌓기에 매진할 수도 없었으니, 혼자 있는 시간을 좀처럼 못 견디는 어머니가 자꾸만 불러냈기 때문이다. 어쩔 수 없이 그녀는 사람들과 좀 더 어울려야 했지만, 매일매일 모임에서 교훈을 찾아내는 묘미는 있었다. 게다가 더는 언니들과 미모로 비교당하는 굴욕을 겪지 않게 되었으므로, 아버지가 보기에는 그녀도 이렇게 변화한 상황이 그리 싫지만은 않은 눈치였다.

위컴과 리디아로 말할 것 같으면, 아내 쪽 언니들이

결혼했다고 해서 개과천선할 위인들이 아니었다. 위컴은 자신이 저지른 배은망덕과 거짓말을 엘리자베스가 설사 전에는 몰랐더라도 지금은 분명 다 알게 됐을 거라 확신했으나, 그럼 그런가 보다 하고 덤덤히 넘겨버렸으며, 그 모든 일에도 불구하고 심지어, 다아시 부부를 잘만 구슬리면 목돈을 챙길 수 있을지 모른다는 희망을 아직도 은근히 품고 있었다. 리디아가 엘리자베스에게 보낸 축하 편지는, 위컴은 몰라도 어쨌든 그의 아내는 그런 희망을 품고 있음을 확인시켰다. 편지의 내용은 이러했다.

사랑하는 리지 언니,

결혼 축하해. 내가 우리 그이를 사랑하는 반만큼이라도 언니가 다아시 씨를 사랑한다면 언니도 무척 행복할 거야. 언니가 그렇게 부자가 되어서 얼마나 든든한지 몰라. 그러니까 한가할 때 우리 생각도 좀 해주라. 위컴이 궁정에 자리를 하나 얻었으면 하나 봐. 아무도 도와주지 않으면 우린 먹고살기도 빠듯한 형편이고. 어떤 자리든 1년에 삼사백 파운드 정도 나와주면 될 것 같은데, 언니가 별로 내키지 않으면 형부한테 얘기하지 마. 안녕.

엘리자베스는 정말 내키지 않았으므로, 답장을 쓰면서 이런 유의 청탁이나 기대는 이것으로 끝이라는 뜻을 분명히 밝히려 애썼다. 하지만 자기 개인 지출에서 아낄 수 있는 한 아껴 모은 돈을 수시로 보내주었다. 부부가 다 헤프게 쓰기만 하고 장래는 생각지 않으니 그 빤한 수입만으로 생계가 유지될 리 없다는 걸 모르지 않았기 때문이다. 숙소를 옮길 때마다 그들은 외상값을 갚아야 한다며 어김없이 제인이나 엘리자베스에게 손을 벌렸다. 평화가 찾아와 부대가 해산한 뒤에도 그들의 생활은 극도로 불안정했다. 싼 곳을 찾아 노상 이 집 저 집 전전하면서도 언제나 정도 이상으로 돈을 써댔다. 위컴은 곧 리디아에게 무심해졌고, 리디아의 뜨겁던 사랑도 얼마 후엔 효력을 다했다. 리디아는 나이도 어리고 행실도 여전했지만, 결혼으로 얻은 평판만큼은 용케 유지했다.

다아시는 펨벌리에 위컴을 들이는 일만은 절대로 용납하지 않았지만, 엘리자베스를 위해 그의 구직을 도와주었다. 리디아는 남편이 혼자 런던이나 바스로 놀러 갔을 때 이따금 펨벌리를 방문했다. 빙리가에는 위컴 부부가 수시로 찾아와 좀처럼 떠날 생각을 하지 않았으니, 그 사람 좋은 빙리조차 견디지 못하고 결국엔 이만 나가라고 눈치를 주겠노라는 말을 하기에 이르렀다.

빙리 양은 다아시의 결혼이 사무치게 원통했으나,

펨벌리에 방문할 자격을 잃어서는 안 된다는 생각에 깨끗이 원한을 풀었다. 조지아나를 예전보다도 더 다정하게 대했고, 다아시를 거의 예전만큼 신경 썼으며, 엘리자베스에게는 밀린 빚이라도 갚듯이 깍듯이 예의를 차렸다.

이제 조지아나도 펨벌리에 살았다. 올케와 시누이는 다아시가 바랐던 그대로 아주 정답게 지냈다. 피차 그러겠다고 마음먹은 터였지만 자연히 서로를 사랑하게 되었다. 조지아나는 엘리자베스를 더없이 우러러보았다. 처음에는 자기 오빠를 대하는 올케의 발랄하고 장난스러운 말투에 거의 기겁했지만 말이다. 제 애정 이상의 존경심으로 대할 수밖에 없었던 오빠가, 이제는 대놓고 놀릴 수 있는 대상으로 보였다. 그녀는 살면서 단 한 번도 생각해보지 못했던 깨달음을 얻었다. 여자도 얼마든지 남편을 허물없이 대할 수 있다는 것을 올케가 알려준 것이다. 물론 열 살 이상 어린 동생이 항상 오빠를 그렇게 대해도 되는 것은 아니겠지만 말이다.

조카의 결혼 통고에 극도로 격노한 캐서린 영부인은 예의 그 진정성 있고 솔직한 성격을 유감없이 발휘해 악담을 퍼부으며 특히 엘리자베스를 매우 욕하는 답장을 보냈고, 그래서 이후로 한동안 조카와 이모의 교류는 일절 없었다. 그러나 엘리자베스의 설득과 권유로 그가 먼저 이모의 무례를 용서하고 화해를 청했다. 이모 쪽에서는 조금 더 버텼지만, 조카를 아껴서인지 조카며느리가 어찌 처신하는지 직접 확인하고 싶어서였는지 결국엔 노여움을 풀었다. 그런 안주인뿐 아니라 안주인의 런던 친척들까지 와서 펨벌리의 숲을 오염시켰음에도, 영부인은 친히 그곳에 왕림하시어 조카 부부를 만났다.

가디너 부부와는 언제나 가장 친하고 가까운 사이였다. 엘리자베스는 물론이거니와 다아시도 진심으로 그들을 사랑했다. 두 사람 모두, 가디너 부부를 향한 뜨거운 감사를 한시도 잊지 않았다. 두 분이 엘리자베스를 더비셔로 데려오셨기에 두 사람이 맺어질 수 있었으므로.

1775년   12월 16일 조지 오스틴과 커샌드라 리의 둘째 딸
                 이자 일곱 번째 자녀로 태어남. 아버지 조지 오스
                 틴은 영국 햄프셔 스티븐턴의 교구 사제로, 인맥
                 은 좋았으나 부유하지는 않았음. 남자 형제 둘이
                 해군에 입대했으며 그중 한 명은 제독 자리에 오
                 르기도 함.

1776년   미국 독립 선언.

1785~6년   언니 커샌드라와 함께 리딩 수도원 여자기숙학교
                 재학.

1787년   '초기작'으로 알려진 단편 습작들 집필.

1789년   프랑스 혁명 발발.

1792년   메리 울스턴크래프트, 『여권의 옹호』 출간.

1793년   영국, 혁명 중인 프랑스와 전쟁.

1794년   앤 래드클리프, 『우돌포의 비밀』 출간.

1795년   『이성과 감성』의 초고 격인 '엘리노어와 메리앤'
                 집필.

1796년   프랑스군 사령관 나폴레옹 보나파르트의 대활약.

1796~7년   『오만과 편견』의 초고 격인 '첫인상' 집필.

1815년	『엠마』 출간(1816년 출간으로 기록됨) 및 섭정 왕자의 요청으로 그에게 헌정됨.
	웰링턴과 블뤼허, 프랑스를 상대로 싸운 워털루 전투에서 승전. 나폴레옹의 마지막 전투가 됨.
1816년	제인 오스틴 건강 악화.『설득』탈고. 크로스비 출판사로부터 '수전'의 출판권을 되찾음.「쿼털리 리뷰」에서 월터 스콧이『엠마』를 호평함.
1817년	제인 오스틴, '샌디션' 집필. 병원 방문을 위해 이사한 윈체스터에서 7월 18일 사망, 윈체스터 성당에 안치됨(12월). 오빠 헨리가『노생거 수도원』과『설득』출간을 감독, 저자의 신상을 밝힘.

AWC

JANE AUSTEN
Pride and Prejudice

오만과 편견

초판 1쇄 인쇄 2024년 1월 18일
초판 1쇄 발행 2024년 1월 25일

지은이 제인 오스틴
옮긴이 이신

펴낸이 한선화
책임편집 이미아
디자인 ALL designgroup
홍보 김혜진 | 마케팅 김수진

펴낸곳 앤의서재
출판등록 제2022-000055호
주소 서울 서대문구 연희로 11가길 39, 4층
전화 070-8670-0900 | 팩스 02-6280-0895
이메일 annesstudyroom@naver.com
인스타그램 @annes.library

ISBN 979-11-90710-71-8　04800
ISBN 979-11-90710-69-5　(SET)